KB078949

블러디 레이디

최이설 장편소설

동아

블러디 레이디 ·Ⅲ

초판 1쇄 인쇄일 | 2020년 11월 10일
초판 1쇄 발행일 | 2020년 11월 16일

지은이 | 최이설
펴낸이 | 박성면
펴낸곳 | (주)동아

출판등록 | 제406 - 3960100251002007000071호
주소 | 경기도 파주시 문발로 115, 세종대학교출판부 206호
전화 | (031)8071 - 5201
팩스 | (031)8071 - 5204
E - mail | bear6370@hanmail.net

정가 | 13,800원

ISBN 979-11-6302-418-7 (04810)
       979-11-6302-415-6 (set)

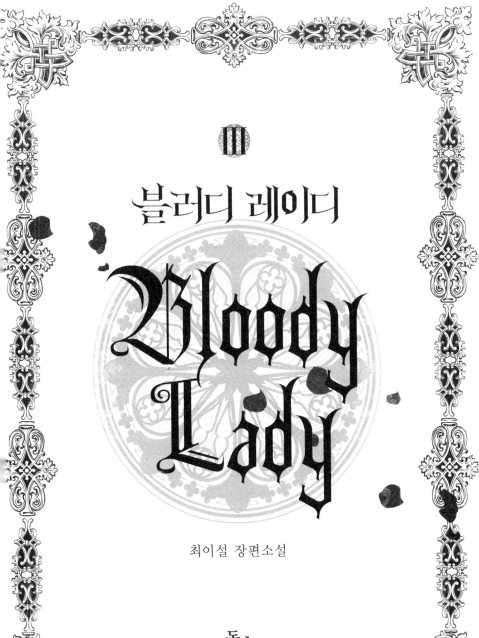

III

블러디 레이디

Bloody Lady

최이설 장편소설

동아

목 차

포탈을 통해서 순식간에 신전에 도착한 레오디안과 페이렌을 맞이한 것은 벨레로폰이었다. 벨레로폰은 로아나가 신황을 데리고 플라치두스 신전으로 향했다는 사실을 알렸다.

'그분이 어디에 계신지는 확인했나?'

'네, 누님. 그분은 여전히 지하에 모셔져 있습니다.'

페이렌의 물음에 벨레로폰이 주저하지 않고 대답했다. 레오디안은 벨레로폰이 이야기하는 지하가 어디인지 정확하게 알고 있었다. 신황이 레오디안을 가두라 명한 곳도 바로 신전의 지하 공간이었다.

레오디안이 곧장 걸음을 내디뎠다. 그러자 페이렌과 벨레로폰도 자연스럽게 레오디안의 뒤를 따라 걸었다.

그렇게 세 사람이 지하로 향하는 동안, 여러 신관과 기사들을 마주쳤다. 하지만 다행스럽게도 세 사람을 저지하는 사람은 아무도 없었다. 그러니까, 지상과 지하를 가로막고 있는 문 앞에 도착하기 전까지는 그랬다.

'대공 각하……?'

신황으로부터 지하로 향하는 문을 지킬 것을 명받은 케일런이 레오디안을 보고 당황스러운 기색을 감추지 못했다.

케일런은 레오디안의 뒤에 서 있는 페이렌과 벨레로폰에게까지 차례로 눈길을 준 뒤, 의아한 목소리로 물었다.

'이곳은 무슨 일이십니까?'

'신황 성하께 이야기를 전해 듣지 못했나?'

'예?'

'신황 성하께서 대공 각하께 그 괴물의 처리를 맡기셨다.'

페이렌이 일말의 망설임 없이 대꾸하자 케일런은 혼란스러운 표정으로 레오디안을 응시했다. 레오디안은 아무런 말없이 케일런을 마주 바라볼 뿐이었다. 곧 레오디안에게서 시선을 거두어들인 케일런은 페이렌을 향해 조심스럽게 말했다.

'저는 신황 성하께 아무런 언질도 받지 못했습니다.'

'그래서 지금 경은 대공 각하의 출입을 막겠다는 건가?'

'……'

케일런이 말문이 막힌 채로 입을 다물었다. 페이렌에게 뭐라고 대꾸해야 할지 알 수 없었다. 설마하니 페이렌이 거짓말을 한다고는 생각하지 않았다. 그럴 이유도 없었다.

하지만 케일런은 신황에게서 따로 명령을 받은 바가 없었다. 그런 상황에서 레오디안을 비롯한 두 사람이 지하로 내려갈 수 있도록 선뜻 비켜서는 건 영 곤란했다. 결국 케일런은 난감하기 짝이 없다는 듯 표정을 굳힌 채로 말을 꺼냈다.

'부디 제가 신황 성하께 확인할 시간을 주십시오.'

'경은 내가 거짓말을 한다 의심하고 있는 것이로군.'

'아니, 아닙니다. 그것이 아니라……'

'그게 아니라면 현재 각하의 앞을 가로막고 있는 경의 태도를 내가 어떻게 받아들여야 하지?'

'……'

페이렌이 단호한 말로 케일런을 압박했다. 케일런은 차마 어떠한 대꾸도 하지 못한 채로 고개를 숙였다.

여태까지 침묵으로 일관하며 잠자코 상황을 지켜보던 레오디안이 말문을 연 것은 바로 그때였다.

'신황 성하께서는 그 괴물을 당장 처리하길 바라신다. 이렇듯 시간을 지체하 길 원치 않으시지.'

케일런이 고개를 들어 레오디안을 바라보았다. 레오디안은 서늘하기 그지없 는 무표정한 낯을 한 채로 여상히 말을 이었다.

'신황 성하는 자애로운 분이시지만, 제 뜻을 거스르는 자를 처단하는 데에 자비를 두지 않으신다는 사실은 알고 있겠지.'

'……'

'판단은 그대의 몫이다.'

레오디안은 그 말을 끝으로 입술을 굳게 다물었다. 그러면서 말없이 케일런 을 주시했다. 방금 레오디안의 말뜻을 단번에 알아들은 케일런의 안색이 파리 하게 질렸다.

레오디안은 불과 얼마 전까지 신황의 뜻을 거슬렀단 이유로 지하에 갇혀 있 었다. 감히 케일런과 비교할 수 없을 만큼 고귀한 신분을 가진 레오디안이었으 나, 레오디안을 신전에 가두는 데 신황은 한 치의 망설임도 없었다.

만약 신황이 정말 레오디안에게 괴물 사체의 처리를 맡겼다면, 지금 케일런 은 신황의 뜻에 반하는 짓을 저지르고 있었다.

거기까지 생각이 미치자 클로안의 머릿속은 더욱 혼란스러워졌다.

레오디안은 클로안에게 알아서 판단하라 말했지만, 클로안은 자신이 어떤 결정을 내려야 하는지 도통 확신이 서지 않았다. 지금 이 상황이 그저 난감하 기만 했다.

그때, 벨레로폰이 한 걸음 앞으로 나서며 말문을 열었다.

'케일런, 자네가 정 불안하다면 이렇게 하는 건 어때?'

케일런이 벨레로폰을 바라보자, 벨레로폰이 기다렸다는 듯 빠른 속도로 말 을 덧붙였다.

'지금 나와 함께 신황 성하께 가서 대공 각하께 명령을 내렸는지 아닌지를

확실하게 확인해 보는 거야.'

'……'

'그리고 그동안 대공 각하와 로렐라인 경은 신황 성하의 명을 수행하고 말이야.'

벨레로폰의 말을 듣고 곰곰이 생각해 본 케일런은 벨레로폰의 말에 어폐가 있다는 것을 인지했다.

만약에 신황이 레오디안에게 아무런 명령도 내리지 않았다면, 케일런이 레오디안의 지하 출입을 막지 않은 건 커다란 과실이 된다.

그리고 그 사실을 케일런이 알아차렸을 때는 무슨 일이 벌어져도 벌어지고 난 이후일 테니, 그때는 그 무엇도 바로잡을 수 없을 것이다.

'하지만……'

'아니면 이렇게 계속해서 의미 없이 시간을 지체하고만 있을 건가?'

벨레로폰이 퍽 날카로운 목소리로 물었다. 케일런은 아무런 대답도 하지 못한 채로 공연히 아랫입술만 잘근잘근 깨물었다. 레오디안은 여전히 케일런의 판단을 가만히 기다리고 있었다. 그러나 케일런은 그를 향해 있는 레오디안의 묵묵한 시선만으로도 상당한 압박을 받았다.

한동안 망설이기를 거듭하던 케일런은 여태 못 박힌 듯 서 있던 자리에서 비켜섰다.

'……알겠네. 그렇게 하도록 하지.'

레오디안의 표정에는 아무런 변화가 없었다. 마치 지금 케일런의 행동은 너무도 당연하다는 듯이. 그런 레오디안의 모습은 케일런의 불안한 마음을 그나마 잠재워 주었다. 잠시간 레오디안의 낯을 살펴보던 케일런은 이내 벨레로폰을 향해 시선을 고정했다.

'자네는 자네가 말한 대로 지금 나와 함께 신황 성하께 가서 확인을 해 줘야 하네.'

벨레로폰이 거리낄 것 없다는 듯이 선선히 고개를 주억거렸다.

'각하, 저는 케일런 경과 신황 성하를 알현하러 가 보겠습니다.'

'그래.'

레오디안의 대답을 들은 벨레로폰이 곧장 케일런에게 다가갔다.

'자, 가자고.'

벨레로폰이 퍽 살갑게 웃으며 케일런을 재촉했다. 그 모습을 보고 케일런은 아직까지 마음속에 뿌리를 깊이 박고 있던 불안의 싹을 뽑아냈다.

벨레로폰은 케일런과 함께 기사단에 입단한 동기였으며, 오랜 시간 마음을 나눈 친구였다. 케일런에게는 벨레로폰이 자신을 속일 리 없다는 믿음을 가지고 있었다.

그래, 벨레로폰이 자신에게 거짓말을 할 리 없다. 거기까지 생각이 닿은 케일런은 이내 불안한 마음을 뒤로하고서 벨레로폰을 향해서 마주 미소를 지어 보였다.

그러자 그런 케일런의 낯을 본 벨레로폰이 평소와 같이 가벼운 농담을 던졌다. 케일런 역시도 늘 그랬듯이 벨레로폰의 농담에 장난스러운 말로 응수했다. 그렇게 사사로운 잡담을 나누며 멀어지는 두 사람의 모습을 바라보던 페이렌이 레오디안을 돌아보았다.

레오디안은 무언기를 깊이 고심하는 듯 한껏 가라앉은 낯으로 지하실 문을 주시하고 있었다.

'……각하.'

페이렌이 조심스럽게 레오디안을 부르자, 레오디안의 시선이 페이렌을 향해서 느릿하게 옮겨 갔다.

레오디안의 눈빛에는 어딘지 멍한 구석이 있었다. 막상 일을 치려니 망설여지는 걸까. 그런 걱정스러운 생각이 들었지만, 페이렌은 애써 그 걱정을 떨쳐 낸 뒤 말했다.

'벨레로폰이 돌아오기 전에 어서 그분을 모셔야 합니다.'

'……그래, 그래야겠지.'

페이렌의 재촉에 레오디안이 비로소 걸음을 내디뎠다. 지독하리만큼 어두워 음습하게까지 느껴지는 지하로 내려가는 레오디안의 표정은 서릿발처럼 차가웠다.

* * *

하루에도 수십 대의 무역선이 오고가는 메시오 항구는 암브로시우스 제국에서 가장 규모가 큰 항구였다. 그리고 바로 이 항구에 클로안이 암브로시우스 제국으로 올 때 타고 온 배가 정박해 있었다.

클로안이 리리엔을 품에 안고 마차에서 내리기가 무섭게, 먼저 도착해서 기다리고 있던 기사들이 다가왔다.

'왕자님, 아직 출항 준비가 끝나지 않았다고 합니다.'

기사 한 명이 출항하기까지 시간이 조금 걸릴 것 같다는 선원의 말을 전했다. 그에 클로안이 가볍게 고개를 끄덕이자, 이내 기사가 말을 이었다.

'왕자님의 선실은 정리를 마쳤다고 하니, 지금 바로 배에 오르셔도 됩니다.'

기사가 저 멀리 정박되어 있는 배를 힐끔 바라보고선 덧붙였다.

'이쪽입니다.'

클로안은 기사의 안내를 받으며 걸음을 옮겼다. 머지않아서 배에 오른 클로안의 걸음이 선실에 닿았을 때에도 리리엔은 깨어나지 않았다. 클로안은 깊이 잠든 리리엔을 침대 위에 눕힌 뒤, 침대 맡에 놓인 소파에 앉았다. 그러자 클로안을 선실로 안내해준 기사가 천천히 입을 뗐다.

'그럼, 쉬십시오.'

'그래, 출항 준비를 마치면 내게 따로 알릴 것 없이 즉시 출항하도록.'

'예, 왕자님.'

기사가 고개를 꾸벅 숙여 보이고는 선실을 나갔다.

클로안은 선실의 유일한 창문에 시선을 두었다. 청명한 하늘과 잠잠한 바다가 한눈에 들어왔다. 클로안의 복잡한 심경과 대비되는 평화롭기 그지없는 날씨였다. 날씨가 좋으니 별 탈 없이 페레이스에 도착할 수 있을 것 같다. 그런 생각을 하며 클로안은 배가 출항할 때까지 창밖만 하염없이 바라보았다.

리리엔이 의식을 차린 것은 그로부터 꽤나 오랜 시간이 흐른 뒤였다.

* * *

　배가 바다 한복판을 가로지를 때에야 깨어난 리리엔은 몸을 일으켜 앉기가 무섭게 주위를 둘러보았다.

　리리엔은 자신이 낯선 공간에서 깨어났다는 사실에 혼란스러운 듯했다. 당황한 표정으로 흔들리는 시선을 이리저리 옮겼다. 이윽고 조금씩 상황 파악을 해 나가고 있는 듯한 리리엔의 모습을 클로안은 조마조마한 심정으로 바라보았다.

　리리엔은 꽤 한참 만에야 클로안에게 눈길을 던졌다. 그렇게 클로안을 응시하는 리리엔의 눈빛에는 이루 헤아리기 어려운 감정들이 뒤엉켜 있었다.

　'여기가 어디에요?'

　그렇게 묻는 리리엔의 목소리는 날카롭기 그지없었다. 클로안은 나직이 한숨을 삼켰다.

　'선실입니다.'

　'선실……?'

　리리엔이 새삼스럽게 주위를 둘러보았다. 그러던 리리엔의 표정이 더없이 딱딱하게 굳었다. 클로안에게 다시금 시선을 고정한 리리엔이 떨리는 입술을 열었다.

　'나를 어디로 데려가려는 거예요?'

　'……'

　'도대체 지금 나를 어디로 데려가려는 거냐고요!'

　리리엔은 아무런 대답을 하지 않는 클로안이 답답하다는 듯 목소리를 높였다.

　클로안은 끝내 삼키지 못한 한숨을 내쉬면서 자리에서 일어났다. 그리고 그 길로 곧장 리리엔에게 가까이 다가가자, 리리엔이 한껏 몸을 움츠렸다. 그 모습을 본 클로안의 걸음이 뚝 멎었다. 클로안은 하얗게 질린 리리엔의 얼굴을 내려다보다가 한숨처럼 말했다.

과거 ∞ 13

'아가씨의 의사를 묻지 않고 페레이스로 데려가는 것이 썩 옳은 일은 아니라는 사실은 알고 있습니다. 하지만……'

순간 멈칫해서 말끝을 흐린 클로안이 잠시 망설이다가 이내 말을 덧붙였다.

'하지만 이것이 아가씨를 위한 일이라 생각했습니다.'

리리엔은 커다란 충격에 빠진 듯 아무런 말도 하지 못했다. 그저 멍하니 입을 벌린 채로 클로안을 쳐다봤다. 클로안은 그런 리리엔이 안타까워 깊은 한숨을 내쉬었다. 바로 그때, 그 한숨 소리가 어떤 신호라도 된다는 것처럼 리리엔이 허탈하게 웃었다.

'이런 게 정말 나를 위한 일이라고 생각해요?'

'네.'

클로안은 일말의 망설이는 기색 없이 대답했다.

'그리고 만약 그분이 이 자리에 계셨다면 그분도 저와 똑같은 대답을 하셨을 겁니다.'

'뭐……'

'그분이 아가씨의 희생을 바랄 것 같습니까?'

클로안이 드물게 단호한 목소리로 물었다. 그리고 그 물음이 리리엔의 말문을 턱 막았다. 리리엔은 소리 없이 입술을 벙긋거리다가, 이내 믿을 수 없다는 듯 클로안을 바라봤다.

어떻게 지금 이 자리에서 엘시아를 들먹일 수가 있는 걸까.

그런 생각이 머릿속에 떠오르기가 무섭게 엘시아의 이름을 입에 올린 클로안에게 화가 났다.

'우리 언니에 대해서 뭘 안다고……'

'적어도 그분이 아가씨가 무사하기를 바라리란 것 정도는 압니다.'

클로안은 이번에도 단호하게 딱 잘라 말했다. 리리엔은 짧게 헛웃음을 쳤을 뿐, 클로안에게 아무런 반박도 하지 못했다. 지금 클로안은 엘시아를 알고 이런 말을 하는 것이 아니다. 다름 아닌 리리엔이 그 누구보다 잘 알고 있었다.

하지만 리리엔은 아무리 시간이 흘러도 클로안의 말에 반박할 수 없었다.

클로안의 말이 맞았으므로.

'……그렇다고 해서 저를 기절시켜서 페레이스로 데려가려고 한 왕자님의 행동이 정당화될 수는 없어요.'

'예, 맞습니다. 리리엔 아가씨가 저에게 화를 내시는 것도 당연합니다.'

클로안은 자신의 행동이 잘못되었다는 것을 순순히 시인했다. 하지만 단지 그뿐이었다.

'그러나 저는 후회하지 않습니다.'

클로안은 물러서지 않았다. 여지없이 단호한 태도의 클로안을 보고 리리엔은 아랫입술을 힘껏 깨물었다.

클로안은 다시 뱃머리를 돌려 암브로시우스 제국으로 돌아갈 생각이라고는 추호도 없어 보였다.

'왕자님도 똑같아요. 레오디안이나 왕자님이나 전부 똑같다고요! 제 생각이나 의사는 전혀 상관하지 않고 마음대로……!'

'대공님은 이 세상 그 누구보다 아가씨를 걱정하는 분입니다.'

'그게 뭐 어쨌다고요!'

리리엔은 한사코 단호하게 말하는 클로안에게 지지 않고 소리쳤다.

'지금 나는 우리 언니가 걱정돼서 미칠 것 같다고요!'

리리엔이 평생을 함께 지내 온 건 레오디안이 아닌 엘시아였다. 리리엔에게는 레오디안보다 엘시아가 훨씬 소중했다.

그리고 무엇보다도 레오디안은 리리엔이 그러한 만큼 엘시아를 소중하게 여기지 않았다. 그 사실을 잘 알고 있는 리리엔은 레오디안이 정말 엘시아를 신전에서 구해 낼 것인지를 확신할 수 없었다.

'레오디안이 우리 언니를 태워 버리면, 그러기라도 한다면 나는…….'

'……아가씨.'

클로안은 힘없이 고개를 아래로 내려뜨리고선 울먹이는 목소리로 중얼거리는 리리엔에게 다가갔다.

'잊으셨습니까?'

'……'

'대공님은 그분을 신전에서 데리고 나오겠다고 약속하셨습니다.'

리리엔은 말없이 고개를 흔들기만 했다. 그것이 방금 자신이 한 말을 부정하는 몸짓임을 클로안은 모르지 않았다.

'아가씨는 대공님을 단단히 오해하고 있습니다.'

클로안은 한숨과 함께 말을 이었다.

'대공님은, 레오디안은…….'

리리엔이 천천히 고개를 들어 올렸다. 고개를 든 리리엔의 눈가에 눈물이 맺혀 있었다. 그 모습을 본 클로안은 말을 꺼내려다 말고 멈칫했다. 머지않아서 소리 없이 눈물만 뚝뚝 흘리기 시작한 리리엔은 정말 서러워 보였다.

'……레오디안은 약속을 지킬 겁니다. 그게 아가씨가 바라는 일이라는 사실을 잘 알고 있으니까요.'

클로안이 한참 만에 나직이 가라앉은 목소리로 말했다. 리리엔은 그런 클로안을 그저 조용히 바라보기만 했다.

클로안은 리리엔에게 레오디안이 얼마나 리리엔을 사랑하고 있는지를 알려주고 싶었다. 하지만 막상 말을 꺼내려니 어째선지 입이 떨어지지 않았다. 클로안은 짧게 한숨을 내쉬고는 다른 말을 꺼냈다.

'레오디안은 아가씨를 위한 일이라면 그게 무슨 일이든 망설이지 않고 행할 겁니다.'

리리엔을 향한 레오디안의 애정을 짐작할 수 있을 만한 말이었다. 그러나 리리엔은 별다른 반응을 보이지 않았다. 혹시 자신이 너무 에둘러서 말을 한 것일까. 클로안이 막 그런 생각을 했을 때였다.

'내가 바라는 건 엘시아의 곁에 있는 거예요.'

'……'

'엘시아를 두고 나 혼자만 안전한 곳으로 도망치고 싶지 않다고요.'

그렇게 말한 리리엔이 소매로 눈가를 벅벅 닦아 내더니 돌연 자리에서 일어났다.

'돌아갈 거예요.'

'……아가씨.'

'레오디안이 약속대로 엘시아를 신전에서 데려오든 아니든 상관없어요. 돌아갈래요.'

굳게 결단을 내린 리리엔이 단호하게 못 박아 말했다.

엘시아를 지키는 건 자신의 일이었다. 리리엔은 엘시아를 위해서라면 뭐든할 작정이었고, 또 그걸 레오디안에게 떠넘길 생각은 전혀 없었다.

클로안은 당황한 기색이 역력한 채로 리리엔을 올려다보았다. 단호한 표정을 짓고 있는 리리엔의 눈가는 새빨갰지만 눈물은 맺혀 있지 않았다. 클로안이 침대에서 내려선 리리엔의 앞을 가로막으며 다급하게 말을 꺼냈다.

'어떻게 돌아가신다는 겁니까. 지금 우리가 탄 배는 드넓은 바다를 가로지르고 있습니다.'

'내가 레오디안과 같은 힘을 타고났다는 걸 모르시나요?'

'아…….'

'왕자님은 저를 막으실 수 없어요.'

클로안이 멍하니 입을 벌리고 있는 사이, 리리엔은 힘을 사용했다. 리리엔의 손에서부터 뭉게뭉게 피어오른 붉은 연기가 이리저리 뻗어 나가기 시작했다. 그것을 본 클로안이 경악스레 눈을 크게 떴다.

리리엔은 불과 얼마 전에 무리하게 힘을 사용하다 쓰러졌다. 클로안은 그것을 레오디안에게 들어 알고 있었다. 클로안이 어떻게든 리리엔을 막아야겠다는 생각에 리리엔을 향해 손을 뻗었다.

'아가씨!'

'말리지 마세요. 소용없다는 거 아시잖아요.'

'하지만 또다시 무리하게 힘을 사용했다간…….'

클로안이 말을 잇던 그 모습 그대로 움직임을 멈췄다. 리리엔이 시간을 멈춘 것이었다.

클로안은 자신을 억지로 배에 태웠을 때부터 이런 상황이 벌어지리라고는 전혀 예상하지 못했던 걸까?

리리엔은 서글픈 미소를 지었다. 그리고 얼음처럼 굳어 버린 클로안의 모습을 잠시 바라보다가, 이내 미련 없이 몸을 돌렸다. 멈추어 버린 시간 속에서 움직이는 건 오직 리리엔뿐이었다. 당연하게도 선실을 빠져나오는 리리엔의 앞을 가로막는 사람은 아무도 없었다.

클로안이 우려했듯 리리엔도 자신이 힘을 사용했다가 또다시 쓰러지지는 않을지 걱정했다. 하지만 이상하게도 몸은 아무렇지도 않았다. 갑판을 향해서 나아가는 리리엔의 발걸음은 가뿐하기만 했다.

그렇게 머지않아서 갑판에 도착한 리리엔의 시선을 끈 것은 뱃머리에 조각되어 있는 여인상이었다. 리리엔은 여인상을 향해 천천히 다가갔다.

눈을 감고 두 손을 꼭 모은 채로 기도하고 있는 여인은 머리에 베일 같은 걸 쓰고 있었다.

순탄한 항해를 기원하기 위한 조각상일까. 그런 생각을 하면서 조각상을 바라보던 리리엔은 이내 자신이 해야 할 일을 상기하곤 시선을 돌렸다. 그렇게 리리엔은 여전히 붉은 연기를 흘려보내고 있는 자신의 손을 응시했다.

처음 시간을 되돌리려는 시도를 했을 때, 얼마나 고통스러웠는지가 떠올랐다. 그래서인지 리리엔은 선뜻 힘을 사용하는 게 망설여졌다. 시간을 되돌리는 일은 시간을 멈추는 것과는 비교할 수 없을 정도로 어려웠다.

아직 자신이 타고난 힘을 제대로 다루지 못하기 때문일 수도 있다. 하지만 설령 힘을 능숙하게 사용할 수 있게 된다 할지라도 시간을 거스르는 것이 지금보다 더 수월해지리라고는 확신할 수 없었다.

그도 그럴 것이 레오디안은 자신과 비교조차 할 수 없을 만큼 오랜 시간 힘을 다뤄왔으나, 시간을 되돌리는 일을 기피하는 듯한 기색을 보였다.

가문에 전해지는 힘을 다루는 데 능숙한 레오디안이 꺼릴 정도이니, 시간을 되돌리는 게 얼마나 어렵고 또 위험한 짓인지는 말할 것도 없었다. 그러나 리리엔은 해야만 했다. 그게 엘시아를 구할 수 있는 유일한 길이었다.

그동안 리리엔은 엘시아를 잃었다는 상실감에 휘둘리느라 의미 없이 시간을 허비했다. 이제라도 정신을 똑바로 차려야 했다.

리리엔은 두 손을 꽉 움켜쥐고 고개를 들어 올렸다. 그리고 마치 여인상처럼 기도하듯 눈을 꼭 감고서 자신의 몸 안에 흐르는 힘에 집중했다.

엘시아가 살아 있을 때로 돌아가는 건 무리였다. 하지만 적어도 하일롭이 엘시아를 신전으로 보내 버리기 전으로 시간을 되돌리는 건 가능할지도 몰랐다. 혹은, 레오디안이 신전으로 끌려가기 전으로 돌아갈 수 있을지도 모르는 일이었다.

'제발…….'

혼잣말을 중얼거리는 리리엔의 몸에서 이전과 비교할 수 없을 만큼 많은 양의 붉은 연기가 피어오르기 시작했다.

길지도 짧지도 않은 시간이 흐른 후, 갑판 위에 서 있던 리리엔의 모습이 흔적조차 남지 않고 사라졌다.

* * *

흐린 의식이 점차 선명해졌지만, 시야는 여전히 새까맸다. 리리엔은 눈꺼풀을 들어 올리려고 했다.

하지만 이상하게도 리리엔은 눈을 뜰 수가 없었다. 그뿐만이 아니라 온몸이 뜻대로 움직여 주지 않았다. 시간을 되돌리는 데 실패하고 몸이 완전히 망가져 버리고 만 걸까? 리리엔이 그런 의문을 떠올린 순간이었다.

'……은 아직인가?'

깊은 울림을 가진 목소리가 리리엔의 먹먹한 귓전을 파고들었다. 그건 이제 리리엔이 꽤나 익숙해진 레오디안의 목소리였다.

'어째서 도통 의식을 차리지 못하는 거지? 분명 특별하게 이상이 있는 곳은 없다 하지 않았나.'

이어 그렇게 묻는 레오디안의 목소리에는 미처 감추지 못한 초조함이 깃들어 있었다. 그래서 리리엔은 다시 한번 눈을 뜨려고 눈꺼풀에 힘을 주었다. 하지만 이번에도 리리엔은 눈을 뜰 수 없었다.

리리엔이 자신의 몸이 손 쓸 수 없이 망가진 것 같다고 생각하며 두려움을 느끼는데, 이윽고 누군가 레오디안에게 대꾸하는 소리가 귓가를 울렸다.

'걱정하지 마세요, 각하. 제가 조금 전에도 확인해 봤지만 리리엔 아가씨의 몸에는 여전히 별다른 이상이 없습니다.'

'……'

'곧 깨어나실 거예요.'

다정한 미성이 건넨 말에 이어진 건 레오디안의 묵직한 한숨 소리였다. 그리고 그 뒤로는 쥐 죽은 듯이 고요한 적막이 자리를 잡았다. 얼마나 시간이 흘렀을까. 문득 누군가 자리에서 일어나는지 옷깃이 스치는 소리가 들렸다.

'각하, 그럼 저는 이만 돌아가 보겠습니다.'

'그래, 수고했다.'

레오디안이 그렇게 대꾸를 하고 머지않아서 문이 열리고 닫히는 소리가 들렸다. 그때까지도 리리엔은 제 뜻대로 몸을 움직일 수 없었다.

그쯤 되자 리리엔은 눈을 뜨려는 시도조차 관두고, 그저 조용히 숨만 내쉬고 들이쉬기를 반복했다. 그래서 리리엔은 곧 레오디안이 자신을 부르는 소리를 똑똑히 들을 수 있었다.

'……리리엔.'

레오디안은 무척이나 낮고 조그만 목소리로 리리엔을 불렀다. 그 깊은 울림의 음성이 듣기 좋다는 생각을 처음으로 했다.

'리리엔.'

레오디안은 이후로도 몇 번이나 리리엔의 이름을 불렀다. 마치 낯선 단어를 입에 익히려는 사람처럼. 레오디안은 오직 리리엔의 이름만 부를 뿐, 다른 말은 하지 않았다.

그렇게 레오디안이 간간이 부르는 자신의 이름을 듣고 있자니 어느 순간부터 수마가 몰려들었다. 리리엔은 굳이 의식을 붙잡고 있으려는 노력을 하지 않고 수마에 몸을 내맡겼다.

어차피 몸을 움직일 수 없는 이 상황에서 자신이 할 수 있는 일은 아무것도 없었으므로. 리리엔은 그렇게 잠에 빠져들었다.

* * *

다음 날, 잠에서 깨기가 무섭게 눈을 뜬 리리엔은 몸이 한결 가뿐해진 것을 느꼈다. 어제 몸을 가누지 못했던 것이 거짓말 같을 정도였다.

리리엔은 곧장 침대에서 내려와, 그 길로 침실을 나섰다. 저택은 기묘하리만큼 조용했다. 리리엔은 굳이 기억을 더듬을 것도 없이 엘시아의 방을 찾아갔다. 망설이지 않고 문을 열고 방 안으로 들어갔는데, 방은 텅 비어 있었다.

마치 오래도록 사용하지 않은 듯 썰렁한 방의 모습을 확인한 리리엔은 곧 벅찬 숨을 크게 들이마셨다. 자신이 시간을 되돌아오는 데 성공한 것이란 직감이 리리엔의 머릿속을 스치고 지나갔다.

엘시아가 살아 있는 시간에서 깨어났다면 훨씬 좋았겠지만, 그래도 이것만으로도 충분했다. 리리엔은 성말이지 기쁜 마음에 한껏 입꼬리를 끌어 올려 밝게 미소를 지었다. 그런데 그 순간이었다.

'여기서 무엇을 하고 있는 거지?'

리리엔은 돌연 뒤에서 들려온 목소리에 화들짝 놀라 고개를 돌렸다. 그리고 바로 그곳에 레오디안이 서 있었다. 문가에 기대선 레오디안은 고개를 비스듬히 기울이고서 리리엔을 바라보고 있었다.

그런 레오디안과 눈을 마주친 리리엔의 미소 짓던 입매가 점차 딱딱하게 굳어 갔다.

리리엔은 지금이 레오디안이 괴물 토벌을 하다가 자신을 찾아내 대공가로 데리고 온 시점이리라 짐작하고 있었다.

그 시점에 리리엔은 레오디안을 향한 원망을 쏟아내고 모진 말로 레오디안을 할퀴고 또 할퀴기를 거듭했었다. 그러했던 그때와 다르게 지금의 리리엔은 레오디안을 마냥 원망만 하지 않았다. 때문에 리리엔은 그때처럼 레오디안을 살인자라 비난할 생각이 추호도 없었다.

하지만 지금 리리엔은 그때와 같은 태도로 레오디안을 대해야 했다. 그래야 레오디안이 그때처럼 엘시아를 이곳으로 데리고 올 테니까.

'……왜 그랬어?'

리리엔은 최대한 매서운 눈빛으로 레오디안을 노려보며 말했다. 그러자 레오디안의 표정이 미묘하게 경직됐다. 그런 레오디안을 보자 마음이 약해졌지만, 리리엔은 마음을 굳게 먹으려고 노력했다.

한번 크게 숨을 들이마신 리리엔은 자신이 레오디안을 어떤 말로 비난했었는지를 떠올려 냈다. 그리고 그 말을 그대로 입 밖으로 내뱉었다.

'살인자.'

'……'

'너는 내 하나뿐인 가족을 죽인 거야, 알아?'

레오디안은 그때 그러했던 것처럼 리리엔에게 아무런 대꾸도 하지 않았다. 그저 그 자리에 못 박힌 듯 서서 리리엔의 비난을 묵묵히 감내할 뿐이었다.

레오디안이 엘시아의 시신을 대공저로 인도해 오기까지는 그리 오랜 시간이 걸리지 않았다. 레오디안은 예전에 그러했듯 엘시아를 위한 방을 조성해 주었고, 리리엔은 그 방을 매일같이 드나들었다.

그러자 레오디안은 그런 리리엔에게 우려를 표했다. 이 또한 과거와 한 치의 다름없이 똑같았다. 다만 그때와 단 하나 달라진 것이 있다면 바로 레오디안의 우려스러운 말을 듣는 리리엔의 태도였다.

리리엔은 자신이 엘시아에게 품은 애정이 집착의 모습을 닮았다는 레오디안의 말에 조용히 고개를 끄덕였다. 그리고 레오디안이 바라는 대로, 엘시아의 방을 찾아가는 빈도를 줄였다. 그러자 레오디안은 크게 안심한 눈치였다. 사나흘 걸러 엘시아의 방을 찾는 리리엔을 더 이상 만류하지 않았다.

그렇게 그나마 평화스러운 날들이 이어지던 어느 날, 레오디안이 대공저에 클로안을 불러들였다. 이 역시도 과거와 다름이 없었다.

리리엔은 모든 것이 마치 예정된 수순처럼 일어나는 시간 속에서, 곧 도래할 사건을 어떻게 맞이해야 할지 고민했다. 그러니까, 신황과 그의 기사들이 레오디안을 끌고 가기 위해서 대공저를 찾아오는 사건을 말이다.

어떻게 하면 다가올 미래를 바꿀 수 있을까. 고민을 거듭하던 리리엔은 머지않아서 그럴 듯한 방법을 찾아냈다. 그것이 저택의 모두가 잠든 으슥한 밤, 리리엔이 남몰래 레오디안의 침실로 향한 이유였다.

한밤의 저택은 마치 아무도 살지 않는 것처럼 조용했다. 고요한 사위에 한껏 몸을 긴장시킨 리리엔은 더욱 발소리를 죽인 채로 걸었다. 애당초 레오디안의 침실이 그리 멀지 않았기에 리리엔은 금세 닫힌 방문 앞에 멈추어 섰다. 그리고 짧게 심호흡을 한 뒤에 문 너머의 기척에 귀를 기울였다.

밤이 깊은 시간이었다. 아무래도 레오디안은 잠을 자고 있는 건지 방 안에서는 아무런 소리도 들리지 않았다.

하지만 리리엔은 불안한 마음에 한참을 기척을 죽인 채로 그 자리에 그대로 서 있었다. 혹시라도 레오디안이 아직 깨어 있기라도 할까 봐. 리리엔은 선뜻 계획을 실행으로 옮기지 못했다.

그렇게 얼마쯤 지났을까. 더 이상 시간을 지체해서는 안 된다는 생각이 들었다. 리리엔은 긴장한 표정으로 마른침을 꿀꺽 삼켰다.

리리엔은 오늘 엘시아를 데리고 이 로켄페데스 대공저를 나설 생각이었다. 레오디안이 평생 자신을 찾아 헤맸다는 사실은 알고 있었다. 하지만 리리엔은 더는 이 저택에 머무르고 싶지 않았다.

아니, 정확하게 말하자면 리리엔은 자신이 이곳에 머물러서는 안 된다고 생각했다.

리리엔은 자신의 존재가 레오디안에게 도움이 되기는커녕 오히려 민폐만 끼친다고 여기고 있었다.

실제로 리리엔의 부탁으로 엘시아를 이곳으로 데려온 레오디안은 그 탓에 신전에 갇히기까지 했었다. 그런데도 리리엔은 끝내 엘시아를 포기할 수 없었다. 되돌아온 지금도 마찬가지였다.

그러니 리리엔이 고를 수 있는 선택지는 단 하나였다. 엘시아를 데리고 어디론가 홀연히 사라져 주는 것. 리리엔은 그것이 바로 자신과 레오디안 모두를 위한 일이리라 판단을 내렸다.

리리엔은 다시금 마른침을 꿀꺽 삼켰다. 그러고는 더 이상 지체하지 않고 힘을 사용했다. 이제는 익숙한 붉은 연기가 양손에서부터 뿜어져 나왔다. 리리엔은 그 연기가 주위로 퍼져 나갈 때까지 자신의 힘에 온 신경을 기울여 집중했다.

그러고도 한참 뒤, 리리엔은 여전히 붉은 연기가 피어오르고 있는 손으로 문고리를 잡았다. 그리고 조심스럽게 문고리를 돌려 문을 열었다.

레오디안은 리리엔보다 훨씬 강한 힘을 지니고 있었다. 그 때문에 리리엔은 자신의 힘으로 레오디안의 시간을 멈추는 데 성공했는지 확실하게 확인을 해야 했다. 그래야만 마음을 놓고 엘시아를 데리고 저택을 빠져나갈 수 있을 것 같았기 때문이었다.

시아에 가득 들어찬 침실 안의 모습을 살펴보던 리리엔은 머지않아서 레오디안을 발견했다.

레오디안은 침대에 누워 있었다. 아무래도 잠이 든 건지 눈꺼풀을 굳게 닫은 채로 바로 누워 있는 레오디안의 외모는 멀리서 보아도 아름다웠다. 커튼이 쳐지지 않은 창문에서 새어 들어온 달빛이 레오디안의 외모를 더욱 찬란하게 밝히고 있었다. 리리엔은 조심스러운 걸음으로 레오디안에게 가까이 다가갔다.

레오디안은 지금부터 리리엔이 무슨 짓을 할지는 꿈에도 모르고 그저 고요히 잠들어 있었다.

리리엔이 납치된 이후 줄곧 리리엔을 찾아 헤맨 레오디안이었다. 레오디안과 리리엔은 긴 세월이 흐른 뒤에야 비로소 재회했는데, 지금 리리엔은 레오디안을 떠날 생각을 하고 있었다.

레오디안에게 리리엔은 유일한 가족이지만, 리리엔에게는 레오디안말고도 가족이 있었다.

바로 엘시아, 그녀를 지키기 위해서 리리엔은 레오디안을 뒤로한 채로 떠날 마음을 먹은 것이었다. 비록 그것이 레오디안에게 커다란 상처를 입히는 일일지라도.

'······미안해.'

리리엔이 저도 모르게 나지막한 목소리로 중얼거렸다. 그러자 그 순간, 레오디안이 번쩍 눈꺼풀을 들어 올렸다.

레오디안의 푸른 눈동자가 망설임 없이 곧장 리리엔의 당황한 얼굴을 담았다. 지금껏 잠에 빠져 있었던 사람의 것이라고는 믿을 수 없을 정도로 선명한 색채를 띠고 있었다.

'어떻게······.'

리리엔은 당혹스러운 마음을 감추지 못한 채로 혼잣말을 읊조렸다. 분명 시간을 멈췄는데, 레오디안은 어떻게 깨어난 걸까?

레오디안은 아무렇지도 않게 상체를 일으켜 앉았다. 리리엔은 창백하게 질린 낯을 한 채로 그 모습을 물끄러미 바라보았다. 낮게 잠긴 목을 고르던 레오디안이 천천히 입을 열었다.

'이 시간에 여긴 무슨 일이지?'

'······.'

레오디안의 물음에 리리엔은 여전히 얼음처럼 차갑게 얼어붙어서는 아무런 대꾸도 하지 못했다. 그러자 그런 리리엔의 낯빛을 살피던 레오디안이 시선을 돌렸다. 그리고 마치 상황 파악을 하려는 듯 유심히 주위를 둘러보았다.

리리엔이 가문의 힘을 사용했다는 사실을 레오디안이 눈치채기까지는 그리 오랜 시간이 걸리지 않았다.

짐짓 놀란 듯이 조금쯤 눈을 크게 뜬 레오디안의 입매가 딱딱하게 굳었다.

'······리리엔.'

이윽고 리리엔을 부르는 레오디안의 목소리 역시도 딱딱하게 경직되어 있었다.

'언제부터 가문의 힘을 사용할 수 있었지?'

'······.'

리리엔이 시간을 거슬러 왔다. 그리하여 다시 한번 흐르게 된 똑같은 시간 속에서, 리리엔은 레오디안의 눈앞에서 힘을 사용한 적이 없었다. 그러니 지금 이 시점의 레오디안은 리리엔이 로켄페데스 가문의 힘을 타고났다는 사실을 모르고 있는 것은 당연한 일이었다.

'대답해라, 리리엔.'

레오디안이 여전히 입술을 꾹 다물고 있는 리리엔에게 대답할 것을 재촉했다. 리리엔은 한참을 망설이다가 떠밀리듯 가까스로 입을 열었다.

'나는…….'

그런데 그 순간, 리리엔의 속에서 무언가 울컥 치밀어 올랐다.

리리엔은 그 치미는 무언가를 참지 못하고 그대로 입 밖으로 뱉어 냈다. 밭은기침이 연신 터져 나왔고, 리리엔은 재빨리 한 손으로 입을 틀어막았다. 그러자 기다렸다는 듯 느껴지는 격통에 리리엔은 고통스럽게 얼굴을 일그러뜨리고서 조금쯤 허리를 숙였다.

그렇게 리리엔이 허리를 숙인 채로 기침을 하는 소리가 고요한 방 안에 끊임없이 울려 퍼졌다.

'크흡…….'

'리리엔.'

레오디안이 협탁에 놓여 있던 물 잔을 건넸다. 그러나 연신 터져 나오는 기침에 몸을 가누기 힘든 리리엔은 그것을 건네받을 정신이 없었다. 결국 레오디안은 리리엔의 기침이 멎을 때까지 잔을 손에 들고 잠자코 기다렸다.

꽤 한참 만에 가까스로 허리를 곧게 피면서 입을 틀어막고 있었던 손을 떼어 낸 리리엔은 무심코 자신의 손에 시선을 주었다. 손바닥에 검붉은 피가 묻어나 있었다.

그것을 멍하니 내려다보는데 순간 시야가 어지럽게 뒤틀렸다. 리리엔이 크게 휘청이자, 그 모습을 보고 자리에서 일어난 레오디안이 리리엔을 향해서 황급히 손을 뻗었다.

'대체 무슨 짓을 한 것이냐, 리리엔.'

리리엔은 아무런 대답을 하지 못했다. 막혀 있던 둑이 터져 물이 새어 나가는 것처럼 온몸에서 힘이 빠져나가고 있었다. 그런 리리엔을 품에 안은 레오디안은 리리엔의 몸에 생긴 이상을 거짓말처럼 순식간에 알아차렸다.

리리엔의 주위를 둘러싸고 있던 연기가 점차 흐려져 가는 것과 동시에 리리엔의 호흡이 실낱처럼 야트막해지기 시작했다. 리리엔의 숨이 멎어 가고 있는 것이었다.

'리리엔!'

레오디안이 드물게 경악에 차 소리쳤다. 그러나 리리엔은 마치 아무런 소리도 듣지 못한 사람처럼 그저 힘없이 눈을 감았다. 품 안의 리리엔이 축 늘어졌다. 레오디안은 다급하게 리리엔의 몸을 흔들었다. 하지만 리리엔은 아무런 반응이 없었다.

순간 레오디안의 머릿속에 불길한 예감이 스치고 지나갔다. 레오디안은 믿을 수 없다는 듯 중얼거렸다.

'안 돼…….'

레오디안이 떨리는 손을 들어 그것을 리리엔의 코끝에 가져다 댔다. 그리고 불길한 예감은 곧 현실이 되어 레오디안을 해일처럼 덮쳤다. 하지만 레오디안은 현실을 부정하듯 고개를 내젓고는 더듬더듬 입을 열었다.

'리리엔.'

레오디안은 몇 번이고 반복해 리리엔의 이름을 불렀다. 쉴 새 없이 리리엔을 불렀으나 리리엔은 대답하지 않았다. 그제야 받아들이고 싶지 않은 현실을 받아들인 레오디안이 그 자리에서 그대로 무너져 내렸다.

리리엔이 가문의 힘을 타고났고, 그 힘을 사용했다는 데 놀랄 새도 없었다. 그리고 그것을 추궁할 시간도 없었다. 리리엔은 레오디안을 두고 떠나 버렸다. 매정할 정도로 순식간에 벌어진 일이었다.

레오디안은 처량하게 떨리는 손으로 리리엔의 뺨을 감싸 쥐었다.

리리엔에게서는 아직 따스한 체온이 느껴졌다. 하지만 이 온기가 곧 허무하게 사라져 버릴 것이란 사실을 레오디안은 알고 있었다.

거기까지 생각이 미쳤을 때, 참혹하다 싶을 정도로 일그러진 표정을 지은 레오디안이 질끈 눈을 감았다. 그리고 잠시 뒤, 레오디안에게서 푸른 연기가 피어올랐다. 그 연기는 레오디안과 리리엔 두 사람의 몸을 완전히 감쌌다.

지금 레오디안은 다시 한번 세상의 섭리를 거스를 작정이었다. 오직 리리엔을 위해서였다.

레오디안은 리리엔을 더욱 힘주어 끌어안았다. 지금 이 행위로 인해 자신의 숨이 멎어 버린다고 할지라도 그것을 대가로 리리엔이 살 수 있다면 아무래도 좋았다. 레오디안은 이를 꽉 사리물고서 더욱더 많은 힘을 방출했다.

맞물린 채로 돌아가던 거대한 시간의 톱니바퀴가 멈칫했다.

하지만 그것은 일순간이었다. 시간의 톱니바퀴는 이내 아무런 일도 없었다는 듯 태연하게 정반대 방향으로 돌아가기 시작했다.

리리엔의 것과는 비교조차 안 되는 거대한 레오디안의 힘은 이미 일어난 모든 사건을 전부 일어난 적 없는 것으로 만들었다.

하지만 단 하나 예외가 있었으니, 그것은 바로 다름 아닌 엘시아였다. 레오디안이 엘시아에게 불어넣은 그의 힘이 엘시아를 변화시켰고, 그 변화만은 시간이 되돌아간 이후에도 여전했다.

그러나 그 사실을 알아차린 사람은 아무도 없었다.

"……정말 너희끼리 있어도 괜찮겠어?"

"괜찮다니까. 언니는 방에 가서 좀 쉬어."

리리엔이 단호하게 등을 떠밀었으나 엘시아는 여전히 불안하다는 듯한 기색을 감추지 못했다. 좀처럼 발걸음을 떼지 못하는 것도 당연했다. 그도 그럴 것이 하이드는 아까부터 계속해서 소리 없이 눈물을 뚝뚝 흘리고 있었다. 엘시아는 그런 하이드에게서 쉽사리 시선을 떼어 내지 못했다.

"언니."

"……알겠어."

리리엔이 연신 재촉하자 그에 못 이긴 엘시아가 결국 걸음을 뗐다.

그렇게 엘시아가 리리엔의 침실을 떠나고, 침실에는 리리엔과 하이드 단둘이 남았다.

리리엔은 조그맣게 한숨을 내쉬면서 하이드에게 눈길을 주었다. 하이드는 눈물을 닦을 생각조차 하지 못하고 마냥 울고만 있었다.

그런 하이드를 가만 보고 있자니 가슴이 답답해지는 듯했지만, 리리엔은 하이드에게 그만 울라는 말은 하지 않았다. 리리엔은 하이드가 속이 풀릴 때까지 울고 난 다음에 스스로 알아서 눈물을 그치기를 기다릴 작정이었다.

하이드는 꼭 세상이 무너지기라도 한 것처럼 울었다. 어린아이처럼 펑펑 우는 하이드의 모습이 낯설었다. 리리엔은 하이드가 이렇듯 서럽게 울면서 자신의 감정을 표현할 수 있을 줄은 꿈에도 몰랐다. 리리엔이 의외라는 듯 하이드를 바라보는데, 문득 하이드가 헐떡이며 말을 꺼냈다.

"……미안해."

"또 뭐가?"

"그냥, 전부 다."

두루뭉술한 하이드의 말에 리리엔이 미간을 좁혔다.

"네 잘못 아니니까 사과할 필요 없다고 했잖아."

"……하지만 자꾸만 그런 생각이 드는걸."

"무슨 생각?"

"애초에 내가 여기에 오면 안 됐다는 생각."

하이드가 눈물이 그렁그렁 맺힌 눈으로 리리엔을 바라보면서 그렇게 말했다. 그런 하이드의 눈을 마주한 리리엔의 미간이 더욱 찌푸려졌다.

하이드의 예쁘장한 얼굴은 형편없이 젖어 있었다. 꽤 오랜 시간 펑펑 운 탓에 불그스름하게 달아오른 눈가가 특히나 볼품없게 보였다. 리리엔은 도무지 참을 수 없다는 듯 깊게 한숨을 내쉬었다.

"계속 그런 소리 할 거면 이제 그만 네 방으로 가."

"……."

리리엔이 단호하게 말하자 하이드의 얼굴이 딱딱하게 굳었다. 그러나 잠시 뒤, 하이드는 혹시라도 리리엔이 자신을 쫓아내기라도 할까 봐 두려운 건지 어떻게든 눈물을 참으려고 노력했다.

리리엔은 그 모습을 지켜보다가 이내 저도 모르게 작게 혀를 찼다. 엘시아를 진작 돌려보내길 잘했다는 생각이 들었다. 마음이 여린 엘시아는 분명히 하이드가 눈물을 그칠 때까지 하이드를 달래기 위해 노력했을 테니까.

하지만 그러한 엘시아하고는 다르게, 리리엔은 퍽 냉정한 표정을 짓고서 하이드를 바라보고 있었다. 당연하게도 리리엔은 하이드를 달랠 생각조차 하지 않았다. 하이드 역시도 리리엔에게 그런 것을 바라지는 않는 듯했다.

다행스럽게도 하이드는 시간이 흐르자 알아서 눈물을 그쳤다. 헐떡이던 하이드의 숨소리가 조금씩 안정적인 모양새를 되찾아가기 시작했을 때, 그제야 리리엔은 침묵을 깨고 말했다.

"이제 그만 울 거야?"

"……응."

하이드가 멍한 얼굴로 고개를 끄덕거렸다. 리리엔은 그런 하이드를 의심스럽다는 듯한 눈빛으로 바라보았다.

"정말이지?"

"응."

하이드가 이번에는 조금도 주저하지 않고 대답했다. 정말 대답 하나는 잘한다는 생각을 하면서 리리엔은 재차 한숨을 내쉬었다.

"……그렇다니 다행이네. 그럼 이제 앞으로 어떻게 할지나 생각해 보자."

리리엔이 화제를 돌리자 하이드가 영문을 모르겠다는 듯 고개를 갸웃했다. 그런 하이드는 방금까지 울었다는 걸 누구라도 알아차릴 수 있을 정도로 흐트러진 얼굴을 한 채였다.

그에 다시금 한숨을 내쉰 리리엔은 빠르게 주위를 둘러보고서는 자리에서 일어났다. 그리고 협탁에서 손수건을 들고와 하이드에게 건넸다.

"얼굴부터 닦아."

"응."

하이드는 리리엔이 시킨대로 손수건으로 얼굴을 닦았다. 그 모습이 꼭 말 잘 듣는 어린아이 같았다. 순간 리리엔은 자신이 너무 하이드에게 매몰차게 군 건가 찝찝한 마음이 들었다.

하이드는 엘시아와 리리엔에게 진심으로 미안해하고 있었다. 두 사람 앞에서 부끄러운 줄도 모르고 펑펑 울 정도로 그러했다. 리리엔은 연거푸 속에서 터져 나오는 한숨을 입술 사이로 흘려보냈다. 그리고 그런 리리엔을 하이드가 힐끔 쳐다보았다. 하이드는 리리엔의 눈치를 보고 있었다.

리리엔도 그 사실을 어렵지 않게 알아차렸다. 하여 리리엔은 애써 한숨을 삼켜 내고서는 하이드를 마주 바라보았다.

"……솔직히 말하자면 나는 네가 우리랑 같이 지내려고 하는 게 마음에 들지 않았어."

"……."

"그런데 지금은……."

문득 리리엔은 하이드에게 이런 말까지 해도 되나 싶어서 말끝을 흐렸다. 그러다 이 순간만큼은 하이드에게 솔직하고 싶다는 생각을 한 리리엔은 더는 망설이지 않고 말을 덧붙였다.

"지금은 그렇게 싫지는 않아."

하이드는 딱히 별다른 대꾸를 하지 않고, 그저 의외라는 듯 리리엔을 쳐다보기만 했다.

"너는 나하고 엘시아를 도와줄 수 있다고 말했지만, 나는 그 말을 믿지 않았어."

"……."

"그런데 지금은 네가 날 도와줄 수 있을 거라는 생각이 들어."

거기까지 말한 리리엔은 돌연 입술을 꾹 깨물었다. 지금까지 홀로 간직해 온 비밀을 누군가에게 고백한다는 게 생각만큼 쉬운 일이 아님을 실감한 탓이었다.

지금 리리엔은 엘시아나 레오디안에게는 미처 솔직하게 말할 수 없었던 이야기를 하이드의 앞에서 꺼내 볼 작정이었다. 그러니까, 자신이 회귀 전의 기억을 가지고 있다는 이야기를 말이다.

리리엔이 그러한 결심을 할 수 있었던 것은 하이드라면 자신을 비난하지 않을 거라는 근거 모를 확신이 있었기 때문이었다. 하지만 막상 말을 꺼내려니 입이 쉽사리 떨어지지 않는 건 어쩔 수가 없었다. 리리엔은 긴장한 얼굴로 마른침을 꿀꺽 삼켰다.

그러자 하이드가 의아하다는 듯이 눈매를 좁히고선 리리엔을 바라보았다. 리리엔도 그 시선을 느꼈지만, 선뜻 말문을 열지는 못하고 계속해서 망설였다.

그렇게 얼마나 시간이 흘렀을까. 리리엔은 끝내 용기를 내지 못하고 괜한 말을 꺼냈다.

"……배고프지 않아?"

"아니."

하이드는 그런 리리엔이 여전히 의아한 듯 했지만, 별다른 말을 하지 않았다. 리리엔이 어색하게 돌린 화제에 순순히 어울려 주었다.

"너는 배고파?"

"……조금."

리리엔이 무척이나 조그만 목소리로 그렇게 말하자, 하이드가 여태 앉아 있던 자리에서 벌떡 일어났다.

그에 리리엔이 얼떨결에 하이드를 따라서 자리에서 일어났고, 그런 리리엔을 향해서 하이드가 말했다.

"그럼 뭐라도 먹으러 가."

하이드의 제안에 리리엔이 어색하게 고개를 끄덕였다. 자신이 이토록 겁쟁이였던 건가 하는 생각이 들어 자괴감이 들었지만, 리리엔은 애써 그 생각을 뒤로한 채로 하이드와 함께 침실을 나섰다.

* * *

처음부터 리리엔이 회귀 전의 기억을 가지고 시간을 되돌아온 것은 아니었다. 리리엔이 자신이 시간을 거슬러 왔다는 사실을 자각한 것은, 다름 아닌 엘시아를 만났을 때였다.

리리엔이 스위티아의 손에 이끌려서 엘시아의 앞에 섰을 때, 엘시아는 백짓장처럼 하얗게 질린 얼굴로 리리엔을 바라보았다.

'엘시아, 네 동생이란다.'

'앞으로 네가 잘 돌봐줘야 한다. 네 하나뿐인 동생이니까. 알겠니?'

스위티아의 말에 애써 고개를 끄덕일 때도, 엘시아는 창백하게 질린 채로 리리엔에게서 시선을 고정하고 있었다. 그리고 리리엔은 그런 엘시아를 보고 자신이 엘시아를 처음 만난 것이 아니라는 사실을 깨달았다.

단순히 그뿐만이 아니라, 마치 해일처럼 맹렬한 기세로 밀려들어 오던, 까맣게 잊고 있었던 기억 속에서 가장 많은 지분을 차지하고 있었던 것이 바로 엘시아였다.

리리엔은 다시 한 번 엘시아와 함께 살 수 있는 기회를 얻었다는 생각에 마냥 기뻐했다. 그래서 그때 당시에는 엘시아가 뭔가 이상하다는 생각을 하지 못했다.

하지만 지금 와서 생각해 보면, 그때 당시 엘시아는 리리엔을 꼭 세상에서 가장 두려운 것을 마주하기라도 한 것처럼 응시했었다.

그때 엘시아는 왜 그런 표정을 지었던 걸까.

엘시아가 단순히 인간의 아이를 동생으로 대해야 한다는 데에서 두려움을 느꼈던 것 같지는 않았다. 무언가 다른 이유가 있었던 것 같다는 생각이 자꾸만 들었다. 하이드의 낯선 모습을 봤기 때문일까. 리리엔은 쉽사리 잠을 이루지 못하고 계속해서 몸을 뒤척였다.

그러기를 한참이었다. 리리엔은 결국 잠을 이루기를 포기하고 침대에서 내려섰다. 그 길로 곧장 방을 나선 리리엔의 발길이 향한 곳은 다름 아닌 엘시아의 침실이었다.

리리엔은 잠이 오지 않으니 엘시아에게 동화책을 읽어 달라고 어리광을 부려 볼 생각이었다. 그런 김에 엘시아와 가볍게 잡담을 나누다가 엘시아의 품에 꼭 안겨서 잠을 자고 싶었다.

엘시아를 생각하느라 자연스럽게 미소 띤 입매를 한 채로 리리엔은 엘시아의 침실 문을 벌컥 열어젖혔다. 그리고 그와 동시에 리리엔의 입가에 걸려 있던 미소는 흔적조차 남지 않고 자취를 감추었다. 리리엔은 두 눈을 의심하며 멍하니 입술을 벌렸다.

"……언니?"

엘시아의 침실은 텅 비어 있었다.

늦은 밤이었고, 저택은 쥐 죽은 듯이 고요했다. 굳이 밤이 아니어도 무척이나 조용한 저택에서 엘시아의 부재를 알아차리는 것은 그다지 어려운 일이 아니었다. 하지만 이 시간에 엘시아가 저택을 나섰으리라고는 믿고 싶지 않았다. 리리엔은 다급한 걸음으로 저택을 둘러보기 시작했다.

제도의 대공저하고는 비교가 안 되지만, 그럼에도 꽤나 커다란 저택이었다.

그러한 저택 곳곳을 샅샅이 뒤지다시피 하고 나자, 리리엔의 숨은 당연하게도 한껏 거칠어져 있었다. 차가운 벽을 짚고 선 리리엔이 잠시 숨을 고르면서 어떻게든 이성적으로 상황 파악을 하고자 머리를 굴리고 있을 때였다.

"……아가씨?"

리리엔은 문득 뒤에서부터 들려온 목소리에 화들짝 놀라 고개를 돌렸다. 그곳에는 집사 헤이온이 의아한 표정을 지은 채로 서 있었다.

"헤이온."

"아직 안 주무셨습니까, 아가씨?"

헤이온이 복도에 난 창문을 힐끔 바라보았다. 밤하늘에 걸린 초승달이 지독한 어둠을 간신히 밝히고 있었다.

"엘시아가 방에 없어."

"……예?"

헤이온이 당황한 목소리로 되물었다. 리리엔은 순간 아랫입술을 질끈 깨물었다가 놓았다.

"아무 데도 없다고……."

리리엔이 혼잣말처럼 중얼거리는 소리를 들으며 헤이온은 아무런 말도 하지 못했다. 하얗게 질린 리리엔의 낯빛이 심상치 않아 보였다. 헤이온은 그저 당황해 눈을 크게 뜬 채로 리리엔을 바라보았다.

"아무래도 엘시아가 혼자서 저택 밖으로 나간 것 같아."

이윽고 생각을 정리한 건지 리리엔이 이전보다는 한층 선명해진 목소리로 말했다. 그 말을 듣고 일순간 멈칫한 헤이온이 잠시 뒤 가까스로 입을 열었다.

"그럴 리가……."

헤이온은 여전히 당황한 기색이 역력했다. 리리엔이 허탈한 심정으로 미간을 찌푸렸다.

"엘시아가 밖으로 나가는 걸 못 봤어?"

"예, 아가씨. 저는 아무런 기척도 느끼지 못했습니다."

헤이온의 대답에 리리엔은 엘시아가 남몰래 저택을 빠져나간 것이라는 사실을 깨달았다.

엘시아가 일부러 인기척을 지운 것이 아니고서야 헤이온이 엘시아가 저택을 나가는 걸 알아차리지 못할 리 없으므로.

리리엔은 불안한 예감에 사로잡혔다. 엘시아가 이 늦은 밤에 어째서 다른 사람의 눈을 피해서 저택을 나간 걸까?

잠시 고민해 봤지만 그 이유가 무엇일지 선뜻 짐작조차 할 수 없었다. 리리엔은 아랫입술을 힘껏 깨물었다.

"아가씨, 제가 지금 당장 신성지 치안대에 연락을 해 보겠습니다."

"……아니야."

헤이온의 말에 리리엔이 고개를 흔들었다.

"그러지 마."

신성지의 치안대라면 신황의 권력 아래에 있는 조직이었다. 리리엔은 아무리 엘시아가 걱정된다 할지라도 그런 이들에게 엘시아를 찾아 달라고 부탁하는 것이 썩 내키지 않았다.

리리엔은 조금쯤 고개를 숙인 채로 골똘히 생각을 하다가 이내 시선을 들어 올려 헤이온을 바라보았다.

"페이렌 경한테서는 아무런 연락 없었어?"

"예, 안타깝게도……. 아직까지 별다른 연락을 받지 못했습니다."

헤이온의 대답에 리리엔이 나지막한 한숨을 내쉬었다.

페이렌이라도 있다면 그녀에게 엘시아를 찾아 달라고 부탁해 볼 수 있을 텐데, 페이렌은 아침 일찍 저택을 나선 이후 줄곧 아무런 연락이 없었다.

"……정말 치안대에 연락하지 않아도 괜찮으시겠습니까, 아가씨?"

한껏 어두워진 리리엔의 안색을 살피며 헤이온이 재차 물었다. 리리엔은 이번에도 말없이 고개를 흔들었다.

안 그래도 신황은 엘시아에게 접근하지 못해 안달을 내고 있었다. 리리엔은 신황이 엘시아와 접촉할 수 있을 만한 빌미를 만들고 싶지 않았다.

그럼 엘시아를 어떻게 찾아야 할까. 시름으로 가득한 표정으로 고민하던 리리엔의 머릿속에 문득 하이드의 존재가 번쩍하고 떠올랐다.

이윽고 리리엔의 눈동자에 서린 이채를 알아본 헤이온이 의아하다는 듯 고개를 갸웃했다.

"……아가씨?"

"엘시아가 저택에서만 지내는 게 답답해서 밤 산책이라도 나간 것 같은데, 아마 금방 돌아올 거야. 그러니까 치안대에 연락할 필요 없어."

방금까지만 해도 갑작스럽게 저택을 나선 엘시아를 걱정하는 듯했던 리리엔이 그렇게 말하자, 헤이온은 도무지 영문을 알 수가 없어 어리둥절한 표정을 지었다.

순식간에 태세를 전환한 리리엔의 모습에 헤이온의 의문이 더욱 깊어졌음은 물론이었다.

"하지만……."

"난 그만 침실로 올라가 볼게. 헤이온도 걱정하지 말고 얼른 자."

리리엔이 짐짓 단호하게 헤이온의 말문을 막았다. 헤이온은 놀란 눈으로 리리엔을 바라보았지만, 더 이상 리리엔에게 반박하지 않고 다만 선선히 고개를 끄덕여 보였다.

"……예. 알겠습니다, 아가씨."

리리엔은 헤이온을 향해서 가볍게 미소를 짓고는 망설임 없이 몸을 돌렸다. 등 뒤로 헤이온의 시선이 느껴졌지만 뒤를 돌아보지 않고 곧장 복도를 가로질러 계단을 올라갔다.

그리고 그런 리리엔의 발걸음이 멈춘 곳은 다름 아닌 하이드의 침실이었다.

헤이온에게는 잠자리에 들겠노라 말했지만, 사실 리리엔은 그럴 마음은 조금도 없었다. 엘시아가 한밤중에 돌연 혼자서 어디를 간 건지 알 수 없는 상황에서 리리엔이 속 편하게 잠을 잘 수 있을 리 없었다.

　리리엔은 하이드의 침실 문을 두드렸다. 밤늦도록 깨어 있었는지 하이드는 금방 문을 열어 주었다.

* * *

　지하 가옥의 유일한 창문을 통해서 달빛이 새어들어 오고 있었다.

　쥐 죽은 듯이 고요한 사위 속에서 천천히 눈꺼풀을 들어 올린 레오디안은 희끄무레한 달빛을 보고 어느덧 밤이 되었다는 사실을 인지했다. 그가 이곳에 갇힌 지도 벌써 하루가 지난 것이었다.

　레오디안은 저택에 남아 있을 엘시아와 리리엔이 너무나도 우려스러웠다. 아마 두 사람은 그가 저택으로 돌아오지 않는 것을 의아하게 여기고, 또 더 나아가서는 걱정하고 있을지도 몰랐다.

　하지만 당장 이곳을 벗어날 수 있을 만한 마땅한 묘책이 떠오르지 않았다. 레오디안은 오늘따라 유난히 빠르게 흘러가는 시간 속에서 고민하고 또 고민하길 거듭할 뿐이었다.

　그때, 문득 묵직한 발걸음 소리가 들렸다. 그에 뒤를 돌아본 레오디안이 굳게 닫혀 있는 문에 눈길을 던졌다.

　곧 밖에서 걸쇠를 푸는 소리가 들려온다 싶더니, 머지않아서 문이 열렸다.

　문이 열리고 그 사이로 모습을 드러낸 것은 신황이었다. 신황의 뒤로 케일런이 난감한 표정을 짓고 서 있는 것이 보였다.

　케일런은 흔들리는 시선으로 방 안을 훑어보았다. 그러다 레오디안과 시선이 마주치기가 무섭게 화들짝 놀라 시선을 아래로 떨구었다.

　레오디안은 그런 케일런에게서 조용히 시선을 떼어 냈다. 그러고는 이내 방 안으로 걸어 들어오는 신황에게 시선을 고정했다.

　"잠자리가 바뀐 탓에 잠을 이루지 못하고 있었던 겁니까, 대공?"

　신황이 늘 그러하듯 찬란한 미소를 지으며 물었다. 레오디안은 그저 무심한 시선으로 신황을 바라볼 뿐, 아무런 대답을 하지 않았다.

그러나 신황은 그런 레오디안의 태도에도 전혀 개의치 않았다. 신황이 힐끔 케일런을 돌아보면서 미소 띤 입술을 열었다.

"리예투스 경은 이만 나가 봐도 좋습니다."

"……예?"

예상치 못한 신황의 말에 케일런이 당황한 목소리로 되물었다. 하지만 신황은 같은 말을 반복할 생각은 없다는 듯 조용히 케일런을 응시했다.

그 시선에 뒤늦게 정신을 차린 케일런이 황급히 신황을 향해서 고개를 숙였다.

"예, 성하."

그렇게 대답한 케일런은 신황과 레오디안만 두고 자리를 떠난다는 것이 영 내키지 않는다는 듯한 기색이었지만, 신황의 명을 따라 방을 나갔다.

이윽고 어둑한 방 안에 문이 닫히는 소리가 제법 커다랗게 울려 퍼졌다. 그제야 신황이 레오디안을 향해서 성큼성큼 걸음을 옮겼다.

레오디안은 점차 가까이 다가오는 신황의 모습을 묵묵히 주시했다. 신황은 이 상황이 정말이지 즐겁다는 듯 입가에 이전보다 훨씬 더 짙어진 미소를 머금은 채였다.

신황은 레오디안이 앉아 있는 자리 맞은편에 앉았다. 그리고 구태여 서두를 것 없다는 듯 천천히 말문을 뗐다.

"대공은 이전에도 내 뜻을 거스르고 독단적으로 행동하였지요."

신황이 무슨 이야기를 하는 건지 레오디안은 단번에 알아차렸다.

아무래도 지금 신황은 레오디안이 로아나에게 괴물의 사체 두 구를 태워 버리라 지시했던 일을 추궁할 작정인 듯했다.

"하지만 나는 대공에게 기회를 주었습니다. 대공의 충성심을 믿고 싶었으니까요."

그렇게 말하면서 입가에서 미소를 지운 신황은 진심으로 안타깝다는 듯이 혀를 차며 말을 이었다.

"그러나 대공은 다시금 배신을 하였습니다."

"……."

"나는 더 이상 대공을 신뢰할 수가 없습니다."

신황은 아무런 반응을 보이지 않은 채로 다만 무표정한 낯으로 앉아 있는 레오디안을 유심히 바라보았다.

레오디안의 굳게 닫힌 입술은 쉽사리 열릴 것 같지가 않았다. 참으로 목석같은 사내였다. 그리고 바로 그 점이 심기에 거슬렸다. 신황은 나직이 헛웃음을 삼키며 입을 열었다.

"대공이 불온한 존재를 보호하고 있다는 사실을 알고 있습니다."

한참 만에 신황이 꺼낸 말에 레오디안의 눈매가 미묘하게 굳었다. 그 모습을 보고 신황은 레오디안을 자극할 수 있는 방법이 무엇인지를 알아챘다.

"대공은 그 불온한 존재를 소멸시키기는커녕 그 존재에게 신분을 주고 인간처럼 살 수 있게 도왔지요."

신황은 그가 말을 이을 때마다 점차 굳어지는 레오디안의 표정을 즐거운 마음으로 감상하며 선언했다.

"나는 그런 대공의 행동을 더는 방관하지 않기로 결정했습니다."

신황이 제법 날카로운 눈빛으로 레오디안의 반응을 살펴보았다. 하지만 신황의 기대와 달리 레오디안은 별다른 동요를 보이지 않았다.

"……내가 이렇게 반응하리라는 것을 예상하고 있었습니까?"

"어느 정도는, 그렇습니다."

레오디안이 여전히 무표정한 얼굴로 대답했다. 신황은 순간 말문이 막혀 입술을 꾹 다물었다. 그는 레오디안이 이토록 무덤덤한 성정의 사내라는 것을 익히 알고 있었다. 하지만 자신이 지하에 기약 없이 갇혀 있는 상황에서도 이렇게 무덤덤하게 반응할 수 있다니 예상 밖이었다.

게다가 조금 전 신황은 그가 엘시아를 운운한다면 레오디안이 크게 동요를 보일 것이라 생각했다. 하지만 이 역시도 신황의 생각과 달랐다. 레오디안은 여느 때와 다름없었다.

만약 레오디안을 지하 가옥이 아닌 죄수들을 가두는 감옥에 가두었더라면 지금 상황은 조금 달라졌을까. 그런 생각이 신황의 머릿속에 문득 떠올랐다.

그때, 레오디안이 잠시간의 침묵을 깨고 물었다.

"그래서 앞으로 어떡하실 작정입니까."

"……그게 무슨 뜻이지요?"

"그 괴물에게도 실험을 할 생각입니까?"

레오디안의 물음에 신황의 표정이 딱딱하게 굳었다. 하지만 그것은 일순간이었다. 신황은 곧 애써 아무렇지 않은 척 의연한 목소리를 가장해 대답했다.

"글쎄요. 나는 지금 대공이 무슨 이야기를 하고 있는 건지 모르겠습니다."

"모르겠다라……."

레오디안의 입매에 비식 희미한 미소가 걸렸다.

"정말 모르십니까?"

그거 이상하군요, 하고 혼잣말처럼 중얼거린 레오디안이 곧이어 신황을 똑똑히 직시하며 말했다.

"성하는 지금껏 불온한 존재라 일컬어 온 괴물들을 상대로 실험을 해 오지 않으셨습니까."

"……."

"저는 그 증거를 확보하고 있습니다."

신황은 말문이 막힌 채로 아무런 말도 꺼내지 못했다.

레오디안이 신황의 눈을 피해 몰래 지하를 들락거렸다는 사실은 신황도 알고 있었다. 하지만 지금껏 신황은 그러한 레오디안의 행동을 단순히 지하에 가둬 둔 괴물들에게 접근하기 위해서였다 여기고 있었다.

설마하니 레오디안이 그간 신황이 자행해 온 실험에 관해 인지하고 있을 뿐만 아니라, 그 실험이 이루어져 왔다는 증거를 손에 넣었을 줄은 전혀 예상하지 못했다.

지금 이 순간, 신황은 정도를 지키는 기사인 레오디안이 그동안 어째서 엘시아를 대공저에서 보호해 왔는지 그 이유를 어쩐지 알 것만 같았다.

레오디안은 아마 자신이 엘시아에게 괴랄한 실험을 하는 것을 막기 위해서 엘시아를 그토록 필사적으로 보호해 온 것일 수도 있었다. 레오디안이 엘시아를 어떻게 찾아낸 건지는 모르겠지만 말이다.

거기까지 생각이 미쳤을 때, 신황은 또 하나의 의문을 머릿속에 떠올렸다. 그러니까, 과연 레오디안이 엘시아가 다른 괴물들과는 조금 다른 존재라는 사실을 알고 있는가 하는 의문이었다.

"이제 어쩌실 겁니까, 성하."

"……."

레오디안은 자못 지독하게 느껴질 정도로 서늘한 표정을 지은 채로 신황을 응시했다. 그런 레오디안은 살아 있는 사람이 아니라 마치 잘 조각된 석고상 같아 보였다.

그래서일까. 오스스 소름이 돋았다. 그러나 그것을 애써 무시한 채로 신황은 미소를 지었다. 마치 동요한 적은 단 한 번도 없다는 듯이 태연한 태도를 가장하며 신황이 물었다.

"대공은 그 증거를 황실에 넘길 작정입니까?"

만약 그렇다면 신황은 그의 자리를 내려놓아야 할지 몰랐다. 그는 괴물을 이용해 자신의 세력을 견고히 해 왔다.

수많은 귀족들로부터 뇌물을 받았고, 그 대가로 그들을 지켜주겠노라 약조했다. 그러면서 그들을 황실과의 알력 싸움에 이용한 것은 물론이었다. 오만하기 그지없는 그들이 몸을 낮추고 신황 앞에 고개를 숙인 건, 신황이 그들을 괴물로부터 지켜주겠다는 약속을 했기 때문이었다.

그러니 그들은 신황이 신을 진심으로 섬기기는커녕, 오래 전부터 사사로운 이익에 눈이 멀어 있었다는 사실을 알게 된다면, 당장이라도 신황을 끌어내리려 할 것이었다.

신황이 사실은 괴물을 상대로 실험을 해왔고, 그 괴물을 그의 뜻대로 이용하고자 골몰해 왔다는 사실이 알려지면 신황도 끝이었다. 혹시 맞이하게 될지 모를 최후에 불안함을 느낀 신황이 얼음장처럼 차갑게 굳었다.

그때, 레오디안이 예상치 못한 제안을 했다.

"제가 확보해 둔 증거를 넘기겠습니다."

신황이 믿을 수 없다는 듯이 레오디안을 바라보았다. 레오디안은 덤덤하게 말을 이었다.

"모든 일을 덮어 드리겠습니다."

"……."

"대신 저를 풀어 주십시오."

신황이 나직이 침음했다. 쉽사리 거부할 수 없는 제안이었다.

레오디안을 풀어 주는 것은 내키지 않았지만, 그렇다고 해서 레오디안이 모두에게 진실을 알릴지도 모르는 상황에서 신황이 자신의 뜻만을 관철할 수 없는 노릇이었다.

신황은 힐끔 레오디안의 낯을 살폈다. 레오디안은 먼저 이러한 제안을 꺼낸 이상, 허튼 수를 쓸 사내는 아니었다. 그러니 신황이 레오디안을 풀어 준다면 레오디안은 정말 신황에게 모든 증거를 넘길 것이었다.

신황은 다시금 낮게 침음했다. 레오디안을 도발하려 친히 이곳에 발걸음을 한 것이었는데, 도리어 자신이 레오디안의 수에 넘어가고 말았다. 신황은 떨어지지 않는 입술을 가까스로 열어 말했다.

"……내게 생각할 시간을 좀 주겠습니까? 대공의 제안을 진지하게 고민해 보겠습니다."

"반나절을 드리겠습니다."

레오디안이 단호하게 대꾸했다.

"아시겠지만 어린 동생이 저를 기다리고 있습니다."

"네, 이해합니다."

신황이 애써 웃음을 지으며 고개를 끄덕였다. 그러면서 천천히 자리에서 일어났다.

"그럼 나는 내일 낮에 다시 찾아오겠습니다."

"예."

레오디안의 무심한 대답을 들은 신황이 주저 없이 몸을 돌렸다. 그리고 신황은 곧장 발걸음을 내디뎠는데, 채 몇 걸음을 걷기도 전에 발걸음을 멈추더니 레오디안을 돌아보았다. 그러더니 막 생각났다는 듯 말을 꺼냈다.

"아, 대공의 제안에 대한 호의로 이 가옥 앞을 지키던 기사들을 물리도록 하죠."

"……."

"그러니 편히 쉬도록 하세요."

그 말을 마지막으로 신황이 방을 나갔다. 그렇게 홀로 남은 레오디안은 마치 그가 충동적으로 방을 나서기를 기다리기라도 하듯 활짝 열려 있는 문을 묵묵히 바라보았다.

신황은 레오디안을 감시하고 있던 인력을 물린 것을 호의라고 말했지만, 그것이 신황의 호의가 아니라는 사실을 레오디안은 잘 알았다. 신황은 레오디안의 제안을 거부할 수 없었다. 그리고 그 점이 신황의 자존심에 퍽 타격을 주었을 것이다.

그러니 신황은 어쩌면 레오디안이 또 다른 죄를 짓기를 바라고 있는 것일지도 몰랐다. 그렇게만 된다면 레오디안의 제안을 받아들이더라도 레오디안을 계속해서 가옥에 가둬 둘 수 있을 테니까.

레오디안은 열린 문을 주시하고 있던 시선을 돌려 창문에 눈길을 던졌다. 여전히 어둑한 밤하늘에 걸려 있는 초승달에 레오디안의 시선이 단단히 붙박였다. 그렇게 오래도록 초승달을 바라보며 레오디안은 그 어떠한 경우에도 신황의 뜻대로 남몰래 도망치지 않으리라 다짐했다.

하지만 그런 레오디안의 결심은 불과 한 시간이 지나기도 전에 산산 조각나 무너져 내렸다.

* * *

레오디안이 갇힌 가옥은 지상과 지하 중간에 위치해 있었다. 때문에 가옥은 단 하나의 창문도 없어 따로 불을 켜지 않으면 빛 한 점 찾아볼 수 없는 지하와 달랐다.

가옥 안에서는 임모투스 신전 밖의 모습을 한정적으로나마 살펴볼 수 있었다. 계속해서 창밖을 올려다보고 있던 레오디안이 엘시아의 모습을 발견할 수 있었던 것은 그래서였다.

처음 엘시아를 목격했을 때, 레오디안은 자신의 눈을 의심했다. 리리엔과 저택에 있어야 할 엘시아를 지금 임모투스 신전에서 발견해서는 안 되었기에. 하지만 여느 때와 같이 창백한 엘시아의 얼굴은 레오디안이 만들어 낸 환상이나 망상 따위가 아니었다.

엘시아는 마치 레오디안이 어디에 있는지를 다 알고 있는 사람처럼 망설임 없이 레오디안을 향해서 다가왔다. 그러니까, 정확히 말하자면 엘시아는 여태 레오디안이 물끄러미 올려다보고 있던 창문 쪽으로 다가와 멈추어 섰다.

레오디안이 드물게 놀란 눈으로 그녀를 바라보았으나, 그것을 모르는지 엘시아는 한참 말없이 레오디안에게 시선만 두고 있었다. 그런 엘시아가 무척 낯설게 느껴져서 레오디안은 선뜻 먼저 말을 꺼낼 생각조차 하지 못했다. 그저 놀라 딱딱하게 굳은 채로 멍하니 시간을 흘려보냈다.

그렇게 얼마쯤 지났을까. 무척이나 가느다란 검지로 창문을 툭, 툭 두드린 엘시아가 천천히 입을 열었다.

"도망가요."

엘시아는 소리 없이 입술만 벙긋거렸다.

"도망가요, 우리."

엘시아가 그렇게 오직 입 모양만으로 건넨 말을 레오디안은 단번에 알아들었다. 레오디안은 한동안 말을 잇지 못했다. 너무나도 당황스러웠다. 그는 설마하니 엘시아가 이곳으로 직접 찾아올 것이라고는 전혀 예상하지 못했다.

엘시아 역시도 도망가자는 말을 꺼낸 뒤로 그저 조용히 레오디안의 반응을 살피듯 그에게 시선만을 고정하고 있었다. 그리하여 죽음과도 같은 적막이 두 사람 사이에 끼어든 채로 쉽사리 물러나지 않았다.

레오디안은 조금쯤 허리를 굽힌 채로 창을 들여다보고 있는 엘시아를 하염없이 올려다보았다. 레오디안이 엘시아를 마지막으로 본 것은 불과 하루 전이었는데, 어째선지 엘시아의 얼굴이 몰라보게 핼쑥해져 있었다.

레오디안은 조심스럽게 창문을 열었다. 오래도록 사람의 손을 타지 않은 창문에서는 삐걱거리는 소리가 났다.

"리리엔은……."

"제 잘못이에요."

가까스로 말문을 연 레오디안의 말을 가로막으며 엘시아가 말했다. 그건 너무도 뜻밖의 말이었다. 레오디안은 다시금 말문이 막힌 채로 엘시아를 바라보았다.

"그런데 어떻게 잘못을 바로잡아야 할지 모르겠어요. 도망가는 방법밖에는……."

"……."

"당신과 리리엔 두 사람 모두를 어떻게 지켜야 하는지 모르겠어요."

그렇게 말하는 엘시아의 표정은 혼란스럽기 그지없어 보였다. 그런 엘시아가 레오디안은 너무나도 안타깝고 또 안쓰러웠다. 홀로 모든 책임을 떠안으려고 하는 여린 사람이었다. 그간 레오디안이 보아온 엘시아는 그러했다. 그럴 필요나 의무가 없는데도, 그녀의 잘못이 아닌데도 엘시아는 언제나 자신을 탓했다.

"……나는 곧 이곳을 나가게 될 겁니다."

나직이 침음한 레오디안이 어느 때보다도 낮은 목소리로 말했다.

"그러니까 조금만 기다리십시오. 아무 걱정하지 말고, 당신 스스로를 탓하지 말고."

"……."

엘시아는 아랫입술을 꼭 깨문 채로 아무런 말이 없었다. 그에 레오디안이 단호한 표정으로 재차 말을 꺼냈다.

"약속하겠습니다."

레오디안이 손을 뻗으면서 건넨 말에 엘시아가 창가로 조금 더 가까이 다가왔다.

"나는 무사히 돌아갈 겁니다."

엘시아가 조심스럽게 레오디안의 손을 잡았다. 그러자 레오디안의 커다란 손에 서부터 온기가 전해졌다.

"그러면 그때, 이곳을 떠납시다."

레오디안의 말에 엘시아는 저도 모르게 레오디안을 잡은 손에 힘을 주었다.

"당신을 불안하게 만들어 미안합니다."

엘시아는 레오디안에게 사과를 듣자고 이곳으로 온 것이 아니었다. 어떻게든 상황을 해결해 보려고 했는데, 자신이 할 수 있는 일이 아무것도 없다는 것만 재차 확인하게 되었다.

거대한 무력감에 짓눌려서 엘시아는 아랫입술을 질끈 깨물었다. 그러자 레오디 안이 마주 잡은 손에 조금쯤 힘을 주었다. 마치 엘시아를 위로하듯 레오디안은 다감한 눈빛으로 엘시아를 바라보며 말했다.

"부디 조금만 더⋯⋯."

"⋯⋯."

"조금만 더 기다려 주십시오."

엘시아는 차마 아무런 대꾸도 하지 못하고 그저 힘없이 고개를 끄덕였다. 그러 나 그것만으로 충분하다는 듯이 레오디안이 희미하게 미소를 지었다.

* * *

하이드는 한밤중 불쑥 그의 침실을 찾아온 리리엔을 보고도 놀라지 않았다. 마치 리리엔이 찾아오리란 것을 예상하고 있었던 것처럼. 리리엔이 침실 안으 로 한 걸음을 내딛기가 무섭게 하이드가 말했다.

"엘시아는 걱정하지 마. 금방 돌아올 거야."

꼭 자신의 머릿속을 다 들여다보기라도 한 것 같은 말이었다. 리리엔은 화들짝 놀라서 그 자리에 우뚝 멈추어 섰다.

"⋯⋯엘시아가 저택 밖으로 나갔다는 걸 알고 있었어?"

"응."

리리엔이 경악스러운 눈으로 하이드를 바라보았다. 그러나 하이드는 그를 전혀 개의치 않으며 멍하니 고개를 끄덕거렸다. 리리엔은 하이드가 앉아 있는 자리로 다가갔다. 그러자 고개를 꺾어 자신을 올려다보는 하이드를 향해서 리리엔이 퍽 날카로운 목소리로 물었다.

"설마, 엘시아가 밖에 나가는 걸 보고도 엘시아를 말리지 않은 거야?"

"아니야."

하이드가 조금도 망설이지 않고 빠르게 대꾸했으나 리리엔은 하이드를 향한 의심을 거두지 못했다. 그러자 그 낌새를 눈치챈 하이드가 드물게 변명하듯 부연했다.

"정말 아니야. 나도 엘시아가 밖으로 나가고 난 다음에 엘시아가 나갔다는 걸 알았어."

"……."

"이상하게 들릴지 모르겠지만 나는 엘시아가 어디 있는지 느낄 수 있거든."

하이드와 마찬가지로 엘시아도 하이드의 기적을 느낄 수 있었다. 하이드는 이 사실을 리리엔에게 말해야 하나 순간 고민이 됐다. 하지만 고민은 잠시였다. 이내 하이드는 엘시아가 직접 리리엔에게 밝히지 않은 사실이라면 그것을 자신이 밝혀서는 안 된다고 판단했다.

리리엔은 어느새 딱딱하게 굳은 얼굴로 하이드를 바라보고 있었다. 그에 하이드는 아직도 리리엔이 자신을 의심하는 건가 싶어서 말을 덧붙였다.

"주변에서 엘시아의 기적이 느껴지지 않으니까 엘시아가 어디 멀리 가 버렸다는 걸 내가 알 수 있었던 거야."

하이드의 말에 리리엔이 조금쯤 고개를 숙였다. 그러면서 무언가를 골똘히 생각하는 듯한 기색으로 침묵하다가, 한참 만에 문득 시선을 들어 하이드를 바라보고 물었다.

"……그럼 지금 엘시아가 어디에 있는지도 찾아낼 수 있어?"

설마 리리엔이 엘시아를 찾아달라고 이야기할 줄은 몰랐기에 하이드는 당황했다. 엘시아를 찾으려 한다면 찾을 수야 있었다. 하지만 그게 엘시아가 바라는 일일지는 알 수 없었다. 때문에 하이드는 선뜻 리리엔에게 대답을 하지 못하고 망설였다.

그러자 리리엔이 그런 하이드의 생각을 알아차리기라도 한 것처럼 재촉했다.

"응? 엘시아를 찾을 수 있냐고."

"……찾을 수 있어."

하이드는 리리엔의 간절한 눈빛을 보고 결국 그렇게 대답했다. 그러자 리리엔의 눈동자에 번쩍 이채가 서렸다.

"하이드, 네가 엘시아를 찾아 줘. 찾아야 돼."

"……."

"이곳이 얼마나 위험한지 너도 알잖아."

리리엔이 당장이라도 엘시아를 찾아 나설 것처럼 하이드의 팔을 잡고 흔들며 하이드를 재촉했다. 하이드는 난감한 마음에 이리저리 시선만 옮겨 댔다.

리리엔의 마음을 모르는 건 아니지만, 이 늦은 시간에 엘시아를 찾아 나가는 것은 그다지 내키지 않았다. 하이드가 조용히 한숨을 삼키고는 리리엔을 설득하기 위해서 입을 열었다.

"리리엔, 엘시아는 돌아올 거야. 엘시아가 너를 두고 멀리 갈 리가 없잖아."

하이드의 말에 리리엔이 멈칫해서 하이드를 내려다보았다. 하이드는 기세를 몰아 빠르게 말을 이었다.

"그냥 엘시아가 돌아오기를 기다리자. 우리가 나갔다가 무슨 일이라도 생기면 엘시아가 마음 아파 할 거야."

"하지만……."

"엘시아를 믿고, 기다리자."

하이드가 그렇게까지 말하자 리리엔이 더 이상 할 말이 없는지 입술을 꾹 깨물었다.

"엘시아가 돌아올 때까지 나도 너하고 같이 기다릴게."

하이드가 리리엔을 다독이듯 상냥한 목소리로 덧붙였다. 그러자 리리엔이 힘이 빠진 듯 하이드의 맞은편 자리에 털썩 주저앉듯 앉았다.

"기다릴 거야?"

"……응."

리리엔이 힘없이 고개를 끄덕거렸다.

"네 말이 맞아."

리리엔은 하이드의 말대로 엘시아가 돌아올 것을 믿고 기다리기로 결심했다. 이 세상 모든 사람이 믿지 않더라도 자신만큼은 엘시아를 믿어야 했다. 그리고 그게 아니더라도 리리엔은 엘시아가 자신을 믿고 의지할 만한 사람으로 여기게끔 의젓한 모습을 보여 주고 싶었다.

하지만 엘시아가 걱정스러운 것은 별수 없는지라, 리리엔은 잔뜩 풀이 죽어서 한숨만 푹푹 내쉬었다. 그러자 그런 리리엔을 한동안 잠자코 지켜보던 하이드가 문득 제안했다.

"책 읽으면서 기다릴까?"

리리엔은 세상이 떠나가라 엉엉 울 때는 언제고, 이제는 제법 듬직하게 말하는 하이드가 내심 어이가 없어서 피식 웃고는 고개를 끄덕였다.

"그래."

* * *

"그래서 대공님은 언제 제도로 돌아오실 수 있는 건가요?"

에밀리아의 물음에 로지안이 고개를 들어 올렸다. 그런 그의 손에는 반쯤 비워진 술잔이 들려 있었다.

"내가 백방으로 노력하고 있다는 것을 좀 알아줬으면 좋겠는데."

"하지만 예상했던 것보다 시간이 지체되고 있잖아요, 저하."

정말이지 능글맞은 로지안의 태도를 보고 에밀리아가 와락 미간을 찌푸렸다.

시간이 흐르면 흐를수록 더없이 속이 타는 에밀리아와 다르게, 로지안은 무슨 믿는 구석이 있는 건지 마냥 태연했다.

그게 에밀리아는 도무지 마음에 들지 않았다. 그도 그럴 것이 레오디안이 리리엔과 엘시아를 데리고 안전하게 제도로 돌아와야만 에밀리아도 이 답답한 저택에서 벗어날 수 있었다.

그리고 무엇보다도 로지안의 계획은 레오디안이 로지안의 손을 잡아야만 차질 없이 진행될 수 있는 것이었다. 레오디안이 없다면 에밀리아가 로지안의 보호 아래 있는 것도 아무런 의미가 없었다.

"1황자 쪽에서도 대공을 구제하고자 신전과 접촉했으나 실패했다 하더군."

"……."

"그런데 내가 대공을 쉽게 빼내 올 수 있을 리 없잖나. 조금만 더 인내를 가지고 기다리라고."

로지안이 에밀리아를 달래듯 그렇게 말했다. 그러나 에밀리아의 구겨진 표정은 쉽게 펴질 조짐이 보이지 않았다. 그에 로지안이 다시금 무어라 말을 꺼내려고 했을 때였다.

"저하!"

기사 한 명이 다급하게 홀로 뛰어 들어왔다.

"무슨 일이지?"

"신전에 심어 둔 세작에게서 연락이 왔습니다."

로지안이 말해 보라는 듯 팔짱을 끼고 기사를 주시하자, 기사가 꿀꺽 마른침을 삼키고서 말했다.

"로켄페데스 대공의 수족인 페이렌 로렐라인이 저하의 제안을 들어 보고 싶다고 하였답니다."

* * *

"……엘시아 님?"

엘시아는 별다른 소득을 얻지 못한 채로 저택으로 향하던 중, 익숙한 목소리를 듣고 걸음을 멈추었다. 뒤를 돌아보자 그곳에는 에이사가 서 있었다. 에이사는 신전에서 엘시아를 마주친 것이 뜻밖이었는지, 마냥 얼떨떨한 표정을 짓고서 엘시아를 응시하고 있었다.

"아……. 에이사 씨."

"설마설마했는데 정말 엘시아 님이셨군요."

얼떨떨한 표정 한편으로 반가운 내색을 내보이며 에이사는 엘시아에게 가까이 다가갔다.

앞으로 신전에서 지내겠다며 홀로 저택을 떠나 신전으로 향했던 에이사다. 그런 에이사를 엘시아는 나름대로 걱정했었다. 그런데 며칠이 지나서 다시 만난 에이사의 얼굴은 꽤나 좋아 보였다.

아무래도 신전에서 지내는 생활이 꽤나 평안한 모양이었다. 다행이라 생각하면서 엘시아가 에이사를 마주 바라보았다.

"그동안 잘 지냈어요?"

"네, 감사하게도 이곳의 모두가 저에게 무척 잘해 주시거든요. 그런데 엘시아 님이 여기는 어쩐 일이세요?"

"……."

에이사로서는 별생각 없이 건넨 질문이었으나, 엘시아는 말문이 턱 막혀서 아무런 대답을 하지 못했다.

지금 엘시아는 막 레오디안을 만나고 오는 길이었다.

사실 엘시아는 레오디안을 신전에서 데리고 나가, 그와 리리엔을 데리고 어디론가 도망칠 작정으로 이곳에 온 것이었다. 그런 이야기를 에이사에게 사실대로 말할 수 있을 리 없었다. 엘시아는 어색한 미소로 대답을 대신했다. 그러자 그런 엘시아를 바라보던 에이사가 무언가를 눈치챈 건지 멍하니 입을 벌렸다.

"아……."

이윽고 에이사가 난감한 표정으로 한껏 목소리를 낮추고서 말했다.

"대공님이 지하 가옥에 갇혀 있다는 이야기는 저도 들어 알고 있어요."

그 말에 엘시아는 놀라 눈을 크게 떴다. 설마하니 에이사까지 레오디안이 신전에 갇혀 있다는 사실을 알고 있을 줄은 전혀 예상하지 못했다.

에이사가 문득 손을 뻗더니 그대로 엘시아의 손을 잡았다. 엘시아는 뜻밖의 행동에 흠칫 몸을 굳혔다.

한밤중, 인적이 드문 신전 뒷마당은 고요했다. 모두가 잠든 시간인지라 주위에는 아무도 없었지만, 에이사는 혹시라도 누군가 자신의 목소리를 들을까 염려스러운 듯했다. 에이사가 까치발을 들어 엘시아의 얼굴에 제 얼굴을 바투 들이밀었다. 그러더니 엘시아의 귓가에다 속삭였다.

"신전과 밖을 남몰래 오고갈 수 있는 비밀 통로 한 곳을 알고 있어요."

엘시아는 에이사가 이런 이야기를 하리라고는 꿈에도 짐작하지 못했다. 자연스레 엘시아의 표정은 딱딱하게 굳었다. 그를 눈치채지 못한 에이사가 빠른 속도로 말을 이었다.

"그 통로를 알려 드릴게요."

"……."

엘시아에게 바짝 붙고 있던 몸을 뒤로 물린 에이사가 엘시아의 손을 가볍게 잡아당겼다. 그리고 그대로 어디론가 걸음을 옮기는 에이사에게 이끌려 엘시아는 얼떨결에 발걸음을 내디뎠다.

그로부터 그다지 오랜 시간을 걷지 않고 에이사가 걸음을 멈추었다. 멈춰 선 에이사가 엘시아를 돌아보았다.

"이곳의 수행 신관들이 가끔 몰래 밖으로 나갈 때 이용하는 통로래요."

에이사가 검지를 들어 어딘가를 가리켰다. 그를 따라 시선을 옮기자, 곧 엘시아의 시야에 커다란 나무가 걸렸다. 나무의 가지에 달린 풍성한 이파리들은 아래로 축 늘어져 있었는데, 그 손바닥만 한 이파리들이 에이사가 말한 통로를 가리고 있었다.

엘시아가 아직도 얼떨떨한 표정으로 에이사에게 눈길을 돌렸다. 에이사는 그런 엘시아를 향해서 활짝 미소를 지어 보였다.

"언젠가 엘시아 님에게 입은 은혜를 꼭 갚겠다고 다짐했는데, 그날이 이렇게 빨리 올 줄은 몰랐네요."

"……."

"부디 저 통로가 엘시아 님에게 조금이라도 도움이 되었으면 좋겠어요."

엘시아는 말문이 막혀서 에이사를 바라보았다.

엘시아는 신도의 출입이 제한되는 시간에 남몰래 신전에 잠입했다. 그런데 에이사는 신관이나 신전 기사단에 엘시아를 신고하기는커녕, 오히려 엘시아에게 도움을 주었다. 예상치 못한 데서 마주한 도움의 손길은 엘시아의 마음을 뿌듯하게 만들었다.

"고마워요."

엘시아가 벅찬 감정을 숨기지 못한 채로 말했다.

"정말, 고마워요."

에이사는 빙긋 미소를 지으며 조용히 고개를 끄덕였다.

* * *

로지안이 페이렌의 전언을 들은 그날로부터 로지안과 페이렌의 만남이 이뤄지기까지는 그리 오랜 시간이 소요되지 않았다.

페이렌은 수척해진 낯으로 로지안의 저택을 찾아왔다. 로지안은 그런 페이렌을 잠자코 바라보기만 할 뿐, 먼저 말문을 열지 않았다.

로지안의 제안을 듣고 싶어 이곳을 찾은 페이렌은 로지안이 아무런 말도 하지 않자 초조해졌다. 몸이 단 페이렌이 로지안을 연신 힐끔거렸다. 누군가 문을 두드린 것은 그때였다.

흠칫 놀라 소리가 들려온 곳을 향해 고개를 돌린 페이렌과 달리, 로지안은 태연하기 그지없는 표정으로 입을 열었다.

"들어와라."

조심스럽게 열린 문 사이로 모습을 드러낸 사람은 다름 아닌 에밀리아였다.

페이렌은 이곳에서 볼 수 있으리라고는 예상조차 하지 못했던 에밀리아를 보고 놀라 눈을 크게 떴다.

에밀리아가 리리엔의 가정 교사 자리에서 물러난 이후, 페이렌이 에밀리아를 만날 일은 없었다. 그런데 뜻밖에도 지금 이곳에서 오랜만에 재회한 것이었다.

"테르만 백작 부인을 위협하는 자가 있어, 최근 내가 백작 부인을 보호하고 있었다."

"……그게 누구입니까?"

에밀리아를 위협하는 자가 있다니, 페이렌이 놀라운 마음을 감추지 못하고 물었다. 로지안은 말없이 희미한 미소를 짓기만 했다.

그에 페이렌은 조용히 자리에 와서 앉는 에밀리아를 향해 눈길을 돌렸다. 로지안의 말을 듣고 보니 에밀리아의 얼굴이 다소 초췌해진 듯해 보였다.

"정말 저하의 말대로 누군가 당신을 위협하고 있습니까? 도대체 언제부터……. 아니, 왜 진작 주위에 알리지 않았습니까."

페이렌의 말에 에밀리아는 아무런 대답도 하지 않았다. 그러자 자연스럽게 응접실 안에 정적이 내려앉았다.

페이렌은 에밀리아가 누군가로부터 위협을 받고 있다는 사실만으로도 충분히 놀랐지만, 에밀리아가 다른 누구도 아닌 로지안의 도움을 받고 있었다는 데에 더 크게 놀랐다.

예로부터 로켄페데스 가문은 황실과 신전의 세력과 어느 정도 척을 지고 지내 왔기 때문에, 그 가신들 또한 황실이나 신전과 거리를 두고 살았다.

그리고 에밀리아는 로켄페데스 대공, 레오디안의 사람이었다. 그런 에밀리아가 로지안의 보호를 받고 있다는 사실을 알게 된 페이렌은 놀라지 않을 수 없었다.

물론 페이렌도 지금 로지안의 제안을 듣고 그것을 진지하게 고민해 보고자 이 자리에 온 것이기는 했다.

하지만 그건 어디까지나 대공을 위해서였지, 페이렌 본인의 안위를 위한 것이 아니었다.

도무지 어떤 방법으로 레오디안을 신전에서 빼낼지를 알 수 없었으므로. 페이렌은 지푸라기라도 잡는 심정으로 로지안을 찾아온 것이었다.

"경, 지금 저보다도 신경을 써야 할 중요한 것이 있지 않나요?"

"……."

에밀리아는 자신에게 페이렌이 궁금증을 가지는 게 못마땅하다는 듯이 화제를 돌렸다. 페이렌은 잠시 말없이 에밀리아를 바라보다가, 이내 천천히 고개를 끄덕였다.

에밀리아의 말대로였다. 에밀리아가 위협을 받고 있다 하여도 어찌되었든 현재 그녀는 로지안의 보호를 받고 있었으므로 안전했다.

중요한 건 레오디안이었다. 레오디안은 신황의 손아귀에 놓여 있었다. 무엇보다도 레오디안을 신전 밖으로 빼내는 것이 우선이었다.

여태 침묵으로 일관하며 페이렌과 에밀리아의 대화를 듣고만 있던 로지안이 한참 만에 비로소 말문을 열었다.

"그래, 이제 우리 이야기를 해 보지."

페이렌이 기다렸다는 듯 로지안을 바라보자, 로지안의 입가에 걸려 있던 미소가 한층 짙어졌다.

* * *

하일롭은 어느 날 홀연히 자취를 감춘 에밀리아가 다름 아닌 로지안의 저택에 머무르고 있었다는 정보를 입수했다.

"……깜찍한 짓을 하는군."

하일롭이 왈칵 치미는 분노를 애써 억누르면서 중얼거렸다. 그러자 방금 하일롭에게 정보를 전한 기사가 머리를 더욱 조아렸다.

그리고 머지않아서 하일롭의 집무실에는 죽음과도 같은 정적이 자리를 잡았다.

하일롭은 그가 더 이상 에밀리아를 뜻대로 이용할 수 없게 된 상황이 정말이지 짜증스러웠다. 무엇보다도 에밀리아가 하일롭의 계획을 로지안에게 발설하기라도 한다면 일이 귀찮아졌다.

에밀리아가 그의 명을 따르지 않고 로지안에게 붙은 이상, 하일롭은 에밀리아를 처리해야만 한다고 판단했다. 나직이 침음한 하일롭은 곧 에밀리아를 어떤 식으로 제거해야 할지 고민하기 시작했다.

그로부터 꽤나 오랜 시간이 흐른 뒤, 하일롭이 고개를 들어 올렸다.

그러자 여태 그의 앞에서 머리를 조아리고 있던 기사가 하일롭의 시선을 느끼고 눈길을 들어 하일롭을 바라보았다.

그를 향해서 하일롭이 무심하기 그지없는 표정으로 명령을 내렸다.

"로지안의 저택에 있는 사용인을 매수하고, 저택의 동태를 살펴라."

그렇게 명령을 내리며 자리에서 일어난 하일롭을 향해 기사가 고개를 숙여 보였다. 그를 찰나 스치듯 바라본 하일롭이 문득 굳게 닫힌 문에 시선을 주었다. 그리고 바로 그 순간, 누군가 문을 두드렸다.

하일롭이 문 너머를 향해서 들어오라고 말하자, 문이 열리고 시종이 집무실 안으로 들어왔다.

"황제 폐하께서 저하를 찾으십니다."

시종의 말을 듣고 하일롭의 표정이 딱딱하게 굳었다.

"……지금 이 시간에?"

"예."

나직이 대답한 시종이 조용히 고개를 숙였다. 하일롭이 황제의 부름에 어째서 이런 반응을 보이는 건지 시종이라고 모르지 않았다.

황제는 의식을 차린 이후, 때를 가리지 않고 하일롭을 찾았다. 일례로 어젯밤 하일롭은 깊은 잠에 빠져 있던 중에 황제의 부름을 받고 그를 알현하러 가야만 했다. 그리고 그러한 일들이 최근 하루에도 몇 번씩 반복되고 있었다. 하일롭이 짜증을 내는 것도 어찌 보면 당연했다.

"하아……."

하일롭이 기나긴 한숨을 내쉬면서 머리칼을 쓸어 넘겼다. 그런 하일롭의 표정에는 차마 감추지 못한 짜증이 한껏 묻어나 있었다.

"안내해라."

시종을 향해 말한 하일롭이 발걸음을 내디뎠다. 그러자 여태 고개를 숙이고 있던 기사가 자연스럽게 하일롭을 따라 나섰다.

* * *

황제는 병마를 완전히 떨쳐 낸 것이 아니었다. 몸을 보신하는 데 도움이 되는 영양가 있는 음식과 갖가지 약을 먹고 있었으나, 원인을 알 수 없는 지독한 병은 여전히 황제를 괴롭히는 중이었다.

기력이 쇠한 황제의 몸은 거동조차 그의 뜻대로 되지 않았다. 잘 넘어가지 않는 음식과 약을 하루에도 몇 번씩 억지로 삼켜야 하는 것도 무척이나 고역이었지만, 무엇보다도 황제를 괴롭히는 것은 다름 아닌 과거에 그가 저지른 수많은 죄에서부터 비롯된 악몽이었다.

선잠에 빠질라치면 기다렸다는 듯이 달려드는 악몽에 황제는 좀처럼 단 한숨도 편히 잠을 이루지 못했다.

리리엔이 로켄페데스 가문으로 무사히 돌아왔다는 사실을 알게 된 것이 결정적이었다. 황제는 로켄페데스 가문의 가주, 레오디안이 언젠가 모든 사실을 알아내고는 그의 목을 졸라 죽일 것만 같아 두려웠다.

리리엔을 괴물의 손에 넘긴 것이 바로 다름 아닌 황제 그였으므로.

황제는 방 안으로 들어선 하일롭을 보고 가까스로 상체를 일으켜 앉았다. 하일롭이 그런 황제에게 다가가서 그의 앞에 한쪽 무릎을 꿇고 앉았다.

"부르셨습니까, 폐하."

"그래."

가볍게 고개를 끄덕이는 황제의 목소리가 듣기 싫을 정도로 엉망으로 갈라져 있었다. 하일롭은 저도 모르게 구겨지려는 미간을 애써 다잡고 황제를 올려다보았다.

황제가 하일롭을 향해서 손을 뻗었다. 이윽고 마른 나뭇가지같이 버석한 황제의 손이 하일롭의 뺨을 어루만졌다. 하일롭은 본능적인 거부감이 치밀어 올랐으나 그것을 내색하지 않기 위해서 입 안의 여린 살을 힘껏 깨물었다.

"내가 너를 부른 것은 일전에 이야기했던……."

황제가 말을 잇다 말고 기침을 내뱉었다. 차마 참기가 힘든 모양인지 한참 동안 격하게 마른기침을 했다. 그에 하일롭은 끝내 표정을 관리하지 못하고 미간을 좁혔다. 그리고 그 상태로 황제가 기침을 멈출 때까지 잠자코 기다렸다.

황제가 조금 전 미처 다 끝마치지 못한 문장을 다시 잇기까지는 퍽 오랜 시간이 걸렸다. 가까스로 기침을 멈춘 황제가 더욱 처참한 꼴로 갈라진 목소리로 말했다.

"……미안하구나."

"아닙니다."

하일롭이 애써 입꼬리를 끌어 올려 미소를 지었다. 그러자 황제가 그런 하일롭을 퍽 다정한 눈으로 내려다보았다. 그 눈빛을 마주하고 있자니, 하일롭은 온몸에 벌레가 기어 다니고 있기라도 한 듯한 불쾌한 느낌이 들었다.

마음 같아서는 아까부터 자신의 뺨에 닿아 있는 황제의 손을 뿌리치고 싶은 심정이었으나, 차마 그럴 수는 없는 노릇이기에 하일롭은 더욱 힘껏 이를 사리물었다.

"그래서 리리엔 로켄페데스는 아직도 제도에서 머무르고 있는 것이냐."

황제가 비로소 본론을 꺼냈다. 그것은 최근 황제가 때를 가리지 않고 하일롭을 불러들이는 이유이기도 했다.

황제는 레오디안을 경계했고, 그만큼 리리엔을 못마땅하게 여겼다. 그뿐만 아니라 황제는 리리엔이 다시 실종되기를 바라는 눈치였다.

황제가 막 의식을 차렸을 때, 리리엔이 제도로 돌아왔다는 사실을 듣고 황제는 크게 당황한 기색을 보였다. 리리엔이 제도에 머물러서는 안 된다는 이야기까지 했었다.

그때 당시 하일롭은 어째서 황제가 그러한 반응을 보였는지 도통 영문을 알 수가 없었다. 하지만 지금은 달랐다. 이제 하일롭은 황제가 왜 이렇듯 리리엔을 경계하는 건지 그 이유를 어렴풋이 짐작하고 있었다.

하일롭은 황제의 낯을 유심히 살피며 신중하게 입을 열었다.

"현재 리리엔 로켄페데스는 로켄페데스 대공과 함께 신성지에서 지내고 있습니다."

"……대공과 함께 말이냐?"

"그렇습니다."

하일롭이 선선히 대답하자, 황제가 전혀 예상하지 못했다는 듯 눈을 크게 떴다.

"대공이 어찌하여 신성지에……."

황제는 레오디안이 신전에 가지고 있는 반감을 알고 있었다. 그러니만큼 레오디안이 신성지에서 지내고 있는 이 상황을 선뜻 이해하지도 납득하지도 못했다.

한편, 그런 황제의 반응으로 미루어 하일롭은 레오디안이 신전의 가옥에 갇혀 있다는 소식이 아직 황제의 귀에는 들어가지 않았다는 사실을 짐작할 수 있었다.

"……아니, 차라리 잘됐구나."

그렇게 중얼거리면서 황제는 하일롭에게서 시선을 떼어 내고는 허공을 바라보았다.

"그래, 차라리 잘됐어."

총기를 잃은 황제의 눈동자가 그 어느 때보다도 탁하게 풀려 있었다. 그 눈동자는 하일롭으로서는 알 수 없는 어디 먼 곳을 멍하니 응시하고 있는 것처럼 느껴졌다. 그렇게 한참 시간이 흐른 뒤에야 황제는 하일롭에게 시선을 고정했다. 그리고 버석 메마르고 파리한 입술을 열었다.

"하일, 내 아들아."

"……예, 폐하."

황제는 하일롭이 어렸을 적에나 불러 주곤 했던 애칭으로 하일롭을 불렀다. 그에 놀란 하일롭이 멈칫했다가 조금 뒤늦게 대답하자, 황제가 그런 하일롭의 마음을 다 안다는 듯 미소를 지었다.

그러나 그 미소 짓는 입술 사이로 흘러나온 말은 결코 가벼운 말이 아니었다.

"나는 신황을 교체해야겠다."

"……."

"그리고 그 막중한 임무를 맡길 자로는 레오디안 로켄페데스……."

하일롭은 전혀 예상치 못한 황제의 말에 놀라 멍하니 입을 벌렸다. 그런 하일롭을 전혀 개의치 않고 황제는 여전히 미소 띤 얼굴로 선언하듯 말했다.

"그래, 내 어린 아우가 적임자일 듯하구나."

* * *

페이렌은 로지안이 황위를 탐내고 있다는 사실을 알고 있었다. 그리고 로지안이 이 거래로 레오디안으로부터 얻길 바라는 것이 무엇인지도 어렴풋이 짐작하고 있었다. 그리고 로지안이 페이렌에게 내건 조건은 페이렌이 예상한 대로였다.

그가 하일롭을 제치고 황태자에 책봉될 수 있도록 앞으로 로켄페데스 가문이 그를 지지할 것.

로지안의 제안을 듣고 오래도록 고민을 거듭한 끝에 페이렌은 마침내 말문을 열었다.

"……정말 저하께서 대공님을 무사히 신전에서 빼내 주시기만 한다면."

페이렌은 로지안을 똑똑히 직시하면서 한 단어 한 단어를 신중하게 내뱉었다.

"그럼 대공님은 제가 어떻게든 설득해 보겠습니다."

로지안이 그런 페이렌을 보고 흡족하다는 듯이 고개를 끄덕였다.

"나는 형님과 달라. 내 스스로 약속한 바는 절대 어기지 않는다."

"그 말을 믿겠습니다."

"그래."

로지안이 빙긋 웃으며 자리에서 일어났다. 그의 뒤를 따라 페이렌이 의자에서 몸을 일으키자, 로지안이 불쑥 손을 내밀었다. 그 몸짓이 무슨 의미인지 페이렌은 단번에 알아차렸다. 하지만 선뜻 로지안이 내민 손을 잡지는 못했다.

그런 페이렌을 로지안은 잠자코 바라볼 뿐, 딱히 재촉하지 않았다. 페이렌은 여태 조용히 자리를 지키고 있던 에밀리아를 힐끔 바라보았다. 에밀리아는 무언가를 깊이 고민하고 있기라도 한 건지 시선을 아래로 내려뜨린 채로 침묵하고 있었다. 페이렌은 그 모습을 잠시 바라보다가, 이내 눈길을 들어 올렸다. 로지안은 여전히 같은 자리에서 미소 짓고 있었다.

다시금 망설인 끝에 페이렌은 짤막한 한숨을 내쉬고선 로지안의 손을 잡았다. 그러자 기다렸다는 듯 로지안이 마주 잡은 손을 가볍게 흔들었다.

"부디 피차 서로에게 큰 도움이 될 수 있도록 노력하자고."

"……예, 저하."

페이렌이 꺼림칙한 기색을 미처 감추지 못하고 대답했으나, 그를 전혀 개의치 않는지 로지안은 만면에 미소를 띤 채로 페이렌의 손을 놓아주었다.

"그럼 나는 날이 밝는 대로 신전으로 향해, 그곳에서 대공을 데리고 나올 테니……."

일부러 말끝을 흐린 로지안이 느릿한 시선으로 페이렌을 위아래로 훑어보았다.

"경은 경의 일을 하도록."

로지안의 의뭉스런 시선에 흠칫 몸을 굳힌 채로 페이렌이 가까스로 고개를 주억거렸다.

* * *

로지안의 저택에서 나온 페이렌은 그 길로 곧장 말을 타고 신성지 요헴을 향해 달렸다. 그렇게 쉴 새 없이 달렸으나 페이렌이 신성지에 도착한 것은 새벽이 걷히고 하늘에 동이 틀 무렵이었다.

하지만 페이렌의 낯에서 피로한 기색이라고는 결코 찾아볼 수 없었다. 기사단 집결지 막사에 말을 두고 나온 페이렌은 걸음을 재촉해 레오디안의 저택으로 향했다. 엘시아와 리리엔에게 레오디안의 소식을 알아보고 연락을 주겠다며 저택을 나왔는데, 페이렌은 그것을 까맣게 잊고 있었다.

레오디안이 임모투스 신전 지하 가옥에 갇혀 있다는 소식을 들은 뒤, 이게 대체 어떻게 된 일인지 사정을 알아보느라 두 사람에게 연락을 취할 여력이 없었기도 했다.

페이렌은 이른 해가 밝히고 있는 저택의 정문을 열고 안으로 들어갔다. 그러자 정원을 둘러보고 있던 집사 헤이온이 페이렌을 발견하고는 그녀에게 다가왔다.

"로렐라인 경, 밤이 늦도록 돌아오지 않으시기에 무척 걱정했습니다. 이제 돌아오신 겁니까?"

"예, 그렇습니다."

"대공님은……."

"대공님은 현재 신전 가옥에 갇혀 계신 탓에 저와 함께 돌아오지 못했습니다."

"예……? 아니, 그게 정말입니까? 신전 가옥에 갇혀 계신다니……."

헤이온이 경악스러운 표정을 지었다. 페이렌은 묵묵히 고개를 끄덕이고선 저택 안으로 걸음을 옮겼다. 그런 페이렌의 뒤를 따라서 걸으며 헤이온이 다급한 목소리로 물었다.

"로렐라인 경, 대공님이 어째서 갑자기 가옥에 갇히게 된 겁니까?"

"대공님은 신황 성하의 뜻을 거슬렀단 이유로……."

말끝을 흐린 페이렌이 묵직한 한숨을 내쉬었다. 막 저택 안으로 들어설 무렵이었다. 환하게 불이 켜진 홀이 시야에 들어오자 눈이 부신 페이렌이 조금쯤 눈살을 찌푸리며 뒤를 돌아보았다. 헤이온은 초조한 기색으로 페이렌의 대답을 기다리고 있었다. 페이렌이 헤이온을 안심시키듯 말했다.

"하나 대공님은 곧 풀려나실 겁니다. 제가 방법을 알아보고 오는 길입니다."

"……그렇군요."

헤이온이 애써 미소를 지으며 고개를 끄덕였다. 그 모습을 잠시 지켜보고 있는데, 문득 헤이온의 뒤로 가녀린 인영이 나타났다. 그 인영은 다름 아닌 엘시아였다. 페이렌은 막 외출하고 돌아온 것 같아 보이는 엘시아를 보고 의아한 표정을 지었다.

"……엘시아 님?"

페이렌의 얼떨떨한 목소리를 들은 헤이온이 재빨리 뒤를 돌아봤다. 그렇게 두 사람의 시선을 한몸에 받은 엘시아가 어색하게 미소를 지었다.

* * *

엘시아와 함께 홀에 자리를 잡고 앉은 페이렌은 엘시아가 방금 임모투스 신전에 다녀온 길이라는 사실을 알아내고서 기함을 금치 못했다. 레오디안은 신황이 엘시아에게 관심을 보이는 것을 경계하고 있었다. 그런데 그것을 아는지 모르는지 엘시아는 한밤중 홀로 임모투스 신전에 다녀왔다.

엘시아가 무사히 돌아왔으니 다행이지만, 만약 엘시아에게도 무슨 일이 생겠다면 어떠했을지 가정만 해 보아도 페이렌은 눈앞이 새까맣게 물드는 듯한 기분이었다. 페이렌은 순간 저도 모르게 엘시아를 향해서 왜 그렇게 무모한 짓을 했냐고 묻기 위해 입을 뗐으나, 그 말을 꾹 삼켜 냈다.

엘시아의 얼굴이 평소보다 지나치게 창백해 보였다. 마치 벼랑 끝에 서 있는 사람처럼 위태롭게 느껴졌다.

"……정말 신전에서 아무런 일도 없었습니까, 엘시아 님?"

페이렌이 엘시아를 책망하는 대신 걱정스러운 마음을 감추지 못하고 물었다. 그러자 엘시아가 희미하게 미소 지은 낯을 하고선 고개를 가볍게 흔들었다.

"그럼 왜 그렇게……."

금방이라도 쓰러질 것 같은 안색이냐고, 묻고 싶었으나 페이렌은 그 말은 미처 덧붙이지 못하고 입 안으로 삼켰다.

그러자 바로 그때, 여태 조용히 찻잔만 매만지고 있던 엘시아가 입을 열었다.

"신성지로 오지 말았어야 했어요."

"……."

"우리가 계속 제도에서 지냈더라면 이런 일은 일어나지 않았을 테니까요."

깊은 회한에 잠긴 듯한 엘시아의 말에 페이렌은 아무런 대꾸도 하지 못했다.

"대공님이 정말 돌아오실 수 있을까요?"

"……물론입니다."

페이렌이 한껏 낮게 가라앉은 목소리로 대답했다. 하지만 그것으로는 엘시아를 안심시키지 못했다.

엘시아는 마냥 흔들리는 시선을 내려 찻잔을 응시했다. 그렇게 한참, 정적 속에 앉아 있던 엘시아가 어느 순간 대뜸 혼잣말처럼 중얼거렸다.

"……도망치자고 했어요."

"……예?"

예상치 못한 엘시아의 말에 페이렌이 놀란 목소리로 되물었다. 그러자 엘시아가 여전히 찻잔에 시선을 고정한 채로 입을 열었다.

"대공님께 그냥 도망치자고 했어요. 그랬는데……."

"……."

페이렌은 설마하니 엘시아가 레오디안에게 도망치자고 말했을 줄은 꿈에도 짐작하지 못했다.

페이렌의 눈에 엘시아는 마냥 가녀리고 심약해 보였다. 그래서인지 페이렌은 엘시아가 어떤 결정이라도 단호하게 내릴 수 있을 만한 사람으로 보지 않았다. 그런데 그런 엘시아가 레오디안을 만나기 위해서 한밤중에 신전에 잠입하였을 뿐만 아니라, 레오디안에게 도망치자는 제안을 하기까지 했단다.

페이렌은 정말이지 새삼스러운 시선으로 엘시아를 바라보지 않을 수 없었다.

"그랬는데, 대공님은 거절하셨어요. 곧 그곳에서 나올 거라면서……. 저더러 조금만 더 기다려 달라고 하시더라고요."

"……."

"대공님의 말대로 그냥 기다리는 게 맞는 걸까요?"

엘시아의 말은 너무나도 자조적으로 들렸다. 페이렌은 잠시 말없이 엘시아를 바라보다가, 이내 결심을 굳히고 입을 열었다.

"저는 오늘 2황자 저하를 뵙고 왔습니다."

그제야 엘시아가 찻잔에서 시선을 떼고 페이렌에게 눈길을 주었다. 예상치 못한 인물이 화두에 오른 탓일까, 엘시아의 눈동자에 놀라운 기색이 서려 있었다. 그 붉은 눈동자를 가만히 들여다보면서 페이렌은 덤덤한 목소리로 말을 이었다.

"2황자 저하께서는 대공님을 돕겠노라 약속을 하셨습니다."

"……."

"그러니까 걱정하지 마십시오, 엘시아 님. 대공님은 무사히 돌아오실 겁니다."

사실 로지안은 순수한 마음으로 레오디안을 돕겠다고 약속한 것이 아니었다.

로지안은 그저 페이렌과 거래를 하였을 뿐이었다. 하지만 페이렌은 굳이 그 사실까지 엘시아에게 말할 생각이 없었다. 만약 엘시아가 페이렌과 로지안 사이에 오간 거래가 정확히 무엇인지 알게 된다면, 엘시아가 쉽사리 걱정을 내려놓지 못하리라는 것은 너무도 자명했으므로.

페이렌은 엘시아를 다독이듯 부드럽게 미소를 지었다. 그러자 그 다정한 낯을 마주한 엘시아가 애써 어색하게나마 입꼬리를 끌어 올렸다.

"또 혹여나 신성지에서 지내는 것이 불편하시다면, 대공님이 돌아오시는 대로 제가 거처를 옮기자고 청을 올려보겠습니다."

"……아뇨, 그러실 필요는 없어요."

엘시아가 퍽 단호하게 고개를 흔들었다.

"저 때문에 여러 사람을 번거롭게 만들고 싶지 않아요."

엘시아의 말에 페이렌은 남몰래 한숨을 삼켰다. 엘시아는 모르겠지만, 레오디안이 돌아온다면 그때부터 많은 것이 변화할 것이었다.

로지안은 하일롭을 제치고 황위를 차지할 계획을 세우고 있었다. 그리고 그런 로지안을 돕는 것이 바로 레오디안이 될 터였다. 비단 페이렌과 로지안 사이에 오간 거래가 아니더라도, 엘시아를 위협하고 감옥에 가두려 한 하일롭이 제위에 오르는 것을 레오디안이 가만히 두고 볼 리 없었다. 적어도 페이렌은 그렇게 굳게 믿고 있었다.

하지만 엘시아는 페이렌과 다른 생각을 하고 있는 듯했다. 제삼자가 보기에는 뻔히 보이는 것들을 정작 그 당사자가 보지 못하고 있는 모양이었다.

엘시아를 위해서 가옥에 갇히기까지 한 레오디안이었다. 그런 레오디안이 엘시아를 번거롭다 여길 리 없었다. 설령 엘시아가 레오디안에게 제 아무리 무리한 요구를 한다 할지라도, 레오디안은 그 요구를 들어주려 노력할 것이었다.

이러한 사실을 엘시아가 알고 있어야 할 텐데, 엘시아는 영 모르는 눈치였다. 페이렌은 엘시아에게 당장이라도 자신이 그간 엘시아와 레오디안을 지켜보며 느낀 바를 이야기해 주고 싶었으나, 그러지 않고 입술을 꾹 맞물었다.

지금 자신이 엘시아에게 이 이야기를 하는 건 주제를 넘는 짓이었으므로.

"페이렌 씨, 피곤하실 텐데 이만 올라가서 쉬시는 게 좋겠어요."

골똘히 생각에 잠겨 있는 페이렌을 어떻게 받아들였는지, 엘시아가 문득 권했다. 페이렌은 얼떨결에 고개를 끄덕이고 자리에서 일어났다.

"조금 있다가 기사단 집결지로 가셔야 하나요?"

"예."

페이렌이 선선히 대답했다. 레오디안이 가옥에 갇혀 있으나, 그의 부관인 페이렌은 딱히 신황으로부터 제지를 받은 바가 없었던 탓에 평소처럼 일을 해야 했다.

"그럼 그 전에 함께 아침 식사를 할 수 있으면 좋겠네요."

엘시아가 최근 페이렌이 본 것 중 그나마 밝은 표정을 지은 채로 말했다. 하지만 페이렌은 그것이 가면과 같은 가장된 표정이라는 걸 단번에 알아보았다.

엘시아는 여전히 걱정스러운 마음을 내려놓지 못하고 있었다. 그게 훤히 눈에 보였지만, 페이렌은 그런 엘시아를 전혀 눈치채지 못한 척 엘시아를 향해서 마주 미소를 짓곤 고개를 끄덕였다.

* * *

엘시아는 조용히 발걸음을 옮겨 자신의 침실이 있는 위층으로 향했다. 그렇게 머지않아서 침실에 도착한 엘시아가 방문을 열려고 하는데, 마치 기다렸다는 듯이 옆방의 문이 열렸다.

엘시아가 흠칫 놀라 고개를 돌리자, 그곳에 리리엔이 문틈 사이로 고개를 빼꼼 내밀고 있는 게 보였다. 리리엔은 엘시아와 눈이 마주치기가 무섭게 눈꼬리를 휘어 미소를 지었다. 그 귀여운 얼굴을 보고 엘시아는 마음이 뜨끔했다.

설마하니 리리엔이 자신이 방금 외출했다 돌아온 사실을 알아차리기라도 했을까 봐, 엘시아는 조금쯤 경직된 얼굴로 리리엔을 응시했다.

그렇게 서로 상반된 표정으로 시선을 마주하고 있던 중, 먼저 말문을 연 사람은 리리엔이었다.

"일찍 일어났네?"

"아……. 응."

엘시아가 어색하게 고개를 끄덕거렸다. 어느덧 문을 활짝 열고 복도로 나온 리리엔이 엘시아에게 가까이 다가왔다.

"저택에 누가 온 것 같던데."

"페이렌 씨가 돌아오셨어."

"그래?"

다행이다, 하고 혼잣말처럼 중얼거리는 리리엔의 낯을 엘시아가 유심히 살펴보았다. 리리엔은 딱히 무언가를 눈치챈 것 같지 않았다. 그에 엘시아도 다행이라는 생각을 하면서 나직이 한숨을 내쉬었다.

그러자 바로 그 순간, 고개를 조금 비스듬히 기울인 리리엔이 대뜸 질문했다.

"페이렌이 뭐래?"

엘시아는 멈칫해서 리리엔을 바라보았다. 레오디안이 신전에 갇혀 있다는 이야기를 리리엔에게 곧이곧대로 전해도 될지, 아니면 그 이야기를 숨겨야 할지 선뜻 판단이 서지 않는 탓이었다.

그리하여 엘시아가 한동안 대답을 망설이고 있는데, 그런 엘시아를 향해서 리리엔이 다시금 나긋나긋한 목소리로 말을 건넸다.

"레오디안이 왜 저택에 돌아오지 않는 건지 페이렌이 알아보고 오겠다고 했잖아."

"대공님은……."

엘시아는 자신을 멀뚱히 올려다보는 맑은 눈동자에 가까스로 입을 열었다.

"……곧 돌아오실 거래."

두루뭉술하기 그지없는 말이었다. 하지만 리리엔은 그것을 크게 의아하게 여기지 않는 듯했다. 리리엔은 엘시아에게 더 이상 아무것도 묻지 않았다. 그렇구나, 하고 중얼거리면서 가볍게 고개를 끄덕였을 뿐이었다.

엘시아는 그런 리리엔의 반응을 다행이라 여기며 가슴을 쓸어내리는 한편, 어쩐지 찝찝한 느낌에 사로잡혔다. 그러니까, 리리엔이 이렇듯 쉽게 납득하는 것이 무언가 의아하다는 생각이 든 탓이었다.

엘시아가 조금쯤 미간을 좁히고 리리엔을 바라보는데, 리리엔이 돌연 말꼬리를 돌렸다.

"언니, 얼굴이 창백해. 방에 들어가서 쉬는 게 좋을 것 같아."

리리엔의 말에 엘시아가 저도 모르게 손을 들어 뺨을 쓸어 보았다. 리리엔이 그런 엘시아의 팔을 잡더니 그대로 끌어당겼다.

"조금 더 자."

아직 아침 해가 완전히 떠오르지 않은 이른 시간이었다. 리리엔이 엘시아의 침실 문을 열고는 엘시아를 방 안으로 떠밀었다.

"아침 식사 시간이 되면 내가 깨워 줄 테니까, 응?"

리리엔이 퍽 다정한 목소리로 어르듯 말했다. 그에 엘시아는 얼떨결에 고개를 끄덕이고 말았다. 리리엔은 엘시아가 침대 위에 눕는 모습까지 확인한 뒤에야 자리를 떠났다.

엘시아는 리리엔이 나가면서 굳게 닫은 문을 마냥 얼떨떨한 눈으로 바라보았다. 무언가 이상한데, 딱 짚어 뭐가 이상하다 말하기 어려웠다. 엘시아는 찝찝한 기분을 애써 떨쳐 내면서 지그시 눈을 감았다.

어제가 그러하였듯이 오늘 하루도 유난히 길게 느껴질 것 같다는 예감이 들었다.

* * *

로지안은 날이 밝자마자 외출을 할 채비를 했다. 그는 신성지로 갈 때 대동할 시종과 기사들을 진작에 꾸려 두곤 언제든 신성지로 향할 수 있도록 그의 저택에서 대기하라 명령을 해 둔 상태였다.

로지안은 일단 신황을 심리적으로 압박해 볼 요량이었다. 때문에 그의 저택에서 대기하고 있는 사람의 수는 퍽 많았다. 그러나 그중 황실에 소속된 사람은 단 한 명도 없었다. 로지안은 혹시 모를 위험 요소를 제거하기 위해서 사비로 사람을 고용했다.

혹시 모를 위험 요소란, 바로 다름 아닌 황제나 하일롭의 사람이 로지안의 계획을 어그러뜨릴지도 모른다는 것이었다.

황제는 의식을 차린 시점부터 하일롭만을 찾았다. 로지안에게는 관심조차 주지 않았다. 황제와 하일롭이 어떤 일을 도모하고 있는 것은 분명했다. 그게 무슨 일인지 로지안으로서는 알 길이 없었다. 하지만 그 덕분에 로지안은 매일같이 황궁을 나섰으나, 그 누구의 제지도 받지 않을 수 있었다.

그리고 그것은 오늘도 마찬가지였다. 로지안은 누구의 방해 없이 순조롭게 황궁을 나서서 곧장 자신이 소유한 저택으로 향했다. 저택은 이른 아침부터 신성지로 떠날 채비를 하느라 분주했다. 그런 와중에 에밀리아가 그를 맞이했다.

"밤새 평안하였나, 부인."

"예, 저하. 덕분에요."

불과 몇 시간 만에 다시금 서로를 마주한 것이었으나, 두 사람은 새삼스럽게 아침 인사를 나누었다. 그런 두 사람에게 가까이 다가온 시종이 로지안에게 마차가 준비되었음을 알렸다.

로지안은 적당히 고개를 끄덕이는 것으로 대답을 대신한 뒤, 시간을 지체하지 않고 곧장 마차에 올랐다.

"부디 조심히 다녀오시길."

"그래, 고맙군."

로지안이 에밀리아에게 가볍게 미소를 지어 보였다. 그에 에밀리아는 딱히 별다른 반응을 보이지 않고, 무표정한 얼굴로 로지안을 응시했다.

곧 로지안이 탄 마차가 신성지를 향해 나아갔고, 한 무리의 기사들이 말을 달려 마차의 뒤를 따랐다. 에밀리아는 자리에 못 박힌 듯이 서서, 그들이 점차 멀어져 그림자조차 보이지 않게 될 때까지 그들의 모습을 하염없이 바라보았다.

* * *

로아나와 욤펜은 신전에 도착하고 나서야 레오디안이 신전의 지하 가옥에 갇혀 있다는 소식을 전해 들었다. 안 그래도 다시금 신황을 마주해야 한다는 데 압박감을 느끼고 있었던 욤펜은, 레오디안의 소식을 듣고 경악스러운 표정을 지었다.

로아나는 백짓장처럼 하얗게 질린 욤펜의 얼굴을 보고, 걱정하지 말라는 듯 욤펜의 어깨를 가볍게 도닥였다. 그러자 욤펜은 마치 유일한 구명줄을 마주하기라도 한 사람처럼 절박한 눈빛으로 로아나를 바라보았다.

"대공 각하께서 가옥에 갇혀 계시다니……."

"……."

"우리는 어찌해야 하는 겁니까, 로아나 대신관."

욤펜은 겁에 질려 있었다. 로아나 또한 설마하니 레오디안이 곤경에 처해 있을 줄은 전혀 예상하지 못했기에 지금 이 상황이 무척 당황스럽기 그지없었다. 하지만 로아나는 애써 당혹스런 마음을 감추고 덤덤한 태도를 가장했다. 욤펜이 겁에 질려 있는데 자신마저 두려워하는 기색을 보여서는 안 된다는 생각에서였다.

"일단 이게 어떻게 된 일인지 자세한 사정을 알아보도록 하죠."

"……예."

욤펜이 여전히 희게 질린 얼굴로 가까스로 고개를 끄덕였다. 로아나는 그 모습을 안타까운 눈으로 바라보다가, 이내 침착한 목소리로 말했다.

"저는 대공님의 사택으로 가서 엘시아 님과 리리엔 아가씨를 만나 볼게요."

"그럼 저는……."

"욤펜 대신관은 그냥 방으로 돌아가서 평소처럼 행동하세요."

말을 하다 보니 내심 초조해진 로아나가 빠른 속도로 말을 이었다.

"평소처럼 기도실에서 기도를 올리고, 신관들과 신도들을 만나고……. 제가 저택을 다녀올 때까지요."

"예, 그렇게 하겠습니다."

욤펜이 순종적으로 고개를 주억거렸다. 욤펜의 대답을 확인한 로아나는 지체하지 않고 몸을 돌렸다. 로아나가 걸음을 재촉해서 신전을 나서는 모습을 욤펜이 불안함에 흔들리는 눈빛으로 바라보았다.

그런 욤펜의 시선을 느꼈지만, 로아나는 뒤를 돌아보지 않고 곧장 레오디안의 저택을 향해서 발걸음을 내디뎠다.

* * *

로지안이 신전에 도착했을 때, 신황은 마치 오늘 로지안이 신전을 방문하리라는 사실을 알고 있었던 사람처럼 태연하게 로지안을 맞이했다.

"저하, 무슨 일로 귀한 발걸음을 하셨는지요."

태연하기 그지없는 신황의 태도와 여유롭게 미소 짓는 신황의 낯은 꺼림칙하기 그지없었다. 로지안은 긴장의 끈을 놓지 않은 채로 신황을 마주 바라보았다.

"제가 왜 이곳에 발걸음을 했는지, 그 이유는 이미 알고 계시리라 생각합니다."

"흐음……."

로지안의 말에 신황이 짐짓 골똘히 생각에 잠긴 듯한 기색을 하고서 제 입매를 가만가만 매만졌다. 그렇게 시치미를 떼는 신황의 모습에 로지안은 굳어지려는 표정을 애써 갈무리했다.

잠시 뒤, 신황이 여전히 부드럽게 호선을 그리고 있는 입술을 열었다.

"일단 안으로 드시지요, 저하."

신황이 그렇게 권유하자, 신황의 뒤에서 로지안을 경계하고 서 있던 신전의 기사들이 길을 텄다. 그리고 그 사이로 로지안이 애써 대수롭지 않은 척 의연하게 뚜벅뚜벅 걸음을 옮겼다.

신황의 뒤를 따라 도착한 응접실은 황궁의 것과 버금갈 정도로 널따랬다. 이를 미루어 로지안은 그간 신전이 비축해 온 부가 얼마나 막대할지를 어렴풋하게나마 짐작할 수 있었다.

당장 로지안이 앉아 있는 소파만 해도 얼핏 봐도 그 값이 상당해 보였다. 로지안은 탐탁지 않은 표정으로 주변을 둘러보다가, 앞에서 느껴지는 시선에 고개를 돌렸다.

그곳에선 다름 아닌 신황이 로지안을 유심히 관찰하듯 바라보고 있었다. 로지안은 애써 날카로운 눈빛을 가다듬고 신황을 마주 바라보았다. 그제야 신황이 말문을 열었다.

"그래서 오늘 이곳을 찾아오신 이유가 무엇입니까, 저하."

신황은 구태여 빙 둘러가지 않고 곧장 본론을 꺼내 놓았다. 그에 로지안은 잠시 말을 고르는 기색으로 침묵했다.

레오디안이 임모투스 신전 지하 가옥에 갇힌 이후, 로지안이 신전을 직접 찾아 온 것은 이번이 처음이었다. 하지만 로지안은 일전에 그의 사람을 신전으로 보내 레오디안을 풀어 달라고 요구한 적이 있었다. 그러니 지금 신황이 로지안의 방문 목적을 전혀 모르고 있을 리는 없었다. 그런데 신황은 마치 아무것도 모르겠다는 양 로지안에게 묻고 있었다.

로지안은 빤히 보이는 신황의 수작질에 어이가 없어 터져 나오려는 실소를 간신히 꾹 참아 내고서 천천히 입술을 벌렸다.

"현재 이곳 지하 가옥에 레오디안 로켄페데스 대공이 갇혀 있다는 이야기를 들었습니다."

"아, 그럼 로켄페데스 대공을 만나러 오신 겁니까."

신황의 말에 로지안이 입술을 꾹 맞물었다. 로지안은 레오디안을 두고 신황과 거래를 하러 온 것이지, 단순히 레오디안을 만나기 위해 신전을 방문한 것이 아니었다.

"……제가 만약 지금 대공을 만나고 싶다고 한다면, 성하께서는 그것을 허락해 주실 건지요."

"물론입니다."

신황은 한 치의 망설임도 없이 대답했다. 그에 로지안의 미간 사이에 가볍게 주름이 졌다. 혹시나 하는 마음에서 물어본 것인데, 설마하니 신황이 이렇게 쉽게 레오디안과의 만남을 허락해 주겠노라 이야기할 줄이야.

"저하께서 대공을 만나길 원하신다는데 제가 만류할 이유는 없지요."

신황의 속내가 무엇일지 선뜻 가늠하기 어려웠다. 로지안은 입을 꾹 다문 채로 묵묵히 신황의 눈을 응시했다.

새하얀 눈송이와 비슷한 신황의 은빛 눈동자는 가만히 보고 있노라면 어쩐지 소름이 돋는 느낌이었다. 로지안은 그 꺼림칙한 느낌을 애써 떨쳐 내고는 이내 침묵을 깼다.

"그렇다면 일단 대공을 만나 보고 싶군요."

로지안의 말을 듣고도 신황은 표정 하나 변하지 않았다. 로지안이 레오디안을 만나든 말든 거리낄 것은 전혀 없다는 듯, 신황은 여상한 태도로 로지안을 응시할 뿐이었다.

"대공을 만난 후에 본격적으로 이야기를 나눠 볼까 하는데, 성하의 생각은 어떠십니까."

"저하의 뜻대로 하십시오."

신황이 부드럽게 웃으며 대꾸했다. 그러더니 신황은 그의 뒤에 대기하고 있던 수행 신관에게 손짓했다. 그러기가 무섭게 수행 신관이 신황에게 다가왔다. 그를 향해서 신황이 명령을 내렸다.

"황자 저하를 가옥으로 안내하십시오."

* * *

로아나가 신성지에 위치한 레오디안의 저택에 도착했을 때는, 엘시아가 기사단 집결지로 향하는 페이렌을 막 배웅하고 난 다음이었다. 엘시아는 연락도 없이 저택을 찾아온 로아나를 보고 내심 놀란 눈치였다. 하지만 로아나는 그런 엘시아를 미처 신경 쓸 여력이 없었다. 로아나는 엘시아를 붙잡고 다급하게 물었다.

"어째서 대공님이 가옥에 갇혀 계신 겁니까?"

로아나의 질문에 놀란 듯 엘시아의 눈이 휘둥그레졌다. 그를 바라보고 있던 것도 잠시, 로아나는 곧 재차 다급하게 질문을 던졌다.

"대공님이 대체 언제 가옥에 갇히신 거죠?"

"이틀 전에……."

엘시아는 당황스러운 마음을 뒤로한 채로 간신히 입을 열어 대답했다.

"이틀 전에 이곳을 찾아온 괴물이 있었어요. 그 괴물을 상대하시다가 신전으로 가셨는데……."

"……."

"대공님이 돌아오지 않으셔서 신전에 가 봤는데, 무슨 일인지 대공님이 신전에 갇혀 계셨어요."

잠자코 엘시아의 이야기에 귀를 기울이고 있던 로아나가 놀라 눈을 크게 떴다.

"혼자 신전에 다녀오셨다는 말이에요?"

"……네."

로아나는 짐짓 경악에 찬 눈으로 엘시아를 바라보았다. 엘시아는 로아나가 어째서 이러한 반응을 보이는지 모르지 않았다.

그동안 레오디안의 곁에서 그와 뜻을 함께해 온 로아나. 그녀는 신황이 엘시아에게 접근하고자 몇 번이나 수작을 부렸다는 사실을 알고 있었다. 그러니 그녀가 엘시아가 혼자서 신전에 다녀왔다는 이야기를 듣고 경악하는 것은 당연했다.

"신전에서 별일은 없으셨죠?"

"네, 다행히도……."

아무도 마주치지 않았다는 이야기를 하려고 했던 엘시아는 자신이 신전에서 에이사를 만났다는 사실을 문득 떠올렸다. 그런 이유로 엘시아가 말끝을 흐렸으나, 로아나는 그것을 딱히 의아하게 여기지 않는 눈치였다. 엘시아로서는 다행스러운 일이었다.

"……별일이 없으셨다니 다행인데, 그러면 지금 저택에 엘시아 님과 리리엔 아가씨만 머무르고 계신 건가요?"

"하이드도 있어요."

엘시아의 대답을 들은 로아나가 무언가를 깊이 고민하는 듯한 기색으로 침묵했다.

"일단 안으로 들어오시겠어요?"

"아뇨."

저택 안으로 들어갈 것을 권한 엘시아에게 로아나가 고개를 저어 보였다.

"저는 지금 바로 신전으로 가 봐야 해요."

"……임모투스 신전으로요?"

"네."

로아나가 한층 어두워진 안색으로 고개를 끄덕였다.

"신전으로 가서 대공님을 만나 봐야죠."

"아……."

엘시아는 무거운 마음을 대변하듯 곤란한 표정으로 입술을 질끈 깨물었다.

로아나는 그런 엘시아를 잠시 바라보다가, 이윽고 인사를 건넸다.

"그럼 저는 이만 신전으로 가서 상황을 파악해 보도록 할게요. 대공님을 만날 수 있으면 대공님도 만나 보고요."

엘시아는 로아나의 말에 뭐라고 대꾸를 해야 할지 알 수 없어서 그저 조용히 고개를 끄덕이는 것으로 대답을 대신했다. 그러자 그 모습을 확인한 로아나는 잠시 걱정스럽다는 듯이 엘시아를 응시하다가, 이내 떨어지지 않는 발걸음을 애써 옮겼다. 그리고 엘시아는 점차 멀어지는 로아나의 뒷모습을 하염없이 바라보았다.

그렇게 유유히 흘러가는 시간조차 인지하지 못한 채로 서 있던 엘시아의 귓가에 문득 가벼운 발걸음 소리가 들려왔다.

얼음처럼 딱딱하게 굳어 서 있던 엘시아가 그제야 비로소 고개를 돌렸다. 그러자 곧 엘시아의 시아에 리리엔이 하이드와 함께 정원으로 나오고 있는 모습이 들어왔다. 무슨 일인지 리리엔과 하이드는 평소 저택 안에서 입는 실내복이 아니라 외출복을 입고 있었다.

"언니, 우리 밖에 나갈 건데 언니도 같이 나갈래?"

"……밖에 나간다고?"

엘시아는 예상치 못한 리리엔의 말에 당혹스러운 기색을 감추지 못했다. 그러나 리리엔은 대수로울 것 없다는 듯이 고개를 끄덕거렸다.

"응. 아까 페이렌한테 물어봤는데, 이 근처는 돌아다녀도 안전하다고 했어."

"……."

엘시아는 말없이 고민에 빠졌다. 마음 같아서는 리리엔이 밖으로 나가는 걸 만류하고 싶었지만, 막상 그러자니 쉬사리 입이 떨어지지 않았다. 하여 엘시아가 이 상황을 어떻게 해야 할지 거듭 고민하고 있는데, 어느덧 저택 밖으로 나온 헤이온이 엘시아에게 다가왔다.

"리리엔 아가씨의 명으로 호위 기사들에게 외출 준비를 하라 일러두었습니다."

헤이온의 말을 듣고 엘시아는 헤이온을 뜻밖이라는 듯 바라보았다. 헤이온마저 리리엔이 외출하려는 걸 대수롭지 않게 여기고 있었다. 그리고 엘시아는 그것이 너무도 의외였다.

"언니, 어떡할래? 같이 나갈 거야?"

어찌 해야 할지 모르고 멍하니 서 있는 엘시아를 향해 리리엔이 재차 물었다. 엘시아는 거듭 망설인 끝에 고개를 끄덕였다.

"그래, 같이 나가자."

엘시아의 말에 리리엔이 환한 미소로 화답했다.

* * *

빠르게 길을 달려 나가는 마차 안, 로지안은 레오디안이 한 말을 새삼스레 머릿속으로 더듬어 보고 있었다.

'사택 근처에 대여 창고가 있습니다. 그곳에서 저하가 원하시는 것을 찾을 수 있을 겁니다.'

레오디안과의 대화는 길지 않았다. 자신이 원하는 것이 무엇인지 레오디안이 알고나 있을까 의문이었으나, 지금 로지안은 레오디안이 일러 준 길을 따라 대여 창고로 향하는 중이었다. 머지않아서 마차가 속도를 늦추더니 이윽고 완전히 멈추어 섰다. 로지안은 창밖으로 보이는 낯선 풍경을 눈에 담았다.

"도착하였습니다, 저하."

로지안은 기사가 문을 열어 주기가 무섭게 마차에서 내렸다. 인적이 드문 길가에 꽤나 커다란 건물들이 줄지어 늘어서 있었다.

그중 레오디안이 알려 준 대여 창고 건물이 어떤 건지 찾아내는 데 그리 오랜 시간은 걸리지 않았다. 로지안은 기사들을 대동하고서 건물 앞으로 다가갔다. 과연 건물 안에 무엇이 있을지는 감히 짐작조차 되지 않았다. 자연스럽게 긴장이 맴돌았다. 하지만 로지안은 구태여 시간을 지체하고 싶은 생각이 추호도 없었다.

로지안은 레오디안이 언질을 준 방식으로 잠금을 해제해, 굳게 닫혀 있던 건물의 문을 활짝 열었다. 오랫동안 방치되다시피 해 온 건물 안의 공기는 퀴퀴했다. 절로 표정이 찌푸려질 정도였다.

로지안은 미간을 구긴 채로 건물 안으로 들어섰다. 그의 뒤를 따르는 기사들의 표정 역시도 로지안의 표정과 크게 다르지 않았다.

"이곳은……."

뒤에서 누군가 짐짓 경악스럽다는 듯한 목소리로 중얼거리는 소리가 들렸으나, 로지안은 오로지 앞만 보고 걸었다.

창고는 금고라고 보아도 무리가 없을 정도로 온갖 진귀해 보이는 물건들로 가득했다. 그중 단연 눈에 띄는 것은 벽에 걸려 있는 화려한 검이었는데, 그건 제국에 전설처럼 전해지는 이야기 속의 보검이었다. 그 보검을 로지안은 한눈에 알아보았다.

하지만 로지안은 보검 따위에 관심이라곤 추호도 없었다. 레오디안은 이곳에 로지안 그가 원하는 것이 있다고 말했다. 그리고 그것이 바로 현재 로지안의 유일한 관심사였다.

로지안은 천천히 주변을 관찰하듯 유심히 둘러보았다. 그러나 특별하게 시아에 걸리는 것은 없었다. 설마 레오디안이 자신을 가지고 장난질을 친 것일까 하는 의문이 로지안의 머릿속에 불쑥 떠올랐을 때였다.

"저하, 이쪽을 한번 살펴봐 주시겠습니까?"

로지안은 문득 귓가를 파고든 목소리에 뒤를 돌아보았다. 한쪽 벽에 바짝 붙어 있는 책장 앞에 선 기사 한 명이 로지안을 바라보고 있었다.

"여기 벽에 책장을 움직인 흔적이 남아 있습니다."

로지안이 기사에게 가까이 다가가자, 기사는 로지안이 책장을 살펴볼 수 있도록 옆으로 물러섰다. 로지안은 고개를 들어 기사가 가리킨 부분에 시선을 던졌다. 기사의 말대로 벽에 자국이 남아 있었다. 무언가에 긁힌 듯한 자국이었는데, 딱 책장 크기였다.

"이것을 옆으로 밀어 보아라."

로지안의 명에 기사들이 긁힌 자국이 남아 있는 방향으로 책장을 밀었다. 그러자 머지않아서 숨겨져 있던 공간이 드러났다. 정체 모를 문서가 잔뜩 쌓여 있는 먼지로 가득한 공간이었다.

그곳으로 로지안이 발걸음을 내딛기 전, 기사들이 혹시 모를 상황을 대비해

안을 살폈다. 로지안은 그 과정이 끝난 이후에야 안으로 걸음을 옮겼다. 굳게 닫혀 있던 건물 안, 숨겨진 공간. 로지안은 레오디안이 대체 무슨 목적으로 이렇게까지 해서 문서를 보관해 온 것인지 의문스러웠다.

"아무것도 손대지 말도록."

로지안이 경계 어린 눈빛으로 주위를 둘러보고 있는 기사들을 향해서 말했다. 이곳에 쌓여 있는 문서가 무엇에 관한 것인지는 아직 알 수 없었지만, 모르긴 몰라도 아무에게나 보일 만한 것이 아니리란 사실을 로지안은 본능적으로 직감했다.

로지안은 손수 문서 더미를 뒤적여 가며 살피기 시작했다. 그러는 동안 기사들은 조금쯤 물러난 곳에서 로지안을 기다렸다.

얼마나 시간이 흘렀을까. 말없이 문서만을 뒤적거리던 로지안의 손이 돌연 멈추더니 그대로 딱딱하게 굳었다. 그런 로지안의 손에 들린 것은 세월의 흔적이 고스란히 묻어 있는 양피지였다. 양피지에 적혀 있는 문장을 읽어 내려가던 로지안의 눈동자가 곧 놀라움으로 물들었다.

"이건……"

양피지에는 황실과 신전을 지금껏 지탱해 온 비밀이 지독하리만큼 상세하게 기록되어 있었다.

* * *

임모투스 신전에 도착한 로아나는 곧장 욤펜의 방을 찾아갔다. 초조한 기색이 역력한 욤펜이 로아나를 맞이했다.

"어떻게 되었습니까?"

로아나가 미처 자리에 앉기도 전에 욤펜이 물었다. 로아나는 짧게 한숨을 내쉬고서 소파에 앉았다. 그러자 그 맞은편에 앉은 욤펜이 불안한 눈빛으로 로아나를 바라보았다.

"대공 각하께서 어째서 이곳 지하 가옥에 갇히게 된 건지 알아보셨습니까?"

"네, 대강의 사정은 알아냈어요."

로아나는 가볍게 고개를 끄덕였다.

"요헴에서 괴물이 발견됐다고 해요."

"……예? 이곳에서 말입니까?"

"네."

로아나가 선선히 대답했고, 욤펜은 경악을 금치 못했다.

"대공님이 가옥에 갇히게 된 이유는 그 괴물과 관련이 있는 듯해요."

"……."

욤펜이 초조한 낯으로 입술을 잘근잘근 깨물어 댔다. 그 모습을 로아나가 한동안 묵묵히 바라보았다. 그리하여 자연스럽게 정적이 흘렀다. 꽤 시간이 흐른 뒤, 정적을 깨고 말문을 연 것은 욤펜이었다.

"……괴물들이 신성지에도 발을 들였단 말입니까."

그렇게 중얼거리는 욤펜의 낯빛은 파리하게 질려 있었다.

최근 겪은 일로 유독 심약해진 욤펜이었다. 이제 로아나는 욤펜이 이러한 반응을 보이는 것에도 꽤나 익숙해졌다.

"그래서 이제 어떡하지요. 우리가 무엇을 해야 하는 겁니까."

"글쎄요."

로아나가 긴 한숨을 내쉬었다.

"대공님이 풀려나시기 전까지는 아무것도 하지 말고 그냥 기다리는 게 좋을 듯해요."

"하지만 대공 각하께서 언제 풀려나실지 알 수가 없는데……."

욤펜이 무슨 말을 하는 건지 로아나도 모르지 않았다. 하지만 로아나는 괜히 자신이 무언가 행동에 나섰다가 구태여 부스럼을 만들게 되는 건 아닐지 걱정스러웠다.

"대공님이 언제 풀려나실지 정확하게는 알 수 없지만, 그게 그리 긴 시간은 아닐 거예요."

"……."

"대공님을 믿고 기다려 보죠."

로아나의 말에 욤펜은 아무런 대꾸도 하지 못했다. 로아나는 조용히 창밖으로 시선을 옮겼다. 다시금 적막이 찾아들었다. 그 적막은 이번에는 조금 전과 다르게 오랜 시간을 머물렀다.

* * *

엘시아가 외출 준비를 하기 위해 저택 안으로 들어가자, 활짝 웃고 있던 리리엔의 표정이 거짓말처럼 딱딱하게 굳었다. 하이드는 어째서 리리엔이 엘시아의 모습이 사라지기가 무섭게 기다렸다는 듯이 표정을 굳힌 건지 알고 있었다.

"그러게 왜 같이 나가자고 했어."

하이드가 평소 늘 그러하듯 멍한 표정으로 꺼낸 말에 리리엔이 입술을 질끈 깨물었다가 놓았다.

"……그래야 언니가 별다른 의심을 안 할 것 같았단 말이야."

리리엔은 평소 엘시아의 곁에서 떨어지지 않으려고 했다. 그러니 하이드와 둘이서 나간다고 하면 엘시아가 이상하게 생각할 것 같았다. 그리고 무엇보다도 리리엔은 하이드와 단둘이 외출하려는 자신을 엘시아가 만류할 경우는 예상했지만, 흔쾌히 같이 나가자고 할 줄은 몰랐다. 그랬기에 엘시아에게 같이 나가자고 말을 꺼내 본 것이었다. 리리엔은 긴 한숨을 내쉬었다.

"어떡하지……."

리리엔이 곤란한 기색이 역력해서는 중얼거렸다. 하이드는 별다른 대꾸 없이 그저 물끄러미 리리엔을 쳐다보기만 했다.

어젯밤, 하이드와 리리엔은 혼자서 저택을 나간 엘시아를 찾아 나서지 않았다. 하지만 그렇다고 해서 엘시아가 걱정되지 않은 것은 아니었다. 하이드는 혹시 몰라서 엘시아의 기적을 읽으려는 시도를 했다. 그러다 예상치 못하게 엘시아도 베스티도 아닌 낯선 기적을 느꼈다.

그로 인해 하이드는 신성지 요헴을 어슬렁거리는 괴물이 베스티 말고도 또 있다는 사실을 깨달았다. 하이드는 그 사실을 리리엔에게 말해야 할지 망설였다. 그리고 하이드가 무언가 고민하는 듯한 기색을 보이자, 그것을 단번에 알아차린 리리엔이 하이드를 추궁했다.

리리엔의 추궁에 못 이긴 하이드는 결국 리리엔에게 자신이 깨달은 사실을 말했다. 리리엔은 혹시라도 그 괴물이 베스티처럼 엘시아에게 위협이 되기라도 할까 봐 걱정했다. 가능하다면 그 위협을 제 선에서 뿌리 뽑고 싶어 했다.

리리엔은 하이드에게 괴물을 상대할 수 있겠느냐 물었고, 하이드는 그럴 수 있다고 대답했다. 그러기가 무섭게 리리엔은 하이드와 함께 괴물을 처리할 계획을 세웠다. 그리고 그것이 바로 지금 리리엔이 하이드를 끌고 저택 밖으로 나가려는 이유였다.

"엘시아를 데리고 갈 수는 없어. 그랬다간 저번처럼……."

리리엔이 말끝을 흐렸으나, 하이드는 리리엔이 하려는 말이 무엇인지 바로 알아차렸다.

하이드는 남몰래 베스티를 처리하려고 했지만 실패했다. 엘시아는 베스티를 맞닥뜨렸고, 베스티는 하이드를 데려가려는 자신을 막아선 엘시아를 공격했다. 하이드는 그런 일이 두 번 다시 반복되는 걸 원치 않았다. 그러니까, 하이드는 자신 때문에 엘시아가 상처 입는 것이 싫었다.

"그럼 지금 몰래 나갈까?"

"……어?"

하이드가 불쑥 꺼낸 말에 리리엔이 무슨 소리냐는 듯 미간을 좁혔다. 하이드는 대수롭지 않은 목소리로 부연했다.

"나도 엘시아가 위험한 일에 휘말리는 건 싫어. 그러니까 원래 계획대로 우리끼리 나가자."

"하지만 그러면 엘시아는 분명 우리를 찾아 나설 거야."

"음."

하이드가 잠시 고민하다가 말했다.

"그럼 엘시아가 밖으로 나오지 못하게 하면 되잖아."

"……어떻게?"

리리엔이 고개를 갸웃하고서 하이드를 바라보았다. 하이드는 왜인지 한참 말이 없다가, 꽤 시간이 흐른 뒤에야 입을 열었다.

"굳이 우리가 뭘 어떻게 하지 않아도 그렇게 될 것 같은데."

"그게 무슨 소리야?"

리리엔이 영문을 모르겠다는 듯 미간을 좁혔다. 그러자 하이드가 힐끔 뒤를 쳐다보더니 말했다.

"손님이 찾아온 것 같거든."

* * *

긴 행렬이 저택 앞에 멈추어 섰다. 그 선두에는 고풍스럽게 장식된 마차가 서 있었다. 머지않아서 마차에서 내린 사람은 다름 아닌 제국의 2황자 로지안이었다. 그를 보고 헤이온은 당황스런 기색을 감추지 못했다.

현재 저택의 주인은 부재한 상황이었다. 헤이온은 갑작스럽게 로지안이 찾아온 상황을 어찌해야 할지 알 수 없었고 그저 난감하기만 했다. 하지만 자그마치 황자를 저택 밖에 가만히 세워 둘 수는 없는 노릇인지라, 헤이온은 애써 떨어지지 않는 발걸음을 옮겨 정문으로 다가갔다.

"황자 저하를 뵙습니다."

로지안은 대수롭지 않게 고개를 가볍게 끄덕여 헤이온의 인사를 받았다.

"그런데 저하께서 이곳은 무슨 일로……."

"아리테스 영애를 만나러 왔다."

헤이온의 눈이 놀라움으로 물들었다. 그도 그럴 것이 헤이온은 로지안이 엘시아를 만나려고 하는 것이 이해가 되지 않았다. 로지안은 황자였고, 엘시아는 변방의 작은 귀족 가문 출신 영애였다. 그러니만큼 헤이온은 로지안과 엘시아 사이에 접점이 무엇인지 선뜻 짐작을 할 수가 없었다.

"……아리테스 영애와 약속은 되어 있으십니까?"

"아니."

로지안은 당당하기 그지없는 태도로 대답했다.

"하지만 내가 찾아왔다고 하면 그녀는 나를 만날 것이다."

"예? 아니, 약속도 되어 있지 않은데 어찌……."

"나를 응접실로 안내하라. 그리고 내가 이곳에 왔음을 그녀에게 알리도록."

로지안이 단호한 표정으로 헤이온의 말허리를 잘라내고 말했다. 헤이온은 이 상황을 어찌해야 할지 도통 알 수가 없어 마냥 난감한 기색으로 로지안의 눈치를 보았다.

그때, 여태껏 조금 떨어진 곳에서 상황을 지켜보고 있던 리리엔이 헤이온의 옆으로 다가와 섰다. 헤이온이 자연스레 리리엔에게 눈길을 주자, 리리엔이 헤이온을 안심시키기라도 하듯 눈웃음을 지었다.

"오랜만이에요, 저하. 이곳엔 웬일이세요?"

"엘시아 아리테스 영애를 만나러 왔다."

리리엔이 헤이온과 같은 질문을 하였으나, 로지안은 불쾌한 기색이라곤 없이 흔쾌히 리리엔에게 대답을 했다.

"저하께서 엘시아는 무슨 일로 만나려고 하시는 건데요?"

"나는 방금 로켄페데스 대공을 만나고 오는 길이다."

"……레오디안을 만났다고요?"

"그래."

리리엔은 의심스럽다는 듯 로지안을 바라보았다. 신전에 갇혀 있는 레오디안을 만나고 왔다는 로지안의 말을 선뜻 믿을 수가 없었기 때문이었다.

하지만 로지안은 그런 리리엔의 눈빛을 전혀 개의치 않고 말을 이었다.

"대공이 아리테스 영애에게 말을 전해 달라고 내게 부탁을 하더군."

"무슨 말을 전해 달라고 했는데요?"

"미안하지만 거기까지 이야기하기는 좀 곤란하다."

"……."

리리엔은 새삼스러운 눈빛으로 로지안을 유심히 바라보았다.

전에 봤을 때와 다르게 오늘 로지안은 이상하게 협조적인 느낌이었다. 리리엔은 손바닥 뒤집듯 달라진 로지안의 태도가 무척이나 의아했다. 하지만 그렇다고 해서 로지안이 엘시아에게 허튼 소리를 하지 않으리란 보장은 없었다.

리리엔이 엘시아와 함께 로지안을 만났을 때, 로지안은 엘시아에게 *그*와 결혼하자고 말했었다. 그때 기억을 선명하게 갖고 있었기에 리리엔은 로지안을 향한 경계심을 쉽사리 누그러뜨릴 수 없었다.

"그래서 계속 나를 이렇게 세워 둘 건가?"

로지안이 멀뚱히 서 있는 헤이온을 돌아보면서 물었다. 그에 헤이온이 흠칫 몸을 굳혔다.

"……일단, 안으로 모시겠습니다."

"잠깐만요."

헤이온이 로지안을 저택 안으로 안내하려는데, 그 앞을 리리엔이 막아섰다.

"정말 엘시아한테 레오디안의 말만 전해주고 가실 건가요, 저하?"

"그럼, 그것 말고 내가 그녀와 나누어야 하는 이야기가 있나?"

로지안은 정말 모르겠다는 듯 리리엔에게 되물었다. 리리엔은 순간 말문이 막혀서 입술을 꾹 깨물었다.

"레이디 리리엔, 그대가 무엇을 걱정하는지는 모르겠지만 그게 무엇이든 걱정할 필요 없다."

"……."

"그대가 걱정할 만한 일은 일어나지 않을 테니까."

로지안이 단호한 표정으로 장담했다.

"나는 대공을 돕기 위해서 이곳에 온 것이다."

로지안의 말을 선뜻 믿을 정도로 리리엔은 어리석지 않았다. 리리엔이 여전히 미심쩍다는 듯이 로지안을 바라보고 서 있는데, 문득 그런 리리엔의 소매를 하이드가 잡아 끌었다.

"가자."

"……."

"괜찮을 것 같아."

리리엔은 하이드의 손에 이끌려 한 걸음 옆으로 물러나고 말았다.

"고맙군."

로지안은 앞을 가로막고 있던 리리엔이 물러나자, 기다렸다는 듯이 발걸음을 내디뎠다. 리리엔은 머지않아서 헤이온과 함께 저택 안으로 들어가는 로지안의 뒷모습을 뚫어져라 쳐다보았다.

그때 문득 하이드가 리리엔에게만 들릴 정도로 조그만 목소리로 중얼거렸다.

"저 남자, 거짓말을 하고 있는 것 같지는 않았어."

리리엔은 그제야 하이드에게 눈길을 주었다. 리리엔과 눈이 마주치자 하이드가 천천히 입을 벌렸다.

"속셈이 뭔지는 모르겠지만 우리한테 도움이 될 것 같아. 저 남자는 신분이 높은 인간이지?"

"……."

"그러니까 이용하자."

하이드는 거리낄 것 없다는 듯이 말했으나, 리리엔은 꺼림칙한 느낌을 좀처럼 떨쳐낼 수가 없었다.

* * *

"백작님, 좀 나와 보셔야 할 듯합니다."

"무슨 일인가?"

로이셀이 다급한 표정으로 알렌드로의 방을 찾아왔다. 알렌드로는 의아한 마음에 고개를 기울이며 자리에서 일어났다.

"테르만 백작 부인이 저택을 찾아오셨습니다."

"뭐……?"

알렌드로가 믿을 수 없다는 듯이 로이셀을 바라보았다.

그동안 알렌드로는 어느 날 갑자기 홀연히 자취를 감추고 사라진 에밀리아를 찾아 헤맸으나, 에밀리아가 남긴 조그만 흔적조차 찾지 못했다. 그런데 에밀리아가 이렇듯 갑작스럽게 저택을 찾아왔다니. 알렌드로는 로이셀의 말을 똑똑히 들었으나 자신의 귀를 의심하지 않을 수가 없었다.

"백작 부인이 백작님을 만나 뵙길 원하십니다."

"지금 그녀는 어디에 있나."

"응접실로 모셨습니다."

로이셀의 대답을 들은 알렌드로가 다급하게 방을 나섰다. 빠른 걸음으로 응접실로 향하는 알렌드로의 뒤를 로이셀이 따랐다.

이윽고 응접실 앞에 도착한 알렌드로가 잠시 자리에 뻣뻣하게 멈춰 서 있다가, 힐끔 로이셀을 돌아보았다. 로이셀은 알렌드로가 망설이고 있다는 것을 눈치챘다. 알렌드로는 다급하게 응접실로 온 것이 무색하게도 선뜻 응접실 안으로 들어갈 엄두를 내지 못하는 눈치였다. 하지만 그 이유가 무엇인지까지는 로이셀이 감히 짐작하기 어려웠다.

로이셀은 잠시 말없이 알렌드로와 시선을 마주하고 있다가, 이내 천천히 말문을 열었다.

"저는 가서 차를 준비해 오겠습니다."

"……그래, 부탁하네."

알렌드로가 딱딱하기 그지없는 목소리로 대답했다. 아무래도 에밀리아를 만나는 것이 꽤나 긴장이 되는 모양이었다. 로이셀은 알렌드로를 향해 가볍게 미소를 지어 보인 뒤, 느릿하게 몸을 돌렸다.

알렌드로는 로이셀이 자리를 떠난 뒤에도 한참 망설이다가, 가까스로 용기를 내 문을 열었다. 문을 열기가 무섭게, 그는 응접실 안에서 기다리고 있던 에밀리아의 모습을 발견했다. 그리고 그것은 에밀리아도 마찬가지였다. 응접실 안으로 들어선 알렌드로에게 시선을 고정한 채로 에밀리아가 앉아 있던 자리에서 일어났다.

"오랜만이에요."

"……부인."

알렌드로는 제 두 눈으로 에밀리아를 똑똑히 보고 있으면서도, 눈앞의 에밀리아가 정말 환상이나 망상이 아닌지 의심했다. 그 정도로 알렌드로는 혼란스러웠다.

갑자기 사라졌던 에밀리아가 사라졌을 때처럼 갑자기 그의 앞에 나타난 지금 이 상황을 어떻게 정의해야 할지 알렌드로는 도무지 알 수 없었다. 알렌드로는 마치 꿈을 꾸는 듯한 몽롱한 기분으로 자리에 앉았다. 그러자 에밀리아도 알렌드로를 따라 다시금 소파에 자리했다.

찰나 정적이 흘렀다. 알렌드로에게는 영원과 같이 느껴진 정적이었다. 이윽고 그 정적을 가른 것은 에밀리아의 목소리였다.

"저를 찾으셨나요?"

"그랬소. 지금까지 대체 어딜……."

알렌드로는 최대한 아무렇지 않게 대답을 하려고 했으나, 말을 하다 보니 감정이 격해졌다. 에밀리아에게 화를 내고 싶지 않았다. 아니, 화를 낼 자격이 없었다. 때문에 알렌드로는 격양된 감정을 추스르기 위해서 침묵했다.

그러는 동안 에밀리아는 알렌드로를 가만히 바라보았다. 그런 에밀리아는 알렌드로를 보면서 무언가를 생각하고 있는 것도 같고, 그저 아무런 의미 없이 알렌드로에게 시선을 두고 있는 것 같기도 했다.

그렇게 에밀리아의 시선을 받으며 알렌드로는 꽤 오랜 시간을 침묵한 뒤에야 가까스로 입을 열었다.

"……아무것도 묻지 않겠소. 부인이 이렇듯 무사히 돌아왔으니."

다행이오, 하고 중얼거린 알렌드로의 목소리는 만약 에밀리아가 그에게 집중하고 있지 않았더라면 미처 듣지 못했을 정도로 작았다. 그러나 에밀리아는 알렌드로에게 온 신경을 기울이고 있었고, 당연하게도 알렌드로가 혼잣말처럼 덧붙인 말을 똑똑히 들었다.

돌아와서 다행이라는 알렌드로의 말을 머릿속으로 되뇌어 보다가, 에밀리아는 작게 헛웃음을 치고 말았다.

"참 이상한 말을 하시네요, 백작님. 제게는 돌아갈 곳이 없는걸요."

에밀리아가 싸늘하게 미소 띤 입술로 꺼낸 그 말에 알렌드로의 표정이 딱딱하게 굳었다.

"제가 오늘 이곳을 찾아온 것은 다름이 아니라, 2황자 저하의 말을 전하기 위해서예요."

에밀리아는 알렌드로의 굳은 표정을 보고도 전혀 개의치 않고 말을 이었다.

"단지 그뿐, 다른 이유는 없어요. 그간의 회포를 풀 생각도 없고요."

"……."

알렌드로는 말문이 막힌 채로 아무런 말도 하지 못했다.

본래 다정했던 에밀리아는 아이를 잃은 뒤, 더할 나위 없이 차가워졌다. 마치 다른 사람이 된 것처럼. 한결같이 냉랭한 태도로 알렌드로를 대했다. 그래서 알렌드로는 그에게 지금과 같이 칼같이 선을 긋는 태도를 보이는 에밀리아가 낯설지 않았다.

하지만 어째선지 지금 눈앞의 에밀리아는 예전과 다른 느낌이었다. 그러니까, 딱 짚어 말할 수는 없지만 그런 느낌이 들었다. 알렌드로는 두려워졌다. 이제는 정말 그와 에밀리아 사이가 다신 돌이킬 수 없게 일그러진 것만 같았다.

"……대체 무슨 일이 있었던 거요."

"그게 궁금하긴 하셨나 보네요."

에밀리아가 싸늘하기 그지없는 얼굴로 피식 헛웃음을 쳤다. 알렌드로는 저도 모르게 마른침을 삼켰다.

"당연한 일 아니겠소. 당신이 어느 날 사라졌는데……."

"이렇게 될 걸 전혀 예상하지 못했나요?"

에밀리아는 너무나도 담담한 하게 말했다. 조곤조곤한 어투와 목소리였지만 에밀리아가 내뱉는 말 한 마디 한 마디는 비수가 되어 알렌드로의 가슴에 그대로 내리꽂혔다.

"이렇게 된다는 게 어떤 것을 말하는 건지."

"우리가 헤어지는 거요."

"……."

"나는 언제나 당신을 떠나고 싶었는데."

믿을 수 없다는 듯 그녀를 바라보는 알렌드로를 향해서 에밀리아가 냉정하게 물었다.

"그걸 조금도 눈치채지 못했나요?"

"⋯⋯."

알렌드로는 무슨 말을 할 것처럼 입을 벌렸지만, 이내 소리 없이 입을 다물었다. 말문이 막힌 듯 하얗게 질린 얼굴로 에밀리아를 주시하기만 했다. 그리고 그런 알렌드로를 에밀리아가 차갑게 식은 눈으로 마주 바라보았다. 한때 그녀가 사랑했던 다정한 남자는, 이제 더 이상 그녀의 세계에는 존재하지 않았다.

"당신을 떠나 혼자서 지내는 동안, 나는 정말 잘 지냈어요. 이래도 되는 건가 싶을 정도로, 아주 잘."

거짓말이었다.

그동안 에밀리아는 하일롭이 그녀를 찾아오기라도 할까 봐 매일같이 불안에 떨면서 지냈다. 로지안이 그녀를 보호해 주었으나, 그것만으로는 전혀 안심이 되지 않았다. 밤이면 쉽사리 잠을 이루지 못했고, 다음 날 어김없이 떠오를 해가 싫었다. 내일이면 무슨 일이 일어날지 모른다는 생각에 두려웠으니까. 하지만 에밀리아는 그 사실을 알렌드로에게 고백할 생각은 추호도 없었다.

에밀리아는 알렌드로에게 상처를 주고 싶었다. 그녀가 떠안고 살았고, 앞으로도 떠안고 살아가야 할 상처만큼 깊은 상처를 알렌드로도 갖게 되길 에밀리아는 진심으로 바랐다.

"나는⋯⋯."

"서론이 길었네요."

알렌드로가 한참 만에 침묵을 깨고 입을 열기가 무섭게, 에밀리아가 알렌드로의 말허리를 단칼에 잘라냈다. 그건 미처 비집고 들어갈 틈이 없게 느껴질 정도로 참으로 냉정한 태도였다. 알렌드로는 다 끝내지 못한 말이 있었으나 힘없이 입을 다물고 말았다.

"2황자 저하께서 대공님을 돕고자 하세요."

에밀리아는 알렌드로의 파리한 낯을 보고도 조금도 동요하지 않았다. 에밀리아는 그저 그녀가 이곳에 온 목적만을 생각할 뿐이었다.

"대공님은 곧 제도로 돌아오시게 될 거예요. 그리고 대공님과 로켄페데스 가문은 2황자 저하를 지지하게 될 거고요."

알렌드로가 멍하니 입을 벌렸다. 레오디안이 제도로 돌아온다는 건 환영할 일이었다. 하지만 알렌드로는 앞으로 레오디안이 로지안을 지지하게 될 것이란 에밀리아의 말을 이해할 수도 쉽게 납득할 수도 없었다.

"당신은 대공님의 최측근이잖아요. 2황자 저하께선 당신이 이 사실을 미리 알고 있기를 원하세요. 그래서 제가 오늘 이곳에 온 거고요."

에밀리아는 그것으로 자신이 할 일은 끝났다는 듯 망설임 없이 자리에서 일어났다. 알렌드로는 저도 모르게 에밀리아를 뒤따라 일어나선 에밀리아를 붙잡기라도 할 것처럼 손을 앞으로 뻗었다. 하지만 알렌드로는 아무것도 붙잡지 못했다. 목적을 잃은 알렌드로의 손이 힘없이 아래로 내려뜨려졌다.

"그럼, 전 이만 가 볼게요."

"에밀리아……."

알렌드로를 막 지나쳐 가던 에밀리아의 발걸음이 순간 멈칫했다. 그녀를 부르는 알렌드로의 목소리가 지나치게 애처롭게 들린 탓이었다.

"……."

"……."

하지만 에밀리아는 알렌드로를 돌아보지 않았다. 그뿐만 아니라, 잠시 멈추었던 발걸음을 앞으로 내디뎠다. 싸늘한 한겨울의 바람처럼 에밀리아는 냉정하게 알렌드로의 옆을 지나쳐 갔다. 그리고 이번에도 알렌드로는 그를 떠나가는 에밀리아를 붙잡지 못했다.

20. 조력자

"2황자 저하께서 엘시아 님을 만나길 원하십니다. 지금 응접실에서 엘시아 님을 기다리고 계세요."

"……네?"

엘시아는 순간 자신의 귀를 의심했다. 그것을 본 헤이온의 표정에 난감한 기색이 스치고 지나갔다.

"혹시 2황자 저하를 만나기 꺼려지시는 거라면, 제가 내려가서 어떻게든 2황자 저하를 설득해 돌려보내 보도록 하겠습니다."

"아니에요."

엘시아가 가볍게 고개를 흔들었다.

"괜찮아요. 이것만 마저 입고 내려갈게요."

"……."

"응접실로 가면 되는 거죠?"

"예."

헤이온이 엘시아의 안색을 살폈다. 엘시아는 그런 헤이온을 안심시키기라도 하듯 미소를 지어 보였다. 그러나 헤이온은 엘시아가 걱정스럽다는 듯한 기색을 감추지 못했고, 조금 뒤에야 가까스로 자리를 떠났다.

엘시아는 얼른 겉옷을 챙겨 입었다. 거울 앞에서 옷매무새를 다듬고, 곧장 침실을 나섰다. 그리고 응접실로 향하는 동안, 엘시아는 로지안이 어째서 이렇듯 갑자기 자신을 찾아온 것인가 고민해 보았다.

'……설마 또 내게 결혼 이야기를 하려는 걸까?'

엘시아는 불안한 마음과 함께 응접실 안으로 들어갔다. 막 안으로 들어선 엘시아의 모습을 발견한 로지안이 여태 앉아 있던 자리에서 일어났다.

"오랜만이군."

"……."

로지안과 자신은 정답게 인사를 나눌 만한 사이가 아니었다. 그렇게 생각했기에 엘시아는 딱히 대답하지 않고 로지안에게 다가갔다.

"앉지."

로지안이 그의 맞은편 자리를 엘시아에게 권했고, 엘시아는 순순히 그 자리에 앉았다.

"최근 곤란한 상황에 처해 있다는 이야기를 들었는데."

"……."

"그래서 그런가 얼굴이 많이 안 좋군."

엘시아는 얼떨떨한 표정으로 고개를 들었다. 로지안은 진지한 표정을 지은 채로 엘시아를 응시하고 있었다. 그래서인지 로지안이 지금 비꼬는 게 아니라 정말 자신을 걱정하고 있는 건가 하는 생각이 들 정도였다. 무엇보다도 엘시아는 자신을 바라볼 때면 짓곤 했던 의뭉스러운 미소를 현재 로지안에게서는 찾아볼 수 없다는 게 의외였다.

그래서일까, 엘시아는 눈앞의 로지안이 너무나도 낯설게 느껴졌다.

"대공이 신전에 억류되어 있다는 사실을 듣고 나도 시름이 깊었어. 이 일을 어찌 해결해야 할까 수없이 고민을 했지."

"……."

"대공은 평생을 홀로 외롭게 위태로운 줄타기를 하면서 살아왔다."

로지안이 엘시아의 반응을 관찰하려는 듯 유심히 엘시아를 바라봤지만, 엘시아는 꿋꿋이 침묵을 지켰다. 그에 나직이 한숨을 내쉰 로지안이 천천히 입을 열었다.

"나는 대공과 거래를 할 생각이다. 그리고 대공은 내 제안을 받아들일 수밖에 없겠지. 그래야……."

그래야만 자신이 지키고 싶은 걸 지킬 수 있을 테니까. 뒷말을 삼킨 로지안이 지그시 눈을 감았다.

이윽고 고요한 정적이 로지안과 엘시아 사이에 가볍게 내려앉았다.

엘시아는 눈을 감고 있는 로지안의 얼굴을 물끄러미 바라보다가, 이내 시선을 돌렸다. 그렇게 창밖을 응시하면서 조금 전 로지안이 한 말의 의미가 무엇인지 생각해 보았다.

레오디안과 거래를 하겠다는 로지안과, 그런 로지안의 제안을 수락할 수밖에 없을 거라는 레오디안.

'대공님은 황실의 사람들을 꺼리는 것 같았는데…….'

비단 황실뿐만 아니라, 신전의 모두를 경계하는 듯한 태도를 보여 온 레오디안이었다. 그런 레오디안이 로지안과 손을 잡을 수밖에 없다는 건 무슨 의미일까. 엘시아는 상황이 어떻게 돌아가고 있는 건지 쉽사리 이해할 수 없었다.

"앞으로 그대는 나를 꽤 자주 보게 될 거야. 싫든 좋든 말이야."

로지안이 문득 침묵을 깨고서 말을 꺼냈다. 그건 퍽 뜬금없는 말이었던지라 엘시아는 어리둥절해서 로지안에게 시선을 던졌다. 로지안은 잠시 말없이 엘시아의 눈을 들여다보고 있다가, 이내 느릿하게 입을 열었다.

"내가 그동안 그대에게 함부로 굴었던 점, 미안하게 생각해."

로지안의 말을 듣고 엘시아의 눈동자가 놀라움으로 물들었다. 그를 똑똑히 직시하며 로지안이 말을 이었다.

"나는 오늘 그걸 사과하러 왔어."

"……."

"부디 그간 내 오만했던 작태를 용서해 주겠나?"

엘시아는 선뜻 아무런 대답도 하지 못했다. 그런 엘시아를 어떻게 받아들인 건지 로지안이 빠르게 말을 덧붙였다.

"만일 그대가 내게 보상을 원한다면 그게 어떤 것이든 기꺼이 보상할 용의가 있어."

로지안은 그 어느 때보다도 진지한 표정을 짓고 있었다. 하지만 엘시아는 지금 로지안의 말이 진심인지 아닌지 가늠하지 못했다.

엘시아에게 로지안은 하일롭만큼이나 기피하고 싶은 불편한 남자였다. 굳이 멀리 갈 것도 없이, 결혼을 하라는 하일롭의 말을 로지안이 흔쾌히 따르려고 했던 것만 생각해 봐도 그랬다. 엘시아는 로지안이 왜 갑자기 이렇듯 태도를 바꾼 건지 의문이었다.

엘시아가 아무런 대답 없이 침묵을 지키자, 로지안은 그런 엘시아를 이해한다는 듯이 말했다.

"그대가 내 말을 믿지 못하는 것도 당연해."

"……."

"그대의 신뢰를 얻으려면 내가 앞으로 행동으로 증명해야 하겠지."

로지안은 그것이 자신이 마땅히 해야 할 일이라며 덧붙였다. 엘시아는 멍하니 로지안을 바라보았다. 로지안은 정말 레오디안을 도울 생각인 걸까?

"저하께서는 대공님과 거래로 무엇을 얻으려고 하시는 건가요?"

"내가 평생을 갈망해 왔던 것."

로지안이 조금 갈라진 목소리로 대답했다.

"나는 황좌를 원한다."

너무도 진지한 로지안의 말에 엘시아는 아무런 대꾸도 하지 못했다.

"이제까지 감히 탐을 낼 수 없었지만, 지금은 상황이 달라졌어."

황제는 아직 하일롭을 신임하고 있었다. 하지만 황제가 사경을 헤매는 동안, 하일롭이 자행해 온 일들을 황제가 알게 되기만 한다면 하일롭이 황제의 신임을 잃는 건 시간 문제였다.

로지안에게 부족한 건 그를 지지하는 세력이었다. 그 세력만 생긴다면 로지안은 하일롭을 축출하고 황좌를 손에 넣을 자신이 있었다.

"그럼 1황자 저하는……."

꽤 한참 만에 침묵을 깬 엘시아의 목소리에 로지안이 상념에서 벗어났다. 엘시아는 차마 뒷말을 잇지 못하겠다는 듯 입술을 가볍게 깨물고 있었다. 로지안은 엘시아를 향해 무슨 말을 하는 대신, 부드러운 미소를 지어 보였다. 그것을 본 엘시아가 순간 짧게 숨을 들이마셨다.

"……1황자 저하는 저하의 형제가 아닌가요?"

"남보다 못한 가족이 있기 마련이지."

로지안이 짐짓 씁쓸하게 중얼거렸다. 그런 로지안의 말에 엘시아는 순간 스위티아를 떠올렸지만, 이내 가볍게 고개를 저어 생각을 털어냈다.

"솔직히 말해서 저는 지금 저하를 믿지 못하겠어요."

엘시아가 화제를 돌리자 로지안은 말해 보라는 듯 엘시아를 묵묵히 바라보기만 했다. 엘시아는 잠시 말을 고르다가 천천히 입을 열었다.

"하지만 이렇게 직접 사과하러 와 주신 만큼, 저하의 사과는 받아둘게요."

"……그래, 고맙군."

로지안이 엘시아의 말을 충분히 납득했다는 듯 고개를 주억거렸다.

"만약 저하께서 정말 대공님이 신전에서 나오도록 힘을 써 주신다면……."

"……."

"그때는 저하를 믿어볼 수 있을 것 같기도 해요."

엘시아의 말에 로지안이 조용히 미소를 지었다.

* * *

리리엔과 하이드는 누가 자신들을 따라오기라도 하는 양 서둘러 걸음을 옮겼다.

"정말 호위를 따돌려도 괜찮은 걸까?"

"그 남자들을 데리고 갈 수는 없어."

"그렇기는 한데……."

리리엔이 포옥 한숨을 내쉬었다. 하이드의 말은 전적으로 옳았다. 지금 리리엔은 하이드와 함께 괴물을 찾아가는 중이었다.

하이드는 신성지에 베스티 말고도 다른 괴물이 있다고 했고, 그 들을 자신이 처리할 수 있다고 호언장담했다. 리리엔은 엘시아에게 위협이 될지 모를 괴물을 제거하고 싶었기에 엘시아를 따돌리기까지 하면서 저택 밖으로 나온 것이었다.

리리엔과 하이드는 일단 순순히 호위 기사들을 대동하고 저택의 마차를 타고 나오기는 했지만, 그들과 계속 동행할 생각은 없었다. 그리하여 지금, 마차에서 내리자마자 호위를 따돌린 리리엔은 하이드의 뒤를 졸졸 따라 걷고 있는 중이었다.

호위 기사들이 저택으로 돌아가서 자신들이 사라졌다는 이야기를 엘시아에게 전하기 전에 일을 끝내야 할 텐데…….

리리엔은 그런 생각을 하며 힐끔 하이드에게 시선을 던졌다. 하이드는 걱정이 되지도 않는 건지 한 치의 망설임 없이 앞으로 나아가고 있었다. 하이드의 태평한 성격이 리리엔은 정말이지 부러웠다.

"그나저나, 얼마나 더 가야 돼? 아직 멀었어?"

"다 왔어."

하이드가 대수롭지 않게 대답했다. 그리고 그 이후 그다지 오래 걷지 않아 멈추어 선 하이드의 앞에 커다란 나무 사이 가려진 동굴이 있었다.

"……여기야?"

"응."

하이드가 힐끗 리리엔을 돌아보았다.

"너는 들어오지 말고 저기에 가 있어."

하이드가 저 멀리 수풀이 우거진 곳을 가리키면서 말했다. 리리엔은 하이드를 이해할 수 없다는 듯 미간을 좁혔다.

"왜? 나도 너랑 같이 들어갈래."

"위험해서 안 돼."

하이드는 단호하게 고개를 저었다.

"내가 나올 때까지 저기 숨어 있어."

리리엔은 순간 울컥해서 하이드에게 반박하려고 했는데, 눈앞의 하이드가 너무도 진지한 표정을 짓고 있어서 입술을 꾹 다물었다.

"안에 괴물이 얼마나 있는데?"

"많이."

하이드는 대수로운 말을 참 대수롭지 않게 했다. 리리엔은 자기보다 조금 더 큰 하이드가 동굴 안에 있는 많은 괴물을 상대할 수 있을지 의문이었다.

"하지만 어떻게 너 혼자서……."

"내가 온 걸 그들도 알아차렸을 거야."

하이드가 리리엔의 말을 잘라내고 말했다.

"얼른 가서 숨어."

리리엔은 양손을 힘주어 꽉 움켜쥐었다.

"너 내가 평범한 인간이 아니라는 거 알고 있어? 나는 너보다 훨씬 강해."

"알아."

"그런데 왜……."

"네가 다친다면 엘시아가 많이 속상해할 거란 것도 알아."

하이드가 한결같이 단호하게 말을 이었다.

"그러니까 엘시아를 위해서라도 저기에 숨어 있어."

하이드는 결코 물러나지 않았다. 그게 정말이지 마음에 들지 않았지만, 리리엔은 더 이상 하이드에게 반박하지 못했다. 하이드의 말대로 만약 리리엔이 조금이라도 다친다면 엘시아는 그걸 자신의 탓으로 돌릴 것이다.

엘시아는 늘 그랬다. 때문에 리리엔은 다시 수풀 사이를 가리키며 말하는 하이드의 말을 따를 수밖에 없었다.

"얼른 가."

"……."

리리엔은 하이드가 못마땅했지만 하이드의 말대로 수풀 사이에 몸을 숨겼다. 그것을 확인한 뒤에야 하이드는 동굴 안으로 들어갔다. 리리엔은 숨을 죽이고 동굴 쪽을 바라보았다. 머지않아서 동굴 안에서부터 날카로운 비명 소리가 들려왔다.

* * *

동굴 안에서는 피 냄새가 났다. 익숙해지고 싶지 않았지만 익숙해진 냄새였다. 하이드는 천천히 동굴 안을 둘러보았다. 어둠 속에 몸을 숨기고 있던 이들이 하나둘씩 모습을 드러냈다. 하이드는 그들에게 차례로 시선을 주었다.

"낯설지 않은 냄새가 나는군."

무리의 대장격인 사내 하나가 하이드에게 가까이 다가왔다. 하이드는 그를 가만히 응시했다.

"너는 무엇이지?"

"……."

"분명 우리와 같은 냄새가 나는데……."

남자는 생전 처음 보는 무언가를 보듯 하이드를 관찰했다.

"그런데 동시에 인간의 냄새가 나."

하이드를 살피던 남자의 시선에 경계가 서렸다.

"군침이 도는 냄새야."

남자가 침을 삼켰다. 툭 튀어나온 울대가 위아래로 크게 한 번 움직였다.

하이드는 그런 남자를 가만히 주시하던 끝에 천천히 입술을 열었다.

"나는 인간이 아니야."

"그럼 무엇이지?"

"너희와 같아."

하이드가 남자에게서 시선을 떼어내곤 어느덧 자신의 주위를 둘러싸고 서 있는 자들을 천천히 돌아보았다.

"괴물이지."

그 말을 마지막으로 하이드가 남자에게 달려들었다. 남자가 예상치 못한 하이드의 행동에 당황한 사이, 하이드는 남자의 목을 그대로 꺾어 버렸다. 그것으로도 모자라 남자의 몸에서 머리를 분리한 하이드가 푸른 피로 물든 손을 잠시 말없이 내려다보았다.

"……너, 너, 지금 이게 무슨 짓이지?"

"나는 너희들을 죽이러 왔어."

하이드가 그렇게 말을 하기가 무섭게 누군가 동굴의 출구를 향해 달려갔다. 하이드는 재빨리 그를 쫓았다. 순식간에 그의 앞을 막아선 하이드는 망설임 없이 공격을 가했다. 동굴 안에 고막을 찌르는 날카로운 비명 소리가 울려 퍼졌다.

일순 제 옷에 튄 피를 힐끔 내려다본 하이드는 이내 천천히 뒤를 돌아보았다. 동굴 안에 숨어 있던 괴물은 총 여섯 명. 그중 두 명은 방금 하이드의 손에 명을 달리한 참이었다.

"갑자기 찾아와서 이게 무슨 짓이야?"

"맞아, 우리가 너한테 뭘 잘못했다고……."

그들은 본능적으로 자신들이 하이드에게 상대가 되지 않는다는 걸 눈치챘다. 그들은 서로 힘을 합해 하이드를 공격할 생각조차 하지 못했다. 명백한 힘의 차이에 마냥 두려운 눈으로 하이드를 바라볼 뿐이었다. 하이드는 그런 그들을 향해서 천천히 다가갔다. 그러자 누군가 다리에 힘이 풀려 바닥에 털썩 주저앉는 소리가 동굴 안에 울려 퍼졌다.

"너희들이 베스티를 데리고 왔지?"

"베스티……?"

하이드와 가장 가까이 있던 남자의 눈이 휘둥그레졌다.

"베스티가 너한테 무슨 잘못을 해서, 그래서 지금 우리한테 이러는 거야?"

"……."

"그런 거라면 이제 그만둬. 베스티는 우리하고 상관없어."

남자는 떨리는 목소리로 빠르게 말을 이었다.

"그냥, 우린 그냥 그 여자하고 며칠 같이 지낸 게 다야."

남자가 변명하는 소리가 동굴에 울려 퍼졌을 때였다. 괴물 한 명이 뒤에서 하이드를 덮쳤다. 하지만 하이드는 미리 예상하고 있었다는 듯, 자신을 덮친 괴물을 순식간에 제압했다. 이제 동굴 안에 나뒹구는 괴물의 머리는 총 세 개가 되었다. 하이드는 그것을 지독하리만큼 무심한 눈으로 보았다.

그로부터 그리 오랜 시간이 걸리지 않아서 하이드는 제 목적을 달성했다.

푸른 피로 얼룩진 동굴을 덤덤하게 둘러본 것을 마지막으로 하이드는 주저 없이 동굴을 나섰다. 그때까지 리리엔은 하이드가 일러둔 곳에서 몸을 숨기고 있었다. 하이드가 그곳으로 다가가자, 리리엔이 수풀 사이로 빼꼼 고개를 내밀었다.

"······다 끝난 거야?"

"응."

하이드가 멍하니 고개를 끄덕였다.

"이제 나와도 돼."

리리엔은 천천히 몸을 일으키고는 하이드에게 가까이 다가갔다.

하이드의 창백한 뺨에 푸른 피가 묻어 있었다. 그걸 보니 자신이 하이드에게 무슨 짓을 시켰는지, 리리엔은 새삼스럽게 실감했다.

리리엔은 입술을 꾹 깨문 채로 하이드의 뺨을 향해 손을 뻗었다. 하이드는 리리엔이 하는 양을 가만히 바라볼 뿐이었다. 리리엔은 조심스럽게 하이드의 뺨을 어루만졌다. 곧 리리엔의 손에 푸른 피가 묻어났다. 하지만 그것을 신경 쓰는 사람은 아무도 없었다.

"어디 다친 곳은 없어?"

"응, 없어."

하이드의 대답에 리리엔이 안심했다는 듯 포옥 한숨을 내쉬었다.

"그나저나 옷이 더러워졌는데 어떡하지."

리리엔이 하이드를 위아래로 훑어보면서 말했다.

"그대로 저택으로 돌아가면 다들 놀랄 거야."

리리엔이 하이드의 뺨을 어루만지고 있던 손을 거두어들였다. 하이드는 그제야 자신의 모습을 내려다보았다. 차림새가 엉망으로 흐트러진 것은 말할 것도 없었다. 여기저기 찢긴 옷자락 사이사이 피가 잔뜩 묻어 있었다. 다만 그 피가 하이드의 것이 아니라는 것만이 지금 이 상황에서 유일하게 다행인 점이었다.

리리엔은 자신도 모르게 다시 한숨을 내쉬었다. 그러자 하이드가 힐끔 고개를 들어 리리엔을 응시했다.

"그럼 호숫가에서 씻을게."

"호숫가? 여기 근처에 호수가 있어?"

"응. 꽤 가까이에서 물소리 같은 게 들려."

하이드가 대수롭지 않게 대답했다. 그 말을 듣고 리리엔은 하이드가 자신과 다른 존재라는 사실을 다시 한번 새삼스럽게 깨달았다.

"그러면 씻고 가는 게 좋겠어. 만약에 엘시아가 지금 네 모습을 보면 기절할지도 몰라."

"응."

하이드는 리리엔의 말이라면 무엇이라도 따를 기세로 고개를 끄덕였다.

"……그런데 우리가 이렇게 그냥 가도 되는 거야?"

리리엔이 문득 묻는 말에 하이드가 고개를 갸웃했다. 리리엔이 무슨 말을 하는 건지 영문을 모르는 눈치였다.

"저 안을 정리하고 가야 하지 않을까?"

리리엔이 덧붙이자 그제야 리리엔의 말을 알아듣고 하이드가 고개를 저었다.

"그냥 둬도 괜찮아."

리리엔이 당황한 표정으로 하이드를 쳐다봤다. 하이드는 리리엔을 안심시키듯 말했다.

"어차피 여기까지 오는 사람은 없을 거야. 그리고 누군가 여기 온다고 해도 내가 저 괴물들을 죽였다는 사실까지는 알아내지 못할걸."

"……."

"가자."

하이드가 리리엔의 손을 조심스럽게 잡더니 이내 가볍게 끌어당겼다.

리리엔은 별수 없이 하이드에게 이끌려 걸음을 옮겼다. 그러면서도 불안한 듯 뒤를 힐끔 돌아보았다. 그걸 하이드도 눈치챘지만 애석하게도 하이드는 무슨 말로 리리엔을 안심시켜야 할지 몰랐다. 그래서 하이드는 말없이 걸음을 서둘렀다.

* * *

"이제 제도로 돌아가시나요?"

"아니, 신전으로 갈 것이다."

로지안이 자리에서 일어나면서 대답했다. 그를 따라 몸을 일으킨 엘시아를 바라보며 로지안이 눈매를 곱게 접어 웃었다.

"그나저나 벌써 점심때가 되었군. 괜찮다면 함께 식사를 하겠나?"

"……네?"

예상치 못한 로지안의 제안에 엘시아가 당황한 기색을 숨기지 못했다.

"마침 이 근처에 꽤 괜찮은 식당이 있기도 하고."

"……."

"나가는 게 꺼려진다면 이곳에서 먹는 것도 나쁘지 않지."

로지안은 마치 오랜 친구를 대하는 양 엘시아를 바라보았다. 엘시아는 거듭 당황해서 말문이 막혔다.

"어, 음……."

"왜, 아직도 내가 불편해 그런가?"

"아뇨, 그건 아닌데요……."

사실 로지안의 말대로 엘시아는 여전히 로지안이 불편했다. 하지만 자신에게 호의를 보이는 사람에게 딱 잘라 말하는 일은 썩 쉽지 않았다. 때문에 엘시아는 어찌해야 할 바를 모르고 망설였다. 그러나 로지안은 그런 엘시아를 언제까지고 기다려 줄 용의가 충분히 있다는 듯 가만히 서 있을 뿐이었다.

결국 엘시아가 한참을 망설인 끝에 말했다.

"밖으로 나가는 건 좀 그렇고……. 이곳 식당에서 식사를 하셔도 괜찮으신가요?"

"물론."

"……그럼 리리엔에게 물어볼게요. 리리엔도 함께 식사를 해야 하니까요."

"그래, 그럼 그렇게 알고 기다리지."

로지안은 거리낄 것 없다는 듯 흔쾌히 대답했다. 엘시아는 한숨을 삼키곤 응접실을 나서려다, 문득 머릿속에 떠오른 생각에 발길을 멈추었다.

"그런데 신전에 바로 가 봐야 하시는 건 아닌가요?"

엘시아의 물음에 로지안이 순간 눈매를 가느다랗게 좁혔다. 방금 엘시아의 말이 퍽 예리한 구석이 있었기 때문이었다. 엘시아가 무언가를 알고 물어본 것은 아닐 터였다. 그런데도 로지안은 일순 엘시아가 뭘 알고 있는 건가 의심했다.

"당장 가 봐야 하지만, 그러지 않으려고."

"……네? 그게 무슨 말씀인지."

로지안은 대답하지 않고 의뭉스러운 미소를 입매에 내걸었다.

사실 로지안은 레오디안을 만난 이후 다시 신황을 알현하기로 했다. 하지만 로지안은 레오디안을 만난 다음 곧바로 신황을 찾아가지 않았다.

신황이 그를 기다리고 있을지 아닐지 로지안으로서는 알 수 없는 일이다. 하지만 로지안은 부디 신황이 그를 기다리고 있기를 바랐다. 신황이 로지안 그를 기다리고 기다리면서 애를 태우기를 말이다.

"아무튼, 그것에 관해서는 그대가 마음을 써 줄 필요는 없어."

"……그런가요."

엘시아는 로지안이 이 화제를 썩 달갑게 여기지 않는 것 같다고 생각했다. 그래서 더 이상 말을 보태지 않고 응접실을 나섰다. 복도로 나와서 창밖을 내려다보니, 정원에 아무도 없었다. 엘시아는 리리엔이 아마 침실에 있겠거니 생각하곤 발걸음을 서둘렀다.

"이야기는 끝나셨습니까?"

"아, 헤이온 씨."

엘시아가 막 위층으로 향하는 계단을 올랐을 때였다. 헤이온이 엘시아에게 다가왔다.

"네, 이야기는 끝났어요. 그런데 황자 저하께서 이곳에서 식사를 하고 가겠다고 하셔서……."

"……이곳에서요?"

"네. 그래서 리리엔에게 의사를 물어보려던 참이에요."

헤이온이 난감하다는 표정을 감추지 못했다.

그도 그럴 것이 이곳의 식단은 전부 엘시아 위주로 맞춰져 있었다. 때문에 이곳에서는 식사 시간에 평민이나 주로 먹을 법한 채소 위주의 음식들이 주로 테이블 위에 올랐다.

다만 한참 성장기인 리리엔은 육류도 골고루 먹어야 했기에, 레오디안은 요리장에게 육류는 전부 핏기 없이 바짝 조리하라고 각별히 주의를 시켰다. 아무튼 요컨대 이곳의 음식은 황자에게 대접할 만한 것이 못 된다는 소리였다.

"……그럼 일단 요리장에게 가서 황자 저하께 대접할 음식을 조리하라고 일러 두겠습니다."

헤이온은 애써 당황스러운 마음을 감추고서 말했다. 엘시아는 헤이온이 당황하는 것도 당연하다고 생각하면서 고개를 끄덕였다.

"네, 그럼 부탁드려요."

엘시아가 그렇게 말하면서 몸을 돌렸다. 그런데 그때, 헤이온이 대뜸 말을 꺼냈다.

"아, 그런데 리리엔 아가씨는 아직 돌아오지 않으신 터라 지금 침실에 안 계실 겁니다."

"……네?"

엘시아가 당황한 눈으로 헤이온을 돌아보았다.

"리리엔이 나갔나요?"

"네, 아까 하이드 도련님과 함께 외출하셨습니다."

"……."

리리엔이 침실에 있을 것이라 생각했던 엘시아는 헤이온의 말을 듣고 말문이 턱 막혔다. 갑작스럽게 로지안이 찾아온 탓에 엘시아는 자신이 로지안과 대화를 나누는 동안 리리엔에게 기다려 달라고 했다. 그리고 리리엔은 흔쾌히 알겠다고 대답했다. 그랬기에 엘시아는 리리엔이 지금껏 자신을 기다리고 있을 줄로만 알았다.

"리리엔이 하이드하고 단둘이 나간 건가요?"

"아니요, 호위 기사 세 명도 동행하였습니다."

헤이온은 엘시아의 당황한 표정을 보고, 그게 어린 리리엔과 하이드가 성인의 보호 없이 나갔다고 오해해 걱정하는 탓이라 여겼다.

"근처를 구경하고 오신다고 하였으니, 곧 돌아오실 겁니다."

헤이온은 엘시아에게 걱정 말라며 덧붙였다.

"그리고 아가씨와 동행한 호위 기사들은 실력이 출중한 자이니, 아가씨의 안전은 걱정하지 않으셔도 됩니다."

하지만 엘시아의 안색은 조금도 나아지지 않았다. 헤이온의 말을 듣고도 리리엔을 향한 걱정을 좀처럼 접지 못하는 듯했다.

"……그럼 일단 리리엔이 돌아올 때까지 기다려야겠네요."

"네, 저는 요리장에게 다시 음식을 준비하라고 지시를 하겠습니다."

엘시아가 한참 만에 가까스로 꺼낸 말에 헤이온은 미소를 지으며 대꾸했다. 엘시아는 헤이온에게 가볍게 웃어 준 뒤, 다시 응접실을 향해 걸음을 돌렸다. 그때, 저택 밖에서 돌연 소란스러운 소음이 들려왔다. 엘시아도 헤이온도 걸음을 멈추고 창밖으로 시선을 두었다.

"아, 리리엔 아가씨가 돌아오신 듯합니다."

헤이온이 반색하며 말했다.

"아가씨를 맞이하러 가야겠습니다. 엘시아 님도 함께 나가 보시겠습니까?"

"네, 같이 나갈게요."

엘시아는 헤이온과 함께 저택 밖으로 향했다.

그렇게 머지않아 저택 밖으로 나온 엘시아는 당황한 기색이 역력한 기사들을 마주하게 되었다. 엘시아는 설마 무슨 일이 생긴 걸까 불안한 예감에 사로잡혔다. 그리고 불행하게도 그 예감은 정확하게 맞아떨어졌다. 그들이 리리엔과 하이드가 갑자기 사라졌다는 소식을 전한 것이다.

"아가씨가 사라지셨다니, 도대체 지금 이게 무슨 소리인가?"

"그게……. 마차에 내리시는 것까지는 확인했는데 그 이후에 거짓말처럼 사라지셨습니다."

기사 한 명이 황망한 표정으로 대답했다. 그 대답을 듣고 헤이온은 하얗게 질린 얼굴로 서 있다가, 옆에 선 엘시아를 돌아보았다. 엘시아의 낯빛 또한 헤이온처럼 창백해져 있었다. 헤이온은 엘시아에게 뭐라고 말을 꺼내야 할지 알 수 없었다.

"이러고 있을 게 아니라 자네들은 당장 아가씨를 찾으러 가게."

헤이온이 가까스로 기사들에게 지시를 내렸다. 그러자 기사들이 우왕좌왕하면서도 헤이온의 지시를 따라 리리엔을 찾으러 갈 채비를 했다. 엘시아는 눈앞의 상황을 도무지 믿을 수가 없어서 아연한 표정으로 그 자리에 못 박힌 듯 멍하니 서 있었다.

그런 엘시아를 가만히 지켜보던 헤이온은 이러다간 엘시아가 계속 이렇게 서 있을 것만 같아서 조심스럽게 말을 꺼냈다.

"엘시아 님, 일단 안으로 들어가셔서……."

"무슨 일이라도 생겼나?"

그때, 불쑥 낮은 목소리가 끼어들었다. 그 음성의 주인은 바로 소란을 인지하고 밖으로 나온 로지안이었다. 로지안은 아무래도 심상치 않은 안색인 엘시아를 살피다가 한쪽 눈썹을 들어 올렸다.

"안색이 좋지 않은데……. 정말 어디 아픈 게 아닌가?"

아닌 게 아니라 엘시아는 정말 당장이라도 쓰러질 것 같아 보였다. 로지안은 걱정스럽다는 듯한 시선을 거두지 못했다. 그리고 그런 로지안과 엘시아를 한 발자국 떨어진 곳에서 바라보던 헤이온이 잠시 뒤 조심스럽게 말문을 열었다.

"그게, 아까 호위를 대동하고 나가신 아가씨가 돌아오지 않으셔서……."

로지안이 놀란 눈으로 헤이온을 돌아보았다.

"리리엔 로켄페데스, 그 아이가 또 사라졌단 말인가?"

"예."

로지안의 표정이 어둡게 가라앉았다. 별일이 아니라면 좋겠지만, 아무래도 별일일 것 같다는 생각이 든 탓이었다.

"그래서 지금 주변을 수색하려는 건가? 그렇다면 내 기사들과 함께 가게."

로지안은 헤이온의 대답을 듣기도 전, 그의 뒤를 따라 나온 기사들에게 명했다.

"너희 둘은 나와 함께 이곳에 남고, 너희는 저들과 함께 나가서 리리엔 로켄페데스 영애를 찾아라."

"예, 저하."

로지안에게 지목당한 기사들이 주저 없이 대답했다. 그리고 그들은 막 저택을 나서려는 대공가 기사들 무리에 합류했다.

"······감사합니다, 저하."

"아니, 내가 마땅히 해야 할 일이다."

엘시아가 어두운 표정으로 꺼낸 말을 듣고 로지안이 가볍게 고개를 저어 보였다.

"저들은 실력이 출중하니 곧 리리엔 로켄페데스를 찾아낼 것이다."

"······."

"그러니 안으로 들어가서 기다리지. 그대 안색이 좋지 않아. 당장이라도 쓰러질 것 같아 걱정이 되는군."

로지안이 안심하라는 듯 엘시아를 다독였다. 엘시아는 도저히 안심이 되지 않았지만 애써 고개를 끄덕였다.

* * *

엘시아의 걱정이 무색하게도, 리리엔은 그리 오랜 시간이 지나지 않아서 저택에 모습을 드러냈다. 두 사람을 찾아 나선 기사들은 마주치지 못한 모양인지, 리리엔과 하이드는 단둘이 돌아왔다.

무사히 돌아온 리리엔을 보고 안도한 것도 잠시였다. 엘시아는 이내 경솔하기 그지없었던 리리엔의 행동에 화가 났다. 함께 나가기로 약속했으면서 하이드와 단둘이 나가 버린 리리엔을 이해할 수 없었다.

무엇보다도 돌아온 리리엔과 하이드의 태도가 지나치게 태연해서, 엘시아는 두 아이가 일부러 기사들을 따돌린 것이라는 사실을 어렵지 않게 짐작할 수 있었다.

"나는 먼저 식당으로 가 있겠다."

"······."

심상치 않은 분위기를 감지한 로지안이 자리를 비켜 주었다.

로지안이 떠나자 응접실에는 죽음과도 같은 침묵이 내려앉았다. 엘시아는 창밖을 바라보면서 애써 감정을 다스리려고 노력했다.

그렇게 얼마쯤 시간이 흘렀을까.

"……언니, 화났어?"

리리엔이 조심스럽게 물었다. 엘시아는 나직이 한숨을 내쉬면서 고개를 돌렸다. 리리엔은 엘시아의 눈치를 살피고 있었는데, 엘시아와 눈이 마주치가 무섭게 히끅 딸꾹질을 했다. 엘시아는 그런 리리엔을 말없이 바라보다가 하이드에게 눈길을 주었다.

"그 옷 리리엔 옷 아니야?"

"맞아."

하이드가 거리낄 것 없다는 듯 대답했다. 엘시아는 심각한 분위기 속에서도 하이드가 왜 리리엔의 로브를 입고 있는 건지 의아해 고개를 갸웃했다.

"넘어져서 옷이 찢어졌어."

"뭐? 어쩌다 넘어졌어. 다친 데는 없어?"

"응. 옷만 찢어졌어."

옷이 찢어질 정도로 넘어진 거면 몸에 상처가 났을 법한데, 다치지 않았다니 다행이었다. 엘시아가 그렇게 생각하고 있는데 하이드가 말을 덧붙였다.

"내 옷이 찢어져서 리리엔이 자기 옷을 빌려준 거야."

하이드의 말이 어쩐지 변명처럼 들려서 엘시아는 조금 더 의아해졌다.

하지만 엘시아는 곧 머릿속에 든 의문을 떨쳐 냈다. 이런 사소한 의문을 해소하는 것보다 더 중요한 게 있었다.

"날 기다렸다가 같이 나가기로 해 놓고선 왜 둘이서 나갔어?"

"……그, 그냥 기다리는 게 지루해서."

리리엔이 더듬더듬 변명했다.

"얼른 밖에 나가고 싶어서 그랬어. 진짜로 미안해, 언니."

"……그래, 그건 그렇다 치고."

리리엔이 울상을 지은 채로 사과를 하자, 엘시아는 순간 마음이 약해졌다. 하지만 이번 일은 결코 그냥 넘어가서는 안 됐다. 오늘이야 무사히 돌아왔다지만, 다음에도 그러리라는 법은 없었으므로. 엘시아는 마음을 단단히 먹었다.

"기사들은 왜 따돌린 거야?"

"……어?"

"기사들을 따돌리고 둘이서 뭐 했어?"

"…….."

리리엔이 말문이 턱 막힌 듯 입을 다물었다. 그 모습이 척 보기에도 무척이나 수상쩍었던지라, 엘시아는 가늘게 눈매를 좁혔다.

"솔직하게 대답해 줘. 만약에 거짓말하면 정말 화낼 거야."

엘시아가 당부하듯 덧붙이자 리리엔은 더더욱 말을 꺼내기가 막막한지 입술을 깨물었다. 그 모습에 엘시아는 구태여 재촉하지 않고 리리엔이 대답할 때까지 잠자코 기다리기로 했다.

그런데 정작 리리엔은 아무런 대답을 하지 않고, 대뜸 하이드가 끼어들었다.

"리리엔은 아무런 잘못 없어."

엘시아는 이게 무슨 말인가 싶었지만, 일단 들어 보자는 생각에 침묵했다. 그러자 하이드가 말을 이었다.

"내가 리리엔한테 기사들을 따돌리고 둘이서만 다니자고 했어. 주변에 사람이 많이 있는 게 불편해서."

그건 엘시아의 말문을 막기에 충분한 말이었다. 사람이 불편하다는 하이드에게 뭐라고 한단 말인가. 엘시아는 나직이 한숨을 내쉬었다. 애초에 자신이 로지안과 대화를 나누느라 시간을 지체하지 않았다면, 리리엔과 하이드가 자신을 두고 저택을 나가는 일도 없었을 것이다.

그렇게 생각한 엘시아는 이윽고 리리엔과 하이드를 책망하는 대신, 스스로를 탓하기에 이르렀다. 엘시아는 재차 한숨을 내쉬었다. 그러면서 리리엔과 하이드를 바라보았다.

"아무리 그래도 기사들을 따돌린 건 잘못했어."

"……."

"아까 저택에 기사들만 돌아온 걸 보고 내가 얼마나 놀랐는지 알아?"

엘시아의 말에 리리엔의 표정이 어두워졌다. 그것을 똑똑히 보았지만 엘시아는 애써 못 본 척 말을 이었다.

"정말 많이 걱정했어. 혹시라도 너희에게 무슨 일이라도 생겼을까 봐……."

말을 하다 보니 절로 목소리가 떨렸다. 엘시아는 잠시 목을 골랐다. 그러는데 리리엔이 대뜸 자리에서 일어나더니 엘시아에게 다가갔다.

"……미안해, 언니."

사과를 하며 품에 안기는 리리엔을 엘시아는 밀어내지 못했다. 아니, 애초에 밀어낼 생각조차 하지 않았다. 엘시아는 리리엔을 마주 끌어안아 주었다. 그러자 저를 밀어내지 않는 데 안심한 듯 리리엔이 엘시아의 품에 고개를 푹 파묻었다.

그런 리리엔의 어리광이 익숙한 엘시아는 부드러운 손길로 리리엔의 등을 토닥거렸다.

그때, 돌연 문이 벌컥 열렸다.

노크도 없이 활짝 열어젖혀진 문을 엘시아가 당황한 눈으로 바라보았다.

"이제 대화는 대충 마무리된 건가?"

불쑥 방 안으로 들어온 사람은 다름 아닌 로지안이었다. 로지안은 서로를 끌어안고 있는 엘시아와 리리엔을 보고 가볍게 웃었다.

"여전히 사이가 좋군. 정말 보기가 좋아."

"……."

"그런데 미안하지만 내가 지금 배가 너무 고파서 말이야."

이렇게 계속 기다리다간 영영 식사를 못할 것 같은데, 하고 덧붙인 로지안이 당황한 엘시아를 향해 더욱 활짝 미소를 지으며 물었다.

"자매간 애정은 나중에 확인하고, 우리 일단 식사부터 하면 안 될까?"

* * *

갑작스럽게 준비한 탓에 조촐하기 그지없는 상차림에도 로지안은 별다른 말을 하지 않았다. 그저 유난히 야채로 만든 음식이 가득한 테이블 위를 신기하다는 듯한 시선으로 살펴보았을 뿐이었다.

그렇게 시작된 식사 시간은 나쁘지 않았다. 어색하지만 그럭저럭 괜찮은 분위기 속에서 서로 간간이 대화를 나누며 식사를 했다. 리리엔은 식사 도중 자꾸 엘시아에게 말을 거는 로지안을 탐탁지 않게 쳐다봤지만, 단지 그뿐이었고 무례한 말이나 행동은 하지 않았다.

식사 시간이 끝났을 때 로지안은 엘시아가 고기는 전혀 먹지 않는다는 사실을 알게 됐고, 엘시아는 로지안이 자신의 생각보다는 정중한 남자라는 걸 알게 됐다.

"아쉽지만 나는 신전에 가 봐야 해서 이제 그만 일어나 봐야겠군."

로지안이 지체 없이 자리에서 일어났다. 그를 따라 일어난 엘시아가 인사를 건넸다.

"오늘 감사했어요."

"음, 무엇이 감사하다는 건지."

로지안이 엘시아의 말이 갑작스럽다는 듯 고개를 갸웃했다.

"리리엔을 찾는 데 도움을 주신 점이요."

"아, 그것 말이었군."

로지안은 어깨를 으쓱하며 대꾸했다.

"당연히 해야 할 도리를 했을 뿐인데 감사 인사까지 받다니 민망하군. 하지만 인사는 받아 두지."

로지안이 능숙하게 엘시아의 말을 받으며 미소를 지었다.

"다음 만남은 대공이 돌아온 이후가 되겠군."

로지안이 엘시아와 리리엔에게 차례로 시선을 준 뒤에 말을 이었다.

"그때까지 부디 잘 지내길 바란다."

"네."

엘시아가 어색하게나마 웃으며 로지안을 바라보았다. 로지안은 그 모습을 잠시 눈에 담고 있다가, 몸을 돌렸다.

그렇게 로지안이 식당을 떠나자 기다렸다는 듯이 리리엔이 대뜸 말을 꺼냈다.

"내 눈에만 둘이 친해진 것 같아 보이나?"

"내가 보기에도 엘시아가 아까 그 남자하고 친해 보였어."

하이드의 말을 듣고 리리엔이 와락 미간을 찌푸렸다.

"……대체 둘이서 무슨 이야기를 나눈 거야?"

"별 얘기 안 했어."

엘시아는 리리엔의 반응이 재밌어서 가볍게 웃으면서 말꼬리를 돌렸다.

"다 먹었으면 우리도 이만 나가자."

"아니, 왜 대답을 안 해 주는데? 둘이 무슨 얘기했냐니까?"

리리엔이 대답을 요구했으나 엘시아는 대답하지 않고 웃기만 했다. 그러자 리리엔이 답답하다는 듯 주먹 쥔 손으로 제 가슴을 콩콩 두드렸다. 그러나 그것마저 엘시아의 눈에는 그저 귀엽게만 보여서, 엘시아의 미소는 더욱 짙어졌다.

* * *

로지안이 신전에 도착하기가 무섭게 그를 기다리고 있던 신관이 로지안을 접견실로 안내했다. 그에 로지안은 그의 바람대로 신황이 지금껏 그를 기다리고 있었다는 사실을 짐작할 수 있었다. 로지안은 만족스러운 미소를 지으며 접견실 안으로 들어갔다. 일부러 느릿하게 걸음을 옮겼음은 물론이었다.

그렇게 방 안으로 들어온 로지안을 보고 신황이 자리에서 일어나며 로지안을 반겼다.

"기다렸습니다, 저하."

"그러셨습니까?"

로지안이 아무것도 모르는 양 천진한 표정을 지으며 말했다.

"뜻하지는 않으나 성하를 기다리게 만들어 죄송할 따름입니다."

"무언가 바쁜 일이 있으셨나 봅니다."

신황이 은근슬쩍 로지안을 떠보았다. 로지안은 그것을 눈치챘지만 눈치채지 못한 것처럼 순순히 대답했다.

"바쁜 일은 아니지만, 중요한 일이 생긴 탓이었습니다."

"그 중요한 일이 무엇인지 혹시 말씀해주실 수 있습니까?"

신황이 기다렸다는 듯 물었다. 로지안은 괜히 잠시 말을 고르는 척 하다가 말했다.

"음, 다름이 아니라 대공이 갑작스럽게 부탁을 해서 그 부탁을 들어주고 오는 길입니다."

"……대공이 황자 저하께 부탁을 하였습니까?"

레오디안이 로지안에게 무엇을 부탁했을지 짐작조차 되지 않았다. 신황은 애써 불안한 마음을 감추며 로지안을 바라보았다.

"별것 아닌 부탁이었지만 그걸 성하께 말씀드리기는 곤란합니다."

"그러시군요. 이해합니다."

신황은 아무렇지 않은 척 대답했지만 사실 무척이나 신경이 쓰였다. 신전에서 괴물을 상대로 실험을 해 왔다는 증거를 레오디안이 가지고 있다는 사실을 알고 있기에 더욱 그러했다. 신황은 혹시라도 레오디안이 그 실험에 관해서 로지안에게 말을 흘린 건 아닐까 불안했다.

레오디안이 신전에서 나가기 위해 실험에 관한 증거를 신황에게 넘기기로 하였으므로, 그 증거를 로지안에게 넘겼을 리는 없었다. 그렇게 생각하며 마음을 놓으려고 하지만 사안이 사안인 만큼 자꾸만 걱정이 되는 건 어쩔 수 없었다.

"아무튼 대공을 만나고 왔으니 이제 본격적으로 성하와 대화를 나눠 볼까 합니다."

신황이 불안한 마음을 미처 잠재우지 못했는데, 로지안은 그런 신황의 사정 따위 관심 없다는 듯 곧장 본론을 꺼내 놓았다.

"단도직입적으로 말하겠습니다. 대공을 풀어 주십시오."

"그것은……."

신황은 로지안이 찾아온 순간부터 그가 이런 요구를 하리라 예상했지만, 막상 그 예상이 맞아떨어지니 당황하고 말았다. 로지안은 신황으로서도 함부로 할 수 없는 위치에 있었다. 때문에 로지안의 요구를 대놓고 무시할 수는 없는 노릇이었다.

"……대공이 무슨 이유로 억류되어 있는지 아십니까?"

로지안이 입을 다물었다. 그는 레오디안이 어째서 신전에 갇히게 되었는지 몰랐다. 신황은 잠시 조용히 로지안을 바라보다가 말을 이었다.

"얼마 전, 신성지에 괴물이 발을 들였습니다. 저는 신성지를 다스리고 있는 만큼, 괴물이 어떻게 신성지 안으로 들어올 수 있었는지 알아내야 했습니다."

꽤 긴 서론을 꺼낸 신황이었으나, 로지안은 잠자코 신황의 목소리에 귀를 기울였다.

"그래서 괴물을 잡아들여 추궁하려 하였는데, 대공이 제 명을 어기고 그 괴물을 살해하고자 시도하였습니다."

"……."

"저는 그동안 대공이 괴물과 내통하고 있었고, 그 사실을 은폐하기 위해 괴물을 죽이려던 게 아닐까 의심하는 중입니다."

로지안은 새롭게 알게 된 사실에 말문이 막혔다.

"대공이 지금 지하 가옥에 갇혀 있는 건 그래서입니다."

그 말을 마지막으로 신황이 입을 다물자 방 안에는 정적이 흘렀다.

신황이 대공인 레오디안을 가옥에 가두었으니만큼, 사안이 꽤 중대한 것이리라 로지안도 예상했었다. 그렇지만 그 사정이 이러했을 줄이야 전혀 예상하지 못했다.

"……그러면 그 괴물은 현재 신전에 있는 건가?"

"그렇습니다."

신황은 주저 없이 대답했다.

"대신관들의 관리 아래 있지요."

신황의 대답을 듣고 로지안은 잠시 곰곰이 생각을 하다가 입을 열었다.

"대공이 괴물과 내통해 왔다는 증거는?"

"없습니다."

"증거도 없는데 대공을 가뒀단 말입니까?"

"하지만 만약 대공이 괴물과 내통한 게 사실이라면 그 증거는 곧 찾아낼 겁니다."

신황은 단호한 목소리로 말을 이었다.

"대신관들이 매일같이 괴물을 심문하고 있으니 진실이 무엇인지는 곧 알게 되겠지요."

"……."

"그리고 그때까지 대공은 신전을 나설 수 없습니다."

로지안은 신황이 레오디안을 순순히 놓아줄 생각이 결코 없다는 것을 깨달았다. 만약 레오디안이 신전의 비밀이 담긴 문서를 넘기지 않았더라면, 로지안은 아무것도 얻지 못한 채로 이 자리를 떠나게 되었을 것이다. 하지만 다행히도 레오디안은 로지안에게 그 문서를 건넸고, 그것은 지금 이 순간 로지안에게 무척 쓸 만한 패가 되어 줄 터였다.

로지안은 그의 기사를 돌아보았다. 그러자 그 시선의 의미를 알아차린 기사가 챙겨온 문서를 테이블 위에 올려놓았다.

"……이게 무엇입니까?"

"한번 읽어 보십시오."

로지안의 말에 신황이 의아한 표정으로 양피지를 집어 들었다. 그리고 로지안의 말대로 양피지에 적힌 글을 천천히 읽어 내려갔다. 로지안은 양피지를 읽으면서 시시각각 변하는 신황의 표정을 즐거운 마음으로 감상했다.

머지않아서 신황이 새하얗게 질린 얼굴로 입을 열었다.

"이것을 어디서 구하셨습니까."

로지안은 신황의 물음에 대답하는 대신 다른 말을 꺼냈다.

"지금 즉시 로켄페데스 대공을 풀어 주십시오."

정중한 요청이 아닌 일방적인 통보와 같은 요구였다.

"이 문서가 널리 알려지는 것을 원치 않는다면 말입니다."

로지안이 단호한 목소리로 내뱉은 말에 신황은 마냥 딱딱하게 굳은 표정으로 아무런 대꾸도 하지 못했다. 로지안은 신황이 더 이상 제 고집대로 레오디안을 가둬두지 못할 것임을 알았다. 그리고 그런 로지안의 생각은 정확하게 적중했다. 이윽고 신황이 그의 기사들에게 레오디안을 모셔 오라 지시한 것이다.

로지안은 원하는 것을 쟁취하게 되어 만족스러운 마음을 구태여 감추지 않았다. 로지안이 승리의 미소를 짓자, 신황의 표정이 험악하게 일그러졌다. 그런 신황의 낯짝이 참 볼만하다고 로지안은 생각했다.

* * *

그로부터 머지않아 레오디안이 풀려났다. 그가 지하 가옥에 갇힌 지 장장 사흘 만의 일이었다.

훗날을 대비해 준비해 둔 문서를 신황에게 넘기게 되었으나, 레오디안은 아쉽지 않았다. 어차피 그것이 아니더라도 레오디안은 신황과 신전의 비리에 관한 증거를 수없이 많이 가지고 있었다.

레오디안이 신황의 기사들과 함께 지하 가옥 밖으로 나오자, 페이렌이 반색하며 레오디안에게 다가갔다. 그녀는 로지안에게 소식을 듣고 지금껏 레오디안이 가옥 밖으로 나오기를 기다리고 있었다.

"각하."

"로렐라인 경."

하고 싶은 말도 나눠야 할 이야기도 많았지만 주위의 시선을 의식한 두 사람은 간단히 인사만을 나눴다. 그리고 페이렌이 집결지에서 챙겨 온 그의 외투를 건네자, 레오디안은 말없이 그것을 받아 몸에 걸쳤다.

"……괜찮으십니까?"

페이렌은 레오디안이 가옥에 갇혀 있는 동안 식사를 걸렀다는 사실을 알고 있었다. 페이렌은 걱정스럽다는 듯 레오디안을 바라보다. 얼핏 보기에는 별달리 달라진 구석이 없어 보였지만, 혹시 또 모르는 일이었다.

"쉬고 싶군."

레오디안이 나직이 대꾸했다.

그러자 그 순간, 마치 약속이라도 한 것처럼 주변이 소란스러워졌다. 레오디안의 어깨 너머로 힐끔 시선을 던진 페이렌은 가까이 다가오고 있는 로지안을 발견했다. 순간 신황이 나온 줄 알았는데 아니었다. 그것을 깨닫고 나서야 페이렌은 긴장을 풀었다. 로지안이 다가오자 지금껏 레오디안을 둘러싸고 서 있던 신황의 기사들이 물러났다.

"황자 저하."

로지안은 가볍게 웃으며 레오디안의 인사를 받았다. 그리고 레오디안에게 열쇠를 건넸다. 그건 다름 아닌 레오디안이 로지안에게 주었던 창고 열쇠였다. 레오디안은 덤덤한 낯으로 로지안에게서 열쇠를 받아들었다.

"그곳에 흥미로운 것들이 무척이나 많더군."

그동안 레오디안이 어떻게 남몰래 그런 것들을 모아왔는지 신기할 정도였다. 로지안은 여전히 미소 눈으로 레오디안을 바라보며 말을 이었다.

"탐이 나는 것도 많았지만 손대지 않았다. 오로지 신황을 압박하기 위해 필요한 것만 챙겨 나왔지."

"감사합니다."

"감사는 무슨."

로지안이 가볍게 고개를 흔들었다.

"내가 한 일이라곤 그저 그대가 준 패를 신황의 눈앞에 내민 것뿐인데."

로지안은 그와 레오디안을 주시하고 있는 신황의 기사들에게 흘낏 눈길을 주었다. 레오디안과 앞으로의 일을 상의해야 했으나, 애석하게도 이곳은 긴히 대화를 나눌 만한 자리가 못 됐다. 그리고 그게 아니더라도 로지안은 날이 저물기 전에 황궁으로 돌아가야 했다.

"아무튼 무사한 것을 보니 마음이 놓이는군."

로지안은 자연스럽게 말꼬리를 돌리며 레오디안을 위아래로 훑어보았다. 레오디안은 조금 전까지 어디 갇혀 있었던 사람이라고는 믿을 수 없을 정도로 깔끔한 모습이었다.

"그래도 변고를 겪어 피곤한 사람을 오래 붙잡아 둘 수는 없지. 그간 회포라도 풀고 싶지만 아쉽지만 이쯤에서 놓아주지."

로지안이 정말 아쉽다는 듯 한쪽 눈을 찡그리며 웃었다.

"그대가 내게 부탁한 것은 빠른 시일 안으로 처리하도록 하겠다."

"예, 저하."

로지안이 잠시 동안 말없이 레오디안과 시선을 교환한 뒤, 미련 없이 몸을 돌렸다. 로지안이 그의 기사들과 함께 멀어지자, 여태 잠자코 서 있던 페이렌이 말을 꺼냈다.

"……2황자 저하께 무언가를 부탁하셨습니까?"

"자세한 이야기는 저택으로 돌아가서 나누도록 하지."

"예, 각하. 저쪽에 마차를 대기시켜 두었습니다."

"그래."

레오디안과 페이렌이 마차를 향해 다가갔다. 그리고 그런 두 사람을 막아서는 사람은 아무도 없었다. 두 사람이 마차에 오르고, 그 마차가 지체 없이 신전을 떠날 때까지도 그러했다.

* * *

리리엔과 하이드가 책을 읽는 동안, 엘시아는 그 옆에서 가만히 창밖을 내려다보고 있었다. 때문에 저택 정문 앞에 거대한 마차가 멈춰 섰을 때, 엘시아는 그 모습을 가장 먼저 발견하고 자리에서 벌떡 일어났다.

리리엔이 놀란 눈으로 엘시아를 돌아보았다.

"언니, 갑자기 왜 그래?"

"대공님이 돌아오신 것 같아."

"……뭐?"

리리엔이 책을 테이블 위에 던지듯 올려놓고 일어섰다. 그리고 곧장 창가로 다가가 밖을 내다보았다. 이윽고 리리엔은 저 멀리 로켄페데스 대공가의 문장이 그려진 거대한 마차가 서 있는 것을 발견했다.

“정말이네…….”

리리엔이 멍하니 혼잣말을 중얼거렸다. 레오디안이 이렇듯 빨리 돌아올 줄은 예상하지 못한 탓이었다.

“나가 봐야겠어.”

“응, 같이 나가자.”

리리엔이 엘시아의 손을 잡고 방을 나서려다가, 문득 뒤를 돌아보았다. 하이드는 여전히 그 자리에 가만히 앉아 있었다.

“너도 같이 갈래?”

“나는 그냥 여기 있을게.”

“그래, 그럼.”

하이드를 혼자 두고 나가는 게 내심 불안했지만, 리리엔은 하이드의 의사를 존중하기로 했다.

그렇게 리리엔이 엘시아와 함께 저택 밖으로 나왔을 때, 마침 레오디안과 페이렌이 막 마차에서 내리고 있었다. 레오디안은 마부에게 지시를 내리는 페이렌을 뒤로하고 엘시아와 리리엔에게로 향했다.

“별일 없었습니까.”

“……네.”

“그렇군요. 별일 없었다니 다행입니다.”

엘시아는 레오디안을 불과 하루 만에 다시 본 것이었지만, 그런데도 그가 마치 무척 오랜만에 만난 사람같이 느껴졌다. 그래서인지 엘시아는 레오디안의 눈을 똑바로 마주 보지 못하고, 어색한 시선을 아래로 떨어뜨렸다.

그런 엘시아를 잠시 동안 말없이 바라보던 레오디안이 이내 리리엔에게 눈길을 주었다. 리리엔은 엘시아와 마찬가지로 어색한 기색이 역력한 표정으로 레오디안을 힐끔거리고 있었다. 그러다 레오디안과 눈이 딱 마주쳤을 때, 리리엔은 흠칫 놀라 저도 모르게 어깨를 들썩이기까지 했다.

“리리엔, 식사는 하였나?”

“나는 아까 먹었지…….”

리리엔이 어색한 분위기를 견디다 못해 공연히 발끝으로 땅을 툭, 툭, 치기를 반복하다가 물었다.

"……그, 레오디안은?"

레오디안은 리리엔이 그에게 이런 것을 물어볼 줄은 예상하지 못했기에 짐짓 놀란 기색을 감추지 못했다. 무엇보다도 레오디안은 신전에 갇혀 있는 동안 매 끼니를 걸렀다. 때문에 선뜻 리리엔의 물음에 대답할 수가 없어서 당황스러웠다.

리리엔에게 걱정을 끼치고 싶지 않다면 식사를 했다고 거짓말을 하면 되는 일이었지만, 레오디안은 그러고 싶지 않았다. 리리엔에게는 되도록 솔직하고 싶었으므로.

레오디안이 어찌해야 할지 모르고 대답을 망설이는데, 그와 리리엔 사이에 엘시아가 문득 끼어들었다.

"대공님이 많이 피곤하실 텐데, 이렇게 서서 이야기를 나눌 게 아니라 안으로 들어가자."

엘시아의 말을 듣고 순간 멈칫했던 리리엔이 곧 어색하게나마 미소를 지으면서 고개를 끄덕였다.

* * *

레오디안은 페이렌과 함께 식사를 하면서, 그가 로지안에게 무슨 부탁을 했는지 이야기해 주었다.

신전 지하에 갇혀 있는 괴물, 베스티를 제거할 것. 그것이 레오디안이 로지안에게 문서를 넘기면서 덧붙인 부탁이자 조건이었다.

로지안은 베스티를 이용해서 신전의 악행을 귀족 사회에 널리 알리겠다는 계획을 세웠다. 제국 곳곳에 괴물이 속출하면서 신전의 위상은 나날이 거대해지고 있었다. 그런데 만약 그동안 신전이 괴물을 토벌하는 척하면서 사실은 괴물을 이용하고 있었다는 것이 만천하에 알려진다면, 거대한 신의 궁전이 무너지는 것도 순식간일 터였다.

그것은 황제도 하일롭도 해내지 못한 일이었다. 그런데 그만한 일을 로지안이 이뤄 낸다면 황실 내에서 로지안의 입지는 자연히 탄탄해질 것이었다.

로지안은 베스티의 존재를 널리 알리고, 그녀로 하여금 제도의 귀족들 앞에서 그녀가 신전에서 겪은 일을 자백하도록 할 작정이었다. 그 대가로 로지안은 베스티를 풀어줄 것이고, 자유로워진 베스티를 처리하는 건 레오디안의 몫이 될 예정이었다.

"……2황자가 정말 약속을 그대로 이행할까요?"

페이렌이 영 미심쩍다는 듯한 기색을 숨기지 못했다. 그로서도 충분히 이해가 가는 반응이라, 레오디안은 아직도 로지안을 의심하는 페이렌의 태도를 지적하지 않았다.

"황좌를 얻기 위해서는 싫어도 나와 뜻을 함께해야 한다는 사실을 그도 알고 있을 것이다."

레오디안의 말에 페이렌은 말없이 고개를 끄덕였다. 로지안 본인은 신뢰할 수 없지만, 로지안의 야망만큼은 믿을 수 있었다.

"그럼 저는 이쯤에서 일어나 보겠습니다. 피곤하실 텐데 이만 쉬십시오."

"그래, 경도 돌아가 편히 쉬도록."

페이렌이 지체하지 않고 서재를 나섰다. 문이 닫히고 나자 서재 안에는 자연스럽게 적막이 스며들었다.

레오디안은 소파 등받이에 몸을 깊숙이 기대고서 지긋이 눈을 감았다. 긴장이 풀리자 그간의 피로가 한번에 몰려드는 느낌이었다.

하지만 레오디안은 잠시 동안 휴식을 취하고 나서, 미련 없이 몸을 일으켜 서재를 나왔다.

그리고 그는 그 길로 곧장 엘시아의 침실로 향했다. 엘시아에게 반드시 물어보고 싶은 것이 있었다.

* * *

문득 문을 두드리는 소리가 들려서 엘시아는 천천히 눈을 떴다. 어느덧 저무는 태양이 방을 붉게 물들이고 있었다. 엘시아는 흐트러진 옷매무새를 정리하면서 자리에서 일어났다. 그리고 협탁에 놓인 초에 불을 붙인 뒤, 문가로 다가갔다.

"누구세요?"

"접니다."

레오디안이었다. 오늘은 방에서 쉬겠다고 했던 그가 무슨 일로 자신을 찾아온 걸까. 무척 의아했지만 엘시아는 일단 문을 열었다.

곧 모습을 드러낸 레오디안은 검은색 나이트 가운을 입고 있었다.

기사 정복이 아닌 편한 실내복을 입은 채 서 있는 그를 보니, 그가 정말 저택으로 돌아왔다는 사실이 새삼스럽게 실감이 됐다.

"잠시 시간 괜찮습니까?"

"네."

엘시아는 선선히 고개를 끄덕였다. 그리고 레오디안이 안으로 들어올 수 있도록 옆으로 조금 비켜섰다.

"그럼 잠시 실례하겠습니다."

레오디안이 방 안으로 들어오자 그의 체취가 훅 끼쳐 왔다. 이제는 어느 정도 익숙해졌지만, 여전히 코끝이 간지러울 정도로 마냥 달콤한 향이었다. 그 향기를 의식하지 않으려고 노력하면서 엘시아가 입을 열었다.

"앉으세요."

레오디안에게 먼저 자리를 권한 다음 엘시아도 자리에 앉았다. 엘시아는 잠시 동안 말없이 레오디안을 응시했다. 레오디안은 무척 피곤해 보였다. 엘시아는 아까 저택으로 돌아온 레오디안을 보았을 때, 그에게 하고 싶은 말이 많았지만 그 말들을 애서 입 안으로 삼켰다.

그렇게 그와의 대화를 잠시 뒤로 미뤄 두려고 했다. 무엇보다도 그가 충분히 휴식을 취하기를 바랐으니까. 그런데 그것이 무색하게도 레오디안이 먼저 엘시아를 찾아와 그녀에게 시간을 청했다. 엘시아는 그런 레오디안이 걱정스러운 한편, 그가 휴식을 미루면서까지 하려는 말이 무엇일까 궁금했다.

하지만 레오디안은 선뜻 말문을 열지 않고 침묵했다. 그로 인해 정적이 길어지면 길어질수록 엘시아는 조금씩 불안해졌다. 혹시 또 무슨 일이 생기기라도 한 걸까 염려스러웠다. 엘시아는 잠시 망설이다가 천천히 입술을 뗐다.

"무사히 돌아오셔서 정말 다행이에요. 이럴 줄 알았으면 그때 그렇게 찾아가는 게 아니었는데……."

말끝을 흐린 엘시아가 아랫입술을 질끈 깨물었다. 막상 말을 하려니 입이 떨어지지 않는 탓이었다. 하지만 한번 말을 꺼낸 이상 끝을 내야 했다. 나직이 한숨을 내쉰 엘시아가 단단히 결심을 굳히고 말을 이었다.

"……혹시 그 일로 대공님이 곤란해지신 건가요?"

"아닙니다."

레오디안은 고개를 저으며 곧바로 대꾸했다.

"신황은 당신이 신전을 찾아왔다는 사실을 전혀 모르는 눈치였습니다. 그러니 그 일로 제가 곤란해질 일도 없을 겁니다."

그뿐만 아니라 레오디안은 혹시라도 엘시아가 괜한 오해를 할까 봐, 엘시아가 자신의 말을 다르게 해석할 여지를 완전히 차단했다. 그러자 다행히도 엘시아는 납득한 기색이었다. 안심했다는 듯 나직이 한숨을 내쉬는 것을 보면 말이다.

레오디안은 마른 입술을 축인 뒤 비로소 본론을 꺼내놓았다.

"제가 시간을 청한 것은 다름이 아니라 리리엔에 관해서 당신과 이야기를 나누고 싶었기 때문입니다."

"……리리엔이요?"

예상치 못한 화제에 엘시아가 당황스럽다는 듯한 표정을 지었다. 레오디안은 가만가만 고개를 끄덕였다.

"지금 이 시점에서 리리엔을 페레이스로 보내는 것은 안전하지 않을 듯합니다."

"아……."

엘시아는 잠시 고민하다가 물었다.

"그럼 앞으로도 리리엔을 저택에서 공부를 시킬 생각이세요?"

"일단 제 생각은 그렇습니다."

선선히 대꾸한 레오디안이 곧 부연했다.

"적어도 당분간은 안전한 곳에서 가정 교사와 공부를 하는 편이 리리엔에게 훨씬 더 안전할 것 같단 판단이 듭니다."

엘시아는 조용히 고개를 끄덕였다.

엘시아의 생각도 레오디안과 같았다. 하일롭을 피해 신성지로 왔으나, 신성지도 안전하지 않았다. 그런데 하물며 다른 나라에 리리엔을 보낸다면 무슨 일이 일어날지 장담할 수 없었다.

혹시라도 만약 리리엔이 페레이스로 갔다가 위험에 처하기라도 한다면, 그때는 지금처럼 레오디안이 즉각적으로 대처할 수도 없었다. 리리엔은 되도록 레오디안의 곁에 있는 것이 안전했다. 그 사실은 엘시아도 잘 알고 있었다.

하지만 그렇다고 해서 리리엔이 계속 저택에서만 지낸다면, 리리엔은 또래 친구와 자연스럽게 어울려 놀 기회조차 누리지 못할 터였다. 그렇게 생각하니 엘시아는 마음이 영 좋지가 않았다. 그리고 그런 엘시아의 기색을 눈치챈 레오디안은 조용히 엘시아를 바라보았다. 엘시아가 생각을 정리하기를 기다리는 것이었다.

"제 생각에도 지금 리리엔이 페레이스로 가는 건 조금 무리일 듯 싶어요."

머지않아서 엘시아가 말문을 열었다.

"리리엔을 지금까지처럼 저택에서 공부를 하도록 하는 게 좋겠어요."

그렇게 말하는 엘시아의 표정이 어딘지 씁쓸해 보였지만, 레오디안은 엘시아에게 아무것도 묻지 않았다. 그저 고개를 끄덕이는 것으로 엘시아의 말에 반응을 해 보였다.

"언제부터 저택에 다시 가정 교사를 부르실 건가요?"

"리리엔에게 의사를 물어보고 결정할까 합니다."

"아, 그게 좋겠네요."

엘시아가 희미하게나마 미소 띤 얼굴로 대꾸했다. 그 모습을 보고 레오디안은 잠시 동안 침묵하다가 조심스럽게 말문을 열었다.

"2황자가 이곳을 찾아왔다는 이야기를 들었습니다."

"네."

레오디안은 엘시아가 로지안을 무척 불편하게 여기고 있으리라 짐작했다. 그래서 말을 꺼내기까지 거듭 망설였는데, 어째선지 엘시아는 대수롭지 않은 기색이었다.

"그가 불편하지 않습니까?"

"불편하기는 해요."

엘시아가 선선히 고개를 끄덕였다.

"그래도 예전처럼 불편하지는 않아요. 이제 그분이 더 이상 제게 무리한 요구를 하지 않으리란 걸 아니까요."

엘시아가 말한 '무리한 부탁'이 정확히 무엇을 뜻하는 건지 레오디안은 단번에 알아들었다. 하일롭은 엘시아에게 로지안과 결혼을 강제하려 든 적이 있고, 그리고 로지안 또한 하일롭의 뜻을 따라 엘시아에게 혼인을 요구했다.

그 모든 사정을 레오디안은 아주 잘 알고 있었다. 하일롭이 손수 보내 온 정혼서를 찢어 버린 것이 바로 다름 아닌 레오디안 그였으므로.

예상치 못하게 로지안의 손을 빌려 신전에서 나오게 된 상황이었지만, 레오디안은 만약 엘시아가 로지안을 꺼린다면 로지안과의 거래를 재고해 볼 생각이었다.

"정말 그가 불편하지 않습니까?"

레오디안이 재차 물었다. 엘시아의 대답을 듣고도 그녀의 말을 곧이곧대로 받아들일 수 없었기 때문이었다.

"앞으로 그를 자주 마주치게 될 수도 있습니다."

"저는 정말 괜찮아요."

엘시아는 한사코 괜찮다고 대답했지만, 그럼에도 레오디안은 마음을 놓을 수 없었다. 그도 그럴 게 아까부터 그는 엘시아가 그의 사정을 고려해, 로지안이 불편한데도 불편하지 않다 말하는 걸지도 모른다고 생각하고 있었다. 하지만 엘시아가 전혀 괜찮지 않은데도 괜찮다는 말을 하는 데 익숙한 사람이라는 것을 레오디안은 잘 알고 있었다.

결국 레오디안이 조용히 한숨을 삼키고 말했다.

"그럼 혹시라도 그가 당신에게 무례하게 구는 일이 있다면, 주저 말고 제게 곧장 알려 주셔야 합니다."

"네, 그럴게요."

엘시아가 거리낄 것 없다는 듯 고개를 가볍게 끄덕거렸다. 레오디안은 여전히 안심이 되지 않았지만, 일단은 엘시아의 괜찮다는 말을 그대로 믿어 보기로 했다.

꽤 무거운 주제의 이야기를 끝마치고 나서, 자연스럽게 입을 다문 엘시아와 레오디안 사이에 부드러운 고요가 내려앉았다.

엘시아는 다시는 레오디안과 이렇듯 조용히 시간을 보낼 수 있으리라고 기대하지 못했는데, 그 기대가 어긋나서 정말 다행이라는 생각을 했다.

애초에 레오디안은 엘시아에게 잠시의 시간을 청했으나, 두 사람이 서로 마주하고 앉은 지는 꽤 오래 되었다. 그러고도 시간은 계속해서 흘러가고 있었으나, 두 사람 중 누구도 그것을 지적하지 않았다.

그렇게 두 사람은 조용한 분위기 속에서 서로 간간이 시선을 교환하며 시간을 흘려보냈다. 그러다 어느 순간, 깊은 울림을 가진 낮은 목소리가 정적을 갈랐다.

"그런데 무엇을 하고 있었습니까?"

레오디안의 물음에 엘시아는 활짝 열린 창문에 시선을 주면서 대꾸했다.

"그냥, 소파에 앉아서 눈을 감고 바람 소리를 듣고 있었어요."

"……바람 소리가 들립니까?"

레오디안이 짐짓 놀란 목소리로 되물었다. 엘시아는 가볍게 웃으면서 고개를 끄덕였다.

"귀를 기울이고 있으면 들려요."

소파에 편하게 몸을 기댄 채 어디선가 들려오는 소리에 귀를 기울이고 있노라면 마음이 편안해졌다. 엘시아는 레오디안도 그걸 경험해 봤으면 좋겠다는 생각에 대뜸 말을 꺼냈다.

"대공님, 눈을 한번 감아 보시겠어요?"

"……예?"

"어서요."

레오디안은 당황한 것도 잠시, 엘시아의 재촉에 곧 순순히 눈을 감았다.

"등받이에 편하게 몸을 기대시고요."

이어진 엘시아의 요구도 레오디안은 별말 없이 따랐다. 엘시아는 눈을 감고 있는 레오디안을 잠시 바라보다가 말했다.

"그렇게 눈을 감고 주위에 집중하면 평소에는 미처 듣지 못했던 소리가 들려요."

"그렇습니까."

레오디안이 눈을 감은 채로 나직이 대꾸했다.

"그리고 무엇보다 마음이 조금 편해지기도 하고……."

엘시아의 말에 레오디안은 조용히 고개를 끄덕였다. 그 모습을 바라보던 엘시아도 이윽고 눈을 감았다.

그로 인해 더 이상 레오디안의 모습은 눈에 보이지 않았지만 그의 존재감만큼은 여전히 선명하게 느낄 수 있었다. 하지만 엘시아는 더는 레오디안 앞에서 긴장하지 않았다. 그가 얼마나 자신과 리리엔을 위하는지 알고 있기 때문일까.

엘시아는 레오디안과 한 공간에 있는데도 전혀 불편하지 않았다. 제도에서 레오디안을 만나고, 그와 함께 지낸 처음 한 달을 생각해 본다면 가히 장족의 발전이라 할 만했다.

얼마간의 시간이 흐른 뒤, 엘시아는 천천히 눈꺼풀을 들어 올렸다. 창밖의 하늘에는 여전히 노을이 한창이었다. 레오디안의 긴 속눈썹에도 붉은 빛이 스민 채였다. 엘시아는 아무래도 선잠에 빠진 듯한 레오디안을 의식해 조용히 자리에서 일어났다.

엘시아는 불을 밝혀 둔 초를 껐다. 그런 다음 레오디안을 돌아보며 잠시 고민했다. 레오디안을 계속 이렇게 소파에서 자게 두는 게 마음에 걸린 탓이었다. 엘시아가 조심스럽게 움직이기는 했다지만 여전히 잠에 빠져 있는 레오디안은 미동조차 없었다. 선잠에 든 줄 알았는데 깊이 잠든 모양이었다.

그래서인지 선뜻 레오디안을 깨우기가 망설여졌다. 엘시아는 결국 레오디안을 깨우지 못하고 조용히 그의 맞은편 자리에 다시 앉았다. 잠든 레오디안의 얼굴에 자꾸 시선이 갔지만, 실례라는 생각에 엘시아는 애써 시선을 창밖으로 돌렸다.

노을이 진 하늘이 더욱 짙은 색으로 물들어 가고 있었다. 곧 지독히 어두운 밤이 찾아올 모양이었다.

* * *

다음 날, 이른 아침에 깨어난 레오디안은 눈을 뜨자마자 보이는 엘시아의 얼굴에 당황했다. 순간 멈칫해서 자신의 두 눈을 의심한 레오디안은 곧 눈앞의 광경이 착각이 아니라는 걸 인지했다.

어제 자신은 엘시아를 찾아왔다가 그녀의 방에서 그대로 잠이 든 모양이었다. 난감하기 그지없는 상황에 민망해진 레오디안은 저도 모르게 나직이 침음했다. 괜히 방 안을 휘 둘러본 레오디안은 곧 다시 엘시아를 향해 시선을 흘렸다.

여전히 엘시아는 소파 등받이에 머리를 기댄 채로 곤히 잠들어 있었다.

그런데 잠든 엘시아의 낯이 어째선지 조금 상기되어 있는 것처럼 보였다.

레오디안은 자신의 착각인가 싶어 엘시아의 얼굴을 유심히 바라보았다. 하지만 그것은 착각이 아니었다. 언제나 핏기 없이 창백한 엘시아의 뺨에 홍조가 올라 있었다. 레오디안은 그제야 당황스러운 마음을 추스르고 자리에서 일어났다.

하지만 막상 엘시아를 깨우려고 하니 망설여졌다. 레오디안은 가만히 엘시아를 내려다보면서 망설이다가 잠시 후 조심스럽게 손을 뻗었다.

"엘시아."

레오디안이 엘시아의 어깨를 가볍게 흔들었다. 그러자 엘시아의 눈꺼풀이 스르륵 올라갔다. 멍하니 눈을 깜빡이던 엘시아의 눈동자가 차츰 또렷해졌다. 레오디안은 엘시아의 어깨에서 손을 떼고 한 걸음 뒤로 물러났다.

"……대공님."

잠에 흐려진 정신을 차린 엘시아가 자리에서 일어났다. 그러다 일순 몸이 크게 휘청거렸다. 레오디안은 재빨리 엘시아를 잡아 부축했다. 그리고 엘시아가 제대로 몸을 가누게 되었을 때, 다시 미련 없이 물러났다.

"어……. 감사해요."

"어디 아픕니까?"

레오디안이 걱정스럽다는 듯 물었다. 그제야 엘시아는 자신의 몸 상태가 평소 같지 않다는 것을 알아차렸다. 방금 막 잠에서 깨어난 탓이라고 하기에는 머리가 깨질 것처럼 지끈거렸다. 엘시아는 저도 모르게 미간을 찌푸렸다.

"아무래도 불편하게 잠을 잤기 때문인 듯합니다."

레오디안이 나직이 한숨을 내쉬더니 말했다.

"어제 제가 이곳에서 깜빡 잠이 든 탓에……. 당신까지 편히 자지 못했군요. 민폐를 끼쳐 미안합니다."

"아니에요, 제가 깨우지 않은 건데요."

엘시아가 고개까지 세게 흔들며 레오디안의 사과를 사양했다. 그러나 그럼에도 레오디안의 마음은 전혀 편해지지 않았다.

"저는 이만 나가 볼 테니 당신은 편하게 쉬십시오."

"어, 지금 집결지로 가시는 건가요?"

"그렇습니다."

"그럼 저도 같이 나가서……."

레오디안은 아무래도 그를 배웅하려는 듯한 엘시아의 손목을 가볍게 잡았다. 그러자 엘시아가 예상치 못한 행동에 놀랐는지 흠칫 몸을 굳혔다. 레오디안은 그런 엘시아를 침대로 이끌었다.

"얼굴이 영 좋지 않습니다. 배웅은 되었으니 조금 더 쉬도록 하십시오."

엘시아를 침대에 앉게 한 뒤, 손을 놓으면서 레오디안이 말했다. 엘시아가 얼떨떨한 표정으로 레오디안을 올려다보자, 레오디안은 다시 한번 당부했다.

"아침 식사 시간 전까지 침실에서 쉬세요. 그 이후에도 몸 상태가 좋지 않으면 주저 말고 헤이온에게 말을 하십시오."

"……."

"그럼 헤이온이 의사를 불러 줄 겁니다."

엘시아는 여전히 어리둥절한 와중에도 일단 레오디안의 말에 반응을 해야 한다는 생각에 성실하게 고개를 끄덕였다. 레오디안은 그제야 조금이나마 마음을 놓을 수 있었다. 그런데도 막상 엘시아만 두고 떠나려니 도통 쉽사리 발걸음이 떨어지지 않았다.

하지만 더는 엘시아에게 민폐를 끼치고 싶지 않았기에 애써 떨어지지 않는 걸음을 옮겼다. 그렇게 문가로 다가가 문을 열기 전, 레오디안은 마지막으로 엘시아를 한번 돌아보았다.

"오늘도 좋은 하루 보내길."

"대공님도 좋은 하루 보내세요."

엘시아가 부드러운 미소를 지으면서 대꾸했다. 그 미소 띤 얼굴을 잠시 눈에 담고 있다가 레오디안은 다시 몸을 돌려 침실을 떠났다.

* * *

레오디안이 무사히 저택으로 돌아와서 그런지, 엘시아는 물론이고 리리엔 역시도 이전보다 훨씬 더 편안한 마음으로 하루를 보냈다. 레오디안의 존재가 이렇게나 크고 중요했다는 걸 이번 일로 엘시아와 리리엔은 확실하게 깨닫게 되었다.

이른 오후, 레오디안은 페이렌과 함께 집결지에서 돌아왔다. 평소보다 이른 귀가였다.

레오디안은 저택으로 돌아오자마자 먼저 엘시아의 상태부터 살폈다. 그리고 엘시아의 몸 상태가 괜찮다는 것을 확인한 이후에야 페이렌과 서재로 향했다.

오늘 낮 집결지에서 레오디안은 로지안으로부터 서신을 받았다. 로지안은 황궁의 분위기가 심상치 않다는 말을 전했다. 애당초 로지안은 레오디안과 앞으로의 일을 논의하기 위해 다시 신성지를 찾을 예정이었다.

하지만 그것이 여의치 않게 되었으며, 로지안은 당분간은 몸을 사리고 상황을 지켜보는 편이 좋겠다는 뜻을 서신에 밝혔다. 레오디안은 로지안의 말을 이해하고 납득했다. 그러나 그와는 별개로 기다림이 더욱 길어지게 된 것은 영 탐탁지 않았다.

그도 그럴 것이 그는 언제 무슨 일이 터질지 모르는 위태로운 상황 속에 리리엔과 엘시아를 하루라도 더 두고 싶지 않았다. 그럴 수만 있다면 당장이라도 모든 상황을 정리한 뒤, 두 사람이 평온한 일상을 보내며 좋은 것만을 영위하도록 하고 싶었다.

그러니만큼 현재 상황이 돌아가는 모양새가 레오디안은 진심으로 마음에 들지 않았다.

"혹시 벨레로폰에게 황실의 동태를 살펴보게끔 하는 건 어떻습니까?"

문득 페이렌이 한 가지 의견을 내어놓았다. 레오디안은 그 의견이 꽤 그럴듯하다는 생각을 하며 고개를 끄덕였다.

"그럼 지금 당장 제도의 저택에 사람을 보내겠습니다."

"그래, 부탁하지."

레오디안이 서류로 시선을 내렸다. 괴물 토벌이 어느 정도 진척이 되었는지 적혀 있는 보고서였다. 얼핏 보기에는 큰 문제가 없어 보이지만, 자세히 보면 묘하게 앞뒤가 맞지 않는 구석이 있었다.

이를테면 소수의 기사가 스물 남짓한 괴물 토벌을 성공적으로 마쳤다는 기록 같은 것이 그랬다. 레오디안은 직접 기사단을 이끌고 신성지 근처 영지로 가서 괴물 토벌을 지휘했다. 그랬기에 이 보고서가 오로지 사실만을 기록하지 않았다는 것을 금세 알아보았다.

괴물은 평범한 인간이 상대하기에는 무척이나 강한 존재였다.

때문에 대개 서른 명 정도로 구성된 기사단 하나가 괴물 하나를 상대하는데도 난항을 겪었다. 신전에 소속된 기사들이 모두 웬만큼 신성력을 다룰 수 있는 자들인데도 그러했다.

게다가 괴물은 무리를 지어 살아가는 습성이 있었기 때문에 기사단은 언제나 그들을 간신히 토벌했다. 신전은 총 다섯 개의 기사단을 꾸려 괴물 토벌에 힘을 쏟고 있었지만, 한번 토벌을 나가면 꽤 많은 희생이 따랐기에 모든 기사단을 동시에 출정시킬 수 없었다. 그래서 한 기사단이 출정을 마치고 돌아오면 다른 기사단이 신성지를 떠나는 식이었다.

레오디안은 서류를 응시하며 곰곰이 생각하다가 입을 열었다.

"내가 모든 괴물 토벌을 지휘한다면 어떨 것 같나."

"……예?"

페이렌이 경악스러운 표정으로 되물었다.

"괴물 토벌에 전부 참전하시겠다고요?"

"그래."

레오디안은 덤덤히 고개를 끄덕였다. 레오디안의 대답을 들은 페이렌의 입이 떡 벌어졌다. 페이렌도 레오디안이 무엇이 마음에 걸려서 이러한 말을 하는 건지 모르지 않았다. 하지만 레오디안이 모든 괴물 토벌에 관여하는 건 무리였다. 페이렌은 곧 당황스러운 머릿속을 추스르고서 조심스럽게 말문을 열었다.

"그렇게 되면 쉴 새 없이 전장으로 향하셔야 할 텐데……. 각하께서 전장에 나가 계실 동안 리리엔 아가씨와 엘시아 님은 어떡합니까."

때마침 레오디안도 페이렌이 말한 것과 같은 것을 염려하고 있었다.

몸이 피로한 건 어떻게든 견딜 수 있기에 그 점은 레오디안에게 있어선 아무런 문제가 되지 않았다. 문제는 레오디안이 오래도록 저택을 비우게 되면, 당연하게도 그가 부재한 저택에 남아 있을 엘시아와 리리엔이었다.

"그리고 무엇보다 신황은 각하께서 모든 토벌을 지휘하기를 원치 않을 겁니다."

페이렌이 덧붙인 말에 레오디안은 묵직한 한숨을 내쉬었다.

신황이 무언가를 더 숨기고 있다면, 레오디안에게 모든 토벌의 지휘권을 선뜻 넘길 리 없었다. 그렇다고 지금 와서 각 기사단의 기사 한명씩 매수하는 것도 어려웠다. 또 어찌어찌 사람을 매수하는 데 성공한다 해도, 그것을 들킨다면 자칫 신황에게 다시 레오디안 그를 가둘 빌미를 줄 수도 있는 일이었다.

"……그래, 이건 조금 더 시간을 두고 고민한 다음에 결정해야겠군."

재차 한숨을 내쉰 레오디안이 서류를 덮으며 자리에서 일어났다.

그러자 바로 그 순간, 마치 기다렸다는 듯 누군가 서재의 문을 두드렸다. 곧장 문가로 다가간 레오디안이 망설임 없이 문을 열었다. 서재를 찾아온 것은 다름 아닌 하이드였다. 예상치 못한 하이드의 방문에 레오디안은 물론이고 페이렌도 당황해 눈을 크게 떴다.

평소와 다름없이 태연한 건 오직 하이드뿐이었다.

하이드는 서재 안을 한번 둘러본 다음, 자신의 앞에 서 있는 레오디안에게 시선을 주었다.

"나 들어가도 돼?"

갑작스러운 하이드의 방문에 당황한 것도 잠시, 레오디안은 곧 페이렌의 의사를 묻듯 그녀를 돌아보았다.

그러자 그 시선의 의미를 알아차린 페이렌이 조용히 자리에서 일어났다.

"각하, 저는 리리엔 아가씨께 인사를 드리러 가 보겠습니다."

레오디안이 가볍게 고개를 끄덕였고, 페이렌은 하이드를 향해 가볍게 미소를 지어 보이고는 서재를 나갔다.

"미안하다는 말을 하려고 왔어."

"……일단, 들어와서 얘기하지."

레오디안이 한 걸음 옆으로 비켜나면서 말했다. 하이드가 멍한 얼굴로 고개를 끄덕이고는 방 안으로 들어왔다. 레오디안은 소파에 앉으면서 하이드에게도 자리를 권했다. 조금 전까지 페이렌이 앉아 있던 자리였다.

하이드는 순순히 레오디안의 말을 따라 자리에 앉았다. 레오디안은 그런 하이드를 새삼스럽게 바라보았다. 하이드와 함께 지내게 된 지도 꽤 되었으나, 이렇게 단둘이 대화를 나눠 본 적은 없었다.

비록 하이드가 평범한 인간이 아니라고 할지라도 고작 리리엔 또래의 어린 아이라는 사실에는 변함이 없었다. 하이드는 누군가의 보호가 필요한 나이였다. 레오디안 그가 원한 것은 아니지만 하이드를 책임지고 돌보게 된 이상, 그는 하이드에게 조금 더 신경을 썼어야 했는데 미처 그러지 못했다.

레오디안은 미안한 마음에 선뜻 말문을 열지 못하고 그저 하이드에게 시선을 고정하고만 있었다. 잠시 동안 어색한 정적이 흘렀다. 레오디안은 눈앞의 창백한 아이의 얼굴을 보고 일순 저도 모르게 엘시아를 떠올렸다.

하지만 그것도 잠시, 레오디안은 곧 나직이 한숨을 삼키고서 입을 열었다.

"먼저 이렇게 나를 찾아와 줘서 고맙군."

레오디안은 최대한 부드러운 목소리와 어투를 내려고 노력하면서 말을 이었다.

"네 생활에 조금 더 신경을 기울였어야 하는데 그러지 못해 미안한 마음이다."

"아니야. 괜찮아."

하이드가 고개를 흔들었다.

"내가 여기서 지내겠다고 고집을 부린 거잖아. 네가 날 쫓아내지 않은 것만으로도 고맙게 생각하고 있어."

"……."

"그리고 이번 일은 정말 미안해."

하이드가 염치가 없다는 듯 고개를 숙이면서 말했다.

어린 아이가 의기소침해하는 모습은 그다지 보기 좋은 모습이 아니었던지라, 레오디안은 한쪽 눈살을 살짝 찌푸렸다. 하이드가 미안하다는 말을 하려 왔다고 했을 때부터 그랬지만, 레오디안은 하이드가 그에게 사과를 해야 할 이유는 없다고 생각하고 있었다.

"그것은 네가 사과할 일이 아니야. 그러니 지금 네 말은 듣지 못한 것으로 해 두겠다."

"……왜 그렇게 생각해?"

하이드가 도무지 이해할 수 없다는 듯 되물었다. 레오디안은 잠시 생각하다가 대답했다.

"너는 아직 어리고, 어린아이가 실수를 조금 했다고 해서 나는 그것을 탓할 만큼 못난 어른이 아니기에 그러하다."

레오디안은 보호자로서 마땅히 해야 할 일을 했을 뿐이었다. 그의 선택이었고, 그러니 그 선택으로 인해 신전에 갇히게 된 것도 당연히 그의 책임이었다. 그러나 하이드의 생각은 레오디안의 것과 다른 모양이었다. 하이드는 여전히 레오디안의 말을 이해할 수 없다는 듯 고개를 갸웃했다.

"하지만 나 때문에 네가 신전에 갇히게 된 거잖아."

레오디안은 순간 말문이 막혔다. 할말이 없는 것이 아니라, 어디서부터 설명해야 할지 막막했기 때문이었다.

레오디안이 신전에 갇히게 된 데에는 여러 사정이 얽혀 있었다. 하이드가 베스티를 찾아내지 않았더라도 언젠가는 벌어졌을 일이기도 했다.

신황은 그에게 충성하지 않는 레오디안을 눈엣가시로 여겼다. 그동안 빌미가 부족했을 뿐, 기회가 있었다면 그는 진작 레오디안을 처리했을 것이다. 그리고 무엇보다도 레오디안이 신전에 붙잡히게 된 건 그가 베스티를 살해하려다 발각되었기 때문이었다.

레오디안은 이 이야기를 하이드에게 어떻게 꺼내야 할지 망설여졌다. 하지만 하이드를 납득시키기 위해서는 반드시 해야만 하는 이야기였다.

"나는 그 여자를 살해하려 했기 때문에 신전에 붙잡혔다."

"……."

"내가 신전에 갇혔던 건 네 탓이 아니야."

하이드가 놀라 휘둥그레진 눈을 하고서 그대로 굳었다. 그 격한 반응이 의아했으나 레오디안은 굳이 왜 그러냐고 묻지 않았다. 그저 조용히 하이드가 감정을 추스르기를 기다렸다. 머지않아서 하이드의 입술이 느릿하게 벌어졌다.

"그래서 그 여자는……."

하이드가 순간 잠긴 목을 고르고 말을 이었다.

"……죽었어?"

그렇게 묻는 목소리는 어째선지 형편없이 떨리고 있었다. 레오디안은 천천히 고개를 저었다.

"그녀는 현재 신전 지하에 갇혀 있다."

"그렇구나."

하이드가 조그맣게 혼잣말처럼 중얼거렸다. 그러고는 힘없이 고개를 숙이는 하이드는 씁쓸해하는 것도 같고 안심하는 것 같기도 한 묘한 모습이었다. 레오디안은 그런 하이드를 잠시 동안 가만히 바라보고 있다가, 이내 정적을 깨고 말을 꺼냈다.

"지내는 데 불편한 것은 없나?"

"응, 없어. 다 좋아."

하이드가 일말의 주저 없이 대꾸했다.

"다들 친절하고 나한테 잘해 줘."

"그렇다니 다행이군."

레오디안은 하이드의 대답을 듣고 나서 조금이나마 안심을 할 수 있었다.

"필요한 게 있다면 언제든 편하게 말해 주면 좋겠군."

"응."

하이드는 이번에도 기다렸다는 듯 대답하며 고개를 끄덕였다. 그 앳된 얼굴을 바라보며 잠시 고민하다가 레오디안이 곧 조심스럽게 말을 꺼냈다.

"이제 리리엔이 다시 가정교사와 함께 저택에서 공부를 하게 될 텐데, 너도 같이 수업을 받아 보는 것은 어떤가."

"……공부를 하라고?"

"그래."

하이드는 내심 놀란 눈치였다. 충분히 이해가 가는 반응이었던지라 레오디안은 부드러운 어조로 말을 덧붙였다.

"리리엔이 그리 어려운 것을 배우는 게 아니니 네가 지금부터 리리엔과 같이 수업을 받더라도 수업을 따라가는 데 크게 어려움은 없을 것이다."

레오디안은 진작 하이드도 리리엔과 함께 수업을 받게 했어야 한다고 생각하며 말을 이었다.

"무엇보다 앞으로 네가 살아가는 데 도움이 될 만한 것들이니 배워 두면 좋을 것이다."

"어……."

하이드는 멍하니 입을 벌리고선 잠시 곰곰이 고민하는 듯한 기색으로 레오디안을 바라보았다.

"강요하는 것은 아니다. 하기 싫으면 하지 않아도 돼."

레오디안이 하이드의 부담을 덜어주기 위해 부러 가볍게 말했다. 그러자 하이드가 비로소 결정을 내리고선 입을 열었다.

"리리엔하고 같이 하는 거면 좋아. 나 공부할래."

"그래, 잘 생각했다."

레오디안의 입매가 부드럽게 호선을 그렸다.

"그럼 이만 나갈까. 저녁 식사 때가 되었으니."

* * *

시간을 가늠할 수 없는 지하의 어두운 방, 베스티는 쩍 벌어진 채 피를 쏟아내고 있는 상처를 물끄러미 내려다보고 있었다.

상처는 베스티 그녀가 스스로 낸 것이었다. 쏟아지는 잠을 참기 위해서. 베스티는 날카로운 손톱으로 허벅지에 상처를 냈다. 하지만 상처는 빠르게 치유되었기 때문에 베스티는 상처가 아물기 무섭게 다시 상처 내기를 반복하고 있었다.

이곳에 갇힌 지 얼마나 되었더라. 베스티는 잠시 고민해 봤지만 정확한 날짜를 가늠할 수 없었다.

스스로의 처지가 한심해서 절로 비소가 새어 나왔다.

베스티는 허탈한 웃음을 입술 사이로 내뱉으며 굳게 닫힌 문으로 시선을 던졌다. 누군가 가까이 다가오고 있었다. 머지않아서 문의 잠금이 풀리는 소리가 났고, 그것과 거의 동시에 문이 열렸다.

곧 문틈 사이로 환한 빛줄기가 쏟아져 들어왔다. 어둠에 익숙한 베스티의 눈이 자연스럽게 찌푸려졌다.

저벅저벅.

누군가 방 안으로 걸어들어 오는 소리가 방 안을 울렸다. 베스티는 누군지 확인하고 싶었지만, 상대가 빛을 등지고 있는 탓에 얼굴이 잘 보이지 않았다. 눈이 빛에 적응하고 난 다음에야 베스티는 그녀의 눈앞에 멈춰 선 사람의 얼굴을 확인할 수 있었다.

"그대가 해 줘야 할 일이 있습니다."

새하얀 머리카락을 허리께까지 길게 늘어뜨린 남자였다. 그는 눈매를 한껏 휘어 미소 짓고 있었다. 하얀색에 가까운 그의 은빛 눈동자를 마주하자, 베스티는 온몸에 소름이 끼쳤다.

베스티는 꿀꺽 마른침을 삼켰다. 그리고 애써 입꼬리를 끌어 올려 싸늘한 미소를 지었다. 그녀는 자신이 그를 보고 동요했다는 사실을 내색하고 싶지 않았다.

"내가 어째서 너를 도와주어야 하지? 나는 네가 누구인지도 모르는걸."

베스티가 날카로운 목소리 말했다. 그러나 그녀의 말을 듣고도 그는 개의치 않고 부드럽게 웃었다.

"나는 이곳 신성지와 신전을 다스리는 신황입니다."

그는 서두를 것 없다는 듯 여유로운 태도로 말을 이었다.

"그리고 얼마 전, 당신을 살해하려던 남자로부터 당신을 구해 준 사람이기도 하지요."

베스티는 와락 표정을 찌푸렸다. 하찮은 인간 주제에 자신을 구해 줬다 말하다니. 불쾌하기 그지없었다.

하지만 신황은 그런 베스티의 표정을 보고도 이번에도 전혀 개의치 않았다. 그는 여전히 부드러운 미소를 입매에 띤 채로 말했다.

"당신은 당신의 무리와 함께 이곳으로 왔겠지요?"

"……무슨 소리를 하는지 모르겠는걸."

순간 흠칫했던 베스티는 곧 아무렇지 않은 척 태연하게 대꾸했다. 그에 신황의 미소가 더욱 짙어졌다.

"나는 당신과 같은 존재가 무리를 지어 살아간다는 사실을 알고 있습니다."

"……."

"당신의 무리는 현재 신성지 어딘가에 숨어 있겠죠. 내 말이 틀렸습니까?"

신황의 물음에 베스티의 입술이 꾹 맞물렸다. 신황은 그런 베스티에게 더욱 가까이 다가갔다. 베스티는 저도 모르게 흠칫 몸을 뒤로 물렸다. 곧 등에 딱딱한 벽이 닿았다. 더 이상 물러날 곳이 없었다.

베스티가 낭패감에 입술을 질끈 깨무는데, 신황은 아무렇지도 않게 베스티의 앞에 한쪽 무릎을 꿇고 앉았다. 허리를 굽혀 베스티와 눈을 맞춘 신황은 그 상태로 잠시 동안 베스티를 가만히 바라보았다.

"······할 말 있으면 해. 그렇게 쳐다만 보고 있지 말고."

"나는 당신을 협박하러 온 것이 아닙니다. 그런데 당신은 왜 겁을 내지요?"

신황의 은빛 눈동자에 일순 오묘한 이채가 서렸다. 베스티는 크게 숨을 들이켰다.

"지금 이게 협박하는 게 아니라고?"

"당신이 그렇게 느끼고 있다면 유감입니다. 하지만 정말이에요. 나는 당신의 도움을 청하러 왔을 뿐입니다. 당신을 협박할 생각은 없어요."

신황이 천천히 손을 뻗었다. 베스티가 재빨리 고개를 돌렸으나 소용없었다.

신황은 베스티의 머리칼을 천천히 쓸어내렸다. 그 손길은 퍽 다정하였으나, 베스티에게 있어서는 그저 불쾌할 뿐이었다. 베스티는 단단히 묶인 두 손을 들어 신황의 손을 쳐냈다. 그제야 신황은 피식 가볍게 웃고는 베스티에게서 손을 뗐다.

"아, 손을 풀어 준다는 게 깜빡 잊고 있었군요."

방금 막 깨달았다는 듯 말하는 신황이 베스티는 진심으로 어이가 없었다.

"대체 무슨 속셈이야?"

"속셈이라니요. 그런 거 없습니다."

신황은 품에서 열쇠를 꺼내더니 그것으로 베스티의 손발을 옥죄고 있던 구속구를 풀어 주었다. 베스티는 자유로워진 양손을 멍하니 내려다보다가, 이윽고 믿을 수 없다는 듯한 눈빛으로 신황을 올려다보았다.

"당신에게 오해를 받으니 마음이 아프군요."

"내가 오해하는 것이 당연하지 않아? 네가 정말 신황이라면, 나를 가둬 둔 장본인이 바로 너라는 건데······."

"당신을 이곳에 가둔 것은 내 입장에서는 어쩔 수 없는 일이었습니다."

신황이 베스티의 말허리를 잘라 내며 말했다. 베스티는 말문이 막힌 채로 신황을 바라보았다.

"그럼 왜 이제 와서 나를 풀어 주려는 건데?"

"당신의 도움이 필요해졌기 때문입니다."

신황은 주저 없이 대답했다. 그에 베스티는 와락 미간을 찌푸렸다.

"그럼 내 도움이 필요하지 않았다면 계속 나를 가둬 뒀을 거라는 얘기네."

베스티가 신랄하게 내뱉은 말에 신황은 말없이 웃을 뿐이었다. 베스티는 입술 사이로 허탈하게 헛웃음을 흘려보냈다.

"하, 정말 인간들이란……."

베스티는 그녀를 응시하고 있는 은빛 눈동자를 똑똑히 직시하면서 몸을 일으켰다.

"나를 풀어 준 건 어리석은 짓이었어."

베스티가 손을 두어 번 쥐었다 폈다 반복하면서 말했다.

"구속구가 풀린 이상, 나는 손쉽게 이곳을 벗어날 수 있으니까."

"정말 그렇게 생각합니까?"

"……뭐?"

신황은 여유롭게 웃고 있었다. 베스티는 순간 소름이 돋았다. 하지만 그것은 아주 잠시였다. 베스티는 곧 피식 실소했다. 이 사내는 무엇을 믿고 이렇게 여유로운 걸까.

"나는 당신의 힘이 두렵지 않습니다."

신황이 서두를 것 없다는 듯 느릿하게 말을 이었다.

"당신은 나를 도울 겁니다."

"내가 왜?"

베스티는 이를 힘껏 악물었다. 그녀는 인간을 도울 생각이 추호도 없었다. 그런데 눈앞의 남자는 어째서 자신이 그를 도울 것이라 단정 짓고 있을까. 베스티는 이를 갈며 재차 되물었다.

"내가 왜 너를 도울 거라 생각하지?"

"그렇게 되도록 만들 수 있는 힘이 내게 있으니까요."

그렇게 말한 신황이 돌연 베스티를 향해 손을 뻗었다. 커다란 손이 베스티의 머리를 꽉 힘주어 쥐었다. 베스티에게 그 손을 쳐낼 기회는 주어지지 않았다. 그녀가 미처 반응하기도 전, 신황의 손에서부터 새하얀 빛이 쏟아져 나왔다.

신황이 신성력을 사용한 것이었다. 그리고 그 사실을 베스티가 눈치챘을 때는 늦었다. 이미 그녀의 의식은 미처 손쓸 새 없이 흐려지고 있었다.

안개가 낀 것처럼 뭉개지는 시야 속, 베스티가 마지막으로 본 것은 여전히 여유롭게 미소 짓고 있는 신황의 아름다운 얼굴이었다.

* * *

엘시아는 오드리에게 보낼 편지를 쓰고 있는 레오디안을 바라보고 있었다. 오늘 레오디안은 집결지로 향하지 않고 저택에서 휴식을 취하는 중이었다.

머지않아서 레오디안이 펜을 내려놓았다. 때마침 엘시아도 차를 다 마시고 찻잔을 테이블에 올려놨다. 레오디안은 자리에서 일어나 엘시아에게 가까이 다가갔다. 엘시아는 자연스럽게 고개를 들어 올려 레오디안에게 시선을 두었다.

"다 끝나셨나요?"

"이제 헤이온에게 편지만 전하면 됩니다."

레오디안은 잠시 실례한다는 말을 남기고 서재를 나섰다. 엘시아는 조용히 자리에 앉아서 레오디안을 기다렸다.

그리 오랜 시간이 지나지 않아서 레오디안이 서재로 돌아왔다. 레오디안은 찻주전자가 담긴 트레이를 손에 든 채였다. 익숙하게 엘시아의 맞은편에 앉은 레오디안이 빈 찻잔에 차를 따랐다. 엘시아는 말없이 그 모습을 바라보았다.

핏줄이 불거진 커다란 손에 들린 찻주전자는 크기가 꽤 커다랬지만 전혀 그렇게 보이지 않았다. 엘시아의 시선은 레오디안의 손에서 그의 단단한 팔, 너른 어깨, 그리고 단정한 낯에 차례로 닿았다.

어느덧 찻주전자를 내려놓은 레오디안의 푸른 눈동자가 고요히 엘시아를 응시하고 있었다. 그와 눈이 마주친 엘시아가 가볍게 눈매를 휘어 눈웃음을 지었다. 그런 엘시아를 본 레오디안의 얼굴에도 희미한 미소가 서렸다. 그렇게 잠시 동안 말없이 시선을 마주하고 있다가, 곧 엘시아가 천천히 말문을 열었다.

"2황자 저하에게서는 아직 아무런 연락이 없나요?"

"아, 전에 그로부터 서신을 받았다는 이야기를 안 했군요."

레오디안이 엘시아에게 로지안으로부터 받은 서신의 내용을 간략히 설명했다.

"황궁 분위기가 심상치 않은 모양이라, 당분간은 만나기 힘들 것 같습니다."

엘시아는 그렇구나, 혼잣말처럼 중얼거리며 고개를 끄덕였다. 그런 엘시아를 바라보면서 레오디안은 며칠 전 엘시아의 몸 상태가 좋지 않았던 일을 떠올렸다.

엘시아에게서는 여전히 로켄페데스 가문의 힘이 느껴지고 있었다. 그리고 레오디안은 바로 그 힘 때문에 엘시아가 아팠던 게 아닐까 의심하는 중이었다.

처음 엘시아가 그 힘을 발현했을 때, 그녀는 의식을 잃고 쓰러진 후 며칠 동안 정신을 차리지 못했다. 레오디안은 혹시라도 엘시아가 다시 쓰러지는 것은 아닐지 너무도 염려스러웠다.

꽤 한참 조용히 고민을 거듭하던 레오디안이 비로소 엘시아에게 말을 꺼내 보려고 입을 연 순간이었다.

"……방금 들으셨어요?"

엘시아가 짐짓 놀란 목소리로 물었다. 레오디안은 하려고 했던 말을 입안으로 삼키고, 그 대신 다른 말을 꺼냈다. 아니, 그러려고 했다.

쾅!

어디선가 굉음이 들려왔다. 저택을 뒤흔들 정도로 커다란 소리였다. 대체 이게 무슨 소리일까. 엘시아가 하얗게 질린 얼굴로 자리에서 일어났다.

"아니, 당신은 여기 계십시오."

레오디안은 당장이라도 방을 뛰쳐나갈 듯한 엘시아를 만류했다. 그러면서 자리에서 일어났다.

"제가 나가 보겠습니다."

"하지만……."

레오디안이 뭐라고 반박하려는 엘시아를 향해서 단호하게 고개를 저어 보였다.

"당신은 아이들 곁에 있어 주십시오."

레오디안이 부드러운 손길로 엘시아의 어깨를 그러쥐었다. 그리고 엘시아를 잠시 말없이 바라보다가, 곧 빠른 걸음으로 서재를 떠났다. 그런 레오디안을 엘시아는 차마 붙잡지 못했다. 레오디안이 떠나면서 남긴 말이 마음에 걸린 탓이었다.

그래, 리리엔과 하이드가 괜찮은지 확인해야 했다. 엘시아는 조금 전 레오디안이 그러했듯 걸음을 서둘러 서재를 나갔다. 엘시아는 하이드의 기척을 읽어 냈고, 곧 하이드가 리리엔의 침실에 있다는 걸 알아차렸다.

엘시아가 걸음을 서둘러 리리엔의 침실로 들어갔을 때, 리리엔은 창밖을 내려다보고 있었다. 엘시아는 그런 리리엔에게 가까이 다가갔다. 그러자 리리엔이 화들짝 놀란 눈으로 뒤를 돌아보았다.

"아, 엘시아."

리리엔이 자연스럽게 엘시아의 품을 파고들었다. 엘시아는 리리엔을 마주 안고, 리리엔의 여린 등을 부드러운 손길로 쓸어내렸다. 그러면서 창밖으로 시선을 주었다.

리리엔의 침실에서는 정원이 한눈에 보였다. 그 덕분에 저택에 무슨 일이 일어났는지 어렵지 않게 확인할 수 있었다. 엘시아는 저 멀리 저택 정문이 처참하게 망가져 있다는 사실을 알아차렸다. 또한 정문 앞에 서 있는 가녀린 여인과 그 앞을 막아서고 있는 레오디안의 모습도 보았다.

레오디안이 너무나도 걱정이 되었지만 엘시아는 애써 마음을 차분히 가라앉히려고 노력했다.

"많이 놀랐어?"

"음, 조금……."

"괜찮아. 별일 아닐 거야."

엘시아가 리리엔의 귓가에 부드럽게 속삭였다. 그에 가만가만 고개를 끄덕인 리리엔이 힐끔 하이드에게 시선을 던졌다.

아까 그 커다란 꽝음을 들으면서 하이드는 아무것도 듣지 못한 것처럼 멍하니 앉아 있었다. 조금도 동요하지 않는 하이드의 모습이 리리엔은 무척 의아했다.

엘시아도 마침 리리엔과 같은 생각을 했는지, 리리엔의 시선을 따라 하이드에게 눈길을 주었다.

"하이드, 이리 와."

엘시아의 말에 하이드가 천천히 자리에서 일어났다. 하지만 하이드는 엘시아에게 다가가지 않았다. 그 대신 문 쪽으로 걸음을 옮겼다.

"……하이드?"

"이건 내가 책임져야 돼."

하이드가 단호한 표정으로 말했다. 엘시아는 리리엔을 소파에 앉도록 하고, 하이드에게 다가갔다. 그리고 당장이라도 밖으로 나갈 것만 같은 하이드의 손을 단단히 붙들었다.

"그게 무슨 소리야, 하이드."

"나 때문에 일어난 일이니까."

"아니야."

엘시아가 다급하게 고개를 저었다.

"너 때문이 아니야."

하이드는 말없이 엘시아를 올려다보았다. 엘시아는 하이드의 새빨간 눈동자에 서린 단호한 의지를 읽었다.

"하이드, 이 일은 네가 책임질 일이 아니야. 우리랑 함께 여기에 있어."

엘시아가 불안한 마음을 뒤로한 채 하이드를 설득하기 위해 부드러운 목소리로 말했으나, 하이드는 이번에도 아무런 대답을 하지 않았다.

하이드는 그저 그 자리에 멍하니 서 있을 뿐이었다. 그런 하이드의 모습에 엘시아는 초조해졌다.

"하이드."

"나 때문에 엘시아한테 소중한 인간이 다치는 건 싫어."

하이드가 여전히 단호한 표정으로 대꾸했다. 쉽사리 물러나지 않을 것 같은 하이드의 태도를 보고 엘시아는 저도 모르게 표정을 굳혔다.

"네가 밖으로 나가면 나 정말 화낼 거야."

엘시아가 드물게 딱딱한 목소리로 말했다. 그러자 하이드가 순간 멈칫했다. 엘시아는 기세를 몰아 하이드의 팔을 끌어당겼다. 하지만 하이드는 미동조차 하지 않았다. 엘시아는 난감하다는 듯한 눈빛으로 하이드를 내려다보았다.

여태 그런 두 사람을 잠자코 지켜보던 리리엔이 나직이 한숨을 내쉬었다. 그러면서 자리에서 일어나 두 사람에게 가까이 다가갔다.

"엘시아 말이 맞아. 네가 왜 이걸 네 탓이라고 생각하는 건지는 모르겠지만, 설령 그렇다고 해도 너는 우리랑 같이 여기에 있어야 해."

"……."

"네가 밖으로 나간다고 해서 뭐가 달라지겠어? 네가 지금 저 상황을 해결할 수 있을 것 같아?"

리리엔이 냉정하기 그지없는 표정으로 하이드를 바라보았다. 하이드는 말문이 막힌 듯 입술을 꾹 깨물고 있었다.

"괜한 고집 부리지 말고 엘시아 말 들어."

리리엔이 재차 칼같이 딱 잘라 말하자, 그제야 하이드는 힘없이 고개를 끄덕였다.

* * *

레오디안은 덩굴이 엉망으로 잘려 나가 바닥에 흩어져 있는 모습을 조용히 내려다보았다. 정문을 감싸고 있던 그 덩굴은 레오디안의 힘이 스며 있어 시들지 않고 또 웬만해서는 끊어 낼 수도 없는 것이었다.

하지만 그것을 아무렇지도 않게 끊어 내고 정문까지 부순 베스티는 태연하게 저택 안으로 걸어 들어왔다.

"우리 오랜만이지?"

베스티는 날카롭게 돋친 손톱을 흔들었다. 그 은근한 위협에 레오디안은 한쪽 눈썹을 일그러뜨렸다.

"그곳에서 어떻게 나온 거지."

"내가 이래저래 인망이 두터워서 말이야. 도움을 좀 받았지."

베스티가 능청스럽게 레오디안의 말을 받았다. 그러면서 한 걸음 한 걸음 다가오는 베스티를 보고 레오디안은 허리춤에 찬 검집에 손을 가져다 댔다.

"나는 오늘 이곳에 너하고 싸우러 온 게 아니야. 그러니까 그런 무서운 표정으로 쳐다보지 말아 주겠어?"

베스티가 자리에 우뚝 멈추어 섰다. 아까부터 태연하게 굴고 있었지만 사실 베스티는 레오디안이 두려웠다. 레오디안이 기묘한 힘으로 그녀의 온몸을 옴짝달싹 못하게 만들었던 일을 베스티는 똑똑히 기억하고 있었다.

긴장감이 감도는 분위기 속, 베스티는 애써 아무렇지 않다는 듯 의연한 표정을 지었다.

"나는 내 아들을 데리러 왔어. 단지 그것뿐이야."

아들이라면 하이드를 이야기하는 것이리라. 그에 생각이 미치자 레오디안의 표정이 더욱 딱딱하게 굳었다. 베스티가 멀쩡하게 신전에서 벗어난 것도 의아했지만, 그건 둘째 치고 레오디안은 베스티의 뜻대로 순순히 하이드를 넘겨줄 생각이 추호도 없었다.

하이드는 이미 리리엔과 엘시아에게 가족과도 같이 여겨지고 있었다. 그리고 그것이 아니더라도 하이드는 베스티의 품으로 돌아가고 싶은 마음이 없어 보였다.

하이드가 자신의 어미를 거부하는 데에는 분명 그럴 만한 이유가 있을 터였다. 그러니만큼 레오디안은 지금 이곳에서 베스티를 막아야 했다.

처음 베스티가 저택에 난입한 것을 보고 당황했지만, 가만 생각해 보면 차라리 잘된 일이었다. 어차피 레오디안은 베스티를 처리할 작정이었다. 다만 로지안이 베스티를 이용해서 하일롭을 축출할 계획을 세웠다는 게 마음에 걸릴 뿐이었다.

지금 이곳에서 베스티를 제거한다면 로지안의 계획은 물거품이 되어 버리므로.

레오디안은 선뜻 검을 빼어 들지 못하고 그 자리에 서 있기만 하였다. 그러자 베스티가 가볍게 미간을 찌푸리며 요구했다.

"내 아들을 불러 주겠어?"

레오디안은 잠시 동안 말없이 베스티를 바라보다가, 이윽고 천천히 입을 열었다.

"하이드는 너를 따라갈 생각이 없는 것 같던데."

"그건 네가 상관할 바 아니야."

"왜 상관이 없지?"

레오디안이 싸늘한 표정으로 말했다.

"그 아이는 로켄페데스의 이름하에 보호를 받고 있다."

서릿발처럼 차가운 레오디안의 굳은 얼굴에 베스티는 순간 말문이 턱 막혔다.

레오디안은 만약 그의 눈앞에서 누군가 피 흘리며 죽어 가고 있더라도 눈 한 번 깜빡이지 않을 것처럼 냉정해 보였다. 그런 주제에 그는 지금껏 하이드를 보호해 왔다. 그것이 베스티는 참 신기하고 의아했다.

이 남자는 대체 무슨 목적으로 하이드를 거둔 걸까? 멍하니 의문을 떠올렸던 베스티는 곧 그럴 듯한 답을 추론해 냈다.

아마 그 여자 때문이겠지. 하이드를 억지로 데려가려 한다면 그것을 자신이 막겠다고 했던, 그 맹랑한 계집 말이다.

베스티는 머릿속에 엘시아의 얼굴을 그려 냈다. 그리고 엘시아도 현재 이곳 저택에 머무르고 있을 것이라는 사실을 새삼스럽게 떠올렸다.

"그동안 내 아이를 보호해 준 건 고맙게 생각해. 하지만 이제 어미인 내가 왔으니 아이를 돌려줘야지 않겠어?"

베스티는 굳건한 벽처럼 서 있는 레오디안의 어깨 너머, 저 멀리 보이는 저택에 힐끔 시선을 던졌다. 이 사달이 났는데 안에 있는 사람들이 소동을 눈치채지 못했을 리 없었다. 베스티가 그런 생각을 하면서 비열하게 미소를 자은 순간이었다.

꼭 베스티의 생각을 알아차리기라도 한 것처럼 레오디안이 베스티의 시야를 차단하듯 움직였다.

베스티는 얼떨떨한 얼굴로 레오디안을 올려다보았다.

레오디안은 어느덧 허리춤에 차고 있던 검을 빼어 든 채였다. 그는 베스티를 향해 천천히 검을 겨누었다. 레오디안의 손에서부터 흘러나온 푸른 연기가 검날을 빙 에워쌌다. 그게 그가 가진 신묘한 힘임을 베스티는 단번에 눈치챘다.

"나는 싸우러 온 게 아니……."

"정문을 부수고 안으로 들어온 순간부터 너는 이곳에 충분한 위협이 되었다."

레오디안은 단호한 목소리로 베스티의 말허리를 딱 잘라 냈다.

"그러므로 네가 원하는 것이 무엇이든 나는 그것을 내어줄 생각이 결코 없다."

레오디안이 베스티의 새하얀 목에 검을 바투 들이밀었다. 그에 베스티는 재빨리 뒤로 물러나려 했다. 하지만 그때는 이미 늦었다.

베스티는 자신의 몸이 뜻대로 움직이지 않는다는 걸 뒤늦게 깨달았다. 레오디안은 이미 베스티가 도망칠 수 없도록 손을 써 둔 상태였다. 베스티는 제 몸을 옥죄고 있는 푸른 연기로부터 벗어나고자 몸부림쳤지만, 불행하게도 베스티의 발악은 아무런 소용이 없었다.

그토록 처절하게 살아온 것이 무색하게도 이렇듯 허망하게 죽는 건가 싶은 순간이었다. 일순 베스티의 머릿속에 한 가지 생각이 스치고 지나갔다.

"……잠깐, 그, 그 여자!"

베스티가 다급하게 소리쳤다.

"그 여자가 어떻게 태어났는지 내가 알고 있어!"

그 순간, 거짓말처럼 레오디안이 우뚝 움직임을 멈추었다. 베스티는 가쁜 숨을 몰아쉬었다. 순간적으로 머릿속에 떠오른 말을 되는대로 내뱉었지만, 그러기를 잘했다고 생각하며 베스티는 힐끔 레오디안을 쳐다보았다.

레오디안은 무언가 불쾌한 듯 미간을 찌푸리고 있었다. 하지만 그러면서도 베스티의 목에 겨눈 검을 더 이상 들이밀지 않았다.

베스티는 아직도 레오디안의 힘에 온몸이 묶여 꼼짝할 수 없었지만, 레오디안이 당장 자신을 해치지는 못하리란 사실을 직감했다. 그리고 나니 조금이나마 마음을 놓을 수 있었다.

하지만 언제든 레오디안이 마음을 바꿀 수도 있는 노릇이라, 베스티는 긴장의 끈을 놓지 않고 단단히 붙잡았다.

"그 아이가 평범한 인간이 아니라는 건 알고 있겠지?"

베스티가 애써 여유로운 표정을 가장하며 말했다. 레오디안은 한쪽 눈썹을 휘 들어 올렸을 뿐, 아무런 대꾸를 하지 않았다. 베스티는 그런 레오디안을 잠시 동안 말없이 바라보다가, 이내 눈길을 돌려 주위를 둘러보았다.

현재 베스티 그녀가 처한 긴박한 상황과 어울리지 않게 저택은 이상하리만큼 조용했다. 누구도 이곳으로 나와 보지 않고 있었다. 그래서일까. 베스티는 눈앞의 서늘한 인상의 남자와 자신이 꼭 외따로 떨어진 세계에 서 있는 것만 같다는 느낌을 받았다.

베스티는 다시 레오디안에게 시선을 던졌다. 그의 푸른 눈동자는 베스티의 몸짓 하나조차 가볍게 넘기지 않겠다는 듯한 기세로 베스티를 집요하게 주시하고 있었다.

"그런데 그 아이의 부모도 그리 평범한 인간이 아니었다는 사실은 혹시 알고 있으려나?"

순간 레오디안이 미묘하게 움찔했고, 그것을 베스티는 놓치지 않았다. 베스티는 이 냉랭한 사내를 움직일 수 있는 유일한 존재가 바로 엘시아라는 사실을 눈치챘다. 베스티가 비열하기 그지없는 미소를 입가에 내걸고서는 천천히 입을 열었다.

"일단 날 좀 풀어 주겠어? 그런 다음에 긴히 이야기를 나누자고."

* * *

로아나는 욤펜의 방을 찾았다. 신전은 평소와 같이 고요하였으나, 그 고요 속에서 로아나는 불길한 징조를 읽었다. 분위기가 심상치 않았다. 욤펜은 갑작스럽게 그의 방을 찾아온 로아나를 반색하며 맞이했다. 로아나는 조용히 방 안으로 들어가 앉았다.

"오늘 신황 성하를 뵌 적이 있습니까?"

로아나가 구태여 시간을 지체하지 않고 곧장 말문을 열었다. 그에 욤펜은 잠시 생각을 더듬는 듯 말이 없다가, 조금 뒤에 대꾸했다.

"그러고 보니 오늘은 신황 성하를 뵙지 못했습니다."

"저도 마찬가지예요."

로아나의 표정이 어두웠다. 그것을 보고 욤펜은 무언가 심상치 않은 일이 일어났을지 모른다고 짐작했다. 욤펜은 골똘히 생각에 잠긴 듯한 로아나를 바라보다가, 문득 머릿속에 떠오른 생각을 조심스럽게 입 밖으로 내놓았다.

"신황 성하께서 로켄페데스 대공을 풀어 주었다고 들었습니다."

로아나는 아래로 떨구고 있던 시선을 들어 올려 욤펜을 바라보았다. 욤펜이 천천히 말을 이었다.

"신황 성하께서 순순히 그를 풀어 준 게 이상하다는 생각이 안 드십니까?"

"……."

마침 로아나도 그런 생각을 하고 있었다. 로아나가 고개를 끄덕였다.

"안 그래도 저도 그게 이상하다고 생각던 참이었어요."

"어쩌면 신황 성하께서 무언가 일을 꾸밀 심산으로 그를 풀어 준 건지도 모르겠습니다."

로아나는 이번에도 심각한 표정으로 고개를 끄덕였다. 그간 신황의 행적으로 미루어 볼 때 지금 욤펜의 말도 일리가 있었다. 그렇다면 과연 신황은 무슨 일을 꾸미고 있는 걸까. 로아나는 잠시 조용히 머릿속으로 의문을 더듬어 보다가, 문득 일전에 욤펜이 했던 말을 떠올렸다.

"욤펜 대신관, 전에 신황 성하께서 가꿔 온 온실에 방문하신 적이 있다 하셨지요?"

"예."

욤펜이 망설임 없이 대답했다. 로아나는 신황이 신전에 모습을 보이지 않고 있는 바로 지금이 그곳을 방문할 적절한 때이리라 판단했다. 거기까지 생각이 미치자, 로아나는 시간을 지체하지 않고 자리를 털고 일어났다. 그런 로아나를 욤펜이 사뭇 당황한 눈빛으로 올려다보았다. 그제야 그를 향해 로아나가 부탁했다.

"그 온실을 확인해 보고 싶어요. 지금 저와 함께 가 주시겠어요?"

"……예, 기꺼이 동행하겠습니다."

순간 멈칫했던 욤펜이 곧 고개를 끄덕이고는 자리에서 일어났다.

* * *

로지안이 연무장에서 시간을 보낸 뒤 그의 침실로 돌아왔을 때, 침실에는 그를 기다리고 있던 사람이 있었다.

"……형님."

그 사람은 다름 아닌 하일롭이었다. 로지안은 하일롭을 보고 일순 움찔했지만, 이내 아무렇지 않은 척 침실 안으로 걸음을 옮겼다.

달칵. 문이 닫히자 침실에는 정적이 흘렀다. 하일롭은 로지안을 보고도 여전히 앉은 자리를 지키고 있었다. 로지안은 불쾌한 마음을 애써 내리누르려고 노력했지만, 절로 찌푸려지는 표정을 숨길 수가 없었다.

"거기 그리 서 있지 말고 이리와 앉거라, 로지안."

당장이라도 하일롭을 쫓아내고 싶었지만, 로지안은 일단 순순히 하일롭의 말대로 자리에 앉았다. 하일롭이 무슨 속셈으로 자신의 방을 찾아온 건지를 알아야 했다. 로지안은 태연하게 그를 바라보는 하일롭에게 시선을 두었다. 그제야 하일롭이 느릿하게 입을 열었다.

"너는 여전히 심신을 단련하길 게을리하지 않는구나."

하일롭은 본론이 아닌 일상적인 말부터 꺼내놓았다. 서로 안부를 물을 만한 사이가 아닌데도 그러했다. 로지안은 애써 미소를 지으며 대답했다.

"형님과 다르게 저는 어릴 적부터 몸을 움직이는 걸 좋아하지 않았습니까."

"그래, 그랬지."

대놓고 비꼬는 로지안의 말에도 하일롭은 대수롭지 않다는 듯이 반응했다.

"그래서 네가 이리 듬직하게 자란 거겠지."

하일롭의 말에 로지안이 저도 모르게 미간을 일그러뜨렸다. 대체 무슨 이야기를 하려고 이러는 걸까. 로지안은 의심스럽다는 눈빛으로 하일롭을 바라보았다.

하일롭은 잠시 동안 말없이 로지안을 응시했다. 마치 로지안이 지금 무슨 생각을 하고 있는 것인지 가늠이라도 해 보는 듯한 기색이었다. 로지안은 그 시선을 담담한 표정으로 받았다. 머지않아서 하일롭이 말문을 열었다.

"최근에 로켄페데스 대공과 단둘이 만났다지?"

"……."

로지안은 자신이 신성지를 방문했다는 사실을 하일롭이 눈치채지 못했으리라고는 기대하지 않았다. 때문에 로지안은 하일롭의 말을 듣고 크게 동요하지 않을 수 있었다.

하지만 지금 이 자리에서 하일롭이 레오디안을 화두로 올린 것은 영 마뜩잖은 일이었던지라, 로지안은 하일롭이 꺼낸 화제가 썩 반갑지 않다는 기색을 미처 감추지 못했다.

그러자 그런 로지안을 눈치챈 하일롭의 입가에 미소가 서렸다. 하일롭은 로지안의 표정 변화를 한순간도 놓치지 않겠다는 듯 로지안에게 시선을 단단히 고정했다.

"그와 무슨 이야기를 나누었느냐, 로지안."

"형님도 알고 계시다시피 그는 곤란한 상황에 처해 있었지요. 저는 그것을 해결해 주었을 뿐입니다."

로지안은 애써 아무렇지 않은 척 대꾸했다.

"신황이 제국의 대공을 붙잡아 두고 있는 상황이 영 탐탁지 않았던 터라."

하일롭이 말없이 로지안을 응시했다. 마치 지금 로지안의 말의 진위를 가늠해 보기라도 하려는 것처럼. 하일롭은 이어지는 로지안의 말에 잠자코 귀를 기울였다.

"신황을 찾아가 대공을 풀어 달라고 요구했고, 신황은 제 뜻을 따랐습니다. 그리고 그 일로 대공이 제게 감사를 표했고요."

"……."

"단지 그뿐입니다. 대공과는 그 외에 별다른 이야기를 나누지 않고 헤어졌습니다."

말을 마친 로지안은 눈앞의 하일롭의 반응을 살폈다. 하일롭은 짐짓 생각에 잠긴 듯한 기색으로 아무런 말이 없었다. 그렇게 얼마쯤 지났을까. 한참 무언가를 고민하는 기색이던 하일롭이 침묵을 깨고 말했다.

"그렇다니 아쉽구나. 네게 큰일을 맡길 생각이었는데 말이야."

"……큰일이라니, 그게 갑자기 무슨 말씀이신지."

예상치 못한 하일롭의 말에 로지안이 짐짓 당황해 되묻자, 하일롭은 잠시 뜸을 들이다가 입을 열었다.

"황제 폐하께서 내게 일임하신 일이 있다."

하일롭은 한층 더 짙은 미소를 입가에 띠우면서 말을 이었다.

"그리고 그 일에 대공을 이용할 작정이지."

"……."

로지안은 황제와 하일롭이 무언가 일을 꾸미고 있을지 모른다고 어느 정도 예상은 하고 있었다. 하지만 거기에 레오디안을 이용할 작정이라는 하일롭의 말을 듣고 로지안은 내심 충격을 받았다.

그러나 그것을 하일롭의 눈앞에서 내색할 수는 없는 노릇인지라, 로지안은 이를 꽉 사리물어서 표정을 관리했다. 그런 로지안의 사정을 알 리 없는 하일롭은 이윽고 태연자약하게 말을 덧붙였다.

"네가 대공을 회유하는 데 도움을 줄 수 있을지도 모른다 여겼는데, 그게 아닌 듯하여 참으로 아쉬운 마음이 드는군."

그 말을 마지막으로 하일롭이 몸을 일으켰다. 당장이라도 방을 나설 기세인 그 모습에 로지안은 다급하게 자리에서 일어났다.

"형님."

로지안이 황급히 하일롭을 붙잡자, 하일롭이 의외라는 듯 로지안을 돌아보았다. 로지안은 순간 아랫입술을 질끈 깨물었다가, 이내 입을 열었다.

"황제 폐하께서 형님께 맡겼다는 일이 무엇입니까?"

로지안의 말에 순간 멈칫했던 하일롭은 곧 빙긋 미소를 지었다. 그러면서 거리낄 것 없다는 듯 대답했다.

"황제 폐하께서는 지금의 신황을 축출해 낼 생각이시다."

* * *

로아나와 욤펜은 곧장 온실로 향했다. 신황이 직접 관리한다는 온실은 의아하게도 경비가 썩 철저하지 않았다. 그렇기에 이전에 욤펜이 쉽게 온실 안으로 들어갈 수 있었던 것이리라.

로아나는 신황의 기사 한 명과 이야기를 나누는 욤펜의 뒷모습을 조용히 바라보았다. 머지않아서 신황의 기사로부터 출입 허가를 받아 낸 욤펜이 로아나에게 가까이 다가와 속삭였다.

"잠시라면 안에 들어가도 괜찮다고 합니다."

"다행이네요."

로아나는 가볍게 고개를 끄덕였고, 욤펜은 로아나를 이끌고 온실 안으로 향했다.

온실은 그리 넓지 않았다. 신황의 이름 아래 있는 신전에 비하면 그렇다는 것이었다. 로아나는 온실 안을 휘 둘러보았다. 온실에는 여러 식물들이 종에 따라 한데 묶여 자라고 있었다. 로아나는 그중에서 전에 알렌드로가 보여 주었던 말린 식물을 찾는 중이었다.

"아, 로아나 대신관. 저기에 있습니다."

그 식물을 먼저 찾아낸 것은 욤펜이었다. 로아나는 욤펜이 가리킨 곳으로 향했다. 유난히 붉은 꽃잎이 보는 이를 매혹시키는 듯하였다. 그 꽃을 향해 욤펜이 허리를 숙였다. 그리고 곧 조심스럽게 꽃봉오리를 떼어 낸 욤펜이 그것을 로아나에게 내밀었다. 로아나는 욤펜에게서 꽃봉오리를 받아 들고 유심히 살펴보았다.

"이게 그때 대공저의 집사가 말한 것이 맞는 것 같습니까?"

"아무래도 그래 보여요."

로아나가 신중하게 대답하며 꽃을 코끝에 가져다 대고 향을 맡아보았다.

"향기롭네요."

꽃에서는 굉장히 묘한 향이 났다. 분명 향기롭다 할 만했지만, 어딘지 머릿속을 아찔하게 만드는 그런 향이었다. 로아나는 품에서 손수건을 꺼내 그것으로 꽃잎을 감쌌다.

"확실한 건 이걸 제도로 보내 봐야 알게 되겠죠."

"로아나 대신관의 말에 저도 전적으로 동의합니다."

욤펜이 그렇게 말하며 온실 안을 힐끔 살폈다. 그런 다음 저 멀리 온실 출입문을 지키고 있는 신황의 기사를 눈에 담았다.

"이런 걸 재배하는 곳인데도 경비가 너무나도 허술하군요."

"설마 신황 성하께서 이러한 식물을 키우고 있다곤 아무도 생각하지 못할 테니까요."

로아나가 대수롭지 않게 대답하며 손수건을 갈무리해 품에 잘 챙겨 넣었다.

"이만 나가죠. 괜히 이곳에서 시간을 끌었다가 무슨 꼬투리가 잡힐지 모르니."

"예."

로아나와 욤펜은 미련 없이 온실을 나섰다.

* * *

로지안은 어젯밤 하일롭이 했던 말을 곱씹는데 거의 온종일을 할애했다. 그만큼 하일롭의 말은 충격적이었다.

신황을 끌어내린다고? 그것은 로지안도 계획해 온 바였으나, 설마하니 황제와 하일롭 역시도 그런 계획을 세우고 있었을 줄은 전혀 예상하지 못했다.

로지안은 왜 이렇듯 갑자기 황제가 신황을 축출하겠다는 결정을 내린 건지 이해할 수 없었다.

황제는 아프기 시작했을 때부터 사리 분별이 흐려졌고, 잔인하고 불같던 성정 또한 유약해졌으며 무엇이 이 제국을 위한 일인지 무엇 하나 제대로 결정을 내리지 못했다. 그런 황제가 신황을 끌어내리겠다는 엄청난 결심을 하다니, 아무래도 하일롭이 황제를 자극한 모양이다.

로지안은 바닥에 검을 아무렇게나 던지듯 내려놓았다. 도통 집중이 되지 않았다. 이런 상태에서 연무장에 버티고 있어 봤자 그저 시간 낭비에 불과했다.

"아직 대공에게서는 아무런 연락이 없나?"

"예, 저하."

로지안은 속 깊은 곳에서 차오른 한숨을 깊게 내쉬었다. 그리고 편치 않은 심사를 대변하는 거친 걸음걸이로 연무장을 나섰다. 레오디안에게 무슨 일이 생긴 건 아닐지 로지안은 염려스러웠다. 이러다가 계획을 실행하기도 전에 모조리 어그러지게 생겼다.

로지안은 침실에 도착해 옷을 갈아입었다. 그리고 시녀가 그의 환복을 돕고 나서 자리를 떠나기가 무섭게 말했다.

"대공저에 가 봐야겠다."

"예……?"

로지안의 기사가 당황해 그를 돌아보았다.

"지금 말씀이십니까?"

"그래, 지금 당장."

로지안이 초조한 기색으로 외투를 걸쳤다. 레오디안에게 별일이 없다는 걸 확인해야 안심이 될 것 같았다.

"마차를 준비시키라 이르겠습니다."

기사가 황급히 침실을 떠났다. 로지안은 여전히 초조한 표정으로 창밖을 힐끔거렸다. 머지않아서 기사가 뛰다시피 황급한 걸음으로 침실로 돌아왔다. 로지안은 지체하지 않고 그와 함께 밖으로 나갔다.

* * *

엘시아는 초조하게 레오디안을 기다렸다. 리리엔과 하이드의 눈이 있어 초조한 기색을 내색하지 않으려고 노력했지만, 그것이 그리 쉽지만은 않았다. 어느 순간부터 엘시아는 저도 모르게 하얗게 질린 얼굴로 입술을 깨물고 있었다.

그리고 그런 엘시아를 리리엔과 하이드가 안 그런 척 연신 힐끔거렸다.

"정말 안 나가 봐도 돼?"

하이드가 리리엔의 귓가에 바짝 얼굴을 붙이고 속삭였다.

아까부터 침실이 쥐 죽은 듯이 고요했던지라 그 작은 속삭임은 무척이나 크게 들렸다. 리리엔은 혹시라도 지금 하이드의 말을 엘시아가 듣기라도 했을까 힐끔 엘시아를 쳐다봤다.

다행스럽게도 엘시아는 온 신경이 다른 곳에 팔려 있었던지라 하이드의 목소리를 듣지 못한 듯했다.

"아까부터 아무런 소리도 안 들리는데."

"레오디안이 알아서 잘 해결한 거겠지."

사실 리리엔도 무척 불안했다. 당장이라도 밖으로 나가서 상황이 어떻게 돌아가고 있는 건지 확인하고 싶은 마음이었다. 하지만 그래서는 안 된다고, 혹여 그랬다가 자신이 부러 부스럼을 만들 수도 있는 일이라는 생각에 애써 조용히 자리를 지키고 있는 중이었다.

"그렇다면 다행인데……."

하이드가 혼잣말처럼 중얼거렸다. 그 소리를 똑똑히 들었으나 리리엔은 일부러 못 들은 척했다.

방 안에는 다시 지독하리만큼 고요한 적막이 찾아들었다. 리리엔은 불안한 눈으로 엘시아를 살피며 조용히 시간을 흘려보냈다.

그렇게 얼마쯤 지났을까.

누군가 문을 두드렸다. 그 소리를 마치 기다리고 있었던 것처럼 방 안의 모든 시선이 굳게 닫힌 문 쪽으로 향했다.

"들어와."

나직이 말하며 리리엔은 힐끔 엘시아를 돌아보았다. 엘시아는 어느새 자리에 일어나 있었다. 머지않아서 문이 열렸다. 그리고 모습을 드러낸 것은 다름 아닌 레오디안이었다.

레오디안은 방 안을 한번 둘러본 뒤, 리리엔과 하이드, 그리고 엘시아에게 차례로 시선을 옮겼다. 마치 모두가 안전한지를 확인이라도 하듯.

그렇게 모두를 돌아보고 난 다음에야 레오디안의 입술이 느릿하게 벌어졌다.

"엘시아, 잠시……."

레오디안은 리리엔과 하이드의 시선을 의식한 건지 순간 말끝을 흐렸다.

하지만 그것은 아주 잠시였다. 레오디안은 곧 엘시아에게 시선을 단단히 고정한 채로 말을 덧붙였다.

"잠시 이야기를 나누고 싶은데 지금 저와 함께 서재로 가 주실 수 있겠습니까."

"네."

엘시아는 꼭 무언가를 예감하고 있었던 사람처럼 담담하게 고개를 끄덕였다. 그래서일까. 리리엔은 어쩐지 불안해졌다. 이유를 알 수 없는 불안감이었다. 리리엔은 저도 모르게 막 자신을 지나쳐 가려던 엘시아의 손을 붙잡아 세웠다.

"언니."

"……."

엘시아는 조용히 리리엔을 돌아보았다. 그리고 언제나 그렇듯 애정이 담뿍 담긴 눈빛으로 리리엔을 응시하며 가볍게 미소를 지었다. 그 미소를 마주한 리리엔의 손에서 힘이 탁 풀렸다. 엘시아는 그대로 리리엔을 지나쳐 걸어갔다.

레오디안은 엘시아를 곧장 서재로 이끌고 갔다. 늘 그렇듯 레오디안이 엘시아에게 먼저 자리를 권했고, 엘시아는 순순히 그 자리에 앉았다.

레오디안은 엘시아의 맞은편에 앉았다. 그리고 조용히 엘시아를 응시했다. 레오디안은 무언가 할 말이 많아 보였다. 그런데 선뜻 말을 꺼내기 망설여지는 눈치였다. 엘시아는 잠자코 레오디안이 말문을 열기를 기다렸다.

기다림은 예상보다 조금 길었다. 엘시아는 저택에 커다란 굉음을 낸 장본인이 바로 베스티라는 사실을 알고 있었다. 한 번 가까이에서 느껴 본 베스티의 기척을 엘시아는 잊지 못했다. 엘시아는 레오디안이 베스티를 살해한 건 아니라는 사실 또한 자연스럽게 알아차린 채였다.

그도 그럴 것이 레오디안은 엘시아가 마지막으로 본 모습 그대로였다. 그리고 레오디안의 체취 역시도 마찬가지였다. 만약 레오디안이 베스티를 죽였다면 베스티의 냄새가 레오디안에게 흠뻑 묻어 있을 터였다. 아마도 레오디안은 베스티를 그냥 돌려보내고 온 것이리라.

엘시아는 레오디안이 어떻게 베스티를 돌려보낸 건지, 또 베스티가 어째서 순순히 돌아간 건지 궁금했다. 하지만 그 의문을 입 밖으로 꺼내지는 않았다. 엘시아는 먼저 레오디안의 말부터 들어보고 싶었다.

"전에 내가 전대 신황에 대한 이야기를 해 주겠다고 했던 것, 혹시 기억하고 있습니까?"

한참 만에 레오디안이 침묵을 깨고 말했다. 그러나 그것은 엘시아가 예상하고 있었던 것과는 전혀 다른 말이었다. 엘시아는 당황한 눈으로 레오디안을 올려다봤다. 레오디안은 진중한 표정이었다. 왜 지금 갑자기 그 이야기를 꺼내는 걸까. 엘시아는 잠시 생각하다가 이내 고개를 끄덕였다.

"네, 기억해요."

일전에 레오디안은 어린 시절을 신전에서 보냈다고 이야기한 적 있었다.

레오디안이 지나가듯 가볍게 흘린 이야기였지만 그것을 엘시아는 똑똑히 기억하고 있었다. 다만 베스티가 저택을 찾아와서 소동을 일으키고 간 시점에서 그 이야기를 다시 꺼내려는 레오디안이 의아할 뿐이었다.

하지만 엘시아는 그 의문을 표하는 대신, 잠자코 레오디안이 말문을 열기를 기다렸다. 레오디안은 한동안 말없이 엘시아에게 시선을 고정하고 있었다. 상대방의 표정에서 무언가를 읽어 내 보려는 것 같은 진중한 시선이었다.

엘시아는 더욱 어리둥절해졌다. 레오디안은 무의식중에 손가락으로 테이블 위를 툭, 툭, 두드리고 있었다.

엘시아가 그 모습을 얼마쯤 조용히 지켜보고 있었을까.

"먼저 당신에게 물어보고 싶은 게 있습니다."

한참 만에 레오디안이 말문을 열었다. 엘시아는 신중하게 레오디안의 시선을 마주했다.

"네, 말씀하세요."

"그러니까……."

레오디안은 잠시 말을 멈추고 한숨을 삼켰다. 그러더니 지그시 눈을 감은 채로 입을 열었다.

"예전에 이곳 신성지에 방문해 본 일이 없다고 했었지요."

"네."

레오디안이 어렵게 꺼내 놓은 질문에 엘시아는 망설임 없이 대답했다. 엘시아는 리리엔을 데리고 로켄페데스 대공저를 찾아가기 전까지는 그녀가 태어나고 자란 마을인 제스아 밖을 벗어나 본 적이 없었다. 당연하게도 레오디안을 따라 방문하기 전에는 신성지에 와 본 적도 없었다.

"그런데 갑자기 그건 왜 물어보세요?"

엘시아의 물음에 레오디안은 잠시 침묵을 지키다가 천천히 눈꺼풀을 들어 올렸다. 레오디안의 푸른 눈동자가 곧장 엘시아를 담았다. 그는 아까 전, 베스티가 비아냥거리면서 고백한 말을 머릿속에 떠올리고 있었다.

'우습지 않아? 너희들이 믿는 신을 가장 가까이서 모신다는 인간이 괴물을 낳은 거라고.'

쉽게 믿을 수 없는 말이었지만, 그렇다고 해서 거짓말이라고 치부할 수도 없는 말이었다. 레오디안은 이 이야기를 어떻게 꺼내야 할지 잠시 망설였다. 자신이 그러하였듯 엘시아도 분명 놀랄 것이다. 레오디안은 엘시아가 최대한 충격을 덜 받을 수 있는 쪽으로 말문을 열고 싶었다.

하여 꽤 한참을 고민한 끝에 레오디안이 천천히 입을 열었다.

"당신이 전대 신황의 피를 이었다는 이야기를 들었습니다."

엘시아는 예상치 못한 레오디안의 말에 놀라 눈을 크게 떴다. 그 모습을 보고 레오디안은 엘시아가 그 사실을 전혀 모르고 있었던 모양이라 짐작했다.

"당신도 모르고 있었군요."

"제가, 신황의……."

엘시아는 큰 충격을 받은 듯했다. 레오디안은 엘시아가 제 감정을 추스를 때까지 잠시 기다렸다.

"……전혀 몰랐어요."

머지않아서 엘시아가 떨리는 목소리로 말했다.

"신황이라니……."

엘시아가 혼잣말처럼 중얼거리는 말을 들으며 레오디안은 침묵을 지켰다. 사실 레오디안도 어느 정도 예상하고 있었다. 그러니까, 엘시아가 평범한 인간의 소생은 아니리라는 것을 말이다.

그도 그럴 것이 엘시아는 로켄페데스 가문에 대대로 전해져 내려온 힘을 아무렇지도 않게 흡수했다. 전례가 없는 일이었다. 그리고 엘시아가 단순히 인간이 아니기에 가능했다고 보기에는 무리가 있는 일이기도 했다.

"믿을 수가 없어요."

"······."

"그녀가 거짓말을 했을 가능성도 있잖아요."

일리가 있는 말이었다. 레오디안 역시도 베스티가 거짓말을 했을 경우를 염두에 두고 있었다.

"그래서 확인을 해 볼 생각입니다."

"확인이라니, 어떻게요?"

레오디안은 잠시 대답을 미루고 커다란 손을 들어 제 입가를 쓸어내렸다. 퍽 피곤해 보이는 모습이었다. 엘시아는 숨을 죽였다. 이윽고 레오디안이 말문을 열었다.

"그분이라면 분명 무슨 기록을 남겨 놨을 겁니다."

나직한 목소리는 차분하게 이어졌다.

"그걸 찾아볼 생각입니다. 그러면 그 여자의 말이 사실인지 아닌지 확실하게 확인할 수 있겠죠."

"······."

엘시아는 곤혹스러운 표정으로 아랫입술을 잘근잘근 깨물었다. 과연 그것을 확인하는 게 자신에게 좋은 일일지 아닐지를 선뜻 확신할 수 없었다. 무엇보다도 엘시아는 자신에 대해서 레오디안이 더욱 깊이 알게 될까 봐 두려웠다.

"······저는 모르겠어요. 어떻게 해야 할지, 어떻게 해야 맞는 건지······."

"모르겠으면."

레오디안은 한 치의 흔들림 없는 목소리로 말했다.

"그렇다면 천천히 알아 가면 되지 않겠습니까."

어쩌면 저렇듯 당당할 수 있을까. 자신을 숨길 필요가 없는 사람은 저렇게 당당할 수 있는 걸까. 엘시아는 레오디안의 의연한 태도가 너무나도 부러웠다.

레오디안이 엘시아를 똑똑히 직시하면서 말을 덧붙였다.

"제가 당신과 함께하겠습니다."

"······."

엘시아는 순간 크게 숨을 들이켰다. 예상치 못한 말이었지만 당황스럽기보다는 가슴이 벅차오르는 느낌이었다. 엘시아는 천천히 고개를 끄덕였다. 그리고 애써 차분한 목소리로 대꾸했다.

"……감사해요."

조심스럽게 시선을 들어 올려 레오디안을 바라보자, 레오디안이 묵묵히 고개를 끄덕이는 것이 보였다. 그리고 무언가를 깊이 고민하는 기색으로 침묵을 지키던 레오디안은 잠시 뒤 천천히 말문을 열었다.

"전대 신황은 자비로운 분이었습니다."

레오디안은 오랜 기억을 떠올려보고 있는 듯한 표정이었다.

"그 덕분에 목숨을 부지할 수 있었고, 그리고 이렇게 멀쩡히 살아서……."

리리엔을 만날 수 있었죠, 하고 덧붙이는 레오디안의 목소리는 어느 때보다 낮게 가라앉아 있었다. 엘시아는 조용히 그 목소리에 귀를 기울였다. 머지않아서 레오디안이 말을 이었다.

"당신이 그분의 소생이라는 이야기를 듣고 처음에는 당황스러웠습니다만."

"……."

"지금은 운명이 아닐까 하는 생각이 드는군요. 우리가 이렇게 만난 것이 말입니다."

레오디안은 마치 세상의 이치나 당연한 사실을 말하듯 덤덤했다. 하지만 엘시아의 사정은 달랐다. 엘시아는 레오디안의 말을 듣고 숨조차 편히 쉬지 못할 정도로 놀랐다.

'운명이라니…….'

머릿속으로 멍하니 되뇌며 엘시아는 그녀를 똑바로 주시하고 있는 레오디안의 시선을 피해 눈길을 아래로 내려뜨렸다. 방금 레오디안의 말에 어떻게 반응을 해야 하는 건지 마냥 당황스러웠다.

엘시아는 문득 갈증을 느끼고 마른침을 삼켰다. 심장이 빠르게 달음박질치기 시작했다. 왜인지는 알 수 없었다.

* * *

"무슨 얘기 하는지 들려?"

리리엔이 한껏 낮춘 목소리로 물었다. 그에 여태 문에 바짝 귀를 가져다 대고 있던 하이드가 고개를 돌려 리리엔을 돌아보았다.

"아니."

"아무런 소리도 안 들려?"

"대화를 나누고 있는 것 같은데, 두 사람 목소리가 너무 작아."

하이드가 덤덤하게 대답했다.

"그래서 웅얼거리는 소리처럼 들려. 뭐라고 하는지 모르겠어."

리리엔이 김이 샌다는 듯 어깨를 축 내려뜨렸다.

"무슨 얘기 하는지 알고 싶은데……."

"계속 들어볼게."

하이드가 다시 문에 귀를 가져다 댔다. 리리엔은 잠시 생각하다가, 이내 하이드의 어깨를 손가락으로 톡톡 두드렸다.

"아냐, 됐어. 그냥 방에 가 있자."

"무슨 얘기 하는지 알고 싶다며."

"계속 이러고 있는다고 해서 뭐가 들릴 것 같지 않아서 그래."

하이드는 잠깐 동안 말없이 리리엔을 바라보다가 머지않아 순순히 고개를 끄덕였다.

"그래, 그럼."

"엘시아나 레오디안한테 들키기 전에 얼른 가자."

리리엔은 깊은 속에서부터 우러나온 한숨을 푹 내쉬면서 몸을 돌렸다. 하이드는 조용히 그런 리리엔의 뒤를 따라서 걸음을 옮겼다.

그렇게 얼마쯤 복도를 걸었을까.

"……어?"

문득 리리엔이 우뚝 멈추어 섰다. 시선은 복도에 난 창밖을 향한 채였다. 하이드는 의아한 마음에 고개를 갸웃하며 리리엔의 옆으로 다가갔다.

"왜 그래?"

"저기 봐봐."

리리엔이 검지를 들어 창밖 어딘가를 가리켰다. 그를 따라서 하이드가 시선을 옮겼다. 그러자 엉망으로 부서진 정문 너머로 새하얀 마차 한 대가 멈추어 서 있는 모습이 보였다.

"신전에서 누가 왔나 봐."

리리엔은 저 멀리 보이는 마차에 새겨진 문장이 신전을 상징하는 것임을 단번에 알아보았다.

"······우리, 밖에 나가 보자."

리리엔이 불안한 듯 떨리는 목소리로 말했다. 하이드는 언제나 그렇듯 리리엔의 말에 순순히 고개를 끄덕여 보였다.

* * *

베스티는 힘껏 땅을 박찼다. 그렇게 순식간에 산을 올랐다. 현재 베스티는 그녀의 무리가 일시적으로 터를 잡고 머무르고 있는 동굴로 향하는 중이었다. 그런 그녀의 머릿속은 그 어느 때보다도 복잡했다.

'살고 싶다면 다시는 이곳을 찾아오지 말도록.'

엘시아의 비밀을 설토하고 몸을 돌려 재빨리 자리를 벗어나는데 뒤에서 들려온 경고였다. 레오디안 로켄페데스, 그는 정말 그녀를 죽일 작정이었다. 베스티는 뿌득 이를 갈았다.

신황이 대체 무슨 생각으로 자신더러 그 괴물 같은 남자를 만나라고 한 건지 베스티는 도무지 이해할 수 없었다. 어쩌면 신황은 레오디안이 베스티 그녀를 죽이기를 바라고 그런 명령을 내린 걸지도 몰랐다.

'······빌어먹을.'

베스티는 그 저택에서 하이드를 데리고 나오기는커녕, 자신이 한낱 인간의 힘이 두려워 꼬리를 말고 도망쳤다는 사실에 자존심이 상했다.

하지만 만약 다시 그 상황으로 돌아간다고 해도 달라지는 일은 아무것도 없을 것이다. 베스티는 지금처럼 도망쳤을 터였다. 그만큼 레오디안의 힘이 두려웠다. 순식간에 상대방을 옴짝달싹도 못하게 만들 수 있는 힘이라니, 두 번 다시 경험하고 싶지 않았다.

그러나 이대로 순순히 포기할 생각은 추호도 없었다. 하이드는 베스티가 간신히 만들어 낸, 그녀가 가진 가장 좋은 것이었다. 베스티는 일단 동굴로 돌아가서 상황을 지켜볼 작정이었다.

'언젠가 그 남자가 방심한 틈을 타서 하이드를 빼돌리면 되겠지.'

베스티는 혼자가 아니었고, 그녀의 무리는 충분히 강한 괴물들로만 이뤄져 있었다. 그들과 함께라면 베스티는 엘시아와 하이드쯤은 너끈히 상대할 수 있었다.

'그래, 그러면 돼.'

베스티는 몇 번이고 결심을 다지면서 동굴 앞에 멈추어 섰다. 그러기가 무섭게 무언가 이상하다는 생각이 머릿속을 빠르게 스치고 지나갔다. 동굴 안에서 아무런 기척도 느껴지지 않았다.

'설마……'

베스티는 불길한 예감에 굳은 다리를 가까스로 움직여 걸음을 내디뎠다. 동굴에 가까워지면 가까워질수록 익숙한 냄새가 났다. 비릿한 피 냄새였다.

불안한 마음이 점차 몸집을 불려 갔다. 베스티는 마른침을 꿀꺽, 삼켰다. 긴장감에 표정이 절로 딱딱하게 굳었다. 베스티는 날카로운 시선으로 주변을 경계하면서 마침내 동굴 안으로 들어섰다. 그러기가 무섭게 동굴 내부의 참혹한 광경이 시야에 가득 들어찼다.

"이게 무슨……"

두 눈으로 똑똑히 보고 있으면서도 도무지 믿어지지 않는 광경이었다. 베스티는 경악을 금치 못한 채로 입을 떡 벌렸다. 동굴 안에 이리저리 널브러져 있는 시체는 전부 베스티와 함께 신성지로 온 괴물들이었다. 베스티는 멍한 눈으로 동굴 안을 휘 둘러보았다. 주변이 죄 말라붙은 푸른 피로 얼룩져 있었다. 대체 누가 이런 짓을 한 걸까.

예상치 못한 상황을 마주한 베스티는 마치 머리라도 얻어맞은 것처럼 머릿속이다 얼얼했다. 이래서야 이곳에 숨어 있다가 레오디안의 저택을 급습하려고 했던 계획은 실행에 옮길 수 없었다.

베스티는 당면한 현실을 좀처럼 믿을 수가 없었다. 그저 망연자실한 채로 서 있을 뿐이었다.

* * *

리리엔이 하이드를 이끌고 저택 밖으로 나왔을 때는 이미 헤이온이 저택을 찾아온 손님을 맞이하고 있었다. 혹시 신황이나 신황의 기사가 또다시 레오디안을 끌고 가려고 저택을 찾아온 건가 했는데, 그게 아니었다.

리리엔의 예상과 달리 신전의 마차에서 내린 것은 로아나였다. 로아나를 보고 나서야 리리엔은 다행이라 안심하면서 가슴을 쓸어내렸다. 그런 리리엔을 발견한 로아나가 리리엔을 향해서 가볍게 눈인사를 건넨 뒤, 헤이온을 돌아보며 물었다.

"그런데 저택에 무슨 일이 있었나요? 정문이 엉망인데……."

"잠깐 소동이 있었습니다."

갑자기 저택을 찾아온 로아나를 마주하고도 헤이온은 전혀 당황하지 않은 채로 대꾸했다. 그에 로아나는 살며시 미간을 찌푸렸다.

"소동이요? 갑자기 무슨……."

"걱정하지 않으셔도 됩니다. 소동은 대공 각하께서 잘 정리하셨습니다."

헤이온이 덤덤하기 그지없는 목소리로 말했다.

"그렇다니 다행인데……."

로아나는 영 찜찜하다는 듯 주위를 둘러보았다. 하지만 머지않아서 가볍게 고개를 내젓고는 용건을 꺼내놓았다.

"그나저나 지금 저택에 대공님이 계신가요?"

"예, 대신관 님. 현재 각하께서는 엘시아 님과 이야기를 나누고 계십니다."

"그럼 저는 응접실에서 대공님을 기다리도록 할게요."

헤이온이 가볍게 고개를 끄덕였다.

"예, 제가 안내해 드리겠습니다."

이쪽입니다, 하고 덧붙인 헤이온이 자연스럽게 로아나를 이끌고 걸음을 옮겼다. 그렇게 저택 안으로 들어가는 두 사람의 모습을 리리엔이 멍하니 바라보고 있는데, 문득 하이드가 말을 꺼냈다.

"저 사람, 신전에서 지내는 사람이라고 했지?"

"⋯⋯어? 아, 응."

리리엔이 하이드를 돌아보고서 고개를 끄덕였다.

"로아나는 신전의 대신관이야."

"근데 대신관이 여기는 왜 온 걸까."

하이드가 멍한 얼굴로 저택 쪽을 바라보면서 중얼거렸다. 그런 하이드를 가만히 쳐다보면서 고민하던 리리엔이 잠시 뒤 천천히 입을 열었다.

"로아나한테 가서 무슨 일이냐고 물어보자."

레오디안은 엘시아와 한창 대화를 나누고 있었다. 그러니 로아나가 레오디안을 만나기 전까지 어느 정도 시간적 여유가 있었다. 곧 확실하게 마음을 굳힌 리리엔이 하이드의 손을 잡아 이끌고 저택 안으로 성큼성큼 걸음을 옮겼다.

* * *

그 시각, 로지안은 신성지로 향하는 중이었다.

하일롭은 레오디안을 이용해서 신황을 축출해 낼 것이란 계획을 이야기했다. 그에 로지안은 자신도 그 계획에 함께하겠다고 했다. 하일롭은 잠시 고민하는 듯하더니 이내 로지안에게 신성지를 다녀오라고 말했다.

'그럼 네가 대공에게 가서 황제 폐하의 뜻을 전달하고 오도록 해라.'

그 말과 함께 하일롭은 자신의 기사를 로지안에게 내어주었다. 지금 로지안을 수행하는 기사들 중 단 세 명만이 로지안의 사람이었다. 아무래도 하일롭은 로지안 그를 어느 정도 의심하고 있는 듯했다. 로지안은 입술 사이로 나직한 헛웃음을 흘려보냈다.

하일롭이 의심한다고 해서 황좌를 포기할 생각은 추호도 없었다. 로지안은 다시금 결심을 굳게 다졌다. 그렇게 이런저런 생각을 정리하다 보니, 어느새 마차가 신성지에 도착했다.

로지안은 힐끔 창밖을 내다보았다. 그러자 마냥 새하얀 거리가 한눈에 들어왔다. 스쳐 지나가는 풍경을 얼마쯤 멍하니 바라보고 있었더니, 이내 마차가 천천히 속도를 줄였다. 목적지에 다다른 것이다.

곧 기사 한 명이 마차 문을 열어 주었고, 로지안은 무표정한 낯을 한 채로 마차에서 내렸다. 그런데 어쩐 일인지 저택 정문이 처참하게 부서져 있었다. 설마 레오디안에게 무슨 일이라도 생긴 건가. 로지안이 살며시 미간을 찌푸리는데, 그의 기사가 다가왔다.

"저하, 조심하십시오."

기사는 로지안의 곁에 바투 붙어 서더니 주위를 경계했다.

"이곳은 아무래도 무슨 습격을 받은 것 같습니다."

"그래 보이는군."

로지안은 주위를 한번 둘러보았다. 부서진 정문과 달리 저택은 멀쩡해 보였다. 로지안이 느릿하게 입을 뗐다.

"일단 들어가 보겠다."

"예, 저하."

로지안은 굳은 표정으로 걸음을 옮겼다. 그런 그의 뒤를 기사들이 조용히 따랐다. 저택 현관에 도착했을 때, 로지안은 돌연 걸음을 멈추었다. 그리고 뒤를 돌아보며 말했다.

"너희는 여기서 대기하도록."

"……예?"

갑작스러운 로지안의 명에 기사들이 서로 당황스러운 시선을 교환했다. 로지안은 태연하게 말을 이었다.

"이 많은 기사들을 데리고 들어갔다가 혹시라도 대공에게 오해를 사기라도 하면 어떡하나."

"······."

"그러니까 여기서 대기해."

그 말을 남기고 로지안은 홱 몸을 돌려 저택 안으로 들어갔다.

졸지에 저택 밖에 덩그러니 남겨진 기사들은 어안이 벙벙한 표정으로 멍하니 입을 벌렸다.

* * *

"곧 겨울이군요."

레오디안이 창밖을 바라보면서 중얼거렸다. 엘시아가 가만가만 고개를 끄덕였다.

"네, 하루가 다르게 날이 추워져요."

"옷을 준비해야 하지 않겠습니까."

레오디안이 엘시아를 돌아보았다. 창을 등진 레오디안의 얼굴에 조금쯤 어둑한 그림자가 졌다. 그에 엘시아는 어느덧 늦은 오후가 되었다는 사실을 인지했다. 시간 가는 줄 모르고 레오디안과 대화를 나눈 것이다.

"조만간 함께 상점가를 방문해 옷을 사도록 하죠."

레오디안이 가볍게 제안했을 때였다. 문득 누군가 문을 두드렸다. 엘시아와 레오디안의 시선이 동시에 문가로 향했다.

레오디안이 들어오라고 말하자, 내내 굳게 닫혀 있던 문이 천천히 열렸다.

이윽고 방 안으로 들어온 헤이온이 꾸벅 고개를 숙였다.

"이야기를 나누시는 데 방해를 해 죄송합니다."

"무슨 일인가."

레오디안이 묻자 헤이온이 곧장 용건을 꺼내놓았다.

"로아나 대신관이 저택을 찾아왔습니다."

"······로아나 대신관이?"

"예, 지금 응접실에서 각하를 기다리고 계십니다."

헤이온의 말에 엘시아가 냉큼 자리에서 일어났다.

"어, 그럼 저는 이만 방으로 돌아가 볼게요."

레오디안은 순간 엘시아에게 로아나를 함께 만나자고 권할까 했으나, 이내 그 생각을 접었다. 자신이 그녀를 너무 오래 붙잡아 두고 있었다는 데 생각이 미친 탓이었다.

"예, 그러십시오. 저녁 식사 시간에 뵙겠습니다."

"네."

엘시아는 가볍게 고개를 끄덕이고서 지체 없이 방을 나섰다. 그리고 그 길로 곧장 침실로 향하려다가 발길을 돌려 식당으로 향했다. 문득 갈증이 인 탓이었다.

엘시아는 조용히 아래층으로 내려갔다. 그러다 홀 한가운데 우뚝 서 있는 로지안을 발견하고 걸음을 멈추었다. 이곳에서 마주치리라고는 전혀 예상하지 못한 인물이었다. 그가 여긴 무슨 일로 찾아온 걸까. 엘시아는 의아한 표정으로 고개를 갸웃했다.

"……황자 저하?"

로지안이 홱 고개를 돌려 엘시아를 바라보았다.

로지안은 찰나 커다래진 눈으로 엘시아를 주시하다가, 이내 한껏 눈매를 휘어 눈웃음을 지었다.

"아. 영애, 오랜만이군."

"방금 오신건가요?"

"그래, 조금 전 막 이곳에 도착한 참이야."

로지안이 성큼성큼 엘시아에게 다가갔다. 엘시아는 저도 모르게 흠칫 긴장해 어깨를 굳혔다. 그것을 아는지 모르는지 로지안은 더욱 활짝 미소를 지으면서 엘시아에게 말을 건넸다.

"응당 손님을 맞이해야 할 집사가 어째 보이지 않는군."

"아, 헤이온은 지금 대공님과 함께 있어요."

엘시아는 긴장한 기색을 내색하지 않으려고 노력하면서 차분한 목소리로 말을 이었다.

"그런데 무슨 일로 오셨나요?"

"대공에게 전할 소식이 있어서 말이야."

"아……."

엘시아가 조금 난처한 표정을 지으며 말을 흐리자, 로지안이 의아한 듯 고개를 기울였다.

"설마 지금 대공이 저택에 없나?"

"아뇨, 그게 아니라……."

엘시아는 현재 저택에 로아나가 찾아왔다는 이야기를 로지안에게 해도 될지 잠시 망설였다.

"왜, 무슨 일인데 그러지?"

엘시아의 망설임이 길어지자 로지안은 혹시나 하는 마음이 들었다.

"설마 대공에게 무슨 일이 생긴 건가? 안 그래도 저택 정문이 부서져 있기에 의아하던 참이었어."

"아뇨, 아니에요."

엘시아가 고개를 흔들었다.

"무슨 일이 생긴 것은 아니고……."

힐끔 로지안을 바라보면서 재차 망설인 엘시아가 곧 작게 한숨을 내쉬었다.

"사실 지금 저택에 대공님을 찾아온 손님이 계시거든요."

"그래?"

로지안은 대수롭지 않다는 듯 어깨를 으쓱였다.

"무슨 일이 생긴 게 아니라니 다행인데, 그러면 정문은 왜 저런 꼴인 거지?"

엘시아는 말문이 턱 막혀서 선뜻 대답하지 못했다.

"설마하니 대공이 제 저택을 부수는 기행을 저지르진 않았을 텐데 말이야."

로지안이 피식 웃으며 장난스럽게 말을 덧대었으나 엘시아의 표정은 여전히 당혹으로 물들어 있었다.

엘시아의 반응을 보아하니 저택에 무슨 일이 있기는 있었던 모양이라고 로지안은 생각했다.

하지만 아무래도 엘시아가 선뜻 말문을 열 기색이 아닌지라, 로지안은 곧 화제를 돌렸다. 안 그래도 엘시아에게 충분히 밉보인 상태였다. 엘시아의 경계심을 누그러뜨리지는 못할망정, 도리어 엘시아를 불편하게 만들고 싶지 않았다.

"선객이 있으니 당장 대공을 만나는 건 불가능하겠군."

로지안이 부드럽게 미소를 지으면서 가벼운 어투로 제안했다.

"대공을 기다리는 동안 그대가 내 대화 상대를 좀 해 주겠어?"

"……저는 그다지 좋은 대화 상대가 못 될 거예요."

엘시아가 어색하게나마 미소를 지으며 말했다.

"저는 말이 많은 편도 아니고, 재미있는 사람도 아니라서요."

"그대가 왜 그렇게 자신을 과소평가하는지 모르겠군."

로지안은 정말이지 이해할 수 없다는 듯 고개를 기울였다.

"내가 보기에 그대는 충분히 매력적인 사람인데 말이지."

그렇게 덧붙이는 로지안은 진심인지 진지한 표정을 짓고 있었다.

로지안이 이런 소리를 할 줄은 몰랐기에 엘시아는 당황스러운 마음을 숨길 수 없었다.

"과소평가가 아니라……."

"뭐, 설령 그대가 재미없는 사람이라고 해도 상관없어."

로지안이 자못 무거워진 분위기를 환기시키려는 듯 가볍게 어깨를 으쓱이며 말했다.

"나도 그리 재미있는 사람이 못 되니까."

"……."

"피차 재미없는 사람끼리 얘기나 나누자고."

로지안의 말에 엘시아는 곤혹스러운 표정으로 시선을 내려뜨렸다. 로지안과 단둘이서 대화를 나눈다니, 영 내키지 않았다. 하지만 딱히 거절할 명분이 없었다. 머지않아서 엘시아는 결국 로지안에게 고개를 끄덕여 보일 수밖에 없었다.

* * *

리리엔은 로아나에게 무슨 일로 찾아온 건지 말해 달라고 보챘다. 로아나가 그런 리리엔을 상대하기가 영 난감해졌을 무렵, 레오디안이 응접실에 발걸음을 했다. 안으로 들어서는 레오디안을 보고 나서 리리엔은 순순히 응접실을 떠났다.

로아나는 레오디안과 짧게 안부 인사를 나눈 다음, 레오디안이 자리에 앉기가 무섭게 곧장 용건을 꺼내 놓았다. 신황이 임모투스 신전의 온실에서 수상한 식물을 재배하고 있었으며, 그게 영 수상하다는 이야기와 함께 로아나는 온실에서 챙겨온 풀을 테이블 위에 올려놓았다.

"환각을 유발하는 풀이라고 합니다."

로아나가 심각한 표정으로 말했다. 그러자 레오디안은 조용히 시선을 내려, 로아나가 꺼내 놓은 풀을 유심히 바라보았다.

"이것이 임모투스 신전의 온실에서 재배되고 있었다고?"

"네, 제가 욤펜 대신관과 함께 직접 가서 확인하고 오는 길입니다."

로아나가 망설임 없이 대꾸했다. 레오디안이 잠시 로아나를 응시하고 있다가, 이내 풀을 집어 들고서 그 향을 맡아보았다.

"묘한 향이 나는군."

"얼마나 오랜 시간 향을 맡아야 환각을 보게 되는 것인지는 모르겠습니다."

레오디안이 풀을 다시 테이블 위에 올려두더니, 무언가를 곰곰이 생각하는 듯한 기색으로 침묵을 지켰다. 그를 보면서 로아나는 잠시 망설이다가 말을 이었다.

"테르만 백작에게 들으셨는지 모르겠지만……. 이 풀이 담긴 향낭이 제도의 대공저 곳곳에서 발견되었습니다."

로아나의 말에 레오디안이 미간을 좁혔다.

"아니, 들은 적 없어."

"아……."

로아나는 당황해서 멍하니 입을 벌렸다. 설마 했는데 알렌드로가 아직 레오디안에게 이야기를 전하지 않은 모양이었다.

"내 저택에서 일어난 일을 나만 모르고 있었군."

"……테르만 백작이 부인이 사라진 일로 정신이 없어서 미처 대공님께 소식을 전하지 못한 게 아닐까 싶습니다.”

로아나가 애써 알렌드로를 변호해 보았지만, 레오디안은 여전히 심기가 불편한 듯했다. 그는 딱딱하게 굳은 표정을 한 채로, 손가락으로 팔걸이를 툭, 툭, 두드려 댔다.

“……지금껏 리리엔이 그곳에서 지냈는데.”

레오디안이 후회스럽다는 듯이 중얼거렸다. 로아나는 어떤 말로 레오디안을 위로해야 할지 알 수 없어서 그저 침묵을 지켰다.

응접실이 고요 속에 깊이 잠겨 들었다. 그렇게 무겁게 가라앉은 분위기는 아무리 시간이 흘러도 좀처럼 가벼워질 기미가 보이지 않았다. 로아나가 나직이 한숨을 삼킨 순간이었다. 줄곧 깊은 생각에 잠긴 채로 침묵을 지키던 레오디안이 말문을 열었다.

“최근 신전에서의 생활은 어떤가.”

“아……. 특별히 무슨 일은 없었습니다.”

로아나가 애써 미소를 지으며 대답했다. 레오디안은 가볍게 고개를 주억거렸다.

“그렇다니 다행이군.”

그렇게 읊조리는 레오디안은 이제 어느 정도 감정을 추스른 듯한 모습이었다. 로아나는 그런 레오디안을 보면서 잠시 동안 고민하다가 조심스럽게 말을 꺼냈다.

“그런데 무슨 이유에서인지 요즘 신황이 신전에 모습을 잘 드러내지 않습니다.”

레오디안이 천천히 고개를 기울였다.

“기도실에도 나타나지 않는다는 말인가?”

“네.”

로아나가 주저 없이 대꾸했다.

“그래서 요즘은 아침 기도 시간에 대신관들만이 기도실에 모여 기도를 하고 있습니다.”

본래 아침 기도 시간은 신황이 주도하는 것이었다. 그런데 갑자기 며칠 전부터 신황이 두문불출하고 있었다. 대신관 중 그 이유를 아는 사람은 없었다.

“설마하니 신황이 어딘가 아픈 것은 아닐 텐데…….”

지금껏 신황이 이렇듯 오랜 시간 모습을 드러내지 않은 적은 없었다. 그래서인지 로아나는 영 찝찝한 느낌을 지울 수가 없었다. 레오디안이 지그시 눈을 감고서 손으로 콧날을 천천히 쓸어내렸다. 지독히도 피로해 보이는 모습이었다.

"내일 신전을 찾아가 봐야겠군."

머지않아서 레오디안이 혼잣말처럼 나직이 읊조렸다.

그 목소리마저 피로감으로 가득 물들어 있어서 로아나는 선뜻 아무런 대꾸를 하지 못하고 그저 조용히 시선을 아래로 내렸다.

* * *

헤이온은 로아나를 맞이했을 때 그러하였듯, 갑자기 저택을 찾아온 로지안을 보고도 놀라지 않았다. 그는 능숙하게 로지안을 다른 응접실로 안내하고 차를 내왔다.

"향이 좋군."

"그리 말해 주시니 마음이 놓입니다."

헤이온이 정중하게 고개를 숙여 보이며 말했다.

"그럼, 편히 이야기 나누시길 바랍니다."

"그러지."

헤이온은 찰나 걱정스럽다는 듯 엘시아에게 시선을 던진 다음 응접실을 떠났다. 문이 닫히자 응접실 안에는 적막이 내려앉았다. 그 적막을 불편하게 여기는 건 오직 엘시아뿐이었다.

로지안은 더할 나위 없이 편하게 몸을 기대고 앉아서 차를 음미했다. 반면 엘시아는 찻잔에 손도 대지 않은 채였다.

"……대공님은 무슨 이유로 만나려고 하시는 건가요?"

엘시아가 드물게 먼저 말문을 열었다. 그러자 로지안이 의외라는 듯 한쪽 눈썹을 슬쩍 들어 올렸다. 하지만 그것은 아주 잠시였다. 로지안은 곧 평소처럼 부드럽게 미소를 지었다.

"그 말에 대답을 하기가 조금 망설여지는군. 그대를 불안하게 만들고 싶지 않아서 말이야."

"제가 불안해할 만한 이유인가 보군요."

로지안이 가볍게 고개를 끄덕였다.

"그래도 그대가 정 듣고 싶다면야 대답해 주는 건 어렵지 않지."

"듣고 싶어요."

엘시아가 퍽 단호하게 대답했다. 그러자 로지안이 잠시 고민하는 듯한 기색으로 침묵하다가 이윽고 천천히 입을 열었다.

"우리 아버지와 형님께서 깜찍한 계획을 도모하고 있는데, 거기에 대공을 이용할 작정인 듯하더군."

깜찍한 계획이라니? 엘시아는 의아한 마음에 살며시 미간을 좁혔다.

"그게 무슨 계획인가요?"

"신황을 끌어내리려는 계획이지."

로지안이 곧바로 대꾸했다.

"이제 황제 폐하께서는 신황의 방만한 작태를 더 이상 참아 줄 생각이 없으신 모양이야."

"……."

황실과 신전이 서로 오랜 시간 대립해 왔다는 사실은 엘시아도 알고 있었다.

하지만 그럼에도 황실이 신황을 끌어내릴 계획이라는 로지안의 이야기가 조금 갑작스럽게 느껴졌다.

"신황을 끌어내리는 게 가능한 일인가요?"

"불가능할 건 없는 일이지."

로지안은 엘시아의 말을 능숙하게 받아쳤다.

"이전의 신황도 황실에 의해서 끌어내려졌으니까."

"……네?"

엘시아가 멍한 표정으로 되묻자, 로지안이 대수롭지 않다는 듯한 어투로 말을 이었다.

"황실은 전대 신황을 살해한 다음, 지금의 신황이 신성지의 새로운 지도자로 임명되도록 신전에 압박을 가했어."

엘시아는 꼭 누군가에게 머리를 얻어맞기라도 한 것처럼 큰 충격에 빠져 멍하니 입을 벌렸다.

그도 그럴 것이 이전의 신황이라면 엘시아의 친부일지도 모르는 남자였다. 그런데 그가 황실에 의해 살해당했다니. 돌연 예상치 못한 사실을 맞닥뜨린 엘시아는 좀처럼 충격에서 헤어 나오지 못했다.

그런 엘시아의 기색을 알아차리지 못한 건지, 로지안은 여유로운 손길로 찻잔을 들어 차를 마셨다. 조금 전 경악스러운 사실을 이야기한 사람이라고는 믿어지지 않는 그런 태연자약한 모습이었다.

로지안은 입 안에 차를 머금고 향을 음미하다가, 잠시 뒤 느릿하게 입을 열었다.

"아, 참. 이건 비밀이니 혹시라도 어디 가서 말을 옮기지는 않아 줬으면 좋겠군."

그 말을 듣고 엘시아는 가까스로 정신을 차렸다. 그리고 나니 머릿속에 가득한 의문 중 한 가지를 겨우 입 밖으로 내뱉을 수 있었다.

"현재의 신황을 신황으로 만든 것이 황실이라면, 왜 지금 와서는 그를 끌어내리려고 하는 건가요?"

"그대는 당연한 것을 묻는군."

로지안은 어깨를 으쓱해 보이며 말을 이었다.

"처음 몇 년 동안 그는 황실의 뜻대로 잘 움직여 주었지. 하지만 실로 애석하게도 이제는 그렇지 않아."

"……"

"더 이상 황실에 충성하지 않는 그를 황제 폐하께서 가만히 두고 볼 이유가 없지."

로지안은 충격을 받은 듯한 엘시아를 잠시 동안 묵묵히 주시하다가, 이내 천천히 말문을 열었다.

"신의 문양을 지니고 태어난 자만이 신황의 자리에 오를 수 있다는 건 알고 있겠지?"

대뜸 그리 물은 로지안은 딱히 엘시아의 대답을 바란 것은 아닌 듯 곧장 말을 이었다.

"그 신의 문양을 인위적으로 만들 수 있는 방법을 황제 폐하께서 알아내셨다."

지금으로부터 몇 년 전의 일이었다. 그때를 상기하며 로지안은 비틀린 미소를 지었다.

암브로시우스 제국의 역대 황제들은 신전을 통제하려고 했지만, 그 모든 시도는 매번 실패로 돌아갔다. 암브로시우스는 신을 믿는 자들의 나라였다. 설령 믿지 않는다고 해도 신의 존재 자체를 의심하는 사람은 아무도 없었다.

신의 존재를 증명하는 것 중 하나가 바로, 흔히 신의 흔적이라 명명되는 신의 문양이었다.

새하얀 빛이 감도는 그 정교한 문양은 한 세대에 오로지 한 명에게만 나타났다. 성별과 연령, 그리고 신분의 고하를 막론하고 나타나는 문양이었다. 그리고 그 문양이 피부 위로 나타난 사람에게는 신성한 힘이 생겨났다.

그건 황실의 권력으로도 어떻게 손을 써 볼 수 있는 문제가 아니었다. 역대 황제들이 하나같이 제 입맛에 맞는 사람을 신성지의 지도자로 임명하려 시도해 왔지만 번번이 실패한 이유였다.

그리하여 황실과 신전이 대립한 오랜 역사가 이어진 끝, 현 황제 대에 이르러서야 신의 문양을 인위적으로 만들어 내는 방법을 찾아냈다. 황제는 지금의 신황인 지그문트를 이용해 전대 신황을 궁지로 몰아 살해하고, 지그문트를 신성지의 지도자로 올렸다.

지그문트는 황실과 긴밀한 관계를 유지했고, 황실이 명하는 바를 곧이곧대로 따랐다. 하지만 그것은 그리 오랜 시간 계속되지 않았다. 권력이란 사람을 너무도 손쉽게 바꾸어 버렸다. 지그문트는 역대 신황들이 그러하였듯 황실에 대적하기 시작했다. 정작 황제는 제 목숨을 바칠 각오까지 하고서 지그문트에게 신성력이 담긴 신의 문양을 만들어 주었는데 말이다.

황제는 인간이 손을 대서는 안 되는 영역을 침범한 대가를 치렀다. 언제 죽을지 모르는 상태로 몇 년 동안 의식을 차리지 못했다. 그러는 동안 지그문트는 제

권력을 견고하게 다지고 힘을 키운 것이다.

"……레이디 엘시아, 이건 황실 내에서도 아주 극소수만이 알고 있는 사실이야."

그 말을 마지막으로 로지안은 긴 이야기에 마침표를 찍었다. 엘시아는 경악스러운 표정을 한 채로 선뜻 아무런 말도 잇지 못했다. 로지안은 그런 엘시아를 잠시 동안 말없이 바라보고 있다가, 이내 가볍게 실소하면서 입을 열었다.

"쉽사리 믿을 수 없는 이야기지?"

"……."

엘시아는 너무나도 혼란스러웠다. 궁금한 것이 무척이나 많았지만, 어디서부터 어떻게 말을 꺼내야 할지 알 수 없었다. 하지만 그런 엘시아와 다르게 로지안은 대수로울 것 없다는 듯 어깨를 으쓱이더니, 줄곧 그러하였듯 아무렇지도 않게 말을 꺼냈다.

"아무튼 감히 짐작해 보건대, 황제 폐하께서는 다시 그 짓을 하실 작정인 것 같아."

"그 짓이라면……."

"거리를 전전하는 고아나 걸인을 주워다가 그 애한테 신의 문양을 새겨서 신황으로 임명하는 짓."

로지안의 말로 엘시아는 지그문트가 신황이 되기 전 어떤 삶을 살던 사람이었는지 어렴풋하게나마 짐작해 볼 수 있었다.

"아니, 한번 실패를 겪어 봤으니 어쩌면 이번에는 황실의 사람 중에 한 명을 골라서 신황으로 만들지도 모르는 일이지."

로지안이 싸늘한 미소를 지었다.

"어쨌든 우리에게 중요한 건, 거기에 대공이 이용당하지 않도록 막는 일이야."

"……."

엘시아는 로지안이 자신과 그를 한데 묶어 말하는 것을 듣고 순간 말문이 턱 막혔다. 우리라니. 로지안과 그런 단어로 엮일 수 있으리라곤 엘시아는 꿈에도 상상하지 못했다.

하지만 엘시아의 생각을 아는지 모르는지 로지안은 다시 한번 그와 엘시아를 우리라고 형용했다.

"우리는 레오디안이 계획에 이용되는 것을 반드시 막아야만 해."

"……."

"전대 신황이 신성지에 묻히고 나서, 그를 축출해 내려는 황제 폐하의 계획에 뜻을 함께한 자들은 전부 죽었어."

어느덧 진지한 표정을 지은 채로 로지안이 말을 이었다.

"우리 황제 폐하께서는 혹시 모를 여지를 남겨두는 성격이 못되시거든."

그 말은 곧 황제가 레오디안을 이용하고 나면, 레오디안을 결코 살려두지 않을 것이라는 뜻이었다.

엘시아는 애써 차분하게 마음을 가라앉히려 노력하면서 조용히 생각을 정리했다. 그러는 동안 로지안은 어느새 적당히 식은 차를 입 안에 머금었다.

그렇게 적막이 흘렀다. 잠시간 응접실에 흐르던 그 적막을 끝낸 사람은 엘시아였다.

"신의 문양을 어떻게 만들어 내는 건지 저하께서는 알고 계시나요?"

엘시아의 물음에 로지안은 고개를 가볍게 흔들었다.

"그 문양을 만들기 위해서 목숨을 내놓을 각오를 해야 한다는 것 외에는 아는 바가 없어."

"그렇군요."

황제가 신의 문양을 어떻게 만들었는지를 알고 있으면 앞으로 황제의 계획을 막는 데 도움이 될 듯한데, 로지안이 신의 문양을 만드는 방법을 모른다고 하니 자못 아쉬운 마음이 들었다. 엘시아는 작게 한숨을 내쉬었다.

"그런데 황제 폐하가 대공님을 이용하려는 것을 어떻게 막죠?"

"일단 황제 폐하께서 신황을 끌어내릴 계획을 하고 있다는 사실부터 대공에게 알리고……."

로지안이 말을 잇다 말고 입술을 꾹 다물었다. 문득 누군가 문을 두드리는 소리가 들려온 탓이었다.

로지안과 엘시아의 시선이 여태 굳게 닫혀 있던 문으로 향했다. 그 순간, 노크 소리가 또 한 번 울려 퍼졌다. 엘시아와 대화를 나누던 중에 불쑥 끼어든 그 소리가 탐탁지 않았던 탓에 살며시 미간을 찌푸린 로지안이 천천히 입을 열었다.

"……들어와."

잠시 뒤 문이 열리고 문 너머에 서 있던 커다란 남자의 모습이 드러났다.

"황자 저하."

"대공."

그는 다름 아닌 레오디안이었다.

* * *

서둘러 저택을 나서려던 차에 눈앞에 나타난 조그만 인영을 보고 로아나는 우뚝 멈추어 섰다.

"리리엔 아가씨."

리리엔이 로아나를 향해 귀여운 미소를 지어 보이고는 고개를 한쪽으로 기울였다.

"지금 가는 거야?"

"네, 아가씨. 저는 이만 신전으로 돌아가 보려고요."

"그렇구나……."

리리엔이 로아나에게 가까이 다가섰다. 로아나는 다가온 리리엔을 향해 어색한 기운이 서린 웃음을 지었다. 리리엔은 어째선지 한동안 말없이 로아나를 물끄러미 올려다보았다. 그러다 로아나가 그런 리리엔에게 의아함을 느낄 때쯤 불쑥 말을 꺼냈다.

"오랜만에 봤는데 같이 이야기라도 나누다 가면 안 돼? 이대로 헤어진다니 아쉬운데……."

리리엔이 못내 섭섭하다는 듯이 말을 이었다.

"아니면 이따 저녁 식사라도 같이 하고 가면 안 되는 거야?"

"아, 그게…….”

로아나는 곤란한 표정을 지었다. 최근 신황은 이전과 다른 행보를 보이고 있는 중이었다. 그러니만큼 로아나는 되도록 신전에 머무르면서 신황의 동태를 살펴야 했다.

하지만 반짝반짝 빛나는 푸른 눈동자로 자신을 올려다보는 리리엔을 로아나는 차마 매몰차게 외면할 수가 없었다.

"저녁 식사를 함께하는 것은 조금 무리이지만……. 잠시 이야기를 나누고 가는 것 정도는 가능할 것 같아요, 아가씨.”

결국 로아나가 백기를 들었다. 리리엔은 활짝 웃으며 로아나의 손을 잡아 이끌었다.

"집사에게 맛있는 디저트를 준비해 달라고 할게. 일단 내 방으로 가자.”

로아나는 못 이겠다는 듯 웃으며 리리엔이 이끄는 대로 걸음을 옮겼다.

리리엔의 침실은 층계를 오르면 가장 먼저 보이는 방이었다. 덕분에 두 사람은 침실에 금세 도착했다. 리리엔이 문을 열자마자 로아나는 침실 한편 창가에 우두커니 앉아 있던 하이드의 모습을 발견했다.

하이드가 힐끔 시선을 돌려 로아나에게 눈길을 주었다. 무덤덤한 새빨간 눈동자는 어린아이의 것이라고는 믿어지지 않았다. 로아나는 어쩐지 긴장이 되었다. 그러나 그것을 아는지 모르는지 리리엔은 천진난만하게 웃으면서 로아나에게 자리를 권했다.

"잠깐 여기 있어. 얼른 집사한테 다녀올게.”

리리엔은 로아나가 미처 말릴 새도 없이 침실을 나섰다. 침실에 사용인을 부를 때 사용하는 설렁줄이 있는데도 리리엔은 굳이 직접 집사를 찾으러 가 버린 것이다. 쾅, 문이 닫히고 졸지에 하이드와 단둘이 남겨진 로아나는 어색한 표정으로 하이드와 눈을 맞추었다.

하이드는 마치 로아나를 관찰이라도 하듯 유심히 바라보고 있었다. 로아나는 애써 긴장을 뒤로한 채 입을 열었다.

"오랜만이네요.”

"……."

하이드는 말없이 고개를 한 번 끄덕했다. 로아나는 너무나도 어색한 분위기에 못 이겨 어떻게든 대화를 이어 가야겠다는 생각에서 다시금 말문을 열었다.

"……음, 그동안 잘 지냈나요?"

하이드는 이번에도 대꾸 없이 고개만 끄덕였다. 로아나는 조금쯤 민망한 마음에 가볍게 입술을 깨물었다.

리리엔과 다르게 하이드를 대하는 것은 유난히 어렵게 느껴졌다. 이는 단순히 하이드가 말이 없는 아이이기 때문만은 아니었다.

리리엔도 가끔 제 나이보다 훨씬 성숙하게 느껴지는 말이나 행동을 할 때가 종종 있었다. 하지만 전반적으로 보았을 때 리리엔은 딱 천진난만한 어린아이였다. 그런데 하이드는 어째선지 도통 평범한 아이처럼 보이지 않았다. 좀처럼 웃는 법도 없고, 무엇을 생각하는지 도통 알 수 없는 멍한 표정만 짓는 것이다.

그리고 무엇보다도 로아나는 하이드를 마주할 때면 무어라 말로 형용할 수 없는 묘한 위화감을 느꼈다. 그리고 바로 그것이 로아나로 하여금 하이드를 편히 대할 수 없게끔 만들었다.

로아나는 작게 한숨을 삼키면서 입을 다물었다. 말없이 고개만 끄덕이는 아이를 상대로 더 이상 어떻게 말을 이어야 할지 알 수 없었다. 부디 리리엔이 빨리 침실로 돌아왔으면 좋겠다고 바라면서 로아나는 조용히 자리에 앉아 있었다.

그렇게 얼마쯤 시간이 흘렀을까. 어느 순간, 문득 하이드가 대뜸 질문을 던졌다.

"여전히 신전에서는 괴물을 죽여?"

순간 로아나는 말문이 턱 막혔다. 어린아이인 하이드에게 이런 질문을 받을 줄은 전혀 예상하지 못했다.

그러니만큼 어떻게 대답을 해야 할지도 영 난감했다. 로아나는 곤혹스러운 표정으로 아랫입술을 잘근잘근 깨물었다.

그러자 그런 로아나를 빤히 쳐다보던 하이드가 말했다.

"그냥 물어본 거야. 대답하기 곤란하면 안 해도 돼."

하이드는 대수로울 것 없다는 듯 어깨를 으쓱이고는 창밖으로 시선을 돌렸다.

아무리 봐도 어린아이 같지 않은 하이드의 모습에 로아나는 어안이 벙벙했다.

하지만 이후 하이드가 다시 로아나에게 말을 거는 일은 없었다. 그로 인해 자연스레 방 안에 내려앉은 정적을 깬 것은 다름 아닌 리리엔이었다.

"다들 뭐 하고 있었어?"

그렇게 물으며 리리엔은 직접 가지고 온 트레이를 테이블 위에 올려놓았다.

로아나는 트레이 위에 놓인 차와 찻잔, 그리고 티 푸드에 차례로 시선을 주면서 대답했다.

"그저 리리엔 아가씨를 기다리고 있었어요."

"그래? 그럼 심심했겠다. 미안해, 내가 더 빨리 돌아왔어야 했는데."

"아니에요, 아가씨."

로아나 부드럽게 미소를 지으며 고개를 저었다. 그제야 조금 마음이 놓이는지 리리엔도 로아나에게 마주 웃어 보였다.

"그나저나 이건 집사가 준비해 준 건가요?"

"응. 좀 급하게 준비한 거지만 로아나 입맛에 맞았으면 좋겠다."

"아가씨가 신경 써서 준비해 주신 건데요. 저는 마음만으로도 감사해요."

로아나의 말에 씨익 웃어 보인 리리엔이 곧 준비해 온 찻잔에다 차를 따랐다. 그 모습이 꽤나 능숙해 보였다.

"하이드, 너도 이리 와서 앉아."

"난 됐어."

하이드는 리리엔의 권유를 대번에 거절했다.

"그냥 여기 있을게."

"그래, 그럼."

리리엔은 대수롭지 않다는 듯 고개를 끄덕였다. 그러더니 이내 로아나에게 시선을 주었다.

"쟤가 원래 좀 저래. 그러니까 쟤는 신경쓰지 말고 우리끼리 차 마시자."

원래 좀 저렇다는 게 무슨 말인지는 모르겠으나, 그다지 좋은 뜻이 아니리란 건 짐작이 갔다. 로아나는 어색하게 웃었다.

리리엔은 먼저 차를 마시자고 권했으면서 정작 찻잔에는 손도 대지 않았다. 그저 제 무릎 위에 가만히 올려 둔 손만 만지작거리고 있을 뿐이었다.

그에 로아나가 의아함을 느끼고 고개를 갸웃하는데, 리리엔이 조심스러운 목소리로 말문을 열었다.

"아까는 미안했어. 내가 괜한 고집을 피워서 곤란했지?"

"아······."

로아나는 아까 리리엔이 그녀에게 레오디안을 찾아온 이유를 알려 달라고 보챘던 일을 떠올렸다.

그때는 무척 곤란했지만, 지나고 나니 크게 대수롭지 않은 일로 느껴졌다. 로아나는 아니라며 고개를 저었다.

"괜찮아요, 아가씨."

"그렇게 말해 주니 고마워."

리리엔이 안심했다는 듯 그제야 차를 마셨다. 로아나도 조용히 찻잔을 감싸쥐었다. 적당한 온기가 느껴졌다.

"레오디안이 얼마 전에 신전에 갇혔었잖아. 그래서 혹시 또 무슨 일이 생긴건 아닐까 불안해서 물어봤던 거야."

"그러셨군요."

로아나는 이해한다는 듯 고개를 끄덕였다.

"아까도 말씀드렸다시피 오늘은 정말 안부 인사차 찾아온 거예요. 걱정하실 만한 일은 없으니 마음 놓으세요, 아가씨."

"응, 그럴게."

리리엔이 가볍게 미소를 지으며 대꾸했다. 로아나는 자신의 말을 리리엔이 의심 없이 믿는 것 같아 다행이라고 생각했다.

이후 리리엔과 로아나는 조용히 차를 마셨다. 정적 속에서 로아나는 종종 하이드에게 힐끔 시선을 주었다. 하이드는 리리엔과 로아나에게는 관심조차 없는지 그저 창밖만 계속해서 바라보고 있었다.

그에 로아나가 하이드는 여러모로 참 이상한 아이라는 생각을 했을 때였다.

"그나저나 요즘 제도는 어때?"

리리엔이 불쑥 침묵을 깨고 물었다. 예상치 못한 질문에 로아나가 잠시 멈칫했다.

"사실 내가 도망치다시피 이곳으로 왔잖아. 그 이후에 황태자가 행패를 부리진 않았어?"

"……다행스럽게도 그런 일은 없었어요."

리리엔이 아직까지 그날 일을 걱정하고 있었다고 생각하니 로아나는 마음이 무거워졌다. 게다가 그 일로 리리엔은 현재 저택에 거의 갇힌 채로 지내고 있는 상황이었다.

아직 어린아이인 리리엔이 마음 편히 이곳저곳을 다니며 뛰어 놀기는커녕, 저택에서만 시간을 보내야 한다는 것이 진심으로 안타까웠다. 그러나 그런 리리엔을 위해서 로아나가 해 줄 수 있는 일은 마땅히 없었다. 그 사실이 로아나는 무엇보다도 답답했다.

"걱정하지 마세요, 아가씨. 곧 전부 괜찮아질 거예요."

이런 기약 없는 말 외에 다른 말은 해 줄 수가 없었다. 로아나는 나직이 한숨을 내쉬며 찻잔을 꽉 움켜쥐었다.

모든 게 괜찮아진다면 정말 좋겠지만, 솔직히 말해서 그럴 것 같지가 않았다. 선뜻 확신하기에는 상황이 계속해서 예상치 못한 방향으로만 흘러가고 있었던 것이다.

"정말로 다 괜찮아질까?"

"그럼요."

리리엔의 물음에 로아나는 가까스로 미소를 지으며 고개를 끄덕였다.

* * *

로아나와 이야기를 마치고 응접실을 나왔을 때, 레오디안은 갑작스럽게 로지안이 방문했다는 소식을 헤이온으로부터 전해 들었다.

순간 당황한 것도 잠시, 레오디안은 곧장 로지안이 기다리고 있다는 응접실로 향했다. 응접실에서 로지안은 엘시아와 대화를 나누고 있었다. 레오디안은 일단 엘시아를 밖으로 내보냈다.

"그럼, 저는 이만 방으로 돌아가 볼게요. 두 분이서 편히 이야기 나누세요."

"그래, 레이디 엘시아. 대화 즐거웠어."

엘시아가 흔쾌히 자리를 털고 일어났고, 로지안도 그런 엘시아를 구태여 만류하거나 붙잡지 않았다. 머지않아서 엘시아가 응접실을 떠나고, 응접실에는 두 사내만이 남았다. 로지안이 레오디안에게 자리를 권했다.

"그렇게 서 있지 말고 일단 앉지."

조금 전까지만 해도 엘시아가 앉아 있던 소파였다. 레오디안은 순순히 자리에 앉았다. 로지안은 그의 얼굴을 꿰뚫기라도 할 것처럼 빤히 주시하는 레오디안을 마주 응시하다가 입을 뗐다.

"자네를 기다리는 동안 아주 잠시 사소한 대화를 나눴을 뿐이야. 그러니까 그 표정 좀 풀지."

무서워서 무슨 말을 못 꺼내겠군. 로지안이 고개를 절레절레 내저었다.

하지만 레오디안은 좀처럼 굳은 표정을 풀지 않았다. 아무래도 레오디안은 로지안이 엘시아와 단둘이 대화를 나눴다는 사실이 영 탐탁지 않은 모양이었다. 결국 로지안은 한숨을 내쉬며 용건을 꺼냈다.

"그래, 그건 그렇고. 내가 오늘 대공을 찾아온 것은 다름이 아니라 우리 형님께서 황제 폐하와 신황을 끌어내릴 결심을 하였다는 사실을 전하기 위해서네."

자못 경악스러운 이야기였지만 레오디안의 표정에는 아무런 변화가 없었다. 마치 황제와 하일롭의 계획을 진작 예상하고 있었던 사람처럼. 레오디안은 로지안에게 아무것도 묻지 않았고, 그저 덤덤하게 로지안을 마주하고 앉아 있을 뿐이었다.

"그리고 황제 폐하께서는 당신의 계획에 그대를 이용할 작정이신 듯해."

"그렇군요."

레오디안이 가만가만 고개를 끄덕였다. 로지안은 그런 레오디안이 꼭 무슨 목석과도 같아 보인다고 생각했다.

"그래서 우리 계획을 실행할 날을 조금 앞당겨야겠다는 판단이 섰어."

말을 내뱉고 로지안은 테이블 위를 툭, 툭, 두드리며 레오디안의 반응을 살폈다. 레오디안은 이번에도 딱히 이렇다 할 만한 반응을 보이지 않았다. 도통 무슨 생각을 하는지 알 수 없는 무표정한 얼굴이었다.

언제나 생각해 왔지만 여러모로 상대하기가 편치 않은 남자였다. 로지안은 잠시 고민을 하다가 천천히 입을 열었다.

"본격적으로 이야기를 나누기 전에 우리 같이 술 한 잔이나 하지."

로지안은 레오디안이 단칼에 거절할 가능성을 염두에 두고 권한 것이었다. 하지만 예상과 달리 레오디안은 흔쾌히 고개를 끄덕였다. 그에 로지안이 조금 얼떨떨한 표정으로 레오디안을 바라보았다. 그것을 아는지 모르는지 레오디안은 태연하게 응접실 한편에 마련되어 있는 설렁줄을 당겼다.

이윽고 헤이온이 응접실로 발걸음을 했다. 레오디안은 헤이온에게 와인 한 병을 준비해 달라고 부탁했다. 그리 오랜 시간이 지나지 않아서 헤이온은 와인 한 병과 잔 두 개, 그리고 와인과 간단히 곁들일 만한 핑거 푸드를 준비해 왔다. 헤이온이 와인 오프너를 테이블 위에 올려놓은 것을 마지막으로 조용히 물러났다.

레오디안은 로지안의 눈앞에서 와인 병의 코르크를 제거해 보였다. 그런 다음 묵묵히 잔에 와인을 따랐다.

"대공은 평소 술을 즐겨 마시지 않는 것 같은데, 내 말이 맞나?"

"예, 딱히 술을 좋아하는 편은 아닙니다."

그렇군, 가볍게 고개를 끄덕이며 로지안이 잔을 들어 보였다. 그에 레오디안도 로지안을 따라 잔을 들었다.

로지안은 레오디안의 눈동자를 똑똑히 직시했다. 그러면서 한껏 입매를 끌어올려 미소를 지었다.

"우리의 무사하고 평안한 앞날을 위하여."

로지안이 손에 든 잔을 레오디안의 잔에 가볍게 맞부딪혔다.

레오디안은 술을 즐기지 않는 사람치고는 술을 잘 마셨다. 매 식사 시간마다 와인 한 잔을 곁들이곤 하는 로지안과 비교해도 그러했다.

　로지안이 조금 알딸딸하게 취기가 올랐을 때쯤, 레오디안은 로지안에게 이제 그만 마시는 것이 좋겠다고 말했다. 로지안은 순순히 레오디안의 말을 따라 술을 자제했다. 로지안이 더 이상 와인 잔을 채우지 않자, 레오디안도 더는 와인을 마시지 않았다.

　"이런 조그만 저택에서 지내는 게 답답할 것 같은데, 아니 그런가?"

　"걱정하시는 것보다는 지낼 만합니다."

　"그런가."

　로지안이 나른한 미소를 지었다. 그는 기분이 좋았다. 술에 취해서가 아니라, 묘하게 협조적인 태도로 로지안의 말을 따르는 레오디안이 기꺼웠기 때문이었다.

　"그대가 원한다면 내가 소유하고 있는 저택을 빌려줄 수 있어. 평소에 머무르고 싶었던 영지가 있나?"

　로지안이 선심이라도 쓰듯 물었다. 레오디안은 잠시 고민을 해보는 듯한 기색으로 침묵하다가 대답했다.

　"일이 정리가 된다면……."

　"그러면?"

　레오디안이 드물게 말을 망설이는 기색을 보였다. 그것이 퍽 흥미로워 로지안이 레오디안의 대답을 재촉했다. 레오디안은 잠시 뒤 입을 열었다.

　"제스아에서 지내보고 싶습니다."

　"……제스아?"

　생경한 지명이었다. 로지안은 제스아가 어딘지를 떠올리기 위해서 한동안 머릿속을 뒤적거려야 했다.

　"아, 렝리탄 근처에 있는 조그만 마을 말이로군."

　레오디안이 가볍게 고개를 끄덕였다. 로지안은 의외라는 듯 레오디안을 바라보았다.

　"하고 많은 영지 중에서 왜 하필이면 그곳이지? 게다가 그곳과 가까운 렝리탄에서 안 좋은 일을 겪지 않았나."

렝리탄은 꽤나 활기찬 영지였지만, 히치콕 백작이 괴물에게 살해된 이후 마치 유령의 마을처럼 변했다. 다시 괴물이 찾아와 인간을 살해할지 모른다며 영지민들은 불안에 떨다가 대부분 이웃 마을로 떠나 버린 것이다.

"그곳은 리리엔이 제도로 오기 전까지 살았던 마을입니다."

"아……."

예상치 못한 레오디안의 말에 로지안은 침중한 표정으로 말을 흐렸다.

그러고 보니 리리엔이 제도로 오기 전까지 어디서 살았는지 몰랐는데, 제스아였던 모양이다.

어디 붙어 있는 영지인지 생각해 내기 위해서 로지안이 한참 기억을 더듬어 보아야 했던 그런 곳이었다. 그러니만큼 그곳이 얼마나 낙후된 곳인지는 어렵지 않게 짐작할 수 있었다.

"리리엔은 잘 지내고 있나?"

"그럭저럭 적응해 지내고 있습니다."

"……그렇다니 다행이군."

로지안이 적당히 레오디안의 말을 받고 난 다음, 응접실 안에는 묵직한 정적이 내려앉았다.

로지안은 자신이 그동안 리리엔에게 무심했다는 사실을 새삼스럽게 인지했다. 따지고 보면 리리엔은 로지안과 사촌 지간이었다. 그런데도 로지안은 그 어린아이가 변고를 겪고 간신히 제도로 돌아왔는데, 아이의 생활이 어떤지 들여다볼 생각조차 하지 못했다.

물론 그때 당시에 로지안은 레오디안과 반목하던 사이였다. 하지만 이제는 사정이 달라졌다. 로지안은 앞으로도 레오디안과 호의적인 관계를 유지하고 싶었다. 그러니 당연히 레오디안의 하나뿐인 혈육인 리리엔에게도 신경을 기울여야 했다.

"리리엔이 몇 살이나 되었지?"

"두 달이 지나면 열두 살이 됩니다."

"그래? 그럼 상황이 정리되는 대로 리리엔의 사교계 데뷔부터 치르는 게 좋겠군."

로지안의 말에 레오디안이 조금 멍한 표정을 지었다. 리리엔이 사교계 데뷔를 해야 한다는 걸 미처 염두에 두지 못하고 있었던 듯했다.

"내가 특별히 신경을 써 화려하게 치러 주지. 누구도 그 아이를 무시할 엄두조차 내지 못하도록 말이야."

"그리 말해 주시는 것만으로도 감사합니다."

"아니, 말뿐이 아니라 진심이야. 진심으로 그리할 생각이다."

로지안이 단호하게 못 박아 말하자, 레오디안은 더 이상 그와 관련한 말을 대지 않았다. 로지안은 잠시 창밖에 시선을 두었다. 어느덧 해가 지고 하늘에는 어둠이 한창이었다.

슬슬 황궁으로 돌아가야 할 시간이었다. 하지만 로지안은 좀처럼 자리를 털고 일어나고 싶은 마음이 들지 않았다. 이대로 황궁으로 돌아가면 레오디안과 언제 다시 만날 수 있을지 몰랐다.

로지안은 잠시 고민하다가 이내 결심을 굳혔다. 어차피 늦은 시간이었다. 조금 더 늦게 황궁으로 돌아간다고 해서 큰 문제는 되지 않을 것이다.

"아리테스 영애와 사이는 어떠한가."

로지안이 침묵을 깨고 말문을 열었다. 레오디안은 멈칫해서 로지안을 응시했다. 로지안은 그런 레오디안을 조금쯤 즐거운 마음으로 마주 바라보았다.

"왜, 예상치 못한 화제여서 당황스러운가?"

"솔직히 대답하자면 그렇습니다."

레오디안이 선선히 인정하자 로지안의 입술 사이로 호탕한 웃음소리가 흘러나왔다. 머지않아서 로지안의 웃음소리가 서서히 잦아들고, 로지안이 눈가에 맺힌 눈물을 손가락으로 훔쳐 냈을 때였다. 레오디안이 천천히 입을 열었다.

"어째서 갑자기 그런 것을 물어보시는지 모르겠습니다."

"조금 전까지는 우울한 이야기만 하지 않았나."

로지안은 대수로울 것 없다는 듯 대꾸했다.

"그러니 이제는 좀 즐거운 이야기를 나눠 볼까 싶어서."

"이게 즐거운 이야기입니까?"

"대공이 뭘 좀 모르는 듯하군. 이 세상에 애정사만큼 즐거운 이야기가 또 어디 있다고."

로지안이 어깨를 으쓱했다. 레오디안은 여전히 무표정했지만, 그런 레오디안을 가만 보고 있자니 어쩐지 자꾸만 실실 웃음이 새어나왔다.

하지만 부드러워진 분위기를 망치고 싶지는 않은지라, 로지안은 애써 웃음을 억누르며 레오디안을 바라보았다. 목석같다 목석같다 했더니, 정말 꼿꼿하기가 나무와 다름없고 단단하기가 돌이나 매한가지였다.

"나는 대공이 연애결혼을 하리라고는 꿈에도 상상하지 못 했어."

"연애결혼이라니……."

레오디안은 당황한 기색이 역력했다. 로지안은 일부러 놀란 표정으로 되물었다.

"아니, 그럼 아리테스 영애와 결혼하지 않을 생각이었나?"

"……."

레오디안은 이제 완전히 말문이 막힌 모양이었다. 선뜻 아무런 대꾸를 하지 못하는 레오디안을 보며 로지안은 이번에도 아무것도 모르는 척 입을 열었다.

"허어……. 나는 대공이 아리테스 영애에게 마음이 있는 게 틀림없다고 생각했는데 말이야."

"……."

"그러면 그게 단순히 내 착각이었던 건가?"

로지안은 즐거운 마음을 애써 억누르고 시무룩한 목소리로 물었다. 하지만 레오디안은 입에 풀칠이라도 한듯 말이 없었다. 무척이나 당황스러운 기색이었다. 레오디안은 몇 번이나 마른세수를 했다.

로지안은 그 모습을 극을 관람하듯 잠자코 지켜보았다. 레오디안이 이토록 당황한 모습이라니, 쉽게 볼 수 있는 광경이 아니었다. 레오디안의 침묵은 꽤나 길었다. 로지안은 빈 와인잔 옆에 놓여 있던 물잔을 들어 물을 마셨다. 그리고 다시 테이블 위에 잔을 내려놓았을 때, 레오디안이 비로소 입을 열었다.

"제가……."

"편히 말해 보게."

한참 만에 말문을 연 것이 무색하게도 레오디안은 좀처럼 쉽사리 말을 잇지 못했다. 로지안은 최대한 무해한 표정으로 레오디안을 바라보았다. 그게 썩 효과가 있었는지 이윽고 레오디안이 조금 전 미처 잇지 못한 말을 다시 이었다.

　"제가 엘시아 님에게 마음이 있는 것처럼 보였습니까?"

　"그래, 그렇게 보였어."

　로지안이 망설임 없이 대답했다. 그러자 레오디안은 이제 당황하다 못해 혼란스러운 기색을 훤히 다 내보였다.

　"그녀는 저와 리리엔의 은인……."

　"아니."

　로지안은 단호하게 고개를 저었다.

　"내가 아는 자네는 단순히 은인에 대한 고마움을 그렇게까지 갚을 만한 사람이 아니야."

　레오디안은 매사 냉정하고 칼같이 정도를 지키는 남자였다. 그런데 그런 남자가 엘시아에게만은 묘하게 무르게 굴었다. 심지어 조금 과하다 싶을 정도로 엘시아를 싸고돌았다. 그건 단순히 보호라고 말하기에는 무리가 있었다.

　"하나 묻지."

　"……."

　"지금껏 그녀를 향한 자네의 태도를 단순하게 책임감에서 비롯된 것이라 말할 수 있나?"

　로지안의 말에 레오디안은 선뜻 대답하지 못했다. 레오디안은 말문이 막힌 듯 입술을 길게 다물었다.

　"그건 단순히 책임감이 아니야."

　로지안은 단호하게 잘라 말했다. 그러면서 로지안은 앞으로 자신의 앞길에 도움을 줄 이 목석같은 사내를 위해 자신도 무언가 도움을 주어야겠다는 생각을 했다.

　"잘 생각해 보게, 대공."

　로지안은 어느 때보다도 진지한 표정으로 레오디안을 직시했다.

"자네가 그녀에게 가지고 있는 감정은 단순한 책임감이나 고마움이 아니야."

그보다는 훨씬 복잡하고도 농밀한 감정이었다. 옆에서 봐도 쉽게 느껴지는 그 감정을 정작 본인은 모르고 있었다. 로지안은 가볍게 혀를 찼다.

로지안의 말을 듣고 레오디안은 여전히 혼란스러운 기색을 감추지 못했다. 레오디안은 자신이 엘시아에게 가진 감정이 무엇인지를 단 한 번도 제대로 고민해 본 적 없는 사람 같았다.

스스로를 이리도 모를 수가 있나. 로지안은 재차 가볍게 혀를 찼다.

어린 나이에 부모와 사별한 후, 동생까지 잃어버린 레오디안이었다. 그는 평생 동안 가문을 지키기 위해서 정도를 지키며 살아왔다. 다르게 말하면, 오직 그것밖에는 모르는 남자라는 소리였다. 그래서일까. 레오디안은 자신의 마음이 어디를 가리키고 있는지 전혀 자각하지 못하고 있었다.

하지만 분명한 계기만 있다면 확 타오를 수 있는 상태로 보였다. 로지안은 자신이 그 계기가 되어 주겠노라 결심했다.

"잘 생각해 보게, 대공."

로지안은 레오디안의 흔들리는 눈동자를 물끄러미 응시하면서 입을 열었다.

"자네는 지금껏 그녀가 자네의 저택에 편히 머물도록 안배하고, 그녀의 생활 전반을 돌봐주고……."

"……."

"형님이나 내가 그녀에게 관심을 보이고 그녀를 만나려 할 때마다 자네는 어떻게든 그녀를 보호하려 하였지."

로지안이 그간 레오디안의 행적을 천천히 짚어 주는 동안, 레오디안은 로지안의 말을 잠자코 귀 기울여 들었다. 하지만 단지 그뿐이었다. 레오디안은 아직도 혼란스러운 기색을 감추지 못하고 있었다. 로지안은 낮게 한숨을 내쉬었다.

"이래도 지금 내가 무슨 말을 하고 있는 건지 이해가 안 된다면……."

로지안은 잠시 말을 멈추고 레오디안의 기색을 살피다가 곧이어 말을 덧붙였다.

"그래, 일전에 형님이 그녀와 내 결혼을 추진하려고 하였을 때를 떠올려 보게."

그러기가 무섭게 레오디안의 표정이 딱딱하게 굳었다. 그 단정한 얼굴에 떠오른 미약한 분노를 로지안은 어렵지 않게 알아보았다.

"그때 당시 자네는 틀림없이 화가 났을 거야. 아니 그러한가?"

레오디안은 로지안의 물음에 긍정도 부정도 하지 않았지만, 로지안은 레오디안의 대답이 무엇일지를 쉽게 짐작해냈다.

"황가의 일원과의 결혼이야. 한미한 남작 가문의 영애에게는 과분한 혼처이지."

로지안이 진중한 표정으로 레오디안을 바라보면서 말을 이었다.

"그런데 자네는 어찌하여 정혼서를 받고 화가 났을까. 그 분노의 이유가 어디에서 비롯된 것이었는지 잘 생각해보게."

그 말을 마지막으로 로지안은 침묵을 지켰다. 그러면서 레오디안의 굳은 표정을 유심히 바라보았다. 레오디안은 여전히 혼란스러운 듯한 기색이었지만, 그나마 다행인 건 레오디안이 아까부터 로지안의 말을 무조건 부정하고 보지는 않았다는 점이었다.

로지안은 레오디안이 혼자서 조용히 생각을 정리할 수 있도록, 자신은 이쯤에서 그만 자리를 비켜 주는 편이 좋겠다고 판단을 내렸다.

"시간이 벌써 이리 늦어졌군. 나는 이만 황궁으로 돌아가 봐야겠어."

로지안이 지체하지 않고 자리에서 일어났다. 순간 멈칫했던 레오디안이 곧 로지안을 따라 몸을 일으켰다.

"형님께는 아까 우리가 말을 맞춘 대로 이야기를 해 두겠다."

"예."

"그럼 이 다음 만남은 제도에서가 되겠군."

로지안은 마지막으로 응접실을 한 번 둘러본 뒤 걸음을 옮겼다.

"살펴 가십시오."

"그래. 배웅은 필요 없으니 따라나서지 말게."

로지안이 레오디안을 향해 미소를 지어 보이며 말했다.

"리리엔과 레이디 엘시아에게 인사 전해 주고."

"……예."

로지안은 망설임 없이 응접실을 나섰다.

달칵, 문이 닫히고 응접실에 홀로 남겨진 레오디안은 조금 기운이 빠져 다시 자리에 주저앉듯 앉았다. 어쩐지 갈증이 일었다. 하여 잔에 가득한 물을 단번에 들이켰으나 무슨 이유에서인지 갈증은 조금도 풀리지 않았다.

'그건 단순히 책임감이 아니야.'

로지안의 단호한 목소리가 레오디안의 머릿속에 불쑥 떠올랐다. 레오디안은 나직이 긴 숨을 내쉬었다.

책임감이 아니면, 죄책감인가. 아니, 만약 죄책감도 아니라면…….

거기까지 생각하던 레오디안은 커다란 손을 들어 마른세수를 했다. 그 성마른 손길에는 초조하면서도 다급한 기색이 가득 묻어나 있었다.

시간은 야속하다 싶을 정도로 빠르게 흘러갔다.

로지안이 방문한 날로부터 일주일이 지나도록 특별한 일은 일어나지 않았다. 덕분에 저택은 꽤나 평화로웠다.

레오디안은 예전처럼 이른 아침에 기사단 집결지로 향했다가 뉘엿뉘엿 해가 질 무렵 저택으로 돌아왔다. 그리고 엘시아 역시도 예전에 그러했듯 저택을 나서는 레오디안을 배웅하고, 일을 마치고 돌아온 레오디안을 맞이했다.

그러한 평범한 일상이 반복되었다. 예전과 달라진 것은 아무것도 없는 듯했다.

오늘도 엘시아는 늦은 오후가 되어서야 일을 마치고 돌아온 레오디안을 마중 나온 참이었다. 그리고 레오디안과 함께 저택 안으로 향하던 중, 레오디안이 불쑥 말을 꺼냈다.

"내일은 휴가를 냈습니다."

예상치 못한 말이었다. 엘시아가 놀란 눈으로 레오디안을 돌아보았다.

"휴가요?"

"네. 전에 한번 말씀드린 대로 이제 슬슬 겨울옷을 준비해 두어야 할 듯하여."

그 말을 듣고 엘시아는 얼마 전 레오디안이 이곳에는 겨울에 입을 만한 옷이 준비되어 있지 않다는 이야기를 했던 걸 떠올렸다.

"아……. 그럼 내일 상점가를 방문하시려고요?"

레오디안이 가볍게 고개를 끄덕였다.

"리리엔에게도 말을 해 놓겠습니다."

"리리엔이 이 소식을 듣는다면 분명 엄청 좋아할 거예요."

리리엔은 저택에서만 시간을 보내는 게 답답하다며 하이드와 단둘이서 외출한 전적이 있었다. 고작 근처 상점가를 방문하는 일이지만, 그래도 저택 밖에 나가서 시간을 보내는 것이니 리리엔은 틀림없이 기뻐할 것이었다.

하지만 엘시아는 조금 우려스러운 마음이 들었다. 그도 그럴 것이 레오디안은 신전에서 풀려난 이후에도 줄곧 쉬지 않고 일을 했다. 그런데 휴가를 낸 것도 본인을 위해서가 아니라, 자신과 리리엔의 옷을 사기 위해서라는 이야기를 들으니 엘시아는 도통 마음이 편치 않았던 것이다.

엘시아는 잠시 망설이다가 조심스럽게 말을 꺼냈다. 막 현관을 지나쳐 저택 안으로 들어섰을 때였다.

"기왕 휴가를 내신 김에 좀 쉬시는 것도 좋을 듯한데……."

"아뇨, 전 괜찮습니다."

레오디안은 주저 없이 대꾸했다.

"제가 당신과 리리엔과 함께 시간을 보내기를 원합니다."

"……."

"그리고 혼자 휴식을 취하는 것보다, 두 사람과 함께하는 편이 훨씬 더 즐겁게 시간을 보낼 수 있을 것 같다는 생각이 듭니다."

그렇게 말한 레오디안은 정말 그 말을 그대로 믿어 의심치 않고 있는 사람처럼 보였다. 그에 엘시아는 할 말이 없어졌다. 레오디안이 이렇게까지 말하는데 더 이상 우려를 표하는 것도 예의가 아니라는 생각이 들었다. 레오디안이 괜찮다는데, 괜찮겠지. 엘시아는 가만가만 고개를 끄덕였다.

"그럼 이 길로 바로 리리엔을 만나 보러 가실 건가요?"

"예, 그럴 생각입니다."

엘시아는 내일 외출을 하자는 레오디안의 말을 듣고 기뻐할 리리엔을 상상하고 조금 웃었다.

"리리엔은 지금 하이드와 함께 서재에서 책을 읽고 있어요. 가서 편히 이야기 나누세요."

엘시아의 말을 듣고 레오디안이 돌연 멈칫해서 걸음을 멈추었다. 그리고 그 상태로 레오디안은 엘시아를 물끄러미 내려다보았다. 그런 레오디안을 보고 의아해진 엘시아는 저도 모르게 고개를 갸웃 기울이고 물었다.

"……왜 그러세요?"

"아니, 아닙니다. 그럼 조금 있다 저녁 식사 시간에 뵙겠습니다."

"네."

레오디안이 드물게 엘시아를 뒤로 하고 앞서 성큼성큼 걸어갔다.

엘시아는 그렇게 점차 멀어지는 레오디안의 뒷모습을 의아한 눈으로 바라보았다. 조금 전 레오디안은 어쩐지 조금 당황한 것 같아 보였다. 그럴 만한 일은 전혀 없었는데 말이다.

'무슨 말을 하려다 만 것 같기도 하고······.'

마냥 의아한 마음에 엘시아는 제 시야에서 레오디안의 모습이 사라질 때까지 그 자리에서 얼떨떨하게 서 있었다.

* * *

레오디안은 리리엔과 단둘이 대화를 나누고 싶은지, 하이드에게 자리를 비켜 달라고 부탁했다. 하지만 그게 무색하게도 아까부터 레오디안은 용건은커녕 말문 조차 열지 못하고 있었다.

리리엔은 짐짓 가늘어진 눈매로 레오디안을 빤히 응시했다.

레오디안은 요 며칠 어딘지 우왕좌왕하는 듯한 기색을 보였다. 하지만 레오디안이 그러는 이유가 조금도 궁금하지 않아서 리리엔은 구태여 레오디안에게 요즘 왜 그렇게 이상하게 구냐고 물어보지 않았다. 그런데 레오디안이 찾아와서는 자신의 시간을 축내고 있으니, 리리엔은 아무래도 레오디안에게 대체 왜 그러냐고 물어보는 것이 좋겠다는 생각이 들었다.

"요즘 왜 그래?"

리리엔이 대뜸 묻자, 바닥을 내려다보고 있던 레오디안이 드물게 놀란 표정으로 고개를 들었다.

"왜 그러냐니."

"이상하게 굴잖아. 꼭 똥똥이처럼 낑낑거리면서 안절부절못하는…….'"

리리엔은 말을 잇다 말고 멍하니 입을 벌렸다. 지금껏 잊고 있던 존재가 머릿속을 스치고 지나간 탓이었다.

"아, 맞다. 똥똥이!"

그렇게 소리치며 리리엔이 경악으로 물든 표정을 짓고서 벌떡 자리에서 일어났다. 레오디안은 짐짓 놀란 눈으로 리리엔을 올려다보았다.

"……똥똥이?"

"저택에서 발견했던 하얀 강아지 있잖아."

리리엔이 울상을 지었다.

"어떡하지……. 까맣게 잊어버리고 있었어…….'"

"일단 진정하고 앉아."

레오디안의 말에 리리엔이 휙 고개를 돌리더니 퍽 매서운 눈빛으로 레오디안을 쏘아보았다.

"어떻게 진정을 해? 똥똥이가 굶고 있을지도 모르는데."

"그 강아지라면 네 방에서 함께 지내지 않았나. 헤르테인이 잘 챙겨주고 있을 것이다."

레오디안의 말은 일리가 있었다. 애초에 리리엔이 제도에서 지낼 때도 하얀 강아지를 돌본 것은 헤르테인이었다.

그래, 헤르테인이 잘 돌봐주고 있겠지. 거기까지 생각이 닿자, 그나마 마음이 놓였다. 리리엔은 힘이 빠져 소파에 털썩 주저앉듯이 앉았다.

"리리엔, 한 생명을 책임진다는 건 어려운 일이다."

"……."

"방금 일로 깨달았겠지. 제도로 돌아가면 그 강아지에게 더욱 신경을 써 주거라."

"응…….."

리리엔이 한껏 시무룩한 표정으로 고개를 끄덕였다. 레오디안은 가볍게 한숨을 내쉬고는 시선을 돌렸다. 테이블 위에는 리리엔이 읽고 있던 책이 뒤집힌 채로 놓여 있었다. 레오디안은 책등에 쓰인 책의 제목에 눈길을 주었다.

그때, 리리엔이 길게 한숨을 내쉬면서 입을 열었다.

"그래서 나하고 무슨 얘기를 하고 싶은 건데?"

레오디안이 천천히 고개를 들어 올렸다. 어느덧 리리엔은 탐탁지 않다는 듯 눈매를 찌푸린 채로 레오디안을 뚫어지게 바라보고 있었다.

"대체 무슨 얘기를 하려고 이렇게 뜸을 들이는지 모르겠네."

리리엔이 쯧, 하고 혀를 찼다. 레오디안은 아랫입술을 살짝 깨물었다. 레오디안이 리리엔에게 하고 싶은 이야기는 분명했는데, 막상 그 이야기를 입 밖으로 꺼내자니 좀처럼 입이 떨어지지 않았다.

레오디안은 나직이 한숨을 내쉬면서 리리엔의 시선을 피했다. 그러자 리리엔이 답답하다는 듯 미간을 찌푸리며 입을 열었다.

"얘기 안 하고 계속 이렇게 시간 낭비 할 거야?"

"……."

"알고 있는지 모르겠지만 우리 이제 조금 있으면 저녁 식사를 하러 식당으로 내려가야 하거든?"

리리엔의 재촉에도 레오디안은 쉽사리 입을 열지 않았다. 리리엔은 기가 막힌 눈으로 레오디안을 응시했다.

가만히 보면 볼수록 레오디안이 좀 이상한 것 같다는 생각이 들었다. 최근 들어서 묘하게 평소와 다른 모습을 보이던 것도 그렇고, 아까부터 좀처럼 말문을 열지 못하고 있는 것도 그랬다. 매사에 무덤덤한 레오디안 답지가 않았다.

"혹시 무슨 일 있었어?"

리리엔이 혹시나 하는 마음에서 물었다. 그 걱정스럽다는 듯한 목소리를 듣고도 레오디안은 한동안 아무런 말이 없었다.

"무슨 일인데 그래."

이쯤 되니 리리엔은 조금 두려운 마음마저 들었다. 가만 생각해 보면 아까부터 레오디안의 표정이 좀 심상치 않은 구석이 있었던 것도 같다.

게다가 레오디안이 리리엔을 따로 찾아와 이야기를 나누자고 하는 경우는 극히 드물었다. 리리엔은 아무래도 무슨 일이 생긴 것이 분명하다는 생각을 하며 표정을 굳혔다. 그런 리리엔을 보고 나서야 여태 꽉 다물려 있던 레오디안의 입술이 느릿하게 벌어졌다.

"아니, 아무 일도 없다. 그저 너에게 한 가지 물어보고 싶은 것이 있어서."

"물어보고 싶은 게 뭔데?"

리리엔이 미심쩍다는 듯 눈매를 가느다랗게 좁혔다. 마치 지금 레오디안이 거짓말을 하는지 아닌지를 가늠해 보기라도 하려는 듯한 그런 시선이었다.

그 시선 속에서 레오디안은 잠시 말을 고르다가, 이내 한숨처럼 말했다.

"일주일 전에 2황자 전하께서 찾아오셨다."

"알아. 그런데 그게 뭐?"

"……그가 당황스러운 말을 하더군."

리리엔은 말해보라는 듯 레오디안을 향해 고개를 까딱해 보였다. 그러자 잠시 망설이던 레오디안이 말했다.

"그러니까, 내가 엘시아 님에게 가진 마음이 단순한 책임감이 아니라고."

"……."

리리엔은 순간 넋이 나가 멍하니 입을 벌리고 레오디안을 바라보았다.

"하, 나 참……. 진짜 어이가 없어서……."

리리엔은 기가 막혀서 헛웃음을 쳤다. 그러자 민망했는지 레오디안이 입을 굳게 다물고 시선을 아래로 내려뜨렸다.

"그거 물어보려고 지금까지 뜸을 들인 거야?"

리리엔은 정말이지 못말리겠다는 듯 고개를 절레절레 내저었다.

"게다가 그게 어린 동생한테 물어볼 얘긴가?"

"……."

할 말이 없는지 레오디안은 한참 침묵을 지켰다. 그러다 잠시 뒤, 고개를 숙인 채로 나직이 중얼거렸다.

"누구에게 물어봐야 할지 알 수가 없었다. 애당초 이런 이야기를 함부로 할 수는 없는 노릇이고."

"그래서 나한테 물어봐야겠다는 결심을 하셨다?"

"……."

"허, 참나……. 다 큰 어른이 어린애한테 연애 상담을 하다니."

"……연애 상담이라니."

"그럼 아니야?"

리리엔이 퍽 매서운 눈초리로 레오디안을 쏘아보며 되물었다. 순간 고개를 들어 리리엔을 쳐다본 레오디안이 흠칫 몸을 굳혔다. 누가 잡아먹는 것도 아닌데 왜 저런담. 리리엔은 쯧쯧, 하고 혀를 찼다.

"그 2황자가 드물게 맞는 말을 했네."

리리엔이 대수롭지 않다는 듯 말을 이었다.

"아니, 그만큼 남들 눈에는 빤히 다 보인다는 거겠지."

"무엇이……."

"그러니까, 레오디안 네가 엘시아를 좋아한다는 게 빤히 다 보인다는 말이야."

레오디안은 마치 무슨 경악스러운 진실을 마주하기라도 한 사람처럼 놀라 눈을 커다랗게 떴다. 그리고 그 상태 그대로 딱딱하게 굳었다. 그런 레오디안을 잠자코 바라보다가 리리엔이 재차 혀를 찼다.

정말이지, 숙맥도 이런 숙맥이 없다는 생각이 들었다.

* * *

레오디안이 리리엔과 혼란스러운 시간을 보내고 있을 무렵, 엘시아는 하이드와 마주 앉아 있었다. 조금 전, 하이드는 엘시아와 잠시 이야기를 나누고 싶다며 엘시아의 침실을 찾아왔다.

엘시아는 짐짓 당황했지만 그것을 내색하지 않았다. 대신 자연스럽게 하이드에게 앉을 자리를 권했다. 어째선지 하이드의 표정이 조금 어두워 보였다. 그에 엘시아는 혹시라도 하이드가 리리엔과 싸우고 온 것은 아닐까 걱정했다. 하지만 머지않아서 하이드가 꺼낸 말은 엘시아가 염려하던 것과는 전혀 다른 말이었다.

"그 남자가 나한테 앞으로 리리엔하고 같이 공부하라고 했어."

"······공부를 하라고 했다고?"

"응."

하이드가 멍하니 고개를 끄덕였다. 엘시아는 예상치 못한 하이드의 말에 잠시 말문이 막혔다. 설마하니 레오디안이 하이드에게 그런 말을 했을 줄이야. 엘시아는 전혀 짐작하지 못했다.

"그래서 그러겠다고 했어."

"공부를 해 보고 싶었어?"

"아니. 공부하고 싶다는 생각을 해 본 적은 없는데."

하이드가 대수롭지 않다는 듯 대꾸했다.

"그다지 나쁘지 않을 것 같아서 하겠다고 했어. 리리엔하고 같이하는 거니까."

"그래, 잘 생각했어."

앞으로 인간들과 함께 어울려 살기 위해서 하이드는 어느 정도 공부를 해야 할 필요가 있었다. 그도 그럴 것이 현재 하이드는 백지와 같았다. 아직은 아무것에도 물들지 않았으나, 앞으로 어떤 것에든 얼마든지 물들 수 있는 그런 새하얀 종이 말이다.

엘시아가 그런 생각을 하고 있는데, 문득 하이드가 대뜸 한 마디를 툭 던졌다.

"그 남자는 좋은 인간 같더라."

"······어?"

뜬금없는 말이었다. 엘시아는 짐짓 놀란 눈으로 하이드를 바라보았다. 하이드는 엘시아에게 시선을 두고 있지 않았다. 어느새 창밖을 내다보고 있었다. 그렇게 엘시아에게 옆얼굴만을 보인 채로 하이드가 느릿하게 입을 열었다.

"그 남자가 리리엔을 아끼는 게 느껴졌어."

"……."

엘시아는 하이드가 어째서 이런 이야기를 하는 건지 이유를 알 수 없었다. 때문에 여기서 어떻게 반응을 해야 하는 건지 난감했다. 그저 갑작스러울 뿐이었다. 하지만 엘시아가 아닌 창밖에 시선을 두고 있는 하이드는 그러한 엘시아의 기색을 알아차리지 못했다.

하이드는 짐짓 심드렁하게 보이기까지 하는 무표정한 얼굴로 말을 이어갔다.

"리리엔의 가족이 리리엔을 정말 아껴 줄 수 있는 인간이라서 다행이라는 생각이 들었어."

"……."

"그 남자가 엘시아한테도 잘해 주지?"

그렇게 물으며 하이드가 비로소 엘시아에게 눈길을 주었다. 하이드의 새빨간 눈동자를 마주한 엘시아는 나직이 숨을 들이켰다. 하이드의 질문이 무척 갑작스럽다는 것은 둘째 치고, 아까부터 하이드의 말이 어쩐지 심상치 않게 들려서 엘시아는 불안한 마음이 들었다.

"……하이드, 왜 이런 이야기를 하는 거야?"

엘시아가 가까스로 물었다. 그러자 하이드는 잠시 동안 아무런 말없이 엘시아를 빤히 바라보기만 했다.

"하이드, 너 설마……."

"아니야."

엘시아의 말허리를 잘라내며 하이드가 가만가만 고개를 저어 보였다.

"엘시아가 걱정할 만한 일은 없을 거야."

"내가 지금 걱정하는 게 뭔지 알고 그렇게 말하는 거야?"

"그게 뭐든, 아니야."

하이드가 단호하게 못 박아 말했다. 하지만 그건 엘시아의 불안감을 잠재우기에는 턱없이 부족한 말이었다.

"하이드, 너 대체 무슨 생각을 하고 있는……."

똑똑. 문을 두드리는 소리가 울려 퍼졌다.

그 불쑥 난입한 소리에 엘시아는 하려던 말을 미처 다 끝마치지 못한 채로 입을 닫아야 했다. 순간 멈칫했던 엘시아가 이내 문 너머를 향해 들어오라고 말했다. 그러자 잠시 뒤 문이 열렸다. 방 안으로 딱 한 걸음 들어온 헤이온이 정중히 고개를 숙이며 말문을 열었다.

"엘시아 님. 저녁 식사 준비가 되었습니다."

"아, 벌써 시간이 그렇게 되었나요."

"천천히 내려오십시오."

헤이온이 엘시아 뒤로 보이는 하이드에게 힐끔 시선을 주면서 말했다. 엘시아는 가볍게 고개를 끄덕였다.

"네, 금방 내려가도록 할게요."

"그럼."

헤이온은 방 안으로 들어왔을 때처럼 정중히 고개를 숙여 보인 뒤, 지체 없이 방을 나갔다. 엘시아는 짧게 한숨을 내쉬고 고개를 돌렸다. 하이드는 여전히 창밖을 응시하고 있었다.

"이야기는 다음에 마저 하자."

"……비가 올 것 같아."

"뭐라고?"

하이드의 나직한 중얼거림을 미처 제대로 알아듣지 못한 엘시아가 되물었다. 하이드는 천천히 엘시아를 돌아보더니 가만가만 고개를 흔들었다.

"아니야. 내려가자."

아까부터 어쩐지 하이드는 묘하게 평소와 다른 듯해 보였다. 의미심장한 표정으로 의미 모를 말을 했다. 그래서인지 엘시아는 이루 다 말할 수 없이 찝찝한 느낌을 받았지만, 애써 별일 아닐 거라고 생각하며 자리에서 일어났다. 그러자 하이드도 엘시아의 뒤를 따라서 몸을 일으켰다.

엘시아는 꼭 하이드와 다시 긴히 이야기를 나누어 봐야겠다고 생각하며 하이드와 함께 방을 나왔다. 두 사람이 식당에 도착했을 때, 식당에는 이미 리리엔과 레오디안이 자리해 있었다.

식당 안으로 들어서는 엘시아의 모습을 발견한 레오디안이 엘시아를 향해 가볍게 눈인사를 했다. 그에 가볍게 미소를 지어 보이는 것으로 인사를 되돌려 주며 엘시아는 레오디안의 맞은편에 앉았다. 하이드도 조용히 자리에 앉았다. 엘시아의 옆자리이자, 리리엔과 마주 보는 자리였다.

지금처럼 레오디안과 리리엔이 나란히 앉고, 그 맞은편에 엘시아와 하이드가 앉는 건 어느 순간부터 자연스럽게 정해졌다.

레오디안이 먼저 식사를 시작했다. 그의 뒤를 이어서 리리엔이 포크를 들었고, 엘시아와 하이드도 조용히 식기에 손을 가져갔다. 늘 그렇듯 조용한 분위기 속에서 식사 시간이 흘러갔다. 테이블 위로 오고 가는 대화는 많지 않았다. 리리엔이 틈틈이 엘시아에게 이것도 먹어 보라고 권하고, 그에 엘시아가 적당히 대꾸하는 식의 의미 없는 대화만이 종종 식당 안에 울려 퍼질 뿐이었다.

그렇게 식사 시간이 끝나고 간단히 차까지 마시고 나자, 하늘에는 더없이 어둑한 어둠이 걸렸다. 리리엔과 하이드가 슬슬 잠자리에 들 준비를 해야 할 시간이었다. 헤이온이 하녀들을 불러 리리엔과 하이드의 목욕 시중을 도울 것을 지시했다.

리리엔은 하녀들과 함께 홀을 떠나기 전, 자리에 가만히 앉아 있는 엘시아와 레오디안을 돌아보며 물었다.

"두 사람은 조금 더 있다가 자려고?"

"그래."

레오디안이 가볍게 고개를 끄덕였다. 리리엔은 왜인지 짐짓 가늘어진 눈으로 레오디안을 빤히 쳐다보다가, 이윽고 어깨를 으쓱이며 말했다.

"우리 내일 나가야 하니까 너무 늦게 자면 안 돼."

"응, 일찍 잘게."

이번에는 엘시아가 작게 웃으며 대꾸했다. 어린아이가 어른을 타이르는 듯한 모습이 조금 우스웠던 탓이었다.

"꼭이야."

그 말을 마지막으로 리리엔은 하이드의 손을 잡고 위층으로 올라갔다.

엘시아는 시야에 더 이상 리리엔의 모습이 보이지 않게 되었을 때, 고개를 돌려 레오디안을 바라보았다. 엘시아가 침실로 돌아가지 않고 레오디안과 홀에 남은 것은 식사 시간부터 레오디안이 자신에게 무언가 할 말이 있는 듯 보였기 때문이었다.

그리고 그것은 착각이 아니었는지, 단둘이 남자 레오디안은 기다렸다는 듯이 말문을 열었다.

"어쩌면 조만간 우리가 제도로 돌아가야 할지도 모르겠습니다."

예상치 못한 말이었다. 엘시아는 순간 놀라서 눈을 크게 떴다. 그러나 그것도 잠시, 엘시아는 곧 레오디안이 왜 이런 이야기를 하는 건지 짐작이 가는 구석이 생겼다.

"……혹시 2황자 저하와 무슨 이야기를 하셨나요?"

엘시아가 묻자 이번에는 레오디안이 놀란 듯 눈을 크게 떴다. 그러고서 선뜻 아무런 대꾸도 하지 못했다. 그런 레오디안의 반응에 도리어 놀란 엘시아는 조금 쯤 의아한 시선으로 레오디안을 살폈다. 자신이 무슨 못할 말을 한 것은 아닌데, 레오디안은 마치 못 들을 말이라도 들은 것처럼 반응하고 있었다.

엘시아는 당황한 시선을 아래로 내려뜨리며 변명하듯 말을 덧붙였다.

"그, 저는 대공님이 2황자 저하와 이야기를 나누신 뒤에 이런 말씀을 하시니 까……."

엘시아의 말을 듣고 레오디안은 그제야 정신을 차렸다. 혹시 로지안이 엘시아 에게 허튼 소리라도 했을까 봐 염려스러웠는데, 다행히도 그것은 아닌 모양이었 다. 레오디안은 크게 안도하며 긴 한숨을 내쉬었다.

"예, 맞습니다. 그의 이야기를 듣고 나니 계속 이곳에서 지내는 것보다 이만 슬슬 제도로 돌아가는 편이 낫겠다는 판단이 섰습니다."

레오디안의 말에 엘시아는 납득했다는 듯 고개를 끄덕였다.

신성지도 제도도 위험하기는 매한가지였다. 신성지에는 신황이 있고, 제도에는 황제와 1황자가 있었으므로. 하지만 제도의 저택에는 이곳 저택보다 훨씬 많은 사용인들이 있었다. 리리엔의 유모 헤르테인도 제도에 있었다. 리리엔이 지내기 에 어디든 안전하지 않다면, 차라리 사람이 많은 환경이 낫겠다는 생각이 들었다.

"확실히 제도가 이곳보다는 나을 것 같아요."

"정해진 것은 아니고, 그저 고려하고 있을 뿐입니다."

레오디안의 말에 엘시아는 조용히 고개를 끄덕였다.

"대공님이 잘 판단하실 거라고 믿어요."

"……그렇습니까."

"네. 언제나 그랬듯이."

엘시아는 일말의 망설임도 없이 대답했다. 엘시아의 새빨간 눈동자에는 레오디안을 향한 맹목적인 신뢰감이 서려 있었다. 레오디안은 자신도 모르게 숨을 죽이고 엘시아를 바라보았다. 엘시아는 그런 레오디안을 똑똑히 직시하면서 부드럽게 미소를 지었다.

그 순간, 레오디안은 자신의 심장이 어디론가 하염없이 추락하는 것만 같은 그런 아찔한 느낌에 사로잡혔다.

* * *

새벽 무렵부터 추적추적 비가 내리기 시작했다. 아침이 되자 비는 더욱 기세 좋게 내렸다.

기껏 레오디안이 휴가까지 냈지만 예정했던 상점가 방문은 할 수 없게 되었다. 리리엔은 외출을 못하게 된 데에 무척이나 상심이 큰 듯했다. 시무룩한 표정으로 창밖을 내다보면서 언제쯤 비가 멎을까 하염없이 기다렸다. 하지만 그것이 무색하게도 시간이 흐르면 흐를수록 빗줄기는 더욱 거칠고 거세졌다.

여전히 창가에 앉아서 창밖에 시선을 고정하고 있는 리리엔의 뒷모습을 지켜보다가 엘시아는 조그맣게 한숨을 내쉬었다. 리리엔의 시선을 다른 곳으로 돌리고 싶은데, 그럴 만한 것이 아무것도 생각나지 않았다.

그도 그럴 것이 이 저택에는 어린아이가 흥미롭게 여길 만한 것이 없었다. 저택은 대개 고요했고, 그 고요 속에서 리리엔은 대부분의 시간을 조용히 책을 읽는 데 썼다. 그러니만큼 저택에서 갇히다시피 지내는 것은 꽤 활달한 성격의 리리엔에게는 고역과도 같은 일일 터였다.

오랜만에 외출할 생각에 무척 기대를 했을 텐데, 비가 와서 나갈 수가 없게 되었으니 리리엔이 이렇듯 낙심한 것도 충분히 이해가 됐다. 엘시아는 잠시 동안 망설이다가 조심스럽게 입을 열었다.

"리리엔."

"응, 언니."

리리엔은 창밖에 시선을 둔 채로 대답했다. 엘시아가 그런 리리엔을 안타까운 눈으로 바라보았다.

"거기 앉아있지 말고 이제 그만 이리로 와. 네가 감기라도 걸릴까 봐 걱정돼."

아닌 게 아니라 갑작스럽게 쏟아진 겨울비는 안 그래도 추운 날씨를 더욱 싸늘하게 만들었다. 그런데 리리엔이 창문을 조금쯤 열어 둔 탓에 서릿발처럼 차가운 바람이 방 안으로 새어 들어오고 있었다.

엘시아는 방 한가운데 소파에 앉아 있는데도 아까부터 서늘한 냉기를 느끼고 있는 중이었다. 창가에 앉아 있는 리리엔은 더욱 추울 터였다. 엘시아는 걱정스러운 마음에 다시 한번 말했다.

"창밖은 그만 보고 이리로 와, 리리엔. 네가 감기에 걸리면 비가 그쳐도 외출하지 못해."

"……."

그제야 리리엔이 천천히 몸을 일으켰다. 뒤를 돌아본 리리엔의 얼굴에는 못마땅한 기색이 가득 서려 있었다.

"그렇게 속상해?"

"엄청 기대했단 말이야……."

리리엔이 축 처진 어깨를 하고선 터덜터덜 걸어왔다. 그리고 엘시아의 옆에 주저앉듯 털썩 앉았다. 엘시아는 나직이 웃으며 리리엔을 끌어안았다. 리리엔이 자연스럽게 엘시아의 품을 파고들었다.

"언니는 안 속상해?"

"속상하지."

엘시아가 리리엔의 은발을 가만가만 쓸어 넘겨 주면서 대답했다. 리리엔은 엘시아의 손길에 몸을 내맡긴 채로 눈을 감았다.

"너무 답답해. 언제까지 이렇게 지내야 되는 건지."

"……."

리리엔이 혼잣말처럼 중얼거린 말에 엘시아의 말문이 턱 막혔다.

뭐라고 해 줄 말이 없었다. 커다란 돌이라도 박힌 듯 마음이 무거워졌다. 엘시아는 아랫입술을 꽉 깨물었다. 그 상태로 그저 조용히 리리엔의 머리칼을 어루만져 줄 뿐이었다.

그렇게 얼마쯤 시간이 지났는지 모르겠다. 어느 순간, 리리엔이 새근새근 숨소리를 내며 잠에 빠져들었다. 엘시아는 전혀 잠이 오지 않았지만 리리엔을 품에 꼭 끌어안은 채로 눈을 감았다.

그로부터 한 시간쯤 지났을까. 침실을 찾아온 헤이온이 하이드가 사라졌다는 소식을 전했다.

"분명 서재로 가시는 것을 확인했는데……. 이후 흔적도 없이 사라지셨습니다."

헤이온의 말을 들은 순간, 엘시아는 올 것이 왔구나 하는 생각을 했다.

그리고 그와 동시에 어제 하이드가 의미심장하게 흘린 말들이 빠르게 머릿속을 스치고 지나갔다.

그것은 분명한 전조였다. 그냥 넘겨서는 안 됐던 불길한 사건의 예고였다. 하지만 엘시아는 조만간 하이드와 다시 이야기를 나누어 보면 되겠지 생각하고 말았다. 그리고 그 나태함의 결과가 바로 지금이었다. 이 일을 어떻게 해야 하는 건지 알 수 없었다. 엘시아는 커다란 충격 속에서 혼란스러운 시선으로 이곳저곳을 살폈다.

그때, 리리엔이 엘시아의 손을 꽉 붙잡았다. 엘시아는 흠칫 놀라 고개를 돌렸다. 어느새 잠기운을 몰아낸 리리엔의 새파란 눈동자가 또렷하게 엘시아를 올려다보고 있었다. 리리엔이 엄지손가락으로 엘시아의 손등 위를 부드럽게 쓸었다.

"걱정하지 마. 레오디안이 있잖아."

실제로 레오디안은 이미 기사 몇 명을 저택 밖으로 보내서 그들로 하여금 하이드를 찾도록 조치를 취했다. 헤이온은 엘시아보다 먼저 레오디안을 찾아가서 그에게 하이드가 사라졌다는 소식을 알렸던 것이다.

엘시아는 창밖으로 시선을 돌렸다. 새벽부터 줄기차게 쏟아지고 있는 빗줄기는 시간이 흐를수록 가늘어지기는커녕 점차 기세를 더해만 갔다. 이 날씨에 하이드는 어디를 간 걸까. 그런 생각을 떠올린 엘시아의 낯빛이 더없이 어둡게 물들었다.

"그래도 정 불안하면 내려가서 소식을 기다리자."

리리엔이 조심스러운 목소리로 권했다. 엘시아는 제 손을 꽉 움켜쥐고 있는 리리엔의 자그마한 손을 내려다보았다. 그러면서 잠시 고민하다가 이내 천천히 고개를 끄덕였다.

* * *

하늘에 커다란 구멍이라도 난 것처럼 비가 쏟아지고 있었다.

절로 몸을 웅크리도록 만드는 차가운 물줄기였으나 하이드는 그것을 굳이 피할 생각조차 하지 않았다. 온몸으로 비를 맞으며 목적지를 향해 걷는 하이드의 발걸음에는 일말의 망설임조차 없었다.

이토록 궂은 날씨는 예상하지 못했다. 하지만 차라리 비가 와서 다행이라는 생각이 들었다. 제 흔적은 빗물에 고스란히 쓸려 내려갈 터였다. 그러면 엘시아도 리리엔도 자신을 찾지 못하겠지. 하이드는 그런 생각을 하며 걸음을 서둘렀다.

진작 떠났어야 했다. 하지만 미련이라는 게 뭔지, 그게 지금껏 하이드의 발목을 붙들고 있었다. 하지만 이제라도 그곳을 떠나왔으니 그것으로 되었다. 하이드는 자꾸만 뒤를 돌아보려는 고개를 꼿꼿하게 고정해 오로지 앞만 보고 걸어 나갔다.

베스티의 기척은 희미했다. 오늘 하루 종일 줄기차게 내리고 있는 비 때문일 것이다. 그러나 다행스럽게도 그것은 하이드가 베스티가 있는 곳을 찾아내는 데에는 조금도 영향을 미치지 못했다.

베스티의 기척은 일전에 하이드가 리리엔과 함께 찾았던 동굴 쪽에서 느껴졌다.

동굴 앞에 도착해서 하이드는 잠시 걸음을 멈추었다. 이미 흠뻑 젖은 하이드의 머리칼에서 흘러내린 빗물이 그의 뺨을 타고 내려왔다. 어둑한 사위 속에서 동굴은 더욱 음침하게 보였다. 하이드는 아무도 없는 동굴에 머무르고 있는 베스티가 이해가 되지 않았다.

차라리 베스티가 어디론가 멀리 떠나 버렸다면 오늘 하이드가 이곳을 찾아오는 일은 없었을 터였다. 어쩌면 베스티는 그것을 노리고 있는 것일지도 몰랐다. 음습한 동굴에서 하이드가 찾아오기만을 기다리고 있었던 것일 수도 있었다.

하이드는 비를 맞고 선 채로 동굴 입구를 바라보았다. 어둑한 동굴 입구가 마치 위험한 짐승이 한껏 아가리를 쩍 벌리고 있는 것처럼 느껴졌다. 하이드가 그러하듯 베스티도 하이드의 기척을 느꼈을 것이다. 하지만 동굴 쪽에서는 아무런 소리가 들려오지 않았다.

베스티는 하이드가 스스로 동굴 안까지 걸어 들어오기를 기다리고 있는 건지도 몰랐다. 하이드는 천천히 두 손을 들어올렸다. 그리고 성마르게 얼굴을 닦아 냈다. 하지만 별 소용은 없었다. 빗물은 자꾸만 흘러내려 시야를 어지럽혔다. 그에 하이드는 곧 빗물을 떨쳐 내는 걸 포기하고 손을 내렸다. 그리고 잠시 동안 멈추고 있던 걸음을 내디뎠다.

서두르지 않고 동굴 안으로 들어갔다. 그때 기다렸다는 듯이 차디찬 바람이 불어와 하이드의 어린 몸을 흔들고 지나갔다. 하이드는 자신이 이곳을 떠나기 전 마지막으로 보았던 처참한 모습을 그대로 유지하고 있는 동굴 안을 천천히 둘러보았다. 푸른 피로 얼룩진 동굴에서는 코를 절로 움켜쥐게 만드는 악취가 났다. 하이드는 살며시 미간을 찌푸렸다.

그 순간, 저 안쪽에서 한껏 갈라진 목소리가 들려왔다.

"왔니."

하이드는 그 목소리에 대꾸하는 대신 목소리가 들려온 곳을 향해 성큼성큼 걸어갔다. 머지않아서 어둠 속에 가려져 있던 새하얀 얼굴이 드러났다. 베스티는 추운 건지 몸을 웅크리고 앉아 있었다. 하이드는 그런 베스티를 무심히 내려다보았다.

"네가 올 줄 알았어."

베스티가 고개만 들어 올려 하이드를 바라보았다.

"네가 결국에는 나를 선택할 줄 알았어."

베스티는 일견 기괴하게 보이는 미소를 만면에 띠웠다. 그러면서 천천히 몸을 일으켰다.

"돌아가자."

하이드는 천천히 고개를 모로 기울였다.

"돌아갈 곳이 있어?"

"그럼……."

베스티가 하이드에게 가까이 다가서며 말을 이었다.

"내가 너를 위해서 전부 준비해 놨단다."

하이드는 그 말이 참 이상하다는 생각을 했다.

그도 그럴 것이 평생 동안 베스티는 하이드를 위한 적이 단 한 번도 없었다.

"내가 원하는 게 뭔지도 모르면서."

하이드가 저도 모르게 중얼거리듯 내뱉은 말에 베스티의 웃는 낯에 일순 금이 갔다.

"……뭐?"

"아니야."

"……."

"그냥 혼잣말이었어."

베스티는 언제나 그러하듯 무표정한 하이드의 얼굴을 보고 어쩐지 초조해졌다. 무슨 말이라도 해야 한다는 생각에 입술을 벌렸는데, 막상 그 입술 사이로는 아무런 소리도 새어 나오지 않았다.

동굴 안에는 무거운 정적이 내려앉았다. 하이드는 여전히 속을 알 수 없는 얼굴로 베스티를 가만히 올려다보고 있을 뿐이었다.

베스티는 마른침을 삼켰다. 언제나 그녀 좋을 대로 휘둘러 온 하이드였다. 그런데 그런 하이드가 지금 이 순간 영 낯설게 보였다. 제 스스로 탯줄을 끊어 내

낳았고, 줄곧 키워 온 아이인데 마치 생전 처음 본 아이같이 느껴졌다.

"나는 당신하고 함께 돌아가려고 여기로 온 게 아니야."

하이드가 선언하듯 말했다. 그 단호한 목소리에 베스티는 상념에서 벗어났다.

"당신에게 유감은 없어. 하지만 당신의 존재 자체가 그녀에게 위협이 되니까."

베스티는 어느 순간부터 하이드가 더 이상 자신을 엄마라고 부르지 않고 있다는 사실을 문득 새삼스럽게 깨달았다.

"그래서 당신이 더 이상 그녀에게 접근하지 못하도록 당신을 처리하려고 왔어."

"……뭐라고? 너 지금 그게 무슨 헛소리야."

"말 그대로."

하이드는 말간 눈으로 베스티를 올려다보았다. 그리고 아무렇지도 않게 말했다.

"당신은 여기에서 죽어야 해."

너무도 평이한 목소리였다. 그래서인지 베스티는 순간 자신의 귀를 의심했다. 방금 자신이 하이드의 말을 제대로 들은 것이 맞는지. 베스티는 얼떨떨한 표정으로 하이드를 바라보았다.

그 순간, 하이드의 멍한 눈에 이채가 서렸다. 그게 무엇을 의미하는지 베스티는 본능적으로 직감했다. 조금 전 그녀는 헛것을 들은 것이 아니었다. 하이드는 정말 그녀를 죽일 생각인 것이다.

베스티가 거기까지 판단이 섰을 때, 그녀를 향해 하이드가 몸을 던졌다. 경악스럽게 눈을 홉뜬 베스티가 훌쩍 뒤로 물러났다. 그렇게 간발의 차이로 하이드를 피한 베스티가 동굴에 쩌렁쩌렁 울릴 정도로 커다란 목소리로 소리쳤다.

"지금 이게 뭐 하는 짓이야! 네가, 네가 감히……!"

"당신은 나를 학대했고."

"뭐……."

"앞으로도 그럴 생각이겠지."

하이드는 마치 남의 이야기라도 하듯 무심하게 말을 이어 갔다.

"나는 그게 학대인줄 몰랐어. 그냥 그게 평범한 건 줄 알았어."

"그래서? 그래서 이따위로 구는 거야? 나한테 복수하려고?"

그렇게 물은 베스티는 하이드를 향한 경계를 늦추지 않으며 뒷걸음질 쳤다. 그렇게 베스티가 조금씩 뒤로 물러나는 걸 하이드는 단번에 눈치챘지만 딱히 베스티를 제지하지 않았다. 그저 느릿하게 입을 열어 베스티의 질문에 대답했다.

"말했잖아. 당신한테 유감은 없다고."

하이드는 천천히 베스티를 향해 다가갔다. 어느덧 베스티는 날카로운 손톱을 길게 드러낸 채였다. 하지만 하이드는 베스티가 전혀 두렵지 않았다. 하이드는 무심히 베스티를 바라보면서 계속해서 그녀에게 다가갔다.

"그냥 당신이 그녀에게 위협이 되니까."

"……."

"당신이 없어져야 한다고 판단했을 뿐이야."

베스티는 등 뒤에 닿은 딱딱한 벽을 느끼고 흠칫 뒤를 돌아보았다. 어느새 막다른 곳까지 몰린 것이다. 더 이상 뒷걸음질 칠 곳이 없었다. 그 사실을 인지하자 온몸이 딱딱하게 굳었다. 베스티는 뻣뻣한 고개를 가까스로 돌려 앞을 바라보았다.

아무것도 몰라 천치 같던 아이의 새빨간 눈동자가 어떤 맹목적인 감정으로 물들어 있었다.

그 어떤 맹목적인 것이 바로 지금 이 순간 베스티의 목을 조르려 하고 있었다. 베스티는 온몸을 짓누르고 있는 듯한 거대한 공포감에 몸을 떨었다. 더 이상 천치가 아니게 된 아이가 두려웠다.

"당신은 없어져야 해."

그 말을 마지막으로 하이드는 땅을 박차고 베스티에게 달려들었다.

* * *

번개가 쳤다.

한 번이 아니라 여러 번이었다. 몇 번이고 번쩍하며 동굴 안에 환한 빛이 점멸했다. 어둑한 동굴에 일순간이나마 빛이 스며들었을 때, 하이드는 한껏 일그러져 있는 베스티의 얼굴을 똑똑히 볼 수 있었다. 그리고 그것은 베스티도 마찬가지였다.

베스티는 누구의 것인지 모를 피로 엉망인 하이드의 몰골을 쳐다보았다. 그런 베스티 또한 출처가 불분명한 푸른 피를 흠뻑 뒤집어쓰다시피 한 꼴이었다. 마치 순식간에 지나간 것처럼 느껴지는 시간 동안, 하이드와 베스티는 서로를 죽일 작정으로 서로에게 상처를 냈다. 서로에게 날카로운 손톱을 세웠고 뾰족한 이를 드러냈으며 우악스러운 손길로 상대방을 공격했다.

하이드는 베스티의 바람대로 너무나도 강하게 자랐다. 태어난 지 불과 십여 년이 채 지난 하이드였으나, 하이드는 그보다 훨씬 더 긴 시간 동안 존재해 온 베스티보다도 강했다.

그러니 현재 베스티가 간신히 숨을 붙든 채로 하이드를 두려운 눈으로 올려다보고 있는 것은, 처음 하이드가 베스티에게 달려든 그 순간부터 예견된 결과였는지도 모른다.

하이드는 천천히 한쪽 무릎을 꿇고 앉았다. 그리고 피가 흐르는 몸을 웅크린 채로 덜덜 떨고 있는 베스티를 하이드는 물끄러미 들여다보았다.

또다시 번개가 쳤다.

번쩍하고 빛이 동굴 안을 밝히자 베스티가 입술을 터뜨리기라도 할 것처럼 아랫입술을 세게 깨물고 있는 것이 하이드의 눈에 보였다. 그때, 고막을 찢어발길 듯한 커다란 천둥소리가 고요한 동굴 안에 울려 퍼졌다.

번개가 치고 나면 천둥이 뒤따른다는 사실을 하이드는 리리엔과 함께 읽은 책을 통해서 알았다. 그 책에서 번개가 친 뒤 천둥소리가 들리는 건 당연한 자연의 이치라고 했다. 하이드는 새삼 생각했다.

겨울이 가고 봄이 오고, 초목이 돋아났다가 시들고, 태어난 생명이 무릇 수명이 다해 죽는 것처럼. 자신을 집어삼키려는 베스티를 도리어 자신이 집어삼키려는 것도 당연한 자연의 이치라고. 힘의 논리와 노골적인 본능만이 전부인 괴물의 세계에서 살아남기 위해서 하이드는 그 당연한 이치를 따르려는 것이었다.

하이드는 천천히 손을 뻗었다. 가녀린 베스티의 목을 힘껏 틀어쥐었다.

"커, 커헉······."

베스티는 발버둥을 치며 하이드의 손을 떼어내고자 안간힘을 썼다. 하지만 한 차례 싸움으로 기력을 거의 다 소진한 베스티의 미약한 힘은 하이드가 하고자 하는 일에 아무런 영향도 미치지 못했다.

하이드는 베스티의 목을 움켜쥔 손에 더욱 힘을 주었다. 생동하는 맥박이 또렷하게 느껴졌다.

"나는 인간처럼 살고 싶었을 뿐이야!"

벼랑 끝에 내몰린 베스티가 소리쳤다.

"······인간처럼, 인간이, 되고 싶었을 뿐이라고······."

베스티는 졸린 목을 한 채로도 퍽 분명한 목소리를 냈다.

"네가····· 나한테, 이럴 수는······."

"인간들의 세계에서는 살인을 저질러서는 안 된다고 했어."

하이드가 무심한 표정으로 대꾸했다.

"당신이 정말 인간처럼 살고 싶었던 거라면, 당신은 인간들 세계의 규칙을 따랐어야 해."

베스티는 눈을 홉뜨고 하이드를 매섭게 노려보았다. 하이드는 그런 베스티를 대수롭지 않게 마주 응시하며 말을 이어 나갔다.

"심지어 당신은 동족을 죽였잖아. 인간들은 동족을 죽이는 걸 아주 큰 죄라고 여긴다고 하는데."

아이작 히치콕 백작의 저택에 갇혀 지냈을 때, 하이드는 그에게 아이작과 베스티가 식사랍시고 가져다준 것들이 무엇인지를 알고 있었다.

아이작과 베스티는 자신들이 살해한 인간이나 괴물을 하이드가 먹게끔 했다. 하이드가 제대로 된 음식을 먹을 수 있게 된 것은 그 저택을 벗어나 엘시아와 함께 지내게 되었을 때부터였다.

엘시아는 하이드에게 인간들과 같이 어울려 살기 위해서는 인간들이 정한 규칙을 따라야 한다는 걸 알려 주었다. 그리고 그 규칙 중 한 가지가 바로 살인을 해서는 안 된다는 것이었다.

인간들은 자신들의 종족을 살해하고 그 시체를 먹지 않는다.

하지만 베스티는 동족을 수없이 살해했고 본인뿐만 아니라 본인의 아이에게까지 동족을 먹도록 강요했다.

"인간이 되고 싶다면서 당신은 인간이 되려는 노력을 전혀 하지 않은 것 같아."

"나는, 나는 그저……."

물고기처럼 소리 없이 입술만 빠끔거리던 베스티가 이내 더듬더듬 변명을 했다.

"……그건, 그건 다 너를 위해서."

"나는 그런 것을 단 한 번도 바란 적이 없어."

하이드는 다만 무지했을 뿐이었다.

그러나 이제는 달랐다. 하이드는 옳고 그름에 대해서 하나둘씩 차근차근 알아가는 중이었다. 그렇기에 하이드는 지금 자신의 행동이 썩 옳지만은 않다는 사실을 알고 있었다. 하지만 언제나 옳은 일만을 행할 수 없다는 사실도 하이드는 알았다.

"당신은 나를 사랑하지 않지."

하이드가 무심한 목소리로 내뱉은 말에 순간 베스티가 말문이 막힌 채로 멍하니 하이드를 올려다보았다. 하이드는 경악으로 물든 베스티의 새빨간 눈동자를 들여다보면서, 자신이 뒤로하고 온 것들을 떠올렸다.

가지고 싶었고 욕심이 났지만 결국에는 포기하고 올 수밖에 없었던 것들이었다.

리리엔을 바라볼 때면 한없이 다정한 빛을 띠고는 하는 엘시아의 붉은 눈동자.

엘시아를 향한 맹목적인 사랑을 감추지 않고 당당하게 드러내는 리리엔.

그리고 그 어떤 인간보다도 서늘한 표정을 지을 줄 알지만, 리리엔과 엘시아의 앞에서는 속절없이 무너지는 남자.

그 남자는 하이드에게 리리엔과 같은 환경을 제공해 주려고 했다. 단지 엘시아와 리리엔이 하이드에게 정을 주었다는 그 이유 하나만으로.

엘시아와 리리엔, 그리고 레오디안. 세 사람의 끈끈한 유대감과 서로를 향한 따뜻한 애정의 영역 안에 하이드도 발을 들여 보고 싶었다. 그러나 하이드는 그 모든 것을 뒤로한 채로 이곳으로 왔다.

현재 하이드의 눈앞에는 오로지 자신만을 위해 살아온 피투성이 여인만이 존재했다.

하이드가 말했다.

"당신은 사랑이 뭔지 모르지."

베스티는 그 말에 아무런 대꾸도 하지 못했다.

"인간들은 사랑을 할 줄 알아."

하이드는 다시 한번 말했다.

"사랑이 뭔지 모르니까 사랑하는 방법도 모르겠지."

이번에도 베스티는 대답을 하지 못했다. 그러자 그런 그녀의 침묵을 메꾸기라도 하려는 듯이 천둥이 쳤다. 한차례 천둥소리가 묵직하게 울리고 사라진 뒤, 하이드의 목소리가 동굴 안에 울려 퍼졌다. 그건 우렁찬 천둥소리와 비교되는 덤덤하고도 나직한 목소리였다.

베스티는 숨을 죽였다.

"그러니까 당신은 나를 사랑하지도 못하겠지."

어느 순간부터 하이드는 울고 있었다. 뺨을 타고 흘러내리는 눈물의 양이 심상치 않았으나, 하이드는 헐떡이기는커녕 아무런 소리도 내지 않은 채로 그저 눈물만 뚝뚝 흘리고 있었다.

아이의 눈물을 베스티는 처음 보았다. 베스티는 꼭 알고 있던 모든 단어를 잃어버리기라도 한 것처럼 아무런 말도 할 수 없었다. 눈물로 젖은 하이드의 붉은 입술이 느릿하게 벌어졌다.

"나는 사랑하고 싶었어."

"……."

"사랑을 하고 싶었어."

하지만 이제 그럴 수 없겠지. 하이드는 덤덤하게 자조했다.

그 뒤로는 침묵이었다. 동굴 안에는 죽음과도 같은 정적이 내려앉았다.

베스티는 여태 한껏 웅크리고 있던 몸에 힘을 풀었다. 그리고 눈을 감자, 지금껏 그녀가 살아남기 위해서 발버둥을 쳤던 시간들이 마치 주마등처럼 그녀의 머릿속을 빠르게 스치고 지나갔다.

인간을 사랑하다가 죽은 동생이 떠올랐다. 인간의 아이를 낳고 죽은 또 다른 동생도 떠올랐다. 사랑, 사랑이라. 대체 그것이 무엇이기에 이리도 쉽게 모두를 망쳐 놓을 수가 있는 건지.

베스티는 사랑이 무엇인지는 몰라도, 그게 얼마나 무서운 것인지는 알았다. 그 무서운 것은 베스티 그녀에게서 모든 것을 앗아 갔다. 현재 그녀가 벼랑 끝에 서 있게 된 것은 전부 그것 때문이었다. 형체가 없어 두 눈으로 볼 수도 손으로 만질 수도 없는 그것을 베스티는 진심으로 원망했다. 할 수만 있다면 어떻게든 부숴 버리고 싶었다.

베스티는 천천히 눈꺼풀을 들어 올렸다. 아직 울고 있는 어린아이가 보였다. 정작 아이는 자신이 울고 있다는 사실을 전혀 인지하지 못하고 있는 듯했다. 여전히 소리 없이 눈물만 뚝뚝 흘리고 있는 아이를 향해 베스티가 입을 열었다.

"……나는 이제 더 이상 너를 위하지 않겠어."

베스티는 그녀의 목을 틀어쥔 하이드의 손등 위를 가만히 덮어 쥐었다.

"네가 하고 싶었다던 그 빌어먹을 사랑을 네가 하든지 말든지 이제 더 이상 상관하지 않겠다는 뜻이야."

베스티가 자신을 놓아줄 작정이라는 것을 알아차렸는지, 하이드가 믿을 수 없다는 듯이 베스티를 내려다보았다. 베스티는 그 어느 때보다도 덤덤한 눈으로 하이드를 마주 바라보았다.

머지않아서 하이드의 손에서 점차 힘이 빠져나가는 게 느껴졌다. 베스티는 곧이어 천천히 아래로 내려뜨려지는 하이드의 팔을 응시하다가 고개를 들어 올렸다. 하이드의 눈물은 어느새 거짓말처럼 뚝 멎어 있었다.

조금 전 베스티는 하이드를 위하지 않겠다고 말했지만, 처음으로 하이드를 위한 말을 했다.

"네가 나를 버리는 게 아니라, 내가 너를 버리는 거야."

하이드는 대답하지 않았다. 다만 한 걸음 뒤로 물러났을 뿐이었다. 베스티는 비틀거리면서 몸을 일으켰다. 그리고 그 길로 곧장 동굴을 빠져나가고자 걸음을 내디뎠다. 하이드를 스쳐 지나갈 때, 베스티는 지금까지 미처 보지 못한 것을 보았다.

그것은 다름 아닌 하이드가 목에 걸고 있는 목걸이였다.

호박 목걸이.

어둠 속에서도 어쩐지 마냥 선명한 빛깔을 띠고 있는 그 노란 목걸이를 보고 베스티는 저도 모르게 숨을 들이켰다. 히치콕 백작의 저택에서 지낼 적에 베스티는 하이드에게 수없이 많은 선물을 건넸지만, 하이드가 선물을 받고 기뻐했던 것은 단 한 번이었다. 바로 저 호박 목걸이를 선물했을 때였다.

어쩐지 목이 잠겼다. 가슴께가 묵직하게 내려앉고 숨 쉬는 게 버거워졌다. 그것이 죄책감이라는 것을 베스티는 꽤 오랜 시간이 지난 후에야 간신히 깨달았다.

베스티는 이를 꽉 사리물었다. 그러지 않으면 속에서 일렁이고 있는 뜨거운 무언가가 곧장 입 밖으로 튀어나올 것 같았다. 하이드는 어느새 마른 눈으로 베스티를 물끄러미 주시하고 있었다. 아이의 붉은 눈을 보고 베스티는 꼭 해야 할 것만 같은 말을 떠올렸다.

"그 빌어먹을 사랑 실컷 하면서……."

그 말은 다름 아닌 작별 인사였다.

"……잘 살아."

베스티가 처음이자 마지막으로 하이드에게 보인 최대한의 다정이었다.

* * *

이른 새벽부터 내리기 시작한 비는 꼭 이 세상을 끝내기라도 할 것처럼 끝없이 쏟아져 내리고 있었다.

간단히 저녁 식사를 마친 이후로 엘시아는 줄곧 너른 홀에 놓인 소파에 앉아 있었다. 조금 전까지만 해도 엘시아는 리리엔과 의미 없는 대화나마 가볍게 나누었는데, 리리엔이 스르륵 잠이 든 지금 홀에는 무거운 적막만이 감돌고 있을 뿐이었다.

그 적막 속에서 엘시아는 멍하니 창밖을 내다보고 있는 중이었다. 아침까지만 해도 저 비가 그쳤으면 좋겠다고 생각했는데, 이제는 아무런 생각도 들지 않는다. 아니, 사실은 아무것도 생각하고 싶지 않다는 것이 더 정확한 말일 것이다.

엘시아는 자신의 허벅다리에 머리를 대고 누운 채로 곤히 잠든 리리엔에게 시선을 두었다. 리리엔은 레오디안의 명령을 받은 기사들이 금방 하이드를 찾아낼 것이라 말했지만, 아주 늦은 저녁이 되도록 그 기사들은 저택으로 돌아오지 않았다.

엘시아는 어쩌면 하이드가 영영 떠나 버린 것인지도 모른다고 생각했다. 그러니까, 하이드가 다시는 이 저택으로 돌아올 일은 없으리라는 가정은 계속해서 엘시아의 마음을 무겁게 내리눌렀다.

타닥타닥, 장작이 타는 소리가 고요한 홀 안에 공허하게 울려 퍼지고 있었다. 그 소리는 꽤나 규칙적이었다. 마치 시곗바늘이 정해진 시기에 딱 정해진 공간만큼을 움직일 때 나는 소리처럼. 고요한 홀에 배경 음악처럼 깔린 그 소리를 엘시아는 어느 순간 새삼스럽게 인지했다.

머지않아서 엘시아가 무심코 벽난로에 눈길을 던진 것은 바로 그 이유에서였다.

갑작스러운 겨울비에 날씨는 최근 그 어느 때보다도 싸늘해졌다. 저택의 모든 창문이 굳게 닫혀 있었지만, 창틈 사이로 새어 들어온 한기는 저택의 온기를 연거푸 앗아 갔다. 그 때문에 헤이온은 벽난로에 장작을 한껏 밀어 넣고 불을 지폈다. 홀에서 하이드를 기다리는 엘시아와 리리엔을 위해서였다.

엘시아는 주위를 따뜻하게 덥히고 있는 활활 타오르는 불을 멍하니 바라보았다. 그 불의 다른 이름은 헤이온의 사려 깊은 마음이었다.

* * *

어느 순간, 꽤나 가까운 곳에서 두런두런 말소리가 들려왔다. 얼핏 듣기에도 낮게 소리를 죽인 듯한 목소리였다. 그 목소리를 듣고 엘시아는 천천히 눈꺼풀을 들어 올렸다. 저도 모르는 사이 깜빡 잠이 든 모양이었다.

가장 먼저 눈에 들어온 것은 여전히 주변을 따뜻하게 덥히고 있는 벽난로였다.

가득 쌓인 장작과 기세 좋게 타오르는 불은 엘시아가 잠들기 전 마지막으로 보았던 모습에서 전혀 달라진 구석이 없었다. 때문에 엘시아는 자신이 잠들고 난 이후 시간이 얼마나 흘렀는지 가늠해 볼 수가 없었다.

머지않아서 누군가 가까이 다가오는 발걸음 소리가 들렸다. 엘시아는 소리가 들려온 곳으로 고개를 돌렸다. 다름 아닌 레오디안이었다.

레오디안의 어깨 너머로 헤이온이 위층으로 올라가고 있는 모습이 보였다. 어느덧 가까이 다가온 레오디안이 맞은편 소파에 조용히 앉는 것을 보고 엘시아는 조금도 놀라지 않았다. 조금 전에 소리를 죽여 대화를 나누던 두 사람분의 목소리가 레오디안과 헤이온의 것이라는 사실을 진작 눈치채고 있었기 때문이었다.

레오디안은 조금 피곤한 기미가 서린 진중한 얼굴을 하고 있었다. 그는 잠시 말없이 엘시아의 안색을 살피다가 물었다.

"리리엔은 잠들었습니까?"

그건 딱히 대답할 필요가 없는 질문이었다. 엘시아는 대꾸를 하는 대신 여전히 제 무릎을 베고 누운 채 잠들어 있는 리리엔에게 시선을 주었다. 그리고 잠시 후 다시 고개를 들어 레오디안을 바라보았다.

눈앞의 레오디안은 평소 그가 아침 일찍 기사단 집결지로 향할 때 그러하듯 단정한 단복 차림이었는데, 단복 위로 외투까지 단단히 차려입은 채였다. 레오디안의 무릎께까지 너끈히 덮을 만큼 긴 코트였다. 안에 내피가 덧대어져 있는 모양인지 얼핏 보기에도 퍽 두꺼워 보였다.

엘시아는 새삼스러운 눈으로 레오디안을 응시했다. 두터운 외투를 입고 있는 레오디안이 평소보다 더 커다랗게 보였기 때문이었다. 엘시아의 시선은 레오디안의 너른 어깨에 고정된 채 그곳에서 꽤 오래도록 머물렀다.

그러자 그런 엘시아의 모습을 어떻게 받아들였는지 레오디안이 돌연 외투를 벗더니 옆에다 가지런히 올려놓았다. 그제야 엘시아는 자신과 레오디안 사이에 감돌고 있던 기나긴 적막을 인지하고 입을 열었다.

"어디를 다녀오셨나 봐요."

"예. 방금 막 돌아온 참입니다."

레오디안은 망설일 것 없다는 듯 곧바로 대꾸했다.

"아이를 찾으러 나간 기사들이 돌아오지 않아서 따로 기사 두 명을 추려 그들과 함께 근처를 돌아보고 왔습니다."

그러고 보니 아까 레오디안이 입고 있던 외투의 어깨가 다른 부분보다 짙은 색으로 물들어 있었다는 사실이 떠올랐다. 아마 비에 젖은 거겠지. 엘시아는 레오디안이 꽤 오랜 시간 동안 밖을 돌아다니다 돌아온 것이리라 짐작했다. 그리고 레오디안이 아무런 소득 없이 돌아온 것이라는 사실 또한 자연스럽게 깨달았다.

거기까지 생각이 미쳤을 때, 엘시아는 이쯤에서 이 모든 것을 그만두는 편이 좋겠다고 판단했다. 이 이상의 기다림은 부질없다. 게다가 안 그래도 충분히 피로한 레오디안을 더욱 피곤하게 만드는 건 못 할 짓이다.

엘시아는 레오디안이 커다란 손으로 제 얼굴을 크게 한 번 쓸어내리는 모습을 바라보면서 그렇게 생각했다. 레오디안의 손길에서는 쉽사리 감출 수 없는 지독한 피로감이 느껴졌다.

"하이드가 작정하고 몸을 숨겼다면……."

레오디안의 푸른 눈동자가 엘시아를 향했다. 엘시아는 마른침을 삼킨 뒤 천천히 말을 이었다.

"우리는 아마도 하이드를 결코 찾을 수 없을 거예요."

레오디안은 조용히 엘시아의 얼굴을 들여다보다가 시선을 돌렸다. 엘시아의 어깨 너머 어딘가에 그 시선이 닿았다. 엘시아가 보기에 그런 레오디안은 뚜렷한 목적을 가지고 그곳을 바라보고 있다기보다는 그저 의미 없이 시선을 던져두고 있는 것으로 보였다.

레오디안은 무언가를 가만히 고민해 보는 기색이었다. 엘시아는 레오디안이 아마도 조금 전 자신이 했던 말을 생각해 보고 있는 것이라고 짐작했다. 그래서 엘시아는 레오디안이 생각을 정리하기까지 잠자코 조용히 기다렸다.

기다림은 꽤나 길었다. 그만큼 레오디안의 고민이 깊은 것이리라.

기다리는 시간이 길어지면 길어질수록 엘시아는 조금씩 조마조마한 심정이 되었지만 그렇다고 먼저 침묵을 깨지는 않았다.

"그 아이를 더 이상 찾지 않기를 바랍니까."

머지않아서 레오디안이 물었다.

"그것이 정말 당신이 원하는 바입니까?"

엘시아는 말문이 막혔다. 그렇다고 대답하며 고개를 끄덕이고 싶었지만 막상 그러자니 입이 떨어지지 않는 탓이었다. 하이드를 찾는 걸 포기하려는 듯한 엘시아의 기색은 자못 냉정하다 비난할 만한 했지만, 레오디안은 그러지 않았다. 그저 잠자코 엘시아를 바라보았다.

"저는 더 이상 모두에게 민폐를 끼치고 싶지 않을 뿐이에요."

엘시아가 힘겹게 대답했다. 레오디안은 잠시 동안 엘시아의 말을 머릿속으로 가만가만 되뇌어 보다가 이내 이해한다는 듯 고개를 끄덕였다.

"당신이 왜 그런 생각을 하는지는 압니다."

레오디안은 덤덤했다. 최대한 상황을 이성적으로 정리하려는 것 같아 보였다. 레오디안에게 기대면 안 된다고, 더 바라서는 안 된다고 생각하면서도 엘시아는 저도 모르게 레오디안의 너른 어깨를 바라보게 되었다. 저런 어깨라면 자신 하나쯤은 기대도 끄떡없을 것 같았다. 그 정도로 단단하고 또 든든하게만 보였다.

하지만 엘시아는 이내 그러한 생각을 모조리 머릿속에서 밀어냈다. 이래서는 안 돼, 그 생각만을 계속해서 반복했다.

"……하이드가 이유 없이 이곳을 떠났을 거라고는 생각하지 않아요. 그래야만 했던 이유가 있을 거예요."

레오디안은 고개를 끄덕여 엘시아의 말에 동의했다. 엘시아는 잠시 망설이다가 입을 열었다.

"하이드의 선택을 존중하고 싶어요. 그러니까……."

"알겠습니다."

레오디안은 엘시아가 괴로운 표정으로 이어가던 문장을 단번에 잘라냈다. 단호하다면 단호하다고 말할 수 있는 태도였지만, 이상하게도 그러한 레오디안의 태도가 엘시아에게는 다정하게만 다가왔다.

그도 그럴 것이 레오디안은 하기 싫은 말을 굳이 힘겹게 할 필요는 없다는 듯 엘시아를 향해서 가볍게 고개를 저어 보이기까지 했다. 아까부터 마주 닿아 있는 레오디안의 고요한 시선 역시도 그러했다.

레오디안은 한결같이 다정했다. 엘시아는 자신이 받을 자격이 없는 다정을 아무렇지도 않게 선뜻 건네는 레오디안의 앞에서 한없이 작아졌다. 엘시아는 아랫입술을 살짝 깨물고 고개를 숙였다.

세상모르고 잠들어 있는 리리엔의 조그만 얼굴이 보였다. 엘시아는 금방이라도 눈물이 터져 나올 것만 같아서 입술을 더욱 세게 깨물어야만 했다.

그때, 문득 테이블을 넘어온 커다란 손이 엘시아의 손등 위를 덮어 쥐었다. 엘시아는 선명하게 전해지는 온기에 화들짝 놀라 고개를 들었다. 그러기가 무섭게 드넓은 바다를 연상케 하는 푸른 눈동자와 눈이 마주쳤다.

그 무엇이라도 너끈히 포용해 줄 것만 같은 다정한 눈동자가 엘시아를 바라보고 있었다. 엘시아는 저도 모르게 숨을 멈추었다. 엘시아를 묵묵히 응시하고 있던 레오디안의 입술이 천천히 벌어져 틈을 낸 것은 바로 그 순간이었다.

"당신의 말이 무슨 뜻인지 압니다."

그렇게 말하는 레오디안의 목소리는 그 어느 때보다도 신중했다.

엘시아는 숨을 죽였다. 레오디안의 손에서 느껴지는 온기가 감당하기 힘들 정도로 따듯했다.

"당신의 생각을 존중합니다."

"……."

"그러니 당신의 뜻을 따를 겁니다."

잠시 뒤 레오디안은 조심스러운 시선으로 엘시아의 낯을 유심히 살피면서 말을 덧붙였다.

"언제나."

그 말에서는 의심할 여지없는 무조건적인 신뢰가 느껴졌다. 그래서일까. 엘시아는 말을 잃었다. 숨조차 편하게 쉴 수가 없었다. 레오디안의 시선을 아무렇지 않게 마주할 엄두가 나지 않았다.

엘시아는 조용히 고개를 끄덕이며 힘없이 시선을 아래로 내려뜨렸다. 여전히 깊이 잠들어 있는 리리엔의 조그만 얼굴이 보였다. 레오디안을 닮은 귀여운 아이의 얼굴은 엘시아로 하여금 더욱 무거운 죄책감을 느끼도록 만들었다.

온몸을 한껏 짓누르는 듯한 그 무겁고도 거대한 감정에 엘시아는 저도 모르게 입술을 깨물었다. 그 순간이었다. 엘시아는 자신의 손을 덮어 쥐고 있던 레오디안의 손에 조금쯤 힘이 들어가는 걸 느꼈다.

엘시아가 천천히 고개를 들어 레오디안을 바라보았다. 레오디안은 조용히 엘시아를 응시할 뿐이었다. 그에 엘시아는 레오디안이 건네는 온기를 그러잡듯 레오디안의 손을 힘주어 마주 잡았다.

레오디안이 입꼬리를 끌어 올렸다. 그 호선을 그린 입술을 가만히 바라보고 있자니 무겁기만 했던 엘시아의 마음이 그나마 조금씩 편안해졌다.

그 이후 한참 동안 시간이 흐르도록 누구도 먼저 손을 놓으려 하지 않았다. 두 사람은 꽤 오랜 시간 동안 그렇게 조용히 손을 맞잡고 있었다.

* * *

이른 아침, 일찍이 눈을 뜬 로아나가 막 옷을 갈아입었을 무렵이었다.

누군가 다급한 손길로 문을 두드렸다. 그 소리를 듣고 로아나가 문가로 다가가 문을 열었다.

"……욤펜 대신관?"

욤펜은 무슨 이유에서인지 한껏 초조한 기색이었다. 로아나는 조금 당황한 표정으로 욤펜을 바라보았다.

"로아나 대신관, 제가 안으로 들어가도 되겠습니까?"

"네, 들어오세요."

로아나가 한 걸음 옆으로 비켜서 길을 내어주자, 그러기가 무섭게 욤펜이 방 안으로 걸음을 내디뎠다. 로아나는 문을 닫은 뒤 뒤를 돌아보았다. 욤펜은 고개를 숙인 채 아랫입술을 잘근잘근 짓씹고 있었다.

"욤펜 대신관, 무슨 일인가요?"

로아나가 걱정스러운 목소리로 물었다. 그제야 욤펜이 고개를 들고 로아나를 바라보았다.

"일단 좀 앉으실래요? 안색이 좋지 않아요."

"아니, 아닙니다. 그럴 시간이 없습니다."

욤펜은 얼핏 보기에도 무척 경황이 없어 보였다. 그런 욤펜을 마주한 로아나의 의문이 더욱 깊어졌다.

"그럴 시간이 없다니……. 대체 무슨 일인데 그러세요?"

"방금 신황 성하께서 그의 기사들을 불러 모았다는 소식을 듣고 오는 길입니다."

욤펜의 얼굴에 두려운 기색이 서렸다. 로아나는 잠시 욤펜의 말을 머릿속으로 되짚어보다가, 이내 굳은 표정으로 되물었다.

"신황 성하께서 그의 기사들을 불러 모았다고요?"

"예, 그렇습니다."

욤펜이 불안한 눈으로 방 안 곳곳을 힐끔거렸다.

현재 방 안에는 욤펜과 로아나, 오직 두 사람 뿐이었다. 그런데도 욤펜은 혹시라도 누군가 자신의 이야기를 엿듣기라도 할까 봐 걱정스럽다는 듯한 눈치였다.

아무래도 불안정해 보이는 욤펜의 모습이 로아나는 무척이나 염려스러웠다. 때문에 로아나는 한동안 말없이 욤펜의 안색을 살폈다. 그러면서 욤펜이 조금이나마 진정하기까지 잠자코 차분하게 기다렸다.

그리 오랜 시간이 지나지 않아서 욤펜이 긴 한숨을 내쉬며 자리에 주저앉듯 앉았을 때, 로아나는 침묵을 깨고 말했다.

"이제 좀 진정이 되셨나요?"

"예, 죄송합니다……."

"아니에요."

로아나는 애써 부드럽게 미소를 지으며 욤펜의 맞은편에 앉았다.

"혹시 신황 성하께서 무슨 이유로 기사들을 불러 모았는지 아시나요?"

"그것까지는 모르겠습니다."

욤펜이 황망한 표정으로 대답했다.

"저는 그저 신황 성하께서 그의 기사들과 함께 어디론가 향하실 예정이라는 소식만을 전해 들었을 뿐입니다."

"그렇군요."

로아나는 작게 한숨을 내쉬고는 이내 깊은 생각에 잠겼다.

오랜 시간 레오디안의 뜻에 함께해온 로아나와는 다르게, 욤펜은 신전의 대신 관들과 사이가 좋았다. 그러니 로아나가 모르는 소식을 욤펜이 전해 듣고 온 것은 크게 의아한 일이 아니었다.

하지만 로아나는 어쩐지 의심스러운 마음이 들었다. 그도 그럴 것이 며칠 동안 두문불출했던 신황이었다. 그런데 그런 신황이 대체 무슨 이유로 이렇듯 갑작스 럽게 신전을 나서려는 건지 로아나는 이해할 수 없었다.

무엇보다도 욤펜에게 그 소식을 전해준 사람이 과연 온전한 사실만을 이야기한 건지도 확신할 수 없었다. 그 사람의 저의가 무엇일지 로아나는 의심하지 않을 수가 없었다. 그렇게 꽤 오랜 시간 동안 깊은 고민에 잠겨 있던 로아나는 곧 욤펜에게 시선을 두고서 물었다.

"욤펜 대신관, 당신에게 그 소식을 전해준 사람이 누구죠?"

"그레이엄 대신관입니다."

그레이엄이라면 대신관 중에서도 유난히 신황과 친밀한 관계를 유지해 온 남자 였다.

"우리가 그레이엄 대신관의 말을 신뢰해도 되는 걸까요?"

로아나의 물음에 욤펜은 순간 말문이 막힌 듯 멍하니 로아나를 응시했다. 로아 나는 잠자코 욤펜을 마주 바라보며 그가 대답하기를 기다렸다. 그러자 욤펜이 잠시 뒤 떨리는 목소리로 물었다.

"로아나 대신관은 그가 제게 거짓말을 하였다고 의심하고 계시는 겁니까?"

"어느 정도는요."

로아나가 망설이지 않고 대답하자 욤펜이 나직이 숨을 들이켰다. 그를 향해서 로아나가 재차 물었다.

"욤펜 대신관의 생각은 어떤가요?"

"저는……."

욤펜은 선뜻 대구를 하지 못하고 대답을 망설였다. 심약한 그의 얼굴이 점차 불안한 표정으로 물들어갔다. 그런 욤펜이 안쓰러웠지만 언제까지고 손 놓고 욤펜을 기다리고 있을 수는 없었다. 로아나는 가능한 한 빨리 욤펜과 대화를 끝내고 난 다음, 밖으로 나가 상황을 파악해야만 했다.

"욤펜 대신관."

"……그가 제게 온전한 사실만을 이야기했다고 말할 수는 없지만, 그렇다고 해서 그가 완전한 거짓말을 했다고 볼 수는 없습니다."

로아나가 나지막한 목소리로 욤펜을 재촉하자, 그제야 욤펜이 조심스러운 어조로 대답했다.

"일단 신황 성하께서 그의 기사를 불러 모은 것은 사실입니다. 신황 성하의 기사들이 신전을 나설 준비를 하는 모습을 제 두 눈으로 직접 보았습니다."

"그렇군요."

로아나는 가만가만 고개를 끄덕이고선 자리에서 일어났다.

"그렇다면 신황 성하께서 정말로 신전을 떠나시는지만 확인해 보면 되겠군요."

로아나의 말을 들은 욤펜의 표정이 더없이 딱딱하게 굳어졌다. 하지만 그것은 잠시였고, 욤펜은 곧 로아나를 따라서 묵묵히 몸을 일으켰다.

* * *

갑작스럽게 내리기 시작한 겨울비는 이튿날에도 계속해서 이어졌다. 아무래도 당분간 비는 쉬이 그치지 않고 내릴 모양이었다. 엘시아는 창문이 잘 닫혀 있는지 확인한 다음에 침실을 나섰다. 그리고 그 길로 곧장 리리엔의 침실로 향했다.

느지막한 아침이었고, 궂은 날씨에도 레오디안은 진작 집결지로 향한 뒤였다. 현재 저택에는 사용인을 제외하면 리리엔과 엘시아 단 두 사람뿐이었다. 엘시아는 리리엔의 침실 안으로 들어가면서, 리리엔에게 하이드가 떠났다는 소식을 어떻게 전해야 할지 고민했다.

리리엔은 이불에 폭 파묻힌 채로 아직 한창 꿈나라를 헤매고 있었다. 엘시아는 조심스러운 걸음으로 리리엔에게 가까이 다가갔다. 침대 맡에 놓여 있는 의자에 앉아서 엘시아는 잠시 동안 조용히 리리엔을 눈에 담고 있었다. 하이드가 떠났다는 사실을 알게 된다면 리리엔은 어떤 반응을 보일까. 엘시아는 감히 짐작조차 해볼 수가 없었다.

그렇게 꽤 오랜 시간이 흐른 뒤, 엘시아는 손을 들어 조심스럽게 리리엔의 어깨를 감싸 쥐고는 가볍게 흔들었다.

"리리엔."

엘시아의 나직한 목소리가 조용한 방 안에 울려 퍼졌다.

"으응……."

리리엔은 작게 뒤척일 뿐 일어나지 않았다. 그에 엘시아가 다시금 리리엔을 불렀다.

"리리엔, 아침이야."

"……벌써?"

리리엔이 미간을 찌푸리더니 베개에 얼굴을 푹 파묻었다. 엘시아는 작게 웃으며 말했다.

"응, 이제 그만 일어나야 해."

"알았어……."

리리엔이 간신히 몸을 일으켰다. 그리고 엘시아를 올려다보는 리리엔의 푸른 눈동자에는 미처 몰아내지 못한 잠기운이 가득 묻어 있었다. 리리엔은 한참 멍하니 앉아서 눈만 깜빡거렸다. 그러다 잠시 뒤 어느 정도 정신을 차렸는지 한층 또렷해진 눈으로 엘시아를 바라보며 물었다.

"하이드는 일어났어?"

엘시아의 말문을 막기에 더할 나위 없이 충분한 물음이었다. 엘시아는 일순 크게 숨을 들이켠 채로 입술을 깨물었다. 그런 엘시아의 반응을 보고 리리엔은 무언가를 직감한 듯 표정을 딱딱하게 굳혔다.

"리리엔, 하이드는……."

엘시아가 가까스로 입을 열었으나 하고자 하는 말을 끝까지 잇지는 못했다.

엘시아가 난감함 표정으로 입을 다물자, 리리엔은 조용히 고개를 돌려 창밖에 눈길을 주었다. 그리고 꽤 한참 동안 멍하니 쏟아지는 빗줄기를 바라보다가 입을 열었다.

"……아직 하이드를 찾지 못한 거구나."

그 혼잣말에 가까운 중얼거림에 엘시아는 아무런 대꾸도 하지 못했다. 사실은 하이드를 찾는 걸 포기했다는 말을 어떻게 꺼내야 할지 알 수 없었다. 그리하여 엘시아가 기나긴 침묵을 지키고 있을 무렵, 리리엔의 목소리가 적막을 갈랐다.

"비가 너무 많이 와서 걱정되지만……. 뭐, 하이드라면 괜찮겠지."

엘시아는 나지막이 숨을 들이켰다. 리리엔은 하이드가 곧 돌아오리라고 생각하고 있었다. 기약 없는 기다림이라는 것이 얼마나 쉽게 마음을 황폐하게 만들 수 있는지 엘시아는 잘 알고 있었다.

이제 더 이상 미룰 수 없었다. 리리엔에게 사실대로 말해 줘야 했다. 엘시아는 참담한 심정으로 입을 열었다.

"리리엔."

"응?"

"하이드는 돌아오지 않을 거야."

"……그게 무슨 말이야?"

엘시아의 말을 이해할 수 없다는 듯이 리리엔이 살며시 미간을 찌푸렸다. 엘시아는 애써 담담한 목소리로 대답했다.

"말 그대로, 하이드가 다시 이곳으로 돌아오는 일은 없을 거란 얘기야."

리리엔의 입술이 멍하니 벌어졌다. 상황 파악이 안 되어 혼란스러운 눈치였다. 엘시아는 그런 리리엔을 안타까운 눈빛으로 바라보았다. 아무래도 리리엔이 그간 하이드에게 정을 많이 준 모양이었다. 처음 하이드를 만났을 때 하이드를 꺼려한 것이 무색하게도 말이다.

하기야 리리엔은 하이드와 거의 매일같이 붙어 지냈다. 그러니만큼 리리엔이 아직까지 하이드에게 정을 붙이지 못했다면 오히려 그게 더 이상한 일일 터였다.

엘시아는 조용히 리리엔의 안색을 살폈다. 리리엔은 여전히 혼란스러운 듯한 기색이었다. 그뿐만 아니라 얼굴이 창백하게 질려 있기까지 했다.

그런 리리엔을 가만히 지켜보고 있자니 엘시아는 더욱 마음이 괴로워졌다. 갑작스러운 이별을 받아들이기에 리리엔은 너무 어렸다.

"……언니는 하이드를 찾는 걸 포기했구나."

한참 만에 침묵을 깨고 리리엔이 말했다.

"어째서 포기한 거야?"

"리리엔, 나는……."

리리엔이 고개를 저었다. 엘시아의 말을 듣기 싫다는 듯이 리리엔은 지그시 눈을 감고서 말을 이었다.

"하이드가 언니를 위해서 무슨 짓을 했는데……."

"……."

"언니는 어떻게 이렇게 쉽게 하이드를 포기할 수가 있어?"

리리엔이 믿을 수 없다는 듯 떨리는 목소리로 물었다. 엘시아는 아무런 변명을 할 수가 없었다. 리리엔의 비난은 합당했다. 적어도 엘시아는 그렇게 생각했기에 리리엔의 비난을 겸허히 받아들였다.

리리엔은 순간 격해진 감정을 다스리려는 듯 한동안 아무런 말없이 눈을 감고 있었다. 그리고 엘시아는 꽉 다물린 리리엔의 조그만 입술에 시선을 고정한 채로 가만히 자리를 지켰다.

꽤 오랜 시간이 지나고 난 다음, 리리엔이 침묵을 깨고 입을 열었다.

"하이드는 우리하고 같이 살고 싶어 했는데. 그런데 이렇게 갑자기 떠났다고?"

리리엔이 도무지 이해할 수가 없다는 듯 고개를 내저었다. 그러다 돌연 획 고개를 들고 엘시아를 바라보면서 물었다.

"걔가 언니한테 떠나겠다고 말했어?"

엘시아는 대답하지 못했다. 그러나 그 침묵이 의미하는 바를 리리엔은 곧바로 알아차렸다. 하이드는 엘시아에게 떠나겠다고 말한 적이 없는 것이다. 리리엔은 아랫입술을 질끈 깨물었다. 금방이라도 눈물이 터져 나올 것 같았지만, 가까스로 참아 냈다.

여기서 울고 싶지 않았다. 울면서 떼를 쓰는 어린아이처럼 보이고 싶지 않았다. 리리엔은 꿀꺽 침을 삼키고 잠긴 목을 골랐다.

"하이드는 언니가 어디에 있는지 느낄 수 있다고 했어."

리리엔은 엘시아라면 하이드를 찾아내는 게 가능하리라 생각하고 있었다.

"언니도 하이드가 어디 있는지 느낄 수 있는 거지? 그렇지?"

"……리리엔."

"대답해 줘."

엘시아는 곤혹스러운 표정으로 입술을 깨물었다. 리리엔은 엘시아를 똑똑히 직시하며 엘시아가 대답하기만을 기다리고 있었다.

리리엔의 말대로 엘시아는 하이드의 기척을 읽어 낼 수 있었다. 이틀째 내리고 있는 비 때문에 하이드를 찾아내는 게 평소처럼 수월하지는 않겠지만, 노력한다면 얼마든지 가능했다. 하지만 그러고 싶지 않았다. 하이드가 아무런 이유 없이 돌연 홀연히 떠나 버린 것은 아니리라고 믿고 있으므로.

엘시아가 나직이 한숨을 내쉬면서 입을 열었다.

"리리엔, 아까 네가 말한 대로 비가 너무 많이 와."

리리엔이 굳은 표정으로 엘시아를 응시했다.

"그래서?"

"비 때문에 하이드를 찾아내는 건 불가능해."

리리엔은 잠시 생각에 잠긴 듯한 기색으로 침묵하다가, 이내 더욱 딱딱하게 굳은 얼굴로 입을 열었다.

"시도해 보지도 않고 어떻게 장담하는데?"

"리리엔."

"언니한테 실망했어."

"……."

리리엔이 딱 잘라 단호하게 말하자 엘시아는 말문이 막혔다. 실망했다니, 엘시아가 리리엔에게 그런 말을 들은 건 생전 처음이었다. 엘시아는 가슴 속에서 무언가 쿵 떨어지는 듯한 느낌을 받았다.

그리고 그 순간, 리리엔이 엘시아를 외면하듯 옆으로 고개를 돌리고서 말했다.

"오늘은 혼자 있고 싶어. 이만 나가줘."

"리리엔……."

"부탁할게, 언니."

"……."

또다시 가슴 속에서 무언가 처참하게 무너지는 듯한 느낌이었다. 엘시아는 이를 꽉 사리물었다. 그리고 리리엔의 뜻을 따라 자리에서 일어났다. 지금 이 상태로는 무슨 이야기를 하더라도 리리엔을 이해시킬 수는 없을 것 같았다. 엘시아는 자신도 리리엔도 혼자서 생각을 정리할 시간이 필요하다고 판단했다.

"알았어."

엘시아는 문가로 다가갔다. 그리고 곧장 문을 열고 방을 나서려다가, 순간 머릿속을 스치고 지나간 생각에 돌연 리리엔을 돌아보았다.

"그래도 아침은 먹어야 해."

"……응."

리리엔이 나직이 대답했다. 시선은 엘시아가 아닌 창가에 붙박아 둔 채였다. 그런 리리엔의 모습을 보고 엘시아는 씁쓸한 표정을 지으며 방을 나섰다.

달칵하는 소리와 함께 문이 닫히고 방 안에 홀로 남겨진 리리엔은 그 길로 조용히 생각에 잠겼다. 하이드는 분명 이곳에서 지내고 싶어 했다. 그런데 갑자기 떠나 버렸다. 리리엔은 거기에 무슨 특별한 이유가 있을 것이라고 생각했다. 그렇다면 과연 그 이유는 무엇일까. 리리엔은 잠시 고민한 끝에 퍽 그럴싸한 이유를 떠올릴 수 있었다.

하이드는 이상하리만큼 엘시아에게 호의를 보였다. 엘시아를 지키는 걸 돕겠다며 리리엔에게 먼저 제안한 적도 있었다. 거기까지 생각하다 보니 얼마 전에 하이드와 함께 찾아갔던 동굴이 문득 머릿속에 떠올랐다.

하이드는 그 동굴 안에서 지내고 있던 괴물들을 모조리 죽였다. 그리고 그건 전부 엘시아를 위해서였다. 그러니까, 혹시라도 그들이 엘시아의 안위에 위협이 될 수도 있다는 가능성 하나만으로 그들을 처리해 버린 것이었다.

그 사실을 새삼스럽게 떠올렸을 때, 리리엔은 어쩌면 하이드가 이렇듯 갑자기 떠난 것도 엘시아를 위해서가 아닐까 하는 짐작을 했다. 하이드는 엘시아를 위해서 떠난 것이다. 그렇다면 하이드는 지금 어디에 있는 걸까.

잠시 고민하던 리리엔은 곧 하이드가 어디로 갔는지 어렴풋이 알 것 같았다.

* * *

끝을 알 수 없는 비가 어김없이 줄기차게 내리고 있는 이른 오후, 신황은 그의 기사들을 이끌고 신성지를 떠났다. 그리고 로아나는 욤펜이 전해 들은 소식이 정말 사실이었다는 걸 자연스럽게 깨달았다.

신황은 신전과 신성지를 비웠다. 그 누구에게도 정확한 행선지를 알리지 않고 떠났다. 로아나는 신황이 가고자 하는 목적지와 그곳에 발걸음을 하려는 목적이 무엇인지 고민해 보았다. 하지만 아무리 고민을 해보아도 딱히 짚이는 구석이 없었다. 로아나는 긴 한숨을 내쉬었다.

"아무래도 지금 당장 대공님께 가 봐야 할 것 같아요."

로아나의 말에 욤펜이 퍼뜩 고개를 들어 올렸다.

"지금 당장 말입니까?"

"네. 대공님도 이 소식을 아셔야죠."

"아마 알고 계시지 않을까요."

하기야 레오디안이라면 이미 신황의 소식을 전해 들었을 수도 있었다. 로아나는 가만가만 고개를 끄덕였다.

"그리고 어쩌면 신황 성하께서 갑자기 신전을 나선 이유도 짐작하고 계실 수도 있고요."

"……아, 그럴 수도 있겠군요."

로아나의 말을 납득하면서도 욤펜은 불안한 기색을 감추지 못하고 우려를 표했다.

"하지만 지금 이 시점에서 로켄페데스 대공을 찾아가는 것이 과연 현명한 일일지……."

로아나는 욤펜이 홀로 남겨지는 데에 두려움을 느끼고 있는 것이라고 짐작했다. 그러니까 현재 욤펜은 로아나를 걱정하고 있는 것이라기보다는, 로아나가 레오디안을 만나러 가면 혼자 신전에 남겨질 자신을 걱정하고 있는 것으로 보였다.

대신관 중 유독 심약한 성정을 지닌 욤펜이기에 그가 지금과 같은 반응을 보이는 것이 충분히 이해가 됐다. 로아나는 욤펜을 안심시키듯 부드러운 미소를 지으며 자리에서 일어났다.

"신황 성하께서 무엇을 가지고 돌아오실지 몰라요. 우리는 대비를 해야 합니다."

욤펜이 듣기에도 로아나의 말은 흠잡을 구석이 없었다. 욤펜은 더 이상 로아나를 만류할 수 없었다.

"……그렇다면 저도 로아나 대신관과 함께 가겠습니다."

"아뇨, 욤펜 대신관은 남아서 이곳의 동향을 살펴 주셔야 합니다."

로아나가 단호하게 말했다. 그 말 역시도 합리적인지라 욤펜은 아무런 반박도 하지 못했다.

"부탁드릴게요."

"……예, 알겠습니다."

욤펜은 앞으로 무슨 일이 일어날지 너무나도 두려웠지만 애써 두려운 마음을 뒤로하고서 고개를 끄덕였다.

* * *

그 시각, 레오디안은 집무실에서 서류를 넘겨보던 중, 페이렌으로부터 신황이 신성지를 나섰다는 소식을 전해 들었다.

"듣기로는 신황이 로메타 마을을 시작으로 신성지 근처 마을을 둘러본 뒤 돌아올 예정이라고 합니다."

페이렌에게 신황의 행선지를 알려 준 사람은 다름 아닌 케일런이었다. 케일런은 과연 신황의 신임을 받는 기사답게 이번 신황의 외출에도 동행했다.

"신황이 언제 돌아올지 정확한 시기는 알 수 없지만, 짐작해 보건대 적어도 사나흘 정도는 걸리지 않을까 합니다."

그렇게 말한 페이렌이 조심스럽게 레오디안의 낯을 살폈다. 레오디안은 늘 그렇듯 무표정한 얼굴로 조용히 앉아 있었다. 지금 레오디안이 무슨 생각을 하고 있을지 페이렌은 선뜻 짐작할 수가 없었다. 때문에 페이렌은 조금 고개를 숙인 채로 그저 조용히 레오디안이 말을 꺼낼 때까지 잠자코 기다릴 뿐이었다.

고요한 집무실 안에는 한동안 묵직한 빗소리만이 울려 퍼졌다. 나름대로 규칙적인 그 소리에 이질적인 소리가 섞여 든 것은 꽤 오랜 시간이 흐른 뒤의 일이었다. 그러니까, 레오디안이 자리에서 일어난 순간이었다. 레오디안이 몸을 일으키면서 의자가 끌리는 소리가 났다.

그제야 페이렌은 여태 아래로 떨구고 있던 시선을 들어 올려 레오디안에게 눈길을 주었다. 레오디안은 조금 전까지 손에 쥐고 있던 펜을 상의 주머니에 꽂아 넣고 있었다.

"아무래도 신황은 직접 괴물을 잡아들일 생각인 것 같군."

그렇게 말하며 레오디안이 외투를 걸쳤다. 당장이라도 집무실을 나설 기세였다.

"신전으로 가실 생각입니까?"

레오디안이 고개를 끄덕였다.

"신황이 부재한 지금이 바로 임모투스 신전 지하를 조사해 볼 적기가 아닌가."

레오디안의 말에 이번에는 페이렌이 고개를 주억거렸다.

"마차를 준비하겠습니다."

"그래, 부탁하지."

페이렌이 집무실을 나가고, 레오디안은 몸을 돌려 창가로 다가갔다. 창밖으로 비 내리는 집결지 정경이 한눈에 들어왔다.

그리 오랜 시간이 지나지 않아서 누군가 가볍게 문을 두드리는 소리가 들렸다. 그제야 레오디안은 창가에서 시선을 떼어 냈다. 그리고 굳게 닫힌 문을 바라보며 들어오라고 말하자, 문이 열리고 페이렌이 안으로 들어왔다.

벌써 마차가 준비가 된 건가. 레오디안은 조금 의아한 눈으로 페이렌을 응시했다. 그러자 페이렌의 입술이 벌어지고 그녀의 입술 사이로는 레오디안의 예상과 다른 말이 흘러나왔다.

"각하. 로아나 대신관이 집결지를 찾아왔다고 합니다."

* * *

신황이 뜬금없이 신성지를 나섰다는 소식은 머지않아서 제도에까지 알려졌다.

로지안은 제 귓가에 그 소식을 나직이 속삭여 준 기사를 묵묵히 바라보다가 작게 한숨을 내쉬었다.

"그래, 알았다. 이만 나가 봐."

"예, 저하."

기사가 지체하지 않고 방을 떠났다. 로지안은 힐끔 에밀리아에게 시선을 흘렸다.

아까부터 에밀리아는 아무런 표정 없는 얼굴로 조용히 차를 마시고 있었다. 조금 전 기사가 전해준 소식을 듣고 자못 놀란 기색을 내보인 로지안을 아는지 모르는지, 에밀리아는 로지안에게 조금도 신경을 쓰지 않았다. 그 무엇도 중요하지 않다는 듯 에밀리아는 그저 조용히 자리만 지키고 있을 뿐이었다.

로지안은 그런 에밀리아가 꼭 죽을 날을 받아들고 차분히 죽음을 준비하고 있는 사람처럼 느껴졌다. 로지안이 에밀리아에게서 그런 느낌을 받은 건 비단 하루 이틀만의 일이 아니었다. 에밀리아는 언제든 미련 없이 죽어 버릴 것만 같았다.

그게 신경이 쓰여서 로지안은 시간이 날 때면 이곳을 찾아왔다. 그리고 에밀리아는 늘 특별한 이유 없이 그녀를 찾아오는 로지안을 덤덤하게 마주했다.

언젠가는 로지안에게 바쁘지 않냐며 얼른 돌아가라는 말을 에둘러 건넸을 때도 있었다. 그러나 어느 순간부터 에밀리아는 그것마저 관두었다. 로지안이 알아서 자리에서 일어날 때까지, 에밀리아는 지금처럼 그저 조용히 시간을 흘려보냈다. 마치 로지안이 눈에 보이지 않는 사람처럼 에밀리아는 로지안이 먼저 말을 걸기 전에는 그에게 시선조차 주지 않았다.

그것은 일국의 황자를 대하는 태도라기에는 지나치게 무례한 태도였다. 하지만 로지안은 군이 에밀리아의 태도를 지적하지 않았다. 로지안은 에밀리아가 그러하 듯 조용히 차를 마셨다. 그리고 살며시 눈을 감은 채로 고요한 티룸을 울리는 빗소리를 듣다가, 한참 만에 침묵을 깨고 말했다.

"신황이 갑자기 신성지를 나섰다고 하는군."

에밀리아에게서는 아무런 대꾸도 들을 수 없었다. 로지안은 천천히 눈꺼풀을 들어 올렸다. 에밀리아는 어느새 다 비운 찻잔을 가만히 내려다보고 있었다.

"그것이 무엇을 의미하는지 아는가?"

"……글쎄요."

에밀리아가 한참 만에 비로소 입을 열어 로지안에게 대꾸했다.

"무지한 제가 고귀하신 분들의 생각을 어찌 알겠습니까."

비아냥거리는 듯한 에밀리아의 말을 듣고 로지안이 슬쩍 미간을 찌푸렸다.

"요즘 여인들 사이에서는 자기 비하를 하는 것이 유행하고 있나 보군."

뜬금없는 로지안의 말에 이번에는 에밀리아가 미간을 좁혔다.

"……그게 무슨 말씀이신지."

"말 그대로."

로지안은 그를 이해할 수 없다는 듯이 바라보고 있는 에밀리아를 향해 가볍게 어깨를 으쓱여 보였다.

"여기나 저기나 아무렇지도 않게 자기 비하를 하는 여인뿐이란 말이지."

"……."

에밀리아는 로지안의 말뜻이 무엇인지 추론해 보려는 건지 로지안을 유심히 주시하며 침묵했다. 로지안은 이제야 에밀리아가 그에게 관심을 보이는 것이 퍽 기꺼워 희미하게 미소를 지었다. 그게 어떤 종류의 관심인가 하는 건 상관없이 말이다.

로지안은 에밀리아가 충분히 고민할 시간을 준 뒤, 느릿하게 입술을 열었다.

"얼마 전에 엘시아 아리테스 영애를 만나고 왔어."

"아……."

에밀리아는 무언가를 깨달은 듯 나직이 탄성을 내뱉었다.

"그녀도 본인을 비하하는 데에 아주 익숙해 보였어. 조금 전 그대처럼 말이야."

로지안은 대수롭지 않다는 듯이 말했으나, 사실 그의 기분은 썩 좋지만은 않았다. 엘시아도 에밀리아도 로지안이 보기에는 충분히 매력적인 사람들이었다. 하지만 정작 본인들은 그리 생각하지 않는 듯했다.

그녀들이 자기 비하나 연민에 빠져 있는 모습은 그다지 유쾌하지 않았다. 로지안은 잠시 동안 생각에 잠겨 있다가 이내 천천히 말문을 열었다.

"아무튼, 신황이 무언가 행동을 나섰으니 우리도 그에 대비를 해야겠지."

로지안이 자연스럽게 화제를 돌리자 에밀리아의 표정이 한결 편안해졌다.

"어떻게 대비를 하실 생각이신가요, 저하."

"일단 인편으로 로켄페데스 대공에게 연락을 취해 봐야지."

로지안은 레오디안과 함께 거사를 도모하기로 했다. 그러니만큼 이번 일도 레오디안과 상의를 하는 것이 옳을 터였다.

"그리고 황제 폐하의 반응도 살펴봐야겠지. 지금쯤이면 신황이 신성지를 나섰다는 소식이 황궁에도 흘러들어갔을 테니까."

로지안의 말에 에밀리아는 묵묵히 고개를 끄덕이는 것으로 대꾸를 대신했다. 로지안은 에밀리아의 찻잔에 차를 따라 주었다. 에밀리아는 그 모습을 말없이 지켜볼 뿐이었다.

"어쩐지 썩 좋지 않은 예감이 들어."

로지안이 혼잣말처럼 중얼거렸다. 그에 에밀리아는 딱히 아무런 반응을 하지 않았다. 로지안은 등받이에 상체를 편히 기댄 뒤, 조용히 입가를 매만지며 잠시 생각에 잠겼다. 시선은 에밀리아를 향한 채였다.

그로부터 그리 오랜 시간이 지나지 않아서 로지안은 어느 정도 생각을 정리했다. 로지안이 천천히 입을 열었다.

"아무래도 그대는 잠시 동안 이곳을 떠나 있는 편이 낫겠어."

예상치 못한 말에 에밀리아는 순간 놀란 듯 눈을 크게 떴다가, 이내 조용히 고개를 끄덕였다.

* * *

황제의 침실에서는 죽음의 냄새가 났다.

그건 황제의 곁에 가까이 다가가면 풍기고는 하는 비릿한 피 냄새보다 더욱 음습하고 농밀한 냄새였다. 절로 눈살이 찌푸려지는 그런 꺼림칙한 냄새에 하일롭은 웃는 낯을 가장하고 있는 것이 정말이지 힘들었다. 하지만 황제의 앞에서 제 날것 그대로의 감정을 드러낼 수는 없는 노릇인지라, 하일롭은 애써 입매를 끌어 올리며 버겁게나마 미소를 지었다.

머지않아서 황제의 각혈이 멎었다. 잠시 후, 황제는 여태 입을 틀어막고 있던 손수건을 바닥에 아무렇게나 내던졌다. 힘없이 바닥에 떨어진 손수건에는 붉은 선혈이 묻어나 있었다. 황제는 가쁜 숨을 몰아쉬며 상체를 기대어 앉았다. 그리고 하일롭을 향해서 가까이 다가오라며 손짓했다.

순간 멈칫했던 하일롭은 곧 아무렇지 않은 척 태연한 미소를 지으며 황제에게 다가갔다. 황제는 예고 없이 하일롭의 손목을 틀어쥐더니 그를 자신의 쪽으로 힘주어 끌어당겼다. 그 거친 손길에 하일롭은 졸지에 허리를 숙인 채 황제에게 귓가를 가져다 대게 되었다.

"잘 들어라, 아들아."

황제의 숨결이 하일롭의 귓가에 닿고서 흩어졌다. 온몸에 소름이 끼치는 것 같았지만, 하일롭은 꺼림칙한 마음을 내색하지 않고 계속해서 웃는 낯을 유지했다. 황제는 한참 동안 거칠고 불규칙적인 숨을 씨근대다가 가까스로 말을 이었다.

"그 아이는 결코 살아 있어서는 안 된다. 알겠느냐?"

"예, 폐하."

하일롭은 순종적인 아들의 낯을 한 채로 순순히 대답했다.

"그리 하겠습니다."

하일롭의 선선한 대답에 황제는 만족스럽다는 듯한 표정으로 하일롭을 응시했다.

황제는 리리엔의 존재에 강박적이다 싶을 정도로 과민한 반응을 보였다. 그것이 하일롭은 참 이상하다고 생각하면서도 이제는 황제에게 그 이유를 묻지 않았다. 이유를 물어봤자 황제는 결코 대답해 주지 않았으니까.

'제국을 위한 일이다.'

언젠가 하일롭이 황제에게 물었을 때, 황제는 이 한마디로 대답했다. 그리고 자세한 사정을 설명해 주려 하지 않았다. 때문에 하일롭은 홀로 조용히 의문을 삼킬 뿐이었다.

"아들아."

메마른 나뭇가지처럼 거친 황제의 손이 하일롭의 뺨을 가볍게 쓸어내렸다. 하일롭은 자못 어두워진 안색으로 고개를 들었다.

"그래서 로지안이 대공의 답을 가지고 돌아왔더냐?"

"예, 폐하."

하일롭은 애써 대수롭지 않은 척 태연하게 대답했다.

"대공은 폐하의 뜻에 함께할 것입니다."

"그래, 듣던 중 반가운 소리로구나."

황제가 배부른 짐승처럼 만족스럽게 미소를 지었다. 그러면서 혼탁하게 풀린 눈을 천천히 깜빡였다.

"빠른 시일 내로 대공을 직접 만나 보아야겠다."

"모든 것은 폐하의 뜻대로."

하일롭이 황제에게 마주 미소를 지어 보였다. 그러자 황제는 그런 하일롭을 잠시 동안 유심히 바라보다가, 곧 볼품없이 갈라진 입술을 열었다.

"그런데 어찌하여 로지안은……."

그때, 누군가 문을 두드리는 소리가 황제의 목소리와 한데 얽혀들었다.

황제는 잠시 말을 멈추고 문가에 시선을 주었다. 그리고 문 너머의 방문자에게 들어오라고 말했다. 이윽고 문이 열리고 침실 안으로 들어온 것은 황제의 충직한 시종이었다. 그는 빠르게 황제에게 다가왔다.

"폐하, 급히 전해 드려야 할 소식이……."

시종은 하일롭을 의식한 듯 힐끔 하일롭을 바라보았다. 황제가 그런 시종을 향해서 괜찮다는 듯 고개를 끄덕여 보였다. 그럼에도 시종은 연거푸 하일롭의 눈치를 살피다가, 이내 허리를 굽혀 황제의 귓가에 얼굴을 가까이 가져다댄 뒤에 입을 열었다.

황제는 시종이 속삭이는 이야기를 가만히 들었다. 그리고 시종이 전하고자 했던 말을 모두 끝마친 뒤에 허리를 곧게 폈을 때, 황제의 표정은 더없이 딱딱하게 굳어 있었다.

황제는 잠시 무언가를 생각하는 기색으로 아무런 말이 없다가, 곧 가볍게 손짓을 해 시종을 물렸다. 시종이 침실을 떠나자 황제는 그제야 하일롭에게 시선을 두고서 말문을 열었다.

"……일이 영 곤란하게 되었구나."

하일롭은 묵묵히 황제를 마주 바라보았다. 황제는 고민이 깊은 듯 심각한 표정을 짓고 있었다.

"신황이 신성지를 나섰다고 하는데, 이 사실을 알고 있었느냐?"

"몰랐습니다."

하일롭이 고개를 내저었다. 그러자 황제는 한동안 곰곰이 생각에 빠져 있다가 꽤 한참 만에 침묵을 깼다.

"아들아, 이제 때가 된 듯하구나."

황제가 퍽 단호한 표정을 지은 채로 선언하듯 말했다.

"황실 기사단을 소집하여라."

* * *

하이드는 베스티가 영영 떠나 버린 것이라는 사실을 직감했다.

베스티가 다시는 하이드의 눈앞에 나타나지 않겠다는 약속을 한 것은 아니었다. 하지만 하이드는 자신이 두 번 다시 그녀를 만날 일은 없으리라는 것을 본능적으로 깨달았다.

상처 입은 몸으로 동굴을 떠난 베스티의 기척은 시간이 흐르면 흐를수록 점점 옅어져 갔다. 베스티가 어디로 향하고 있는 건지는 알 수 없었다. 그러나 한 가지 분명한 것은 베스티가 하이드로부터 멀어지고 있다는 점이었다.

날이 밝은 지 오래였으나 동굴은 여전히 한밤중인 것처럼 어두웠다. 하이드는 그곳에 홀로 남겨진 채였다.

베스티를 처리해야 한다는 생각으로 저택을 나왔고, 그 목적을 달성했다. 예상한 방향은 아니었지만 어찌 됐든 베스티는 더 이상 엘시아에게 위협이 되지 않을 것이었다. 그리고 나니 이제 무엇을 해야 할지 알 수 없었다. 하이드는 푸른 피가 덕지덕지 말라붙어 있는 제 손을 멍하니 내려다보았다.

엘시아와 리리엔이 있는 곳, 그 따스한 애정으로 가득한 곳으로는 돌아갈 수 없었다. 그러기에는 너무 멀리 와 버렸다. 그곳으로 돌아갈 엄두를 내지 못할 정도로 이곳은 그곳으로부터 너무나도 멀리 떨어져 있었다. 그러니 그곳으로는 갈 수 없다. 하이드는 푸른 피로 얼룩진 두 손을 꽉 움켜쥐었다.

그렇다면 이제 어디로 가야 하는 걸까.

하이드는 자신도 베스티처럼 어디론가 사라져야 한다고 생각했다. 그게 엘시아와 리리엔을 위하는 일이라고 믿어 의심치 않았다. 하지만 아무리 생각해 봐도 어디로 가야 하는 건지 하이드는 도무지 알 수 없었다.

* * *

신황이 떠난 임모투스 신전은 언제나 그러하듯 고요했다. 그 정적인 분위기 속에서 페이렌은 알 수 없는 불안감을 느꼈다. 하지만 앞서 걷고 있는 레오디안은 일평생 불안감 따위 모르고 살아온 사람처럼 내딛는 발걸음에 망설임이 없었다.

페이렌은 힐끔 옆을 돌아보았다. 아까부터 침묵을 지키고 있는 로아나의 얼굴 위로는 불안한 기색이 서려 있었다. 현재 불안해하고 있는 것이 오직 자신뿐만이 아니라는 사실에 안도해야 하는 건지 알 수 없었다. 페이렌은 다시 정면에 시선을 고정하고 걸음을 옮겼다.

머지않아서 신황의 관리 아래 있는 온실에 도착했다. 두 명의 기사들이 온실 앞을 지키고 있었다. 그들에게 다가간 페이렌이 말했다.

"잠시 확인해 볼 것이 있으니 문을 열도록."

순간 기사들이 당황한 시선을 교환했다. 페이렌은 그들이 무언가 판단할 시간을 주어서는 안 된다는 생각에 그들을 재촉했다.

"익히 알고 있겠지만 각하는 무척 바쁘신 분이다. 그러니 쓸데없이 시간 지체하지 말고 어서 문을 열어."

페이렌의 재촉에 못 이긴 기사들이 온실의 문을 열고 비켜 길을 냈다. 그러자 레오디안이 페이렌과 로아나를 돌아보고서 말했다.

"여기서 기다리도록."

"예."

페이렌의 선선한 대답을 뒤로한 채 레오디안은 홀로 온실 안으로 향했다. 온실 안에 들어서기가 무섭게 레오디안은 자못 익숙한 냄새를 맡았다. 일전에 로아나가 가져왔던 풀에서 맡아 본 미묘한 향이 온실 안을 가득 메우고 있었다.

레오디안은 그 향기가 유독 짙게 풍기는 곳을 향해서 발걸음을 옮겼다. 그리고 머지않아서 향기의 출처에 도착해 걸음을 멈추었다.

온실 한편에 한 뼘 남짓한 길이의 식물이 한데 모여 자라 있었다. 레오디안은 눈앞의 식물이 바로 로아나가 말한 환각을 유발하는 식물임을 단번에 알아보았다. 시간을 지체할 것 없이 레오디안은 곧장 한 손을 뻗었다. 이윽고 그 손에서부터 푸르른 연기가 뭉게뭉게 피어났다.

푸른 연기는 식물에 닿자 푸른 불길로 변했다. 그 불길은 식물을 죄다 집어삼키고 난 다음 소화되었다. 레오디안은 불온한 식물이 한 줄기도 남지 않고 모조리 불에 타 재가 되어 버린 것을 확인했다. 그리고 난 뒤에 미련 없이 몸을 돌리고는 그 길로 곧바로 온실을 빠져나왔다.

페이렌과 로아나는 초조한 기색으로 서 있다가, 이내 밖으로 나온 레오디안을 발견하고 나서야 안도한 표정을 지었다.

"확인해 보신다는 것은 확인하셨습니까, 각하?"

"그래. 덕분에."

레오디안이 흔쾌히 대답했다. 그러자 기사들이 온실의 문을 다시 굳게 걸어 잠갔다. 레오디안은 아무 일도 없었다는 듯 태연히 페이렌과 로아나에게 다가가 말했다.

"지하로 가지."

* * *

로지안은 에밀리아가 떠날 채비를 하는 것을 지켜보다가 황궁으로 돌아왔다.

황궁의 분위기는 무척 딱딱하게 경직되어 있었다. 황실 기사단복을 입은 기사 여럿이 궁 안을 바삐 오고 가고 있었다. 그뿐만 아니라 근위기사들도 평소보다 훨씬 더 긴장한 표정으로 궁을 지키는 중이었다. 그리고 로지안은 황궁 안에 감도는 긴장감의 원인을 어렵지 않게 짐작해 냈다.

황제와 하일롭도 신황의 소식을 들은 것이리라.

로지안은 황제와 하일롭이 무슨 작당을 하고 있는지 확인해 보고 싶었으나, 애써 궁금증을 뒤로한 채 일단 자신의 침실로 향했다. 그리고 시종의 시중을 받아 옷을 갈아입은 뒤, 레오디안에게 보낼 편지를 썼다.

편지를 쓰는 데는 그리 오랜 시간이 걸리지 않았다. 로지안은 기사를 불러들여 그에게 간결하게 용건만 적은 편지를 건넸다.

"지금 당장 이것을 가지고 신성지로 향해라."

"예, 저하."

명을 받은 기사가 떠난 뒤에 로지안은 자리에서 일어나 창가로 향했다. 창밖으로 말 여러 마리가 줄지어 서 있는 것이 보였다. 그 주위로는 출정할 때와 같은 차림새를 한 황실 기사들이 서 있었다.

'당장 신성지를 치지는 못할 터인데……'

황실 기사단은 당장 전장으로 향한다 하여도 무리가 없는 모습이었다. 황실의 문양이 새겨진 깃발을 든 기수까지 갖추고 있었던 것이다. 머지않아서 하일롭이 모습을 드러냈다. 여태 대기하고 있던 기사들이 하일롭을 향해 예를 취하는 것이 보였다. 하일롭은 기사들을 향해 무어라 말을 한 뒤, 그의 말 위에 올라탔다. 그 모습을 보고 로지안이 놀라 눈을 크게 떴다.

설마하니 하일롭이 직접 기사들을 이끌고 황궁을 나설 것이라고는 꿈에도 예상하지 못했다. 로지안은 충격을 받은 표정으로 창밖을 주시했다. 이윽고 황궁 문이 활짝 열리고, 하일롭을 선두로 한 황실 기사단이 황궁을 빠져나갔다.

로지안은 그들이 황궁을 나가는 모습을 가만히 지켜보다가, 이내 황궁 문이 닫히는 것이 시야에 들어왔을 때에서야 뒤늦게 정신을 차렸다. 로지안은 당혹스러운 마음을 가까스로 차분하게 가라앉히고서 침실을 나섰다. 그의 발걸음이 향한 곳은 다름 아닌 황제의 침실이었다.

로지안은 황제의 침실 앞에서 한참 동안 기다려야만 했다. 황제가 로지안의 알현을 선뜻 허락하지 않았기 때문이었다. 황제의 침실 앞을 지키고 선 기사들과 시종들은 난감한 표정으로 로지안의 안색을 살폈다. 그것을 알았지만 로지안은 굳게 닫힌 문에 시선을 붙박아 둔 채로, 꼿꼿하게 서 미동조차 하지 않았다.

그렇게 시간이 얼마나 흘렀을까.

"안으로 드시랍니다, 저하."

황제의 침실 안에서 나온 시종이 문을 활짝 열고서 옆으로 비켜섰다. 로지안은 가볍게 고개를 끄덕이고는 앞으로 걸음을 내디뎠다. 뒤에서 문이 닫히는 소리가 들려왔지만 로지안은 돌아보지 않았다. 황제는 침대 헤드에 상체를 기대어 앉아 있었다. 로지안은 황제를 향해 천천히 다가갔다. 황제는 다가오는 로지안을 묵묵히 바라볼 뿐이었다.

황제가 앉아 있는 침대 맡에 놓인 소파가 조금 흐트러져 있었다. 아마 누군가 다녀간 것이리라. 그것이 누구일지 로지안은 어렵지 않게 짐작할 수 있었다. 필시 하일롭일 터였다. 황제는 의식을 차린 이래로 매일같이 하일롭을 침실로 불러들여 시간을 보냈으므로.

그러나 로지안은 하일롭이 다녀갔냐고 묻는 대신, 다른 말을 꺼냈다.

"폐하께서 이렇게 자리를 보전하고 계시니 제 마음이 영 좋지 않습니다."

대화의 시작으로 적당한 안부 인사였다. 로지안의 말을 듣고 황제가 얼굴 위로 가벼운 미소를 올렸다.

"참으로 상냥하구나."

로지안은 가까스로 입꼬리를 끌어 올렸다. 황제가 볼품없이 갈라진 목소리로 말을 덧붙였다.

"허나 로지안, 네가 마음을 쓸 필요는 없다. 내 몸은 점점 나아지고 있으니."

"그렇습니까."

로지안은 황제가 거짓말을 하고 있다는 사실을 단번에 간파했다. 그도 그럴 것이 황제의 몸 상태는 아무리 좋게 말해도 나아지고 있다고는 말할 수 없어 보였다.

바짝 말라 거스러미가 가득한 입술이며 핏기 없이 창백한 얼굴만 보더라도 황제의 상태가 심상치 않다는 걸 알 수 있었다. 게다가 최근 황궁 의원이 하루에도 몇 번씩 황제의 침실을 들락거리고 있다는 사실을 로지안은 알고 있었다.

황제는 꼭 곧 죽을 사람처럼 보였다. 만약 황제가 지금 당장 의식을 잃는다고 하여도 그것을 그 누구도 이상하게 여기지 않을 터였다.

"그래서 로지안, 이곳은 무슨 일로 찾아왔느냐."

황제가 퍽 다정한 어조로 물었다. 로지안은 곧바로 본론을 꺼내놓아도 될지 잠시 고민하다가 입을 열었다.

"형님이 황실 기사단을 이끌고 황궁을 나서는 모습을 보았습니다."

황제는 조금 굳은 얼굴로 로지안을 응시했다.

"폐하, 신성지를 치실 생각이십니까?"

로지안이 용기를 내서 곧장 묻자 황제는 한동안 침묵을 지켰다.

그런 황제를 보고 로지안은 아직도 황제가 그를 철부지 어린애로 여기고 있는 것이 분명하다고 생각했다. 황제는 언제나 하일롭과 로지안을 비교했다. 원인 모를 이유로 쓰러지기 전에도, 그리고 간신히 의식을 차린 지금도 마찬가지였다.

황제는 매일같이 하일롭을 불러들여 신황을 무너뜨릴 계획을 도모했다. 그런 반면에 로지안을 찾는 법은 결코 없었다. 황제는 그의 중대한 계획을 실행하는 데 있어 로지안에게는 어떠한 역할도 부여할 생각이 추호도 없는 것이다.

로지안은 이를 악물었다. 그리고 한껏 억눌린 목소리로 말했다.

"폐하, 이 이야기를 해도 될지 수도 없이 고민을 하였습니다만……."

황제가 의아한 듯 한쪽 눈썹을 들어 올렸다. 로지안은 더없이 진중한 표정을 짓고서 말을 덧붙였다.

"아무래도 폐하께서도 알고 계셔야 할 듯합니다."

"무슨 이야기인데 그러느냐."

황제는 심상치 않아 보이는 로지안의 기색에 불안한 듯 물었다. 로지안은 일부러 뜸을 들인 뒤에 입을 열었다.

"폐하께서 사경을 헤매시는 동안, 형님이 무슨 짓을 벌였는지 아십니까?"

황제는 로지안에게 대꾸를 할 것처럼 입을 벌렸지만, 이내 입술을 꾹 맞물고서 침묵했다. 그리고 심각한 표정으로 로지안을 바라볼 뿐이었다.

황제라는 자리는 아무리 가까운 자리도 의심하게 만드는 자리였다. 그것이 자신의 아들이라 할지라도 말이다. 로지안은 지금이야말로 황제와 하일롭의 사이를 망가뜨려 놓아야 할 때라고 생각했다.

로지안이 이번에도 일부러 말을 망설이는 기색으로 뜸을 들이자, 황제의 낯 위로 초조한 기운이 서렸다.

"편히 이야기해 보거라, 아들아."

황제가 불안한 듯 굳은 표정으로 로지안을 재촉했다. 로지안은 속으로 비릿한 미소를 지으며 입을 열었다.

"형님은 이제 고인이 된 히치콕 백작과 결탁하여……."

* * *

"……아무래도 신황이 이곳을 모조리 정리한 것 같습니다, 각하."

페이렌이 난감한 표정으로 중얼거렸다. 그 말에 레오디안이 조용히 고개를 끄덕였다. 로아나는 짐짓 경악스러운 표정으로 주위를 둘러보았다. 방금 페이렌이 말한 대로였다. 지하는 텅 비어 있었다. 신황이 자행한 실험의 흔적을 어디에서도 찾아볼 수 없었다. 지하는 마치 무엇도 머문 적이 없다는 듯 깨끗했다.

"이전에 실험 기록지를 빼돌려두기를 잘한 듯합니다."

"그래."

레오디안은 베스티가 갇혀 있었던 감옥에 시선을 두었다.

레오디안이 그 감옥에 발걸음을 했을 때, 감옥 안은 베스티가 흘린 피로 엉망이었다. 하지만 지금 감옥 안은 피는커녕 먼지 한 톨조차 없이 깔끔하게 정리되어 있었다. 신황은 신성지를 나서기 전에 지하를 전부 정리했다. 이 사실이 뜻하는 바가 과연 무엇일지 레오디안은 선뜻 짐작할 수 없었다.

한편, 여태 멍하니 주변을 둘러보고 있던 로아나는 순간 머릿속을 스치고 지나간 생각에 조심스럽게 입을 열었다.

"……혹시 신황 성하께서는 신성지로 돌아오지 않을 생각이신 걸까요?"

그에 레오디안과 페이렌의 눈길이 로아나에게 닿았다. 두 사람의 시선이 자신에게 향하자 로아나가 조금 경직된 표정으로 입을 열었다.

"그게 아니고서야 왜 갑자기 이곳을 정리하셨을까요?"

"일리가 있는 의문이군."

레오디안이 다시금 주위를 둘러보았다. 그때, 페이렌이 의아한 목소리로 말을 던졌다.

"하지만 신황은 현재 그의 기사들을 이끌고 괴물 토벌을 나가지 않았습니까."

페이렌은 레오디안과 로아나에게 차례로 시선을 두면서 말을 덧붙였다.

"다시금 괴물들을 잡아들이려고 이곳을 정리한 것은 아닐까 하는 생각이 듭니다."

"아, 정말 그럴 수도 있겠네요."

로아나가 가볍게 고개를 끄덕이며 페이렌의 말에 동의했다.

"일단 지금 이곳에서 확실하게 알아낼 수 있는 것은 없으니 이만 돌아가는 것이 좋겠군."

신황은 최근 들어 도무지 이유를 알 수 없는 행보를 보이고 있었다.

그래서인지 레오디안은 저택에 남아 있는 엘시아와 리리엔이 신경 쓰였다. 쉽사리 짐작할 수 없는 신황의 저의를 고민하느라 시간을 낭비하고 싶지 않았다. 어차피 시간이 지나면 신황이 무슨 속셈인지를 자연스럽게 알 수 있을 터였다.

레오디안은 망설임 없이 몸을 돌려 층계를 올랐다. 그러자 페이렌과 로아나가 당연하다는 듯이 그런 레오디안의 뒤를 따랐다. 그렇게 세 사람은 곧장 신전의 중앙 기도실을 지나쳐 신전 밖으로 나왔다.

신전이 평소와 다르게 이상하리만큼 소란스럽다는 사실을 세 사람 모두가 알아차리는 데는 그다지 오랜 시간이 필요하지 않았다. 그리고 그 소란의 이유 역시도 세 사람은 금세 알아차렸다.

"황실 기사단의 깃발입니다."

페이렌이 나직한 목소리로 속삭였다. 레오디안은 고개를 들어 저 멀리 보이는 한 무리의 기사들에게 시선을 던졌다. 그 기사들을 이끌고 온 것은 다름 아닌 1황자 하일롭이었다. 그는 위풍당당하게 말에서 내리고서 주위를 슥 둘러보았다.

그와 레오디안의 시선이 한데 얽힌 것은 부지불식간의 일이었다. 레오디안을 발견한 하일롭은 한 치의 망설임조차 없이 곧장 레오디안을 향해서 걸음을 내디뎠다.

"1황자가 어찌하여 이곳에……."

페이렌이 당황한 기색이 역력한 목소리로 중얼거렸다. 레오디안은 그런 페이렌을 안심시키듯 페이렌의 어깨를 가볍게 다독이고는 한 걸음 앞으로 나섰다.

이윽고 하일롭이 가까이 다가와 멈추어 섰다. 그는 레오디안의 뒤로 보이는 페이렌과 로아나에게 무심히 눈길을 준 뒤, 이내 레오디안과 시선을 맞추었다.

"저하."

레오디안이 간단히 예를 갖췄다. 하일롭은 늘 그렇듯이 능청스러운 미소를 지었다.

"오랜만이군, 대공."

하일롭의 어깨 너머로 황실 기사단이 이쪽으로 다가오고 있는 모습이 보였다. 아무래도 상황이 심상치 않았다. 레오디안은 굳은 표정으로 하일롭을 바라보며 물었다.

"이곳에는 무슨 일로 발걸음을 하셨습니까."

"들자하니 신황이 자신의 수족을 모조리 이끌고 신성지를 떠났다고 해서 말이야."

하일롭은 주저 없이 대꾸했다.

"바로 지금이야말로 신성지를 차지할 적기라는 판단이 들었지 뭔가."

레오디안은 하일롭이 이끌고 온 기사들의 수를 눈대중으로 세어 보았다. 어림잡아 서른 명은 족히 되어 보였다. 이곳 임모투스 신전을 점거하기에는 충분한 수였다. 하물며 현재 신황이 부재한 상황에서 하일롭이 목적한 바를 이루기까지는 그다지 오랜 시간이 필요하지 않을 터였다.

그리고 그러한 생각을 한 것은 비단 레오디안뿐만이 아니었다.

페이렌은 갑작스럽게 신전에 쳐들어온 하일롭과 그의 기사들을 보고 낯빛이 새하얗게 질렸다. 로아나의 사정 역시도 페이렌과 크게 다르지 않았다. 레오디안은 힐끗 뒤를 돌아보았다. 하일롭의 방문을 알아차린 건지 대신관들이 하나둘씩 신전 밖으로 나오고 있었다. 곧 다가올 거대한 사건을 예감하기라도 한 것처럼, 대신관들의 얼굴 위로는 하나같이 경악스러운 기색이 서려 있었다.

레오디안은 이내 고개를 바로 하였다. 하일롭의 미소 짓는 얼굴이 레오디안의 시야에 다시금 가득 들어찼다.

"이런 곳에서 나눌 만한 이야기는 아니지만……."

하일롭은 일부러 보란 듯이 여유롭게 주위를 둘러보면서 말을 이었다.

"대공, 내 아우로부터 황제 폐하의 뜻은 전해 들었겠지."

"예, 저하."

레오디안이 순순히 대답하자 하일롭이 만족스럽다는 듯한 표정을 지었다. 하일롭은 잠시 동안 말없이 레오디안을 집요한 시선으로 주시하다가 이내 낮은 목소리로 명했다.

"당장 기사를 추려 신황과 합류하도록 해."

"……당장, 말입니까?"

"그래."

하일롭은 대수로울 것 없다는 듯 가볍게 고개를 끄덕였다.

"그리고 신황이 무슨 목적으로 신성지 근처 영지에 발걸음을 하는 건지 알아내서 내게 연락하도록."

하일롭의 당당한 요구에 레오디안은 침묵으로 답했다. 그러자 하일롭의 웃는 낯이 무너졌다.

"내 말을 듣지 못했는가, 대공?"

하일롭은 살며시 미간을 좁힌 채로 레오디안의 대답을 재촉했다. 레오디안은 잠시 생각하다가 입을 열었다.

"저하. 신황의 허가 없이 기사들을 이끌고 신성지 밖을 나설 수는 없습니다."

"그대가 그러라 명한다고 하여도?"

레오디안의 입술이 재차 굳게 맞물렸다. 하일롭은 그 모습을 탐탁지 않다는 듯한 시선으로 바라보았다.

"나는 그대에게 신황의 동태를 살피라고 했을 뿐 신황과 전쟁을 벌이라 명령하지 않았어."

레오디안이 신황의 허가 없이도 기사단 하나쯤은 뜻대로 움직일 수 있다는 건 누구라도 아는 사실이었다.

"애초에 신성지에 적을 둔 기사들이 신황과 대적할 리가 없다는 것을 잘 알고 있으니까."

하일롭은 레오디안으로 하여금 신황을 살해하도록 만들 생각이었지만, 그게 지금은 아니었다. 지금은 단지 레오디안이 신황의 무리에 합류하는 것으로 족했다.

"어차피 신황은 괴물 토벌을 명목으로 신성지를 나서지 않았나. 거기에 대공이 합류하는 건 전혀 이상할 것 없는 일이지."

레오디안이 이끄는 기사단은 다른 기사단과 비교가 안 될 만큼 특출한 공을 세웠다. 특히 괴물 토벌에 있어서 빼어난 능력을 보였다. 지금껏 단 한 명의 사상자가 나오지 않았다는 것만 보더라도 그러했다.

다른 기사단의 기사들은 괴물 토벌에 나섰다가 큰 부상을 입고는 했으나, 레오디안과 그의 기사들은 아니었다. 그러니만큼 레오디안이 기사단을 이끌고 신황과 함께 괴물 토벌에 나서더라도 그것을 의아하게 여길 사람은 없을 터였다.

하일롭은 레오디안이 신황과 함께 행동하는 동안, 신성지에 머물면서 황제의 명을 수행할 생각이었다. 그러니까, 새로운 신황을 세울 준비를 하라는 황제의 명을 말이다.

하일롭은 늘 그렇듯 고요한 신전을 새삼 천천히 둘러보았다. 머지않아 들이닥칠 거대한 돌풍은 이 고요한 곳을 순식간에 엉망으로 헤집어 놓고 말 것이다. 하일롭은 비릿한 조소를 머금고 레오디안에게 시선을 던졌다. 그리고 아까부터 침묵으로 일관하고 있는 레오디안을 향해서 물었다.

"그대가 지금 당장 기사단을 이끌고 신성지를 나서지 못할 이유가 더 있나, 대공?"

* * *

로지안이 황제와의 기나긴 대화를 끝마치고 나왔을 때는 어느새 하늘이 노을로 붉게 물들어 가고 있을 때였다.

로지안은 황제의 침실을 뒤로하고 망설임 없이 걸음을 옮겼다. 속이 다 시원하다는 표정을 지은 채였다. 그도 그럴 것이 방금 로지안은 일평생 하일롭과 비교당하면서 저절로 쌓인 해묵은 열등감을 조금이나마 해소하고 나온 참이었다.

황제는 하일롭이 멋대로 벌인 일을 로지안으로부터 전해 듣고 나서 크게 분노했다. 그리고 그런 황제를 보고 로지안은 자신이 황제와 하일롭 사이에 커다란 균열을 만들어 내는 데 성공했음을 직감했다.

'감히 그런 무도한 짓을……'

황제는 하일롭이 아이작 히치콕과 함께 괴물을 상대로 어떤 실험을 해 온 것을 두고 무도한 짓이라 말했다. 그러면서 황제는 하일롭이 더욱 강한 괴물을 창조해 내려 하였듯 제 입맛대로 새로운 신황을 만들어 낼지도 모른다고 의심하기까지 했다. 그때 로지안은 황제와 하일롭이 지금의 신황을 끌어내릴 계획뿐만 아니라, 신황을 만들어 낼 계획까지 하고 있었다는 사실을 알게 되었다.

신황을 만들어 낸다니, 그것이 정말 가능한 일인가?

신황이 되기 위해서는 신의 문양을 타고나야 했다. 신의 문양은 결코 인위적으로 만들어 새길 수 없는 것이었다. 그런데 황제는 자신이 신황을 교체할 수 있다고 믿어 의심치 않고 있었다. 로지안은 황제가 어찌 그리 장담하는지 궁금했다. 하여 어떻게 신황을 교체할 수 있느냐는 로지안의 물음에 황제는 짧게 답했다.

'신의 문양을 다른 이에게 옮기는 방법을 알고 있다.'

그 한마디로 황제는 로지안의 의문을 일축했다. 더 이상의 자세한 설명은 없었다. 황제는 신의 문양을 옮기는 방법이 다른 누군가가 알게 되기라도 할까 봐 두려운 듯한 눈치였다.

하기야 그런 방법이 있다는 사실이 알려지는 것만으로도 제국에는 커다란 파장이 일어날 터였다. 그토록 놀랍고도 경악스러운 방법을 황제가 언제 어떻게 알아낸 것인지 궁금했지만, 로지안은 의문을 속으로 삼켰다. 황제에게 물어본다고 해서 대답을 들을 수 있을 것 같지가 않았으므로. 현명하게 침묵을 지키는 로지안을 향해서 황제가 말했다.

'아들아, 네가 당장 신성지로 가 줘야겠다.'

황제는 로지안으로 하여금 신성지로 가서 하일롭이 혹여 허튼짓을 벌이지는 않는지 감시할 것을 명했다. 그에 로지안은 절로 비집고 나오려는 미소를 애써 억누른 채 그러겠노라 대답했다.

이로써 황제는 예전처럼 하일롭을 전적으로 신뢰하지 않을 터였다. 언제나 비교 대상이 되었던 하일롭을 무너뜨리는 데 한 걸음 다가간 듯한 느낌은 이루 말할 수 없이 좋았다.

하일롭을 축출해 내고 황위에 오를 미래가 이제는 그다지 막연하게만 느껴지지 않았다. 로지안은 작게 콧노래를 흥얼거리며 침실 안으로 들어섰다. 그러자 여태 복도에서 로지안을 기다리고 있던 기사가 로지안의 뒤를 따라서 침실에 들었다. 확 트인 널따란 창을 통해 침실 안으로 붉은 노을빛이 새어 들어오고 있었다. 로지안은 잠시 조용히 창밖을 내다보고 서 있다가 이내 시종을 불러들였다.

"부르셨습니까, 저하."

"그래."

가볍게 고개를 끄덕인 로지안이 시종과 기사를 향해 명령했다.

"급히 신성지를 방문해야 할 일이 생겼어. 지금 당장 외출할 채비를 해야겠다."

그들은 갑작스러운 로지안의 명에도 당황하지 않았다.

"말을 달려 갈 것이니 마차를 준비할 필요는 없다."

"예, 저하."

그들은 늘 그렇듯 순종적으로 대답하고서 침실을 나갔다.

홀로 남겨진 로지안은 다시 몸을 돌리고는 조용히 창밖을 바라보았다. 노을이 진 하늘 아래 불그스름하게 물든 정원의 정경이 기다렸다는 듯이 시야에 들어왔다. 해는 시시각각 저물어 가고 있었다. 하지만 서두른다면 날이 어두워지기 전에 신성지에 도착할 수 있을 듯했다.

그런 생각을 하고 있자니, 명을 받고 침실을 나갔던 시종과 기사가 돌아왔다. 그들은 로지안의 명령을 충실하게 따랐다. 로지안이 시종에게 옷시중을 받으며 옷을 갈아입는 동안, 기사는 그를 포함한 기사 세 명이 로지안을 호위할 것이며 신성지까지 타고 갈 말 네 필을 준비시켜 놓았다는 이야기를 전했다.

그렇게 순조롭게 외출 준비를 마친 로지안이 기사들과 함께 황궁을 나서기까지는 그리 오랜 시간이 걸리지 않았다.

* * *

'아, 대공에게는 어린 동생이 있지. 내가 대공의 사정을 잠시 간과하고 있었군.'

하일롭은 레오디안에게 하루의 말미를 주었다. 그건 기사를 추려 내고 괴물 토벌 준비를 하기에도 벅찬 시간이었다. 신성지를 떠나 신황과 합류하라는 갑작스러운 명령만큼이나 황당한 처우였지만, 그에 레오디안은 고개를 끄덕였다.

하루라는 시간이라도 얻은 것이 다행이었다. 하일롭이 언제 마음을 바꿔, 당장 신성지를 떠나라 명할지 모르는 일이었다. 일단 페이렌을 먼저 기사단 집결지로 보낸 뒤, 레오디안은 혼자서 저택으로 돌아왔다.

하일롭이 적선하듯 던져 준 준비 시간은 너무나도 촉박했지만 그렇다고 해서 말없이 떠날 수는 없었다. 레오디안은 적어도 엘시아와 리리엔 두 사람과 저녁이라도 함께한 다음 떠날 생각이었다.

무거운 마음으로 마차에서 내렸을 때, 레오디안은 저 멀리 저택 현관에 서 있는 가느다란 인영을 발견했다. 그게 엘시아라는 것은 단번에 알아볼 수 있었다. 레오디안은 그가 마차에서 내리자마자 가까이 다가오는 엘시아를 가만히 바라보았다. 이윽고 다가온 엘시아의 입매는 완만한 호선을 그리고 있었다. 희미한 미소였다.

"오셨어요."

엘시아의 목소리를 듣고 레오디안은 잠시 숨을 멈추었다가, 이내 한번에 길게 내쉬면서 천천히 입을 열었다.

"오늘 하루도 별일 없었습니까."

레오디안이 엘시아에게 늘 안부처럼 묻는 질문이었다. 엘시아는 가볍게 고개를 끄덕였다.

"대공님은요?"

엘시아가 평소와 같은 대답을 기대하면서 되물었지만, 어째선지 레오디안은 아무런 대답도 하지 않았다. 엘시아는 의아한 눈으로 레오디안을 올려다보았다. 평소 같았으면 '저도 별일 없었습니다.' 대답하곤 화제를 돌렸을 레오디안은 꽤 시간이 지나도록 입을 열지 않았다. 그에 엘시아가 혹시 레오디안에게는 별일이 있었던 걸까 하고 생각한 찰나였다.

레오디안이 침묵을 깨고 물었다.

"리리엔은 오늘도 서재에서 책을 읽고 있습니까?"

"어……. 아뇨."

예상치 못한 레오디안의 물음에 엘시아의 낯빛이 곤란함으로 물들었다. 레오디안이 천천히 걸음을 옮기면서 되물었다.

"그럼?"

"리리엔은 오늘 하루 종일 침실 밖으로 나오지 않았어요."

하이드가 사라졌다는 사실에 리리엔은 크게 낙심한 듯했다. 말수가 줄어들었고, 홀로 시간을 보내려고 했다. 평소 엘시아의 곁에서 한시도 떨어지지 않으려고 했던 것이 무색하게 느껴질 정도로 그러했다. 아까 점심 식사 시간에도 리리엔은 말없이 식사만 마친 다음에 곧장 침실로 갔다.

엘시아는 리리엔을 어떻게 달래야 할지 알 수 없었다. 하이드를 찾아서 데리고 온다면 리리엔이 금세 평소의 모습을 되찾을 터였다. 하지만 하이드를 데리고 올 수는 없었기에 엘시아는 조용히 리리엔의 눈치만 살필 뿐이었다.

한편, 레오디안은 엘시아의 얼굴 위로 드리워진 어두운 그늘을 알아차렸다. 리리엔을 향한 걱정에서 비롯된 게 분명했다. 막 현관을 지나쳤을 때, 레오디안이 말을 꺼냈다.

"제가 리리엔을 만나 보겠습니다."

레오디안이 외투를 벗어 헤이온에게 건네면서 말을 이었다.

"금방 다녀올 테니 잠시 쉬고 계십시오."

순간 멈칫했던 엘시아는 곧 고개를 끄덕였다. 어쩌면 레오디안이 리리엔의 마음을 풀어줄 수 있을지도 모른다. 레오디안은 잠시 말없이 엘시아와 눈을 맞추고 있다가, 이윽고 가볍게 미소를 지어 보였다. 마치 안심하라는 듯이. 그에 엘시아가 미처 무슨 반응을 보이기도 전, 레오디안은 몸을 돌려 계단을 올라갔다.

층계 위로 사라지는 레오디안의 뒷모습을 바라보며 멍하니 자리에 서 있던 엘시아는 곧 정신을 차렸다. 그리고 자꾸만 초조해지는 마음을 애써 차분하게 가라앉히려고 노력하면서 소파에 앉았다.

레오디안이 리리엔과 이야기를 잘 나누고 와야 할 텐데. 엘시아는 두 손을 꼭 맞잡고서 창밖으로 보이는 비 내리는 풍경에 시선을 두었다.

* * *

신성지와 멀리 떨어져 있는 마을일수록 사정이 좋지 않다는 건 알고 있었다. 하지만 직접 눈으로 보니 그 정도가 심각했다. 단순히 신성지와 가깝냐 가깝지 않으냐 하는 이유로 마을 간 빈부의 격차가 이토록 심할 수 있다니.

신성지에서 나고 자란 케일런에게는 빈곤한 마을 풍경이 가히 충격적으로 다가왔다. 특히 거리를 지나가는 사람들의 얼굴 위로 드리워진 지난한 삶의 흔적이 그러했다.

케일런은 마치 죄인이 된 듯한 기분에 사로잡혔다. 거리를 지나가다 마을 사람과 우연히 눈이 마주치기라도 하면, 그들의 눈빛이 꼭 자신을 비난하고 있는 것만 같아서 케일런은 불에 덴 듯이 시선을 피했다.

하지만 그런 케일런과 다르게 신황은 빈곤한 마을을 보고도 아무렇지도 않아 보였다. 배를 곯는 마을 사람들을 구제할 생각은 전혀 없는 듯했다. 그것은 지금껏 신황을 자애롭다고 여겨 온 케일런에게는 무척 이상하게 느껴지는 일이었다.

가엾은 신도들을 구제하려는 게 아니라면, 신황은 대체 무슨 이유로 가난한 마을들에 발걸음을 하는 걸까. 그러한 의문을 케일런은 신황과 함께 신성지를 떠나온 이래로 줄곧 머릿속으로 더듬고 있었다.

"성하께서는?"

"안에서 휴식을 취하고 계십니다."

케일런은 비에 젖은 외투를 벗어 팔에 걸쳤다. 그리고 흐트러진 머리칼을 대충 정리한 뒤, 문을 두드렸다.

"들어오세요."

문 너머에서 신황의 목소리가 들려왔다. 케일런은 주저 없이 문을 열고 방 안으로 들어갔다. 이곳은 제대로 된 신전 한 곳 없는 마을이었다. 신성지로부터 멀리 떨어진 마을들을 방문하기 시작하면서부터 신황과 그의 기사들은 숙소를 잡아 머물러야 했다. 허름한 숙소라고 할지언정 숙소에서 머무를 수 있으면 다행인 일이었다. 여행객을 위한 숙소조차 없는 마을도 있었으므로.

불과 며칠 전에는 다 쓰러져 가는 집을 빌려 묵기도 했다.

다행스럽게도 이번에 방문한 마을에는 숙소가 한 곳 있었다. 금방이라도 무너질 듯한 볼품없는 숙소였지만 누구도 불평하지 않았다. 그도 그럴 것이 신성지에서 가장 고귀한 신황은 아무리 허름한 곳이라고 해도 아무렇지 않게 받아들였고, 탐탁지 않은 기색 없이 흔쾌히 머무르고자 하였다. 그런 상황에서 불만을 표할 사람은 적어도 신성지의 기사들 중에는 없었다.

케일런은 곰팡내가 풍기는 방 안에서도 늘 그렇듯 고고히 앉아 있는 신황에게 다가갔다.

"케일런."

신황은 반가운 표정으로 케일런을 맞이했다. 하지만 케일런은 그의 이름을 신황이 발음하는 순간, 저도 모르게 움찔하고 말았다. 신황은 신성지를 떠난 이후부터 마치 오랜 친구를 대하듯 케일런을 대했다. 부드러운 미소를 지으며 케일런의 이름을 불렀다.

케일런은 그것이 조금 부담스러웠다. 신황의 기사들은 두 손으로 다 셀 수 없을 만큼 많았지만, 그들 중 신황에게 이름으로 불리는 기사는 오직 케일런뿐이었으므로. 케일런은 나직이 긴 숨을 내쉬며 신황 앞에 한쪽 무릎을 꿇고 앉았다. 그런 케일런을 보고 신황이 자애로운 미소를 지었다.

"오늘 하루도 수고가 많으셨습니다, 케일런."

신황이 다시 한번 케일런의 이름을 불렀다. 대수로울 것 없다는 듯 태연한 목소리였다. 케일런은 애써 동요를 감춘 채로 고개를 숙였다. 머리 위로 신황의 시선이 느껴졌다.

"성하께서 명하신 대로 주변을 수색하고 왔습니다."

"내가 말한 것은 찾았나요?"

신황이 곧장 물었다. 케일런은 어두운 표정으로 고개를 저었다.

"이곳에도 성하께서 찾으시는 것은 없는 듯합니다."

"그렇군요."

신황이 아쉽다는 듯 한숨을 내쉬었다. 케일런은 슬쩍 눈길을 들어 올려 신황을 바라보았다. 신황은 무언가를 곰곰이 생각해 보고 있는 듯한 얼굴이었다. 신황이 침묵하는 시간이 길어지자 케일런은 다시 시선을 아래로 내려뜨렸다.

"필시 이곳에서는 찾을 수 있을 줄 알았는데⋯⋯."

그 순간, 신황이 지독하게 가라앉은 목소리로 혼잣말을 중얼거렸다. 케일런은 저도 모르게 흠칫하며 고개를 들었다. 신황은 자신이 언제 침묵을 지키고 있었냐는 듯 어느새 부드러운 미소를 입매에 내걸고 있었다.

"아쉽지만 별 수 없는 일이지요. 그래도 수고하셨습니다, 케일런."

"⋯⋯아닙니다. 성하의 명을 수행하는 것이 제 소임인 것을요."

케일런의 대답에 신황의 미소가 더욱 짙어졌다.

"그대의 신실함에 늘 감사합니다."

케일런은 어떤 반응을 보여야 할지 알 수가 없어서 그저 고개를 더 깊이 숙였다. 신황은 한동안 그런 케일런을 말없이 내려다보고 있다가, 잠시 뒤 미소를 머금은 입술을 열었다.

"피곤하실 텐데 이만 침실로 가서 쉬도록 하세요, 케일런. 내일 일찍 길을 떠나야 하니까요."

"예, 성하."

케일런이 꾸벅 고개를 숙여 보인 뒤 자리에서 일어났다. 그리고 신황의 말대로 곧장 자신의 침실로 향했다.

달칵, 문이 닫히는 소리에 뒤이어 찾아든 정적 속에서 신황은 얼굴 위에 올려 두었던 미소를 지웠다. 웃음기가 흔적조차 없이 사라진 신황의 낯은 더할 나위 없이 싸늘했다.

역대 신황 중 가장 자애롭다 평해지는 그답지 않은 표정이었지만, 지금 이 표정이야말로 신황의 민낯을 고스란히 보여 주는 것이었다. 신황은 차가운 시선으로 자신의 오른쪽 손목을 내려다보았다. 그곳에는 신의 문양이 또렷하게 새겨져 있었다.

언제든지 사라질 수 있는, 누구에게라도 빼앗길 수 있는 문양이었다.

허나 결코 순순히 빼앗길 생각은 없다. 신황은 오른쪽 손을 꽉 움켜쥐었다. 핏줄 선 손등이 그의 굳건한 의지를 대변하는 듯하였다. 그렇게 앉은 채로 신황은 밤이 깊도록 잠을 이루지 않았다. 시간은 계속해서 흘러갔으나 그저 하염없이 손목 위를 내려다보고만 있었다.

그런 그의 머릿속에는 그 어떤 생각도 존재하지 않았다. 생각해야만 하는 것이 너무도 많았는데, 그것들을 모두 머릿속에 담기에는 그는 너무 지쳐 있었다. 그런데도 손에 쥔 것을 무엇도 놓고 싶지 않다는 게 신기했다. 신황은 가볍게 자조했다.

그때, 살짝 열린 창문 틈으로 익숙한 냄새가 흘러들어 왔다.

그 냄새를 맡은 신황은 홱 고개를 돌렸다. 조금 전까지만 해도 무기력하게 앉아 있었던 사람이라고는 믿어지지 않을 정도로 재빠른 반응이었다. 신황은 자리에서 일어나서 창가로 다가갔다. 그리고 창문을 더욱 활짝 열어젖혔다.

기다렸다는 듯이 빗물이 산발적으로 들이쳤다. 하지만 신황은 전혀 개의치 않았다. 그토록 찾아 헤맸던 죽음의 냄새를 흠뻑 들이마시느라 여념이 없었으므로.

신황은 지체하지 않고 방을 나설 준비를 했다. 그는 빠르게 외출복으로 갈아입은 뒤, 외투를 입고 그 위로 두꺼운 로브까지 걸쳤다. 그의 찬란한 은발은 어둠 속에서도 눈에 띄었다. 때문에 그는 아무리 남루한 복장을 하고 있더라도 쉽게 타인의 눈길을 끌고는 했다.

본래 그가 타고난 머리칼은 저녁노을처럼 붉은색이었다. 현재의 은발은 그가 신의 문양을 손에 넣었을 때 자연스럽게 얻게 된 것이었다. 신의 문양은 그에게 신묘한 힘과 더불어 아름다운 외양까지 선사했다.

타인의 경외를 불러일으키는 해사한 외모는 쓸모가 있었지만, 지금처럼 남들 눈을 피해야 하는 상황에서는 아니었다. 신황은 긴 은발을 하나로 묶은 뒤 후드를 깊게 눌러 썼다. 그리고 조용히 방을 빠져나왔다.

"성하, 아직 깨어 계셨습니까?"

기사 한 명이 복도를 지키고 있었다. 신황은 그를 향해 부드럽게 미소를 지어 보였다.

"경께서 수고가 많으십니다. 이 늦은 시간까지 제 곁을 지켜 주시니 제가 늘 안심하고 편히 쉴 수가 있습니다."

"아닙니다, 성하."

신황의 말에 기사가 부끄럽다는 듯한 표정을 지으며 신황을 바라보았다. 그러다가 머지않아서 그는 신황의 차림새를 보고 의아한 듯 고개를 갸웃했다.

"성하, 그런데 혹시 지금 외출을 하시려는 겁니까?"

"예, 잠시 이곳 마을을 돌아보고 오려고 합니다."

신황이 선선하게 고개를 끄덕이자 기사의 낯 위로 염려스럽다는 듯한 기색이 스치고 지나갔다.

"시간이 늦었다는 건 알지만 마음이 영 불편하여 잠을 이룰 수가 없습니다."

신황은 짐짓 어두운 표정으로 말을 이었다.

"경께서도 짐작하고 계시겠지만 이 마을은 유독 사정이 않습니까."

"아……."

기사는 감탄하며 신황을 바라보았다. 과연 자애롭다고 정평이 난 신황다운 말이었다. 모두가 잠든 늦은 밤에 외출하려는 신황이 걱정스러웠지만, 신황이 이렇게까지 말한 이상 기사는 더는 신황을 만류할 수가 없었다.

"성하, 그러하시다면 제가 따르겠습니다."

"아니에요."

신황은 가볍게 고개를 저었다.

"이런 일로 경을 수고롭게 만들 수는 없습니다."

"성하, 하지만……."

기사가 난색을 표했다. 신황은 기사가 이러한 반응을 보일 것이라고 예상했다. 신황은 그의 발목을 붙잡는 기사가 정말이지 번거롭게 느껴졌지만, 그것을 내색하는 멍청한 짓은 하지 않았다.

"혼자 조용히 다녀오겠습니다. 부디 경을 생각하는 제 마음을 이해해 주시길 바랍니다."

신황은 더없이 부드러운 목소리로 말했다.

"그리고 아시겠지만 저는 어떤 위협에도 자유롭습니다. 설령 위험한 상황에 처하더라도 그 상황을 능히 혼자서 헤쳐 나올 수 있는 힘을 가지고 있지요."

신황의 말에 그제야 기사는 잠시 잊고 있던 사실을 상기해 냈다. 신황의 말대로였다. 신황은 신전의 그 어떤 대신관과도 비교할 수 없을 만큼 강한 신성력을 지니고 있었다. 기사는 잠시 망설인 끝에 한 걸음 옆으로 비켜섰다. 그에 신황이 미소 띤 입술로 말했다.

"경께서 제 입장을 이해해주시다니 그저 감사할 따름입니다."

"아닙니다, 성하."

신황은 기사를 향해 가볍게 고개를 끄덕여 인사를 한 뒤, 여유로운 걸음으로 숙소를 빠져나갔다.

* * *

신성지에 도착한 로지안은 하일롭이 점거한 임모투스 신전으로 향하기 전에 먼저 레오디안의 저택에 들를 예정이었다. 한밤중에 연락도 없이 저택을 찾아가는 것이 무척 무례한 일임은 알지만 어쩔 수 없었다.

신성지행이 갑작스럽게 정해진 일이니만큼, 앞으로 자신이 신성지에서 머무를 예정이라는 사실을 레오디안에게 알려 주어야 한다는 판단이 들었으므로, 로지안은 레오디안의 저택 앞에서 말을 세웠다.

"잠시 이곳에서 기다리고 있어라."

"예, 저하."

로지안은 말에서 내리고는 굳게 닫혀 있는 저택 정문 앞으로 다가갔다. 정문이 엉망으로 부서져 있음을 본 것이 마치 어제 일처럼 느껴지는데, 눈앞의 정문은 완벽하게 수리되어 있었다.

레오디안은 저택에 흔한 문지기 한 명 세워 두지 않았다. 때문에 저택 안에서 누군가 로지안의 방문을 알아차리기 전까지 로지안은 저택 안으로 들어갈 수가 없었다.

로지안은 난감한 시선으로 정문 너머 저택을 바라보았다. 밤이 깊은 시간이지만 아직 저택 곳곳에 불이 켜져 있는 것을 보면 필시 누군가는 깨어 있을 터였다. 기사 한 명을 시켜서 자신들이 방문했다는 사실을 소리쳐 알리도록 하는 것이 좋을 것 같았다. 로지안이 그런 생각에서 뒤를 돌아보려던 순간이었다.

누군가 저택 밖으로 걸어 나왔다. 하지만 사위가 어두운 탓에 로지안은 다가오는 인영이 누구인지 정확히 가늠해낼 수가 없었다. 하여 잠자코 기다리니 머지않아서 가까이 다가온 이가 로지안을 향해서 예를 취했다.

그는 다름 아닌 저택의 집사 헤이온이었다.

"대공을 찾아왔네."

"예, 각하께서 저하를 안으로 모시라고 하였습니다."

헤이온은 흔쾌히 정문을 활짝 열어주었다. 로지안은 조금 얼떨떨한 표정을 짓고서 앞으로 걸음을 내디뎠다. 조금 전 헤이온의 말은 꼭 레오디안이 로지안의 방문을 인지하고 있다는 뜻으로 들렸던 것이다.

로지안은 어느 정도 저택과 가까워졌을 때, 고개를 들어 저택을 살펴보았다. 과연 가장 높은 층의 가장 왼쪽 창문이 열려 있었고, 그곳에 빛을 등지고 서 있는 레오디안이 보였다. 로지안은 그를 올려다보며 가볍게 미소를 지어 보인 뒤에 저택 안으로 들어섰다.

헤이온은 로지안을 응접실이 아닌 서재로 안내했다.

"이곳에서 잠시만 기다려 주시면 각하를 모시고 오겠습니다, 저하."

"그래."

헤이온이 조용히 서재를 떠났고, 홀로 남겨진 로지안은 새삼스러운 시선으로 서재 안을 둘러보았다. 아무래도 이곳은 레오디안이 집무실을 겸해 쓰는 공간인 모양이었다. 탁 트인 창 앞에 널따란 책상이 자리해 있었다.

로지안은 조심스럽게 책상으로 다가가 책상 위를 살펴보았다. 정돈되어 있지 않은 책상 위에는 온갖 서류들이 어지러이 놓여 있었다. 펼쳐져 있는 서류들을 유심히 뒤적여보던 로지안은 어느 순간 울려 퍼진 노크 소리를 듣고 몸을 돌렸다.

머지않아서 문이 열리고 레오디안이 서재 안으로 들어왔다. 로지안은 아무 일도 없었다는 듯 태연히 소파로 다가가 앉았다. 그리고 미소 지은 낯으로 레오디안을 바라보았다.

"일단 앉게, 대공."

레오디안은 로지안에게 가볍게 예를 취한 후 자리에 앉았다.

"내가 갑자기 찾아와 놀랐을 텐데도 나를 흔쾌히 안으로 들여 주어 고맙군."

"아닙니다."

로지안은 여유가 없는 상황이니만큼 시간 끌 것 없이 곧바로 본론을 꺼냈다.

"대공, 내 형님은 만났겠지?"

"예."

레오디안이 어쩐지 굳은 표정으로 대답했다. 그게 잠시 신경이 쓰였지만 로지안은 곧 하고자 했던 말을 이었다.

"형님이 신성지를 점거할 예정이다. 신황이 신성지로 돌아왔을 때는 그가 저지른 비리가 제국에 널리 알려져 있을 테고 말이야."

황제는 신황을 향한 제국인들의 신뢰를 무너뜨린 뒤, 인위적으로 만든 신의 문양을 가진 자를 제국인들 앞에 내보일 계획이었다. 현재 황제는 과연 누구에게 신의 문양을 새겨야 할지를 깊이 고심하고 있는 중이었다.

"그리고 황제 폐하께서는 형님이 신성지를 점거하는 동안, 내가 형님을 감시하기를 바라신다."

로지안은 최대한 간략하게 그간의 사정을 설명했다.

"하여 나는 앞으로 신성지에서 지내면서 형님의 동태를 살필 예정이야."

그 말을 끝으로 로지안이 입을 닫자, 서재 안에는 정적이 내려앉았다. 로지안은 레오디안의 기색을 유심히 살폈다. 아까부터 레오디안의 표정이 유독 어두워 보였다.

"혹시 무슨 일이 있었나?"

로지안이 설마 하는 마음에서 묻자, 그제야 레오디안이 침묵을 깨고 대답했다.

"저는 내일 날이 밝는 대로 당장 신성지를 떠나서 신황과 합류해야 합니다."

"……뭐?"

순간 경악스러운 눈으로 레오디안을 바라보았던 로지안은, 곧 가까스로 평정을 되찾았다. 하기야 하일롭이 자신이 뜻하는 바를 이루는 데 가장 방해가 되는 인물을 그냥 두고 볼 리가 없었다.

로지안은 나직이 침음했다. 하일롭은 언제든 기회가 된다면 냉큼 레오디안을 치워 버렸을 테지만, 그게 당장 내일 아침이라니.

'이 일을 어떻게 한다……'

무엇보다도 로지안은 레오디안이 떠나면 신성지에 무방비하게 남겨질 리리엔과 엘시아의 존재가 마음에 걸렸다. 그 두 사람은 레오디안을 움직일 수 있는 유일한 패였다. 그러니만큼 두 사람은 무슨 일이 있어도 안전해야 했다.

꽤 긴 시간 동안 침묵하며 고민한 끝에 로지안이 서두를 열었다.

"이렇게 하지."

그 말을 시작으로 로지안은 하일롭의 뒤통수를 치는 것과 동시에 리리엔과 엘시아를 무사히 보호할 수 있는 계획을 설명했다.

22. 각자의 시간

저녁 식사를 마친 뒤 엘시아는 리리엔과 함께 리리엔의 침실로 향했다.

식사 시간 전에 레오디안이 리리엔에게 무슨 이야기를 했는지는 모르겠으나, 애석하게도 리리엔은 크게 달라지지 않았다. 식사를 하는 동안 레오디안과 엘시아가 말을 걸면 그에 짧게 대답할 뿐, 리리엔은 여전히 크게 상심한 기색으로 말이 없었다. 엘시아는 그런 리리엔이 너무나도 걱정스러웠다. 혹시라도 리리엔이 하이드를 따라 저택을 나가기라도 할까 봐 불안했다.

리리엔이 하녀의 시중을 받아 잠옷을 갈아입는 동안, 엘시아는 침실 한편에 선 채로 그 모습을 조용히 지켜보았다. 머지않아서 하녀가 침실을 떠나고, 리리엔은 말없이 침대 위로 올라가 앉았다. 그리고 말없이 정면을 응시하는 리리엔의 옆얼굴은 어느 때보다도 딱딱하게 굳어 있었다.

엘시아는 선뜻 리리엔에게 다가갈 엄두를 내지 못했다. 무슨 말을 건네야 하는 건지도 알 수 없었다. 그때, 리리엔의 입술이 천천히 벌어졌다.

"언니."

"응."

엘시아는 기다렸다는 듯이 대답했다. 그러자 리리엔이 고개를 돌려 엘시아를 응시했다.

"왜 거기 그렇게 서 있어. 그러지 말고 이리로 와."

리리엔이 제 옆자리를 가볍게 두드리면서 말했다. 잠시 멈칫했던 엘시아는 곧 걸음을 내디뎌 리리엔에게 가까이 다가갔다. 리리엔은 엘시아가 편하게 앉을 수 있도록 조금 옆으로 비켜 앉았다. 그리고 말간 눈으로 엘시아를 올려다보았다. 이윽고 엘시아가 조심스럽게 침대 위에 앉자, 리리엔이 엘시아의 어깨에 머리를 기댔다.

"처음에는 언니를 이해할 수 없었는데, 이제는 언니가 왜 그런 결정을 내렸는지 알 것 같아."

덤덤한 목소리였다. 하지만 그 목소리가 중얼거리는 말의 무게는 너무나도 무거웠던지라, 엘시아는 저도 모르게 몸을 굳혔다. 그러자 리리엔이 그런 엘시아를 다독이듯 부드러운 손길로 엘시아의 허리를 껴안았다. 엘시아는 잠시 망설이다가 곧 제 허리를 두른 리리엔의 손등 위를 가볍게 덮어 줬었다.

"리리엔, 내가 너무 미안해……."

"아니야."

리리엔이 고개를 가볍게 흔들었다.

"언니가 사과할 일 아니잖아."

리리엔은 엘시아의 모든 선택의 기준이 리리엔 자신에게 있다는 걸 너무나도 잘 알고 있었다. 때문에 리리엔은 엘시아가 자신만을 생각하는 이기적인 사람이었다면 좋겠다고 늘 바랐다.

하지만 그것이 엘시아에게 얼마나 어려운 일인지 알고 있는 만큼, 리리엔은 자신의 바람을 엘시아에게 말한 적이 없었다.

"언니가 잘못한 건 없어. 그러니까 죄 지은 사람처럼 굴지 않으면 좋겠어."

"리리엔……."

엘시아의 목소리는 금방이라도 울음을 터뜨릴 것처럼 마구 떨리고 있었다. 리리엔은 엘시아의 허리를 더욱 힘주어 끌어안았다. 순간 멈칫했던 엘시아가 이내 그런 리리엔의 어깨를 둘러 안았다. 리리엔은 자신을 도닥여주는 엘시아의 다정한 손길을 느끼며 가만히 눈을 감았다.

리리엔이 엘시아의 인생에 끼어든 순간부터 엘시아의 삶은 더욱더 지난해졌다. 엘시아는 언제나 리리엔을 위해 희생했고, 그것을 당연하게 여겼다. 그리고 그 사실이 리리엔은 못 견디게 슬펐다.

만약 자신이 엘시아의 인생에서 빠져 준다면 엘시아는 지금보다 행복해질까. 그런 의문이 최근 리리엔을 계속해서 괴롭히고 있었다.

엘시아를 행복하게 만들어주겠다는 일념 하나로 죽음을 무릅쓰고 시간을 되돌렸는데……. 리리엔은 어쩌면 자신이 엘시아를 행복하게 만들어주는 것은 애초부터 불가능한 일이었을지 모른다고 최근에서야 비로소 의심하게 되었다.

자신의 곁에 있는 사람은 하나같이 불행해진다. 엘시아도 그렇고, 레오디안도 그러했다. 그리고 하이드 역시도 마찬가지였다. 리리엔은 이 저택을 떠났어야 할 사람은 하이드가 아니라 바로 자신이었다고 생각하고 있었다.

"내가 요즘 기운이 없었던 건 하이드가 사라졌기 때문이 아니라……. 생각이 좀 많아서 그랬던 거야."

리리엔이 엘시아의 어깨에 얼굴을 비비적거리면서 중얼거렸다. 엘시아는 예상치 못한 리리엔의 말에 잠시 숨을 멈추었다가, 이내 애써 가볍게 되물었다.

"무슨 생각?"

"그냥, 그냥 이런저런 생각."

리리엔도 가볍게 대답했다. 하지만 엘시아는 어쩐지 그런 리리엔의 기색이 심상치 않게 느껴졌다. 그래서 엘시아는 리리엔에게 무슨 생각을 했냐고 다시금 물어보려고 했다. 그런데 엘시아가 미처 입을 열기도 전에 리리엔이 선수를 쳤다.

"오늘은 언니하고 같이 자고 싶어."

엘시아는 뜬금없는 리리엔의 요구를 듣고 순간 멈칫했다. 그런 엘시아를 아는지 모르는지 리리엔은 태연하게 말을 이었다.

"오랜만에 동화책 읽어 주라."

엘시아는 얼떨떨한 표정으로 슬쩍 리리엔을 돌아보았다. 어느덧 리리엔은 조그만 얼굴 위로 장난스러운 미소를 띠고 있었다. 그건 엘시아가 익히 잘 알고 있는 미소였다. 리리엔이 평소의 모습을 되찾은 것처럼 보여서 엘시아는 기쁜 마음에 얼른 고개를 끄덕였다.

"그래, 오랜만에 같이 자자."

엘시아가 흔쾌히 대답하자 리리엔이 냉큼 자리에서 일어나 동화책을 가지고 왔다. 리리엔이 엘시아에게 동화책을 건네고 침대 위에 눕자, 곧 리리엔의 옆에 나란히 누운 엘시아가 동화책을 펼쳤다.

"지금으로부터 아주 먼 옛날, 외로운 소녀가 살았습니다. 소녀는 황금으로 만들어진 성에서……."

동화책을 천천히 읽어내려 가는 엘시아의 부드러운 목소리를 귀에 담으며 리리엔은 눈을 감았다.

* * *

길다면 길었던 대화를 끝마친 뒤, 레오디안과 로지안은 저택 밖으로 나왔다.

"그럼 조심히 살펴 가십시오."

"그래, 늦은 시간에 실례가 많았어."

레오디안의 배웅을 받으며 말 위에 오른 로지안은 문득 머릿속을 스치고 지나간 생각에 힐끔 시선을 돌려 저택을 바라보았다.

밤이 깊었으나 여전히 곳곳에 불이 켜져 있는 저택은 실로 고요했다. 로지안은 작게 한숨을 내쉬면서 고개를 돌렸다. 그곳에 레오디안이 굳은 표정으로 서 있었다. 로지안은 한동안 말없이 레오디안을 가만 내려다보다가 입을 열었다.

"이 모든 일이 끝나고 나면 리리엔 그 아이도 제 나이의 아이답게 살 수 있게 되겠지."

로지안의 말에 레오디안은 아무런 대꾸를 하지 않았다. 다만 이전보다 더 굳어진 표정으로 자리에 서 있을 뿐이었다. 로지안은 재차 한숨을 내쉬고는 말의 고삐를 단단히 틀어쥐었다. 더 이상 시간을 지체해서는 안 됐다. 이제는 정말 신전으로 가야 할 때였다.

"부디 편안한 밤 보내길 바라네."

"저하께서도 편안한 밤 보내시길."

로지안은 가볍게 고개를 끄덕이고는 말을 몰았다. 그러자 여태 조용히 로지안을 기다리고 있던 기사들이 로지안의 뒤를 따라 말을 달렸다.

레오디안은 로지안과 그의 기사들이 저 멀리로 사라지는 모습을 지켜보다가, 잠시 뒤 몸을 돌려 저택 안으로 들어갔다. 그리고 그 길로 곧장 서재로 향하려던 레오디안은, 층계참에 서 있는 엘시아의 모습을 발견하고 우뚝 걸음을 멈추었다.

엘시아는 천천히 계단을 내려오더니 레오디안에게 가까이 다가갔다. 그에 잠시 멈칫했던 레오디안이 이내 느릿하게 입을 열었다.

"아직 안 주무셨습니까?"

"네, 잠이 안 와서요."

엘시아가 희미한 미소를 지으며 대답했다. 그러자 레오디안은 늦은 시간까지 잠을 이루지 않고 있는 엘시아를 걱정스럽다는 듯이 바라보았다. 엘시아는 염려스럽다는 듯한 기색이 서려 있는 레오디안의 푸른 눈동자를 가만히 마주하고 있다가, 잠시 뒤 조심스럽게 물었다.

"혹시 괜찮으시다면 저한테 잠시만 시간을 내어 주실 수 있나요?"

엘시아가 먼저 시간을 청할 줄은 예상하지 못했기에 레오디안은 일순간 놀라 멈칫했다. 하지만 그것은 실로 찰나의 순간이었고, 레오디안은 이내 천천히 고개를 끄덕이며 흔쾌히 대답했다.

"물론입니다."

* * *

"……신황의 침실이라고?"

"예, 저하."

로지안은 경악스러운 소식을 듣고 절로 일그러지려는 표정을 애써 다잡았다.

경악스러운 소식이란 다름 아닌 하일롭이 현재 신황의 침실에서 잠자리에 들 준비를 하고 있다는 소식이었다. 로지안은 임모투스 신전에 도착하자마자 접한 소식에 무척 당황스러웠지만, 이내 아무렇지 않은 척 태연한 태도를 가장하면서 명령했다.

"그리로 안내해라."

"예."

하일롭의 기사는 순순히 로지안을 하일롭이 있는 곳으로 안내했다. 로지안은 고요한 신전의 복도를 걸으면서, 어찌하여 하일롭이 신황의 침실에서 잠을 청하려는 것일까 생각해보았다.

아무리 신황이 자리를 비웠다고 해도 그의 침실을 함부로 드나드는 것은 문제가 될 소지가 있는 일이었다. 로지안은 하일롭의 머릿속에 무엇이 들었는지 정말이지 궁금할 지경이었다.

머지않아서 도착한 신황의 침실의 문은 굳게 닫혀 있었다. 눈앞의 문 너머에 하일롭이 있다고 생각하니 로지안은 어쩐지 긴장이 되었다. 한편, 로지안을 신황의 침실까지 안내한 기사가 로지안을 향해 가볍게 고개를 숙이고 말했다.

"잠시만 기다려 주십시오."

"그러지."

기사는 문을 가볍게 두드렸고, 이윽고 문 너머에서부터 하일롭의 목소리가 들려왔다. 기사는 문을 열고 침실 안으로 들어갔다. 그가 다시 모습을 드러내기까지는 그리 오랜 시간이 걸리지 않았다.

"안으로 들어오시라고 합니다."

그는 하일롭의 전언을 가지고 돌아왔다. 로지안은 가볍게 고개를 끄덕이고는 방 안으로 들어섰다.

하일롭은 신황의 것이 틀림없을 침대 위에 모로 누워 있었다. 로지안이 가까이 다가오는 모습을 보고도 하일롭은 몸을 일으킬 생각이 추호도 없어 보였다. 다만 나른하게 누운 채로 로지안을 향해서 가볍게 고개를 까딱해 보였을 뿐이었다.

그런 하일롭을 보고 있자니 저도 모르게 찌푸려지려는 표정을 로지안은 가까스로 관리했다.

"형님."

로지안이 가볍게 인사를 하였으나 하일롭은 로지안을 물끄러미 바라보기만 했다. 하일롭의 침묵은 꽤나 길었고, 그에 로지안 역시도 입을 꾹 다문 채로 하일롭을 마주 바라보았다.

두 사람 사이에 정적은 꽤 오래도록 이어졌다. 침실에 내려앉은 어둠처럼 무거운 정적이었다. 그렇게 얼마쯤 시간이 흘렀을까. 옷자락이 마찰하는 소리가 적막을 갈랐다. 하일롭이 천천히 상체를 일으켜 앉은 것이었다.

"그래, 로지안. 네가 이 늦은 시간에 이토록 먼 곳에는 무슨 일로 찾아온 것이냐."

하일롭이 침묵을 깨고 말했다. 하지만 로지안이 선뜻 대꾸를 하지 않자, 하일롭은 로지안에게 일단 앉으라고 소파를 눈짓했다. 그에 로지안은 순순히 하일롭이 권한 자리에 앉았다. 그러자 하일롭이 느릿하게 침대 위에서 내려왔다.

"대체 무슨 용건이기에 네가 직접 이곳에 온 것인지."

하일롭이 혼잣말처럼 중얼거리면서 로지안의 맞은편에 앉았다. 로지안은 눈앞의 하일롭을 바라보면서 말을 고른 뒤에 입을 열었다.

"다름이 아니라 황제 폐하께서 제게 신전에 머무르며 형님을 도우라는 명을 내리셨습니다."

"……황제 폐하께서?"

로지안은 가볍게 고개를 끄덕이는 것으로 대답을 대신했다. 그것을 본 하일롭의 표정이 딱딱하게 굳었다.

"아무래도 황제 폐하께서는 나를 썩 신뢰하지 않고 계시는 모양이군."

하일롭이 자못 신랄한 어조로 중얼거렸다. 그에 로지안은 순간 멈칫했지만, 이윽고 태연한 목소리로 대꾸했다.

"그저 앞으로의 계획에 차질이 없기를 바라시는 게 아니겠습니까."

"글쎄, 내가 보기에는 단순히 그 이유만은 아닌 것 같아서 말이야."

하일롭은 굳이 감출 생각이 없는지 보란 듯이 입매를 한껏 비틀었다.

"그래서 앞으로 너도 이곳에서 머무르게 된 것이냐?"

"예, 형님."

로지안은 퍽 순종적인 태도를 가장하여 대꾸했다.

"그것이 황제 폐하의 명이었습니다. 하지만 형님께서 제가 이곳에 머무르는 게 탐탁지 않으신다면……."

"아니, 되었다."

하일롭이 귀찮다는 듯이 손을 내저었다.

"네가 이곳에서 머무는지 아닌지가 뭐 그리 중요하다고."

로지안은 저도 모르게 굳어지려는 표정을 다잡기 위해서 입을 굳게 다문 채로 이를 꽉 사리물었다.

"무엇보다도 나는 황제 폐하의 명을 거스를 생각이 없다. 그러니 황제 폐하께서 명하신 대로 너는 이곳에서 나를 돕도록 해라."

하일롭은 대수로울 것 없다는 듯이 말했다. 로지안은 가까스로 입꼬리를 끌어올려 미소를 지었다.

"형님께서 그리 말씀해 주시니 마음이 좀 놓이는군요."

억지로 미소를 머금은 입매가 파들파들 떨렸으나 로지안은 아무렇지 않은 척 말을 이었다.

"혹여 제가 형님의 심기를 거스르기라도 할까 봐 무척이나 염려스러웠는데 말입니다."

"그래, 가만 생각해 보면 아주 어릴 때부터 너는 참으로 쓸데없이 겁이 많았지."

"……."

"이제 그만 걱정을 내려놓도록 해라, 로지안."

자신을 어린아이 다루듯 대하는 하일롭의 말에 로지안의 표정이 굳어졌으나 그것을 아는지 모르는지 하일롭은 환하게 웃으며 말을 덧붙였다.

"나는 지금 그 어느 때보다도 기분이 좋으니까."

로지안은 떨떠름하게 고개를 끄덕였다. 그러나 그런 로지안을 보고도 하일롭은 전혀 개의치 않았다. 오히려 하일롭은 더욱 짙은 미소를 입가에 머금었다. 조금 전까지만 해도 하일롭은 황제가 로지안을 신성지로 보냈다는 사실에 분노한 것처럼 보였는데, 그것이 무색하게도 어느새 하일롭은 평상시와 같은 여유로운 미소를 되찾은 채였다.

그러나 로지안은 눈앞의 하일롭이 단순히 허세를 부리고 있는 것이라고 생각했다. 그렇게라도 생각하지 않으면 하일롭의 여유로운 낯짝을 차마 태연하게 마주 바라보고 있을 수가 없었다.

"그나저나 형님은 어찌하여 이곳에서 잠을 청하려 하시는 겁니까?"

"이곳이 가장 보기에 좋은 침실이기에 그러하다."

하일롭은 무슨 그런 당연한 것을 묻느냐는 듯 로지안을 바라보았다. 하기야 신황의 침실이 그 어떤 침실보다 화려하게 꾸며져 있는 건 당연한 일이었다. 다만 로지안이 의아하게 여긴 것은 하일롭이 신황의 침실에 아무렇지 않게 드나들었다는 사실이었다.

"대신관들과 신전의 기사들이 아무런 제지를 하지 않았습니까?"

"물론 대신관 중 몇 명이 내 앞을 가로막으려 하기는 하였다."

하일롭은 대수롭지 않게 대꾸했다.

"하지만 우두머리가 부재한 상황이니만큼 그들은 감히 나를 막지 못했지."

하일롭은 대신관들을 굴복시켰다는 사실이 꽤나 자랑스러운 모양이었다.

"되도록 대신관들과의 갈등은 피하는 편이 좋지 않겠습니까."

로지안이 자못 염려스럽다는 듯이 말하자, 하일롭은 가볍게 코웃음을 쳤다.

"로지안, 그들은 신을 모시는 일 외에 다른 것은 아무것도 모른다. 세상 물정이나 사리에 밝지 못해. 마치 어린아이처럼 말이야."

하일롭은 정말이지 즐겁다는 듯이 미소를 지은 채로 말을 이었다.

"설령 내가 지금 당장 신전을 장악하고 신전에 적을 둔 자들을 모조리 억압한다 하여도 그들은 속수무책으로 무너질 것이다."

"하지만 그들은 제국 내 신자들의 신뢰를 한 몸에 받고 있습니다. 그러니만큼 그들과의 마찰은 피하는 것이……."

"글쎄, 괜찮대도."

하일롭이 단칼에 로지안의 말을 잘라 냈다. 그런 그의 미간 사이에는 어느새 깊은 주름이 자리 잡고 있었다. 로지안은 순순히 입을 다물었다.

"밤이 늦었으니 이쯤에서 대화를 마치도록 하지. 남은 이야기는 내일 마저 나누는 것이 좋겠군."

"……예, 그러도록 하죠."

로지안은 떨떠름한 표정을 애써 감추면서 자리에서 일어났다. 어차피 로지안도 오랜 시간 하일롭과 마주하고 앉아 있을 생각이 없었다. 로지안에게는 하일롭의 눈을 피해서 해야만 하는 일이 있었다. 그 일은 내일 레오디안이 신성지를 떠나기 전에 반드시 끝마쳐 두어야만 하는 일이었다.

"그럼 저는 내일 아침에 다시 찾아오겠습니다."

"그래. 편히 쉬도록 해라."

하일롭은 기다렸다는 듯이 소파에서 일어나 침대로 향했다. 그리고 그대로 침대 위에 오르려던 하일롭은 문득 생각났다는 듯이 로지안을 돌아보며 입을 열었다.

"복도를 지키고 있는 시종더러 적당한 침실을 안내해 달라고 하고."

그 말을 끝으로 할 말은 다 끝났다는 듯 하일롭은 냉정하게 몸을 돌렸다.

로지안은 너무도 태평하게 침대 위에 눕는 하일롭의 모습을 가만히 지켜보고 서 있다가, 이윽고 아무런 미련 없이 침실을 나섰다.

다행스럽게도 하일롭은 갑작스럽게 로지안을 신성지로 보낸 황제에 대한 분노를 표했을 뿐, 로지안을 의심하지는 않았다. 하일롭은 로지안이 황제의 명을 따라서 그들의 계획에 도움을 주리라고 믿고 있는 듯했다. 정작 로지안은 그러고 싶은 생각이 추호도 없는데도 말이다.

로지안은 속으로 신랄한 웃음을 삼키며 걸음을 옮겼다. 그 일말의 망설임조차 없는 발걸음은 무형의 소리가 되어 어둠에 잠긴 복도를 묵직하게 울렸다.

* * *

신황은 인고의 노력 끝에 그토록 찾고자 했던 존재를 찾아냈다고 생각했다. 하지만 신황이 하이드의 기적을 읽어 낼 수 있었던 것은 사실 신황의 노력 여하와 전혀 상관없는 일이었다. 또한 신황이 먼저 하이드를 발견해 낸 것도 아니었다.

신황의 기적을 읽고 신황이 있는 곳을 발견한 것은 다름 아닌 하이드였다. 하지만 하이드가 의도적으로 자신에게 접근한 것이라는 사실을 꿈에도 모르는 신황은 자신이 하이드를 찾아낸 것이라고 굳게 믿어 의심치 않았다. 때문에 하이드의 가까이로 다가가는 신황의 걸음걸이에는 어떠한 주저함도 없었다.

　하이드는 두려움의 대상이 되기에 더할 나위 없이 충분한 존재였다. 하지만 신황은 하이드가 전혀 두렵지 않았다. 하이드와 같은 존재를 뜻대로 다룰 수 있는 능력을 지니고 있었으므로.

　현재 신황이 그의 눈앞의 어린 과물을 두려워할 이유는 어디에도 없었다. 신황은 신성지에서 가장 고귀한 자리에 오르고 난 이래로 늘 그러하였듯 당당하게 하일롭의 앞에 멈추어 섰다. 그리고 언제나 그러했던 것처럼 상대방을 조금쯤 내려다보면서, 얼핏 부드러우나 단호한 기색이 분명하게 섞여 있는 목소리로 말했다.

　"내 지금껏 그대와 같은 존재를 찾아 헤매 왔습니다."

　아이의 얼굴은 어둠 속에서도 새하얗게 빛났다.

　어린아이인데도 불구하고 일견 매혹적으로까지 보이는 아름다운 외모는 필시 인간을 홀리기 위한 것이리라. 신황은 기쁜 마음으로 감탄하며 하이드를 향해서 한 걸음 더 가까이 다가섰다. 바로 그 순간이었다. 여태 표정 없이 서 있기만 했던 하이드가 돌연 신황을 향해서 손을 내뻗은 것은.

　신황은 예상치 못한 하이드의 행동에 놀라 일순 움찔했다. 하지만 하이드는 태연하게 신황의 얼굴에 손을 가져다 댔다. 뺨에 닿은 손은 얼음장처럼 차가웠다. 단순히 하이드가 추운 날씨에 오랜 시간 밖에 서 있었기 때문만은 아닐 터였다. 죽은 자들을 떠올리도록 만드는 냉기에 온몸에 소름이 끼치는 느낌이었다. 신황은 저도 모르게 몸을 움츠렸다.

　"나는 이대로 순식간에 당신의 목을 꺾어 버릴 수 있어."

　하이드가 무덤덤한 어조로 무심하게 말을 툭 던졌다. 신황은 다급하게 하이드의 손을 쳐냈다. 꽤나 거친 손길이었지만 아프지도 않은지 하이드의 표정에는 아무런 변화가 없었다.

　뜻밖에도 하이드는 순순히 손을 거두어 들였다. 그리고 멀뚱히 선 채로 신황을 올려다보았다. 그런 하이드의 눈빛은 마치 눈앞의 상대의 목을 꺾을지 말지를 고민하고 있는 것처럼 느껴졌다. 그제야 비로소 신황은 현재 자신이 무엇을 마주하고 있는 건지 뼛속들이 실감했다.

하이드를 마주하고 있자니 다른 괴물에게서는 느낄 수 없었던 위압감이 꼭 숨통을 조르는 듯했다. 신황은 마른침을 삼켰다. 그러나 신황과 다르게 하이드는 아까부터 무서우리만큼 태연한 모습을 유지하고 있었다.

"나를 죽이고 싶은 겁니까?"

"그럴 생각이었어."

애초에 하이드는 신황을 따라서 신성지 밖으로 나온 것이었다. 하지만 신황과 그의 기사들은 줄기차게 내린 비 때문인지 자신들의 뒤를 밟는 하이드의 기척을 전혀 눈치채지 못했다. 하이드는 언제쯤 신황을 만나면 좋을지를 가늠하고 있었다. 하지만 그 고민이 무색하게도 비가 멈추고 하늘이 맑게 개고 나니 신황이 먼저 하이드를 찾아왔다.

"너도 나를 죽이고 싶은 거 아니야?"

하이드는 신전이 괴물 토벌에 힘을 쏟고 있다는 사실을 잘 알고 있었다. 베스티를 잡아간 것이 신전이라는 사실 또한 알았다. 그런데 어째선지 신황은 선뜻 대답을 하지 않았고, 그저 당황한 기색으로 입술을 굳게 다물었다.

하이드는 그런 신황을 덤덤한 시선으로 마주 바라보았다. 그러고 있자니 이 세상에 존재하는 가장 좋은 것들로 빚어 만든 인간이 있다면 그 인간이 바로 신황이 아닐까 하는 생각이 문득 들었다.

조화롭고 아름다운 신황의 외모는 일견 완벽하게 느껴졌고, 무엇보다 신황의 은빛 눈동자는 인간의 것이라기에는 너무나도 신비로워 보였다.

"……어찌하여 그대가 그러한 오해를 하였는지 모르겠습니다만, 나는 불필요한 살생은 하지 않습니다."

한참 만에 신황이 침묵을 깨고 말문을 열었다. 어느새 당황스러운 기색을 말끔히 수습한 채였다.

"하지만 그대는 다르겠지요."

신황은 잠시 말을 고르는 듯한 기색으로 눈을 지그시 감고 있다가, 이내 하이드를 똑똑히 직시하면서 물었다.

"그대가 나를 죽이고자 함은, 특별한 힘을 지닌 인간인 나를 잡아먹고 싶기 때문입니까?"

"나는 인간을 먹지 않아."

무척이나 갑작스러운 질문이었지만 하이드는 한순간도 망설이지 않고 대꾸했다. 그러나 신황은 하이드의 말을 도무지 믿을 수가 없다는 듯 눈을 크게 떴다.

"그 말은 설마 그대가 지금껏 식인을 해 본 적이 없다는 뜻은 아니겠지요?"

"……."

신황의 물음에 순간 멈칫했던 하이드가 곧 눈에 띄게 굳어진 표정으로 입을 다물었다. 그렇게 하이드는 아무런 대답도 하지 않았지만, 신황은 하이드의 침묵이 의미하는 바를 단번에 알아차렸다.

"참 신기하군요."

신황이 미소를 지으며 혼잣말처럼 중얼거렸다.

"그대가 본능을 억누르려는 마음을 먹게 된 계기가 무엇인지 궁금하기도 하고요."

하이드는 자신을 떠보려는 듯한 신황의 말에 기분이 상했다. 왜인지 신황이 꽤나 즐거워하고 있는 것처럼 보여서 더욱 그러했다. 하지만 신황은 하이드가 기분 나쁜 기색을 내비치는데도 전혀 개의치 않았다. 그는 오히려 더욱 선명한 미소를 입가에 띤 채로 하이드를 바라보았다.

"무엇보다도 식인을 하려는 이유가 아니라면 과연 그대가 무슨 이유로 나를 해하고자 하는 건지 의문이 듭니다."

하이드는 고집스럽게 입을 굳게 다문 채로 아무런 말이 없었다. 그런 하이드에게서는 조금 전 신황이 느꼈던 위압감을 더 이상 흔적조차 찾아볼 수 없었다.

덕분에 본래의 여유로움을 되찾은 신황은 느긋한 마음으로 하이드를 관찰할 수 있었다. 그러자 아까까지는 미처 눈에 들어오지 않았던 것들이 새삼스럽게 눈에 들어오기 시작했다. 이를테면 하이드의 앙상한 팔다리나 볼품없는 차림새

따위가 그러했다.

현재 하이드는 어디 진흙탕에서 뒹굴고 오기라도 한 것처럼 꼴이 엉망이었다. 아무래도 요 며칠 줄기차게 쏟아졌던 비를 피하지 않고 그대로 맞은 듯했다. 아무리 보아도 무리의 보호를 받으며 사는 것 같지가 않았다. 무릇 하이드와 같은 존재는 무리 생활을 하기 마련인데 말이다.

"내 의문들에 대답을 내어주지 않을 겁니까?"

신황은 앙상하게 마른 나뭇가지 같은 하이드에게 한 걸음 가까이 다가가면서 물었다.

"그대는 어찌하여 나를 해하려 합니까?"

하이드는 갑작스럽게 돌변한 신황의 태도에 당황한 듯 뒷걸음질을 쳤다. 하지만 신황은 개의치 않고 계속해서 하이드와의 거리를 좁혀 나갔다. 하이드와 가까워지면 가까워질수록 뭐라고 형용하기 어려운 악취가 신황의 코끝을 괴롭혔다. 그럼에도 신황은 멈추지 않았다. 멈춘 것은 하이드였다. 등 뒤의 담벼락에 가로막혀 걸음을 멈출 수밖에 없었던 것이다.

"나는 그대의 도움이 필요합니다."

신황의 은빛 눈동자에 이채가 서렸다. 하이드가 그것을 알아차리고 몸을 빼려고 했을 때는 이미 늦은 뒤였다.

"그대가 나를 도와주었으면 좋겠습니다."

신황의 힘에 사로잡히고 만 하이드는 몽롱하게 풀린 표정으로 고개를 끄덕였다.

* * *

로지안은 레오디안이 일러 준 방을 찾아갔다. 황궁과 다르게 늦은 밤 신전의 복도를 지키는 이는 없었다. 덕분에 로지안은 누구의 방해도 받지 않고 목적지에 다다를 수 있었다. 굳게 닫혀 있는 방문 앞에 멈추어 선 로지안은 짧게 심호흡을 한 뒤, 이윽고 조심스럽게 문을 두드렸다.

시간이 시간인지라 혹여 방의 주인이 잠들어 있지는 않을까 걱정했는데 다행스럽게도 깨어 있었다. 머지않아서 활짝 열린 문 너머에서부터 환한 빛이 쏟아지듯 새어 나와 로지안의 시야를 밝혔다.

"⋯⋯2황자 저하?"

문을 잡고 선 대신관 로아나의 표정에는 당혹스럽다는 듯한 기색이 한껏 서려 있었다. 그건 너무나도 당연한 반응이었다. 로아나의 경계심을 풀기 위하여 로지안은 얼굴 위로 상냥한 미소를 올렸다.

"저하께서 이곳은 무슨 일로⋯⋯."

"늦은 시간이지만 잠시 실례하지."

로지안은 구태여 시간을 지체하지 않고 곧바로 용건을 꺼내 놓았다.

"로켄페데스 대공이 내일 동이 트기 전까지 이곳 신전에 존재하는 포탈을 모두 가동해 두라고 하였다."

"⋯⋯네?"

로아나는 멍하니 입을 벌린 채로 로지안을 바라보았다. 갑작스럽게 맞닥뜨린 상황에 당황을 거듭하는 기색이었다. 그에 로지안은 잠시 동안 말없이 로아나를 응시했다. 그리고 로아나가 어느 정도 정신을 추슬렀다는 판단이 들었을 때, 그제야 로지안은 다시 부드러운 목소리로 말을 이어 나갔다.

"하지만 애석하게도 나는 포탈을 구동하기 위한 신성력을 지니고 있지 않지."

"⋯⋯."

"그리고 대공은 로아나 대신관이 우리를 도와줄 것이라 하였고 말이야."

말을 마친 로지안이 입을 닫고서 로아나의 반응을 유심히 살폈다. 머지않아서 로아나는 로지안이 무슨 이야기를 하고 있는 건지 가까스로 눈치를 챘다.

"갑자기 무슨 이유로 포탈을 구동하려 하시는 건가요?"

"대공이 내일 아침이면 신성지 밖으로 나가야 한다는 사실은 알고 있겠지?"

로지안은 로아나의 물음에 다른 물음으로 답했다.

그러나 그것만으로도 로아나는 어렵지 않게 상황을 파악해 낼 수 있었다.

"우리에게는 허락된 시간이 길지 않다, 로아나 대신관."

로지안의 재촉에 로아나는 굳은 표정으로 고개를 끄덕였다.

"이 신전에는 총 아홉 개의 포탈이 있습니다."

로아나는 차분한 목소리로 포탈의 위치를 설명한 뒤, 한 가지 중요한 사실을 말했다.

"제가 혼자서 아홉 개의 포탈을 전부 구동하는 것은 불가능합니다."

포탈 하나를 구동하는 데만 해도 꽤나 많은 양의 신성력이 필요했다. 기한이 여유롭다면 또 모르겠지만, 짧은 시간 안에 신전 내 모든 포탈을 구동하는 것은 어려웠다.

"다른 대신관의 도움을 받아야 해요."

로아나의 말에 로지안의 표정에 낭패감이 서렸다.

"하지만 모든 포탈을 구동해 두지 않으면 대공의 계획은……."

"믿고 도움을 구할 수 있는 대신관 한 분을 알고 있어요."

로아나가 단호한 표정으로 말했다.

"괜찮으시다면 제가 앞장을 서도 될까요, 저하?"

"부탁하지."

로지안이 고개를 끄덕이자, 로아나가 지체하지 않고 복도로 나왔다.

"이쪽이에요."

로아나는 욤펜의 침실을 향해서 걸음을 서둘렀다. 로지안도 그런 로아나의 뒤를 따라서 빠르게 걸음을 옮겼다.

* * *

자세한 설명을 해 줄 시간이 없었기에 로아나에게는 레오디안의 계획이라고 간단히 말하고 말았지만, 사실 이 모든 것은 로지안이 계획한 일이었다. 레오디안이 신성지 밖의 신황과 합류하기 전에 신황이 기거하는 임모투스 신전 내에 존재하는 모든 포탈을 구동하는 것.

그것은 신황의 세력을 전복시킴과 동시에 신전을 점거한 하일롭을 견제하기 위해서 로지안이 생각해 낸 묘수였다.

임모투스 신전의 포탈은 제국 내 모든 신전의 포탈과 서로 연결되어 있었다. 그러니만큼 임모투스 신전의 포탈이 모두 구동되어 있다면 신성지 밖에 있는 신전에서 임모투스 신전으로 순식간에 이동하는 것이 가능해졌다.

로지안은 일단 신황의 세력과 하일롭의 세력이 맞부딪치도록 판을 짤 생각이었다. 그러기 위해서는 신황이 현재 임모투스 신전의 상황을 파악하게 만든 뒤, 빠르게 신전으로 돌아오게 하여야 했다.

"이것으로 마지막 포탈까지 모두 구동했습니다."

로아나가 환한 빛을 내뿜고 있는 포탈을 등지고 선 채로 말했다. 로지안은 로아나를 향해서 가볍게 고개를 끄덕여 보인 뒤, 로아나의 옆에서 구슬땀을 닦고 있는 욤펜에게 힐끗 시선을 주었다.

로아나는 욤펜을 믿을 만한 대신관이라 말하였지만, 로지안은 레오디안에게서 욤펜에 관한 이야기를 들은 바가 없었었다. 때문에 로지안은 욤펜을 정말 믿어도 되는지 확신이 서지 않았다. 무엇보다도 욤펜이 로아나와는 다르게 무척이나 심약해 보인다는 점이 불안했다. 그런 로지안의 생각을 알아차리기라도 한 건지, 로아나가 욤펜의 앞으로 나서면서 로지안의 시선을 돌렸다.

"제가 도와야 하는 일은 끝난 건가요, 저하?"

로아나의 물음에 잠시 멈칫했던 로지안이 천천히 고개를 끄덕였다.

"일단 오늘은 이것으로 충분하다."

"그럼 저희는 이쯤에서 그만 침실로 돌아가 보아도 될까요?"

로아나는 욤펜을 힐끔 돌아본 다음 말을 이었다.

"공연히 1황자 저하의 눈에 띄는 일은 피하고 싶어서요."

일리가 있는 말이었던지라 로지안은 흔쾌히 대답했다.

"그래, 늦은 시간에 수고가 많았다. 이만 돌아가 보아도 좋다."

"양해해주셔서 감사합니다."

로아나가 가볍게 고개를 숙여 보인 뒤, 지체하지 않고 곧장 욤펜을 이끌고 나갔다. 로지안은 홀로 남겨진 방 안에서 잠시 동안 포탈을 주시하다고 있다가, 곧 미련 없이 몸을 돌려 방을 나섰다.

무릇 잠에 빠져 있어야 하는 밤이 깊은 시간이었지만, 로지안이 날이 밝기 전 마쳐 두어야 하는 일은 아직 끝이 나지 않았다.

* * *

엘시아는 레오디안과 함께 정원으로 향했다.

며칠 동안 내내 줄기차게 내린 비가 완전히 멎은 지는 오래였으나 아직도 정원에는 습기가 찬 싸늘한 공기가 맴돌고 있었다. 그럼에도 엘시아가 대화의 장소로 굳이 정원을 고른 것은, 아무도 없는 조용한 공간에서 이야기를 나누고 싶었기 때문이었다.

레오디안은 순순히 엘시아의 뜻을 따라 정원으로 나왔을 뿐만 아니라, 빗물이 미처 다 마르지 않은 벤치 위에 외투를 깔고 그 위에 엘시아가 앉을 수 있도록 배려했다. 엘시아가 조심스럽게 벤치에 앉는 모습을 확인한 뒤에야 레오디안은 엘시아의 옆에 자리했다.

엘시아는 살짝 고개를 틀어 레오디안을 올려다보았다. 레오디안은 여전히 외출복 차림이었다. 이 늦은 시간까지 옷을 갈아입지 않은 레오디안이 의아했지만, 엘시아는 일단 그 의문은 잠시 뒤로 미뤄 두기로 했다. 지금은 그보다 훨씬 더 중요한 말을 해야만 했다. 엘시아는 잠시 말을 고른 뒤, 신중하게 말문을 뗐다.

"2황자 저하가 다녀가시는 걸 봤어요."

레오디안이 눈을 맞춰오자, 엘시아가 조심스럽게 물었다.

"늦은 시간에 그분이 갑자기 무슨 일로 찾아오신 건가요?"

레오디안은 생각을 하는 듯한 기색으로 잠시 말이 없다가 이윽고 천천히 입을 열었다.

"사실 내일 아침 일찍 신성지 밖으로 나가야 할 일이 생겼습니다."

"……네?"

너무도 뜻밖의 말이었다. 엘시아는 놀라 눈을 크게 떴다.

"내일이요?"

"예, 그렇게 됐습니다."

그렇게 대답한 레오디안의 표정이 어두웠다. 그것을 알아차린 엘시아는 레오디안에게 물어보고 싶은 말이 많았지만 잠시 물음을 삼킨 채 조용히 레오디안을 바라볼 수밖에 없었다.

머지않아서 레오디안은 하일롭이 현재 임모투스 신전을 점거했으며 그가 레오디안에게 신황과 합류할 것을 명령하였다는 사실을 엘시아에게 이야기해 주었다.

자세한 사정을 듣고 나자 엘시아는 더욱 말문이 막혔다. 무엇보다도 당장 내일 레오디안이 신성지를 떠날 것이라는 게 너무나도 막막하게 느껴졌다.

"……가지 않으실 수는 없는 거겠죠?"

엘시아는 저도 모르게 묻고 말았다. 그러자 레오디안이 자못 놀란 표정을 짓고서 엘시아를 응시했다. 그 시선을 피해 눈길을 아래로 내려뜨리며 엘시아는 창백하게 질린 입술을 잘근 깨물었다.

"그리 오래 나가 있지 않을 겁니다. 금방 돌아오겠습니다."

레오디안이 엘시아를 안심시키듯 말했으나, 엘시아는 조금도 마음을 놓을 수 없었다. 그도 그럴 것이 엘시아는 얼마 전에 로지안으로부터 들은 이야기를 전부 또렷하게 기억하고 있었다.

'황제 폐하께서는 로켄페데스 대공을 희생양으로 삼을 작정이신 게 틀림없어.'

로지안은 황제가 레오디안을 이용해 신황을 살해할 계획을 세웠다는 걸 엘시아에게 말해 주었다.

레오디안이 부모를 잃고 작위를 물려받은 뒤, 황실과 신전에 이용당하지 않기 위해서 줄곧 노력해 왔다는 사실은 엘시아도 알고 있었다. 어린 나이에 가주가 된 순간부터 레오디안은 황실과 신전이라는 거대한 권력의 억압으로부터 자유로울 수 없었다는 사실 역시도 알았다.

로지안이 말하길, 황실은 레오디안과 로켄페데스 가문을 중앙 권력에서 배제시키고 철저하게 고립시켰다고 했다. 그러니만큼 황제가 마음만 먹는다면 레오디안을 이용하고 버린다고 해도 크게 문제가 생기지 않을 거라고 했다.

'우리가 대공을 구할 수 있는 방법은 단 하나뿐이야.'

로지안은 어느 때보다도 진지한 표정으로 레오디안을 구할 방법을 말했다.

'현재 신전이 틀어쥐고 있는 권력은 전부 제국인들의 공포심에서부터 비롯된 것이지.'

그 방법이란 바로 현재 제국 곳곳에 숨어 살고 있는 괴물들을 이용하는 것이었다.

'그 공포심을 잘만 이용한다면 대공이 황실이나 신전으로부터 자유로워지는 것도 얼마든지 가능해.'

엘시아는 로지안에게 이야기를 들은 당시에는 선뜻 로지안의 계획에 동참하겠다는 결심을 하지 못하고 망설였다. 그럴 수밖에 없었던 것이 엘시아는 아무리 괴물이라고 할지라도 누군가를 해하는 행위를 아무렇지 않게 저지를 자신이 없었다. 하지만 레오디안이 당장 신성지 밖으로 나가 신황 무리와 합류를 하게 되었다는 사실을 알게 된 이상, 엘시아는 더 이상 망설이고만 있을 수가 없었다.

이제는 마음을 단단히 먹고 결정을 내릴 때였다.

엘시아는 천천히 고개를 들어 올렸다. 레오디안이 걱정스럽다는 듯한 기색으로 엘시아를 바라보고 있었다.

"신황 성하가 어디에 계신지는 아시나요?"

"정확한 위치는 아직 모릅니다."

레오디안은 갑작스러운 엘시아의 물음에도 선선히 대답했다.

"다만 신황 성하나 그분의 기사들 중 누구 한 명이라도 신성력을 사용했다면 무릇 흔적이 남아 있기 마련이니 그 흔적을 따라가면 됩니다."

엘시아는 잠시 동안 레오디안의 말을 머릿속으로 조용히 되짚어 보다가 이내 결심을 하고서 말을 꺼냈다.

"저도 대공님과 함께 갈래요."

* * *

잠시 눈을 붙였다가 일어난 케일런은 뜬금없이 신황이 이 늦은 밤에 홀로 외출하였다는 보고를 받았다. 그에 신황의 방 앞을 지키고 있던 기사를 문책한 것은 잠시였다. 혹시라도 신황에게 무슨 일이 생기기 전에 신황을 찾아야 했다.

케일런은 불침번을 서던 기사 두 명을 데리고 서둘러 숙소 밖으로 나설 준비를 했다. 그런데 숙소를 빠져나온 순간이었다. 문득 기사 한 명이 밝은 표정으로 소리쳤다.

"어, 저기 성하께서 돌아오셨습니다!"

그 기사는 손을 들어 정면을 가리키고 있었다. 케일런은 재빨리 그곳을 향해 고개를 돌렸다. 그러자 검은색 로브를 뒤집어써 온몸을 꽁꽁 감추다시피 한 신황의 모습이 눈에 들어왔다. 케일런은 발걸음을 재촉해 황급히 신황에게 다가갔다.

신황은 그런 케일런을 보고 순간 놀란 듯 눈을 크게 떴지만, 곧 아무렇지도 않게 미소를 지으면서 케일런을 마주하였다.

"마음이 소란하여 잠시 바람을 쐬고 온 것인데, 의도치 않게 여러분들에게 걱정을 끼치고 말았군요."

케일런은 저도 모르게 한껏 굳은 표정으로 신황을 바라보다가 잠시 후 가까스로 입을 열었다.

"혹시 무슨 일은 없으셨습니까?"

"예, 아무 일도 없었습니다."

신황은 그린 듯한 미소를 지으며 대답한 뒤, 자연스럽게 기사들을 앞질러 걸음을 옮겼다. 케일런은 그의 옆을 막 스쳐 지나간 신황을 향해서 고개를 돌렸다가, 신황의 뒤를 따라 걷고 있는 조그만 아이를 뒤늦게 발견했다.

순간 당황하여 멈칫했던 케일런은 곧 가까스로 정신을 차리고는 얼른 신황의 뒤를 쫓아갔다. 신황은 마치 아무런 일도 없었다는 듯이 태연하게 자신의 방으로 향했다. 케일런은 일단 조용히 신황을 따라 방 안에 들어갔다. 그리고 방문을 굳게 닫고 나서야 신황을 향해 말을 꺼냈다.

"성하, 그런데 이 아이는 누구입니까?"

신황은 말없이 로브를 벗어 소파 위에 걸쳐 두었다. 그러는 동안에 신황이 데리고 온 아이는 마치 인형처럼 멍하니 자리에 서 있었다. 케일런은 그런 아이의 모습을 보면서 무어라 말로 형용할 수 없는 이질감을 느꼈다.

"……성하, 어찌하여 갑자기 이곳에 아이를 데리고 오신 겁니까?"

케일런은 대답 없는 신황을 향해서 다시 한번 물었다. 그러자 신황이 천천히 몸을 돌리더니, 케일런이 아닌 아이를 바라보면서 입을 열었다.

"이름이 무엇이지요?"

"하이드."

아이가 혼이 나간 것처럼 멍한 얼굴을 하고 있으면서도 순순히 입술을 열어 대답하자, 신황은 그런 아이를 칭찬하듯 아이의 머리를 쓰다듬어 주었다. 그 모습을 보고 케일런은 저도 모르게 표정을 딱딱하게 굳혔다.

한밤중에 돌연 혼자서 숙소 밖으로 나간 신황이 출신을 알 수 없는 아이를 데리고 돌아왔다. 케일런의 상식으로는 도무지 이해할 수 없는 일이었다. 그러나 신황은 대수로울 것 없다는 듯 미소를 지으면서 아이의 머리를 쓰다듬다가, 한참 뒤에야 케일런에게 시선을 주었다.

"하이드는 앞으로 내가 곁에 두고 돌볼 아이입니다."

"예? 갑자기 그게 무슨 말씀……."

"지금 바로 욕탕을 사용할 수 있도록 준비를 해 주시겠습니까?"

케일런이 전혀 예상치 못한 신황의 말에 당황을 금치 못하는데, 신황이 그런 케일런의 말허리를 잘라 내며 말했다.

"아이가 많이 피곤해하는 것 같아서 얼른 씻기고 재워야겠습니다."

케일런은 멍하니 입을 벌렸다. 이게 대체 무슨 일인지 도통 쉽사리 납득이 되지 않았다. 그렇게 케일런이 아무런 말없이 넋을 놓고 자리에 서 있기만 하자, 신황이 드물게 케일런을 재촉했다.

"케일런."

"……예, 성하."

그에 케일런은 일단 신황의 명령부터 수행하자고 결정을 내렸다.

"지금 바로 가서 준비를 해 두겠습니다."

케일런이 비로소 대답을 내어놓자 신황은 케일런을 향해서 부드러운 미소를 지어 보였다.

"그럼 기다리고 있겠습니다."

"예, 성하."

케일런이 선선히 고개를 숙이자 신황은 다시 고개를 돌려 아이에게 시선을 주었다. 아까부터 신황은 꼭 아이에게 온 신경을 쏟느라 케일런에게 할애할 시간은 없는 사람처럼 보였다. 그런 신황에게 묻고 싶은 것이 많았지만, 케일런은 그 모든 물음을 잠시 뒤로한 채 방을 나섰다.

케일런이 복도로 나오자 여태 방 앞을 지키고 있던 기사 한 명이 기다렸다는 듯이 케일런에게 가까이 다가왔다.

"신황 성하께서 데리고 온 그 남자 아이가 누구인지 혹시 아십니까?"

"모릅니다."

케일런은 어두운 표정으로 고개를 가로저었다. 그가 알고 있는 것은 아이의 이름뿐이었다. 신황은 갑작스럽게 아이를 이곳으로 데리고 오게 된 사정을 자세히 이야기해 주지 않았다.

"아마도 이 마을의 아이 같은데……."

케일런이 무심코 혼잣말처럼 중얼거렸다. 그러자 그 말을 제 좋을 대로 해석한 기사의 얼굴 위로 신황을 향한 경애심이 떠올랐다.

"자신과 아무런 관계가 없는 아이인데도 그냥 지나치지 못하시고 이렇듯 아이에게 호의를 베푸시다니……."

그는 신황의 마음 씀씀이에 감동을 받은 모양이었다.

"정말 대단하신 분입니다. 그렇지 않습니까, 케일런 경?"

입가에 미소를 띠고서 되묻는 그를 향해서 케일런은 아무런 대꾸도 하지 못했다. 신황이 단순한 호의로 하이드를 데리고 온 것이라고 생각하지 않았기 때문이었다.

그도 그럴 것이 케일런은 그동안 신황과 함께 가난한 마을을 돌아다니면서 배를 곯아 볼품없이 마른 사람들을 수도 없이 많이 보았다. 오늘 신황이 데리고 온 남자아이와 같은 어린아이들이 거리를 전전하는 모습 역시도 셀 수 없을 정도로 여러 번 목격했다.

하지만 신황은 그들에게 일말의 관심조차 주지 않았다. 그 사실을 잘 알고 있는 만큼, 케일런은 돌연 하이드를 데리고 온 신황의 행동을 도무지 쉽사리 이해할 수가 없었다. 게다가 신황은 앞으로 하이드를 자신의 곁에 두고 돌볼 것이라고 말하기까지 했다.

이 마을에 살고 있는 가난한 아이들은 수없이 많은데, 오로지 하이드만이 신황의 눈에 들었다. 하이드가 다른 아이들과 무엇이 다르기라도 한 걸까.

케일런은 조금 전 방을 나오기 전에 마지막으로 본 하이드의 모습을 머릿속에 떠올려 보았다. 하이드의 멍한 눈동자며 표정은 마치 넋이 나가기라도 한 사람처럼 보였다. 그리고 그것이 영 꺼림칙해 신경이 쓰였다.

하지만 아무리 생각을 해 봐도 케일런은 하이드가 어떻게 신황의 눈에 들 수 있었던 건지, 또 신황이 대체 무슨 목적으로 하이드를 데리고 온 건지 전혀 짐작조차 할 수 없었다. 결국 머릿속에 가득한 생각을 애써 털어 낸 케일런은 이내 나직이 한숨을 내쉬면서 입을 열었다.

"저는 이만 신황 성하께서 명령하신 일을 수행하러 가 보겠습니다."

"아, 예! 바쁘신데 제가 공연히 경의 발을 붙잡아 두었군요."

"아닙니다."

케일런이 가볍게 고개를 내젓고는 말했다.

"그럼 가 보겠습니다."

"예, 수고하십시오."

기사의 인사를 뒤로한 채 케일런은 서둘러 발걸음을 옮겼다. 그리고 곧장 숙소 1층으로 내려가서 숙소 주인에게 지금 바로 욕탕을 사용할 수 있겠느냐 묻자, 숙소 주인이 난색을 표했다.

"이미 길어 둔 물은 전부 손님들께서 사용하신지라……."

그는 졸음기가 묻어 있는 눈으로 힐끔 창밖을 바라보면서 말을 이었다.

"물을 길러 가기에는 현재 시간이 너무 늦었고……. 죄송하지만 내일 아침 일찍 욕탕을 사용하실 수 있도록 준비해 드리면 안 되겠습니까?"

난감한 기색이 서린 목소리에 케일런은 별수 없이 고개를 끄덕였다. 숙소 주인을 곤란하게 만들고 싶은 생각은 전혀 없었다.

"그럼 혹시 어디서 물을 길어 오면 되는지 알려 주겠습니까?"

케일런의 물음에 숙소 주인은 당황한 표정을 짓더니 아무런 대답도 하지 못했다. 그에 케일런은 그를 향해서 부드러운 미소를 지어 보이고는 말했다.

"괜찮으니 길을 일러 주십시오."

그제야 그가 조심스러운 목소리로 대답했다.

"건물 밖으로 나가 왼쪽으로 길을 쭉 걸어가다 보면 우물이 있습니다."

케일런은 가볍게 고개를 끄덕이고선 물었다.

"여기서 그곳까지는 얼마나 걸립니까?"

"걸어서 5분가량 걸립니다."

숙소 주인은 케일런에게 커다란 동이를 꺼내다 주었다.

"이 동이에 물을 가득 채워 오시면 욕탕을 한 번 사용하기에는 충분하실 겁니다."

"예, 친절히 알려 주셔서 감사합니다."

케일런은 숙소 주인이 가져다준 동이를 잘 챙기고서 그를 향해 꾸벅 인사를 해 보였다.

"늦은 시간에 실례가 많았습니다."

케일런의 말에 숙소 주인이 어색한 표정으로 고개를 끄덕였다. 아무래도 손님에게 일을 떠넘긴 것이 영 민망한 모양이었다. 그것을 전혀 눈치채지 못한 척 케일런은 태연하게 몸을 돌렸다. 그리고 그 길로 곧장 동이를 들고 숙소 밖으로 나섰다.

길거리는 어둠으로 고요히 물들어 있었다. 그러나 그 길을 홀로 걷는 케일런의 발걸음에는 망설임이 없었다.

* * *

로아나는 욤펜을 그의 방까지 데려다준 뒤, 자신도 침실로 돌아가려고 했다.

하지만 창백하게 질린 얼굴로 몸을 떠는 욤펜을 로아나는 도저히 모르는 척 외면하고 등을 돌릴 수가 없었다.

결국 로아나는 욤펜과 함께 그의 침실 안으로 향했다. 욤펜을 소파에 편히 앉도록 한 뒤, 그 맞은편에 앉아서 욤펜을 지켜보았다. 욤펜은 꽤 오래도록 두려움에 떨었다. 그러나 로아나는 욤펜의 상태가 안정이 될 때까지 조용히 기다려 주었다.

그렇게 적막 속에 잠긴 방 안에서 얼마나 시간을 흘려보냈을까.

욤펜의 낯에 그나마 혈색이 되돌아왔다. 로아나는 욤펜의 상태를 유심히 살펴보면서 입을 열었다.

"이제 좀 진정이 되셨나요?"

"예, 덕분에……. 감사합니다, 로아나 대신관."

욤펜이 가까스로 입꼬리를 끌어 올려 미소를 지으며 대꾸했다. 바짝 마른 입술로 만들어 낸 미소는 자못 애처롭게까지 느껴졌다.

"아뇨, 별 말씀을요."

로아나는 가볍게 고개를 젓고는 상냥하게 웃어 보였다. 그러자 그 모습을 본 욤펜이 마치 불에 덴 듯 화들짝 놀라 시선을 내려뜨렸다. 로아나는 의아한 마음에 고개를 갸웃했다. 욤펜이 힘없이 고개를 떨군 채로 조심스럽게 입을 열었다.

"로아나 대신관은 정말 대단한 것 같습니다. 어찌 그렇듯 담대할 수 있는지……."

예상치 못한 욤펜의 말을 듣고 내심 놀란 로아나가 욤펜을 위로하기 위해 입을 연 순간이었다. 욤펜이 자조적인 웃음을 흘리면서 말을 이었다.

"만약 로아나 대신관이 계시지 않았다면 저는 지금 이 자리에 제정신으로 앉아 있지 못했을 겁니다."

"그게 무슨 말씀이에요, 욤펜 대신관."

의도치 않은 방향으로 틀어지고 있는 대화의 흐름에 로아나는 당황을 금치 못했다. 하지만 아까부터 고개를 푹 숙이고 있는 욤펜은 그런 로아나의 기색을 전혀 알아차리지 못했다.

"저는 너무 두렵습니다."

욤펜은 고해성사라도 하듯 울음기가 섞인 목소리로 말했다.

"이 모든 걸 감당하기가 너무나도 비겁습니다."

욤펜이 무릎 위로 마주 잡고 있는 손은 속절없이 떨리고 있었다.

"1황자 저하뿐만 아니라 2황자 저하까지 신전에는 무슨 일로 오신 건지, 또 2황자 저하께서 신전의 포탈은 어찌하여 전부 구동하려 하신 건지……."

앞으로 무슨 일이 일어날지 전혀 짐작조차 할 수 없다며 욤펜은 두렵다는 말을 반복했다.

"무엇보다도 신황 성하께서 얼마나 그릇된 욕망을 품고 있었는지를 잘 알고 있는데도……."

로아나는 무슨 말을 해야 할지 알 수 없어 말문이 막힌 채로 딱딱하게 굳어서 욤펜을 바라보기만 할 뿐이었다.

"……어떻게 해야 할지를 모르겠습니다. 그저 도망치고 싶다는 생각만 듭니다. 이런 제 스스로가 어찌나 한심한지 모릅니다."

욤펜은 차마 로아나를 똑바로 마주 바라볼 엄두가 나지 않는다는 듯이 고개를 더욱 푹 숙였다.

"저는 대신관이라 불릴 자격조차 없는 너무나도 볼품없는 인간입니다."

"……아니요, 욤펜 대신관. 어째서 그런 말씀을 하시나요."

로아나는 자리에서 일어나 욤펜에게 다가갔다. 그리고 욤펜의 앞에 무릎을 굽혀 앉고서 욤펜의 떨리는 손을 조심스럽게 덮어 줬었다.

"부디 말씀을 거두어 주세요."

욤펜이 놀란 눈으로 로아나를 내려다보았다.

"애초에 욤펜 대신관의 도움을 청한 사람은 저였습니다."

욤펜과 시선을 맞춘 채로 로아나는 망설임 없이 말을 이어 나갔다.

"제가 아니었더라면 욤펜 대신관께서 이런 일에 엮이는 일은 없었을 테죠."

"아닙니다."

순간 멈칫해 로아나를 바라보았던 욤펜은 이내 드물게 단호하게 말하며 고개를 내저었다.

"그건 로아나 대신관의 탓이 아닙니다."

"욤펜 대신관······."

"애초부터 제가 지니고 있었던 신황 성하를 향한 맹목적인 믿음은 언제든 깨어질 수 있는 나약한 것이었습니다."

"······."

"그리고 로아나 대신관은 단지 그 계기를 일찍이 만들어 주었을 뿐입니다."

그 말을 끝으로 욤펜은 다시금 힘없이 고개를 숙였다. 로아나는 착잡한 심정으로 그런 욤펜에게 시선을 고정했다. 욤펜이 이렇게까지 괴로워할 줄 알았더라면 욤펜에게 함께 괴물의 사체를 태우자는 이야기는 꺼내지 않았을 텐데.

로아나는 자신이 욤펜에게 너무나도 무거운 짐을 지운 것 같다는 후회가 들었다. 늦었지만 이제라도 그 짐을 덜어 줄 때라는 생각이 들었다. 앞으로는 지금까지보다 훨씬 더 감당하기 어려운 일들이 일어날 것이었으므로.

"욤펜 대신관, 앞으로 더는 무리한 부탁을 하지 않겠습니다."

"······예?"

로아나가 단호한 목소리로 선언하듯 꺼낸 말에 욤펜이 당황한 표정으로 고개를 들었다.

"그게 무슨 말씀인지······."

"말 그대로예요."

로아나가 욤펜을 직시하며 대답했다.

"저는 이제 더 이상 욤펜 대신관의 도움을 구하지 않을 생각입니다."

욤펜은 예상치 못한 로아나의 말에 당황한 듯 멍하니 입을 벌렸다.

"지금까지 도와주신 것만으로도 충분합니다. 욤펜 대신관이 얼마나 큰 용기를 내어 왔는지 알고 있어요."

그것으로 충분하다고 로아나는 반복해서 말했다. 욤펜은 여전히 말문이 막혀서는 어떠한 말도 꺼내지 못했다.

"그동안 고생이 많으셨습니다."

로아나는 씁쓸한 마음을 애서 감추면서 말했다.

"무리한 부탁을 하였으나 늘 흔쾌히 도움을 주셔서 정말 감사했어요."

욤펜은 멍한 표정으로 로아나를 응시하다가, 잠시 뒤 천천히 시신을 아래로 내려뜨렸다. 그리고 무언가 깊이 고민하는 기색으로 침묵을 지키는 욤펜을 로아나는 조용히 바라보았다. 욤펜은 한참 만에 말문을 열었다.

"솔직하게 고백하자면 지금 로아나 대신관의 말이 진심으로 달갑습니다."

"……."

"로아나 대신관의 말씀대로 하겠다며 냉큼 고개를 끄덕이고 싶어요."

로아나는 애써 침착해지려 노력하면서 욤펜의 목소리에 귀를 기울였다.

"하지만……."

욤펜은 지그시 눈을 감고서 깊게 숨을 들이마셨다. 그리고 잠시 뒤 길게 숨을 내쉬고는 말을 이었다.

"그래서는 안 되지 않습니까. 두려워도 해야만 하는 일이 아닙니까."

욤펜은 애써 희미하게나마 미소를 지으며 눈을 떴다.

"두렵지만, 그래서 또 이렇게 두려움에 떠는 일이 생기겠지만……."

"……."

"이런 저라도 도움이 된다면 얼마든지 쓰십시오."

목소리가 살짝 떨렸으나 욤펜은 개의치 않고 다시 한번 못 박아 말했다.

"앞으로도 로아나 대신관과 함께하고 싶습니다."

* * *

조용히 신전 밖으로 나온 로지안은 지체하지 않고 곧장 목적지를 향해 걸음을 옮겼다. 하일롭이 데리고 온 기사들 중 누군가를 마주칠지도 모른다고 각오를 하고 있었는데, 예상과 다르게 로지안은 아무런 방해도 받지 않고 무사히 신전을 빠져나올 수 있었다.

한밤중의 어두운 거리는 아무도 지나다니지 않아 텅 비어 있었고, 무척이나 조용했다. 그래서인지 꼭 당장이라도 어디선가 무언가 튀어나올 것만 같은 음산

한 느낌이 들었다. 로지안은 저도 모르게 표정을 딱딱하게 굳혔다.

일전에 한 번 발걸음을 해 본 적이 있는 레오디안이 소유한 창고는 임모투스 신전에서부터 그다지 멀리 떨어져 있지 않았다. 때문에 로지안은 금세 창고 앞에 도착했다. 레오디안에게 받아 둔 열쇠로 창고 문을 열자, 기다렸다는 듯이 매캐한 냄새가 코를 찔러 왔다.

그에 로지안은 살며시 미간을 일그러뜨린 채로 창고 안으로 걸어 들어갔다. 창고 안은 낮에 방문했을 때보다 훨씬 더 어두웠다. 한 치 앞만을 겨우 분간할 수 있을 정도였다.

로지안은 혹여나 넘어지지 않도록 조심스럽게 걸음을 옮겨서 이전에 이곳을 찾아왔을 적에 발견했던 비밀 공간으로 들어갔다. 그리고 레오디안이 언질해 준 문서를 찾기 위해 비밀 공간 안에 가득한 문서 더미들을 뒤적거리기 시작했다.

레오디안은 황실과 신전의 비리를 기록한 문서를 차곡차곡 모아왔다. 로지안은 레오디안이 가주가 된 이후 황실과 신전과 거리를 두고 지내려고 해 왔다는 사실을 눈치채고 있었다. 하지만 레오디안이 이렇듯 훗날을 대비해 준비를 해 왔을 줄은 꿈에도 예상하지 못했다.

그 덕분에 앞으로의 일이 조금 쉽게 풀리기는 하겠지만, 로지안은 레오디안의 준비성에 놀라지 않을 수 없었다. 레오디안과 적을 지는 일만은 피해야 한다는 생각을 하면서 로지안은 문서를 뒤적이는 손길을 재촉했다. 혹시라도 하일롭이 무언가 이상한 낌새를 눈치챌지도 몰랐다. 최대한 빠른 시간 안에 신전으로 돌아가야 했다.

"그런데 이리도 주변이 어두워서야……."

로지안은 가볍게 고개를 가로젓고는 짧게 혀를 찼다.

레오디안이 로지안에게 찾아서 수중에 가지고 있으라 말한 문서는 다름 아닌 레오디안의 부모에 관한 것이었다.

레오디안이 전대 로켄페데스 공작의 친자가 아니라는 사실은 아주 극소수의 귀족만이 알고 있는 비밀이었다.

레오디안은 전대 로켄페데스 공작 부인과 선황제 사이에서 태어났다. 이는 로켄페데스 가문의 힘을 손에 넣고자 했던 선대 황제의 탐욕으로 인해 벌어진 일이었다. 하지만 불행하게도 레오디안은 로켄페데스 가문의 힘을 발현하지 못했다.

선황은 혹시나 하는 마음에 레오디안을 황실이 아닌 대공가에서 지내게도 해 보았지만, 레오디안에게서 로켄페데스 가문의 힘이 나타나는 일은 결코 일어나지 않았다.

"하지만 그것은 단순히 대공이 힘을 숨기고 있었던 것뿐이었지."

레오디안은 자신이 타고난 힘을 철저하게 숨겼고, 선황은 서거할 때까지 레오디안이 힘을 발현하는 모습을 보지 못했다.

현 황제는 제 할아버지인 선황의 성정을 그대로 빼다 박았다. 그는 나이 터울이 많이 나는 이부형제인 레오디안을 이용하는 데 거리낌이 없었다. 그러니만큼 레오디안이 일평생 황제를 경계해 온 것도 어찌 보면 너무나도 당연한 일이라는 생각이 들었다. 로지안은 씁쓸하게 웃으며 한숨을 내쉬었다.

황제는 자신의 두 아들인 하일롭과 로지안조차도 쓸모가 없다면 얼마든지 냉정하게 내쳐 버릴 수 있는 위인이었으므로.

"……드디어 찾았군."

찾고자 했던 문서를 비로소 찾아낸 로지안은 다시 한번 문서에 적힌 내용을 확인했다. 이 문서만 있으면 황제와 하일롭의 가신들의 마음을 돌리는 것은 단순히 시간문제에 불과했다.

로지안은 여태 굽히고 있던 허리를 곧게 폈다. 그런 그의 얼굴에는 정말이지 만족스럽다는 듯이 환한 미소가 자리해 있었다.

* * *

"……함께 가겠다니."

레오디안은 놀란 기색을 감추지 못한 채로 엘시아를 바라보았다. 레오디안에게는 자못 경악스럽게 들리는 이야기를 꺼낸 엘시아의 표정은 덤덤하기만 했다. 레오디안은 뒤늦게 정신을 차리고 고개를 저었다.

"그건 안 될 말입니다."

레오디안이 저도 모르게 얼굴을 굳히고서 만류하자, 엘시아가 기다렸다는 듯이 입을 열었다.

"충분히 고민한 다음에 말씀드리는 거예요."

그 말이 거짓말은 아닌지 엘시아의 목소리가 단호했다. 그래서인지 레오디안은 말문이 막힌 채로 아무런 말도 꺼내지 못했다.

"안전한 곳에서 대공님이 돌아오길 기다리기만 하는 일은 이제 그만하고 싶어요."

엘시아가 차분하게 말을 이었다.

"그래서는 아무것도 해결되지 않는다는 걸 깨달았어요. 저도 대공님과 함께 가게 해 주세요."

"……."

레오디안은 머릿속이 새하얗게 탈색되는 것만 같은 느낌이었다.

현재 신성지 밖은 괴물로 득시글했다. 그나마 안전한 곳이 바로 이곳 신성지였다. 그러니만큼 엘시아가 신성지 밖으로 나가는 일만은 반드시 막아야 했다. 하지만 어떤 말로 엘시아를 만류해야 하는 건지 모르겠다. 레오디안은 나직이 침음을 삼켰다. 엘시아는 그런 레오디안을 똑똑히 직시하면서 레오디안의 대답을 기다렸다.

그 침착한 시선을 마주하고 있자니 말문을 여는 일이 더욱 어려워졌다. 레오디안은 저도 모르게 초조한 손길로 머리칼을 쓸어 넘겼다. 그에 따로 관리할 시간이 없어 어느덧 꽤나 길게 자란 머리칼이 커다란 손 아래 아무렇게나 흩어졌다. 그럼에도 원체 결 좋은 머리칼은 이내 알아서 제자리를 찾아갔다. 하지만 복잡한 머릿속은 조금도 정리가 되지 않았다.

"……무슨 일이 일어날지 모릅니다."

한참 만에 레오디안이 가까스로 말문을 열었다.

"게다가 위험한 곳에 당신과 리리엔을 데리고 갈 수는 없습니다."

비단 괴물의 존재가 아니더라도 신황이 갑작스럽게 합류한 레오디안에게 어떤 반응을 보일지 몰랐다. 그뿐만 아니라 신황이 엘시아에게 관심을 가지고 있으니만큼 엘시아를 데리고 신황에게 갈 수는 없는 노릇이었다.

"저 역시도 리리엔을 위험한 곳에 데리고 갈 생각은 없어요. 리리엔은 이곳에 남아야 해요."

엘시아가 단호한 표정으로 말했다.

"저만 대공님과 함께 가면 돼요."

"그게 무슨……."

레오디안은 당황스러운 눈으로 엘시아를 바라보았다. 그도 그럴 것이 레오디안은 설마하니 엘시아가 리리엔을 홀로 두는 걸 감수하면서까지 자신을 따라나서겠다고 말할 줄은 꿈에도 예상하지 못했다. 레오디안이 아는 엘시아는 리리엔의 곁을 쉽게 떠날 수 있는 사람이 아니었기 때문이었다.

"물론 리리엔 혼자 이곳에 남겨 두고 떠나는 게 저도 무척 불안하고 걱정되지만……."

엘시아는 혼란스러운 표정을 짓고 있는 레오디안을 똑똑히 바라보면서 말을 덧붙였다.

"상황이 상황인 만큼 감수해야 한다고 생각해요."

어김없이 단호한 목소리였다. 레오디안은 엘시아에게 이토록 단호한 구석이 있었다는 사실에 놀라움을 금치 못했다. 지금 무슨 말을 한다고 해도 엘시아가 뜻을 굽히는 일은 없을 듯했다. 레오디안은 복잡한 심경을 대변하는 긴 한숨을 내쉬었다.

지금처럼 엘시아가 이해되지 않는 건 처음이었다. 솔직히 말해서 엘시아가 신황 앞에 나서는 건 실이 되면 실이 됐지, 전혀 득이 될 것 같지가 않았다. 하지만 레오디안은 일단 한 발 물러서서 엘시아의 이야기를 들어 보자는 생각에 물었다.

"……어째서 저와 함께 가시려는 겁니까."

"대공님은 왜 모든 일을 혼자서 책임지려고 하세요?"

레오디안의 물음에 엘시아는 다른 물음으로 대답했다. 뜻밖이면서도 레오디안의 말문을 막기에는 충분한 지적이었다. 레오디안은 재차 놀라 엘시아를 바라보았다. 엘시아는 어느 때보다도 진지한 표정으로 레오디안을 똑똑히 직시하고 있었다.

"저는 대공님의 보호가 필요한 어린아이가 아니에요. 대공님처럼 저도 리리엔을 지켜 주고 싶어요."

엘시아는 잠시 레오디안의 반응을 살피면서 말이 없다가, 레오디안이 아무런 대꾸가 없자 이내 천천히 입을 열었다.

"그러니까 내일 대공님과 함께 가게 해 주세요."

레오디안은 선뜻 대답을 하지 못했다. 그리고 레오디안이 대답을 망설이는 시간이 길어지면 길어질수록 엘시아는 점차 초조해졌다.

레오디안에게는 리리엔을 지키고 싶다고 말했지만, 사실 엘시아가 지키고 싶은 건 리리엔뿐만이 아니었다. 눈앞의 굳은 표정을 한 남자. 이 요령 없고 서투르지만 누구보다도 따스한 마음을 가진 남자를 엘시아는 반드시 행복하게 만들어 주고 싶었다.

"대공님."

엘시아는 조심스럽게 손을 뻗어 레오디안의 커다란 손등 위를 덮었다. 그러자 예상치 못한 엘시아의 행동에 놀란 레오디안이 눈에 보일 정도로 크게 움찔했다. 이윽고 얼떨떨한 눈으로 시선을 맞춰 온 레오디안을 향해 엘시아가 눈을 휘어 웃어 보였다.

레오디안의 몸이 딱딱하게 경직되는 것이 느껴졌다. 어느새 주먹을 쥔 레오디안의 손등 위로 뼈가 툭 불거진 채였다. 엘시아는 그런 레오디안의 손등을 부드러운 손길로 천천히 쓰다듬다가 이내 두 손으로 힘주어 움켜쥐었다. 그러자 레오디안은 숨조차 편히 쉬지 못하고 굳어 버렸다. 그 상태로 그저 엘시아를 홀린 듯 바라보기만 했다.

그를 향해서 엘시아가 밀어를 속살거리기라도 하듯 은밀한 목소리로 속삭였다.

"더 이상 대공님의 뒤에 숨어 있지 않을 거예요."

그 목소리는 너무도 손쉽게 레오디안을 무력하게 만들었다. 순식간에 벌어진 일이었다. 레오디안은 마치 마법에 걸리기라도 한 사람처럼 꼼짝도 하지 못했다.

"대공님의 뒤에 숨어 있는 게 아니라, 대공님과 함께 걸어 나가고 싶어요."

그 길이 설령 뾰족한 가시가 돋친 길이라고 할지라도, 온갖 장애물로 가득한 길이라고 해도.

엘시아는 레오디안의 힘이 되어 주고 싶었다. 그간 레오디안이 걸어왔고, 또 앞으로도 나가야 하는 고된 여정에 동행하고 싶었다. 제 진심 어린 마음이 레오디안에게 전해지기를 바라면서 엘시아는 레오디안의 손을 더욱 꼭 움켜쥐었다.

때로는 수백 마디의 말보다 사소한 접촉이 훨씬 더 많은 말을 전하기도 하는 법이었다.

"……당신의 마음은 알겠는데."

레오디안은 엘시아의 곧은 시선을 차마 똑바로 마주 볼 자신이 없어, 엘시아의 어깨 너머를 바라보면서 말했다.

"너무 위험해서."

"위험하다는 건 저도 알아요."

레오디안과 다르게 엘시아는 한 치의 망설임도 없이 대꾸했다.

"그래서 말씀드리는 거예요. 대공님이 더 이상 혼자서 위험을 무릅쓰지 않으면 하니까요."

엘시아의 나긋한 목소리를 듣고 레오디안이 마른침을 삼켰다. 그로 인해 레오디안의 길고 곧은 목에 툭 불거져 있는 울대가 크게 상하 운동을 했다. 그 모습을 보고 엘시아는 레오디안이 지금 이 상황을 굉장히 곤란하게 여기고 있다는 사실을 짐작할 수 있었다.

레오디안이 곤란해하는 걸 보고 있자니 별 수 없이 마음이 무거워졌지만, 그럼에도 엘시아는 물러설 생각이 전혀 없었다. 이 자리에서 뜻을 굽히는 사람은 레오디안이 되어야만 했다.

"부디 제 마음을 알아주세요."

"하지만……."

"부탁드려요."

엘시아의 단호한 태도가 낯설었다. 레오디안은 난감한 표정으로 입을 다물었다. 그리고 새삼스러운 눈으로 엘시아를 바라보았다. 엘시아가 이렇게까지 제 뜻을 주장하는 건 처음이었다. 그러니만큼 레오디안은 현재 엘시아가 정말 단단히 결심을 굳힌 상태라는 사실을 모른 척하려 모른 척할 수가 없었다.

"……정말 리리엔을 홀로 두고 저와 함께 떠나도 괜찮겠습니까?"

결국 레오디안이 엘시아를 만류하기 위해서 다시금 꺼내 든 카드는 바로 리리엔이었다. 그 외에 다른 말이 생각나지 않기도 했고, 두 사람에게 무엇보다도 중요한 것이 리리엔의 안위이기도 했다.

또 무엇보다도 엘시아는 쉽사리 리리엔을 뒤로하고 떠날 수 있는 사람이 아니었다. 실제로 엘시아는 레오디안이 재차 리리엔을 입에 올리자 순간 눈을 크게 뜨고서 멈칫했다. 조금 전까지만 해도 망설임 없이 레오디안을 설득하던 기세가 무색하게 느껴질 정도였다.

그에 조금이나마 마음이 놓인 레오디안은 입술 사이로 긴 숨을 흘려보냈다. 그러자 바로 그 순간, 엘시아가 가볍게 움찔하는 게 맞잡고 있는 손에서부터 고스란히 느껴졌다.

"……대공님은 제가 영 못 미더우신가 봐요."

엘시아가 한참 만에 침묵을 깨고 꺼낸 말을 듣고 이번에는 레오디안이 멈칫했다.

"그런 게 아닙니다."

"그러시다면 부디 더 이상 저를 만류하지 말아 주세요."

엘시아가 자못 애처로운 표정을 지은 채로 말했다. 레오디안은 말문이 막혔다. 어떻게 해서든 엘시아를 말리고 싶었지만, 어떻게 말려야 하는 건지 알 수가 없었다. 이 갑작스러운 상황이 그저 당황스러울 뿐이었다.

"저는 이미 마음을 정했어요. 대공님은 제 결정을 무모하다고 생각하고 계실지 모르겠지만 그래도 마음을 바꾸고 싶지는 않아요."

엘시아가 또렷한 목소리로 자신의 의지를 분명하게 전달했다.

"아까 전에도 말씀드렸다시피 저는 리리엔을 홀로 두는 걸 기꺼이 감수하고 대공님과 함께 가려는 거예요."

"대체 왜 그렇게까지……."

레오디안은 지금 자신이 어떤 말을 한다고 할지라도 결코 엘시아의 마음을 돌릴 수 없으리라는 걸 본능적으로 직감했다.

더 이상의 대화는 무의미했다. 그리고 그것은 비단 레오디안 혼자만의 판단은 아니었는지, 어느새 엘시아도 입을 굳게 다문 채로 레오디안에게 시선을 고정하고 있었다. 그런 엘시아의 고요한 붉은 눈동자를 마주하고 있자니, 그 안에 자리한 결연한 의지를 확인할 수 있었다.

레오디안은 지그시 눈을 감았다. 그리고 비로소 결정을 내린 다음 천천히 눈꺼풀을 들어 올렸다.

"그럼 한 가지만 약속해 주십시오."

엘시아는 느릿하게 벌어지는 레오디안의 입술을 바라보았다.

"신성지 밖으로 나가서는 무슨 일이든지 반드시 저와 함께 상의를 하겠다고 말입니다."

"네, 약속할게요."

엘시아가 기다렸다는 듯이 고개를 끄덕거리면서 대답했다. 레오디안은 잠시 동안 묵묵히 엘시아를 바라보다가, 이내 천천히 시선을 내렸다.

엘시아는 아직까지도 레오디안의 오른손을 붙들고 있었는데, 그 모습은 일견 엘시아가 레오디안에게 필사적으로 매달리고 있는 것처럼 보이기도 하는 모양새였다. 레오디안은 나직이 한숨을 삼키고는 엘시아의 손을 마주 잡았다.

레오디안의 손은 엘시아의 두 손을 죄 덮어 쥐기에 무리가 없을 정도로 커다랬다. 찰나 멈칫했던 엘시아가 이내 고개를 들어 올렸다. 얼굴 위로 얼떨떨한 표정을 드러낸 채였다. 먼저 손을 잡을 땐 언제고 이제 와 이런 반응을 보이다니. 레오디안은 새삼스러운 눈빛으로 엘시아를 바라보았다.

"……어, 그럼 저는 이제 침실로 돌아가서 내일 떠날 채비를 해야겠어요."

엘시아가 어색하기 짝이 없는 목소리로 화제를 돌렸다. 여태 마주 잡고 있던 엘시아의 손에서 힘이 빠져나가는 것이 또렷하게 느껴졌지만 레오디안은 그것을 전혀 눈치채지 못한 척 고개를 끄덕였다.

"저도 돕겠습니다."

"그러실 필요 없는데……."

엘시아는 슬그머니 레오디안의 손을 놓으면서 자리에서 일어났다.

"……그, 저 혼자서 준비할 수 있어요."

"그렇습니까."

엘시아가 바닥으로 시선을 내려뜨린 채로 고개를 끄덕였다.

"네, 혼자서도 충분해요."

"그래도 돕고 싶은데요."

레오디안이 재차 돕겠다며 나서자 엘시아가 자못 놀란 눈으로 레오디안을 힐끔 올려다보았다.

"어……."

정말 괜찮은데, 하고 덧붙이는 엘시아의 중얼거림을 듣지 못한 척하며 레오디안은 몸을 일으켰다. 그리고 엘시아를 바라보던 시선을 저 멀리 지평선에다 던져 두고서 말했다.

"곧 날이 밝을 겁니다."

아침 일찍 신성지를 나서야 하니 그를 위한 모든 준비를 되도록 빨리 다 마쳐 두는 편이 좋았다. 무엇보다도 갑작스럽게 엘시아가 동행하게 되었으니, 엘시아의 빈자리를 대신해 리리엔의 곁에 있어 줄 사람부터 얼른 저택으로 불러 두어야 했다.

머릿속으로 앞으로 해야 할 일을 빠르게 되짚어 본 레오디안이 이내 다시금 엘시아에게 시선을 두면서 한손을 내밀었다. 그 불쑥 뻗어온 커다란 손을 보고 엘시아는 순간 어리둥절한 표정을 지었다가, 머지않아서 레오디안이 에스코트를 할 요량으로 손을 내민 것임을 알아차렸다.

"정말 도와주지 않으셔도 괜찮은데……."

엘시아는 민망한 마음에 말끝을 흐리면서 힐끔 레오디안을 올려다보았다. 레오디안은 별다른 대꾸를 하지 않았다. 그저 물끄러미 엘시아를 응시면서 엘시아가 한 발자국 다가오기만을 기다리고 있을 뿐이었다.

엘시아는 잠시 동안 망설인 끝에 비로소 한 걸음을 내디뎠다. 그리고 손을 뻗어 레오디안의 손을 잡았다. 그리 오랜 시간이 지나지 않아서 다시금 맞잡게 된 손에서는 따스한 체온이 느껴졌다.

* * *

"날이 맑게 개었군요. 실로 좋은 아침입니다, 형님."

로지안은 꺼림칙한 기색을 내색하지 않으려 일부러 더욱 능청스러운 미소를 지은 채로 하일롭을 마주했다.

"저를 찾으셨다고요."

"그래, 로지안."

하일롭은 그런 로지안의 꼬인 심사를 아는지 모르는지 여느 때와 같이 태연자약한 태도로 로지안을 맞이했다. 하일롭은 자신의 앞에 놓인 의자를 가볍게 턱짓하면서 로지안에게 자리에 앉을 것을 권했다.

그러는 하일롭은 아직도 나이트가운을 입고 있었다. 심지어 그 차림새마저도 무척이나 흐트러져 있는 상태였다. 그 모습은 하일롭이 로지안을 손님 취급을 해 주기는커녕, 노골적으로 무시하고 있다는 증거나 다름없었다.

로지안은 절로 험상궂게 일그러지려는 표정을 애써 부드럽게 미소 짓는 낯으로 만들면서 자리에 앉았다. 그러기가 무섭게 기다렸다는 듯이 하일롭이 입을 열었다.

"아, 거기 있는 손수건 좀 건네주겠어?"

로지안은 순간 이게 무슨 말인가 싶어 제 귀를 의심했다. 그러자 하일롭은 자신의 말을 로지안이 제대로 알아듣지 못했다고 여겼는지 다시 한번 말을 던졌다.

"로지안, 네 앞에 놓인 손수건을 이리 좀 가지고 와라."

"……."

"애석하게도 여기서는 거기까지 손이 닿지 않아서 말이야."

못 들은 척 무시하려야 무시할 수가 없는 선명한 목소리였다.

결국 로지안은 보란 듯이 제 앞에 놓여 있는 손수건을 집어 들 수밖에 없었다. 하일롭이 왜 이런 짓을 하는지 알 만했다. 로지안은 이를 꽉 악물고서 모욕감을 참아 냈다. 입가에는 여전히 미소를 띤 채였다.

이윽고 자리에서 일어난 로지안이 하일롭에게 다가가서 순순히 손수건을 건네자, 하일롭이 만족스럽다는 듯한 표정으로 인사치레를 했다. 로지안은 가까스로 그 인사를 받아 넘기고는 다시 자리로 돌아가 앉았다. 그제야 하일롭이 본론을 꺼냈다.

"그나저나 어제 미처 끝맺지 못했던 이야기를 마저 나눌 겸, 식사나 함께할까 하는데."

그런 하일롭의 말은 로지안의 귀에 권유라기보다는 명령처럼 들렸다. 물론 로지안도 하일롭의 부름을 받고 오면서 이런 상황을 맞닥뜨리게 될 것이라 짐작하기는 했다. 게다가 애초에 어젯밤 로지안과 하일롭은 시간이 늦었으니 내일 다시 이야기를 나누자고 동의를 한 상태이기도 했다.

하지만 막상 하일롭이 이런 식으로 나오는 걸 가만히 보고 있자니 로지안은 자꾸만 별수 없이 표정이 굳어지려고 했다. 아까부터 마치 제 종을 부리는 것처럼 자신을 대하는 듯한 하일롭의 오만한 태도가 심히 거슬렸던 것이다.

하일롭은 여유로운 미소를 지으면서 손수건으로 손을 닦았다. 그러고는 꼭 로지안더러 보란 듯이 그 손수건을 아무렇게나 옆에다 팽개쳤다.

"곧 시종이 식사를 준비해서 이곳으로 대령할 것이다. 그러니 조금만 기다리도록 해."

"……그렇군요."

하일롭은 이미 시종에게 식사를 준비하라고 지시해 둔 모양이었다. 로지안은 어색하게 미소를 짓고는 고개를 돌렸다.

이른 아침 밝은 빛 아래 다시 보니 신황의 침실은 정말 화려했다. 로지안이나 하일롭의 침실과 비교해도 뒤처지지 않을 정도였다. 신황은 개인적으로 재산을 소유하는 게 불가능한데, 어떻게 된 게 신황의 침실에는 온갖 값비싼 가구나 장식품이 가득했다.

그에 로지안이 조금쯤 의아한 마음으로 새삼스럽게 방 안을 둘러보는데, 마치 로지안이 무슨 생각을 하고 있는지를 알아차리기라도 한 것처럼 하일롭이 대뜸 물었다.

"로지안, 현 신황이 신황의 자리에 오르기 전에 어떻게 살았었는지 알고 있느냐?"

"아뇨, 모릅니다."

로지안이 저도 모르게 살며시 미간을 좁히고서 고개를 가볍게 흔들었다. 그러자 하일롭이 알 만하다는 듯 미소를 지었다.

신의 문양은 제국에서 태어난 사람이라면 남녀노소와 신분고하를 막론하고 누구에게라도 나타날 수 있는 것이었다.

신전은 신의 문양을 지닌 사람을 찾아내어 그를 신전에서 보호하고 교육하며, 그와 동시에 그가 이전에 어떤 삶을 살았는지를 유추할 수 있을 만한 모든 기록을 지워 버린다. 그러니만큼 아무리 귀한 신분을 타고난 로지안이라고 할지라도 신황이 신전에 적을 두기 전에 어떻게 살았는지를 알아내는 건 어려웠다.

물론, 어렵기는 해도 그게 영 불가능한 일이라는 뜻은 아니다. 무릇 돈과 권력이라는 건 불가능을 가능케도 만드는 법이었으므로. 로지안은 아까부터 모든 걸 꿰뚫어 보고 있기라도 한 양 여유롭게 미소를 짓고 있는 하일롭을 응시하면서, 어쩌면 하일롭은 진작 신황의 뒷조사를 해 둔 건지도 모르겠다고 짐작했다.

머지않아서 더욱 짙은 미소를 입가에 머금은 하일롭이 서두를 것 없다는 듯 천천히 말문을 열었다.

"지금의 신황, 지그문트는 자신의 부모조차 누구인지 제대로 모르고 거리를 전전하던 비렁뱅이 아이였지."

그런 하일롭의 말을 듣고 로지안은 조금 전 자신의 짐작이 맞아떨어졌다는 걸 알았다.

"형님께서는 그 사실을 어떻게 알고 계십니까?"

"내가 어떻게 알아냈는지는 중요하지 않다, 로지안."

하일롭이 가볍게 고개를 흔들며 말을 덧붙였다.

"중요한 건 신황이 제 주제에 차고 넘치는 것들을 손에 움켜쥐고 있다는 점이지."

감히, 하고 중얼거리는 하일롭의 목소리가 음산하기 그지없었다.

하일롭은 애당초 타고나길 비천했던 자가 현재는 모두가 우러러보는 자리에 앉아 있다는 사실이 치욕스럽게 느껴지는 모양이었다. 로지안은 어느새 생각에 잠긴 듯한 기색으로 침묵하고 있는 하일롭의 얼굴에서 신황을 향한 멸시와 혐오 감을 읽어낼 수 있었다.

"……뭐, 어차피 그것도 이제는 끝이니."

잠시 뒤, 하일롭이 혼잣말처럼 중얼거린 말에 로지안이 가볍게 고개를 끄덕이 면서 호응했다.

"형님의 말이 옳습니다."

로지안은 망설임 없이 말했다.

"이제 신황은 지금껏 소유하고 있던 분에 넘치는 것들을 모조리 다 속절없이 빼앗기게 될 테지요."

"그래."

하일롭은 로지안이 제 생각과 다름없는 말을 내어놓자, 그것이 정말이지 더없 이 만족스럽다는 듯이 웃었다.

"본래의 별 볼 일 없는 비천한 모습으로 돌아가게 될 테지."

하일롭이 그렇게 말한 순간이었다. 마치 기다리고 있었다는 듯이 누군가 문을 두드렸다.

"아, 때마침 시종이 왔나 보군."

하일롭이 문 너머를 향해 들어오라고 말하자, 예상했던 대로 시종들이 음식을 가지고 방 안으로 들어왔다. 머지않아서 절로 군침을 돌게끔 만드는 맛있는 냄새 가 방 안에 가득 들어찼다. 시종들이 트레이의 음식들을 테이블 위로 옮겨 놓는 동안, 로지안과 하일롭은 그 모습을 바라보면서 잠시 침묵을 지켰다.

이윽고 테이블 가득 접시를 올려놓은 시종들이 뒤로 물러났다. 그러자 하일롭이 식사 시중은 들 필요가 없다고 말하면서 그들을 아예 방 밖으로 물렸다.

"이제 식사를 하면서 본격적으로 앞으로의 일에 대한 이야기를 나누어 보지."

로지안이 고개를 끄덕이는 것으로 대답을 대신하자, 하일롭이 미소를 지으며 우아한 손길로 포크를 들었다.

전날 밤, 레오디안으로부터 연락을 받은 벨레로폰은 날이 밝기가 무섭게 포탈을 통해서 이곳 저택으로 넘어왔다.

벨레로폰은 갑작스러운 상황에 당황을 금치 못하는 와중에도 가까스로 침착한 태도를 유지하며 레오디안의 이야기를 들었다. 레오디안은 벨레로폰에게 간략하게 그간의 사정을 이야기해 주었다. 그리고 오늘부터 당분간 엘시아와 함께 신성지를 떠나 있을 예정이라는 것까지 전부 다 설명했다.

모든 이야기를 듣고 나서 벨레로폰은 혼란스러운 표정을 감추지 못했다. 그는 떨리는 목소리로 말을 꺼냈다.

"그러면 리리엔 아가씨는……."

"리리엔은 지금 깊은 잠에 빠져 있다."

레오디안은 리리엔이 순순히 엘시아를 보내 줄 것이라고는 조금도 기대하지 않았다. 때문에 아까 아침 식사 시간에 레오디안은 리리엔의 몫으로 나온 수프에 약간의 수면제를 타 두었다. 그건 복용자를 한동안 깊은 잠에 빠지도록 만들 뿐, 몸에는 아무런 영향도 끼치지 않는 양질의 수면제였다.

물론 그럼에도 엘시아는 수면제를 쓰겠다는 레오디안에게 우려를 표했다. 하지만 리리엔을 설득할 시간은 없다는 레오디안의 말을 듣고 엘시아는 결국 별수 없이 납득했다. 벨레로폰 역시도 마찬가지였다.

그는 리리엔에게 약을 썼다는 레오디안의 말을 듣고 경악 어린 표정을 지었다. 그러나 이어진 레오디안의 설명을 듣고 난 다음에 벨레로폰은 납득했다는 듯 고개를 끄덕였다.

"그럼 아가씨는 언제쯤이면 잠에서 깨어나실까요?"

"우리가 떠나고 나서 그리 오랜 시간이 지나지 않아 깨어날 것이다."

레오디안의 대답을 듣고 벨레로폰은 걱정스러운 마음이 들었다. 그도 그럴 것이 리리엔이 얼마나 엘시아를 각별하게 여기는지 잘 알고 있었던 것이다. 벨레로폰은 잠시 동안 망설이다가 말을 꺼냈다.

"아가씨가 깨어나서 두 분이 안 계신 걸 알게 된다면 분명 무척 놀라실 것 같은데……."

"그러면 리리엔이 일어나면 사정을 잘 이야기해 주도록."

"알겠습니다."

벨레로폰은 여전히 우려가 됐지만 애서 차분하게 표정을 갈무리하고서 대답했다. 자세한 사정을 듣게 된다고 해서 자신 홀로 남겨진 상황을 리리엔이 쉽사리 납득할 것 같지는 않았다. 하지만 그렇다고 해서 떠날 채비까지 전부 마쳐 둔 레오디안과 엘시아를 붙잡을 수는 없었다.

그럴 이유도, 권리도 벨레로폰에게는 없었으므로.

"이곳은 걱정 마시고 부디 조심히 다녀오십시오."

"그래."

레오디안은 벨레로폰을 뒤로한 채 마차에 올랐다. 마차 안에는 이미 엘시아가 타 있었다. 여태 조마조마한 심정으로 레오디안을 기다리고 있었던 엘시아는 제 맞은편에 앉는 레오디안을 향해서 기다렸다는 듯이 입을 열고 물었다.

"로렐라인 경이 뭐라고 하세요?"

"리리엔은 걱정하지 말고 다녀오라더군요."

레오디안은 구태여 긴 이야기는 하지 않고 간단하게 대꾸했다. 그래서인지 엘시아는 무언가 물어보고 싶은 것이 있는 듯한 얼굴로 레오디안을 바라보았다.

하지만 선뜻 말이 나오지가 않는지 쉽게 입을 열지는 못했다. 그런 엘시아의 기색을 진작 눈치챘지만 레오디안은 굳이 먼저 말을 꺼내지 않았다.

지금 레오디안이 무슨 말을 한다고 할지라도 엘시아는 불안한 마음을 떨쳐 내지 못할 것이었다. 저택에 홀로 남은 리리엔을 걱정하는 일을 결코 멈추지 않을 터였다. 그리고 그 사실을 누구보다도 잘 알고 있는 레오디안은 엘시아에게 말을 건네기보다는 침묵하는 편을 선택했다.

머지않아서 마차가 움직이기 시작했고, 레오디안은 자연스럽게 창밖으로 시선을 던졌다. 그렇게 스쳐 지나가는 풍경에 시선을 고정하고 있는데, 옆에서 조그만 목소리가 흘러와서 레오디안의 귓가를 파고들었다.

"……대공님에게 제 이런 약한 모습은 절대로 보여 드리지 않겠다고 혼자서 다짐했었는데."

전혀 예상하지 못한 말이었다. 그래서 레오디안은 순간 멈칫하고 말았지만, 이내 애써 아무렇지 않은 척 엘시아를 돌아보았다. 엘시아는 레오디안이 아니라 마차 바닥을 내려다보고 있었다. 레오디안의 시선이 제 얼굴에 닿아 있는 것이 느껴졌지만 고개를 들지 않았다.

그에 잠시 동안 말없이 엘시아를 물끄러미 바라보고만 있던 레오디안이 돌연 자리에서 일어났다.

아까부터 길을 달리는 마차는 꽤나 거칠게 흔들리고 있었다. 하지만 그를 전혀 개의치 않고 몸을 일으킨 레오디안은 큰 보폭으로 엘시아에게 다가갔다. 그리고 엘시아가 미처 무슨 반응을 보이기도 전, 엘시아의 옆자리에 앉았다.

"보십시오."

레오디안이 창밖으로 시선을 두면서 말했다. 그에 엘시아는 갑작스럽게 옆에 다가와 앉은 레오디안의 행동에 미처 놀랄 새도 없었다.

"줄곧 비가 내리다가 그친 지 얼마 되지 않아서 그런지 오늘따라 유난히 날이 좋아 보입니다."

엘시아는 얼떨결에 레오디안의 말대로 창밖을 향해서 눈길을 주었다가, 곧 시야에 가득 들어찬 쾌청한 하늘을 보고 멍하니 고개를 끄덕였다.

"……정말 그러네요."

"제대로 하늘을 올려다본 적이 언제인지 기억조차 안 나는군요."

그만큼 숨 가쁘게 달려왔다. 레오디안은 조금쯤 자조적으로 지난날을 떠올려 보다가 고개를 돌렸다. 엘시아는 아직도 멍한 얼굴로 마차 밖을 내다보고 있었다. 레오디안은 가볍게 웃었다.

옆에서부터 들려온 웃음소리에 엘시아가 화들짝 놀라 고개를 돌렸다. 그때까지도 레오디안의 단정한 낯 위에는 부드러운 미소의 흔적이 남아 있었다. 그것을 똑똑히 보았으나 엘시아는 믿어지지 않는다는 듯이 커다랗게 뜬 눈으로 레오디안을 빤히 바라보았다.

레오디안과 함께 지내는 시간이 길어지면 길어질수록 그가 가볍게나마 웃음을 보이는 빈도가 잦아지는 느낌이기는 했다. 그럼에도 레오디안이 웃는 모습은 그다지 쉽게 볼 수 있는 광경이 아니었다.

그런 만큼 레오디안의 미소는 늘 파급력이 컸다. 서늘한 인상이 허물어지고 그를 대신하듯 떠오르는 어여쁜 미소는 으레 엘시아의 가슴속에 적잖이 거대한 해일을 일으키고는 했던 것이다. 그리고 그것은 지금도 마찬가지였다. 엘시아는 마치 무엇에 홀린 사람처럼 멍하니 레오디안을 바라보게 되었다.

그렇게 얼마쯤 정적 속에서 레오디안을 바라보고 있었을까. 어느 순간부터 마차가 천천히 속도를 줄이더니 이내 완전히 멈추어 섰다. 벌써 도착한 걸까? 엘시아는 조금쯤 놀란 눈으로 새삼스럽게 창밖을 바라보았다.

그때, 마부석에서 목소리가 흘러 들어왔다.

"저어……. 아무래도 아까 전에 돌부리에 걸리기라도 한 건지 마차의 바퀴 상태가 심상치 않습니다."

마차가 유난히 거칠게 흔들거리기는 했다. 하지만 도중에 마차를 멈춰야 할 정도로 마차가 파손되었을 줄이야. 엘시아는 당황한 눈으로 레오디안을 돌아보았다. 레오디안은 크게 놀란 기색이 아니었다. 어느 때와 다름없이 덤덤한 시선으로 창밖을 살펴보고 있었다.

"그나마 이곳이 신성지에서 멀리 떨어진 곳이 아니라 다행이군요."

신성지와 거리가 먼 곳일수록 치안 상태가 좋지 않았다. 마차에 이상이 생긴 건 난감했지만, 길을 떠나온 지 얼마 되지 않은 시점에서 이상이 생긴 건 다행이라 할 만했다.

"마차를 재정비할 때까지 잠시 밖에서 기다려야 할 것 같습니다."

"네."

레오디안의 덤덤한 태도를 보고 있으려니 엘시아의 당황스러운 마음도 자연스럽게 자취를 감추었다. 이윽고 마차 문을 열고 먼저 밖으로 나간 레오디안이 손을 내밀었고, 엘시아는 그 손을 주저하지 않고 잡았다.

레오디안은 엘시아가 마차에서 내리는 것을 도운 다음, 마차를 뒤따라온 페이렌을 비롯한 기사들에게 무어라 지시를 내렸다.

엘시아는 가장 눈에 띄는 아름드리나무로 다가갔다. 그리고 그 아래에서 레오디안과 기사들이 바삐 움직이는 모습을 지켜보았다. 머지않아서 레오디안이 엘시아의 시선을 느꼈는지 엘시아를 돌아보았다. 엘시아는 마치 몰래 나쁜 짓이라도 저지른 아이처럼 화들짝 놀라서 시선을 돌렸다.

하지만 그런 엘시아의 기색을 알아차리지 못한 건지, 레오디안은 망설임 없이 엘시아에게 다가왔다. 곧 가까이에서 멈추어서 자신을 내려다보는 레오디안의 짙은 시선에 엘시아가 움찔하며 저도 모르게 한 걸음 뒤로 물러섰다.

"바퀴 사이에 돌부리가 걸려 있었다고 합니다."

"아……."

엘시아는 무슨 반응을 보여야 할지 난감해서 그저 고개를 끄덕였다.

"다시 출발하기까지 그리 오랜 시간이 걸리지 않을 겁니다."

"큰일이 아니라서 다행이에요."

그 한마디를 겨우 입 밖으로 내뱉은 엘시아가 입을 꾹 다물었다.

자연스럽게 정적이 흘렀다. 꽤 긴 시간 이어지는 적막에 엘시아는 힐끗 옆을 돌아보았다. 엘시아에게 옆얼굴을 내보이고 선 레오디안은 마차 정비에 한창 열중하고 있는 기사들을 응시하고 있었다.

"당신은 어떻습니까?"

"……네?"

문득 던져진 물음에 엘시아가 어리둥절한 표정으로 되물었다. 당신은 어떠하냐니, 그게 갑자기 무슨 뜬금없는 말인지 모르겠다. 엘시아는 이내 천천히 벌어지는 레오디안의 입술을 응시했다.

"그간 하늘을 올려다볼 여유가 당신에게는 있었습니까?"

"아…….

레오디안이 무슨 이야기를 하는 것인지 비로소 깨달은 엘시아의 입에서 나직한 탄성이 흘러나왔다. 지금 레오디안은 아까 전에 마차 안에서 나누었던 화제를 다시금 입 밖으로 내어놓은 것이었다.

엘시아는 당황한 표정으로 레오디안을 응시했다. 갑작스러운 질문에 뭐라고 대답을 해야 할지 난감했다. 무엇보다도 엘시아는 다시 한 번 삶을 살 기회를 얻은 뒤, 줄곧 나름대로 치열하게 하루하루를 보내 왔다. 그래서 레오디안에게 선뜻 대답을 내어 줄 수 없었다. 하지만 레오디안은 엘시아의 대답을 기다리는 눈치였다.

그에 엘시아는 한참 동안 고민을 거듭하다가 가까스로 떨리는 목소리로 대꾸했다.

"……저도 제대로 하늘을 올려다본 적이 언제인지 기억이 나지 않아요."

엘시아는 한 마디 한 마디를 조심스럽게 이어 갔다.

"아니, 사실 하늘을 올려다볼 생각조차 해 본 적이 없는 것 같아요."

앞만 보고 살기에도 벅찬 삶이었다. 그랬기에 엘시아는 주변을 미처 돌아보며 살지 못했다.

엘시아는 슬쩍 레오디안을 돌아보았다. 지금 자신의 말을 듣고 그가 어떻게 반응하고 있는지 궁금했다. 레오디안은 얼핏 생각이 많아 보이는 듯한 표정으로 엘시아를 바라보고 있었다. 자신의 말이 그를 심란하게 만들기라도 한 걸까. 엘시아는 내심 걱정스러운 마음이 들어 순간 충동적으로 말을 꺼냈다.

"다른 사람들이 왜 하늘을 올려다보곤 하는 건지 몰랐는데……."

그러다 괜히 쓸데없는 말을 덧붙이는 것 같다는 생각이 들어 말끝을 흐렸던 엘시아는, 레오디안이 진지한 얼굴로 자신의 목소리에 귀를 기울이고 있는 걸 보고 용기를 냈다.

"이제는 좀 알 것 같아요."

그것뿐만이 아니라 사람들이 어떤 걸 보고 아름답다고 말하는지 알 것만 같다고. 덧붙이면서 엘시아는 눈앞의 아름다운 남자를 떨리는 시선으로 올려다보았다.

그 순간, 레오디안이 조심스럽게 엘시아의 손을 잡았다. 엘시아가 딱히 꺼리는 기색을 보이지 않자, 레오디안은 그대로 엘시아를 이끌고 나무 뒤편으로 돌아갔다. 매우 큰 아름드리나무는 엘시아와 레오디안 두 사람의 모습을 다른 사람들의 시선으로부터 완전히 가리기에 충분했다.

"저도 최근에야 가까스로 알게 된 것이 있습니다."

어쩐지 레오디안의 목소리가 떨리는 것처럼 들렸다. 엘시아는 얼떨떨한 표정으로 레오디안을 올려다보았다. 조금 전 레오디안이 목소리를 떤 것 같다고 생각한 건 착각이 아니었는지, 레오디안은 선뜻 말문을 열지 못하고 망설이는 기색을 보였다. 그에 엘시아는 더욱 어리둥절해졌다. 레오디안이 이러한 모습을 보이는 게 무척이나 드문 일이었기 때문이었다.

"그게…… 뭔데요?"

레오디안의 떨림이 전염이라도 된 것처럼 엘시아가 떨리는 목소리로 물었다. 그러자 순간 크게 숨을 들이켠 채로 굳었던 레오디안이 이내 지그시 눈을 감곤 천천히 긴 숨을 내쉬었다. 그 뜨거운 숨이 엘시아의 머리 위에 닿고 흩어졌다. 그제야 엘시아는 자신이 레오디안과 무척 가까이에 서 있다는 사실을 인지했다.

하지만 그에 무슨 반응을 보일 새는 없었다. 손목을 가볍게 그러쥐고 있던 레오디안의 손에 조금쯤 힘이 들어가는 게 느껴진 탓이었다. 엘시아는 마치 목석처럼 딱딱하게 굳어 버렸다. 살갗에 닿아 있는 레오디안의 손에서 그 어느 때보다도 뜨거운 체온이 전해져 오고 있었다. 어쩐지 숨을 가쁘게 만드는 그런 뜨거움이었다.

머지않아서 어떠한 결심을 한 사람처럼 눈을 뜨고 엘시아를 직시하는 레오디안의 푸른 눈동자에도 그 뜨거움이 있었다. 벅차게 일렁이고 있었다. 그 열기로 일렁이는 눈동자에 사로잡혀 버린 것만 같은 느낌이었다. 엘시아는 자신을 뜨겁게 바라보는 레오디안의 시선을 피할 생각은 전혀 하지 못했다.

아니, 아무런 생각도 할 수 없었다. 지금 눈앞의 레오디안이 열기를 닮은 어떤 뜨거운 무언가를 토해 낼 작정인 것만 같아서, 엘시아는 그저 레오디안을 멍하니 올려다보는 것 외에 다른 일은 아무것도 하지 못했다.

"가끔은 답답할 정도로 모두에게 상냥하고 착한 당신을 이해할 수가 없었습니다."

한참 만에 레오디안은 꾹 눌러 참아 왔던 것을 터뜨리듯 말을 던졌다.

"그러면서 정작 본인은 상대에게 아무것도 바라지 않는다는 게……. 화가 나기도 하고, 또 안쓰럽고 애처롭기도 했습니다."

엘시아는 숨조차 제대로 쉬지 못하고 굳어 버렸다.

"그렇다고 그게 당신을 탓할 일은 아니니 당신의 행동이 거슬린다면 내가 당신을 신경 쓰지 않으면 될 일이지만, 신경 쓰지 않을 수가 없었습니다."

"……."

"나는, 당신에게서 시선을 뗄 수가 없었어."

너무나도 폭력적인 말이었다.

아무 생각 없이 던진 돌에 개구리가 맞아 죽듯이, 레오디안이 툭 던진 말에 엘시아의 세상은 마구 뒤흔들렸다.

"그리고 이런 마음에 사람들이 무슨 이름을 붙여서 부르는지 이제 알았습니다."

엘시아는 당장이라도 손을 뻗어 레오디안의 입을 틀어막고 싶은 심정이었다. 그 정도로 이어질 레오디안의 말이 두려웠다. 그가 여기서 더 얼마나 폭력적인 말을 꺼낼 작정인지 너무나도 무서웠다.

"여전히 답답할 정도로 착한 당신을 이해할 수 없고, 피 한 방울 섞이지 않은 아이를 위해 위험을 무릅쓰려는 무모함이 걱정되지만……."

"……."

"좋아합니다."

인과 관계가 이상한 말이었다. 하지만 그것을 미처 지적할 만한 여유가 엘시아에게는 없었다.

"제가 그런 마음으로 당신을 봅니다."

눈앞의 남자가 너무나도 해사하게 미소를 짓고 있었다.

"그 사실을 스스로 깨닫기 전에도, 깨달음을 얻은 이후인 지금도 변함없이."

그 환한 미소에 눈이 멀어 버린 모양이었다. 엘시아는 레오디안 외에는 아무것도 보이지가 않았다. 환하게 웃고 있는 레오디안의 주변 풍경이 흐리게만 보였다. 이상한 말이지만 정말 그랬다.

그래서일까. 지금 이 상황이 현실이 아니라 마치 꿈처럼 느껴졌다. 그 정도로 엘시아는 갑작스럽게 맞닥뜨리게 된 상황을 쉽사리 받아들일 수가 없었다. 갑작스러운 만큼 당황스러웠다. 무슨 말을 해야 하는 건지, 어떤 표정을 지어야 하는 건지, 무엇 하나 제대로 알 수 있는 게 없었다.

좋아한다니…….

어떠한 예고도 없이 던져진 그 직설적인 고백은 차라리 공포에 가까웠다. 엘시아는 숨조차 제대로 편히 쉬지를 못했다. 하지만 정작 고백을 한 당사자는 침착했다. 적어도 엘시아의 눈에는 그렇게 보였다.

엘시아는 정처 없이 흔들리는 눈동자로 레오디안을 올려다보다가, 레오디안의 곧은 시선 속에 여전히 느껴지는 열기를 피해서 다급하게 시선을 아래로 내렸다. 그러다가 아직도 자신의 손이 레오디안에게 붙들려 있다는 사실을 알아차렸다. 엘시아는 순간 저도 모르게 손을 움찔했다.

그러자 레오디안이 더욱 빈틈없이 손을 맞잡아 왔다. 그의 손에서부터 전해지는 뜨거운 체온에 숨이 턱 막히는 듯했다.

"왜…….."

왜 그런 말을 하냐고, 어째서 하필이면 지금 그런 이야기를 꺼낸 것이냐고.

물어보고 싶은 말이 머릿속에 가득 엉켜 있었지만 엘시아는 그중 무엇 하나도 쉽사리 입 밖으로 꺼내놓지 못했다. 레오디안이 뭐라고 대답을 할지가 무서운 탓이었다. 그가 또 어떤 폭력적인 말을 꺼낼지 너무나도 두려웠기 때문이었다.

그래서 엘시아는 한참 만에 가까스로 입을 연 것이 무색하게도 다시금 입을 닫았고, 그것으로도 모자라 아랫입술을 힘껏 깨물기까지 했다. 그 모습을 보고 레오디안은 안타깝다는 듯이 나직이 침음했다.

"당신이……."

레오디안은 힘없이 고개를 숙이고 있는 엘시아를 잠시 가만히 응시하다가 말을 덧붙였다.

"곤란해하리라는 것은 예상하고 있었습니다."

"그러면 왜……."

엘시아는 순간 저도 모르게 억울한 목소리로 말을 받아치고 말았다. 그러다 아차 싶은 마음에 다시 입술을 꾹 짓이겼다. 그렇게 재차 말을 삼키자 레오디안이 그런 엘시아를 다독이듯 맞잡고 있는 엘시아의 손등 위를 엄지손가락으로 가볍게 쓸어내렸다.

"당신이 틀림없이 곤란해할 것이라고 짐작했지만 그래도 지금 꼭 말해야 할 것 같다는 생각이 들었습니다."

"……."

"지금이 아니면 안 될 것 같았습니다."

엘시아가 말문이 막힌 듯 작게 숨을 들이켰다. 그에 레오디안은 조금 씁쓸한 미소를 지었다. 아까부터 엘시아가 겁을 내고 있다는 사실을 모르려야 모를 수가 없었다. 그 정도로 엘시아는 한껏 움츠러들어 있었다.

그런 엘시아의 모습을 보고 있자니 마음이 영 편치 않았다. 하지만 그럼에도 레오디안은 엘시아에게 고백한 것을 후회하지 않았다. 당연하게도 시간을 되돌린다거나 내뱉은 말을 주워 담고 싶다거나 하는 생각도 전혀 들지 않았다.

아무것도 무르고 싶지 않았다. 지금 이 상황을 없던 일로 만들고 싶지 않았다. 그러한 스스로가 정말이지 이기적으로 느껴져 환멸스러웠지만 별 수 없었다.

레오디안은 욕심이 났다. 제 마음을 자각한 순간부터 눈앞의 착하디착한, 그래서 애처롭기까지 한 가녀린 여자에게 특별한 존재가 되고 싶었다. 단순히 그녀에게 소중한 리리엔의 하나뿐인 가족으로만 남아 있고 싶지 않았다. 이제 그 정도로는 더 이상 만족할 수 없었다.

그녀와 지금보다 훨씬 더 특별한 관계가 되고 싶었다.

그래서 이전과는 다르게 자신이 그녀에게 무엇을 해 줘도, 어떤 선물을 건네더라도 전혀 이상하지 않은 그런 당위성을 얻고 싶었다. 그녀가 늘 말했듯 착한 사람으로서가 아니라, 그녀에게 특별한 사람으로서.

좋은 것이라면 무엇이든 그녀에게 떠안겨 주고 싶었다.

"저는⋯⋯."

엘시아는 꼭 금방이라도 울 것만 같은 표정을 지은 채로 고개를 들었다.

레오디안을 이해할 수 없었다. 자신의 무엇을 보고 자신을 좋다고 말하는 건지 도저히 납득이 안 됐다. 하지만 눈앞의 레오디안이 정말이지 열렬한 눈빛으로 자신을 바라보고 있어서, 엘시아는 차마 그에게 무언가 착각을 한 것이 아니냐고 물어볼 엄두가 나지 않았다.

"⋯⋯저는, 모르겠어요."

엘시아는 한참 애꿎은 입술만 잘근잘근 깨물다가 간신히 말을 이었다.

"혹시 제 대답을 바라시고 이런 이야기를 꺼내신 거라면⋯⋯."

"아닙니다."

레오디안이 단호하게 고개를 저었다. 그는 엘시아에게 어떤 확실한 대답을 바라고 고백을 한 것이 아니었다. 아니, 사실은 그게 맞았다. 맞는데, 다만 지금 당장 엘시아에게 확답을 바라는 건 정말 못할 짓이라고 생각했다.

그도 그럴 것이 레오디안의 고백이 엘시아에게 청천벽력처럼 갑작스러운 일이라는 사실을 차치하더라도, 두 사람이 처해 있는 상황이 영 좋지 않았다. 현재 두 사람은 신황을 찾아가고 있는 중이었다. 이제부터 무슨 일을 맞닥뜨릴지 몰랐다.

사실 그런 상황이기에 레오디안이 반쯤 충동적으로 제 마음을 고백한 것이기도 했다. 앞으로 어떠한 사건을 마주하고, 또 상황이 어떻게 격변할지 모르니까. 생전 처음으로 품게 된 마음을 고백 한 번 제대로 해 볼 수 없는 상황에 처하게 될지도 모르니까.

엘시아에게 특별한 존재가 되고 싶다는 생각이 간절한 만큼, 레오디안은 앞으로 도래할 미지의 미래가 두려웠다. 하지만 그것을 내색할 수는 없었다. 그러고 싶은 생각도 없었다. 아까부터 엘시아가 새하얗게 질린 낯으로 떨고 있었으므로.

엘시아를 떨게 만든 장본인인 주제에 감히 불안한 내색을 할 수는 없는 노릇이었다.

레오디안은 아무렇지 않은 척 덤덤한 목소리로 엘시아를 안심시키듯 말했다.

"그저 내가 어떤 마음으로 당신을 보고 있는지를 솔직하게 고백하고 싶었을 뿐입니다."

하얀 거짓말이었다.

이미 가슴속에 깊숙하게 뿌리를 내린 지 오래인 거대한 욕심을 감추기 위한 허울 좋은 말이었다. 하지만 정말이지 애처롭게도 엘시아는 그 말에 눈에 띄게 안심한 낯을 했다.

"죄송해요……."

지금 사과를 해야 할 사람이 누군데, 어째서 당신이 사과를 하는 걸까.

그런 생각이 순간 머릿속을 스치고 지나갔지만 레오디안은 침묵했다. 그러면서 엘시아를 향해서 가볍게 고개를 저어 보였다. 일견 집착의 모습을 한, 열렬한 욕망을 애써 감춘 채로.

* * *

'……리리엔!'

누군가의 처절한 목소리를 들은 것과 동시에 의식이 선명해졌다. 그리고 그 순간, 등줄기를 타고 흐른 싸한 느낌에 리리엔이 벌떡 몸을 일으켰다.

"헉……!"

리리엔은 깊은 물속에 잠겨 있다가 한참 만에 건져진 사람처럼 허겁지겁 숨을 들이켰다. 마치 오랜 시간 뜀박질이라도 한 것처럼 숨이 벅찼다.

리리엔은 가쁘게 숨을 몰아쉬며 다급하게 고개를 돌리면서 주위를 둘러보았다. 익숙한 방 안의 모습이 시야에 들어오자, 조금 전까지 자신이 보았던 피가 낭무하는 풍경이 단순히 꿈이었다는 사실을 깨달을 수 있었다. 그제야 리리엔은 가슴을 쓸어내렸다.

하지만 그것도 아주 잠시뿐이었다. 리리엔은 곧 무어라 말로 설명하기 어려운 이질감을 느꼈다. 그 느낌의 정체를 미처 알아내기 전, 누군가 문을 두드리는 소리가 리리엔의 귓전을 파고들어 왔다.

리리엔은 침대에서 내려와 후들거리는 다리로 바닥을 딛고 섰다. 그리고 곧장 문가로 다가가서 문을 열어젖혔다.

"리리엔 아가씨."

"……벨레로폰?"

엘시아인 줄 알고 문을 열었는데, 문이 열리고 모습을 드러낸 사람은 정말이지 뜻밖의 인물이었다.

"벨레로폰이 여기는 웬일이야?"

리리엔은 얼떨떨한 표정으로 벨레로폰을 올려다보면서 물었다. 그도 그럴 것이 벨레로폰은 제도의 저택에서 머무르고 있었다. 리리엔은 이곳에서 벨레로폰을 볼 수 있으리라고는 전혀 예상하지 못했다.

벨레로폰이 이곳은 무슨 일로 찾아온 걸까. 아니, 그보다 언제 온 거지?

리리엔은 얼핏 보기에도 난감하다는 듯한 기색으로 선뜻 말문을 열지 못하고 있는 벨레로폰을 빤히 쳐다보다가, 돌연 확 고개를 돌려 저 멀리 확 트인 창밖에 다 시선을 던졌다.

청명한 하늘에 걸린 태양이 환한 빛을 발하고 있었다. 하지만 그것만 보고는 지금이 몇 시인지 정확한 시간을 가늠할 수가 없었다. 그에 가느다랗게 눈매를 좁히고 창밖을 응시하던 리리엔은 자신이 언제 침실로 돌아왔는지 기억이 나지 않는다는 사실을 문득 인지했다.

이상한 일이었다. 엘시아와 레오디안과 함께 아침 식사를 했던 것은 기억이 나는데, 그 이후의 일이 전혀 떠오르지 않았다.

"아……."

리리엔은 그제야 아까 자신이 느꼈던 이질감의 정체를 알아차렸다. 그리고 갑작스럽게 저택을 찾아온 벨레로폰의 존재가 무엇을 의미하는지도 벼락같이 깨달았다. 리리엔은 떨리는 손을 꽉 움켜쥔 채로 고개를 돌렸다. 그러자 여전히 난감한 표정을 한 벨레로폰이 보였다.

"레오디안은 어디에 있어?"

그렇게 묻는 리리엔의 목소리가 형편없이 떨리고 있었다. 마치 무언가를 직감이라도 한 것처럼. 벨레로폰은 크게 숨을 들이켰다. 어디서부터 말을 꺼내야 할지 알 수가 없었다.

"벨레로폰, 지금 레오디안은 어디에 있나니까?"

리리엔은 대답을 망설이는 벨레로폰을 향해서 다시 한번 물었다. 그러나 이번에도 벨레로폰은 아무런 말도 할 수가 없었다. 그저 면목이 없다는 듯이 고개를 푹 숙일 뿐이었다.

"왜 대답을 안 해."

벨레로폰의 반응을 보고 리리엔은 불안한 마음을 감출 수가 없었다. 자신의 예감이 틀림없이 맞는 것 같다는 생각이 들었기 때문이었다. 지금 벨레로폰은 누가 보더라도 무언가 감추고 싶은 사실이 있는 사람처럼 보였다. 그리고 벨레로폰이 감추고 싶은 사실이 무엇인지 리리엔은 알 것만 같았다.

레오디안이 기사단 업무를 위해 아침 일찍부터 외출하는 건 그다지 특별한 일이 아니었다. 하지만 갑자기 저택에 나타난 벨레로폰을 마주하고 있으려니, 레오디안이 단순히 평소와 같은 이유로 일찍이 저택을 나선 게 아니라는 생각이 들었다. 리리엔은 너무나도 불안해졌다. 아까부터 줄곧 벨레로폰에게서 엿보인 불안정한 모습이 고스란히 전염되기라도 한 것 같았다.

"……비켜 줘."

리리엔이 침실 문을 가로막고 서 있는 벨레로폰을 올려다보면서 말했다. 하지만 벨레로폰은 리리엔의 말을 듣고도 비켜서지 않았다. 리리엔은 일순간 이를 꽉 사리물었다가, 이내 크게 숨을 들이마시고는 한 걸음 앞으로 나서면서 재차 말했다.

"엘시아한테 가 봐야겠으니까 비켜 줘."

벨레로폰의 어깨가 크게 한 번 들썩였다. 하지만 단지 그뿐이었다. 벨레로폰은 난감하다는 듯한 표정을 지으면서도 결코 길을 비켜 주지 않았다.

"벨레로폰, 아까부터 대체 왜 이러는 거야?"

리리엔이 답답하기 그지없다는 듯한 목소리로 물었다.

"내 말에 대답해 줄 생각도 없으면서 길은 또 왜 막고 서 있는 건데?"

"리리엔 아가씨……."

결국 벨레로폰이 별수 없다는 듯이 입을 열었다. 그는 나직이 한숨을 내뱉으면서 조심스럽게 시선을 들어 올렸다. 그렇게 리리엔을 바라보는 그의 눈동자에는 여전히 망설이는 기색이 가득 서려 있었다.

그 떨리는 눈동자를 본 순간 리리엔의 머릿속에 도저히 믿고 싶지 않은 생각이 한 줄기 스치고 지나갔다.

"설마……."

리리엔은 쉽사리 입이 떨어지지 않았다. 머릿속에 떠오른 의문을 도무지 선뜻 입 밖으로 내뱉어 낼 수가 없었다. 벨레로폰이 뭐라고 대답을 할지 두려웠기 때문이었다. 애꿎은 입술만 잘근잘근 깨물면서 리리엔은 초조한 마음을 차분하게 가라앉히려고 노력했다.

하지만 그건 마음처럼 쉽게 되지 않았다. 눈앞의 벨레로폰 역시도 불안한 심경을 미처 감추지 못하고 있었다. 그래서 그런지 리리엔은 좀처럼 침착한 태도로 벨레로폰을 마주할 수가 없었다.

무엇보다도 벨레로폰의 잘못이 아니라고 생각하면서도 자꾸만 그가 원망스러웠다. 여전히 그가 아무런 대답도 해 줄 생각이 없는 것 같아 보였기에 더욱 그러했다.

"……설마 엘시아도 밖에 나간 거야?"

한참 만에 리리엔이 가까스로 용기를 내 물었다.

"레오디안을 따라서 밖으로 나갔어?"

벨레로폰은 이번에도 아무런 대꾸를 하지 않고 침묵을 지켰다. 하지만 리리엔은 그 침묵이 의미하는 바가 무엇인지 단번에 알아차렸다. 리리엔은 벨레로폰을 향해서 한 걸음 더 가까이 다가갔다. 그러자 벨레로폰이 눈에 띌 정도로 크게 몸을 움찔했다.

"내가 잠든 사이에······."

리리엔은 도저히 믿을 수가 없었다.

"······엘시아가 레오디안하고 같이 밖에 나갔다고?"

속에서 뜨거운 감정이 울컥 치밀어 올라왔다. 리리엔은 아랫입술을 힘껏 짓이겼다. 벨레로폰은 당장이라도 울음을 터뜨릴 것만 같은 리리엔의 일그러진 표정을 보고 당황을 금치 못했다.

"리, 리리엔 아가씨······."

벨레로폰은 우는 아이를 달래 본 적이 없었다. 애초에 자신이 언제 우는 아이를 목격한 적이 있었던가 의문이 들 정도로 우는 아이를 본 일 자체가 드물었다. 그랬기에 그는 만일 제 눈앞에서 리리엔이 울음을 터뜨리기라도 한다면 리리엔을 어떻게 달래야 할지 그 방법을 전혀 알지 못했다.

혹시라도 리리엔이 눈물을 흘리기 전에 어떻게든 리리엔을 진정시켜야 했다. 벨레로폰은 무척 당황한 와중에도 머릿속에 떠오른 말을 다급하게 주워섬겼다.

"상황이 급박했습니다."

"하······."

리리엔이 허탈하다는 듯 한숨을 내뱉었다.

"얼마나 급박했으면 나한테 한 마디 말도 없이······."

말을 잇다 보니 감정이 격해진 건지 리리엔은 미처 말을 다 끝맺지 못한 채로 입을 꾹 다물었다. 그런 리리엔이 정말이지 안쓰럽게 느껴졌다. 벨레로폰은 초조한 마음에 바싹 마른 입술을 축였다.

"사실 대공 각하께서 제게 아가씨가 일어나시거든 사정을 설명해 주라고 하셨습니다."

"······."

"그런데 막상 아가씨를 마주하고 나니 쉽사리 입이 떨어지지 않아서······."

벨레로폰이 한숨처럼 말했다.

"죄송합니다, 리리엔 아가씨."

벨레로폰은 전부 제 잘못이라며 리리엔에게 사과했다.

그에 리리엔은 조금 상기된 낯으로 벨레로폰을 빤히 올려다보다가, 이내 가까스로 감정을 다스리고는 물었다.

"그래서 두 사람이 어디로 갔는데?"

"그것이……."

벨레로폰은 이제 리리엔에게도 제대로 사정을 설명해야 할 때라고 생각했다. 하지만 그렇게 생각하면서도 자꾸만 말을 망설이게 되었다. 어디서부터 이야기를 시작해야 할지 가늠이 되지 않았다.

"두 사람이 어디로 갔느냐니까?"

리리엔이 그런 벨레로폰을 더 이상 참지 못하겠다는 듯 소리쳐 물었다. 일순간 방 안을 쩌렁쩌렁 울린 리리엔의 목소리에 벨레로폰은 크게 숨을 들이켰다.

그는 리리엔이 이렇듯 화를 내는 모습을 처음 보았다. 평소 어린아이답게 천진난만한 리리엔의 모습만을 봐 온 그에게 있어서 지금 리리엔의 모습은 굉장히 낯선 것이었다.

하지만 그런 리리엔의 반응이 이해가 되지 않는 것은 아니었다. 리리엔의 입장에서 지금 이 상황은 충분히 화를 낼 만한 일이었다. 벨레로폰은 그를 똑똑히 직시하고 있는 리리엔의 눈동자를 조심스럽게 마주했다.

리리엔은 자신이 원하는 대답을 듣기 전까지는 결코 물러설 생각이 없어 보였다. 그런 단호한 의지가 리리엔의 푸른 눈동자에 선명하게 자리하고 있었다.

"대공 각하와 엘시아 님은……."

한참 만에 벨레로폰이 가까스로 입을 열었다.

"신황 성하와 합류하기 위해서 신성지를 떠나셨습니다."

벨레로폰이 힘겹게 말을 마치고서 고개를 푹 숙였다. 그는 자신의 말을 들은 리리엔이 어떤 반응을 보이는지 확인하기가 두려웠다. 그리고 그런 벨레로폰을 마주한 채로 리리엔은 꼭 한순간에 세상이 무너져 버린 모습을 목격하기라도 한 사람처럼 망연자실한 표정을 지었다.

* * *

"아무래도 꽤 오래전에 이 마을을 떠난 것 같습니다."

페이렌이 마을을 돌아보고 난 다음에 파악한 상황을 간결하게 보고했다. 그러자 레오디안은 그것을 어느 정도 예상했다는 듯 덤덤하게 고개를 끄덕였다.

이 마을에서 신성력의 흔적이 느껴졌지만 신황은 이미 이 마을을 떠난 뒤였다. 신황과 그의 기사들은 딱히 자신들의 흔적을 지우지 않았는데, 어째선지 그들을 찾아내는 일이 쉽게 풀리지 않고 있었다. 그들의 뒤꽁무니를 간신히 쫓아가고 있는 느낌이었다. 이 불쾌한 느낌을 좀처럼 떨쳐 낼 수가 없었다.

레오디안은 작게 한숨을 삼키고는 페이렌을 향해서 말했다.

"그럼 일단 오늘은 이 마을에서 밤을 보낸 후, 내일 날이 밝는 대로 다시 길을 떠나는 게 좋겠군."

"저, 각하. 그런데……."

레오디안이 말을 마치자 입술을 꾹 깨물고 있던 페이렌이 조심스럽게 말을 꺼냈다. 그 기색이 심상치 않아 보여서 레오디안은 의아한 눈으로 페이렌을 응시했다. 그러자 이윽고 페이렌의 얼굴 위로 난감한 기색이 떠올랐다. 그것을 레오디안은 단번에 알아보았다.

"……앞으로 신황과 그 무리를 추적하는 일이 지금보다 훨씬 더 힘들어질 것 같습니다."

페이렌이 주저하다가 가까스로 이어 붙인 말은 레오디안이 전혀 예상하지 못한 것이었다. 레오디안은 놀라서 조금 커다래진 눈으로 페이렌을 주시했다. 페이렌이 그런 레오디안의 반응을 이해한다는 듯 조용히 고개를 주억거리곤 입을 열었다.

"신황과 그의 기사들이 신성력을 사용한 흔적을 더 이상 찾을 수 없었습니다."

페이렌은 차마 레오디안을 똑바로 마주 바라볼 면목이 없어 고개를 숙인 채로 말을 덧붙였다.

"아마 이 마을을 떠난 이후에 그들은 신성력을 전혀 사용하지 않고 있는 것 같습니다."

레오디안이 피곤한 낯을 두 손에 묻었다. 그러면서 그가 내쉰 긴 한숨 소리가 손 틈 사이로 새어 나와서는 고요한 방 안을 묵직하게 울렸다.

아무래도 이 마을에 머물러야 하는 시간이 예상보다 더 길어질 것 같았다. 레오디안은 조금씩 지끈거리기 시작한 머리를 꾹 누르며 고개를 들어 올렸다. 페이렌이 걱정스럽다는 듯한 시선으로 레오디안을 응시하고 있었다. 그에 레오디안은 애써 아무런 동요도 하지 않은 척 덤덤한 목소리를 냈다.

"수고했어. 이만 나가 보도록."

"……예, 각하."

순간 멈칫했던 페이렌은 이내 순순히 레오디안의 뜻을 따라 방을 나섰다. 이윽고 고요한 방에 홀로 남겨진 레오디안의 얼굴 위로 그 어느 때보다도 서늘한 표정이 걸렸다.

신황의 속셈이 무엇인지 가늠할 수가 없었다. 마치 안개가 낀 것처럼 머릿속이 뿌옜다. 거기에 아까부터 머리가 지끈거렸다. 레오디안은 한 손으로 관자놀이를 꾹 지압하며 고개를 뒤로 젖혔다. 그렇게 천장을 멍하니 올려다보고 있는데 문득 누군가 가볍게 문을 두드리는 소리가 들려왔다.

그 소리는 얼핏 주저하는 기색이 서려 있는 것처럼 들렸다. 그래서인지 레오디안은 지금 문 너머에 서 있는 사람이 누구인지 어렴풋이 알 것만 같았다. 레오디안은 망설임 없이 자리에서 일어나 문가로 다가갔다. 그리고 곧바로 문을 열자 엘시아가 놀란 표정을 지었다.

"아직 깨어 있었군요."

"네, 잠이 안 와서……."

엘시아가 어색하게 말끝을 흐리면서 레오디안을 올려다보자, 레오디안이 돌연 한 걸음 옆으로 비켜서면서 안으로 들어오겠냐고 물었다. 엘시아는 잠시 망설이다가 이내 가볍게 고개를 끄덕이고는 방으로 들어섰다.

레오디안과 함께 신성지 밖으로 나온 것이 벌써 사흘 전의 일이었다. 그러나 지난 사흘 동안 엘시아와 레오디안은 단둘이 마주 보고 제대로 된 대화를 나누지 못했다. 그건 레오디안이 바쁜 탓도 있었지만, 무엇보다도 가장 큰 이유는 엘시아가 저도 모르게 레오디안을 피했기 때문이었다.

레오디안의 갑작스러운 고백을 들은 이후부터였다. 그때부터 엘시아는 레오디안을 어떻게 대해야 하는 건지 마냥 혼란스러웠다. 누군가에게 그런 고백을 받은 것은 생전 처음이었거니와, 또 설마하니 자그마치 레오디안에게 고백을 받게 될 줄은 꿈에도 상상하지 못했기에 더욱 그러했다.

"앉으시겠습니까?"

"아, 네."

레오디안이 권한 자리에 앉으면서 엘시아는 힐끔 레오디안의 안색을 살폈다.

엘시아는 레오디안의 방을 찾아오면서도 몇 번이고 망설였다. 레오디안을 어떤 표정으로 마주해야 할지 알 수 없었다. 그래서 혼란스러운 마음을 조금이나마 정리하기 전까지는 되도록 레오디안과 단둘이서 이야기를 나누는 것은 피하고 싶었는데, 레오디안과 상의해야 하는 일이 생겼다.

신성지를 떠나오기 전에 레오디안은 엘시아에게 무슨 일이 생기거든 반드시 자신과 상의를 해 달라고 말했다. 그에 엘시아는 그러겠노라고 약속했고, 그 약속을 지킬 생각이었다. 때문에 엘시아는 레오디안을 마주하는 것이 너무나도 어색했지만 이렇듯 먼저 레오디안의 방을 찾아온 것이었다.

레오디안은 엘시아의 맞은편에 앉아서 엘시아가 말을 꺼내기를 기다리고 있었다. 그의 고요한 푸른 눈동자를 바라보고 있으려니 말문이 턱 막히는 느낌이었지만, 엘시아는 곧 용기를 내고 조심스럽게 입을 열었다.

"……그런데 혹시 무슨 문제라도 생긴 건가요?"

레오디안은 엘시아의 물음을 예상하지 못했는지 순간 놀란 듯 눈을 크게 떴다.

엘시아는 그런 레오디안을 잠시 동안 묵묵히 바라보다가, 이내 레오디안의 시선을 피해 슬그머니 눈길을 아래로 내렸다. 사실 엘시아가 레오디안에게 정말 하고 싶은 말은 따로 있었다.

하지만 이곳으로 오는 도중에 우연히 마주친 페이렌의 표정이 심상치 않았다. 그녀는 무슨 심각한 고민에 빠져 있는 사람처럼 보였다. 그리고 그게 계속해서 마음에 걸렸다. 페이렌이 레오디안과 잠시 대화를 나누고 방으로 돌아가는 길이라고 말했기 때문이었다. 엘시아는 페이렌과 레오디안이 어떤 심각한 문제로 이야기를 나눈 것이 틀림없다고 생각했다.

"신황과 그의 기사들의 흔적이 이 마을에서 끊겼습니다."

꽤 한참 만에 맞은편에서 레오디안의 깊은 울림을 가진 목소리가 들려왔다.

무심코 고개를 든 엘시아는 여전히 그녀를 차분하게 직시하고 있는 레오디안의 부드러운 눈빛을 맞닥뜨렸다.

"어……. 그러면 다시 신성지로 돌아가야 되는 건가요?"

"아뇨, 어떻게든 그를 찾아낼 겁니다."

레오디안이 당연한 이치를 말하듯 덤덤하게 대꾸했다.

그런 레오디안을 보면서 엘시아는 문득, 그렇게 엄청난 고백을 한 장본인인 레오디안이 정말 아무렇지도 않아 보인다는 생각을 했다. 자신은 레오디안의 고백을 받은 이후부터 하루에도 몇 번씩 그 고백을 떠올리며 혼란스러워하고 있는데 말이다.

그만큼 그날 레오디안의 고백은 엘시아에게 있어서는 실로 거대한 사건이었다.

엘시아의 세상을 엉망으로 뒤흔들고 전복되도록 만든 그런 엄청난 사건.

그리고 그 사건의 여파에 아직도 휘둘리고 있는 엘시아는 평소와 별반 다름없는 레오디안의 모습을 보고 어쩐지 억울한 마음이 들었다.

"물어보고 싶은 건 그게 전부입니까?"

레오디안이 살짝 찡그리는 것처럼 눈매를 휘어 웃으며 물었다. 엘시아는 처음 보는 레오디안의 표정에 잠시 말문이 막혔다. 레오디안이 이런 식으로 웃을 수도 있구나 하는 생각이 들자 왜인지 뺨이 뜨겁게 달아오르는 듯한 느낌이었다.

엘시아는 황급히 고개를 숙였다. 썩 청결하다고는 말할 수 없는 카펫이 눈에 들어왔다. 그러고 보니 레오디안이 머무는 이 방은 자신의 방보다 좀 작았다. 방 안이 그다지 깨끗하지 않은 것은 물론이었다.

어쩌면 레오디안이 자신에게 이 허름한 숙소의 가장 좋은 방을 양보한 것이 아닐까 하는 생각이 문득 머릿속을 스치고 지나갔다. 그 생각을 애써 허무맹랑한 것이라고 치부하고서 지워 버리고 싶었지만 그럴 수가 없었다.

레오디안이라면 좋아하는 사람을 위해서 얼마든지 허름한 방에서 머물 것을 자처하고도 남을 사람이었다. 그만큼 다정한 사람이었다.

그리고 그런 레오디안은 자신을 좋아한다고 했다.

때문에 엘시아는 자신이 좋은 방에 머물도록 레오디안이 배려한 것이라는 생각을 단순히 자신의 착각에 불과하다고 여길 수가 없었다. 거기까지 생각이 미치자 어쩐지 부끄러워졌다. 엘시아는 더욱 고개를 푹 숙였다.

"……그, 사실 대공님께 상의할 게 있어서 찾아왔어요."

"말씀하십시오."

레오디안의 목소리는 평소와 다름없이 나직했다. 하지만 무슨 이유에서인지 그 목소리를 들으니 엘시아는 더욱 뺨이 달아오르는 느낌이 들었다. 자신이 왜 이러나 싶은 마음에 당황스럽기 그지없었다. 엘시아는 애꿎은 입술을 잘근잘근 깨물었다.

"왜 그러십니까?"

"……네?"

갑작스러운 물음에 화들짝 놀라 저도 모르게 홱 고개를 든 엘시아는 레오디안이 자리에서 일어나는 모습을 보고 눈을 크게 떴다.

"아까부터 좀 이상한데."

혼잣말처럼 중얼거리며 레오디안이 가까이 다가왔다. 엘시아는 흠칫 몸을 굳힌 채로 레오디안을 올려다보았다. 어느덧 코앞에 다가온 레오디안이 짐짓 눈을 가늘게 좁히고서 엘시아를 유심히 응시했다.

엘시아는 어떻게 해서든 레오디안의 시선을 돌려야 된다는 생각에 초조해져 다급하게 입을 열었다.

"그, 제가 하이드의 기척을 읽을 수 있다는 말을 한 적이 있나요?"

뜬금없는 엘시아의 말에 레오디안이 순간 멈칫했다. 그를 힐끔 올려다본 엘시아가 마른침을 꿀꺽 삼키고는 빠르게 말을 덧붙였다.

"아까 전부터 가까운 곳에서 하이드의 기척이 느껴져요."

* * *

"이쯤에서 그만 요헴으로 돌아가도 될 듯합니다, 케일런."

신황이 예상치 못한 말을 불쑥 꺼낸 것은 그가 막 식사를 마치고 식당을 나섰을 때였다. 케일런이 조금 놀란 눈으로 신황을 돌아보았다. 신황은 부드러운 미소를 지으며 케일런을 응시하고 있었다.

"그러니 지금부터 최대한 빠르게 마을을 떠날 채비를 마쳐 줄 수 있겠습니까?"

"예, 그러겠습니다."

신황의 말에 케일런은 일단 순순히 고개를 끄덕이면서도, 신황이 왜 이렇듯 갑자기 신성지로 돌아가고자 결정을 내렸는지 쉽사리 이해할 수 없었다.

"그럼 저는 방에서 기다리고 있겠습니다."

"예, 성하."

신황은 케일런을 향해서 더욱 활짝 미소를 지어 보인 뒤에 몸을 돌렸다. 그리고 망설임 없이 걸음을 옮겨 멀어지는 신황의 뒷모습을 케일런은 멍하니 바라보았다.

신황의 방에는 신황이 데리고 온 아이가 머무르고 있었다. 신황은 앞으로 아이를 거둬 돌보겠다고 하였던 말과는 다르게, 아이의 끼니조차 제대로 챙겨 주지 않았다.

식사 시간이 되어 케일런이 신황의 방을 찾아갈 때면, 신황은 언제나 방에 아이를 홀로 남겨 둔 채로 숙소의 식당으로 향했다. 케일런은 그런 신황을 도무지 이해할 수가 없었다. 그러다가 하루는 의문을 삼키지 못하고 신황에게 물었다.

'아이는 데려가지 않으십니까?'

'아, 하이드의 식사는 케일런이 신경 쓰지 않아도 됩니다.'

신황은 평소와 같은 부드러운 미소를 지으면서 그렇게 대답했다. 그건 케일런의 의문을 종식시키기에는 너무나도 턱없이 부족한 대답이었다.

정확히 그날부터였다. 케일런은 어쩌면 신황이 아이를 학대하고 있는 것인지도 모른다는 의심을 품기 시작했다. 설마 신황이 그럴 리가 없다고 생각하면서도 한편으로는 좀처럼 쉽사리 의심을 떨쳐 낼 수가 없었다.

케일런은 마냥 혼란스러웠다. 자신이 의심하는 것처럼 신황이 정말로 아이를 학대하고 있는 건지 확인하고 싶었다. 진실이 무엇인지 궁금했다. 진실을 확인하려면 신황이 아이를 학대하는 장면을 목격하거나, 신황이나 아이에게 단도직입적으로 물어봐야 했다.

하지만 케일런은 그중 어떤 것도 선뜻 행동으로 옮길 엄두가 나지 않았다. 무엇보다도 신황이 식사 시간을 제외하고는 아이를 결코 홀로 두려고 하지 않았다. 그뿐만 아니라, 아이와 함께 머무르게 된 이후부터 방 안에 아무도 들이려고 하지 않았다.

여러모로 상황도 여의치가 않았다. 하여 케일런은 깊어만 가는 의심을 홀로 계속해서 곱씹을 뿐, 그 외에는 다른 도리가 없었다.

"케일런 경, 이곳에서 혼자서 무엇을 하고 계십니까?"

"……아, 벤체스 경."

케일런은 어느덧 가까이 다가온 벤체스의 목소리를 듣고 상념에서 벗어났다. 벤체스는 최근에야 신황의 기사가 된 케일런보다 훨씬 오랜 시간 동안 신황의 곁을 지켜 온 기사였다.

"신황 성하께서는 방으로 돌아가셨습니까?"

"예, 그렇습니다."

케일런이 순순히 대답하자 벤체스가 잠시 무언가를 생각하는 듯한 기색으로 침묵하다가 잠시 뒤에 말을 꺼냈다.

"그러면 혹시 지금 잠시 시간 괜찮으십니까?"

"……무슨 일이라도 있습니까?"

케일런은 어째선지 주저하는 기색이 역력한 벤체스를 의아한 눈으로 바라보았다. 벤체스는 불안한 듯 눈동자를 이리저리 굴리다가 곧 시선을 힘없이 아래로 내려뜨리면서 대답했다.

"그게, 사실 얼마 전부터 기사들 사이에서 이상한 이야기가 돌고 있는데……."

그라는 벤체스의 목소리에는 이전보다 훨씬 더 주저하는 기색이 묻어나 있었다.

"케일런 경이라면 해결해 주실 수 있을 것 같다는 생각이 들어서 말입니다."

"이상한 이야기라면?"

"그……."

"편하게 말씀하십시오."

벤체스는 깊은 한숨을 내쉬었다. 단단히 결심을 하고 케일런을 찾아온 것인데, 막상 케일런의 앞에 서니 선뜻 입이 떨어지지 않았다.

"무슨 이야기가 돌고 있기에 그러십니까."

케일런이 말을 망설이는 벤체스를 가볍게 재촉했다. 그에 재차 한숨을 내쉰 벤체스가 가까스로 말문을 열었다.

"……다름이 아니라, 얼마 전에 신황 성하께서 데려온 아이와 관련된 이야기입니다."

"예?"

예상치 못한 말을 들은 케일런의 한쪽 눈썹이 휙 치켜 올라갔다.

"현재 기사들 사이에 그 아이와 관련된 소문이 돌고 있다는 말씀입니까?"

"그, 그렇습니다."

"정확하게 어떤 소문인지요."

"……."

벤체스는 쉽사리 대답을 하지 못했다. 그에 케일런은 벤체스가 입 밖으로 꺼내기를 주저하는 말이 썩 가벼운 것이 아니리라고 짐작했다. 어쩌면 다른 기사들도 자신과 같은 의심을 하고 있는 것인지도 모른다는 생각이 들었다. 케일런은 혀를 내어 마른 입술을 축였다.

그 순간, 연신 말문을 열기를 주저하며 침묵을 지키던 벤체스가 케일런에게만 간신히 들릴 정도로 아주 작은 목소리로 속삭였다.

"자리를 옮긴 다음에 마저 이야기를 나누는 게 좋겠습니다. 여기서 나눌 만한 이야기가 아닌지라……."

"예, 그러도록 하죠."

케일런은 흔쾌히 고개를 끄덕였다. 마을을 떠날 채비를 하라는 신황의 명령은 잠시 뒤로한 채였다.

* * *

"정확하게는 오늘 낮에 이 마을에 막 도착했을 때부터였어요."

엘시아는 언제부터 하이드의 기척이 느껴졌는지를 레오디안에게 설명했다. 레오디안은 잠자코 귀 기울여 엘시아의 이야기를 들었다.

"처음에는 착각인가 싶었는데……. 아닌 것 같아요. 하이드의 기척이 맞아요."

엘시아는 하이드가 근처에 있다는 걸 확신했다. 그러고 나자 하이드를 만나러 가야 하는 건지 무척 고민이 되었다. 그리고 밤이 깊을 때까지 혼자서 계속해서 고민해 보았으나, 좀처럼 쉽사리 판단을 내릴 수가 없었다. 결국 엘시아는 레오디안과 상의를 해 봐야겠다고 마음을 먹었다.

"하이드를 만나러 가는 게 좋을까요?"

엘시아가 레오디안에게 조심스럽게 시선을 두면서 물었다. 레오디안은 잠시 고민하다가 입을 열었다.

"당신의 뜻대로 하십시오. 당신은 어떻게 하기를 원합니까?"

"모르겠어요……."

사실 하이드가 갑작스럽게 사라졌을 때부터 엘시아는 하이드가 떠난 이유가 궁금했다. 어째서 떠난 것이냐고 물어보고 싶었다. 하지만 하이드가 자신을 만나기를 원치 않을 수도 있다는 생각이 발목을 잡았다. 그래서 하이드를 찾고자 마음만 먹는다면 얼마든지 찾을 수 있지만 그러지 않았다.

"하이드가 아무런 말없이 떠나 버린 이유가 있을 테니까요."

"그렇겠죠."

레오디안이 엘시아의 말에 동의하며 고개를 끄덕였다.

"하지만 그 어린 아이가 혼자서 이곳까지 떠나왔다니 걱정이 되기는 합니다."

이곳은 신성지 요헴에서부터 꽤나 멀리 떨어져 있는 마을이었다. 그러니만큼 마을의 치안 상태는 썩 좋지 않았고, 무엇보다도 현재 제국 곳곳에는 괴물이 출몰하고 있는 상황이었다.

레오디안은 하이드가 혼자서 떠돌아다니는 것이 걱정이 되었다. 하이드가 리리엔과 같은 어린아이라는 점을 차치하더라도, 언제까지고 하이드가 무사할 것이라는 보장이 없었기 때문이었다.

“게다가 신황이 하이드를 발견할지도 모릅니다.”

“아······.”

“아직 이 마을에 신성력의 흔적이 남아 있는 것을 보면, 아마 신황은 이 마을에서 떠난 지 얼마 되지 않았을 겁니다.”

“그럼 그분이 이 마을 근처에 머무르고 있을지도 모르겠네요.”

“예.”

엘시아는 하이드가 신황과 맞닥뜨릴 경우를 미처 염두에 두지 못했다. 그런데 방금 레오디안의 말을 듣고 나니, 하이드가 생각보다 훨씬 더 위험한 상황에 처해 있을지도 모른다는 생각이 들었다.

엘시아는 자신에게 관심을 보이던 신황의 흥미로 가득한 눈동자를 아직도 선명하게 떠올릴 수 있었다. 신황은 엘시아가 평범한 인간이 아니라는 사실은 물론이고, 여타 괴물과도 조금 다른 특별한 존재라는 사실까지 단번에 알아보았다.

그러니 만약 신황이 하이드를 마주친다면, 그는 하이드가 엘시아와 같은 존재라는 사실을 순식간에 알아챌 것이었다. 신황이 하이드에게 무슨 짓을 할지 몰랐다. 그렇게 생각하니 엘시아는 순간 눈앞이 아찔해지는 느낌이었다.

“······괜찮으십니까?”

레오디안이 조심스럽게 엘시아의 안색을 살폈다. 엘시아의 낯이 평소보다 훨씬 더 새하얗게 질려 있었다. 한편, 걱정스럽다는 듯이 자신을 내려다보는 레오디안의 푸른 눈동자를 가만 올려다보며 엘시아는 입술을 잘근잘근 깨물었다.

애당초 하이드가 사라졌다는 사실을 알아차렸을 때, 곧바로 하이드를 찾아봤어야 했다는 후회가 밀려들었다.

“하이드는 괜찮을 겁니다.”

마치 엘시아가 지금 무슨 생각을 하고 있는지 알아차리기라도 한 것처럼 레오디안이 말했다.

“무척 강한 아이가 아닙니까.”

“그래도······.”

“그래도 걱정이 되시겠죠. 압니다.”

레오디안은 다정한 목소리로 엘시아를 다독였다. 그러고 나서 엘시아에게 조용히 시선만을 보냈다. 그에 엘시아는 아까부터 잘게 떨리고 있는 손을 꽉 움켜쥐었다. 레오디안의 묵묵한 지지에 용기가 생겼다.

"아까 신황 성하의 흔적이 이 마을에서 끊겼다고 하셨죠?"

레오디안이 가볍게 고개를 끄덕였다. 그 모습에 엘시아는 잠시 망설이다가 말했다.

"그럼 우리가 당장 이 마을을 떠나지는 못하겠죠?"

"예. 당분간은 이 마을에 머무르면서 주변에 신황이 남긴 흔적이 있는지 추적할 겁니다."

"그러면……."

엘시아는 조심스럽게 레오디안을 올려다보았다. 레오디안은 엘시아가 무슨 말을 할지 짐작한 듯 조용히 미소를 지었다.

"그러면 대공님이 그분의 흔적을 찾으시는 동안, 제가 하이드를 찾아봐도 괜찮을까요?"

"그렇게 하십시오."

레오디안은 정말이지 흔쾌히 고개를 끄덕였다.

"페이렌에게 말해 두겠습니다. 그녀와 함께 하이드를 찾으십시오."

엘시아는 그럴 필요 없다고 대답하려다가, 자신이 혼자서 밖을 돌아다니면 레오디안이 걱정할 것이 틀림없다는 데 생각이 미쳤다. 안 그래도 신황을 찾는 일이 순조롭지 않은 상황에서 레오디안이 자신까지 걱정하도록 만들고 싶지 않았다.

"네, 그럴게요. 감사해요."

엘시아가 순순히 고개를 끄덕이며 대꾸하자, 살짝 미소를 지은 레오디안이 창밖으로 시선을 두면서 화제를 돌렸다.

"그나저나 당신이 이렇듯 나를 찾아올 줄 몰랐습니다."

"……네?"

"적어도 한동안 피할 줄 알았는데."

엘시아는 말문이 턱 막혔다. 갑자기 레오디안이 일전의 고백을 상기하도록 만드는 이야기를 꺼낼 줄은 전혀 예상하지 못한 탓이었다.

"실제로도 최근 계속 나를 피하지 않았습니까."

"……아닌데. 피한 적 없어요."

엘시아가 가까스로 대꾸했다. 그러자 레오디안이 엘시아를 돌아보며 물었다.

"그 말, 정말입니까?"

"정말이에요."

왜 자꾸 이런 말을 하는 건지 모르겠다. 간신히 가라앉은 뺨의 열기가 다시금 찾아드는 느낌이었다. 엘시아는 두 손을 들어 양 뺨을 살포시 감싸 쥐었다.

"그거 참 이상한 일이군요."

그런 엘시아를 내려다보며 레오디안이 혼잣말처럼 중얼거렸다.

"내 눈에는 당신이 나를 피하는 것처럼 보였는데."

레오디안의 눈매가 조금 휘어져 완만한 곡선을 그리고 있었다. 그것을 보고 엘시아는 어쩐지 더욱 부끄러워졌다. 그런 엘시아를 레오디안이 가만히 바라보다가 지나가듯 가벼운 어투로 말했다.

"아니라니 다행입니다."

"네, 정말 아니에요."

엘시아가 퍽 단호하게 고개를 저으며 대꾸했다. 그 모습을 본 레오디안의 입술 사이로 가벼운 웃음소리가 흘러나왔다.

"하이드가 신경 쓰여서 이 늦은 시간까지 잠들지 못하고 있었던 겁니까?"

레오디안은 이번에도 자연스럽게 화제를 돌렸다. 반면에 엘시아는 조금 전 레오디안이 꺼낸 이야기의 여파에서 아직도 벗어나지 못하고 부끄러움을 느끼고 있었다.

그것뿐만이 아니라, 최근 엘시아는 레오디안의 고백을 듣고 난 다음부터 머릿속이 복잡했는데, 정작 고백을 한 장본인은 그것을 전혀 눈치채지 못하고 있는 것처럼 보였다. 그래서인지 조금 억울한 마음이 들었다. 엘시아의 눈에 비친 레오디안은 정말 아무렇지도 않아 보였기 때문이었다.

어떻게 이럴 수가 있는지. 엘시아는 저도 모르게 원망하는 듯한 눈빛으로 레오디안을 힐끔 올려다보았다. 오늘도 엘시아는 하이드에 관해서 고민하면서도 자꾸만 레오디안이 떠올라서 쉽게 잠을 이룰 수가 없었던 것이었다.

하지만 그 사실을 곧이곧대로 레오디안에게 말해 주고 싶지는 않았다. 엘시아는 잠시 동안 곰곰이 고민을 한 끝에 천천히 고개를 끄덕였다.

"아무래도 하이드가 마음에 걸려서 잠이 안 오더라고요."

"그래도 충분한 수면을 취해야 합니다."

레오디안이 자못 걱정스럽다는 듯이 말했다.

"앞으로 얼마나 더 멀리 길을 떠나야 할지 모릅니다. 휴식을 취할 수 있을 때 푹 쉬어 두어야 합니다."

"네, 그럴게요."

엘시아는 선선히 대답했다. 그리고 다시금 슬쩍 시선을 들어 올려서 레오디안을 주시했다가, 그의 얼굴에 자리를 잡고 있는 짙은 피로의 기색을 눈치채고서 물었다.

"그런데 대공님은 충분히 쉬고 계신가요?"

"틈틈이 쉬고 있으니 염려치 마십시오."

레오디안은 망설임 없이 대답했다. 하지만 엘시아는 그게 거짓말이라는 사실을 단번에 알아차렸다.

엘시아를 감옥에 가두려고 했던 하일롭을 피해 신성지로 향한 날부터 줄곧 레오디안은 하루도 제대로 쉬지 못했다. 그동안 엘시아는 아침 일찍 저택을 나서는 레오디안을 배웅하고, 그가 늦은 오후에 저택으로 돌아오면 마중을 나갔다. 한시도 쉬지 못하고 일하는 레오디안을 위해서 엘시아가 할 수 있는 일이란 고작 그런 것들뿐이었다.

"……언제쯤이면 대공님이 아무런 걱정 없이 편하게 쉴 수 있게 될까요."

예전부터 머릿속에 떠돌던 생각을 무심코 입 밖으로 내뱉고 말았다. 엘시아는 자신이 꺼낸 말에 놀라 크게 뜬 눈을 멍하니 깜빡거렸다.

"어, 저기……. 그러니까, 제 말은……."

"저도 그런 날이 오기를 바랍니다."

순간 레오디안의 얼굴 위로 쓸쓸한 미소가 나타났다가 사라졌다.

"그 누구보다 절실하게."

엘시아는 무슨 반응을 보여야 할지 알 수 없었다. 묵묵히 레오디안을 바라보기만 하자, 레오디안이 찰나 한숨을 내쉬면서 몸을 돌렸다.

"날이 좋습니다."

어느덧 창가로 다가가 멈추어 선 레오디안이 창을 등지면서 엘시아를 돌아보았다.

"가볍게 산책을 하기에 더할 나위 없이 좋은 날씨인 듯합니다."

뜻밖의 말에 엘시아가 어리둥절한 표정을 지었다. 그 모습을 보고 레오디안이 가볍게 입꼬리를 끌어 올렸다.

"내일, 나와 함께 산책을 하겠습니까?"

"……네?"

산책이라니. 갑작스러운 레오디안의 제안에 엘시아는 더욱 어리둥절해졌다.

"부디 그리해 주시면 좋겠습니다."

레오디안은 엘시아가 얼떨떨해하고 있는 것을 알면서도 개의치 않고 말했다. 엘시아는 잠시 고민하다가 이내 고개를 끄덕였다. 거절할 이유가 없었고, 또 설령 이유가 있다고 하더라도 거절하고 싶지가 않았기 때문이었다.

"그럼 이제 그만 돌아가서 쉬시는 게 어떻습니까."

레오디안은 드물게 먼저 자리를 파하고자 하는 의사를 보였다. 그에 엘시아가 조금 새삼스러운 눈으로 레오디안을 바라보는데, 레오디안이 말을 이었다.

"내일부터 하이드를 찾아 나설 것 아닙니까."

"네, 맞아요."

엘시아가 고개를 끄덕이곤 자리에서 일어났다.

사실 엘시아에게 있어서 불면은 너무나도 익숙한 것이었다. 구태여 오랜 시간을 자지 않아도 다음 날 일상생활을 하는 데에 전혀 무리가 없었다. 하지만 엘시아는 순순히 레오디안의 말을 따르기로 했다. 레오디안이 휴식을 취할 수 있는 유일한 한밤중의 시간을 빼앗고 싶지 않았기 때문이었다.

"그럼 이만 돌아가 볼게요. 시간을 내서 제 얘기를 들어주셔서 감사해요."

"나야말로."

레오디안의 입매에 부드러운 미소가 걸렸다.

"이렇게 당신과 단둘이 마주 보고 이야기를 나눌 수 있어 좋았습니다."

그리고 이어진 다정한 목소리를 듣고 엘시아의 얼굴이 묘하게 붉어졌음은 물론이었다.

* * *

벨레로폰은 레오디안과 엘시아가 돌연 신성지를 떠나게 된 사정을 리리엔에게 이야기해 주었다. 그러자 리리엔은 예상 밖에도 차분한 모습을 보였다. 차분하다 뿐만 아니라, 꼭 아무런 일도 없었다는 듯이 굴었다.

그런 리리엔을 가만히 지켜보고 있자니, 오히려 벨레로폰이 바늘방석에 앉은 것처럼 좌불안석하게 되었다.

"왜 그렇게 쳐다봐?"

"아, 아닙니다."

벨레로폰은 흠칫 놀라면서 황급히 눈길을 아래로 내려뜨렸다. 그렇게 벨레로폰의 시선이 떠나가자 리리엔은 가볍게 어깨를 으쓱이고는 지금껏 읽고 있던 책에 다시 시선을 두었다.

"……저, 아가씨."

그런데 얼마 지나지 않아서 다시금 옆얼굴에 벨레로폰의 시선이 닿아왔다. 리리엔은 조금 짜증이 났지만, 그것을 내색하지 않으며 고개를 들었다. 리리엔과 눈이 마주치자 순간 움찔했던 벨레로폰은 이내 가까스로 용기를 내고서 물었다.

"정말 괜찮으십니까?"

"뭐가?"

리리엔이 고개를 갸웃하며 되묻자, 벨레로폰은 말문이 턱 막혔다. 벨레로폰은 리리엔이 방금 그의 말뜻이 무엇인지 정말 이해하지 못하고 되물은 것이라고는 생각하지 않았다.

하지만 리리엔은 벨레로폰을 물끄러미 쳐다보고만 있을 뿐이었다. 그에 벨레로폰은 결국 나직이 한숨을 내쉬면서 입을 열었다.

"그, 이렇게 저택에 홀로 계시는 것 말입니다."

"괜찮아."

벨레로폰이 주저하며 꺼낸 말에 리리엔은 너무나도 대수롭지 않게 대답했다.

"그게 신경이 쓰여서 아까부터 계속 나를 쳐다보고 있었던 거야?"

"……예."

벨레로폰은 면목이 없다는 듯 고개를 푹 숙였다.

"마음은 고마운데, 나는 괜찮으니까 더 이상 신경 쓰지 않아도 돼. 그리고 계속 내 옆을 지키고 있을 필요도 없고."

"……."

"저녁 식사 시간 전까지는 여기서 쭉 책만 읽을 거니까."

리리엔이 퍽 냉정한 목소리로 딱 잘라 말했다. 벨레로폰은 어린아이가 이런 식으로 말할 수도 있다는 사실에 놀라 말을 잇지 못했다. 리리엔은 그런 벨레로폰을 빤히 바라보고 있다가, 꽤 오랜 시간이 흐르도록 벨레로폰이 아무런 말도 하지 않자 다시금 책을 내려다보았다.

"그렇게 나만 쳐다보고 있지 말고 벨레로폰도 할 일 해."

리리엔이 책장을 넘기며 무심하게 툭 내뱉은 말에 벨레로폰이 어깨를 크게 들썩였다. 리리엔의 말투는 여상스러웠고, 목소리 역시도 딱히 날이 서 있지 않았다. 하지만 어쩐지 리리엔의 말이 벨레로폰의 귀에는 마치 그를 비난하는 듯한 말로 들렸다.

그것을 피해망상과도 같은 과한 생각이라고 스스로를 다독이면서도 벨레로폰은 자꾸만 리리엔의 눈치를 살피게 되었다. 벨레로폰은 자그맣게 한숨을 내쉬고는 가까스로 입을 열어 리리엔에게 대꾸했다.

"……아가씨의 곁을 지키는 것이 제가 할 일입니다."

"그래, 그럼."

리리엔은 뜻밖에도 흔쾌히 고개를 끄덕이고는 이내 조용히 책을 읽는 데에 집중했다. 다시금 말을 걸어 볼 엄두조차 나지 않을 정도로 책에 집중한 리리엔의 모습에, 벨레로폰은 소리 없이 입을 벙긋거리다가 결국 아무런 말도 내뱉지 못한 채로 입술을 꾹 다물었다.

이윽고 쥐 죽은 듯이 고요한 적막이 방 안을 빠듯하게 채워 나갔다.

그 적막 사이를 가르는 소리는 책장이 넘어가며 내는 소리가 유일했다.

그렇게 너무나도 조용한 방 안에 꼿꼿이 앉아서 책을 읽는 리리엔의 모습을 보고 있자니, 벨레로폰은 이유를 알 수 없는 위압감을 느꼈다. 그건 숨이 막힐 것 같다는 생각이 들 정도로 거대한 느낌이었다.

벨레로폰이 방 안에 깊이 뿌리를 내린 침묵을 깨어야겠다고 결심을 한 것은 바로 그 순간이었다. 그러니까, 거대한 위압감에 사로잡힌 순간, 더 이상 적막을 버티고 있기가 버거워졌기 때문이었다.

벨레로폰은 퍽 다급하게 적당한 화제를 생각해 냈고, 마른침을 꿀꺽 삼키고는 입을 열었다. 그런데 그때, 돌연 노크 소리가 방 안에 울려 퍼졌다.

"들어와."

순간 흠칫 놀란 벨레로폰과 다르게 리리엔은 너무나도 태연한 목소리로 말했다. 그러자 곧 문이 열리고 저택의 집사 헤이온이 모습을 드러냈다. 방 안으로 한 걸음을 내디딘 그는, 리리엔을 향해 예를 취해 보이고는 곧바로 용건을 꺼냈다.

"2황자 저하께서 찾아오셨습니다."

리리엔이 조금 놀란 듯 미묘하게 크게 뜬 눈으로 헤이온을 쳐다보았다.

"지금 저택에는 레오디안이 없는데?"

"오늘은 아가씨를 만나기 위해 발걸음을 하셨다 합니다."

"……나를?"

"예."

헤이온은 의아한 표정을 짓는 리리엔의 안색을 살피면서 말했다.

"일단 응접실로 2황자 저하를 모셨습니다만, 혹시 아가씨께서 만나길 원치 않으신다면……."

"만날래."

리리엔이 책을 덮고 자리에서 일어났다. 조금 전까지만 해도 의아한 기색을 보였던 것이 무색하게 느껴질 정도로 단호한 태도였다.

벨레로폰은 레오디안이 저택을 비운 시점에서 로지안을 만나려는 리리엔에게 조심스럽게 우려를 표했지만, 리리엔은 주저 없이 헤이온을 따라서 침실을 나섰다. 그에 벨레로폰은 하는 수 없이 리리엔을 뒤따라서 걸음을 옮기면서도 걱정스러운 마음을 감출 수가 없었다.

하지만 그것을 아는지 모르는지 리리엔은 마냥 태연하기만 했다. 다른 사람도 아니고 황자를 독대하게 되었는데도 어쩌면 이렇게도 태연할 수 있는지 신기할 정도였다.

"그럼 저는 차와 함께 곁들일 티 푸드를 간단하게 준비해 오도록 하겠습니다."

"응, 고마워."

리리엔을 응접실 앞까지 안내해 준 헤이온이 벨레로폰에게 가볍게 눈인사를 하고는 몸을 돌렸다.

벨레로폰은 헤이온이 멀어지는 모습을 멍하니 바라보다가, 이내 리리엔이 응접실 안으로 들어서자 정신을 차리고는 리리엔을 따라서 응접실로 들어갔다. 로지안은 소파에 앉아서 리리엔을 기다리고 있었다. 그는 응접실 안으로 들어온 리리엔을 보자마자 기다렸다는 듯이 몸을 일으켰다.

벨레로폰은 로지안을 향해서 간단하게 예를 취해 보였다. 그런데 로지안은 그런 벨레로폰을 보란 듯이 무시하고서 리리엔에게 말을 붙였다.

"오랜만이군, 레이디 리리엔. 그간 잘 지낸 듯해 보여서 안심이야."

"네, 오랜만이에요. 저하, 저를 만나고자 하셨다고요?"

"그래."

로지안이 가볍게 미소를 지으며 대꾸했다. 그리고 소파에 앉으면서 리리엔을 향해서 제 앞자리를 눈짓했다.

"일단 편하게 앉지."

"네."

벨레로폰은 조금 물러나서 슬쩍 리리엔의 눈치를 살폈다. 리리엔은 로지안을 마주하고 있으면서도 전혀 긴장한 기색이 아니었다. 과연 레오디안의 혈육다운 모습이었다. 벨레로폰은 리리엔이 정말 대단하다 생각하게 되었다.

"그런데 저자는 누구지?"

"저분은 이 저택을 호위하는 기사예요."

"요즘에는 신전의 기사가 저택을 호위하기도 하나 보지?"

"……."

벨레로폰을 향해 있는 로지안의 시선이 날카로웠다. 리리엔은 로지안이 벨레로폰을 경계하고 있다는 사실을 금세 알아차렸다.

"그렇게 경계하실 필요 없어요. 벨레로폰은 레오디안의 측근이니까."

"대공의 측근이라……."

리리엔이 퍽 당돌하게 말했고, 그 모습을 보고 로지안은 순간 놀라 말문이 막혔다.

로지안은 리리엔 또래의 아이를 만나 본 적은 없지만, 황자를 앞에 두고 이렇듯 당돌하게 굴 수 있는 아이는 많지 않으리라는 것은 충분히 짐작할 수 있었다. 또 리리엔은 오랜 시간 동안 외진 마을에서 자란 아이라고는 믿을 수 없을 정도로 똘똘해 보였다.

"그래, 그렇다고 하니 마음을 놓아도 되겠군."

로지안이 새삼스러운 눈으로 리리엔을 바라보면서 말했다.

"내가 오늘 이곳을 찾아온 것은 다름이 아니라 대공에게 리리엔 너를 돌봐달라는 부탁을 받았기 때문이야."

"……레오디안이 저하에게 그런 부탁을 했다고요?"

"그래."

리리엔은 로지안의 말을 믿을 수가 없다는 듯이 살며시 미간을 찌푸렸다.

처음 봤을 때도 느낀 것이지만, 리리엔은 여전히 자신을 경계하고 있는 듯했다.

하기야 리리엔이 경계심을 보이는 것도 어찌 보면 당연했다. 얼마 전까지만 해도 로지안은 리리엔이 그토록 아끼는 엘시아에게 무례하게 굴지 않았는가.

황궁으로 엘시아를 불러들여 엘시아가 원하지 않는 결혼을 강요했고, 그리고 그 광경을 리리엔이 똑똑히 지켜보았다.

하지만 지금은 그때와 상황이 달라졌다. 로지안은 레오디안과 손을 잡은 만큼, 엘시아에게도 함부로 굴 생각이 추호도 없었다.

이러한 사정을 리리엔에게 어떻게 설명해야 하는 건지 로지안은 그저 막막할 따름이었다. 로지안이 나직이 한숨을 내쉬면서 입을 열었다.

"사실이야, 레이디 리리엔. 네 오라비는 내게 너를 부탁하고 떠났어. 나는 대공이 신성지로 돌아오기 전까지 너를 안전하게 보호해야만 해."

"그래서 시간을 내서 이곳을 방문하신 건가요?"

"그래. 그러니 부디 그런 눈으로 나를 바라보는 건 이제 그만둬 주겠어?"

"제가 어떤 눈으로 저하를 바라보고 있다는 말씀인지."

리리엔이 영문을 모르겠다는 듯 어깨를 가볍게 으쓱였다.

로지안의 입술 사이로 허탈한 웃음이 새어 나왔다. 천연덕스럽게 구는 리리엔의 모습에 저도 모르게 웃음이 터진 것이다.

로지안은 못 말리겠다는 듯이 고개를 절레절레 내저었다.

"그건 그렇고, 이 저택에 호위는 저 신전의 기사 단 한 명뿐인가?"

"아뇨."

리리엔은 현재 저택에 네댓 명의 기사가 상주하고 있다는 사실을 로지안에게 말해 주었다.

"그 정도로는 영 안심이 되지 않는데."

"제게 무슨 일이라도 생길 거라고 생각하고 계시나 봐요?"

"혹시 모르는 일이라고 생각하고 있지."

하일롭과 신황 두 사람은 모두 자비라고는 눈을 씻고 찾아봐도 찾아볼 수 없는 족속이었다.

그들이 레오디안을 상대하기 위해서 얼마든지 리리엔을 이용하고도 남으리라는 사실은 그리 오래 생각해 보지 않더라도 쉽게 예상할 수 있는 바였다.

만일 리리엔이 위험한 상황에 처하기라도 한다면 레오디안이 어떻게 돌변할지, 로지안은 눈을 감고도 선명하게 그려낼 수 있었다.

리리엔은 무슨 일이 있어도 안전해야 했다. 그러기 위해서는 리리엔을 안전한 곳으로 피신시켜 둘 필요가 있었다.

"그래서 말인데, 한 가지 제안하고 싶은 게 있어."

"그게 뭔가요?"

리리엔이 고개를 갸웃하면서 되물었다. 그 모습을 바라보면서 로지안은 잠시 말을 고르다가, 이내 이곳을 방문한 진짜 목적을 입 밖으로 꺼내놓았다.

"이곳에서 그다지 멀지 않은 곳에 내가 소유한 저택 한 채가 있는데."

로지안은 리리엔의 표정을 유심히 살피면서 말을 덧붙였다.

"리리엔 네가 당분간 그곳에서 지내는 편이 훨씬 안전할 것 같다는 생각이 들어."

리리엔은 예상치 못한 로지안의 말을 듣고 자못 당황한 눈치였다.

로지안은 리리엔이 생각해 볼 시간을 주기 위해 잠시 동안 침묵하고 있다가, 어느 정도 시간이 흐른 뒤에 조심스럽게 물었다.

"일단 내 생각은 그런데, 리리엔 네 생각은 어떠하지?"

"너무 갑작스러운 이야기네요."

"그렇겠지."

로지안은 이해한다는 듯 고개를 주억거렸다.

"하지만 동시에 일리가 있는 이야기라고 생각하지 않나?"

"……."

리리엔은 말문이 막힌 건지 입술을 꾹 다물었다.

꽤 한참 동안 그러고 있다가 돌연 고개를 옆으로 홱 돌리는 모습이 순순히 제안에 응할 것 같지가 않아 보였다.

그에 로지안이 리리엔을 설득해야 한다는 생각에 입을 연 순간이었다.

잠시간 침묵이 흐르던 방 안에 가벼운 노크 소리가 울려 퍼졌다. 로지안은 살며시 표정을 찌푸리고서 고개를 돌렸다.

"지금 문밖에 서 있는 자가 누구인지는 모르겠지만, 이야기가 길어질 것 같으니 방해하지 말라고 전하게."

로지안이 여태 조용히 자리를 지키고 있던 벨레로폰을 향해서 말했다. 갑작스럽게 자신에게 던져진 말을 듣고 순간 놀란 벨레로폰이 어깨를 크게 들썩였다.

"당장 나가서 말을 전하라는 소리 못 들었나?"

"……아, 예. 명 받들겠습니다."

벨레로폰이 어색한 표정으로 고개를 꾸벅 숙여 보이고는 곧장 몸을 돌려 응접실 밖으로 나갔다. 이윽고 문이 닫히는 소리가 방 안의 적막을 가르며 울려 퍼졌고, 로지안은 짧게 혀를 찼다.

그리고 다시 리리엔에게 시선을 돌렸을 때, 리리엔은 어느새 고개를 힘없이 아래로 떨어뜨린 채였다. 그 모습을 보고 로지안은 순간 리리엔이 우는 건가 싶었다.

그저 이곳보다 안전한 곳에서 지내는 게 어떠냐는 제안을 했을 뿐인데, 그 제안을 듣고 눈물까지 흘릴 일인가?

너무나도 당황스러웠지만 로지안은 일단 조심스러운 눈길로 리리엔을 살펴보면서 천천히 입을 열었다.

"……리리엔, 아쉽지만 우리에게 허락된 시간은 많지가 않아."

시간이 여유롭다면 리리엔을 충분히 달래면서 설득하겠지만, 그럴 수가 없는 상황이었다. 언제 신황이 신성지로 돌아올지 몰랐고, 또 언제 하일롭이 로지안의 계획을 눈치챌지 몰랐다.

그렇게 생각하니 절로 초조한 마음이 일었다. 로지안은 빠르게 말을 이어 붙였다.

"내 저택에서 지내는 편이 네게 훨씬 안전할 거야. 그곳의 호위 기사들은 황실 기사단 못지않게 실력이 출중해."

작은 저택이지만 경비는 철저했다. 이곳하고는 감히 비교조차 되지 않을 정도였다. 그리고 바로 그 점이 지금 로지안이 리리엔을 그곳으로 데려가려고 하는 이유였다.

"또 현재 그곳에는 테르만 백작 부인도 머무르고 있다. 그녀는 네 가정교사지 않았던가? 네가 그곳으로 간다면 그녀가 잘 돌봐줄 것이다."

로지안은 이쯤 되면 리리엔이 별 수 없이 납득하리라 생각했다. 하지만 돌연 고개를 든 리리엔의 표정은 로지안의 예상에서 크게 빗겨 나가 있었다.

"그분이 저나 엘시아와 그다지 썩 좋은 사이가 아니었다는 사실은 모르고 계시나 보네요."

"……뭐?"

로지안은 뜻밖의 사실에 당황을 금치 못했다.

에밀리아가 하일롭과 결탁해 레오디안의 저택에 장난질을 쳤다는 건 알고 있었다. 하지만 방금 리리엔의 입에서 나온 말은 로지안이 처음 듣는 이야기였다.

"저는 그분하고 같이 지내고 싶지 않아요."

"하아……."

예상치 못한 상황을 맞닥뜨린 로지안의 입에서 절로 한숨이 새어 나왔다.

그 저택을 리리엔이 머물 곳으로 점찍어 두었는데, 리리엔이 에밀리아를 꺼릴 줄은 꿈에도 몰랐다. 그렇다고 해서 에밀리아를 쫓아낼 수는 없는 노릇이었다. 로지안은 에밀리아에게도 그녀의 안전을 약속했다.

"……네가 안전하게 지낼 수 있을 만한 곳을 다시 생각해 보도록 하겠다. 그러면 내 제안을 받아들일 수 있겠나?"

"레오디안도 제가 안전한 곳에서 지내길 원하겠죠."

리리엔은 대답을 하는 대신 쓸쓸한 혼잣말을 중얼거렸다.

"그리고 엘시아도……."

금방이라도 울음을 터뜨릴 것만 같은 표정이었다. 그런 리리엔의 일그러진 낯을 보고 로지안은 말문이 턱 막혔다. 무슨 말을 해야 할지 알 수 없었다. 로지안은 절로 바싹바싹 마르는 입술을 축였다.

그때, 언제 대답을 망설이고 있었냐는 듯 리리엔이 고개를 끄덕였다.

"저하의 말씀대로 할게요."

"……어?"

"적당한 곳을 찾으시면 알려 주세요. 그리로 갈 테니까."

"그, 그래. 잘 생각했다."

로지안은 저도 모르게 대꾸를 하고 나서 얼떨떨한 표정을 지었다.

반면에 리리엔은 벌써 감정을 다스렸는지 무표정한 낯을 하고서 로지안을 직시하였다.

"하나 약속해 주세요."

리리엔이 흔들림 없는 목소리로 말했다.

"만약에 엘시아가 위험한 상황에 처한다면 반드시 저에게 알려 주겠다고."

어린아이가 할 법한 말은 아니었지만, 아까부터 리리엔이 어린아이답지 않다는 생각을 할 새는 없었다. 로지안은 리리엔의 기세에 눌려서 빠르게 고개를 끄덕거렸다.

* * *

정말이지 놀랍게도 벤체스를 비롯한 기사들은 신황의 성적 취향을 의심하고 있었다.

최근 기사들 사이에서 돌고 있는 소문이란 다름 아닌, 신황이 어린 남자아이를 성애의 대상으로 보고 있는 것이 아니냐는 소문이었다. 그것은 케일런이 감히 상상치도 못한 바였다. 하여 벤체스가 떨리는 목소리로 전한 말을 듣고 케일런은 당황을 금할 수가 없었다.

"케일런 경께서는 단 한 번도 이러한 의심을 품은 적이 없으십니까……?"

벤체스가 황망한 목소리로 물었다. 그에 케일런은 대답하지 않고 침묵하는 편을 선택했다.

케일런 역시도 신황에게 의심을 품고 있는 상황이었다.

이 마을은 물론이고 주변 마을에도 가난한 아이들은 차고 넘치는데, 그 아이들을 보고도 눈 한 번 꿈쩍하지 않던 신황이 어째서 하이드만은 거둔 것인지 전혀 이해할 수 없었다.

그러나 그게 다른 기사들이 짐작하는 이유이리라고는 생각하지 않았다. 아니, 정확하게 말하자면 부디 그런 이유가 아니기를 바랐다.

하지만 그러면서도 케일런은 마치 둔기로 뒤통수를 얻어맞기라도 한 사람처럼 큰 충격에 빠져서는 그 충격에서 쉽사리 헤어 나오지 못했다. 설마 하는 생각이 자꾸만 머릿속에 떠올랐다. 다른 기사들이 추측한 대로, 만약 신황이 정말 그런 목적으로 하이드를 제 곁에 두고자 한 것이라면…….

"케일런 경?"

불쑥 귓전을 파고든 목소리에 케일런은 혼자만의 상념에서 간신히 벗어났다.

"괜찮으십니까? 세상에, 이마에 식은땀이…….

"……괜찮습니다."

벤체스는 영 걱정스럽다는 듯한 눈빛으로 케일런의 안색을 살폈다.

케일런은 애서 아무렇지 않은 척 이마 위를 소매로 훔쳐냈다. 정말 벤체스의 말대로 소매에 식은땀이 한껏 묻어났다.

"일단 돌아가서 좀 쉬시는 게 어떠십니까? 안색이 영 좋지 않으십니다."

"저는 괜찮습니다. 그보다 경께 한 가지 부탁하고 싶은 것이 있습니다."

"그게 무엇인지요?"

벤체스가 순간 긴장한 표정으로 케일런을 올려다보았다.

"제가 그 아이와 단둘이 대화를 나누어 보려고 합니다."

"아, 그러면 정말 소문이 사실인지 아닌지 확인해 볼 수 있겠군요."

벤체스가 좋은 생각이라며 고개를 끄덕였다. 케일런은 잠시 그런 벤체스를 말없이 바라보다가 이내 조심스럽게 말문을 열었다.

"그런데 신황 성하께서 아이의 곁을 떠나지 않으셔서 제가 좀처럼 아이와 단둘이 대화를 나눌 기회가 생기지 않습니다."

"그렇군요…….

벤체스는 맥이 빠진 듯 허무한 기색이 한껏 서린 목소리로 되물었다.

"그러면 어떡해야 하지요?"

"경께서 저를 좀 도와주십시오."

케일런이 단호한 표정으로 말을 이었다.

"그러니까, 아주 잠시 동안이라도 경께서 신황 성하의 이목을 끌어주시기만

한다면 그 사이에 제가 아이와 이야기를 나누어 보겠습니다."

벤체스는 잠시 동안 고민을 하는 듯한 기색으로 침묵을 지키더니, 곧 결심을 한 듯 절도 있게 고개를 끄덕였다.

"예, 제가 신황 성하의 이목을 끌어 보겠습니다."

"흔쾌히 응해주셔서 감사합니다, 벤체스 경."

"아닙니다. 오히려 저는 이런 식으로밖에 도움을 드리지 못해 면목이 없는 걸요."

그러는 벤체스는 퍽 믿음직스러워 보였다. 케일런은 벤체스에게 다시 한번 감사 인사를 전했다. 어떻게든 진실이 무엇인지 확인하고 싶었는데, 뜻밖에도 진실을 확인해 볼 기회가 찾아왔다.

케일런은 그 기회를 손에서 허무하게 놓치고 싶지 않았다.

"때는 오늘 저녁 식사 시간이 좋겠습니다."

신황이 하이드를 홀로 두는 유일한 시간이 바로 식사 시간이었다. 케일런은 바로 그때를 노려야겠다고 판단했다. 그런 케일런의 말을 듣고 벤체스는 단 한순간도 고민하지 않고 냉큼 고개를 끄덕여 보였다.

"그럼 그때 제가 신황 성하께 잠시만 시간을 내어 달라고 청해 보도록 하겠습니다."

벤체스가 흔들림 없는 눈동자로 케일런을 직시하면서 말했다.

그 모습을 보고 케일런은 오늘에야말로 과연 진실이 무엇인지를 확인해볼 수 있을 것 같다 확신하였다.

* * *

이른 아침, 엘시아는 조금 긴장한 상태로 눈을 떴다.

잠에서 깨어나 의식이 선명해지기가 무섭게 어젯밤 레오디안이 했던, 자신과 함께 산책하자던 권유가 머릿속에 떠오른 탓이었다.

사실 레오디안과 산책을 함께하는 건 그다지 특별한 일이 아니었다. 엘시아는 로켄페데스 대공가에서 지내게 된 이후, 꽤나 자주 레오디안과 함께 정원을 거닐고는 했다.

그런데도 오늘은 어쩐지 좀 새삼스러운 기분이었다. 이곳이 낯선 장소이기 때문일까?

레오디안과의 산책이 기대되기도, 또 한편으로는 왠지 부끄러운 기분이 들었다. 그런 복합적인 감정을 곱씹으며 엘시아는 천천히 몸을 일으켰다. 그리고 어젯밤 의자 위에 걸쳐 둔 두꺼운 가운을 둘러 입고, 그 길로 곧바로 방 밖으로 나갔다.

그러자 밤새 엘시아의 방 앞을 지키고 서 있던 페이렌이 조금 당황한 기색으로 입을 열었다.

"아, 엘시아 님. 일찍 일어나셨군요. 잠시 뒤 식사 준비가 되면 깨워 드리려고 했는데……."

"좋은 아침이에요, 페이렌 씨."

횡설수설하는 페이렌을 향해서 엘시아는 그냥 가볍게 웃어 보였다. 그에 페이렌이 평정심을 되찾았다.

"예, 좋은 아침입니다."

"대공님은요?"

"대공 각하께서는 잠시 주변을 돌아보고 오겠다며 일찍이 외출하셨습니다. 아마 곧 돌아오실 겁니다."

페이렌의 대답을 듣고 엘시아는 레오디안이 제대로 잠을 자기는 한 건지 걱정스러워졌다. 지금도 꽤나 이른 시간인데 이보다 더 일찍 외출을 하였다니. 레오디안이 부지런한 사람인 건 진작부터 알고 있었지만, 그런데도 새삼스럽게 다시금 놀라게 되었다.

"아직 아침 식사가 미처 준비되지 않았는데, 식사가 준비되기 전까지 내려가서 함께 차라도 마실까요?"

"아, 그거 좋겠네요."

엘시아는 여전히 레오디안이 걱정스러웠지만, 그것을 내색하지 않으며 흔쾌히 고개를 끄덕여 보였다.

그러고 보면 그동안 페이렌과는 충분히 대화를 나눌 기회가 없었다. 신성지에서 머물기 시작한 이래로 페이렌이 레오디안만큼이나 바빴기 때문이었다.

엘시아는 이번 기회에 페이렌과 그간의 회포를 푸는 것도 좋겠다는 생각이 들었다.

"그럼 제가 안내하겠습니다."

"네."

엘시아가 선선히 대답하자 페이렌이 앞서 걸음을 옮겼다. 엘시아도 페이렌을 뒤따라 발걸음을 내디뎠다.

애초에 숙소는 그다지 크지 않았기에 따로 차를 마실 만한 공간이 마땅히 없었다. 하지만 페이렌은 용케 적당한 곳을 찾아내 안내했다. 숙소 뒤편에 자리한 고즈넉한 마당이었다.

마당에는 허름한 나무 테이블과 의자가 놓여 있었다. 페이렌은 엘시아에게 잠시 의자에 앉아서 기다려 달라는 말을 남기고 다시 숙소 건물 안으로 들어갔다. 차를 준비해 오려는 것이었다.

엘시아는 페이렌의 말대로 의자에 가만히 앉아서 천천히 주위를 둘러보았다.

이른 아침의 작은 마을은 일견 평화로워 보였다. 간간이 불어오는 바람 소리 외에는 아무런 소음도 들려오지 않고 고요했다.

싸늘한 겨울바람은 그 기세가 꽤나 매서웠지만 엘시아는 딱히 추위를 느끼지 않았다. 원체 체온이 낮기 때문일 터였다. 하지만 레오디안은 언제나 엘시아가 추위를 느끼지는 않을지 걱정하고는 했다.

그걸 떠올린 순간, 엘시아는 저도 모르게 조금 웃고 말았다.

"무슨 즐거운 일이라도 있으십니까?"

깊은 울림을 가진 낮은 목소리가 귓가를 파고들어 온 것은 바로 그때였다.

엘시아는 화들짝 놀라서 뒤를 돌아보았다. 그곳에 거짓말처럼 레오디안이 서 있었다.

"……언제 오셨어요?"

"방금 막 돌아온 길입니다."

레오디안이 대구하며 천천히 엘시아에게 가까이 다가왔다. 엘시아는 얼떨떨한 표정으로 레오디안을 바라보았다. 머릿속으로 레오디안을 생각하기가 무섭게 레오디안이 눈앞에 나타났다. 꼭 무슨 마법 같았다.

"날이 무척 찬데 이렇게 얇게 입고 나와 계셨습니까."

머지않아 가까이 다가온 레오디안이 꺼낸 말도 그러했다.

"언제부터 여기 나와 계셨습니까. 춥지는 않으십니까?"

엘시아가 생각하고 있던 것처럼 레오디안은 어김없이 엘시아가 추울까 봐 걱정스럽다는 듯이 물었다. 그에 엘시아는 순간 말을 잃고 아무런 대답도 하지 못했다. 그저 멍하니 레오디안을 올려다보기만 하였다.

레오디안은 그런 엘시아를 잠시 동안 주시하고 서 있다가, 이내 조용히 엘시아의 맞은편 자리에 앉았다.

아까까지만 해도 희미하게나마 미소를 띠고 있던 엘시아가 지금은 멍하게 입술을 벌리고 있었다. 마치 환상이라도 보고 있는 사람 같았다.

레오디안은 어쩐지 그런 엘시아가 조금 귀엽다는 생각이 들었다. 그래서인지 무심코 웃음이 샐 뻔했는데, 어쩐지 그러면 안 될 것 같아서 웃음을 목 안으로 삼켰다.

레오디안은 자못 즐거운 마음으로 엘시아의 모습을 관찰하듯 응시했다. 엘시아를 언제까지고 이렇게 가만히 바라보고만 있더라도 전혀 질리지 않을 것 같았다.

하지만 애석하게도 레오디안은 곧 엘시아에게서 시선을 떼어 낼 수밖에 없었다. 문득 숙소 건물 밖으로 나온 페이렌이 가까이 다가왔기 때문이었다.

페이렌은 갑자기 나타난 레오디안을 보고 순간 놀란 듯한 기색을 보였지만, 이내 아무렇지 않게 레오디안에게 꾸벅 인사를 했다. 그러고는 나무 트레이에 챙겨온 찻주전자와 찻잔을 테이블 위에 조심스럽게 올려놓았다.

"예상했던 것보다 조금 늦어지셨군요. 저는 엘시아 님과 함께 가볍게 차 한 잔을 하려는 참이었습니다."

페이렌이 의자를 끌어다 앉으며 자신의 몫으로 준비해 온 찻잔을 자연스럽게 레오디안에게 양보했다.

그에 엘시아가 놀란 눈으로 페이렌을 올려다보는데, 레오디안이 가볍게 고개를 저으며 입을 열었다.

"두 사람의 시간을 방해할 생각은 없다."

레오디안은 선선히 몸을 일으켰다. 페이렌이 미처 만류할 새도 없었다. 자리에서 일어난 레오디안이 겉옷을 벗어 엘시아의 어깨 위에 걸쳐 주었다. 엘시아의 어깨를 너끈히 덮고도 남을 정도로 커다랗고 두꺼운 외투였다.

"그럼 저는 안에서 기다리고 있겠습니다."

엘시아는 얼떨떨한 표정을 지으며 레오디안을 올려다보았다. 그러자 엘시아와 눈을 맞춘 채로 레오디안이 가볍게 눈매를 휘었다.

그렇게 완만한 곡선을 그린 눈매에는 다정함이 한껏 서려 있었다. 엘시아의 어깨에 덮인 레오디안의 외투에도 그 다정한 온기가 남아 있었다.

이윽고 레오디안이 몸을 돌려 숙소를 향해 걸음을 옮겼다. 엘시아는 그런 레오디안의 뒷모습에서 눈을 뗄 수가 없었다.

엘시아는 무심코 레오디안의 외투 자락을 꽉 움켜쥐었다. 레오디안은 숙소 안으로 들어간 지 오래였지만, 그의 체향만큼은 아직도 마냥 선명하게 남아서 엘시아의 온몸을 포근하게 감싸 안고 있었던 것이다.

* * *

로지안이 임모투스 신전으로 돌아왔을 때, 신전 정원에는 어울리지 않게 성대한 만찬이 차려져 있었다. 이 갑작스러운 만찬을 준비시킨 사람이 누구인지는 불 보듯이 뻔했다. 로지안은 하일롭이 정말 미친 게 아닐까 생각하며 걸음을 옮겼다.

그렇게 만찬이 한창인 정원 한복판을 향해서 가까이 다가가자, 거대한 테이블 상석에 당연하다는 듯이 자리하고 있는 하일롭의 모습이 시야에 선명하게 들어왔다. 하일롭은 로지안을 발견하고 반색하며 자리에서 일어나 로지안을 반겼다.

"오, 내 아우가 돌아왔구나."

하일롭은 로지안이 외출을 하였다는 사실을 알면서도 그 이유를 물을 생각은 전혀 없어 보였다. 그리고 그것이 오히려 로지안을 더욱 찜찜하게 만들었다. 하지만 로지안은 애써 아무렇지 않은 척 미소를 지으며 하일롭을 마주했다.

"형님, 그런데 이건 아침 식사치고는 조금 과한 것 아닙니까."

"아니, 과하다니? 무슨 소리인지 모르겠군. 황궁에서는 이 정도가 보통이 아니더냐."

하일롭은 사실과 전혀 다른 말을 내뱉으면서도 너무나도 태연했다.

황궁이라고 해서 매일 아침 식사를 이런 식으로 성대하게 차려 먹는 것은 아니었다. 그런데 어찌하여 하일롭은 구태여 거짓말로 대답을 한 것일까. 로지안은 새삼스럽게 주위를 둘러보았다.

상석에 앉아 있는 하일롭을 기준으로 양쪽에 황실 기사들과 신전의 신관들이 서로 마주 보고 앉아 있었다. 마치 편을 가른 듯한 자리 배치였다. 로지안은 곧 하일롭의 의중을 간파해 냈다. 하일롭은 아마도 이 만찬으로 말미암아 신관들의 기를 죽여 놓을 작정일 터였다.

"로지안, 너도 아직 아침 식사 전이겠지?"

하일롭이 자신의 바로 오른편에 앉아 있는 기사에게 눈짓을 하기가 무섭게 기사가 냉큼 자리에서 일어났다.

"어서 이리와 앉거라."

"아니, 저는 괜찮습니다."

"이리 와 앉으래도."

"……."

로지안은 순간 하일롭의 눈동자에 날카롭게 벼려진 이채가 서렸다가 사라지는 것을 목격했다. 지금 하일롭은 로지안에게 권유가 아닌 강요를 하고 있었다. 그 사실을 깨닫고 나자 로지안의 표정이 긴장으로 딱딱하게 굳었다.

안 그래도 미묘한 긴장감이 흐르고 있던 정원의 분위기가 얼음장처럼 차갑게 얼어붙어 버린 듯한 느낌이었다.

로지안은 꿀꺽 마른침을 삼키고는 이내 굳은 표정을 애써 갈무리했다. 그리고 일단 하일롭의 뜻을 따라 순순히 자리에 앉았다. 그러자 하일롭은 자신이 언제 날을 세웠냐는 듯 부드러운 미소를 지으며 빈 잔을 스푼으로 가볍게 두드렸다.

주위의 이목이 순식간에 하일롭에게 집중되었다. 모두가 하나같이 경직된 표정으로 시선을 던졌으나, 정작 그 시선들을 한 몸에 받고 선 하일롭은 보란 듯이 여유로운 미소를 지으며 입을 열었다.

"이렇게 갑작스럽게 마련한 만찬에도 흔쾌히 자리를 해 주다니 정말이지 기쁠 따름이오."

분위기가 무겁게 가라앉은 정원에 하일롭의 커다란 목소리가 쩌렁쩌렁 울려 퍼졌다.

"부디 모두가 즐거운 분위기 속에서 식사를 즐기다 돌아가길 바라오."

"예, 저하."

만찬의 시작을 알린 하일롭의 말에 반응을 한 것은 황실의 기사들뿐이었다.

기사들의 맞은편에 앉아 있는 신관들은 그저 서로 당황스러운 시선만을 교환하고 있었다. 그 모습을 분명 똑똑하게 보았는데도 하일롭은 딱히 그런 신관들의 태도를 지적하지 않았다.

하일롭은 조용히 자리에 앉아서 보란 듯이 포크를 들어 올리더니, 곧 태연하게 식사를 하기 시작했다. 로지안은 힐끔 하일롭의 눈치를 살피면서 스푼을 들었다. 이런 자리에서 무언가를 먹었다간 이후에 단단히 체하게 될 게 틀림없었다.

하지만 하일롭에게 적당히 어울려 줄 필요가 있기에 로지안은 아무렇지 않은 척 수프를 떠먹었다. 그러면서 이 자리에 나온 신관들의 면면을 남몰래 확인하다가, 머지않아서 한 가지 사실을 깨달을 수 있었다.

만찬에 초대된 건 오직 평신관들뿐이었다. 지금 이 자리에는 로지안이 안면이 있는 로아나와 욤펜을 비롯한 대신관들은 단 한 명도 없었다.

* * *

"정말 2황자 저하께서 내어 주는 저택에서 지낼 생각이십니까?"

"별수 없잖아."

리리엔이 대수롭지 않다는 듯이 대꾸했다.

"레오디안이 그 남자한테 나를 부탁하고 갔다는데."

자못 신랄한 구석이 있는 어투였다. 벨레로폰은 순간 말문이 턱 막혔다.

리리엔이 로지안을 신뢰하는 건 아닌 듯했는데, 그러면서도 리리엔은 로지안을 따라 나서겠다고 결정했다.

벨레로폰은 자신이 리리엔의 결정에 대해 왈가왈부할 권리가 없다고 주제 파악을 하고 있었지만, 쉽사리 걱정스러운 마음을 내려놓을 수가 없었다.

"그나저나 벨레로폰도 나랑 같이 갈 거지?"

"……예?"

상념에 빠져 있었던 탓에 리리엔의 말을 제대로 듣지 못했다. 벨레로폰이 어리둥절한 표정을 지으며 되묻자, 리리엔이 작게 한숨을 내쉬었다.

"아까부터 무슨 생각을 그렇게 해?"

"아니, 아닙니다……."

벨레로폰이 아무것도 아니라며 황급히 고개를 내저었다.

리리엔은 그런 벨레로폰을 굳이 추궁하지 않고, 조금 전에 했던 말을 선선히 반복해 말해 주었다.

"내가 거처를 옮기면 벨레로폰도 나를 따라서 갈 거냐고 물었어."

"아……."

벨레로폰은 잠시 고민했다. 레오디안이 벨레로폰에게 명한 바는 이곳 저택에서 리리엔의 곁을 지키라는 것이었다.

사실 벨레로폰은 오늘밤 리리엔이 잠들자마자 곧장 레오디안에게 사람을 보낼 생각이었다. 오늘 로지안이 찾아와서 리리엔에게 무슨 이야기를 했는지 전부 다 낱낱이 보고하기 위해서였다.

물론 레오디안이 현재 어디에서 머무르고 있는지 모르니, 전령이 레오디안에게 닿기까지 시간이 얼마나 걸릴지는 알 수 없는 일이었다.

하지만 로지안이 리리엔에게 무슨 이야기를 하는지 똑똑히 지켜보았는데, 이를 레오디안에 알리지 않고 그냥 넘길 수는 없었다.

만약에 레오디안이 로지안에게 리리엔의 안전을 부탁한 적이 없는데 로지안이 거짓말을 한 것이라면, 리리엔이 이곳을 떠나 로지안의 저택으로 가는 건 굉장히 위험했다.

거기까지 생각이 미쳤을 때, 벨레로폰은 단호하게 고개를 끄덕이며 대꾸했다.

"물론입니다, 리리엔 아가씨."

벨레로폰은 지금껏 대답을 망설이던 것이 무색할 정도로 빠르게 말을 이었다.

"저는 아가씨의 발걸음이 향하는 곳이라면 그곳이 어디든 반드시 따를 겁니다."

레오디안은 벨레로폰에게 그 어떤 상황에서도 리리엔을 안전하게 지킬 것을 명령했다. 그리고 벨레로폰은 어떻게 해서든 그 명령을 수행하기로 마음을 단단히 먹은 지 오래였다.

벨레로폰이 결연한 표정으로 리리엔을 바라보며 다시금 결심을 굳혔다. 그러자 리리엔은 그런 벨레로폰을 잠시 동안 말없이 바라보고 있다가, 이내 대수로울 것 없다는 듯한 가벼운 말투로 툭 한 마디를 내뱉었다.

"그럼 벨레로폰도 떠날 채비를 해."

그 이후 저택을 떠날 준비는 순조롭고도 빠르게 끝났다. 애초에 리리엔의 짐이 그다지 많지 않기도 했고, 노련한 집사 헤이온의 도움이 있었기 때문이기도 했다.

벨레로폰은 커다란 마차를 정비하는 기사들의 모습을 지켜보면서 연거푸 한숨을 내쉬었다.

리리엔은 너무나도 덤덤한 태도로 모든 상황을 받아들이고 있었지만, 벨레로폰은 그런 리리엔이 걱정스러워 견딜 수가 없었다. 그도 그럴 것이 리리엔은 아직 누군가의 보호가 필요한 어린아이였다. 하지만 어째 리리엔은 그 사실을 영 못마땅하게 여기는 눈치였다.

한사코 자신의 곁을 지키려는 벨레로폰의 등을 떠밀어 방 밖으로 내보낸 것만 보아도 그러했다.

"하아……."

이쯤 되니 벨레로폰은 레오디안이 조금 원망스러울 지경이었다.

레오디안이 어찌하여 이곳에 리리엔을 홀로 남겨 두고 갔는지는 충분히 이해했다. 하지만 그러면서도 리리엔을 꼭 두고 가야만 했을까, 다른 방법이 있지는 않았을까 하는 생각이 드는 것이다.

벨레로폰은 다시금 긴 한숨을 내쉬었다. 그러나 무언가 단단히 얹히기라도 한 것처럼 답답한 속은 결코 풀리지 않았다.

"여기서 무엇을 하고 계십니까, 경."

"아, 집사님."

벨레로폰은 조금 놀란 표정으로 고개를 돌렸다. 헤이온이 두어 걸음쯤 떨어진 곳에서 의아한 눈으로 벨레로폰을 바라보고 있었다. 손에 커다란 가방 하나를 든 채였다.

"그 가방은 뭔가요?"

"리리엔 아가씨께서 따로 부탁하신 겁니다."

헤이온은 리리엔의 침실로 향하던 길인 듯했다.

"아가씨께서 부탁하셨다고요?"

"예, 제게 책을 챙겨 갈 만한 가방을 준비해 줄 수 있느냐는 말씀을 하시더군요."

"아……."

벨레로폰은 리리엔이 책을 읽는 데 꽤 많은 시간을 할애한다는 사실을 떠올리고는 고개를 끄덕였다.

"아가씨께서 독서에 취미가 있으신 듯 보였습니다."

"예. 무언가 새로운 지식을 쌓는 걸 즐기시지요."

헤이온은 리리엔이 너무나도 기특하다는 듯 만면에 부드러운 미소를 띠웠다.

"그럼, 저는 이만 아가씨께 가 보도록 하겠습니다."

"아, 예. 어서 가 보십시오."

헤이온이 벨레로폰에게 가볍게 눈인사를 한 뒤에 곧장 몸을 돌렸다. 벨레로폰은 멀어지는 헤이온의 뒷모습을 잠자코 바라보고 서 있다가, 이내 정신을 차리고 다시금 창밖으로 시선을 두었다.

여전히 저택 밖에서는 기사들이 마차를 정비하는 데 열중하고 있었다. 그 모습을 조금 씁쓸한 표정으로 바라보던 벨레로폰은 잠시 뒤 천천히 등을 돌렸다.

머릿속에 문득 한 가지 생각이 스치고 지나갔다. 그러니까, 무릇 어린아이라면 달콤한 디저트 같은 단 음식을 좋아한다는 사실이 생각난 것이다. 맛있는 간식을 먹으면서 이야기를 나누다 보면 리리엔과 조금 더 친해지는 것도 영 요원한 일이 아닐 것이다.

벨레로폰은 식당으로 내려가서 적당한 간식이 있나 찾아볼 작정으로 서둘러 발걸음을 옮겼다.

그렇게 빠르게 계단을 내려온 벨레로폰이 곧장 식당으로 향하려던 순간이었다.

"……그래서 그 아이가 어떻게 되었는지는 아무도 모르는 건가?"

"내가 봤을 땐 대공 각하는 물론 엘시아 님까지 그 아이를 포기한 것 같았어."

"그러면 아무도 그 아이의 소식을 모르고 있는 것도 당연하군."

"뭐, 그렇지."

기사들이 지나가면서 흘린 이야기에 벨레로폰의 걸음이 우뚝 멈추었다.

그 아이라니, 누구를 말하는 것일까. 벨레로폰은 무언가 자신이 모르는 이야기가 있다는 사실을 직감했다. 그에 벨레로폰이 식당으로 향하던 발길을 돌려 기사들을 향해서 다가갔다. 그러자 그런 벨레로폰의 모습을 발견한 기사들이 순간 놀란 듯 눈을 크게 떴다.

"여기 계셨습니까?"

"그래, 그런데 방금 자네들이 하던 이야기 말인데……."

벨레로폰이 제 눈앞의 두 기사에게 차례로 시선을 주면서 물었다.

"그 아이라는 게 누구를 이야기하는 거지?"

"아……."

벨레로폰의 질문이 갑작스럽기는 했는지 기사들이 찰나 당황한 듯 서로 시선을 교환했다.

"얼마 전까지만 해도 이곳에 남자아이 하나가 살았는데, 경께서는 모르고 계셨나 보군요."

"……이곳에 남자아이가 살았다고?"

"예."

금시초문이었다. 그에 경악스럽게 일그러지는 표정을 미처 수습할 겨를도 없었다. 벨레로폰은 다급하게 입을 열었다.

"자세히 좀 얘기해 보게."

벨레로폰의 재촉에 기사들은 더욱 당황했지만, 용케도 침착하게 대꾸했다.

"그 남자아이는 대공 각하께서 제도에서 이곳으로 오실 때 함께 데리고 온 아이였습니다. 이름이 아마……."

"이름이 하이드라고 했던 것 같은데."

"맞아, 하이드. 하이드였습니다."

기사들이 친절하게 설명을 해 주기 시작하였으나 벨레로폰은 너무나도 혼란스러웠다. 그도 그럴 것이 레오디안이 남자아이를 가문에 들였다니, 꿈에도 상상하지 못한 상황이었다.

"하이드는 리리엔 아가씨와 무척 친밀해 보였습니다. 아가씨께서 하이드를 하루 종일 곁에 두고 함께 시간을 보내셨거든요."

"그래서 저희는 하이드가 리리엔 아가씨의 놀이 친구로 들어온 아이가 아닐까 하고 짐작을 하고 있었는데……."

기사들이 잠시 말없이 서로 시선을 교환하고 있다가, 기의 동시에 꿀꺽 마른침을 삼켰다. 그 모습을 보고 벨레로폰은 이어질 이야기가 결코 가벼운 이야기가 아니리라는 사실을 짐작할 수 있었다.

머지않아서 기사 한 명이 짐짓 심각해진 표정으로 입을 열었다. 곧 흘러나온 그의 목소리는 더할 나위 없이 진중했다.

"며칠 전에 하이드가 갑자기 사라졌습니다."

"……뭐?"

"말 그대로 갑자기 사라졌습니다. 그 어떤 흔적조차 남기지 않고 정말이지 감쪽같이 말입니다."

"……."

"……그런데 어떻게 된 일인지 대공 각하께서는 하이드를 찾으려는 시도조차 하지 않으시더군요."

놀라움의 연속이었다. 벨레로폰은 말문이 턱 막혀서는 제 눈앞의 기사를 멍하니 응시했다. 이게 대체 어떻게 된 일인지 마냥 혼란스러워서 도무지 정신을 똑바로 차릴 수가 없었다.

* * *

어젯밤 이야기를 한 대로, 엘시아는 아침 식사를 마친 뒤 레오디안과 함께 산책을 나섰다.

아마 숙소 주변을 가볍게 산책하지 않을까 했던 엘시아의 예상과 달리 레오디안은 숙소에서부터 꽤나 멀리 떨어진 곳으로 엘시아를 이끌었다. 인가와 상점이 모여 있는 마을의 중심지에서도 멀리 떨어져 있는 곳이었다.

레오디안은 자연스럽게 엘시아의 보폭에 맞추어 걷고 있었다. 걷다 보면 종종 서로의 손이 스칠 정도로 가까운 거리에서였다. 그리고 엘시아는 그 가까운 거리감이 무척이나 의식됐다. 이전까지는 이런 적이 없었는데, 왜인지 자꾸만 의식하게 되었다. 정작 레오디안은 너무나도 태연하게 앞을 보면서 걸음을 옮기고 있는데 말이다.

아까부터 엘시아는 저도 모르게 자꾸만 아래쪽을 흘끔거리고 있었다. 그러니까, 자신과 레오디안의 손이 스칠 때마다 흠칫 놀라서 그쪽을 쳐다보게 되었다.

방금도 엘시아는 찰나 제 손을 가볍게 스치고 지나간 레오디안의 손의 온기를 느끼고 놀란 참이었다.

엘시아는 꼭 믿을 수 없는 일이 눈앞에서 일어나는 걸 목격하기라도 한 사람처럼 놀란 눈으로 자신의 손을 내려다보았다.

그러자 바로 그때, 옆에서 나직한 목소리가 들려왔다.

"혹시 어디 불편한 곳이라도 있습니까?"

"……네?"

엘시아는 퍼뜩 정신을 차리고 고개를 들어올렸다.

조심스럽게 옆을 돌아보니 레오디안이 부드러운 시선을 보내오고 있었다. 엘시아가 조금 다급하게 고개를 저으면서 대꾸했다.

"불편한 곳 없어요."

"아까부터 자꾸 아래쪽을 내려다보는 것 같은데."

레오디안이 자못 걱정스럽다는 듯이 엘시아를 유심히 살폈다.

그런 레오디안의 푸른 눈동자를 마주하니 엘시아는 마치 나쁜 짓을 저지른 아이가 된 것만 같은 부끄러운 기분이 들었다.

사실 요즘 레오디안과 함께 있으면 종종 지금과 같은 기분이 들었다.

어딘가 수치를 닮은 구석이 있는 부끄러운 기분. 이러한 기분을 어떻게 다스려야 하는 건지 엘시아는 도무지 알 수가 없었다.

"아무것도 아니에요."

엘시아가 재차 고개를 흔들었다. 그러면서 슬쩍 레오디안을 올려다보았다.

레오디안은 연거푸 부정만 하는 엘시아의 말을 전혀 믿는 눈치가 아니었다. 그는 여전히 걱정스럽다는 듯이 엘시아를 바라보고 있었다.

"무리하게 어울려 주실 필요 없습니다. 아무래도 이만 돌아가는 것이……."

"아니에요."

레오디안은 순간 놀라 눈을 크게 떴다.

엘시아가 드물게 그의 말허리를 잘라 내며 말을 꺼낸 것도 놀라웠지만, 무엇보다도 놀라웠던 것은 따로 있었다.

엘시아가 다급하게 두 손을 뻗더니 레오디안의 손을 움켜잡은 것이다.

마치 레오디안이 이 산책을 끝내고 숙소로 돌아가기라도 할까 봐 두려움을 느끼는 사람처럼. 레오디안의 손을 움켜쥔 엘시아의 손에는 한껏 힘이 들어가 있었다.

레오디안은 엘시아의 박력에 놀란 동시에 당황했다.

그래서 말을 잃은 채로 멍하니 엘시아를 바라보기만 하는데, 그 시선을 받은 엘시아는 자신이 레오디안의 손을 잡고 있다는 사실을 뒤늦게 눈치챘다.

엘시아가 놀라 휘둥그레진 눈으로 레오디안의 손을 놓았다. 레오디안은 순식간에 자유로워진 자신의 손을 조금 아쉬운 마음으로 내려다보았다.

"그, 저는 정말 괜찮아요. 그냥……. 다른 생각을 좀 했을 뿐이에요."

엘시아가 금방이라도 꺼질 듯한 목소리로 말했다.

레오디안은 자신의 손을 멍하니 주시하고 있던 탓에 엘시아의 말에 조금 늦게 반응했다.

"다른 생각이라니."

천천히 고개를 든 레오디안의 표정에 엘시아를 향한 걱정스러운 기색이 서려 있었다.

"혹시 하이드가 걱정되어서 그러시는 겁니까?"

"아……."

사실 엘시아는 레오디안을 의식하느라 하이드에 관한 생각은 전혀 못하고 있었다. 하지만 레오디안에게 사실대로 대답을 하자니 부끄러워서, 엘시아는 어색한 표정으로 고개를 끄덕거렸다.

"네, 하이드가 걱정되어서요."

다행스럽게도 레오디안은 그런 엘시아를 의심스럽게 여기지는 않는 눈치였다.

다만 엘시아의 대답을 듣고 이전보다 한결 더 걱정스럽다는 듯한 기색으로 엘시아의 안색을 유심히 살펴볼 뿐이었다.

그 시선을 한 몸에 받고 선 엘시아는 레오디안에게 거짓말을 했다는 생각에 점차 얼굴이 홧홧해지는 느낌이었다. 그와 동시에 혹시라도 레오디안이 자신의 거짓말을 눈치채는 것은 아닐지 걱정스러운 마음도 들었다.

그러자 그런 엘시아의 심사를 꿈에도 모르는 레오디안이 부드러운 목소리로 엘시아를 다독였다.

"하이드는 괜찮을 겁니다."

엘시아는 죄책감이 들었다. 저도 모르게 고개를 푹 숙이자, 이번에는 레오디안이 먼저 엘시아의 손을 잡았다.

조금 전 엘시아가 다급한 마음에 레오디안의 손을 거칠게 잡았던 것과 다르게 지금 레오디안의 손길은 조심스러웠다. 엘시아가 뿌리치려고 마음만 먹는다면야 얼마든지 손쉽게 뿌리칠 수 있을 정도로 레오디안의 손에는 힘이 전혀 들어가 있지 않았다.

하지만 엘시아는 레오디안의 손을 뿌리치기는커녕, 오히려 조금 힘을 주어 그의 손을 맞잡았다.

그러면서 고개를 들자 레오디안의 수려한 낯 위로 희미하게나마 미소가 떠올라 있는 것이 한눈에 들어왔다.

"그럼 조금 더 걷겠습니까?"

"네."

엘시아는 찰나도 망설이지 않고 고개를 끄덕였다.

레오디안에게 고백을 들은 이후부터 그와 단둘이서 시간을 보내는 것이 조금 어색하고 부끄럽기는 했지만, 그게 또 영 싫지만은 않았다.

자신이 이러한 모순적인 마음도 품을 수 있는 사람이었다는 것을 엘시아는 요즘 들어 조금씩 깨닫고 있는 중이었다.

이윽고 레오디안이 다시 걸음을 옮겼다. 엘시아도 그를 따라서 발걸음을 내디뎠다.

조용한 분위기 속에서 산책을 하는 것도 좋지만 왜인지 엘시아는 레오디안에게 무슨 말이라도 해야 한다는 의무감 같은 걸 느꼈다. 그에 혼자서 꽤 한참을 고민하다가 잠시 뒤 적당한 화제를 찾아 낸 엘시아가 조심스럽게 입을 열었다.

"오늘 아침 일찍 마을 주변을 돌아보기 위해서 외출을 하셨다고 들었어요."

레오디안이 조금 속도를 늦추어 걸으면서 엘시아를 돌아보았다.

"예, 혹시라도 신황의 흔적을 찾을 수 있을까 하여 마을 외곽까지 둘러보았습니다."

"흔적은 찾아내셨나요?"

레오디안은 작게 한숨을 내쉬더니 가볍게 고개를 흔들었다.

"아무래도 이 마을 밖으로 나가서 수색을 해 봐야 할 것 같습니다."

"그럼 이따가는 다른 기사분들과 함께 마을 밖으로 나가시겠네요."

"예."

엘시아는 혹시라도 레오디안이 마을 밖을 돌아다니다가 무슨 변고를 당하는 건 아닐지 걱정스러웠다.

멀리 갈 것도 없이 불과 얼마 전에 이곳으로 오던 길에 마차가 반파된 일이 있었다. 그와 같은 일이 또다시 일어나지 않으리라는 법은 없었다.

하지만 그렇다고 해서 다른 마을로 향하는 것은 섣부른 짓이었다. 이 마을에서 신황의 흔적이 딱 끊긴 상황이었기 때문이었다. 게다가 엘시아는 이 마을에서 하이드의 기적을 읽었다. 하이드가 무사한지 확인하기 위해서 적어도 당분간은 이 마을에서 지내야 했다.

참 이러기도 저러기도 어려운 상황이라는 생각이 들었다. 엘시아는 조용히 한숨을 삼키고는 말했다.

"부디 조심하세요."

"그러겠습니다."

엘시아가 온 마음을 다해 건넨 짤막한 말에 레오디안은 선선히 고개를 끄덕이며 대답했다. 그런 그의 입가에 맺혀 있는 완만한 곡선을 보고, 엘시아는 지금 이 순간 이대로 시간이 멈췄으면 좋겠다는 그런 허무맹랑한 생각을 했다.

그러면 어떤 두려운 일도 더 이상은 일어나지 않을 테니까.

* * *

예상대로 만찬은 끔찍한 분위기 속에서 끝이 났다.

아침부터 그런 분위기를 견디면서 억지로 식사를 한 탓에 속이 더부룩해진 것은 물론이었다. 무엇보다도 한껏 젠체하며 보란 듯이 거들먹거리던 하일롭의 웃는 낯짝이 계속해서 머릿속에 떠올라 괴로웠다.

로지안은 마치 오물을 뒤집어쓰기라도 한 사람처럼 한껏 더러워진 기분으로 침실로 향했다.

그러던 중 복도에 우두커니 서 있던 낯익은 인영을 발견했다. 로지안이 걸음을 멈추자, 그 인영이 가까이 다가왔다. 일전에 로지안이 신전 내 모든 포탈을 구동하는 데 도움을 받았던 대신관, 욤펜이었다.

"혹시 나를 기다리고 있었던 건가?"

"예, 저하."

로지안은 뜻밖의 만남에 의아한 기색을 감추지 않았다.

"내게 무슨 볼일이라도?"

"그것이……."

욤펜은 주위를 의식한 듯 불안한 표정으로 힐끔 주변을 둘러보고서 간신히 대꾸했다.

"저하와 긴히 상의를 하고 싶은 것이 있습니다."

"그래?"

로지안은 여전히 의아한 마음을 감출 수 없었지만 일단 욤펜을 방으로 데리고 가자고 결정했다.

"그렇다면 그건 이런 곳에서 나눌 만한 이야기는 아니겠군. 내 방으로 가지."

"……예."

욤펜은 로지안을 따라서 그의 방으로 향하면서도 연신 불안한 듯 주변을 둘러보는 행동을 멈추지 않았다. 로지안은 그러한 욤펜이 내심 신경에 거슬렸지만 욤펜의 태도를 군이 지적하지는 않았다.

전에 로아나를 통해 소개를 받아 욤펜을 처음 보았을 때도 로지안은 욤펜이 무척 심약해 보인다는 생각을 했었다. 그리고 그 생각은 아무래도 썩 틀린 것이 아닌 모양이었다. 로지안은 대체 어떻게 이토록 심약한 작자가 자그마치 대신관 씩이나 될 수 있었던 건지 의문이 들었다.

하지만 그 의문 역시도 로지안은 군이 입 밖으로 내어놓지는 않았다. 그저 조용히 방 안으로 따라 들어온 욤펜에게 자리를 권했다.

"뭐, 차라도 내어 와야 되는 건가?"

"아, 아닙니다."

욤펜이 소스라치게 놀란 표정으로 고개를 저었다.

그 모습을 보고 작게 혀를 찬 로지안은 욤펜의 맞은편 자리에 편히 등을 기대고 앉았다. 그리고 팔짱을 끼고 욤펜을 가만히 응시하는데, 욤펜의 이마 위로 송글송글 식은땀이 맺혀 있는 것이 새삼스럽게 눈에 들어왔다.

"혹시 어디 불편한 곳이라도 있나?"

"아닙니다."

이번에도 욤펜은 과할 정도로 거칠게 고개를 가로저었다.

"그, 걱정해 주셔서 감사합니다."

딱히 걱정한 것은 아니었지만, 로지안은 그냥 조용히 고개를 끄덕이고는 말았다.

"그래서 내게 상의하고 싶다는 건 무엇이지?"

"……제 이야기가 너무 갑작스러우실 수도 있지만."

"괜찮으니까 편하게 말해 보게."

"……"

로지안이 친히 판을 깔아 주기까지 했지만 욤펜은 차마 입이 떨어지지 않는다는 듯 입술을 꾹 맞물었다.

그 모습을 잠자코 지켜보고 있자니, 로지안은 슬슬 진저리가 났다.

애초부터 로지안은 그다지 인내가 길지 못한 성격이었다. 태어나기를 고귀하게 태어난지라 아주 어릴 적부터 무언가를 참아야 할 필요가 없었다. 그런데 지금 이 순간, 지금껏 배울 필요가 없었던, 인내하는 방법을 배우고 있는 것만 같은 기분이 들었다.

그 정도로 현재 로지안은 좀처럼 말문을 열지 못하고 계속해서 망설이기만 하는 욤펜을 참아 주기가 힘들었다.

"괜찮으니 말해 보래도."

결국 로지안이 참다못해 재차 욤펜을 재촉했다. 그제야 여태 꾹 맞물려 있던 욤펜의 입술이 천천히 벌어져 틈을 냈다.

"……그 전에 한 가지 물어보고 싶은 것이 있습니다."

"그게 무엇이지?"

"1황자 저하가 신전을 점거한 것은, 신황 성하를 끌어내리기 위함입니까?"

"예리하군."

로지안은 진심으로 감탄했다.

그도 그럴 것이 하일롭이 신전을 점거하고 있는 현 상황을 두고 황실이 드디어 신전을 억압하려는 것이라 예측하는 사람은 있었어도, 황실이 신황을 끌어내릴 속셈이라는 것을 간파해 낸 사람은 없었다.

"그래, 내 형님께서는 신황을 축출해 내고자 하신다."

"역시, 그렇군요……."

욤펜의 낯 위로 짙은 어둠이 내려앉았다.

그렇게 순식간에 어두워진 욤펜의 얼굴을 로지안은 똑똑히 보았으나, 그것을 모르는 척 자연스럽게 시선을 돌렸다. 욤펜이 어째서 심각해졌는지는 충분히 짐작이 갔지만 로지안은 욤펜을 살살 달래 줄 생각은 추호도 없었던 것이다.

그에 로지안이 별 의미도 생각도 없이 창밖을 바라보고 있는데, 어느 순간 옆에서 딱딱하게 경직된 목소리가 들려왔다.

"신황 성하께서는 이곳 신전에서 끔찍한 실험을 주도하셨습니다."

로지안이 천천히 고개를 돌려 욤펜을 바라보았다. 그러자 마른침을 꿀꺽 삼킨 욤펜이 굳은 표정으로 말을 덧붙였다.

"그리고 저는 그 실험에 가담한 대신관 중 한 명입니다."

로지안은 자신이 그 실험에 관해서 이미 알고 있다는 사실을 욤펜에게 말해야 할지, 아니면 그냥 입을 다물고 있어야 할지를 잠시 고민했다.

욤펜이 왜 이제 와서 이러한 이야기를 꺼내는 건지 모를 일이었다.

로지안은 욤펜의 의중이 무엇인지 전혀 파악할 수가 없었다. 그저 욤펜이 의심스러워질 뿐이었다. 지금 욤펜이 무언가 목적을 가지고 자신을 떠보려는 것은 아닐까 하는 생각이 계속해서 머릿속을 어지럽혔다.

로지안은 괜스레 입가를 매만지며 욤펜을 주시하다가, 곧 느릿하게 고개를 옆으로 기울이면서 되물었다. 그는 일단 아무것도 모르는 척 시치미를 떼면서 욤펜의 저의가 무엇인지 천천히 파악을 해 볼 작정이었다.

"……끔찍한 실험?"

"불온한 존재들……. 그러니까, 괴물들을 상대로 한 실험입니다."

다행스럽게도 욤펜은 로지안이 무언가를 알고 있을지도 모른다는 의심은 전혀 하지 않는 눈치였다.

정말이지 참담하다는 듯이 표정을 와락 일그러뜨린 욤펜은 곧 로지안에게 자세한 사정을 설명해주기 시작했다.

"최초의 실험은 지금으로부터 이 년 전쯤이었습니다. 실험체는 왜소한 여성이었고……."

평범한 인간이었더라면 진작 숨을 거두었을 정도의 치명상을 입은 상태였지만 그녀는 피를 철철 흘리면서도 살아 있었다.

그녀는 고통에 몸부림치며 신음했고, 대신관들은 그런 그녀의 몸 곳곳을 해부하고 신성력으로 치료하기를 수없이 반복했다. 그리고 신황은 모든 과정을 한 걸음 떨어진 곳에서 조용히 지켜보았다.

그 참혹한 광경이 마치 어제 본 것처럼 마냥 선명했다. 아무리 잊으려고 노력해도 욤펜은 그 광경을 결코 잊을 수가 없었다.

"그들에게도 성별이 있나 보군."

"예, 그들은……. 인간과 똑같습니다. 인간과 같이 성별을 가지고 있고……."

로지안에게 대구하는 욤펜의 목소리는 볼품없이 떨리고 있었다.

"……상처가 나면 피를 흘립니다. 아파합니다."

욤펜이 힘없이 고개를 푹 숙였다. 그런 욤펜을 직시하면서 로지안은 아무것도 모르는 척 되물었다.

"아니, 그들도 인간처럼 피를 흘린단 말인가?"

"예, 비록 푸른빛을 띠기는 하지만……. 그들도 인간처럼 피를 흘립니다."

"음."

현재 괴물이라 일컬어지는 기괴한 존재가 제국을 쑥대밭으로 만들고는 있으나, 사실 그들의 존재는 로지안의 안중에 없었다. 다만 그들을 이용해 권력을 휘어잡으려는 황실이나 신전의 세력 싸움에 관심이 있을 뿐이었다.

하지만 그런 로지안과 다르게 욤펜은 그들에게 신경을 쓰고 있었다. 그들을 진심으로 가엾게 여기고 있었다. 대신관 자리를 거저 얻은 것은 아닌 모양이지. 로지안은 새삼스러운 눈으로 욤펜을 유심히 쳐다보았다.

"……저하는 멀리서라도 그들을 직접 보신 적이 있습니까?"

그때, 욤펜이 예상치 못한 질문을 했다.

로지안은 순간 저도 모르게 허를 찔린 표정을 짓고 말았으나, 이윽고 대수롭지 않은 척 욤펜을 바라보며 고개를 저었다.

"애석하게도 내게는 그들을 볼 기회가 없었네."

"역시, 그렇겠지요……."

힘없이 미소를 지은 욤펜이 혼잣말처럼 중얼거렸다. 그 모습을 보고 로지안은 마음이 조금 불편해졌다.

욤펜은 꿈에도 모르고 있겠지만, 로지안은 욤펜이 예상하는 것보다 훨씬 더 많은 것을 알고 있었다. 괴물에 관한 것은 물론이고 현재 정세가 어찌 돌아가고 있는지도 로지안은 아주 잘 알고 있었다. 심지어 욤펜이 전혀 모르는 사실까지도 말이다.

괴물을 상대로 실험을 한 사람은 신황뿐만이 아니었다. 하일롭과 아이작 역시도 생포한 괴물을 대상으로 여러 가지 실험을 자행했다. 하지만 그 사실을 알리 없는 욤펜은 자신이 끔찍한 실험에 가담했다는 것에 지독한 죄책감을 느끼고 거기에서 헤어 나오지 못하고 있었다.

"……그들은 정말 인간과 다를 바가 없습니다. 그들을 직접 보시면 지금 제말이 무슨 말인지 이해하실 겁니다."

욤펜의 목소리는 한결같이 엉망으로 떨리고 있었다. 그럼에도 그는 용케 말을 이었다.

"그들이 조금 강한 육신을 지니고 있다는 점을 제외한다면……."

"글쎄."

로지안이 고개를 저으며 욤펜의 말을 잘랐다. 그는 여태 가만히 욤펜의 이야기를 들어 주었으나, 이쯤 되니 슬슬 한계가 왔다.

"그들은 식인을 하지."

로지안은 욤펜이 간과하고 있는 한 가지 중요한 사실을 지적했다.

"바로 그 점이 그들과 인간을 구분 짓는 차이점이야."

"인간도 식인의 역사를 가지고 있지 않습니까."

그런데 뜻밖에도 욤펜이 단호한 표정으로 로지안의 말을 반박하고 나섰다.

"아니, 설령 그렇지 않다고 해도 인간이 그들을 억압할 권리는 없습니다."

"……그래서 대신관 그대가 지금 내게 하고 싶은 말이 무엇이지?"

로지안이 딱딱하게 굳은 표정으로 물었다.

"나더러 그들을 억압하지 말아 달라고 부탁하려는 건가?"

"아니, 아닙니다. 저는…….."

"그대는?"

"저는 증언을 하고 싶습니다."

증언이라니? 예상치 못한 말에 로지안의 말문이 막혔다.

"재판이 열리면 신황 성하께서 저지른 악행을 제가 전부 증언하겠습니다."

이어진 욤펜의 말을 듣고 로지안은 그제야 욤펜이 무슨 이야기를 하고 있는 건지를 알아차렸다.

황제와 하일롭은 신황을 강제로 끌어내릴 계획을 세우고 있었다. 하지만 그 사실을 모르는 욤펜은 황실이 신황을 재판을 통해 신황의 자리를 박탈할 것이라 예상하고 있는 듯했다.

하지만 현실은 달랐다. 재판이 열리는 일은 없을 것이다.

"저는 이 말씀을 드리려고 저하를 찾아온 겁니다."

"……그래, 그렇군."

로지안은 잠시 천장을 올려다보며 생각을 정리했다. 그동안 욤펜은 조용히 로지안의 대답을 기다렸다.

이윽고 천천히 시선을 내린 로지안이 욤펜을 직시했다. 욤펜은 여전히 마냥 심약해 보였다.

무언가 큰일을 맡기기에는 담이 부족한 사내였다.

'하지만……'

눈앞의 심약한 사내는 대신관이었다. 잘만 이용한다면 앞으로 그의 계획에 도움이 될 수도 있다. 로지안은 손가락으로 천천히 팔걸이를 툭 두드리기를 반복했다. 그리고 잠시 뒤 결단을 내렸다.

"현재 이 요헴에 대신관이 총 몇 명이나 되지?"

"저를 포함하여 열두 명입니다."

"그중 신실하게 신황을 받드는 자는 몇 명이지?"

"열 명입니다."

욤펜이 망설임 없이 대답했다. 로지안은 그런 욤펜을 유심히 바라보다가 물었다.

"그 수는 그대를 셈하지 않은 수인가?"

"……예."

"그렇군."

일개 평신관조차 신황을 맹목적으로 떠받들었다. 평신관을 교육하는 대신관은 말할 것도 없었다.

신황을 향한 대신관의 믿음은 무조건적이었다. 그러니만큼 대신관을 매수하는 건 불가능에 가까웠다. 하지만 지금 로지안의 눈앞에는 굳이 그가 구슬리지 않더라도 매수를 할 수 있을 것 같은 대신관이 앉아 있었다.

"그래, 그렇다면 훗날 그대가 재판에서 증언을 할 수 있도록 내가 힘을 써 보겠다."

"감사합니다, 저하."

욤펜이 정중하게 고개를 숙여 보였다.

"이제 보니 그대는 참으로 신실한 신도로군. 다른 신도들의 본보기가 되어 마땅하다는 생각이 들어."

"……과찬이십니다."

"아냐, 내가 보고 느낀 그대로 말한 것이니 겸양은 접어 두게."

"……."

욤펜이 몸 둘 바를 모르겠다는 듯 로지안의 시선을 피했다. 로지안은 부드러운 미소를 지으며 말했다.

"그래서 그대를 한번 믿어 봐도 괜찮을 것 같다는 생각이 들어."

"예? 그 말씀은……."

"그대에게 한 가지 부탁할 것이 있다."

로지안이 단호한 목소리로 말하자 욤펜이 당황스러운 기색을 감추지 못했다. 멍하니 자신을 바라보는 욤펜을 향해서 로지안은 찰나도 주저하지 않고 말을 던졌다.

"그대가 다른 대신관들을 설득해 주게."

욤펜의 낯빛이 새하얗게 질렸다.

* * *

엘시아와 레오디안이 숙소로 돌아왔을 때는, 페이렌을 필두로 한 기사들이 외출할 준비를 모두 끝마쳐 둔 뒤였다.

"오셨습니까."

"준비는 끝난 듯하군."

"예, 모두가 준비를 마치고 각하를 기다리고 있었습니다."

"수고했다."

페이렌이 꾸벅 고개를 숙이자 레오디안이 그런 페이렌의 어깨를 가볍게 두드려 주었다.

"오늘 하루 엘시아 님을 잘 모시도록."

"예, 각하."

페이렌이 곧장 대답했다. 그 믿음직스러운 모습을 보고 레오디안은 조금이나마 마음을 놓을 수 있었다.

하지만 엘시아를 향한 걱정을 완전히 접을 수는 없었다. 엘시아를 향해서 몸을 돌린 레오디안이 단단히 당부했다.

"해가 지기 전에는 반드시 마을로 돌아오셔야 합니다."

"네."

엘시아가 순순히 고개를 끄덕이고선 물었다.

"대공님도 그쯤 돌아오실 건가요?"

"물론입니다."

신황과 하이드를 찾는 것도 물론 중요하지만 레오디안에게 있어서 가장 중요한 것은 바로 엘시아를 안전하게 보호하는 일이었다.

"부디 조심하셔야 합니다."

"네, 그럴게요. 대공님도 조심하셔야 해요."

가볍게 미소를 지은 레오디안이 주저 없이 고개를 끄덕였다. 그리고 한동안 조용히 엘시아와 눈을 맞추고 있다가, 이내 천천히 몸을 돌렸다.

그렇게 기사단에 합류하는 레오디안의 뒷모습을 엘시아는 자못 걱정스러운 눈으로 바라보았다.

"그럼 저희도 이만 출발하지요, 엘시아 님."

"네."

엘시아는 페이렌과 함께 걸음을 옮기면서도 연신 뒤를 돌아보았다. 그러지 않으려고 해도 레오디안이 걱정되어 어쩔 수가 없었다.

"대공 각하는 걱정하지 마십시오. 누구보다도 강하신 분이 아닙니까. 그보다, 하이드에 관해서 하나 물어보고 싶은 것이 있습니다."

페이렌은 그런 엘시아를 진작 눈치채고 있었다. 그래서 하이드의 이야기를 꺼내 엘시아의 시선을 돌렸다.

예상대로 엘시아는 하이드가 거론되자 레오디안을 돌아보는 걸 멈추고 페이렌에게 눈길을 고정했다. 페이렌은 잠시 동안 엘시아를 가만히 바라보기만 하다가, 조금 시간이 흐른 뒤에야 천천히 말문을 열었다.

"하이드는 정말 자신의 의지로 저택을 떠난 건가요?"

"……네."

엘시아가 저도 모르게 쓸쓸한 표정을 지으며 고개를 끄덕였다.

하이드가 아무런 흔적도 남기지 않고 홀연히 사라질 수 있었던 건, 하이드가 그러길 바랐기 때문임이 틀림없었다. 하이드는 평범한 아이가 아니었다. 어쩌면 엘시아보다 훨씬 더 강한 힘을 지니고 있을지도 모르는 아이였다.

"그럼 엘시아 님은 하이드를 다시 데리고 올 계획인 겁니까?"

"……음, 일단은 하이드가 안전한지부터 확인하고 싶어요."

사실 엘시아는 하이드를 찾아서 데려와야겠다는 생각은 하지 않았다. 그러기를 하이드가 원하지 않는다면 굳이 강요하고 싶지 않았기 때문이었다. 다만 하이드가 그다지 안전하지 않은 상황에 놓여 있다면 하이드에게 함께 돌아가자고 설득해 볼 생각은 있었다.

"다른 건 그 다음에 생각해 보려고 해요."

"그렇군요."

가볍게 고개를 끄덕인 페이렌이 힐끔 뒤를 돌아보았다. 어느덧 레오디안과 기사들이 숙소 밖으로 나서고 있는 모습이 보였다.

"마을을 떠나기 전에 따로 준비할 것은 없습니까?"

"네, 저는 그냥 이대로 출발하면 돼요."

"그럼 저희도 이만 출발하지요. 해가 저물기 전에 돌아오려면 발걸음을 서두르는 편이 좋을 것 같습니다."

"네."

페이렌은 길을 나서기 전 마지막으로 허리춤에 찬 검의 상태를 확인했다.

그 모습을 가만히 지켜보던 엘시아는 머지않아서 페이렌이 고개를 들자, 손을 들어 방향을 가리켜 보였다.

"저쪽이에요."

하이드의 기적이 희미하게나마 느껴지는 방향이었다.

* * *

케일런은 혹시라도 신황이 무언가 이상한 낌새를 눈치챌지도 모른다고 걱정했느데, 정말이지 다행스럽게도 그런 일은 일어나지 않았다.

계획대로 벤체스는 신황의 시선을 끄는 데 성공했다. 신황이 벤체스와 함께 숙소 밖으로 나가는 모습을 확인하자마자 케일런은 서둘러 위층으로 향했다.

벤체스가 얼마나 오랜 시간 동안 신황의 발을 묶어 둘 수 있을지 알 수 없었다. 케일런은 최대한 빠른 시간 안에 하이드에게서 진실을 확인해야만 했다.

굳게 닫힌 문 앞에 서서 케일런은 잠시 심호흡을 하여 거칠어진 숨을 가다듬었다. 그리고 저도 모르게 긴장한 표정으로 문을 두드렸다. 하지만 방 안에서는 아무런 소리도 들려오지 않았다. 잠시 기다려 보았으나 역시 마찬가지였다.

케일런에게는 허락된 시간은 그다지 길지 않았다. 때문에 다급해진 케일런은 조금 조급한 손길로 재차 문을 두드렸다.

그러나 이번에도 방 안에서는 어떠한 소리도 새어 나오지 않았다. 결국 케일런은 허락 없이 문을 벌컥 열어젖힐 수밖에 없었다.

혹시 아이에게 무슨 일이라도 생긴 건가 하는 생각에 불안한 눈으로 방 안을 빠르게 살펴보았는데, 생각과 달리 아이는 얌전히 침대 위에 앉아 있었다. 아이는 꼭 넋이 나가기라도 한 것처럼 멍한 표정을 짓고 있었다.

곧 케일런은 자신이 아이를 처음 보았을 때에도 아이가 지금과 똑같은 표정을 하고 있었다는 걸 상기해 냈다.

"……잠시 실례해도 되겠니?"

케일런이 하이드를 향해서 다가가면서 조심스럽게 물었다.

그제야 케일런의 존재를 인지한 듯 하이드가 천천히 고개를 돌려 케일런을 바라보았다. 그렇게 하이드와 눈이 마주치자 순간 케일런은 온몸에 소름이 끼치는 듯한 느낌에 우뚝 발걸음을 멈추었다.

하이드의 붉은 눈동자는 텅 비어 있는 것처럼 보였다. 마치 아무런 감정을 느끼지 못하는 인형의 눈동자 같았다. 그래서인지 하이드의 눈을 똑바로 바라보기가 꺼려졌다. 오싹한 느낌이 좀처럼 가시지를 않았다.

마음 같아서는 당장이라도 이 방을 나가고 싶었다. 하지만 케일런에게는 반드시 해야만 하는 일이 있었다.

이윽고 짧게 심호흡을 한 케일런이 애써 아무렇지 않은 척 하이드를 바라보면서 물었다.

"혹시 나를 기억하니?"

하이드는 케일런을 멍하니 바라보기만 할 뿐, 아무런 대답을 하지 않았다.

"우리 전에 한 번 본 적이 있는데, 내가 기억나지 않는 거니?"

케일런이 재차 물었으나 하이드의 굳게 다물린 입술은 결코 열릴 기미조차 보이지 않았다. 그에 케일런은 일단 하이드의 경계심부터 풀어야겠다고 판단했다. 그러지 않으면 하이드가 순순히 대답해 줄 것 같지가 않았기 때문이었다.

케일런은 하이드의 안색을 면밀히 살피면서 조심스럽게 하이드에게 더욱 가까이 다가갔다. 그리고 하이드의 앞에 한쪽 무릎을 꿇고 앉았다. 하이드와 눈높이를 맞춘 채로 대화하기 위해서였다.

"내가 갑자기 찾아와서 놀랐으리라는 건 알고 있어."

케일런이 최대한 다정한 목소리를 내면서 말했다.

"하지만 네게 반드시 물어봐야만 하는 것이 있어서 나도 어쩔 수가 없었단다."

하지만 케일런의 노력이 무색하게도 하이드는 한결같이 아무런 반응이 없었다.

"하이드, 혹시 내 말이 들리지 않는 거니?"

케일런은 답답한 마음에 한숨을 푹 내쉬었다.

언제 신황이 방으로 돌아올지 모르는 상황인데, 하이드는 좀처럼 협조적이지 않았다.

"하이드."

케일런의 목소리가 간절해졌다.

"지금부터 내가 묻는 말에 대답을 해 주었으면 좋겠구나. 솔직하게 말이야."

케일런은 혀를 내어 버석 마른 입술을 축이면서 하이드의 반응을 유심히 살폈다.

"혹시 너를 이곳으로 데리고 온 남자가 너를 괴롭힌 적이 있니?"

순간 하이드의 눈동자에 이채가 서렸다. 그리고 그 찰나의 반응을 케일런은 결코 놓치지 않았다.

"응? 그 남자가 너를 아프게 만든 일이 있었어?"

"……리리엔."

하이드의 입술이 느릿하게 벌어지더니 그 사이로 잔뜩 갈라진 볼품없는 목소리가 새어 나왔다. 그리고 그것을 시작으로 하이드는 계속해서 '리리엔'이라는 단어를 반복하여 말했다.

"리리엔."

그러는 하이드는 여태까지 입을 꾹 다물고 있었던 모습이 무색하게 느껴질 정도였다.

케일런은 마치 갑작스럽게 뒤통수를 세게 얻어맞기라도 한 사람처럼 큰 충격에 빠져 멍하니 입을 벌렸다.

"……너 지금 설마 로켄페데스 가문의 레이디 리리엔을 말하고 있는 거니?"

케일런이 도무지 믿어지지 않는다는 듯 물었다.

"네가 로켄페데스 영애를 어떻게 알고 있는 거지?"

"위험해."

"……뭐?"

"위험해."

이번에도 하이드는 동문서답을 했다. 하지만 어째선지 케일런은 그 대답을 그냥 무시할 수가 없었다.

"그게 갑자기 무슨 소리니."

"리리엔."

"……."

"위험해."

리리엔, 그리고 위험해. 두 단어를 계속해서 반복해 말하던 하이드가 돌연 자리에서 일어나면서 소리쳤다.

"위험해!"

하이드의 눈동자에 핏발이 서 있었다.

그 새빨간 눈동자를 마주한 순간, 케일런은 하이드가 아까부터 무슨 소리를 하고 있는 건지를 벼락같이 깨달았다.

리리엔이 위험하다.

그 말을 케일런에게 전하기 위해서 하이드는 안간힘을 쓰고 있었던 것이다.

그 사실을 깨닫고 나자, 혹시나 하는 마음에 두려움이 엄습했다. 케일런은 가까스로 떨리는 입술을 열었다.

"네가 말하는 리리엔이 로켄페데스 가문의 레이디 리리엔이라면……."

그런데 바로 그 순간, 돌연 문이 벌컥 열리는 소리가 들려왔다.

뻣뻣하게 굳어 돌아가지 않는 고개를 간신히 돌리자, 그곳에 서 있는 신황의 모습이 보였다.

케일런은 크게 숨을 들이켰다.

"케일런, 그대가 이리 무례한 사내인 줄은 미처 모르고 있었는데 말입니다."

신황이 케일런과 하이드에게 차례로 시선을 주면서 물었다.

"이곳에서 무엇을 하고 계셨습니까?"

그러는 신황의 얼굴은 딱딱하게 굳어 있었다. 평소 그의 낯 위에 늘 자연스럽게 떠올라 있곤 하는 부드러운 미소는 그 흔적조차 찾아볼 수 없었다.

"케일런, 제 물음에 대답을 해 주지 않으시는 겁니까?"

"아닙니다, 성하. 저는……."

가까스로 입을 연 케일런이 변명을 늘어놓으려던 찰나였다.

별안간 하이드가 신황을 향해서 몸을 날렸다. 미처 말릴 새 없이 순식간에 벌어진 일이었다.

"……허억!"

신황이 새된 목소리로 내지르는 신음을 듣고 케일런이 가까스로 정신을 차렸을 때는 이미 너무 늦은 뒤였다.

신황을 넘어뜨리고 그 위로 올라타 있던 하이드가 천천히 뒤를 돌아보았다. 하이드의 입가는 물론이고 조그만 얼굴까지 온통 신황의 피로 범벅이 되어 있었다.

"이게 무슨……."

케일런은 차마 말을 끝까지 잇지 못한 채로 입을 다물었다.

방금 무슨 일이 일어났던 건지 도저히 이해할 수가 없었다. 그 정도로 갑작스럽고, 또 경악스러운 일이었다.

하지만 정작 그 일을 일으킨 장본인인 하이드는 너무나도 태연했다.

마치 아무런 일도 없었다는 듯이 케일런의 눈을 똑바로 직시하고 있다가, 돌연 입에 물고 있던 살덩이를 보란 듯이 퉤, 하고 뱉어 냈다.

케일런은 커다란 충격에서 쉽사리 벗어나지 못했다. 그저 눈앞의 참혹한 광경을 멍하니 바라보고만 있을 뿐이었다.

하이드와 단둘이 이야기를 나누어 봐야겠다는 판단을 내렸을 때, 그는 혹시나 일어날지 모를 상황들을 가정해 봤다.

하지만 이러한 상황이 벌어질 거라고는 감히 상상조차 하지 못했다.

하이드가 신황을 죽일 작정으로 달려들다니. 케일런은 제 두 눈으로 똑똑히 보았음에도 지금 이 상황이 대체 어떻게 된 상황인지 도저히 이해할 수가 없었다.

"어째서……."

케일런은 도무지 믿어지지 않는다는 듯 망연한 표정으로 하이드를 바라보았다. 어느새 소매로 입가를 대충 닦아 내고 몸을 일으킨 하이드가 케일런을 향해서 서서히 다가오고 있었다.

케일런은 자신을 똑똑히 직시하는 하이드의 눈빛이 어딘지 조금 달라진 것 같다는 느낌을 받았다.

처음 봤을 때부터 하이드의 눈동자는 줄곧 넋이 나간 듯 탁 풀렸었는데, 지금은 아니었다. 여전히 좀 멍한 눈이기는 하지만, 현재 하이드의 눈에는 분명한 이지가 서려 있었다.

이 갑작스러운 하이드의 변화가 어디에서 비롯된 것인지 케일런은 어쩐지 어렴풋이 알 것만 같았다. 확신할 수는 없지만 아마도 신황이 지닌 신묘한 힘과 관련이 있을 터였다.

역대 신황들은 모두 하나같이 저마다 타고난 특별한 힘을 사용했다.

현 신황 지그문트는 단 한 번도 자신의 힘을 드러낸 적이 없었지만, 그 또한 역대 신황들처럼 특별한 힘을 지니고 있으리라는 것은 누구라도 짐작하고 있는 사실이었다.

"……아이야, 어찌하여 이런 짓을 저지른 거니?"

케일런이 떨리는 목소리로 물었다. 하이드는 대답하지 않았다. 그저 한참 조용히 케일런을 올려다보기만 하다가, 꽤 오랜 시간이 흐른 뒤에 천천히 입을 열었다.

"저 인간은 내가 사랑하는 사람을 괴롭히려고 해."

믿을 수 없게도 하이드의 한쪽 눈에서 눈물 한 방울이 뚝, 떨어져 내렸다.

"그러니까 저 인간은 여기서 죽어야 돼."

그렇게 말하면서 하이드가 몸을 돌렸다.

케일런은 다시 신황을 향해서 다가가는 하이드를 미처 붙잡을 생각조차 하지 못하고 멍하니 굳어 있었다.

그런데 바로 그 순간, 쓰러져 있던 신황의 입술 사이로 야트막한 신음이 흘러나왔다. 그 소리를 듣고 케일런은 정신을 차렸다. 그리고 고개를 돌려 신황을 바라보니, 신황의 목에 난 상처가 조금씩 아물어 가고 있는 게 보였다.

대신관에 필적할 정도로 방대한 신성력을 가진 신황이었다. 목을 조금 물어뜯긴 정도로 신황이 명을 달리할 리가 없었다.

몸을 일으켜 앉은 신황이 제 목의 상처 위로 손을 가져다 댔다. 머지않아 그 손에서 하얀빛이 뿜어져 나오기 시작했다. 그렇게 신황은 신성력으로 상처를 치료하면서 케일런과 하이드를 번갈아 바라보았다. 한껏 노기 어린 표정을 지은 채였다.

케일런은 신황이 이런 표정을 지을 수도 있는 사람이었다는 것을 깨닫고는 조금 충격을 받았다.

신황은 만인의 귀감이 되는 자비로운 자였다. 신전이 명맥을 이어 온 긴 시간 동안 역대 모든 신황이 그러했다. 하지만 현재 케일런의 눈에 비친 신황은 꼭 저잣거리에서 흔히 볼 수 있는 필부와 다름없어 보였다.

"감히……."

신황이 뿌득 이를 갈더니 곧 힘겹게 자리에서 일어섰다.

그는 제 앞에 선 하이드를 향해 비소를 지어 보이고는 힐끔 케일런에게 눈길을 던졌다.

"어찌하여 그곳에서 그리 가만히 계시는 겁니까, 케일런?"

그렇게 묻는 신황의 목소리에는 잘 벼린 날이 서 있었다. 케일런이 흠칫 어깨를 굳혔다.

"저는……."

"케일런의 의무는 저를 수호하는 것이 아닙니까?"

신황은 케일런이 당황을 수습할 시간조차 주지 않고 케일런을 몰아붙였다.

"혹시 케일런은 그 의무를 저버릴 작정입니까?"

"아닙니다, 성하. 저는 그저……."

"그게 아니면 지금 케일런의 태도를 제가 어떻게 받아들여야 하는 겁니까?"

"……성하."

"정신 차리세요, 케일런!"

신황이 벼락같이 소리쳤다.

"현재 우리의 눈앞에 악으로 빚어진 존재가 서 있는 것이 보이지 않으십니까?"

악으로 빚어진 존재라니.

케일런은 경악스러운 표정을 지으며 신황을 쳐다보았다.

"설마 저 아이를 말씀하시는 겁니까?"

"판단력이 전부 흐려진 건 아닌가 보군요."

신황이 조소를 머금었다. 그리고 매서운 눈초리로 하이드를 노려보았다.

"알았으면 어서 이 간악한 존재를 제압하도록 해요, 케일런."

신황이 단호하게 명령했다. 하지만 케일런은 마치 누군가에게 발목이 붙잡히기라도 한 것처럼 옴짝달싹할 수 없었다. 아까부터 이곳에 흐르고 있는 긴장감은 케일런으로 하여금 전장에 서 있는 것만 같은 느낌을 주었다.

그뿐만 아니라 케일런은 무척이나 혼란스러움을 느꼈다. 하이드가 평범한 아이가 아니라는 건 이제 알겠다.

평범한 아이가 타인의 목을 물어뜯을 리는 없으니까.

하지만 간악한 존재라니? 케일런은 설마 하는 심정으로 하이드에게 시선을 던졌다.

신황이 하이드를 악이라 묘사하는 이유가 있을 터였다. 그리고 그 이유가 무엇일지는 어렴풋이나마 짐작이 가는 구석이 있었다. 케일런은 힐끔 신황을 바라보았다. 신황은 하이드를 내려다보고 있었다. 그런 신황의 눈동자에는 하이드를 향한 혐오감이 떠올라 있었다.

"세뇌가 풀릴 줄이야."

나직이 중얼거린 신황이 성큼 하이드를 향해 한 걸음을 내디뎠다. 그에 케일런은 신황에게 위험하니 더 이상 하이드에게 가까이 다가가지 말라고 말하려다가, 문득 조금 전 신황이 한 말이 마음에 걸려서 멈칫했다.

"……성하, 세뇌라니요?"

케일런이 두려운 눈으로 신황을 바라보았다. 신황은 대수로울 것 없다는 듯 어깨를 으쓱했다.

"저 불온한 존재를 요헴으로 데려가기 위해서였습니다."

"그래서 아이를 세뇌하셨다는 겁니까?"

"그렇습니다."

신황의 대답에는 거리낌이 없었다. 더할 나위 없이 당당한 태도였다. 케일런은 멍하니 입을 벌렸다. 그때, 여태 신황을 마주하고 서 있던 하이드가 천천히 케일런을 돌아보았다.

케일런은 소름이 끼칠 정도로 무표정한 하이드의 얼굴을 보고 놀라 눈을 크게 떴다. 당장이라도 무슨 일이 일어날 것만 같았다. 그에 케일런이 하이드를 저지하고자 입을 연 순간이었다.

하이드가 다시금 신황에게 달려들었다.

하지만 이전번과 다르게 신황은 그런 하이드에게 순순히 당해 주지 않았다. 신황이 하이드를 향해서 손을 뻗더니 신성력을 사용했다. 순식간에 뿜어져 나온 환한 빛에 케일런은 질끈 눈을 감았다.

그리고 잠시 뒤에 눈을 떴을 때, 케일런은 신황에게 붙잡힌 하이드의 어깨가 타들어 가고 있는 것을 보았다. 기본적으로 신성력은 훼손된 것을 복구시키는 힘으로, 생명체를 해하는 힘이 아니었다.

　하지만 신성력으로 상처를 입힐 수 있는 유일한 생명체가 존재했다. 그건 바로, 괴물이었다. 때문에 신성력으로 인해 상처를 입은 하이드를 보고, 케일런은 하이드가 평범한 아이가 아닐뿐더러 그가 처단해야 하는 괴물이었다는 사실을 알아차렸다.

　살이 타들어 가는 냄새가 방 안을 가득 메워 나가기 시작했다. 신황은 비릿한 미소를 지은 채로 더욱 더 많은 신성력을 뿜어냈다. 그런데 하이드는 고통스럽지도 않은지 신음 한 번 내지 않았다.

　"……그만!"

　신황이 다른 손으로 하이드의 목을 움켜쥔 순간, 케일런은 저도 모르게 소리치고 말았다.

　"그만하십시오!"

　케일런이 신황과 하이드가 대치하고 서 있는 곳으로 다급하게 뛰어들었다. 그리고 하이드를 붙잡고 있는 신황의 손을 쳐내고는, 신황과 하이드 사이를 가로막고 섰다.

　"지금 이게 뭐하는 짓입니까, 케일런."

　"이렇게까지 할 필요는 없지 않습니까."

　케일런이 황급히 말을 이었다.

　"일단 제가 이 아이를 포박해 가둬 두겠습니다."

　케일런은 힐끔 뒤를 돌아보았다. 하이드가 한껏 거칠어진 숨을 쌕쌕 몰아쉬고 있었다. 그 모습을 보고 있자니 케일런은 마음이 이루 말할 수 없이 괴로워졌다.

　그도 그럴 것이 하이드에게서는 괴물의 특징을 찾아볼 수 없었다. 하이드는 날카로운 송곳니와 칼날 같은 손톱을 지니고 있지 않았던 것이다.

　그러나 케일런은 하이드가 신성력으로 인해서 상처를 입는 모습을 두 눈으로 똑똑히 보았다. 하이드가 평범한 인간 아이였다면 일어나지 않았을 일이었지만,

케일런은 하이드가 괴물이라는 사실을 도저히 납득할 수가 없었다. 어쩌면 하이드는 자신이 지금껏 보아 온 괴물들과 조금 다른 존재일지도 모른다는 의심이 들었다.

게다가 신황이 자신이 사랑하는 사람을 괴롭히려고 한다던 하이드의 말이 계속해서 마음에 걸렸다. 케일런은 신황이 이 자리에서 하이드를 죽여 버리도록 두어서는 안 된다고 본능적으로 직감했다.

"이전에 아이를 곁에 두고 돌보겠다고 말씀을 하신 이유가 있을 것 아닙니까, 성하."

케일런이 진중한 목소리로 신황을 설득하자, 케일런을 서늘하게 응시하고 있던 신황의 눈빛이 차츰 누그러졌다.

"제가 아이를 가둬 두겠습니다. 그러니 부디 이쯤에서 그만하십시오."

신황은 한동안 고민하는 듯한 기색으로 말없이 케일런을 바라보았다. 케일런은 긴장한 내색을 하지 않으려고 노력하면서 신황의 시선을 마주했다. 그러고 있다가 보니, 어느 순간 케일런은 무척 조용해진 하이드가 새삼스럽게 의식이 되었다.

그도 그럴 것이 신황을 죽일 작정으로 달려들었던 하이드였다. 아무리 큰 상처를 입었다고는 해도, 갑자기 이토록 조용하게 있는 것이 이상했다.

케일런이 힐끔 하이드에게 시선을 던진 순간이었다.

"케일런, 우리는 요헴으로 돌아가야 합니다."

신황이 한결 차분해진 목소리로 말했다.

"그런데 저 아이를 요헴까지 무사히 끌고 갈 수 있으리란 보장이 없지 않습니까."

"그럼 애초에 성하께서는 아이를 어떻게 신성지로 데리고 가실 생각이셨습니까?"

반사적으로 반박한 케일런은 순간 머릿속을 스치고 지나간 생각에 아차 하며 입을 다물었다.

신황이 그의 능력으로 하이드를 세뇌시켰었다는 사실이 떠오른 것이다. 하지만 무슨 이유에서인지 세뇌가 풀렸고, 현재 신황은 하이드를 신성지로 데려갈 수 없으리라 여기고 있는 모양이었다. 그건 케일런 역시도 마찬가지였다. 하이드가 어떤 돌발 행동을 할지 알 수 없는데, 하물며 하이드가 순순히 신성지로 따라가리라고 장담할 수 있을 리 없었다.

케일런은 힐끔 하이드를 돌아보았다. 하이드는 마치 자신이 이 상황과 전혀 관련이 없는 사람인 양 멍한 얼굴로 조용히 자리를 지키고 서 있었다.

그 모습을 바라보면서 잠시 망설인 끝에 케일런이 조심스럽게 입을 열었다.

"……하이드, 우리는 신성지로 돌아갈 예정이다. 그리고 너도 우리와 함께 가야 해."

하이드가 아무리 어린아이라고 할지라도, 신황을 습격한 것은 그냥 넘어갈 수 없는 문제였다.

"네가 순순히 내 말을 따르기만 한다면 아무도 네게 해를 끼치지 않을 것이다."

하이드는 아무런 대답을 하지 않았다. 그에 케일런이 참지 못하고 묵직한 한숨을 내쉬었다.

"하이드."

케일런이 조심스럽게 하이드를 향해서 한 걸음 다가간 순간이었다.

여태 목석처럼 자리만 지키고 있던 하이드가 아, 하고 입을 벌렸다. 그러자 기다렸다는 듯이 입 안에서 피가 흘러나왔다. 흘러나온 피는 입가를 타고 내려와서는 잠시 턱에 맺혀 있다가 바닥으로 추락했다.

케일런은 조금쯤 넋이 나간 얼굴로 그 모습을 멍하니 바라보았다.

"힘을 잃은 신황은 어떻게 돼?"

"……뭐?"

뜬금없는 말을 들은 케일런의 눈이 휘둥그레진 채로 하이드를 향했다.

"신황이 힘을 잃으면 어떻게 되냐고."

하이드가 재차 반복해 말했지만 케일런은 그 말을 전혀 이해할 수 없었다. 그만큼 갑작스럽고 뜬금없는 말이었다. 케일런은 그저 놀란 눈으로 하이드의 입술 틈으로 흘러나오는 새빨간 선혈을 바라볼 뿐이었다.

그때, 문득 신황의 떨리는 목소리가 귓전을 파고들어 왔다.

"신의 문양이······."

신황은 도저히 믿기지 않는다는 듯이 자신의 손등을 내려다보고 있었다. 케일런은 저도 모르게 신황의 시선을 따라 눈길을 옮겼다. 그러자 단번에 깨달았다.

신황의 손등에 또렷하게 자리했던 신의 문양이 점차 희미해지고 있었다.

지금 이게 도대체 어떻게 된 일인지 알 수 없었다. 아니, 애초에 신의 문양이 이렇듯 갑자기 사라지는 게 가능한 일인가? 케일런은 다급하게 고개를 돌려 하이드를 바라보았다.

"다들 나를 괴물이라도 보듯이 쳐다보네."

하이드가 소매로 제 입가를 대충 닦아 내면서 중얼거렸다.

"뭐, 맞지만."

그러더니 보란 듯이 혀를 내밀어 보였다.

하이드가 언제 제 혀를 깨문 것인지는 모르겠으나, 자비 없이 힘껏 깨물었으리라는 것은 어렵지 않게 짐작할 수 있었다. 그도 그럴 것이 눈앞에 보이는 하이드의 혀끝이 갈라져 있었다. 혀끝의 살점은 금방이라도 떨어져 나갈 것만 같은 모양새였다.

신황이 본능적으로 무언가를 직감하고는 다급하게 제 목을 더듬었다. 아까 전에 하이드에게 깨물렸던 바로 그 자리였다.

"감히, 나한테 무슨 짓을······."

신황은 말을 끝까지 다 잇지 못했다.

까무룩 정신을 놓고 쓰러지는 신황을 케일런이 먼 눈으로 응시했다.

눈앞에서 벌어진 모든 일이 도무지 현실 같지가 않고, 마치 꿈처럼 느껴졌다.

"그래서, 힘을 잃은 신황은 어떻게 된다고?"

반면에 그 모든 것이 너무나도 즐겁다는 듯 하이드는 활짝 미소를 지었다.

* * *

엘시아와 페이렌은 근처 마을까지 둘러본 후에 숙소로 돌아왔다.

조금만 더 나아간다면 하이드를 찾을 수 있을 것 같았는데, 곧 해가 질 기미가 보여서 별수 없이 돌아올 수밖에 없었다. 엘시아는 당연하게도 아쉬운 기색을 감추지 못했다. 그걸 페이렌도 어렵지 않게 눈치챘다.

하지만 레오디안과 해가 지기 전까지 돌아오기로 약속했으니 어쩔 수 없는 일이었다. 페이렌은 심심한 위로의 말을 꺼냈다.

"내일은 찾을 수 있을 겁니다."

엘시아가 힘없이 고개를 끄덕이며 애써 미소를 지어 보였다. 그게 페이렌의 눈에는 더욱 안쓰럽게 보였다.

"페이렌 씨에게 괜한 폐를 끼치는 것 같아 죄송해요. 그래도 내일도 잘 부탁드릴게요."

"물론입니다."

페이렌이 단호하게 고개를 끄덕이면서 대꾸했다.

"그리고 그 아이를 찾는 건 저도 바라는 일이니 제게 폐를 끼치는 일이라는 생각은 하지 않으셨으면 좋겠습니다."

페이렌은 하이드가 대공저에서 머무르게 된 이후, 엘시아는 물론이고 리리엔도 많이 안정되었다고 느꼈다.

그게 아니더라도 리리엔이 처음 사귄 또래 친구인 하이드와 하루 종일 붙어 있으면서 시간을 보내는 모습은 무척 보기 좋았다. 페이렌은 하이드가 왜 갑자기 저택을 떠난 건지 이해할 수 없었지만, 하이드가 마음을 바꿔서 다시 대공저로 돌아왔으면 좋겠다고 생각했다.

"그럼 저는 내려가서 숙소 주인에게 저녁 식사를 부탁해 놓겠습니다."

페이렌이 희게 질린 엘시아의 안색을 걱정스러운 눈으로 바라보면서 말했다.

"식사 준비가 될 때까지 엘시아 님은 방에서 조금 쉬시는 편이 좋겠습니다."

"네, 그럴게요."

엘시아는 순순히 고개를 끄덕이고는 페이렌을 뒤로하고 자신의 방으로 향했다.

두꺼운 외투를 옷장 안에 잘 걸어 놓고 창가 밑 소파에 앉았다. 그리고 책이라도 읽으면서 시간을 보낼까 생각한 찰나에 밖이 소란스러워졌다.

레오디안이 돌아온 모양이다. 엘시아는 황급히 자리에서 일어나 창문을 열고 밖을 내다보았다. 예상대로 한 무리의 기사와 함께 숙소로 걸어 들어오고 있는 레오디안의 모습이 보였다.

멀리서 얼핏 보기에 레오디안은 딱히 다친 곳 없이 멀쩡해 보였다. 하지만 확신할 수는 없었다. 가까이서 확인해 봐야 마음이 놓일 것 같았다. 엘시아는 발걸음을 서둘러 방 밖으로 나갔다. 그리고 그 길로 곧장 1층으로 내려갔다.

막 건물 안으로 들어온 레오디안이 외투를 벗어서 그의 옆에 선 기사에게 건네고 있는 모습이 보였다. 엘시아가 그러한 것처럼, 그는 단박에 엘시아를 발견하고 그녀에게 시선을 고정했다. 그리고 그녀에게 가까이 다가와 서는 발걸음에는 일말의 망설임도 흔들림도 없었다.

"무슨 특별한 일은 없었습니까?"

"네, 대공님은요?"

"보시다시피."

레오디안이 희미한 미소를 지으며 꿌했다.

"아무 일도 없었습니다."

"……다행이에요."

엘시아는 어쩐지 가슴이 떨려서 레오디안을 똑바로 바라볼 수가 없었다.

저도 모르게 조금쯤 시선을 내리자 흙이 묻은 레오디안의 신발이 보였다. 그나마 고른 길을 골라 다닌 엘시아와 다르게 레오디안은 궂은 길도 마다하지 않고 다닌 모양이었다.

"하이드는 못 찾았나 보군요."

귓전에 낮은 속삭임이 흘러들어 왔다. 그건 단순한 느낌이 아니었다. 실제로 레오디안은 허리를 숙여 엘시아에게 더욱 가까이 밀착해 있었다. 엘시아는 무심코 고개를 들었다가, 코앞에 있는 레오디안의 얼굴을 맞닥뜨리고는 화들짝 놀라서 한 발자국 뒤로 물러났다.

그 모습을 보고 레오디안은 낮게 목을 울려 웃었다.

"내일은 찾을 수 있을 것 같아요. 아니, 찾을 거예요."

"저도 그러길 바랍니다."

재차 가볍게 웃음을 흘린 레오디안이 허리를 곧게 펴고 뒤를 돌았다. 그리고 기사들을 향해서 무어라 지시를 내렸다.

그동안 엘시아는 자신의 오른쪽 귀를 매만지며 멍하니 서 있었다. 조금 전 들은 레오디안의 근사한 목소리가 아직도 귓가에 맴돌고 있는 듯한 느낌이었다.

그뿐만 아니라 벌레가 기어 다니고 있기라도 한 것처럼 가슴속이 간질거렸다. 엘시아는 자신이 왜 갑자기 이러한 느낌에 휘둘리게 된 건지 이유를 알지 못했다. 그것이 제 마음을 자각한 이후부터 레오디안이 줄곧 은근하게 자신을 어필하고 있기 때문이라는 사실은 더더욱 알지 못했다.

* * *

리리엔은 떠날 준비를 진작 마쳐 두고 로지안을 기다렸다.

하지만 무슨 일인지 로지안은 오지 않았다. 연락조차 없었다. 당장 리리엔을 데리고 떠날 듯 굴면서 설득했던 것이 무색할 정도였다. 오늘도 오지 않는 로지안 을 기다리며 하염없이 창밖을 내려다보던 리리엔이 문득 무심한 목소리로 말을 툭 내뱉었다.

"나를 가지고 장난을 친 걸까?"

"……예?"

"2황자 말이야."

벨레로폰이 화들짝 놀라서 리리엔의 눈치를 살폈다. 리리엔은 꼭 모든 흥미를 잃어버린 사람 같은 표정을 짓고 있었다.

"그런 것은 아닌 듯 보였는데……."

얼마 전에 리리엔을 찾아왔던 로지안은 무척이나 진지한 태도로 리리엔을 설득 했다. 리리엔을 안전한 곳으로 데려가는 일이 자신의 숙명이라도 되는 것처럼 말이다. 그리고 그때 당시 벨레로폰이 보기에도 그런 로지안의 모습은 거짓으로 꾸며진 모습 같아 보이지 않았다.

"그래?"

리리엔이 대수롭지 않다는 듯 어깨를 으쓱이면서 말했다.

"그럼 신전에 무슨 일이 생겼나 보네."

"……예?"

"그게 아니면 2황자가 나한테 연락조차 하지 못할 이유가 없잖아."

"……."

리리엔의 말은 일리가 있었다. 벨레로폰은 순식간에 심각해진 표정으로 간신히 입을 열었다.

"신전으로 사람을 보내서 상황을 살펴보는 것이 좋을 듯합니다."

"그래, 그럼."

리리엔은 어찌 되든 상관없다는 듯 성의 없이 고개를 끄덕이더니 대뜸 물었다.

"그나저나 엘시아한테서는 아직 아무런 연락 없어?"

뜬금없이 뒤바뀐 화제에 벨레로폰은 당황했다.

"갑자기 무슨 말씀이신지……."

"무슨 말씀이긴. 2황자가 나를 찾아왔던 일로 네가 레오디안 쪽에 편지든 사람이든 보냈을 거 아니야."

벨레로폰은 작게 숨을 들이켰다. 그는 자신이 레오디안에게 사람을 보내 소식을 전한 걸 리리엔이 눈치채고 있을 줄은 꿈에도 몰랐다. 리리엔은 그런 벨레로폰의 생각 따위야 눈에 훤히 다 보인다는 듯이 재차 무심하게 말을 내뱉었다.

"그런데 레오디안이나 엘시아한테서 아직 아무런 답장도 못 받았냐고."

소파에 다리를 꼬고 앉은 리리엔이 비스듬히 고개를 기울이고는 벨레로폰을 물끄러미 응시했다. 모든 걸 다 알고 있는 것처럼 구는 리리엔을 마주하고 있자니, 그는 더 이상 시치미를 뗄 수 없었다.

"아가씨가 짐작하고 계신대로 대공 각하께 연락을 하였는데……. 아직 답장을 받지 못했습니다."

"그래?"

리리엔은 짐짓 심드렁한 표정을 지었다.

하지만 벨레로폰을 계속해서 응시하고 있는 푸른 눈동자만큼은 지나칠 정도로 날카로웠다.

"그쪽에도 무슨 일이 생긴 건 아닐지 걱정되네."

리리엔은 마치 방금 전 벨레로폰의 말이 거짓말인지 아닌지 가늠해 보고 있는 듯한 기색이었다. 그에 벨레로폰은 꼭 누군가 자신의 숨통을 조르고 있는 것만 같다는 느낌을 받았다. 리리엔이 더 이상 평범한 어린애로 느껴지지 않았다.

그도 그럴 것이 최근 벨레로폰은 리리엔을 마주할 때면 종종 그가 레오디안의 앞에 서 있을 때 느끼곤 했던 것보다 더 팽팽한 긴장감에 사로잡혔던 것이다.

"원하신다면 제가 다시 대공 각하께 사람을 보내 보겠습니다."

"아냐, 그럴 필요까지는 없어."

리리엔이 담백하게 대답했다.

"그쪽에서 연락하지 않는 이유가 있겠지."

하지만 그러는 리리엔의 얼굴 위에 순간 쓸쓸한 기색이 스치고 지나간 것을 벨레로폰은 똑똑히 목격했다.

리리엔은 아마 자신을 두고 떠난 엘시아와 레오디안이 시간이 흐르도록 아무런 연락이 없다는 데 섭섭함을 느끼고 있는 것 같았다. 벨레로폰은 리리엔을 어떻게 위로해야 할지 알 수가 없었다. 때문에 그는 그저 안쓰러운 눈으로 리리엔을 바라볼 뿐, 선뜻 아무런 말도 꺼내지 못했다.

리리엔은 어느덧 조용히 창밖에다 시선을 고정하고 있었다. 무슨 생각을 하고 있는지 알 수 없는 무심한 표정을 지은 채였다.

"……아마 아무런 일도 없을 겁니다."

벨레로폰은 한참 만에 간신히 한 마디를 꺼내놓았다. 그러자 리리엔이 천천히 고개를 돌리더니 말없이 벨레로폰을 응시했다.

"만약 무슨 일이 생겼더라면 진작 연락이 왔을 겁니다."

"벨레로폰은 되게 긍정적인 사람이구나."

"……저는."

"나는 하다못해 아침에 눈을 뜬 순간부터 이런저런 걱정이 들어서 생각이 많은데 말이야."

리리엔이 자조적인 미소를 지었다. 벨레로폰은 그 모습을 보고 목 끝까지 차오른 말을 차마 삼키지 못하고 입 밖으로 내뱉고 말았다.

"무엇이 아가씨를 그토록 걱정하게 만듭니까?"

리리엔은 순간 허를 찔린 사람처럼 벨레로폰을 바라보았다.

그 상태로 아무런 대꾸를 하지 못하는 리리엔을 향해서 벨레로폰이 드디어 물꼬를 텄다는 듯 빠르게 말을 이었다.

"저는 아가씨가 무엇을 그리 걱정하시는지 모르겠습니다. 아가씨는 아무것도 걱정하실 필요가 없으신데⋯⋯."

"왜?"

리리엔이 벨레로폰의 말허리를 잘라내면서 물었다.

"내가 어린애니까?"

날이 서린 목소리였다. 벨레로폰은 순식간에 말문이 막혀 아무런 말도 하지 못했다.

"벨레로폰."

리리엔은 무척이나 진지한 표정으로 벨레로폰을 똑똑히 직시하면서 말했다.

"나는 벨레로폰이 생각하는 것만큼 어리지 않아."

어린아이의 치기라고 여길 수도 있는 말이었지만, 벨레로폰은 리리엔에게 어떤 반박도 할 수 없었다.

"신전에 사람을 보내서 지금 신전 상황이 어떤지 알아보고 오라고 해."

"예, 아가씨."

벨레로폰은 그저 순종적으로 리리엔의 명령을 따를 뿐이었다.

* * *

일평생 신성지에 머무르면서 신과 신전을 위해 봉사 해온 대신관들은 신성지 밖을 나설 기회가 별로 없었다. 그래서인지 대신관들은 하나같이 시류를 읽는 데 서툴렀다. 상황이 얼마나 급박하게 돌아가고 있는지 전혀 모르고 우왕좌왕했다.

하지만 그러는 와중에도 권위적인 하일롭의 태도를 겪고 그에 반발심이 들기는 한 모양이었다. 애당초 신전에 적을 둔 자들은 오랜 시간 동안 줄곧 계속되어 온 황실과의 알력 싸움을 지척에서 경험한 탓에 황실에 경계심을 가지고 있기도 했다.

그런 자들이니만큼 그들이 하나둘씩 욤펜의 뜻에 동조하는 건 전혀 이상한 일이 아니었다. 로지안이 지시한대로 욤펜은 하일롭을 신전에서 몰아내야 한다고 대신관들을 선동했다.

결과적으로 욤펜은 로지안의 생각보다도 더 많은 수의 대신관을 포섭하는 데 성공했다. 욤펜과 로아나를 제외하고도 네 명의 대신관이 앞으로 로지안의 뜻에 함께하기로 했다.

이제 그들은 하일롭이나 황실의 기사가 신전 내 포탈에 접근하는 것을 막기 위해서 교대로 포탈을 지켰다. 사실 로지안은 황제와 하일롭, 그리고 신황을 전부 끌어내릴 속셈이었지만, 그들은 이 사실을 꿈에도 모르고 있었다.

현재 신전 내에서 모든 진실을 알고 있는 건 지금 이 자리에 앉아 있는 단 세 사람뿐이었다.

로지안과 로아나, 그리고 욤펜.

세 사람은 하일롭의 눈을 피해 기도실에서 은밀히 대화를 나누는 중이었다.

"뜻을 함께하기로 한 대신관들과 그 대신관들을 따르는 신관들 모두가 곧 로켄페데스 대공이 포탈을 통해 신전으로 돌아와 1황자 저하를 몰아낼 것이라 굳게 믿고 있습니다."

"그래."

로지안은 제 뜻대로 순조롭게 돌아가고 있는 상황이 만족스러웠다. 예상대로 대신관들은 레오디안이 결코 신전을 배신할 리 없다고 여기고 있었다.

참으로 우스운 일이었다. 그들은 레오디안이 어떤 사내인지 전혀 모르고 있었다. 하기야, 애초에 그렇기 때문에 로지안이 욤펜을 통해서 대신관을 한 명이라도 더 포섭하려는 꾀를 낼 수 있었던 것이다.

"욤펜 대신관은 내가 기대하고 있던 것 이상의 일을 해냈군. 수고가 많았어."

"아닙니다."

욤펜이 열없다는 듯 고개를 숙였다. 그 모습을 보니 로지안은 잠시 머릿속 한구석으로 미뤄 뒀던 생각이 불쑥 떠올랐다.

"그런데 혹여나 그들이 삿된 마음을 먹고 흉계를 꾸미기라도 할까 걱정이 되는데."

이를테면 대신관 중 누군가 포탈의 작동을 멈춘다거나, 포탈을 파괴한다거나. 로지안은 혹시나 하는 가정을 계속해서 머릿속에 떠올려 보게 되었다.

그도 그럴 것이 앞으로의 로지안의 계획에 있어 포탈의 구동 유무는 그 무엇보다도 가장 중요했다. 심지어는 현재 제 눈앞의 욤펜이나 로아나가 다른 마음을 먹는 건 아닐까 하는 의심도 쉽사리 놓을 수가 없었던 것이다.

그런 로지안의 생각을 알아차리기라도 한 것처럼 로아나가 말문을 열었다.

"그건 걱정하지 마세요."

지금껏 침묵으로 일관하고 있던 모습이 무색하게도 로아나의 말에는 막힘이 없었다.

"제가 욤펜 대신관과 함께 그들의 일거수일투족을 전부 유심히 주시하겠습니다."

"그래 준다니 마음이 좀 놓이는군."

로지안은 오랜 시간 레오디안의 뜻에 함께해온 로아나라면 믿어 보아도 괜찮겠다고 생각하고는 잠시나마 불안한 가정을 머릿속에서 지워 버렸다.

"저하, 그래서 언제 계획을 실행하실 건가요?"

"대공이 신황과 합류했다고 연락을 해 오면, 그때."

로지안이 로아나를 향해서 단호한 목소리로 대꾸했다.

"그때 그대들은 계획대로 몸을 피하면 된다."

바로 그때, 신전은 전복될 것이다.

제국에는 큰 파란이 불어 올 테고, 그 파란을 잠재우고 로지안은 권력에 정점에 서게 될 터였다.

* * *

한겨울 밤은 스산했다. 매서운 바람에 초목이 이리저리 흔들리면서 퍽 소란스러운 소음을 자아내고 있었다.

내일 아침에 하이드를 찾으러 길을 나서야 하니 일찍 잠들어야 했는데, 엘시아는 밤이 깊도록 뒤척이기만 하다가 결국에는 몸을 일으켰다. 오늘도 어김없이 쉽사리 잠을 이루지 못할 것 같았다.

엘시아는 침대 헤드에 등을 기대어 앉아서 멍하니 창밖을 바라보았다. 창밖은 어둠으로 물들어 있었다. 매서운 겨울바람은 계속해서 창문을 흔들어 댔다. 퍽 맹렬한 기세였다. 그 소리를 듣고 있자니 마음까지 다 소란스러워지는 듯한 느낌이 들었다.

레오디안은 잠들었을까?

만약 깨어 있다면, 그는 지금 무엇을 하고 있을까. 무슨 생각을 하고 있을까.

그러한 궁금증이 꼬리에 꼬리를 물고 이어졌다. 엘시아는 지그시 눈을 감았다. 최근 혼자 있을 때면 이렇듯 레오디안이 떠오르고는 했다. 무척 곤란했다. 누군가 제 생각을 읽는다면 어떡하지 하는 우스운 걱정이 들 정도였다.

하지만 그러면서도 레오디안을 생각하는 걸 멈출 수가 없었다. 제 의지와는 상관없이 그가 불쑥불쑥 떠올랐다.

'지금은 이런 생각이나 하고 있을 때가 아닌데.'

엘시아는 작게 한숨을 내쉬었다. 그러지 않으려고 해도 레오디안이 고백을 했던 날이 자꾸만 생각났다. 그날을 머릿속으로 끊임없이 되새김질하게 되었다.

꼭 데일 것같이 뜨거운 진심을 내어놓았던, 그러면서 흔들림 없는 시선을 보내오던, 세상에 단둘만 남겨진 것 같은 느낌을 주었던 그날의 레오디안.

그가 계속해서 엘시아의 머릿속을 온통 차지하려 들었고, 엘시아는 그걸 어떻게 막아야 하는지 도저히 알 수가 없었다.

　마치 마음속 깊은 곳에 조그마하지만 아주 튼튼한 성이 있는데, 그 성이 무자비하게 침략당하고 정복당하고 있는 것만 같은 느낌이었다. 그런데 그 느낌을 어떻게 뿌리쳐야 하는지 모르기에 그저 속절없이 무너지게 될 뿐 다른 도리가 없었다.

　엘시아는 고개를 내저으며 자리에서 일어났다. 멍하니 이런 생각만 하면서 시간을 보내고 싶지 않았다. 헛된 생각을 떨쳐내기에 몸을 움직이는 것만큼 좋은 방법이 없었다. 침대에서 내려온 엘시아가 옷장에서 외투를 꺼내 입었다.

　그러고 보니 레오디안이 겨울옷을 사러 상점가에 다녀오자고 했었는데, 결국 그러지 못한 게 마음에 걸렸다.

　리리엔은 잘 지내고 있을까? 날이 부쩍 추워졌는데, 감기에 걸리지는 않았을까? 자신의 것은 몰라도 리리엔의 겨울옷만큼은 제대로 준비를 해 줬어야 한다는 후회가 들었다. 엘시아는 재차 작게 한숨을 내쉬었다.

　조용히 창밖으로 시선을 돌리니 여전히 한밤중의 어두운 밤하늘이 눈에 들어왔다. 잠시 망설이던 엘시아는 조용히 발소리를 죽여 방 밖으로 나섰다. 모두가 잠든 시간, 허름한 숙소는 무척이나 고요했다.

　조심스럽게 복도를 걸으면서 엘시아는 예전에 리리엔과 단둘이 살았던 고즈넉한 마을을 떠올렸다. 그 마을도 이곳처럼 조용했다. 조용하다 못해 인기척조차 쉽게 느낄 수 없는 곳이었다.

　그곳은 죽은 자들이 사는 마을이었으니 당연한 일일지도 모른다.

　엘시아는 리리엔을 그곳에서 데리고 나온 게 정말 잘한 일이라고 생각했다.

　언제 위험한 일을 맞닥뜨릴지 모르는 지금 이 상황만 정리된다면 더할 나위 없이 좋을 거라고, 그렇게 생각했다.

　그리고 엘시아는 이 상황을 정리하기 위해 무엇이든 할 각오가 되어 있었다.

　그러기 위해서 레오디안을 따라서 이곳으로 온 것이었다.

　"바람이 찹니다."

　뒤에서 들려온 목소리에 엘시아가 고개를 돌렸다.

　"또 잠이 오지 않는 겁니까?"

희미한 불빛이 새어 나오는 숙소 건물을 등진 채로 레오디안이 엘시아를 바라보고 서 있었다.

엘시아는 자신을 따라 밖으로 나온 레오디안을 보고 놀라움을 금치 못했다. 계속 딴생각에 빠져 있었기 때문인지 그의 기척을 전혀 눈치채지 못했다.

"아직 안 주무셨어요?"

레오디안은 조용히 미소 짓는 것으로 대답을 대신했다.

"저는 잠깐 바람을 쐬고 들어가려고 나왔어요."

"괜찮다면 저도 당신 곁에서 바람을 쐬고 싶습니다."

거절할 이유가 없었다. 엘시아는 레오디안을 향해서 흔쾌히 고개를 끄덕여 보였다. 엘시아의 허락이 떨어지자 그제야 레오디안이 엘시아가 서 있는 곳으로 가까이 다가섰다. 새까만 밤하늘 아래에서도 전혀 빛이 퇴색되지 않은 레오디안의 찬란한 은발에 엘시아는 새삼스럽게 시선을 빼앗겼다.

"언젠가 리리엔이 당신과 여행을 해 본 적이 단 한 번도 없다는 말을 했는데."

레오디안도 리리엔을 떠올리고 있었던 모양이다. 그게 반가워서 엘시아는 귓가에 흘러들어오는 레오디안의 목소리에 얼른 귀를 기울였다.

"이 모든 게 끝나면, 다 정리가 되면."

"네."

"그때는 어디론가 멀리 여행을 떠나 보는 것도 좋겠다는 생각이 듭니다."

"멀리……. 멀리, 어디요?"

"어디든."

레오디안은 쉽게 미래를 그렸다. 언제나 미래를 두려워하는 엘시아와는 달랐다. 엘시아는 만약 레오디안의 말대로 모든 게 끝나고 정리가 되더라도, 자신이 레오디안과 여행을 갈 수 있을지는 회의적으로 생각했다.

하지만 굳이 지금 그 생각을 입 밖으로 내뱉지는 않았다. 다만 조용히 미소를 지으면서 다른 말을 꺼냈다.

"얼른 모든 게 끝났으면 좋겠어요."

반드시 이루어졌으면 하고 바라는 간절한 소망이었다.

　　　　　　　　　　* * *

　다음 날 아침.

　뜬눈으로 밤을 새운 엘시아는 주변이 적당히 소란스러워졌을 때쯤 방 밖으로 나왔다. 마침 엘시아를 깨우기 위해서 방을 찾아왔던 페이렌이 엘시아를 발견하고 아침 인사를 건넸다.

　엘시아는 가볍게 웃으면서 그 인사를 받았다. 페이렌은 아침 식사가 준비되었다며 엘시아를 식당으로 안내했다. 식당에는 이미 레오디안과 기사들이 착석해 있었다. 레오디안의 옆자리는 당연하다는 듯이 비워진 채였다. 엘시아는 자신에게 인사를 건네는 기사들에게 적당히 눈인사로 화답하면서 레오디안의 옆자리에 앉았다.

　처음에는 많은 사람들이 자리한 곳에서 레오디안의 옆에 앉아 식사를 한다는 게 무척이나 어색했다. 하지만 그렇게 몇 번의 식사를 함께하고 난 지금은 다행히도 처음처럼 마냥 어색하지는 않았다.

　엘시아와 페이렌까지 자리에 앉자 레오디안을 시작으로 모두가 저마다 식사를 시작했다. 식사 시간은 조용하지만 부드러운 분위기 속에서 끝났고, 엘시아는 페이렌과 먼저 자리를 떴다.

　식사를 마친 레오디안이 기사들과 함께 신황을 추적할 계획에 관해 이야기를 나누는 것을 방해하고 싶지 않았기 때문이었다. 페이렌은 엘시아에게 지금 당장 길을 떠나는 것이 어떻겠냐고 조심스럽게 제안했다.

　"지금부터 서두른다면 오늘은 어제보다는 훨씬 더 먼 곳까지 다녀올 수 있을 겁니다."

　"네, 저도 일찍 출발하고 싶어요."

　엘시아는 얼른 외투를 입고 오겠다는 말을 덧붙이고는 서둘러 방으로 향했다. 그리고 페이렌에게 말한 대로 곧장 외투를 걸치고 밖으로 나오자, 페이렌이 기사들과 대화를 나누고 있는 모습이 보였다. 그쪽으로 걸어가면서 주변을 둘러봤지만 레오디안은 보이지 않았다.

엘시아는 외투를 여미며 페이렌의 앞에 멈추어 섰다.

"그럼 오늘도 수고하도록."

그 말을 끝으로 기사들과 대화를 마친 페이렌이 엘시아를 향해 고개를 돌렸다.

"대공 각하께서는 아직 식당에 계시다고 합니다."

"제가 인사를 하러 가야 할까요?"

"엘시아 님이 편하신 대로 하십시오."

"음……."

레오디안이 아직 식당에 있다는 건, 기사들과의 대화가 길어지고 있다는 뜻이었다. 거기까지 생각이 닿자 결정을 내리는 건 쉬웠다.

"대공님을 방해하고 싶지 않아요. 그러니까 그냥 가요, 우리."

엘시아가 부드러운 미소를 지으며 말했다.

24. 모든 과거는 엮여 있다

케일런이 다급하게 문을 열어젖히며 방 밖으로 나오자, 여태 복도를 지키고 있었던 벤체스가 놀란 눈으로 케일런을 바라보았다.

"케일런 경, 무슨 일입니까? 안에서 요란한 소리가 들리던데……."

"신황 성하께서 쓰러지셨습니다."

"예? 아니, 갑자기 그게 무슨 말씀이십니까!"

"쉿."

케일런이 황급히 벤체스의 입을 틀어막았다.

"소리를 낮추십시오."

날카로운 눈빛으로 주변을 경계하는 케일런의 모습에 벤체스는 절로 긴장해 몸을 굳혔다. 케일런이 그런 벤체스의 눈동자를 조용히 들여다보다가, 이내 천천히 손을 떼어 냈다.

"들것이 필요합니다. 들것이 없다면 그와 비슷한 무언가라도."

케일런이 목소리를 낮춘 채로 빠르게 속삭였다.

"다른 기사들의 눈에 띄지 않고 은밀하게 가져와 주실 수 있겠습니까?"

벤체스는 정신을 차릴 수가 없었다. 방 안에서 대체 무슨 일이 일어난 건지 상상조차 되지 않았다. 그저 두려웠다. 제 눈앞의 케일런이 어느 때보다도 심각한 표정을 짓고 있기에 더욱 그러했다.

"벤체스 경."

"……예?"

벤체스가 얼빠진 표정으로 대답하자 케일런이 저도 모르게 미간을 와락 찌푸렸다. 시간이 없었다. 당연하게도 벤체스에게 자세한 상황을 설명해 줄 여유도 없었다. 케일런은 혹여나 벤체스가 제대로 알아듣지 못할까 봐 염려스러워 단호한 목소리로 반복했다.

"들것, 들것이 없다면 그와 비슷한 것."

케일런이 힘주어 벤체스의 어깨를 꽉 틀어쥐고서 물었다.

"이곳으로 최대한 빨리 가져와 주실 수 있겠습니까?"

"아, 알겠습니다."

그제야 벤체스가 케일런의 말을 이해했다는 듯 고개를 끄덕였다. 백짓장처럼 하얗게 질린 벤체스의 얼굴을 보니 영 못미더웠지만, 지금 케일런이 부탁을 할 만한 사람은 오로지 벤체스뿐이었다.

"어서 가십시오. 서두르셔야 합니다."

"예."

벤체스가 황급히 몸을 돌리더니 무언가에 쫓기기라도 하듯 뛰어갔다. 케일런은 잠시 벤체스의 뒷모습을 바라보다가, 곧 다시금 방 안으로 들어섰다.

"너희들 신성지로 돌아갈 거라고 했지?"

하이드가 기다렸다는 듯이 물었다. 시선은 의식을 잃은 신황에게 고정된 채였다.

"설마 너는 신성지에 침입할 작정으로 신황 성하께 접근한 건가?"

"침입?"

하이드는 별 이상한 소리를 다 듣겠다는 듯 어깨를 으쓱했다.

"나는 거기에서 왔는걸."

"……뭐?"

거기에서 왔다니?

케일런이 얼떨떨한 목소리로 되묻자, 하이드가 천천히 고개를 돌려 케일런을 바라보았다. 하이드는 소름이 끼칠 정도로 무표정한 얼굴을 하고 있었다. 차라리 세뇌에 빠져 있었을 때가 더 나은 듯하다는 생각이 들 정도였다.

"나는 거기에서부터 너희들의 뒤를 따라온 거라고."

딱딱하게 굳어 있는 케일런을 향해서 하이드가 다시 한번 못 박아 말했다.

케일런이 예상치 못한 사실을 듣고 충격에 빠져 있는 사이, 하이드는 태연하기 그지없는 태도로 침대 위로 올라가 앉았다. 새하얀 침대 시트가 더러워질까 하는 걱정은 조금도 하지 않는 모양인지, 침대에 앉은 하이드의 얼굴에서는 어떠한 거리낌도 찾아볼 수 없었다.

케일런은 그런 하이드의 입가에 말라붙어 있는 핏자국을 한참 주시하다가 가까스로 입을 열었다.

"조금 전에 다친 곳은……."

하이드가 말없이 입을 크게 벌리더니 혀를 쭉 내밀어 보였다.

믿을 수 없게도 하이드의 혀는 멀쩡했다. 불과 몇 분 전만 해도 혀에 깊은 상처가 나 있었는데, 그 상처가 흔적조차 없이 말끔하게 치유된 것이다.

그것을 두 눈으로 똑똑히 확인한 케일런은 하이드가 평범한 인간 아이가 아니라는 사실을 새삼스럽게 실감하게 되었다. 케일런이 저도 모르게 움찔하며 뒷걸음질 치자, 하이드가 그런 케일런을 물끄러미 바라보다가 물었다.

"그래서 언제 신성지로 돌아가는 거야?"

"그건……."

케일런이 하이드에게 뭐라고 대답을 해야 할지 망설이는데, 불쑥 누군가 문을 두드리는 소리가 방 안에 울려 퍼졌다. 순간 하이드의 눈동자에 예리한 기운이 서렸다. 그걸 보고 케일런은 혹여나 하이드가 또 돌발 행동을 할까 봐 염려스러운 마음이 들었다.

"거기 얌전히 앉아 있어라."

하이드를 향해 나직이 경고한 케일런이 굳은 표정으로 재빨리 문가로 다가갔다. 짧게 심호흡을 한 뒤 문을 열자 문 너머에 벤체스가 잔뜩 긴장한 표정으로

서 있는 게 보였다.

그제야 케일런은 경계심을 조금 늦추고 벤체스를 마주했다.

"케일런 경, 말씀하신 것을 가지고 왔습니다."

"혹시 이곳으로 오는 길에 누구를 마주치지는 않으셨습니까?"

"다행히도 다들 각자 방에서 쉬고 있는지 아무도 마주치지 않았습니다."

"그렇군요. 수고하셨습니다."

벤체스가 숙소 창고를 샅샅이 뒤져 찾아온 들것을 케일런에게 건네며 슬쩍 방 안을 건너다보았다.

아까는 경황이 없어서 케일런의 요구를 곧이곧대로 따랐는데, 시간이 지나 정신이 좀 들자 방 안에서 무슨 일이 일어난 건지 궁금해진 것이다. 대체 무슨 일이 있었기에 신황이 쓰러졌다는 건지. 벤체스가 두려운 마음에 한껏 떨리는 목소리로 물었다.

"……그런데 어쩌다가 신황 성하께서 쓰러지신 겁니까?"

"죄송합니다만 길게 이야기를 할 시간이 없습니다."

케일런은 단호한 표정으로 대꾸했다.

"일단 먼저 신황 성하부터 제 방으로 모셔야 합니다. 그리고 난 다음에 자세하게 이야기를 해 드리겠습니다."

애초에 케일런이 들것을 가져와 달라고 했을 때부터 신황의 상태가 심상치 않으리라는 건 어느 정도 예상하고 있었다. 하지만 막상 너무도 심각한 표정을 짓고 있는 케일런을 마주하고 있자니, 벤체스는 더욱더 두려운 마음이 들었다.

"잠시 안으로 들어와서 저를 좀 도와주시겠습니까?"

"……아, 물론입니다."

벤체스가 얼떨떨한 표정으로 고개를 끄덕이자 케일런이 옆으로 한 걸음 비켜서 길을 내어 주었다. 벤체스는 조심스럽게 걸음을 내디뎌 방 안으로 들어섰다. 그런 그의 눈에 가장 먼저 들어온 건 바닥에 쓰러져 있는 신황의 모습이었다.

신황의 주위에 적지 않은 양의 핏자국이 남아 있었다. 신황의 옷에도 점점이 피가 묻어 있었다.

대체 이곳에서 무슨 일이 있었던 거지?

벤체스는 두 눈으로 똑똑히 보고도 눈앞의 광경을 도무지 믿을 수가 없었다. 그저 머릿속이 새하얗게 질렸다. 경악스러운 표정으로 우뚝 멈추어 선 벤체스가 크게 헛숨을 들이켜는데, 어느덧 다가온 케일런이 들것을 바닥에 내려놓았다.

"벤체스 경."

"……아, 예!"

벤체스는 가까스로 정신을 다잡고는 케일런의 지시를 따라서 신황을 조심스레 들것 위로 눕혔다.

"어, 어쩌시려고……."

"일단 제 방으로 모신 뒤에 제가 직접 치료를 하려고 합니다."

"예? 아니, 굳이 그럴 필요가 있습니까? 그냥 이 방에서 치료를 해도……."

케일런은 대답 없이 고개를 돌려 힐끔 뒤를 바라보았다. 그를 따라 시선을 돌린 벤체스는 그제야 방 안에 자신들 외에 다른 존재가 있다는 사실을 알아차렸다.

"아……."

신황이 데리고 온 아이였다.

아이는 침대 위에 앉아서 벤체스와 케일런이 하는 양을 가만히 지켜보고 있었다. 소름 끼치는 시선이었다. 벤체스는 마른침을 꿀꺽 삼키고는 케일런에게 시선을 돌렸다.

"……이곳에 아이를 혼자 놔둬도 괜찮은 겁니까?"

"괜찮아."

대답은 케일런이 아닌 다른 곳에서 나왔다. 벤체스는 흠칫 놀라 몸을 굳혔다.

"나는 그냥 여기 이렇게 앉아 있을게."

하이드가 여상한 목소리로 말을 이었다.

"이제 아무 짓도 안 할 거니까 걱정하지 마."

"……그래."

케일런은 영 못 미덥다는 듯한 눈빛으로 하이드를 바라보다가 말했다.

"오래 걸리지 않을 테니 잠시 기다리고 있어."

"응."

하이드가 망설임 없이 고개를 끄덕였다. 케일런은 작게 한숨을 내쉬고는 벤체스에게 눈길을 주었다.

"제가 셋을 세면 동시에 들어 올리는 겁니다."

"예, 알겠습니다."

케일런이 숫자를 셌고, 벤체스는 케일런의 말대로 케일런이 셋을 센 순간 힘주어 들것을 들어 올렸다. 그렇게 케일런과 벤체스가 정신을 잃은 신황을 밖으로 운반해 나가는 모습을 하이드가 조용히 응시했다.

* * *

'며칠을 굶었다지?'

쾅, 하고 거칠게 문이 닫히는 소리와 함께 웃음기가 섞인 목소리가 들려왔다.

그에 하루 종일 멍한 눈으로 천장을 올려다보고 있던 하이드가 소리가 들려온 곳으로 고개를 돌렸다.

'뭘 그렇게 쳐다봐.'

그는 저택에 가득한 괴물 중 하나였다. 하이드는 그의 이름조차 몰랐다. 다만 그가 종종 아이작이나 베스티의 명령을 받고 식사를 챙겨서 지하로 내려온다는 것은 알았다.

그는 오늘도 어김없이 하이드를 귀찮다는 듯이 바라보면서 챙겨 온 식사를 바닥에 아무렇게나 내던졌다. 한때는 누군가의 팔이었을 살덩이가 바닥을 나뒹굴었다. 하이드는 그것을 무감한 눈으로 바라보았다.

그는 늘 하이드에게 식사를 하라고 강요하지 않았다. 대신 문가에 털썩 주저앉아서 하이드가 식사를 할 때까지 기다리고는 했다.

'하여간 귀찮아.'

그는 하이드가 있건 말건 전혀 신경 쓰지 않고 혼잣말을 중얼거렸다.

'그 재수 없는 여자는 꼭 나한테 이런 귀찮은 일을 떠맡긴단 말이야.'

하이드는 그가 말하는 '재수 없는 여자'가 누구를 지칭하는 건지 정확하게 알았다. 애초에 이 저택에 드나들 수 있는 여자는 단 한 명뿐이었다. 그건 다름 아닌 이 저택의 주인인 아이작 히치콕의 동업자이자 하이드의 어머니인 베스티였다.

그는 베스티를 싫어했다. 아니, 베스티뿐만이 아니었다. 그는 자신 외에 다른 모든 존재를 싫어하는 것처럼 보였다.

'그 망할 여자만 아니었더라면 나도 진작 백작 눈에 띄었을 텐데.'

그가 지금처럼 하이드의 앞에서 타인을 흉보는 건 비단 하루 이틀 만의 일이 아니었다. 하지만 하이드는 그의 이야기를 듣는 게 좋았다. 아이작과 베스티와 다르게, 그는 하이드의 앞에서 바깥 세상에 관해서 말하는 데 거리낌이 없었기 때문이었다.

'야, 애새끼.'

그가 비웃음을 내건 입술로 하이드를 불렀다.

'네가 아직 덜 굶었나 보구나. 식사를 앞에 두고 멍하니 고사나 지내고 있고, 어?'

그는 하이드를 쳐다보면서 연신 피식대며 웃었다. 최근 하이드가 식사를 거부하는 이유가 무엇인지 알고 있기 때문이었다.

'왜, 네가 먹어 왔던 게 짐승 고기가 아니라 인간 고기라는 걸 알고 나니까 더 이상 먹기가 싫어졌어?'

그는 하이드가 그간 먹어 온 음식의 정체를 하이드에게 알려 준 남자였다.

'그동안 잘만 처먹어 놓고.'

그는 보란 듯이 하이드의 꼴을 비웃었다.

하지만 하이드가 별다른 반응을 보이지 않자, 이내 흥미가 사라졌는지 화제를 돌렸다.

'그러고 보면 너도 참 불쌍하단 말이야.'

가볍게 혀를 찬 그가 돌연 몸을 일으키더니 하이드에게 성큼성큼 다가섰다.

'야, 애새끼. 너 밖에 한번 나가 보고 싶지 않아?'

하이드는 말없이 그를 올려다보았다. 그가 더욱 짙은 미소를 띤 입술로 말을 이었다.

'이 밖에는, 어? 네가 상상조차 못 하는 것들이 널려 있다고.'

그렇게 말한 그가 잠시 무언가를 생각하는 듯 천장을 올려다보다가, 곧 시선을 내려 하이드를 쳐다보면서 씨익 입꼬리를 끌어 올렸다.

'우리를 사악한 존재라고 부르면서 토벌하는 집단이 있다는 거 알아? 인간들은 그 집단을 신전이라고 불러.'

그가 하이드의 앞에 쭈그려 앉아서 하이드와 눈높이를 맞추었다.

'신전의 우두머리를 신황이라고 하는데 말이야. 그 신황이라는 놈이 아주 신기한 힘을 가지고 있어요.'

'……'

'그놈이 그 힘으로 뭘 하는가 하면—.'

그가 검지로 하이드의 이마를 툭, 밀어내며 말했다.

'바로 이 대가리를 조종하는 거야. 자기 뜻대로.'

그는 자신을 멍하니 쳐다보는 하이드의 모습을 어떻게 해석했는지, 돌연 커다랗게 웃음을 터뜨렸다.

'어때, 말로만 들어도 신기하지? 어떻게 그럴 수가 있나 궁금하지? 두 눈으로 직접 확인해 보고 싶지?'

하이드는 아무런 대답을 하지 않았지만 그런 것 따위야 전혀 상관없다는 듯 그가 말을 이었다.

'근데 어쩌나, 너는 이 밖으로 나갈 수가 없는데.'

그는 커다란 손으로 하이드의 머리카락을 아무렇게나 흐트려 놓고는 몸을 일으켰다. 하이드는 얼떨떨한 표정으로 그의 손이 닿았던 머리에 손을 가져다 댔다.

'아무튼 죽고 싶은 게 아니라면 쓸데없이 고집 피우지 말고 주는 대로 처먹어.'

그가 하이드를 등진 채로 말했다.

'그래야 언젠가 기회가 오면 이 거지 같은 곳에서 탈출도 하고 그러지.'

그는 그 말을 남기고 망설임 없이 방을 나갔다.

그리고 그 뒷모습이 하이드가 기억하는 그의 마지막 모습이었다.

그가 그날을 끝으로 영영 돌아오지 못했기 때문이었다.

그의 이름은 레븐이었다.

* * *

케일런이 신성력을 신황에게 불어넣는 동안, 벤체스는 연신 초조한 기색으로 방 안을 배회했다.

그게 무척이나 신경에 거슬렸으나 케일런은 굳이 벤체스의 행동을 지적하지 않았다. 얼떨결에 사건에 휘말린 벤체스로서는 혼란스러운 마음을 쉽사리 수습하기 어려울 터였다.

"……성하는 괜찮으십니까?"

"잠시 정신을 잃으셨을 뿐, 신체에 특별한 이상은 없는 듯 보입니다."

케일런이 주저 없이 꺼내놓은 대답을 듣고 그제야 벤체스는 조금이나마 안심한 듯 의자에 털썩 주저앉았다.

"저는 정말 성하께서 어떻게 되시는 줄 알았습니다……."

케일런은 묵묵히 자리에서 일어났다. 그러자 벤체스가 다급한 목소리로 케일런의 발목을 붙들었다.

"어, 어디 가시려는 겁니까?"

"아이를 보러 가야 합니다."

"그럼 성하는……."

"성하는 의식을 차리실 때까지 경이 좀 지켜봐 주십시오."

벤체스는 찰나 당황스럽다는 듯이 케일런을 바라보았지만, 이내 알겠다며 고개를 끄덕였다.

케일런은 신황과 벤체스를 단둘이 남겨 두고 떠나자니 쉽사리 발걸음이 떨어지지 않았다. 하지만 그렇다고 해서 하이드를 계속 홀로 둘 수는 없는 노릇인지라 마음을 굳게 먹고 방을 나섰다.

그리고 그 길로 곧장 하이드가 있는 방으로 향하려던 케일런은 문득 다른 기사들의 동태를 살펴보는 편이 좋겠다는 데 생각이 미쳤다. 케일런은 자리에 우뚝 멈추어 선 채로 잠시 망설이다가 곧 발걸음을 돌려 일층으로 내려갔다.

아까 전에 벤체스가 말했던 대로 기사들이 저마다 휴식을 취하고 있는 모양인지 숙소는 무척 고요했다.

그 고요 속을 조용히 걷고 있자니 케일런은 자신이 마치 태풍의 눈 한가운데에 서 있는 것만 같다는 느낌을 받았다. 그러니까, 그건 지금 당장 무슨 일이 일어나더라도 전혀 이상하지 않은 상황에 무방비하게 노출되어 있는 듯한 느낌과도 같았다.

케일런은 지끈거리는 머리를 지압하며 몸을 돌렸다. 숙소가 조용한 걸 확인했으니 곧장 하이드에게 가 볼 작정이었다.

그런데 몸을 돌리면서 무심코 시선을 흘린 창밖에 낯설면서도 익숙한 인영이 서 있는 게 보였다. 케일런은 도무지 믿어지지 않는다는 듯한 눈으로 창밖을 내다보았다.

이곳에 나타나서는 안 되는, 페이렌 로렐라인. 그녀가 점점 가까이 다가오고 있었다. 케일런은 자리에 그대로 얼어붙어서는 옴짝달싹하지 못했다.

그런 그의 머릿속에는 수만 가지 생각이 빠른 속도로 스쳐 지나가고 있었다.

레오디안의 부관인 페이렌이 레오디안 없이 이곳을 찾아온 것도 당황스럽지만, 무엇보다도 당황스러운 점은 따로 있었다. 케일런은 페이렌의 옆에서 걷고 있는 가녀린 여인을 한눈에 알아보았다.

알아보지 못하려야 못할 수가 없었다. 그녀는 언젠가 레오디안이 대공저에 들인 여인이었고, 신황이 관심을 보인 여인이었다. 케일런은 자신이 신황의 명을 받아서 그녀에게 신황의 말을 전했던 날을 떠올렸다.

축제날이었고, 그녀는 겁에 질린 낯을 하고 몸을 떨었다. 그리고 그 모습이 아직까지 뇌리에 인상 깊게 남아 있었다. 케일런은 긴장을 할 때면 으레 그러하듯 짧게 심호흡을 했다. 그리고 애써 덤덤한 표정으로 건물 밖으로 걸어 나갔다.

머지않아서 케일런을 발견한 페이렌이 놀라 눈을 커다랗게 떴다. 케일런은 그런 페이렌이 의아해 멈칫했다.

그도 그럴 것이 케일런은 페이렌이 이곳에 신황이 머무르고 있다는 사실을 알아내 뒤를 좇아온 것이라 생각했다. 그런데 어째선지 페이렌은 예상치 못하게 마주친 사람을 보듯 케일런을 바라보고 있었다.

케일런은 영 아리송한 기분으로 다시 걸음을 내디뎠다.

"로렐라인 경, 경께서 여긴 어쩐 일이십니까?"

페이렌이 엘시아와 당황한 시선을 교환하다가 케일런을 바라보았다.

"이곳에서 머무르고 계셨습니까?"

"이미 알고 오신 것 아닙니까?"

페이렌은 순간 말문이 막힌 듯 아무런 대답을 하지 않았다. 그에 케일런의 의문은 더욱 깊어졌다.

"알고 오신 게 아니라면 이곳은 어떻게 찾아오셨습니까?"

"저희는 다만 찾는 사람이 있어서……."

페이렌은 난감한 표정으로 말끝을 흐리며 엘시아를 돌아보았다. 엘시아도 케일런을 보고 많이 당황한 모양인지 경황이 없어 보였다.

그도 그럴 것이 두 사람은 단지 하이드를 찾아왔을 뿐이었다. 이렇듯 신전의 기사를 맞닥뜨리리라고는 전혀 예상하지 못했다. 페이렌이 힐끔 케일런의 눈치를 살피다가, 엘시아에게만 겨우 들릴 정도로 작게 목소리를 낮추어 속삭였다.

"……엘시아 님, 이곳이 확실합니까?"

"네, 틀림없어요."

단호하게 고개를 끄덕인 엘시아가 케일런의 어깨 너머로 보이는 허름한 숙소 건물을 주시했다. 엘시아는 건물 안에 하이드가 있을 것이라 확신했다. 지금 이 순간, 그 어느 때보다도 하이드의 기척이 선명하게 느껴지고 있었기 때문이었다.

엘시아는 페이렌의 귓가에 작고 나직하나 단호한 목소리로 못 박아 말했다.

"분명 저 안에 하이드가 있어요."

"그렇군요."

페이렌이 몰라보게 심각해진 표정으로 고개를 주억거렸다.

만약 엘시아의 말대로 하이드가 정말 이곳에 있는 것이라면, 어쩌면 현재 하이드는 신황 무리와 함께 머무르고 있는 것인지도 몰랐다. 그렇게 생각하니 순식간에 머릿속이 복잡해졌다. 페이렌은 저도 모르게 한숨을 내쉬었다.

하이드가 하필이면 신황과 같은 곳에서 지내고 있을 줄이야. 꿈에도 예상치 못한 상황이었다.

"이게 도대체 어떻게 된 상황인지 모르겠습니다."

엘시아는 잠시 동안 조용히 페이렌을 바라보면서 침묵하다가, 이내 조심스럽게 페이렌의 귓가에 속삭였다.

"조용히 하이드만 데리고 나오는 게 가능할까요?"

"글쎄요……."

페이렌이 판단하기에 신황이나 신전의 기사들과 아무런 마찰 없이 하이드만 데리고 나오는 건 불가능해 보였다. 하지만 페이렌은 그러한 자신의 생각을 곧이곧대로 내뱉지 않았다. 입을 굳게 다문 채로 케일런에게 시선을 주었다.

다른 기사가 아닌 케일런을 먼저 마주친 것이 다행인지 불행인지 아직은 가늠하기가 조금 힘들었다.

어쩌면 케일런이 도움이 될 수도, 아닐 수도 있었다.

* * *

리리엔의 명령을 받은 벨레로폰이 기사 한 명을 임모투스 신전으로 보냈을 때, 임모투스 신전은 마치 폭풍 전야처럼 불안한 고요 속에 있었다.

로지안이 하일롭의 동태를 살펴보겠다며 자리를 떠나고 나자, 남겨진 로아나와 욤펜은 각자 생각에 잠긴 채로 침묵을 지켰다.

그렇게 꽤 한참 동안 이어졌던 정적을 깬 사람은 다름 아닌 욤펜이었다.

"……로아나 대신관, 우리가 정말 2황자 저하를 믿어도 될까요?"

욤펜은 여전히 확신이 없었다. 비단 로지안에 관한 것뿐만이 아니었다.

그는 그간 선택의 기로에서 자신이 선택한 모든 길을 자꾸만 돌이켜 보게 되었다. 과연 그 모든 선택들이 옳은 것이었는지 그 무엇도 확신할 수 없었기 때문이었다. 욤펜은 복잡한 심경을 대변하는 묵직한 한숨을 내쉬었다.

그러자 로아나가 그러한 욤펜의 생각을 들여다보기라도 한 것처럼 대답했다.

"우리는 이미 너무 먼 길을 걸어오고 말았습니다. 길을 떠나오기 전으로는 돌아갈 수 없어요."

로아나는 무서우리만큼 덤덤했다. 그 어떤 풍파를 맞닥뜨리더라도 결코 흔들리지 않을 것처럼 단단해 보였다.

"그러니 오로지 앞만 보고 걸어가야 해요, 욤펜 대신관."

로아나가 천천히 자리에서 일어났다.

"저는 이만 가서 다른 대신관들이 정말 포탈을 잘 지키고 있는지 확인을 해 봐야겠어요."

"아……."

욤펜이 뒤늦게 정신을 차리고 로아나를 따라 몸을 일으켰다.

"저도 돕겠습니다."

"그럼 저는 1층과 2층을 맡을 테니, 욤펜 대신관은 3층에 있는 포탈을 확인해 주세요."

"예."

욤펜의 대답을 확인한 로아나가 망설임 없이 밖으로 나갔다.

그에 잠시 자리에 굳어 있던 욤펜도 재빨리 로아나를 뒤따라서 나갔다.

신전은 마치 아무런 일도 일어난 적 없는 것처럼 평화로웠다. 하지만 로아나와 욤펜은 긴장을 늦추지 않았다. 현재 신전은 하일롭과 황실 기사단이 점거한 상태였다. 당장 무슨 일이 일어나도 이상하지 않았다.

"그럼, 저는 3층으로 올라가 보겠습니다."

층계 앞에서 욤펜이 말을 건네자, 로아나는 잠시 걱정스러운 눈으로 욤펜을 바라보다가 고개를 끄덕였다. 이윽고 욤펜이 위층으로 올라가자 로아나도 몸을 돌려 포탈이 있는 방을 향해서 걸음을 서둘렀다.

그러던 중 어느 순간 문득 뒤에서 다급하게 다가오는 발걸음 소리가 들렸다. 로아나는 깊게 생각하지 않고 반사적으로 몸을 숨겼다.

"……찾았다고?"

"예, 저하."

간발의 차이였다. 로아나가 몸을 숨긴 방 앞으로 하일롭과 기사들이 지나갔다.

"생각보다 오래 걸렸군. 그래, 그 고귀한 신황 성하께서 현재 어디에 머무르고 계시다던가."

"이곳에서부터 꽤나 멀리 떨어져 있는 마을이라고 합니다."

두런두런 대화를 나누는 말소리가 빠른 속도로 멀어져 갔다. 그에 로아나는 그들의 말 한 마디도 놓치지 않고 듣기 위해서 한껏 숨을 죽인 채로 귀를 기울였다.

"신황께서 무엇을 위해 그리도 먼 곳까지 귀한 발걸음을 하셨을까."

"제가 알아본 바에 의하면 그자는 여태 무언가를 찾아다녔다고 합니다."

"……그래?"

예상치 못한 말이었는지 하일롭의 목소리에 놀란 듯한 기색이 스치고 지나갔다.

"신전까지 비워두고 직접 찾아 나섰을 정도이니 그것은 필히 귀한 것이겠지."

"저도 그렇게 생각합니다."

"그렇다면 더더욱 지켜보고만 있을 수는 없는 노릇이다. 그가 원하는 바를 손에 넣도록 그냥 둘 수는 없지."

하일롭이 짤막한 정적을 사이에 두고 말을 이었다.

"지금 당장 기사들을 소집해라. 기사단을 꾸려서 그곳으로 보내야겠다."

"예, 저하."

로아나는 두 손으로 입을 꽉 틀어막았다. 그러지 않으면 놀란 마음에 저도 모르게 소리를 낼 것만 같았기 때문이었다.

그렇게 로아나는 자리에서 딱딱하게 얼어붙은 채로, 하일롭과 그의 사람들이 멀어질 때까지 꼼짝하지 않았다. 아무래도 하일롭은 신황을 습격할 작정인 듯했다. 로아나는 갑작스럽게 맞닥뜨린 상황에 정신이 없었지만 어떻게든 이성적으로 생각하려고 노력했다.

'이 사실을 당장 2황자에게 알려야겠어.'

로아나는 조심스럽게 방 밖으로 나와서 발걸음을 돌렸다.

지금은 포탈의 상태를 확인하는 것보다, 새롭게 알게 된 사실을 로지안에게 말해 주는 게 더 중요하다는 판단에서였다.

로지안의 침실로 향하는 동안 로아나는 틈틈이 복도에 나 있는 창을 내다보면서 밖을 살폈다.

하일롭이 데리고 온 황실 기사들은 행동이 재빨랐다. 그들은 벌써 신전을 떠날 채비를 하고 있었다. 로아나는 창문 밖으로 보이는 기사들의 움직임을 불안한 눈으로 흘깃대면서 발걸음을 재촉했다.

그리고 마침내 로지안의 침실에 도착했을 때, 로아나는 막 침실 밖으로 나온 로지안을 맞닥뜨렸다. 로지안은 외출을 할 참이었는지 두꺼운 외투를 껴입고 있었다.

"……로아나 대신관, 혹시 나를 찾아온 건가?"

지금 이곳에서 로아나를 마주칠 것이라고는 예상하지 못했는지 로지안이 짐짓 당황한 표정을 지었다. 그런 로지안의 뒤에 서 있는 기사들 역시도 로아나를 보고 당혹스러운 기색을 감추지 못하고 있었다.

로아나는 잠시 망설이다가 조심스럽게 로지안을 바라보면서 말문을 열었다.

"어디 나가시려는 길인가 봅니다."

"그래, 잠시 다녀올 곳이 있어서 나가려던 참이야. 그런데 그대는 무슨 일이지?"

"저하께 급히 전해 드릴 이야기가 있습니다."

로아나의 말이 뜻밖이었는지 로지안이 한쪽 눈썹을 슬쩍 들어 올렸다.

"그게 무엇이지?"

로지안이 가볍게 재촉했으나 로아나는 선뜻 말을 꺼내지 못하고 망설였다. 지금 이곳에는 로지안 말고도 듣는 귀가 여럿 있었기 때문이었다. 그러자 로아나가 망설이는 이유를 알아차린 로지안이 안심하라는 듯이 가볍게 미소를 지어 보였다.

"괜찮으니 말해 보도록."

"다름이 아니라……. 제가 조금 전에 놀라운 이야기를 들었습니다."

로아나가 주변을 의식하며 목소리를 낮추었다.

"1황자 저하가 현재 신황 성하께서 어디에 머무르고 있는지를 알아냈다고 합니다."

"……뭐?"

로지안의 낯빛이 순식간에 어두워졌다.

"그 말이 정말 사실인가?"

"예, 그래서 지금 밖에 황실 기사들이 신황 성하를 찾으러 나갈 준비를 하고 있습니다."

로지안은 당황한 듯 입술을 짓씹다가 힐끔 고개를 돌려 뒤에 서 있는 기사들과 시선을 교환했다.

기사들도 로아나의 말이 금시초문인지 당혹스러운 표정을 짓고 있었다.

"그 인간이 대공보다 먼저 신황을 만나서는 안 되는데……."

로지안이 혼잣말처럼 중얼거리며 입가를 매만졌다. 퍽 성마른 손길이었다.

지금껏 레오디안으로부터 아무런 연락이 없는 것을 보면, 아직 레오디안은 신황을 만나지 못한 게 분명했다.

그런데 하일롭이 신황을 찾아냈다니…….

로지안은 이 상황을 어떻게 해결해야 할지 알 수 없어서 마냥 막막해졌다. 게다가 지금 로지안은 레오디안의 저택으로 가려던 참이었다. 조금 전 그곳에서 기사 두 명이 찾아와서는 리리엔이 로지안을 기다리고 있다는 소식을 전했기 때문이었다.

마침 로지안은 리리엔이 머물 만한 곳을 찾아 두었다. 제도에서 그리 멀지 않은 일레아 백작의 영지에 위치해 있는 자신의 저택이었다.

일레아 백작가는 하일롭이 아닌 로지안을 지지하는 몇 안 되는 귀족 가문 중 하나였다. 무엇보다도 일레아 백작은 수년 전 하일롭이 불필요하게 일으킨 전쟁에서 아들을 잃은 일로 하일롭에게 원한을 가지고 있었다.

"……1황자 저하를 막을 방법이 없는 건가요?"

로아나가 불안한 목소리로 물었다. 그에 로지안은 기사들을 바라보던 시선을 거두어 로아나에게 눈길을 주었다. 새하얀 대신관복을 입고 있는 로아나의 낯빛이 어둑한 수심에 잠겨 있었다.

그런 그녀는 로지안이 상황을 해결할 수 있을 것이라는 기대는 전혀 하지 않고 있는 사람처럼 보였다.

로지안은 짧게 한숨을 내쉬고서 천천히 고개를 들어 올렸다. 그리고 천장을 물끄러미 올려다보며 생각을 정리했다. 머지않아서 생각을 마친 로지안이 다시 로아나를 바라보자, 주위의 모두가 숨을 죽인 채로 로지안을 지켜보았다.

로지안은 한결 진지해진 표정으로 말문을 열었다.

"대신관은 자유롭게 자리를 비울 수가 없겠지?"

"신전의 규율대로라면 그렇습니다. 대신관이 신전 밖으로 나가려면 신황의 허가가 있어야 합니다."

갑작스러운 질문에도 로아나가 주저 없이 대답을 내어놓았다. 그리고서 로지안을 직시하는 로아나의 갈색 눈동자에는 조금의 흔들림도 없었다.

"하지만 현재 신황이 부재한 상황인데. 이런 경우에는 어떻게 해야 하지?"

"……저하께서는 제가 신전 밖으로 나가기를 바라시는 건가요?"

로아나는 눈치가 빨랐다. 로지안이 어째서 이러한 이야기를 하고 있는 건지

금세 알아차렸다. 순간 멈칫했던 로지안은 곧 순순히 고개를 끄덕여 솔직하게 시인했다.

"그래. 그대가 나를 대신하여 대공의 저택으로 가 주길 바라."

"네? 그게 무슨, 갑자기 대공님의 저택에는 왜……."

당황스러운 목소리로 말을 잇던 로아나는 문득 머릿속을 스치고 지나간 생각에 입을 다물었다.

레오디안이 신성지를 떠나 있지만, 현재 그의 저택에는 남아 있는 사람이 있었다. 그러고 보니 지금 로지안의 뒤를 지키고 선 사내들 중에 퍽 낯이 익은 자들이 보였다. 그들이 레오디안의 저택에서 온 기사들이라는 사실을 뒤늦게 알아본 로아나의 입술이 멍하니 벌어졌다.

"……설마 리리엔 아가씨에게 무슨 일이라도 생긴 겁니까?"

"아니, 그건 아니니 마음을 놓도록."

로지안이 재빨리 로아나를 안심시켰다. 하지만 로아나의 머릿속에는 이미 온갖 불안한 생각들이 깊이 뿌리를 내린 지 오래였다. 로아나가 로지안의 어깨 너머로 보이는 기사들을 흔들리는 눈빛으로 바라보다가 물었다.

"그러면 어찌하여 대공저의 기사들이 저하를 찾아온 것인지요?"

"이들은 단지 내게 레이디 리리엔의 말을 전해 주기 위해 찾아왔을 뿐이야."

로지안이 주저 없이 대답했으나 로아나의 의문은 완전히 해소되지 않았다.

그도 그럴 것이 로아나는 리리엔이 사람을 보내면서까지 로지안에게 말을 전하려고 한 상황을 이해할 수 없었다.

로아나가 알고 있기로 로지안과 리리엔 두 사람은 서로 간에 소식을 나눌 정도로 가까운 사이가 아닌 것이다.

한편, 로지안은 혼란스럽기 그지없다는 듯한 표정을 짓고 있는 로아나를 잠시 조용히 바라보고 있다가, 이윽고 더 이상 시간을 낭비해서는 안 된다는 판단을 내렸다.

"로아나 대신관, 그대는 모르겠지만 대공이 신성지를 떠나면서 내게 레이디 리리엔의 신변을 부탁했어."

로지안의 말을 듣고 로아나는 더욱 혼란스러운 표정을 지었다.

"대공님이 정말 저하께 그런 부탁을 하였다고요?"

"그래. 믿어지지 않겠지만 사실이야."

로지안이 빠른 속도로 말을 이었다.

"아무튼 나는 레이디 리리엔이 계속 신성지에 머무르는 것은 안전하지 않다고 판단했고, 하여 오늘 그녀를 일레아 백작의 영지로 데리고 갈 계획이었어."

"일레아 백작이라면……."

"그는 믿을 만한 자야."

로지안이 단호하게 대꾸하자 로아나는 말문이 막힌 듯 입을 다물었다.

"그런데 상황이 참 곤란하게 되었어."

로지안이 짧게 혀를 차더니 혼잣말처럼 중얼거렸다.

"지금 당장 레이디 리리엔을 데리러 갈 생각이었는데, 그렇다고 또 형님이 신황을 찾는 것을 가만히 두고 볼 수는 없는 노릇이고."

"아……."

이제야 로아나는 아까부터 로지안이 무엇을 염두에 두고 이야기하는지 알아차렸다. 로지안은 로아나가 그를 대신해서 리리엔을 안전한 곳으로 데리고 가기를 바라고 있는 것이다.

그것 외에는 딱히 다른 뾰족한 수가 없어 보였다. 로아나는 잠시 고민한 끝에 침묵을 깨고 먼저 말을 꺼냈다.

"제가 리리엔 아가씨를 일레아 백작의 영지로 모시고 가겠습니다."

당연하게도 로지안은 로아나의 제안을 거절하지 않았다.

냉큼 저택의 정확한 위치를 로아나에게 알려 준 로지안이 돌연 씨익 입꼬리를 끌어 올려 장난스러운 미소를 지었다.

"그렇다면 이제 나는 마음 놓고 형님을 방해하러 가 보도록 하지."

* * *

"이왕 이렇게 이곳까지 찾아오셨으니……. 일단 함께 안으로 들어가시겠습니까?"

예상치 못한 케일런의 말을 듣고 놀란 페이렌이 멈칫해서 케일런을 바라보았다. 아까부터 신성력을 사용한 흔적이 선명하게 느껴지고 있었다. 이곳에 신황이 머무르고 있는 것이 틀림없었다.

엘시아에게 이상한 관심을 보여 온 신황이었다. 그러니만큼 아무런 준비가 되지 않은 상황에서 신황을 마주하는 건 꺼려졌다. 때문에 페이렌은 일단 엘시아를 데리고 돌아간 다음, 레오디안과 함께 다시 이곳을 찾아오는 편이 나을 것 같다고 판단을 내렸다.

하지만 막상 그러자니 또 신황이 언제 다른 곳으로 이동할지 모른다는 생각이 들었다. 페이렌은 주저하는 기색을 감추지 못한 채로 엘시아를 돌아보았다. 엘시아는 꽤나 덤덤한 표정으로 케일런을 응시하고 있었다.

그 모습을 보니 점차 마음이 차분해졌다. 이윽고 페이렌도 엘시아처럼 덤덤하게 케일런을 바라보았다.

"그런데 신황 성하의 허락도 없이 저희가 안으로 들어가도 되는 겁니까?"

"아, 그건……."

케일런이 눈에 띄게 당황한 표정을 지으며 말끝을 흐렸다.

페이렌은 그런 케일런의 모습에서 수상쩍은 기류를 읽어 냈다. 그러고 보면 아까부터 주위가 이상할 정도로 조용했다.

"케일런 경, 혹시 무슨 문제라도 있습니까?"

페이렌이 퍽 날카로운 목소리로 물었다. 케일런은 말문이 막힌 듯 아무런 대답을 하지 못했다.

"케일런 경."

"사실……."

페이렌의 재촉에 케일런이 마른침을 꿀꺽 삼키고서 말을 덧붙였다.

"사실, 일이 좀 있었습니다."

그러는 케일런의 얼굴은 어느덧 심각하게 굳어진 채였다. 그가 잠시 망설인 끝에 재차 물었다.

"……안으로 들어가시겠습니까?"

찰나 엘시아와 시선을 교환한 페이렌이 이윽고 천천히 고개를 끄덕였다.

* * *

"각하, 근처에서 신성력의 흔적이 느껴집니다."

기사의 말에 레오디안이 가볍게 고개를 끄덕여 보였다. 그렇지 않아도 레오디안 또한 방금 막 신성력의 흔적을 느낀 참이었다. 잠시 고삐를 단단히 쥐어 말을 멈춘 레오디안이 고개를 들어 하늘을 올려다보았다.

한낮의 태양이 하늘을 환하게 밝히고 있었다. 지금 당장 신성력의 흔적을 쫓아 신황을 추적한다고 할지라도 그다지 늦지 않은 시간에 엘시아가 있는 숙소로 돌아갈 수 있을 것 같았다.

그렇게 빠르게 판단을 내린 레오디안이 곧 뒤따라온 기사들을 돌아보면서 지시를 내렸다.

"지금부터 우리는 신성력의 흔적을 쫓아간다."

"예, 각하!"

레오디안이 말을 재촉해 달리기 시작하자, 그의 기사들 역시도 빠른 속도로 말을 달렸다.

머지않아서 고즈넉한 마을 초입에 도착했을 때, 레오디안과 기사들이 천천히 말을 몰았다. 그들은 주위를 면밀히 살피면서도 신성력의 흔적을 추적하는 데에도 온 신경을 기울였다.

한낮임에도 길에는 인적이 드물었다. 덕분에 아무런 방해도 받지 않고 추적을 계속했다.

"이 주변인 것 같군."

레오디안이 멈춰 서자 그의 뒤를 따르던 기사들도 말을 멈추었다. 워워, 말을 달래는 기사들의 목소리가 멎자 기다렸다는 듯이 정적이 찾아들었다. 마을

이 기이할 정도로 고요했다. 레오디안과 기사들은 자못 긴장한 채로 주위를 살폈다.

"지금부터는 무리를 나누어서 주변을 수색하는 것이 좋겠군."

레오디안이 기사 두 명을 지목했다.

"자네들은 나를 따라와."

"예, 각하."

지목당한 기사들이 곧장 레오디안에게 가까이 다가왔다. 레오디안이 그런 그들에게 잠시 시선을 두고 있다가, 이내 뒤를 돌아보고서 명령을 마저 내렸다.

"그리고 리오넬 경, 자네가 남은 기사들을 데리고 저쪽 거리부터 수색하도록."

"예, 알겠습니다."

리오넬의 대답을 확인한 레오디안이 곧장 몸을 돌렸다. 두 명의 기사를 이끌고 수색을 시작했다. 그러자 점차 멀어지는 레오디안의 뒷모습을 잠시 지켜보고 있던 리오넬이 곧 레오디안과 반대 방향으로 말을 몰았다.

그렇게 두 무리로 나누어진 기사들은 각각 수색을 시작한 때로부터 그리 오랜 시간이 지나지 않아서 신황을 찾아냈다.

애당초 무척이나 작은 마을이었다. 수색하는 데 시간이 오래 소요되었다면 도리어 그것이 더 이상한 일이었을 것이다.

"일단 자네들은 이곳에서 대기하고 있도록."

"예, 각하."

레오디안이 말에서 내렸다. 신성력의 흔적이 가장 짙게 남아 있는 웬 허름한 건물 앞에서였다.

* * *

시간이 흐를수록 감당할 수 없을 정도로 커져만 가는 불안한 마음에 벤체스가 입술을 마구 짓씹고 있을 무렵, 그토록 기다리던 케일런이 돌아왔다.

벤체스가 냉큼 자리에서 일어나서 케일런에게 가까이 다가갔다. 케일런은 그런 벤체스의 뒤로 힐끔 시선을 던져 신황의 상태를 살폈다.

신황은 아직까지 정신을 차리지 못하고 있었다. 다행인지 불행인지 모를 일이었다. 케일런이 나직이 한숨을 내쉬었다. 그러자 연신 초조한 시선으로 케일런의 눈치를 살피던 벤체스가 한껏 목소리를 낮추어 물었다.

"아이는 보고 오셨습니까?"

"……예. 그동안 별일은 없었습니까?"

케일런의 뒤늦은 대답이 어째 신경이 쓰였지만 벤체스는 애써 그것을 가볍게 넘기면서 대꾸했다.

"별일은 없었지만……. 보시다시피 신황 성하께서 아직도 깨어날 기미조차 보이지 않으십니다."

벤체스는 겉보기에는 아무런 외상 없이 멀쩡한 신황이 정신을 차리지 못하는 게 너무나도 걱정스러웠다. 그는 혹시라도 신황이 잘못되는 건 아닐지 두려운 나머지 단 한순간조차도 신황에게서 시선을 뗄 수가 없었다.

"……지금 당장 신전으로 돌아가는 편이 낫지 않겠습니까?"

벤체스의 말에 케일런이 지그시 눈을 감은 채로 고개를 저어 보였다.

"당장은 무리입니다."

"하지만……."

"다행스럽게도 저보다 훨씬 더 방대한 신성력을 지닌 기사를 만났습니다."

"……예?"

"그분께 신황 성하의 상태를 보일까 합니다."

"아니, 갑자기 무슨 뜬금없는 소리를 하시는 겁니까."

벤체스가 황당하다는 듯 표정을 찌푸렸다.

"경보다 더 많은 신성력을 지닌 기사를 만나셨다니, 대체 어디서요?"

아이를 살펴보고 온다던 케일런이 갑자기 자신보다 방대한 신성력을 지닌 기사를 만나고 왔다고 말한다. 잠시 생각해 보아도 너무나도 뜬금없는 말이었다. 벤체스는 케일런의 말이 도무지 이해가 가지 않았다.

"경께서도 잘 아시는 분입니다."

그 말을 툭 내뱉은 케일런이 돌연 몸을 돌리더니 미처 붙잡을 새도 없이 방 밖으로 나갔다. 갑작스럽게 벌어진 상황에 벤체스는 넋이 나간 얼굴로 자리에 멍하니 서 있었다.

그런데 얼마 지나지 않아서 다시 문이 열리더니 케일런이 들어왔다. 그런 케일런의 뒤로 보이는 낯익은 인영을 발견한 벤체스가 믿기지 않는다는 듯 입을 벌렸다.

"……로렐라인 경?"

"벤체스 경. 오랜만입니다."

당황을 금치 못하는 벤체스와 다르게 페이렌은 덤덤하게 인사를 건넸다.

이게 도대체 어떻게 된 상황인지 마냥 혼란스러웠다. 벤체스는 혼란스러운 눈으로 케일런을 바라보았다.

그러기가 무섭게 케일런이 홱 고개를 옆으로 돌렸다. 그러더니 차마 벤체스의 눈을 똑바로 바라볼 엄두가 나지 않는다는 듯이 시선을 아래로 내려뜨리기까지 했다.

그 모습을 보고 벤체스는 케일런에게 자세한 상황 설명을 듣는 건 어려울 듯하다고 판단을 내렸다.

"벤체스 경, 궁금한 것이 많으실 줄 압니다."

페이렌이 벤체스와 케일런에게 차례로 시선을 주면서 말을 이었다.

"하지만 피차 자세한 이야기는 잠시 후에 나누는 것으로 하죠. 저는 일단 신황 성하의 상태부터 살펴봐야겠습니다."

"아, 예. 이쪽으로 오십시오."

벤체스가 냉큼 침대 맡에다가 의자를 끌어다 놓고 그곳으로 페이렌을 안내했다.

"감사합니다."

자리에 앉은 페이렌이 신황의 이마 위로 손을 얹었다. 그리고 그 상태로 지그시 눈을 감은 채로 신성력을 사용했다. 머지않아서 페이렌의 손에서부터 뿜어져 나온 밝은 빛이 방 안을 환하게 밝혔다.

벤체스와 케일런은 숨을 죽인 채로 페이렌이 하는 양을 가만히 지켜보았다.

그렇게 얼마나 시간이 흘렀을까.

"큰일 났습니다, 케일런 경!"

웬 사내의 커다란 목소리와 함께 돌연 문이 활짝 열어젖혀졌다.

그에 케일런과 벤체스는 물론이고, 신황을 살펴보던 페이렌의 고개가 동시에 한곳으로 돌아갔다. 그곳에는 당황한 표정을 한 기사가 한껏 휘둥그레진 눈으로 방 안을 둘러보고 있었다.

"아니, 지금 이게 무슨……."

"무슨 일입니까."

케일런이 기사의 말을 단호하게 잘라 내고서 물었다.

그러자 본연의 목적을 상기해 낸 기사가 다급하게 창밖을 가리켰다.

"지, 지금 숙소 밖에……!"

순간 거친 숨을 크게 들이켠 기사가 소리쳤다.

"숙소 밖에 로켄페데스 대공 각하가 계십니다!"

케일런은 물론이고 페이렌까지 놀란 표정으로 기사를 바라보았다.

"지금 그 말이 정말 사실입니까?"

"예, 대공 각하께서 신황 성하를 뵈어야겠다면서 기사들을 이끌고 오셨습니다. 그런데……."

케일런의 말에 순순히 입 밖으로 대답을 내어놓던 기사의 시선이 신황에게로 향했다.

"……그런데 신황 성하께서는 어째서 저런 모습으로 누워 계시는 겁니까?"

기사가 떨리는 목소리로 묻자 케일런은 잠시 침묵을 지키다가 대답했다.

"신황 성하께서는 잠시 정신을 잃으셨을 뿐이니 염려치 마십시오."

"예? 정신을 잃으셨다니, 아까 식사 시간까지만 해도 멀쩡하셨던 분께서 갑자기 왜……."

기사는 제 눈앞의 상황이 도저히 이해가 안 된다는 듯 멍하니 입을 벌렸다.

그런 기사를 보면서 짧게 한숨을 내쉰 케일런이 페이렌을 돌아보면서 물었다.

"페이렌 경, 애초에 이곳에 대공 각하와 함께 오신 겁니까?"

"음……."

페이렌은 선뜻 뭐라고 대답하기가 난감해 말을 흐렸다.

레오디안과 함께 신성지를 떠나오기는 했지만, 레오디안과 행동을 함께하지는 않았다. 페이렌은 엘시아와 둘이서 하이드를 찾아 헤매던 중에 우연히 이곳을 발견한 것이었다.

아마 레오디안은 지금 이곳에 페이렌과 엘시아가 있으리라고는 짐작조차 못하고 있을 터였다. 페이렌은 레오디안이 생각보다 훨씬 더 빠르게 이곳을 찾아낸 상황을 다행이라 여겨야 할지, 아니면 반대로 불행이라 여겨야 할지 알 수 없었다.

한편, 케일런은 페이렌이 순순히 대답해 줄 것 같지 않자 그것이 영 탐탁지 않다는 듯이 미간을 찌푸리고서 입을 열었다.

"……일단 저는 대공 각하를 만나 보고 오겠습니다. 페이렌 경은 마저 성하를 살펴봐 주십시오."

"네, 그러겠습니다."

페이렌이 애써 불안한 마음을 뒤로한 채로 고개를 끄덕였다.

그에 케일런은 구태여 시간을 지체하지 않고 기사를 데리고 빠르게 방을 나섰다. 복도로 나오기가 무섭게 기사가 케일런을 향해서 물었다.

"케일런 경, 이게 대체 무슨 일입니까? 지금 상황이 어떻게 돌아가고 있는 것인지요?"

신황이 쓰러지고 대공이 찾아오다니, 도대체 어찌 된 영문인지 모르겠다면서 기사가 케일런의 대답을 재촉했다.

케일런은 그런 기사가 무척이나 번거롭게 느껴졌다. 게다가 케일런 역시도 레오디안이 왜 갑자기 이곳에 나타난 건지 이유를 전혀 모르고 있었다. 묵직한 한숨을 내쉰 케일런은 곧 걸음을 더욱 재촉해 걸으면서 대충 대꾸했다.

"저도 잘 모르겠습니다. 대공 각하를 만나 봐야 상황 파악이 좀 될 것 같습니다."

"……그러십니까."

기사는 영 시원찮은 케일런의 대답이 의심스러운 눈치였으나 다행스럽게도 더 이상 아무것도 묻지 않았다.

1층으로 내려오니 키가 큰 사내가 홀로 서 있는 게 보였다. 레오디안이었다.

아까 기사의 말대로라면 레오디안은 기사들과 함께 있어야 하는데, 현재 레오디안의 주위에는 아무도 없었다. 그에 케일런이 찰나 의아한 눈으로 기사를 돌아보았다. 그러기가 무섭게 기사가 변명하는 것처럼 말을 꺼냈다.

"……어, 대공 각하께서 안에 들어와 계셨을 줄은 몰랐습니다."

아무래도 레오디안이 이끌고 온 기사들은 아직 숙소 밖에 있는 모양이었다.

케일런이 기사에게 가볍게 고개를 끄덕여 보인 뒤, 다시금 레오디안에게 눈길을 주었다.

어느덧 케일런의 존재를 알아차린 레오디안이 케일런에게 시선을 단단히 고정하고 있었다. 케일런은 불쑥 고개를 치켜든 긴장감에 마른침을 꿀꺽 삼키고는 레오디안을 향해서 다가갔다.

"각하."

"케일런 경."

레오디안이 무심하게 고개를 끄덕여서 케일런의 인사를 받았다. 꽤 오랜만에 다시 만난 레오디안은 케일런이 기억하고 있는 것보다 훨씬 더 차가운 인상이었다.

케일런은 순간 깊게 숨을 들이켜고는 이내 조심스럽게 입을 열었다.

"각하, 신황 성하를 뵙기 위해 오셨다고 들었습니다."

"그래."

레오디안이 케일런의 옆에 선 기사에게 힐끔 시선을 던졌다가 다시 케일런을 바라보았다.

"신황 성하는 어디에 계시지?"

"그게, 당장 신황 성하를 뵙는 건 어렵겠습니다."

케일런의 대답에 레오디안의 미간 사이가 미묘하게 구겨졌다.

"그건 어째서이지?"

"신황 성하께서는 현재 휴식을 취하고 계십니다."

케일런이 당장 상황을 모면하기 위해 거짓말을 내뱉었다. 그러자 옆에 선 기사가 놀란 눈으로 케일런을 돌아보았다.

케일런은 기사를 향해서 입을 다물고 있으라는 눈치를 주었다. 다행히도 기사는 그런 케일런의 시선의 의미를 제대로 알아차렸는지 쓸데없는 말을 꺼내지 않았다.

한편, 그러한 두 사람의 모습을 유심히 지켜보고 있던 레오디안이 이내 천천히 입을 열어 물었다.

"신황 성하께 내가 찾아왔다는 사실을 알렸나?"

"신황 성하께서는 당신이 휴식을 취하는 동안 무슨 일이 생겨도 방해치 말라는 명령을 내리셨습니다."

한 번 거짓말을 내뱉고 난 다음, 그 거짓말을 그럴싸하게 포장하기 위한 거짓말은 아무렇지도 않게 술술 입 밖으로 흘러나왔다.

하지만 그러면서도 케일런은 혹시라도 레오디안이 이상한 낌새를 눈치채지는 않을까 조마조마한 심정으로 레오디안의 낯을 살펴보았다.

레오디안은 잠시 무언가를 고민하는 기색으로 침묵했다. 그에 케일런은 조금쯤 고개를 숙인 채로 레오디안이 무슨 말이라도 꺼내기를 기다렸다.

"그렇다면 별수 없군."

꽤 한참 만에 레오디안이 나직한 목소리로 말했다.

"신황 성하께서 휴식을 다 취하실 때까지 기다리도록 하겠다."

케일런으로서는 레오디안을 당장이라도 돌려보내고 싶었다. 하지만 그럴 명목이 없었다.

결국 케일런은 가까스로 난감한 기색을 숨기고서 고개를 끄덕였다.

"그럼 비어 있는 방으로 안내해 드리겠습니다."

"그래, 부탁하지."

레오디안이 외투를 벗어 한쪽 팔에 걸쳤다.

그 모습을 잠시 지켜보던 케일런이 곧 발걸음을 내딛자, 레오디안도 케일런을 뒤따라서 걸음을 옮겼다. 케일런은 신황이 있는 방과 가장 멀리 떨어져 있는 방으로 레오디안을 안내해야겠다고 생각하면서 위층으로 향했다.

그렇게 계단을 다 올라와서 복도에 발걸음을 내디딘 순간이었다.

"……엘시아 님?"

느닷없이 놀란 듯한 레오디안의 목소리가 들려와 케일런이 뒤를 돌아보았다. 어느새 자리에 멈추어 선 채로 정면을 응시하는 레오디안의 푸른 눈동자에 놀라운 기색이 서려 있었다.

케일런은 레오디안의 시선을 따라서 천천히 눈길을 돌렸다. 그러자 레오디안과 별다를 바 없는 표정으로 이쪽을 바라보고 있는 엘시아가 보였다.

레오디안과 엘시아 두 사람은 이곳에서 서로와 마주치리라고는 전혀 예상하지 못했는지 무척이나 당황한 눈치였다. 막 방에서 나온 건지 문고리를 잡은 채로 멈칫해 있던 엘시아가 이윽고 걸음을 옮겨 가까이 다가왔다.

케일런은 레오디안과 엘시아를 번갈아 보며 두 사람의 낯을 살피다가, 엘시아가 다가와서 멈추어 섰을 때에야 조심스럽게 말문을 열었다.

"……아이와 이야기는 다 나누셨습니까?"

엘시아가 찰나 커다래진 눈으로 케일런을 바라보다 이내 고개를 끄덕였다. 그리고 천천히 시선을 돌려 레오디안을 응시하는 엘시아의 붉은 눈동자는 마치 레오디안에게 수많은 말들을 건네고 있는 것처럼 느껴졌다.

* * *

케일런은 신황이 어느 날 갑자기 웬 남자아이 한 명을 거두었다는 사실을 고백했다.

엘시아는 케일런이 말한 남자아이가 어쩌면 하이드일지 모른다고 생각했다. 페이렌 역시도 엘시아와 같은 생각을 하였는지, 케일런에게 혹시 그 남자아이를 잠깐 만나 보아도 되겠느냐고 물었다.

그러자 케일런은 꽤 오래도록 고민하는 기색으로 침묵하다가 고개를 끄덕이더니 한 가지 조건을 붙였다.

'페이렌 경께서 제 부탁을 들어주신다면 저도 페이렌 경의 요청을 받아들이겠습니다.'

그 말에 이어서 케일런이 내건 조건은 간단했다.

그는 남자아이가 머무르고 있는 방으로 엘시아를 안내해 주는 대신, 페이렌더러 자신을 따라나설 것을 요구했다. 페이렌은 잠시나마 엘시아의 곁에서 떨어져 있어야 한다는 점이 마음에 걸린 탓에 선뜻 케일런의 조건을 받아들이지 못했다.

그런 페이렌의 기색을 알아차리고 페이렌을 설득한 것은 다름 아닌 엘시아였다. 페이렌은 도무지 마음이 놓이지 않는 듯 연신 엘시아에게 우려를 표했지만, 엘시아의 확고한 뜻을 꺾지는 못했다. 결국 페이렌은 케일런과 함께 엘시아를 방 앞까지 데려다주었다.

그렇게 엘시아는 비로소 그토록 찾아 헤맸던 하이드를 만났다.

하이드는 엘시아가 찾아올 것을 예상하고 있었는지, 방 안으로 들어선 엘시아를 보고 조금도 놀라지 않았다.

반면에 엘시아는 놀라서 휘둥그레진 눈으로 방 안 곳곳을 둘러보았다.

하이드의 주변에 미처 다 마르지 않은 선혈이 낭자해 있었기 때문이었다.

'하이드, 혹시 어디 다쳤어?'

'괜찮아.'

하이드는 덤덤하기 그지없는 표정으로 엘시아에게 다가서면서 말했다.

'그리고 다 괜찮아질 거야.'

엘시아는 말문이 턱 막힌 채로 한동안 아무런 말도 꺼내지 못했다.

하이드에게 물어봐야 할 것도 하고 싶은 말도 많았는데, 그중 어떤 것도 쉽사리 입 밖으로 내뱉을 수가 없었다.

하이드를 찾아다니는 동안 어떻게 재회하게 될지 어렴풋이 상상해 보기는
했지만, 이러한 상황은 전혀 예상하지 못했다.

엘시아는 두려운 표정으로 다시금 방 안을 둘러보다가 이내 하이드에게 시
선을 돌렸다. 그리고 떨리는 입술을 가까스로 열어 물었다.

'……하이드, 대체 무슨 일이 있었던 거야?'

엘시아의 앞에 다가와 멈추어 선 하이드가 여느 때와 같은 멍한 표정으로
엘시아를 올려다보면서 대꾸했다.

'그 남자가 우리를 이용할 거라고 했어.'

'그 남자라니……?'

'우리를 토벌하는 자들의 우두머리.'

'혹시 신황을 말하는 거야?'

엘시아가 놀란 눈으로 하이드를 바라보았다. 하이드가 천천히 고개를 끄덕
였다.

'그럴 수가…….'

사실 엘시아는 신황을 처음 만났을 때부터 그가 자신에게 보인 관심이 좋은
방향은 아니리라 생각하고 있었다. 하지만 막상 하이드로부터 이러한 이야기를
들으니 새삼스레 놀라운 마음을 감추기 힘들었다.

'그래서 그가 먼저 너에게 접근한 거야?'

'아니야.'

가볍게 고개를 흔든 하이드는 자신이 신황의 뒤를 미행했다는 사실을 솔직
하게 고백했다.

엘시아는 마치 불현듯 누군가에게 머리를 얻어맞기라도 한 것처럼 큰 충격
에 빠졌다. 하이드가 갑자기 저택을 떠난 이유가 다름 아닌 신황을 만나기 위
해서였을 줄이야.

엘시아는 떨리는 손을 뻗어 하이드의 팔을 붙잡았다.

'왜 그랬어?'

하이드는 엘시아의 손을 뿌리치지 않았다. 자신의 손으로 엘시아의 손등 위를 조심스럽게 덮어 쥐었다. 엘시아는 그제야 하이드의 손에 묻어 있는 붉은 핏자국을 알아차렸다.

'대체 왜…….'

'오래전에 그 남자에 대한 이야기를 들은 적이 있어.'

하이드는 덤덤한 표정으로 엘시아를 바라보며 과거를 회상했다.

'그 남자는 우리와 같은 존재의 머릿속을 자기 뜻대로 조종할 수 있다고 했어.'

'……뭐?'

엘시아는 처음 듣는 이야기였다. 신황이 다른 인간과 무언가 다른 것 같다는 생각은 했지만, 설마하니 신황이 그런 능력을 지니고 있을 줄은 꿈에도 몰랐다.

'그러니까 그 남자가 마음만 먹는다면 우리를 이용하는 건 너무 쉬운 일일 것 같았어.'

'그래서……? 그래서 그 남자를 어떻게 했는데?'

엘시아는 두려운 예감에 사로잡혔다. 하이드를 만난지 얼마 되지 않았을 때, 하이드가 아무렇지도 않게 인간을 살해한 일이 떠올랐다.

당시 엘시아는 하이드에게 앞으로 인간과 함께 살기 위해서는 인간을 죽여서는 안 된다고 단단히 당부했다. 그리고 하이드는 그런 엘시아에게 반박하지 않고 납득했다. 더는 인간을 죽이지 않겠다며 약속까지 했었다.

하지만 지금 이 순간, 엘시아는 어쩌면 하이드가 그 약속을 어기고 신황을 살해했을지도 모른다는 의심이 들었다.

하이드는 그런 엘시아의 생각을 알아차리기라도 한 건지 조금 씁쓸한 표정을 지은 채로 엘시아를 올려다보았다.

'내가 그 남자가 평범한 인간이 아니라는 걸 바로 알아본 것처럼, 그 남자도 나를 단번에 알아봤어.'

'…….'

'내가 인간이 아니라는 걸, 괴물이라는 걸.'

엘시아는 하이드가 무슨 소리를 하고 있는지를 단박에 이해했다.

엘시아도 신황을 처음 봤을 때 신황에게서 기이한 느낌을 받았다. 그리고 신황 역시도 엘시아가 평범한 인간이 아니라는 사실을 바로 알아차렸었다.

'엘시아도 그 남자를 만난 적이 있지?'

'응. 그런데 그건 갑자기 왜…….'

'그 남자가 엘시아하고 나를 이용해서 이 제국을 전복시킬 계획이라고 말했어.'

하이드가 엘시아의 눈동자를 똑똑히 직시하면서 말했다. 제국을 전복시킬 계획이라니? 엘시아가 놀라 휘둥그레진 눈으로 하이드를 쳐다보았다. 하이드는 잠시 동안 그런 엘시아와 시선을 맞춘 채로 침묵을 지켰다.

방 안에 자연스럽게 내려앉은 정적 속, 무거운 분위기가 온몸을 짓누르는 듯했다. 엘시아는 무슨 말이라도 꺼내 보고 싶었지만 머릿속이 영 혼란스러워서 쉽사리 입을 열지 못했다. 방금 하이드의 말을 듣고 놀란 마음을 애써 차분하게 진정시키려고 노력을 해봤지만 그것조차 마음처럼 되지 않았다.

그렇게 얼마나 시간이 흘렀을까. 멍하니 엘시아만 바라보고 있던 하이드의 입술이 느릿하게 벌어졌다.

'엘시아, 나는…….'

한참 만에 입을 연 것이 무색하게도 하이드는 차마 말을 잇지 못하겠다는 듯이 말끝을 흐렸다.

엘시아는 새삼스러운 눈으로 하이드의 낯빛을 살폈다. 그도 그럴 것이 하이드가 이렇듯 말을 망설이는 모습은 흔치 않았다. 그로부터 또다시 한참동안 침묵을 지킨 끝에 하이드가 가까스로 입을 열었다.

'나는 엘시아가 그 남자한테 이용당하는 걸 막고 싶었을 뿐이야.'

그러는 하이드의 입술이 잘게 떨리고 있었다. 엘시아의 눈에도 그게 똑똑히 보였다.

'약속을 어겨서 미안해.'

'하이드……'

약속을 어겼다는 말인즉슨 하이드가 신황에게 어떠한 해를 끼쳤다는 것을 의미했다. 하지만 엘시아는 더 이상 하이드에게 아무것도 묻지 못했다. 신황에게 무슨 짓을 한 거냐고 차마 물어볼 수가 없었다.

'하이드.'

엘시아는 하이드의 팔을 붙잡고 있던 손에 힘을 주어 하이드를 끌어당겼다.

'내가 미안해.'

엘시아의 품에 와락 껴안긴 채로 하이드는 아무런 말이 없었다.

엘시아는 자신을 밀어내지도, 그렇다고 자신을 힘주어 마주 껴안지도 않는 하이드를 더욱 꽉 끌어안았다. 엘시아는 가슴팍이 점점 젖어 들어가는 걸 느꼈다. 하이드가 소리 없이 눈물을 펑펑 쏟아 내고 있었다.

'……하이드, 괜찮아.'

엘시아는 한 손으로 하이드의 등을 가만가만 도닥이며 부드러운 목소리로 말했다.

'너는 아무것도 잘못하지 않았어.'

'……'

'괜찮아……'

하이드의 눈물은 멎을 기미조차 보이지 않았다. 하지만 엘시아는 지치지 않고 계속해서 하이드를 달랬다. 하이드의 귓가에 끊임없이 다정한 속삭임을 흘려 넣으며 마른 등을 부드럽게 쓰다듬어 주었다.

그로부터 아주 오랜 시간이 흐른 이후에야 하이드는 가까스로 눈물을 멈추었다.

* * *

"이곳에서 하이드를 만난 겁니까?"

"네."

엘시아는 가볍게 고개를 끄덕이면서 레오디안의 눈치를 살폈다.

레오디안은 하이드가 신황과 함께 지내고 있었다는 사실을 알고도 그에 관해 엘시아에게 아무것도 묻지 않았다. 하지만 오히려 그것이 엘시아의 마음에 걸렸다. 엘시아는 자꾸만 바짝바짝 마르는 입술을 축였다.

"하이드는 좀 어때 보였습니까?"

"하이드는……."

엘시아는 어디서부터 이야기를 꺼내야 할지 알 수가 없어서 말을 망설였다. 레오디안은 언제나 그러하였던 것처럼 엘시아를 재촉하지 않고 잠자코 기다려 주었다.

엘시아는 한참 만에야 가까스로 말문을 열었다.

"하이드는 생각보다 잘 지내고 있었던 것 같아요. 딱히 다친 곳도 없고, 몸이 더 마르지도 않았어요. 그런데 다만……."

"다만?"

레오디안의 한쪽 눈썹이 휙 위로 치켜 올라갔다.

엘시아는 레오디안에게 이런 말까지 해도 되는 건지 잠시 동안 고민하다가, 이내 조심스럽게 마저 뒷말을 이었다.

"……아무래도 하이드가 신황에게 무슨 짓을 한 것 같아요."

레오디안이 놀란 표정을 지었다.

"하이드가 말입니까?"

"네. 무슨 짓을 했는지는 차마 물어볼 수가 없어서 물어보지 못했지만……."

하이드가 신황에게 무슨 짓을 한 것만은 틀림없다며 엘시아가 나직이 덧붙였다. 한편, 엘시아의 말을 듣고 나서 레오디안은 깊은 고민에 빠졌다.

그도 그럴 것이 케일런은 레오디안에게 신황이 현재 휴식을 취하고 있다고 말했다. 만약 지금 엘시아의 말이 사실이라면, 아까 케일런이 한 말은 거짓말이 된다.

거기까지 생각이 미쳤을 때, 레오디안은 망설임 없이 자리에서 일어났다. 갑작스러운 레오디안의 움직임에 엘시아가 놀란 눈으로 레오디안을 올려다보았다.

"하이드는 아직 그 방에 있는 겁니까?"

"……아, 네."

엘시아는 순간 얼떨결에 대답을 했다가 덜컥 두려운 마음이 들었다. 세상이 무너지기라도 한 것처럼 우는 하이드를 간신히 달래 놓고 나온 길이었다. 그러니만큼 엘시아는 혹시라도 레오디안이 하이드를 찾아가기라도 할까 봐 두려워졌다.

하지만 다행스럽게도 이어진 레오디안의 말은 엘시아의 예상과는 전혀 다른 것이었다.

"저는 신황을 만나 보고 오겠습니다."

레오디안이 굳은 표정으로 말을 이었다.

"그러니 엘시아, 당신은 이곳으로 하이드를 데리고 오십시오."

그러는 레오디안은 드물게 다급해 보였다. 그 모습을 보고 엘시아는 미처 깊게 고민할 새 없이 고개를 끄덕여 보였다.

"그럼 잠시 뒤, 이 방에서 다시 만나도록 합시다."

"네."

레오디안은 엘시아의 대답을 확인하자마자 곧바로 방을 나갔다.

너무나도 순식간에 일어난 상황에 엘시아는 잠시 얼떨떨한 표정으로 자리에 앉아 있다가, 곧 정신을 차리고 몸을 일으켰다.

* * *

레오디안은 곧바로 케일런을 찾아 나섰다.

아까 전에 케일런은 자신이 신황의 호위를 해야 한다면서 자리를 떠났다. 그게 거짓말이 아니라면 현재 케일런과 신황은 함께 있을 터였다.

레오디안은 조금 전에 엘시아로부터 들은 이야기를 머릿속으로 가만 돌이켜 보면서 빠른 속도로 걸음을 옮겼다. 그런데 그런 레오디안의 거침없는 발걸음을 돌연 막아선 기사가 있었다.

"대공 각하."

레오디안은 불현듯 앞에 나타난 기사를 위아래로 빠르게 훑어보았다.

"벤체스 르누아르였던가."

"어, 저를 알고 계셨습니까?"

레오디안의 말을 듣고 벤체스는 자신이 레오디안의 앞길을 막아선 목적을 순간 잊어버렸을 정도로 놀랐다. 반면 레오디안은 그런 벤체스를 무심히 바라보면서 대수롭지 않게 대꾸했다.

"신황 성하를 곁에서 모시는 기사들의 면면은 모두 기억하고 있다."

"그러셨군요……."

벤체스는 어쩐지 조금 부끄러워졌다. 그 대단한 기사라 칭송받는 레오디안이 자신을 알고 있었다는 사실이 좋으면서도 또 한편으로는 민망한 기분이 들었던 것이다.

"그런데 무슨 일이지?"

레오디안의 눈매가 날카로웠다. 그를 본 벤체스의 몸이 절로 움츠러들었다.

"아, 그, 다름이 아니라……."

벤체스가 더듬더듬 말을 간신히 이어 물었다.

"저, 혹시 뭐 필요하신 것이라도 있습니까?"

"그것은 왜 묻는 거지?"

레오디안이 곧장 대꾸하자 벤체스는 순간 말문이 턱 막혔다.

하지만 그렇다고 해서 쉽게 물러설 수는 없는 노릇인지라 벤체스는 사지로 걸어 들어가는 심정으로 입을 열었다.

"필요한 것이 없다면 어찌하여 방 밖으로 나오셨는지요?"

"주제넘군."

"……예?"

"경은 쓸데없이 내 시간을 허비할 작정인가?"

그리 묻는 레오디안의 눈동자는 시리도록 푸르렀고, 또 더할 나위 없이 싸늘했다.

"그렇다면 이쯤에서 관두는 편이 좋을 것이다."

레오디안이 나직이 경고했다. 귓전을 묵직하게 울린 그 목소리가 마치 숨통을 콱 틀어쥐기라도 한 것만 같은 느낌이었다.

숨을 편히 쉴 수가 없었다. 벤체스는 마른침을 꿀꺽 삼켰다. 어떻게 해야 레오디안을 물러서게 만들 수 있는 건지 도무지 방법을 알 수가 없었다. 레오디안이 결코 신황이 있는 방으로 가지 못하게끔 막으라는 부탁을 한 케일런이 원망스러울 지경이었다.

"각하, 그런 것이 아닙니다. 저는 그저……."

"그런 것이 아니라면 지금 경의 행동을 내가 어떻게 달리 받아들여야 하지?"

"……."

"경고는 한 번뿐이다."

레오디안의 목소리가 잘 벼려진 칼날 같았다.

"비켜서도록."

"각하……."

서릿발처럼 싸늘한 레오디안의 시선에 벤체스는 결국 한 걸음 옆으로 물러서고 말았다.

그러기가 무섭게 레오디안이 망설임 없이 벤체스를 지나쳐 갔다. 벤체스는 그 자리에 딱딱하게 굳어 선 채로, 차츰 멀어지는 레오디안의 뒷모습을 멍하니 바라보았다.

예상대로 레오디안은 신황이 있는 방으로 향하고 있었다. 벤체스는 난감한 마음에 입술을 질끈 깨물었다.

머지않아서 레오디안이 저 멀리 복도 끝의 방문을 두드렸을 때, 그 모습을 보고서 비로소 정신을 차린 벤체스가 다급하게 레오디안을 뒤따라 걸음을 옮겼다. 굳게 닫혀 있던 문이 열리고 모습을 드러낸 케일런이 문 밖에 서 있는 레오디안을 보고 놀란 표정을 짓는 것이 눈에 들어왔다.

벤체스는 조심스럽게 레오디안의 뒤에 자리하고 섰다. 이윽고 그런 벤체스의 모습을 발견한 케일런이 나직이 한숨을 내쉬었다. 그게 꼭 자신을 비난하고 있는 것처럼 느껴져서 벤체스는 힘없이 시선을 아래로 내려뜨려 땅바닥을 내려다보았다.

"각하, 어찌하여 이곳까지 발걸음을 하셨습니까."

케일런이 난감한 표정으로 레오디안을 바라보면서 말을 이었다.

"제가 분명 신황 성하께서 온전히 휴식을 취하실 때까지 기다려 달라고 말씀드리지 않았습니까."

레오디안은 잠시 말없이 케일런을 바라보고 있다가, 이내 침묵을 깨고 낮은 목소리를 냈다.

"성하께서 휴식을 취하고 계신다고 했던 경의 말이 거짓말이었다는 사실을 알고 있다."

너무나도 단호한 어투로 말하는 레오디안의 모습을 보고 케일런은 순간 저도 모르게 크게 숨을 들이켜고 말았다.

"각하, 그것은……."

"게다가 아까부터 로렐라인 경의 모습이 좀처럼 보이지가 않는데."

"……."

"현재 로렐라인 경이 신황 성하와 함께 있는 건가?"

케일런은 아무런 대답도 하지 못했다. 레오디안의 말이 사실이었기 때문이었다. 게다가 레오디안은 이미 모든 사실을 알고 있는 것 같았다. 더 이상 거짓말로 레오디안을 속이는 건 불가능해 보였다.

케일런은 자꾸만 바짝 마르는 입 안으로 마른침을 꿀꺽 삼켰다. 어쩌다 일이 이 지경이 되어 버린 것인지. 케일런은 할 수만 있다면 시간을 되돌려, 신황이 하이드를 데려오기 전으로 돌아가고 싶은 심정이었다.

"……일단, 안으로 들어오시겠습니까?"

케일런은 문을 잡은 채로 옆으로 한 발자국 비켜섰다. 그리고 힐끔 벤체스에게 시선을 주면서 말을 덧붙였다.

"이곳에서 무슨 일이 있었던 건지는 안에서 자세하게 말씀드리겠습니다."

그런 케일런을 보고 벤체스는 지금 이 상황이 자신이 끼어들 상황이 아니라는 걸 직감했다. 벤체스가 고개를 숙이며 뒤로 물러났다.

반면 레오디안은 거리낌 없이 방 안으로 들어섰다. 그러자 긴장한 표정으로 자리에 서 있던 페이렌이 레오디안을 맞이했다.

"각하."

레오디안은 말없이 방 안을 천천히 둘러보았다. 그런 그의 눈에 가장 먼저 들어온 것은 다름 아닌 신황의 모습이었다.

신황은 고요히 눈을 감고 있었는데, 왜인지 그 모습이 꼭 방금 숨을 거둔 사람처럼 보였다.

그 때문에 레오디안은 한동안 신황에게서 눈길을 거두지 못했다. 하이드가 대체 무슨 짓을 하였기에 신황이 저렇듯 사경을 헤매게 된 것인지 의문이었다.

한편, 방문을 닫고 들어온 케일런이 조용히 페이렌의 곁에 다가갔다. 그리고 레오디안의 눈치를 살피며 한껏 작게 죽인 목소리로 물었다.

"신황 성하께서는 좀 어떠십니까?"

"애석하게도 아무런 차도가 보이지 않습니다."

페이렌이 간결하게 대답한 후 레오디안에게 가까이 다가섰다. 그제야 레오디안이 긴 침묵을 깨고 말문을 열었다.

"이게 어떻게 된 상황인가."

"제가 도착했을 때 이미 신황 성하께서는 저 상태로 쓰러져 계셨습니다."

"신황 성하에게 무슨 이상이 생긴 건가?"

"모르겠습니다."

페이렌이 난감한 표정으로 고개를 흔들었다.

"계속 신성력을 사용해 살펴보았으나 무엇이 문제인지 알아낼 수가 없었습니다."

"그랬군."

무엇이 문제인지 모른다면 문제를 해결할 수도 없는 법이다.

레오디안은 다시금 신황에게 눈길을 돌렸다. 변함없이 고요히 누워 있는 신황의 모습에서 레오디안은 죽음의 그림자를 보았다.

"신황 성하를 당장 신성지로 모셔야겠군."

한참 만에 신황에게서 시선을 떼어 낸 레오디안이 케일런을 바라보면서 단호한 목소리로 명령했다.

"이곳을 떠날 채비를 하라."

* * *

엘시아가 다시 하이드가 있는 방으로 들어섰을 때, 하이드는 엘시아가 일러둔 대로 깨끗하게 씻고 나와 있었다.

단순히 세수를 하고 손을 씻은 정도에, 여벌옷이 없었는지 피로 얼룩진 옷을 그대로 다시 입은 탓에 그다지 단정하다고는 말할 수 없는 모습이었지만 상황이 여의치 않으니 어쩔 수 없었다.

엘시아는 잠시 조용히 하이드의 안색을 살피다가, 이윽고 조심스럽게 하이드에게 가까이 다가가면서 물었다.

"하이드, 나랑 같이 돌아갈 거지?"

"엘시아만 괜찮다면……."

하이드는 엘시아의 눈치를 살피면서 주저하다가 말을 이었다.

"나는 그러고 싶어."

엘시아는 말없이 하이드를 꼭 끌어안아 주었다.

하이드는 그제야 마음이 좀 놓이는지 엘시아의 가슴팍에 머리를 가볍게 기댔다. 잠시 후, 엘시아는 품에서 하이드를 떼어 놓으면서 본론을 꺼냈다.

"대공님이 너를 데리고 오라고 하셨어."

"우리 어디로 가는 거야?"

"글쎄……."

엘시아도 레오디안이 무슨 생각으로 하이드를 데리고 오라고 한 건지 잘 몰랐다. 하지만 단 한 가지는 분명하게 말할 수 있었다.

"어디든 여기보다는 나을 거야."

"응. 엘시아 말이 맞아."

하이드가 냉큼 고개를 끄덕였다. 그 모습이 퍽 귀엽게 느껴졌던지라 엘시아는 자신도 모르게 작게 웃음을 터뜨렸다.

"그럼, 일단 여기서 얼른 나가자."

"응."

엘시아가 손을 내밀자 하이드가 엘시아의 손을 꼭 붙잡았다.

그것이 꼭 하이드가 얼마나 자신을 신뢰하는지를 말해 주고 있는 것 같아서 엘시아는 가슴이 뭉클해졌다.

엘시아는 하이드의 손을 꽉 마주 잡은 채로 방을 나섰다. 그리고 그렇게 방 밖으로 나오기가 무섭게 두 사람은 복도를 바쁘게 오고 가고 있는 기사들을 맞닥뜨렸다. 엘시아는 무언가 상황이 심상치 않게 돌아가고 있다는 것을 직감했다.

"이리와."

엘시아가 멍하니 서 있는 하이드의 손을 잡아끌었다. 그러자 하이드는 아무런 반항 없이 엘시아를 따라서 걸음을 옮겼다.

엘시아는 아까 전에 레오디안과 다시 만나기로 했던 방으로 하이드를 데리고 갔다. 방 안에는 아무도 없었다. 아직 레오디안이 돌아오지 않은 것이다. 엘시아는 점차 불안해지는 마음을 애써 차분하게 가라앉히려고 노력했다.

엘시아가 의자를 빼내어 테이블 앞에 앉자, 하이드도 엘시아를 따라서 자리에 앉았다. 엘시아는 꽤 한참 동안 조금 멍하니 앉아 있었다. 그런 엘시아를 걱정스러운 눈빛으로 바라보던 하이드가 대뜸 입을 열어 물었다.

"오래 기다려야 해?"

"……응?"

예상치 못한 질문에 순간 놀란 목소리로 되물은 엘시아가 곧 고개를 가볍게 흔들었다.

"아니, 아니야. 아마 금방 오실 거야."

불확실한 어조였다. 하지만 하이드는 그것을 굳이 지적하지 않았다. 그저 조용히 엘시아를 바라볼 뿐이었다.

"신성지로 돌아가면……. 그러면 리리엔하고 함께 다시 제도로 돌아가자."

아무래도 신성지에 계속 머무르는 것은 그다지 좋은 생각이 아닌 것 같다고 엘시아가 혼잣말처럼 나직이 덧붙였다. 그런 엘시아가 너무나도 불안정해 보였지만 하이드는 아무런 말도 하지 않았다.

반면에 엘시아는 마치 자신의 불안한 마음을 달래기라도 하려는 듯이 계속해서 말을 이었다.

"제도로 가게 된다면 하이드 너하고 리리엔은 특별한 일에 휘말리지 않도록 내가 노력할 거니까……."

엘시아가 스스로 다짐을 되새기듯 말했다. 하이드는 조용히 고개를 끄덕여 엘시아의 말에 반응을 해보였다. 그때, 누군가 문을 다급한 손길로 두드린 것과 거의 동시에 벌컥 문을 열어젖혔다.

곧장 방 안으로 들이닥친 사람은 다름 아닌 페이렌이었다. 엘시아가 얼떨떨한 표정으로 자리에서 일어났다.

"페이렌 님?"

페이렌은 방 안을 빠르게 한 번 둘러보고는 엘시아와 하이드를 향해서 가까이 다가갔다.

"지금 당장 이곳을 떠나야 하니 저를 따라오십시오."

"……네? 지금 당장이요?"

"예. 대공님이 밖에서 기다리고 계십니다."

단호하게 대답한 페이렌이 힐끔 하이드에게 시선을 흘리면서 물었다.

"따로 챙겨 가야 할 짐이 있습니까?"

"아뇨, 없어요."

하이드를 대신해 엘시아가 페이렌에게 대꾸를 했다. 그러자 잘됐다며 가볍게 고개를 끄덕인 페이렌이 재차 엘시아와 하이드를 재촉했다.

"그럼 지체할 것 없이 지금 바로 밖으로 나가지요. 어서 저를 따라오십시오."

엘시아가 여전히 얼떨떨한 표정을 감추지 못한 채로 돌아보자 하이드가 자리에서 일어났다.

그러기가 무섭게 페이렌은 가지고 온 검은색 로브를 하이드에게 건넸다.

그에 하이드는 별다른 의문을 표하지 않고 순순히 로브를 입었다. 페이렌은 하이드의 옷매무새를 정리 해주고 로브의 후드까지 푹 눌러 씌워 주었다.

"이제 됐습니다."

방을 떠나기 전, 문고리를 잡은 페이렌이 자못 긴장한 표정으로 엘시아와 하이드를 돌아보며 마지막으로 단단히 당부했다.

"고개를 숙이고 조용히 저만 따라 걸으셔야 합니다."

"네."

엘시아가 덩달아 긴장한 표정을 지으며 고개를 끄덕였다.

그러나 페이렌은 좀처럼 안심이 되지 않는다는 듯 잠시간 조용히 하이드를 내려다보고 있다가, 곧이어 짧은 한숨을 내뱉은 것과 동시에 문고리를 돌렸다.

* * *

로지안은 신황의 침실 앞에서 옷매무새를 정리했다. 그리고 짧게 숨을 내뱉은 뒤, 가볍게 문을 두드렸다.

머지않아서 문 너머에서 들어오라는 하일롭의 목소리가 들려왔다. 로지안은 애써 긴장한 기색을 감추며 문을 열고 방 안으로 들어갔다. 하일롭은 소파에 앉아서 적포도주를 마시고 있었다. 그의 기사들이 바삐 떠날 채비를 하고 있는 것과 대조적으로 너무나도 여유로운 모습이었다.

"오, 이 시간에 누가 나를 찾아온 건가 했는데. 로지안 너로구나."

하일롭이 로지안을 향해 일견 천진난만해 보이는 미소를 지었다.

"그래, 무슨 일이지?"

"형님."

로지안은 마른침을 삼키고는 하일롭에게 가까이 다가갔다.

"다름이 아니라, 황실 기사들이 어디론가 떠날 준비를 하고 있는 것을 보고 온 길입니다."

나른하게 기대어 앉은 채로 투명한 유리잔을 의미 없이 매만지던 하일롭의 손이 순간 멈칫했다.

"얼핏 듣자하니 형님께서 현재 신황이 어디에 있는지를 알아내셨다고 하던데, 그게 사실입니까?"

로지안의 물음에 하일롭이 지금까지 여유롭던 태도를 버리고 날카로운 표정으로 상체를 곧게 펴 앉았다. 여태 손에 쥐고 있던 와인 잔을 테이블 위에 내려놓은 채였다.

"그 이야기를 어디서 들었는지는 모르겠으나, 네가 신경 쓸 일이 아니다."

"제가 신경 쓸 일이 아니라니요."

로지안은 하일롭의 날 선 말을 듣고도 물러서지 않았다.

"그새 잊었습니까, 형님? 황제 폐하께서는 형님을 도우라며 저를 이곳으로 보내셨습니다."

하일롭의 눈매가 가느다래졌다. 마치 로지안의 의중을 가늠해 보려는 듯한 표정이었다.

"황실 기사들에게 신황을 끌고 오라는 명령을 내리셨습니까?"

"그래."

하일롭은 뜻밖에도 순순히 대답했다.

"그들이 곧 내 눈앞에 신황을 대령할 것이다."

자신의 계획이 한 치의 흐트러짐 없이 실행되리라는 굳은 믿음이 담겨 있는 말이었다.

"혹시라도 네가 지금 나를 방해할 생각으로 찾아온 것이라면……."

"무슨 말도 안 되는 말씀을 하십니까, 형님."

로지안이 하일롭의 말허리를 딱 잘라 냈다. 그리고 단호한 표정으로 하일롭을 바라보았다.

"저는 형님을 돕고자 이 자리에 서 있습니다."

"……그래, 그렇겠지."

하일롭은 의심을 완전히 거두지는 않은 듯한 눈치였다. 하지만 로지안은 그것을 전혀 모르는 척 태연하게 웃으며 말했다.

"기사들이 신황을 데리고 오는 동안, 형님은 이곳 신전을 지키고 계셔야겠지요."

하일롭은 어디 말해보라는 듯 팔짱을 끼고 로지안을 응시했다. 로지안이 망설임 없이 말을 이었다.

"제가 가겠습니다."

"……뭐?"

"형님을 대신하여 제가 기사들을 이끌고 가서 신황을 데리고 오겠습니다."

설마하니 로지안이 이런 제안을 할 줄은 예상하지 못했는지, 하일롭이 눈을 커다랗게 떴다.

* * *

로아나는 리리엔이 신전에 보낸 기사들과 함께 저택을 찾았다.

헤이온은 로아나를 응접실로 안내했다. 로아나는 조금 초조한 심정으로 리리엔을 기다렸다. 얼마 지나지 않아 리리엔이 벨레로폰과 함께 응접실 안으로 들어왔다. 로아나는 얼른 자리에서 일어나 두 사람을 맞이했다.

갑작스럽게 저택을 찾아온 로아나를 보고 퍽 당황한 듯 보이는 벨레로폰과 다르게 리리엔은 꽤나 담담한 표정이었다. 로아나는 리리엔이 의자에 앉는 것을 보고 다시 자리에 앉았다. 그리고 본격적으로 용건을 꺼내 놓기 전에 가볍게 인사부터 건넸다.

"오랜만이에요, 리리엔 아가씨. 그간 잘 지내셨어요?"

"응, 잘 지냈어."

리리엔은 대수롭지 않게 대꾸했다. 그에 로아나는 못 본 사이에 리리엔이 몰라보게 성장한 것 같다고 생각했다.

"2황자 대신 온 거지?"

리리엔의 물음에 로아나가 놀라서 눈을 크게 뜨고 리리엔을 바라보았다.

설마하니 자신이 이야기를 꺼내기도 전에 리리엔이 먼저 상황 파악을 끝냈을 줄 예상하지 못한 탓이었다.

로아나는 애써 놀란 마음을 뒤로한 채로 고개를 가볍게 끄덕이고서 대답했다.

"네, 아가씨. 2황자 저하를 대신해서 제가 아가씨를 모셔 가게 되었어요."

"지금 바로 출발하면 되는 거야?"

리리엔은 마치 이런 상황이 생기리라 예상하고 있었던 사람처럼 덤덤했다.

로아나는 거듭 놀라운 마음을 감추지 못했다. 그리고 그것은 벨레로폰 역시도 마찬가지였다. 벨레로폰은 놀라 숨을 크게 들이켠 채로 리리엔의 뒷모습을 멍하니 바라보고 있었다.

로아나는 그런 벨레로폰을 힐끔 쳐다보고서 다시금 리리엔과 시선을 맞추었다. 리리엔은 한결같이 담담한 표정으로 앉아서 로아나의 대답을 기다리고 있었다. 로아나는 마른침을 꿀꺽 삼키고는 물었다.

"이곳을 떠나실 준비는 전부 다 마쳐 두신 건가요?"

"응."

리리엔이 주저 없이 대답했다. 낯선 곳으로 떠나게 된 데에 아무런 두려움도 느끼지 않고 있는 듯했다. 어떻게 그럴 수가 있는지 신기할 지경이었다. 로아나는 새삼스럽게 놀란 눈으로 리리엔을 바라보다가 잠시 뒤 침묵을 깼다.

"아가씨는 일레아 백작의 영지로 가시게 될 거예요."

"응."

리리엔은 이번에도 주저하지 않고 고개를 끄덕였다. 그에 멈칫했던 로아나가 곧 조심스럽게 리리엔의 낯을 살피며 물었다.

"그럼 지금 당장 출발해도 괜찮으신가요?"

"물론이야."

리리엔은 쓸데없이 시간을 지체하지 말자면서 망설임 없이 자리에서 일어났다. 그런 리리엔이 꼭 이곳을 떠나기만을 기다리고 있었던 사람 같아 보여서 로아나는 잠시 말을 잃었다.

* * *

페이렌은 엘시아와 하이드를 곧장 마차에 태웠다. 신성지를 상징하는 문양이 새겨진 신황의 마차였다.

엘시아는 먼저 하이드를 자리에 앉힌 뒤에 그 옆자리에 앉았다.

"대공님이 나오시는 대로 출발할 겁니다. 여기서 잠시만 기다리고 계십시오."

"네."

엘시아가 순순히 고개를 끄덕이자 페이렌이 마차 문을 굳게 닫았다.

창문 밖을 내다보니 다시 건물 안으로 들어가는 페이렌의 뒷모습이 보였다. 엘시아는 불안한 마음에 작게 한숨을 내쉬면서 창밖으로 주위를 둘러보았다. 주변에 기사들이 저마다 이리저리 바쁘게 오고 가고 있었다. 이곳을 떠날 채비를 하는 모양이었다.

주변을 지나다니는 기사들 중 몇몇은 낯이 익었다. 레오디안이 신성지에서부터 데리고 온 기사들이었다.

"이렇게 가만히 기다리고 있어도 되는 거야?"

하이드가 대뜸 물었다. 엘시아는 그제야 창문에서 시선을 떼어 내고서 고개를 돌렸다. 하이드는 얌전히 자리에 앉아 있었지만 특유의 멍한 얼굴 위에 의아한 기색이 떠올라 있었다.

"페이렌 님의 말대로 우리는 여기서 기다리는 편이 좋을 것 같아."

"그 남자가 언제 올 줄 알고."

하이드는 엘시아가 계속 염려하고 있던 부분을 날카롭게 지적했다. 순간 엘시아는 말문이 막혔다.

"아까부터 기다렸는데 아직도 오지 않는 걸 보면 그 남자에게 무슨 일이 생긴 건지도 몰라."

어쩐지 하이드의 태도가 적극적이었다. 혹여 무슨 일이 생긴 것이라면 자신이 해결하겠다고 작정한 사람처럼 보였다.

돌이켜 보면 하이드가 갑자기 저택을 떠나서 신황의 뒤를 좇은 것만 보아도 그랬다. 하이드는 무언가 분명한 목적을 가지고 행동에 나서고 있었다.

거기까지 생각이 미친 엘시아는 덜컥 두려운 마음이 들었다. 혹시라도 하이드가 무모한 행동을 하는 건 아닐지 염려스러웠다.

엘시아는 하이드의 손을 꼭 붙잡고서 잠시 말없이 하이드를 바라보다가, 곧 애써 덤덤한 목소리로 말을 꺼냈다.

"하이드, 걱정하지 마. 페이렌 님이 말했듯이 대공님은 금방 여기로 오실 거야."

엘시아의 말을 듣고 하이드는 한동안 생각에 잠긴 듯 침묵했다. 엘시아에게 붙잡힌 자신의 손을 물끄러미 내려다보고 있었다. 그러다 문득 무언가를 떠올린 듯 고개를 든 하이드가 찰나 머뭇거리다가 말문을 열었다.

"내가 갑자기 사라져서……."

하이드는 간신히 입을 연 것이 무색하게도 꽤나 긴 침묵을 지키다가 뒷말을 이었다.

"……리리엔이 많이 놀랐어?"

엘시아는 그 물음이 깊은 고민 끝에 가까스로 밖으로 꺼내진 것임을 알았다.

사실 리리엔은 하이드가 떠났다는 것을 알고 크게 놀라지 않았다. 마치 예감하고 있던 일이 벌어졌다는 듯한 태도를 보였다. 하지만 엘시아는 그 사실을 말하는 대신 다른 말로 하이드의 물음에 대답을 했다.

"리리엔은 네가 돌아오기만을 무척 기다리고 있어."

일순간 멈칫했던 하이드가 믿어지지 않는다는 듯이 되물었다.

"정말?"

"그럼, 정말이지."

"……."

"그러니까 어서 돌아가자."

하이드의 표정이 금방에라도 울음을 터뜨릴 것처럼 일그러졌다. 그것을 본 엘시아가 하이드를 달래기 위해서 말을 꺼내려던 순간이었다.

벌컥 하는 소리와 함께 돌연 마차 문이 활짝 열어젖혀졌다. 고개를 돌리자 어쩐지 평소와 다르게 퍽 다급한 표정을 짓고 있는 레오디안의 수려한 낯이 보였다.

"여기 계셨군요."

"대공님."

마차에 탄 엘시아를 본 순간 레오디안의 얼굴 위로 안도감이 스치고 지나갔다.

"이제 신성지로 출발할 겁니다."

나직한 목소리로 말을 내어놓은 레오디안이 다시 마차 문을 닫으려고 했다. 그에 당황한 엘시아가 다급하게 입을 열어 물었다.

"대공님은 마차에 안 타세요?"

"저는 여기까지 타고 온 말이 있습니다."

"아……."

"걱정하지 마십시오. 마차에 말을 바짝 붙여 몰 겁니다."

안심하라는 듯 희미하게 미소를 지어 보인 레오디안이 마차 문을 닫았다. 엘시아가 미처 붙잡을 새도 없었다. 창밖으로 레오디안이 기사들에게 다가가는 모습이 보였다. 레오디안은 기사들을 향해서 무언가를 지시한 뒤 말 위에 올랐다.

그로부터 머지않아서 마차가 서서히 움직이기 시작했다. 레오디안은 엘시아에게 말한 대로 마차 가까이에서 말을 달렸다. 그 덕분에 엘시아는 창 너머로 레오디안이 말을 모는 모습을 확인할 수 있었다.

다갈색 털을 지닌 말을 능숙하게 몰아 길을 달리는 레오디안의 모습이 새삼스러웠다. 그래서인지 엘시아는 한참 동안 그 모습에서 시선을 떼지 못했다.

그것을 알아차리기라도 한 걸까. 돌연 엘시아 쪽으로 고개를 돌린 레오디안이 불쑥 말을 걸었다.

"신성지에 도착할 때까지 잠깐 눈이라도 붙이는 게 어떻습니까."

"네? 아…… 괜찮아요."

엘시아는 꼭 나쁜 짓을 하다가 걸린 사람처럼 놀랐다. 심장이 평소보다 훨씬 더 빠른 속도로 박동하고 있었다. 엘시아는 아랫입술을 질끈 깨물고는 두 손을 들어 가슴께 위를 꾹 내리눌렀다. 어느덧 레오디안은 다시 정면을 응시하고 있었다. 그런 레오디안을 힐끔 본 엘시아가 곧 고개를 푹 숙였다.

그러자 여태 엘시아를 주시하고 있던 하이드의 눈매가 한껏 가늘어졌다.

"엘시아, 왜 그래?"

"……어? 뭐가?"

엘시아가 당황해 하이드를 돌아보았다. 하이드가 손가락으로 엘시아의 얼굴을 가리켰다.

"지금 엘시아 표정이 이상해."

"이상하긴 뭐가 이상해……."

"되게 이상해."

"……."

엘시아의 뺨이 점점 불그스름하게 달아올랐다. 그것을 잠시 물끄러미 바라보던 하이드가 정말이지 미심쩍다는 듯 물었다.

"내가 없는 동안 저 남자하고 무슨 일 있었어?"

그 순간, 엘시아의 머릿속에 레오디안이 자신의 마음을 고백했던 일이 불쑥 떠올랐다. 하지만 그걸 하이드에게 솔직하게 얘기할 수는 없는 노릇이라 엘시아는 하이드의 시선을 피한 채로 대답했다.

"일은 무슨……. 아무 일도 없었어."

"아무 일도 없었던 게 아닌 것 같은데."

하이드는 계속해서 엘시아를 미심쩍게 바라보았지만 엘시아의 입술은 꾹 닫힌 채로 열리지 않았다. 끝까지 추궁할 마음은 없었는지 하이드는 곧 가볍게 어깨를 으쓱이고는 눈길을 돌렸다.

그렇게 하이드의 시선이 떨어지고 나서야 마음이 놓인 엘시아가 작게 한숨을 내쉬었다.

하필이면 지금 그 일이 생각나다니. 난감한 심정으로 입술을 깨물던 엘시아는 무심코 창밖으로 시선을 흘렸다가, 마침 마차 안을 들여다보던 레오디안과 눈이 마주쳤다.

황급히 눈길을 아래로 내려뜨렸지만 때는 이미 늦은 뒤였다. 레오디안의 나직한 목소리가 마차 안으로 흘러들어 왔다.

"도착하기까지 시간이 꽤 걸릴 테니 편히 쉬십시오."

연거푸 쉬기를 권하는 걸 보니 아무래도 레오디안은 자신이 피곤할까 봐 무척이나 염려스러운 모양이었다. 엘시아는 슬쩍 고개를 들어 올려 레오디안을 바라보았다. 레오디안의 푸른 눈동자가 다정한 온기를 품고 있었다.

"저는 정말 괜찮으니까 걱정하지 않으셔도 돼요."

엘시아는 솔직하게 마음을 전했다.

"오히려 저는 대공님이 더 걱정인걸요. 저야 편하게 마차를 타고 가지만, 대공님은 아니니까……."

레오디안은 엘시아가 이런 말을 할 줄은 몰랐는지 일순간 눈을 크게 떴다. 하지만 그것도 잠시였다. 이내 레오디안의 눈매가 완만한 호선을 그리며 휘어졌다.

"해가 저무는 대로 적당한 곳을 찾아 잠시 쉴 생각이었습니다."

레오디안이 희미하게나마 미소 핀 입술로 말을 덧붙였다.

"그러니 당신도 제 걱정은 마십시오."

깊은 울림을 지닌 목소리가 귓가를 간질이는 듯했다. 엘시아는 어쩐지 부끄러운 기분이 들어 저도 모르게 힐끔 하이드의 눈치를 보았다. 하이드는 엘시아와 레오디안이 무슨 이야기를 나누든지 전혀 관심이 없다는 듯 멍하니 정면을 물끄러미 응시하고 있었다.

하지만 그렇다고 해서 하이드가 바로 옆에서 들려오는 이야기까지 아예 듣지 못하는 것은 아닐 터였다.

엘시아는 잠시 고민하다가 고개를 돌려 다시 창밖으로 시선을 두었다. 레오디안은 변함없이 엘시아를 눈에 담고 있었다. 그 한결같은 시선을 마주한 엘시아는 순간 말문이 막혔지만, 곧 가까스로 정신을 차리고 입을 열었다.

"……그러고 보니 조금 피곤한 것도 같아요."

"그렇습니까."

레오디안이 목을 울려 웃었다. 하지만 엘시아는 굴하지 않고 말을 이었다.

"네, 그러니까 대공님이 말하신 대로 도착할 때까지 조금 쉬는 편이 좋을 것 같아요."

레오디안의 미소가 조금 더 짙어졌지만, 엘시아는 그런 레오디안을 보지 못한 척 고개를 똑바로 하고 눈을 꾹 감았다.

그러나 방금 본 레오디안의 웃는 낯은 마치 그린 것처럼 선명하게 머릿속에 떠올라서, 원래도 없던 잠이 모조리 다 달아나 버렸다.

* * *

쉴 새 없이 길을 내달리던 마차가 멈추어 섰다. 하늘이 불그스름한 노을로 짙게 물들었을 때였다.

웬 마을 어귀에 말을 멈춘 레오디안을 비롯한 기사들이 밤을 새울 만한 숙소를 찾는 동안, 엘시아는 어느덧 곤히 잠이 든 하이드를 조심스럽게 흔들어 깨웠다.

정신없이 잠에 빠져 있는 하이드를 깨우는 것이 영 미안했지만, 그렇다고 마차에서 밤을 보낼 수는 없는 노릇이었다.

"하이드, 일어나. 이제 내려야 해."

머지않아서 하이드가 부스스 눈꺼풀을 들어 올렸다.

"벌써 도착했어?"

"아니, 일단 이 마을에서 잠을 자고 아침 일찍 다시 출발할 거래."

"그렇구나."

상체를 세운 하이드가 마차 창 밖으로 주위를 살폈다.

엘시아는 마차를 타고 오는 동안 벗어두었던 자신의 외투를 하이드의 어깨 위에 걸쳐 주었다. 그러자 하이드가 얼떨떨한 눈으로 엘시아를 돌아보았다. 엘시아는 가볍게 미소를 지어 보였다.

"밤이라서 그런지 밖이 많이 쌀쌀해."

"그럼 엘시아는?"

"나는 괜찮아."

하이드는 엘시아의 대답이 영 마뜩잖은지 미간을 살짝 찌푸렸다. 그러면서 외투를 벗어 엘시아에게 돌려주려고 했다. 하지만 그 순간, 누군가 문을 두드리는 소리가 들리더니 이내 굳게 닫혀 있던 마차 문이 열렸다.

"적당한 숙소를 찾았습니다. 곧 저녁 식사도 준비가 된다고 하니, 지금 바로 그곳으로 가시면 될 것 같습니다."

페이렌이 엘시아와 하이드에게 차례로 시선을 주면서 말했다. 엘시아가 고개를 끄덕이며 자리에서 일어났다.

"하이드, 갈까?"

"응."

엘시아가 하이드가 마차에서 내리기 편하도록 하이드의 손을 잡아 주었다.

그렇게 마차에서 내리니 주위 모습이 한눈에 들어왔다. 엘시아는 곧 기사들과 무어라 이야기를 나누고 있는 레오디안을 발견했다.

그것은 레오디안 역시도 마찬가지였다. 엘시아의 기척을 단번에 알아차린 레오디안이 기사들을 뒤로하고 엘시아에게 가까이 다가왔다.

"꽤 오랜 시간 동안 마차를 탔는데 혹시 어디 불편한 곳은 없습니까?"

"네, 저는 괜찮아요. 대공님은……."

엘시아는 레오디안에게 대꾸를 하다가 말고 얼떨떨한 눈으로 하이드를 돌아보았다. 하이드가 돌연 마주 잡고 있던 손을 놓더니 옆으로 비켜선 탓이었다. 하이드는 묘한 표정을 지은 채로 엘시아와 레오디안 두 사람을 바라보고 있었다.

그것을 보고 엘시아는 어쩐지 지레 찔리는 마음이 들어 원래 하려던 말 대신 다른 말을 꺼냈다.

"……어, 저희가 머물 숙소는 어디예요?"

"안내하겠습니다."

레오디안은 영 어색한 태도로 말을 돌린 엘시아를 의아하게 여기지 않았다.

엘시아는 그게 참 다행이라고 생각하며 앞서 걸어가기 시작한 레오디안의 뒷모습을 바라보다가 하이드를 돌아보았다.

하이드는 엘시아가 뭐라고 말을 꺼내기도 전에 먼저 엘시아에게 다가왔다. 엘시아는 그런 하이드와 함께 레오디안의 뒤를 따라 걸음을 옮겼다.

그렇게 도착한 숙소는 꽤나 깔끔했다. 일전에 레오디안을 비롯한 신전 기사들과 머물렀던 숙소보다 훨씬 넓기도 했다.

엘시아를 방으로 안내해 준 레오디안이 꾀죄죄한 하이드의 모습을 힐끗 살피더니 입을 열었다.

"저녁 식사가 준비되기까지 시간이 꽤 걸릴 듯합니다."

레오디안은 방 안에 딸려 있는 욕실을 가리켰다.

"욕실은 언제든 사용할 수 있다고 하니, 괜찮다면 식사를 하기 전에 씻으시는 게 어떻습니까."

"아, 네. 그게 좋겠어요."

"그럼 잠시 뒤에 모시러 오겠습니다."

"네."

엘시아가 냉큼 고개를 끄덕였다. 레오디안은 잠시 엘시아를 바라보다가 몸을 돌렸다. 레오디안이 떠난 후, 엘시아는 멍하니 서 있는 하이드를 방 한가운데로 이끌었다.

"먼저 씻을래? 내가 나가서 너 입을 만한 옷 있는지 찾아보고 올게."

하이드는 잠시 고민하는 기색으로 말이 없다가 곧 고개를 주억거렸다.

"얼른 갔다가 와야 해."

"응, 물론이지."

엘시아는 가볍게 웃으면서 하이드를 욕실로 떠밀었다.

* * *

하이드를 방에 홀로 두고 복도로 나온 엘시아는 주위를 바쁘게 오고 가는 기사들의 모습을 보고 한 가지 사실을 뒤늦게 깨달았다. 그러니까, 자신은 레오디안이 어느 방에 머무르고 있는지를 모른다는 사실이었다.

엘시아는 조금 난감한 표정으로 자리에 서 있다가, 곧 용기를 내서 기사 한 명을 불러 세웠다.

"저기……."

"예?"

기사가 놀란 듯 멈춰 서서 엘시아를 쳐다보았다. 엘시아는 혀를 내어 마른 입술을 축이고는 말을 꺼냈다.

"혹시 대공님이 어디에 계시는지 아시나요?"

"아, 대공 각하께서는 지금 숙소 밖에 계십니다."

선선히 대답을 내어놓은 기사는 복도에 난 창문에 힐끔 시선을 던졌다. 그리고 이내 다시 엘시아를 바라보면서 말을 덧붙였다.

"말과 마차를 세워 둔 곳에서 로렐라인 경과 이야기를 나누고 계시는 걸 보았습니다."

"알려 주셔서 감사해요."

엘시아가 부드럽게 미소를 짓자 기사가 자신은 이만 가 보겠다며 고개를 꾸벅 숙여 보이고는 몸을 돌렸다.

엘시아는 곧장 밖으로 향했다. 기사가 말한 대로 레오디안이 건물 밖에서 페이렌과 마주 보고 서 있는 게 보였다. 가장 먼저 엘시아를 발견한 건 레오디안이었다. 레오디안이 엘시아 쪽을 바라보자 페이렌이 의아한 표정으로 레오디안을 따라 시선을 옮겼다.

"아, 엘시아 님."

페이렌은 엘시아를 보고 짐짓 당황한 기색이었다. 그에 엘시아는 잠시 망설이다가 페이렌과 레오디안 두 사람을 향해서 가까이 다가갔다.

"혹시 무슨 일이라도 있습니까?"

"아뇨, 그런 건 아니고……."

엘시아는 어색하게 페이렌을 바라보다가 힐끔 레오디안에게 시선을 던졌다.

레오디안은 말없이 엘시아를 응시하고 있었다. 엘시아는 마른침을 삼키고는 입을 열었다.

"하이드가 씻고 나온 다음에 갈아입을 옷이 필요해요."

"아, 그걸 미처 생각하지 못했군요."

페이렌이 아차 싶은 표정을 지으며 대꾸했다.

"제가 얼른 가서 적당한 옷이 있는지 찾아보겠습니다."

"네, 감사해요."

페이렌이 레오디안에게 양해를 구한 뒤 곧장 숙소로 들어갔다. 자연스럽게 엘시아는 레오디안과 단둘이 남겨졌다.

"……어, 그런데 여기서 뭘 하고 계셨어요?"

엘시아가 조심스럽게 꺼낸 말에 레오디안은 잠시 무언가를 생각하는 듯 아무런 대답이 없었다. 꽤나 길다면 길었던 침묵 끝에 레오디안이 입을 열었다. 엘시아가 계속 이어지는 정적에 어쩔 줄 모르겠다는 듯 어색한 표정을 지었을 때였다.

"신황을 어디로 옮겨 두어야 할지 로렐라인 경과 의논하고 있었습니다."

……옮겨 둔다니?

미묘한 단어 선정이었다. 엘시아는 저도 모르게 미간을 살며시 찌푸렸다.

그러자 레오디안은 엘시아가 무슨 생각을 하고 있는지 다 알고 있기라도 한 사람처럼 희미하게 입꼬리를 끌어 올렸다.

"직접 보시겠습니까."

"무엇을……."

엘시아가 당황해 말을 흐리는데, 레오디안이 대뜸 손을 내밀었다. 엘시아는 순간 놀란 나머지 크게 숨을 들이켜고는 멍하니 그 손을 내려다보았다. 레오디안은 언제나 그러하였듯 그런 엘시아를 재촉하지 않았다. 그저 짙은 눈빛으로 조용히 엘시아를 응시할 뿐이었다.

이윽고 엘시아가 망설이는 마음을 뒤로하고 용기를 내 레오디안의 손을 잡았다. 그것을 기다렸다는 듯 레오디안은 주저 없이 엘시아를 이끌고 걸음을 옮겼다.

그 발걸음의 종착지는 그다지 먼 곳이 아니었다. 머지않아 걸음을 멈춘 레오디안이 엘시아를 돌아보았다.

그때 엘시아는 눈앞의 마차를 의아한 시선으로 바라보고 있었다. 이곳으로 올 때 엘시아와 하이드가 단둘이 타고 온 마차였다.

"……혹시 지금 어디 가시려는 거예요?"

"아닙니다."

가볍게 고개를 흔들어 보인 레오디안이 곧 손을 뻗어 마차 문을 열어젖혔다. 그리고 드러난 마차 안의 모습을 보고 놀란 엘시아의 눈이 휘둥그레졌다.

"이분이 어째서 여기에……."

엘시아는 여태 레오디안과 마주 잡고 있던 손에 저도 모르게 힘을 꽉 주었다. 그것을 느낀 레오디안이 안심하라는 듯 엘시아를 바라보며 부드러운 목소리로 말했다.

"크게 염려할 필요 없습니다. 그저 정신을 잃었을 뿐입니다."

"……하이드 때문이죠?"

엘시아가 흔들리는 눈동자로 레오디안을 바라보면서 물었다.

레오디안은 대답하지 않았지만, 엘시아는 그의 침묵이 무엇을 의미하는지 어렵지 않게 알아차렸다. 하이드가 신황에게 무슨 짓을 하였다는 사실은 이미 알고 있기 때문이었다.

엘시아의 입술 사이로 떨리는 숨이 새어 나왔다. 레오디안은 잠시 그런 엘시아를 묵묵히 내려다보다가 이내 마차 문을 닫고 돌아섰다. 레오디안의 커다란 몸이 마차를 가렸다. 엘시아는 멍하니 레오디안을 올려다보았다.

"저분이 정신을 잃고 쓰러져 있다는 걸 다른 기사들도 알고 있나요?"

레오디안이 그의 기사들과 더불어 이곳으로 데리고 온 신황의 기사들을 의식한 말이었다. 레오디안이 가볍게 고개를 흔들었다.

신황의 상태를 알고 있는 신황의 기사는 케일런과 벤체스 단 두 사람뿐이었다. 그리고 레오디안의 무리에서도 신황이 사경을 헤매고 있다는 사실을 아는 사람은 극히 소수였다.

때문에 레오디안은 어떻게 다른 기사들의 눈을 피해서 신황을 숙소로 옮겨야 할지를 고민하고 있었던 것이다.

"그러면 저분을 어떻게 안으로 모실 생각이세요?"

엘시아가 고민이 가득 담긴 눈동자로 마차를 쳐다보았다. 신황이 껄끄러운 건 사실이지만, 그렇다고 아픈 사람을 저대로 방치해 둘 수는 없는 노릇이었다.

"일단 로렐라인 경에게 마차를 감시하게 한 뒤, 밤이 깊어지면 그때 신황을 안으로 옮길까 합니다."

레오디안은 페이렌과 상의한 내용을 그대로 엘시아에게 말해 주었다. 하지만 엘시아는 전혀 안심한 기색이 아니었다. 그에 레오디안은 순간 엘시아에게 괜히 신황의 상태를 보여 주었나 하는 후회가 들었지만, 이내 가볍게 고개를 흔들어 생각을 털어 냈다.

엘시아에게는 아무것도 숨기고 싶지 않았다. 늘 솔직하고 싶었다. 그게 레오디안의 마음이었다.

* * *

로지안은 하일롭의 기사들을 이끌고 계속해서 말을 달렸다.

한시도 쉬지 않고 반나절을 꼬박 새워 길을 달리니, 해가 저문 무렵에는 목적지에 아주 가까워졌다.

"저하, 시간이 너무 늦었는데……."

말을 멈추고 잠시 하늘을 올려다보고 있던 로지안에게 웬 기사 한 명이 가까이 다가왔다.

"근처에서 잠시라도 휴식을 취하시는 편이 어떠십니까?"

기사가 조심스럽게 로지안의 눈치를 보면서 물었다. 로지안은 생각할 것도 없다는 듯 곧장 고개를 가로로 흔들었다.

"형님께서는 내일 안으로 확실한 소식을 듣고 싶어 하신다."

"아……."

"우리는 동이 트기 전까지 목적지에 도착할 것이다."

기사는 할 말이 많은 표정이었다. 하지만 로지안에게 별다른 반박을 하지는 않았다. 곧 자신의 자리로 물러가는 기사를 힐끔 쳐다본 로지안은 곧 잠시 멈추었던 말을 재촉해 다시금 길을 달리기 시작했다.

조금 전 기사에게는 하일롭의 핑계를 댔지만, 사실 로지안은 한시라도 빨리 신황을 찾아내야 하는 이유가 따로 있었다.

레오디안에게서 아무런 연락이 없는 것을 보면 레오디안은 아직 신황을 만나지 못한 것이 틀림없었는데, 반면 하일롭은 신황의 거취를 파악한 지 오래였다. 로지안은 하일롭이 신황에게 허튼 마수를 뻗기 전 먼저 신황을 만나야만 했다. 비록 그것이 하일롭의 기사들과 함께일지라도 말이다.

쉬지 않고 말을 달린 탓인지 온몸이 천근만근 무거웠다. 하지만 로지안은 멈추지 않고 계속 달렸다. 뒤따르는 기사들에게서 숨을 가쁘게 몰아쉬는 소리가 들렸으나 그것도 개의치 않았다.

그렇게 얼마나 시간이 흘러갔을까. 로지안은 웬 마을 어귀를 지나다가 눈에 익은 인영 하나를 발견했다. 그에 저도 모르게 말을 멈추고 그 인영을 물끄러미 바라보았다. 신전 기사단복을 깔끔하게 차려입은 여자는 긴 머리를 하나로 질끈 올려 묶고 있었다.

로지안은 그 여자가 누구인지를 금세 떠올렸다.

'페이렌 로렐라인.'

레오디안의 측근 중 한 명이었다. 거기까지 생각이 미쳤을 때, 로지안은 그를 뒤따라 말을 멈춘 기사들을 돌아보았다.

"모두 들어라."

기사들은 갑자기 멈추어 선 로지안이 의아했는지 하나같이 영문을 모르겠다는 듯한 표정을 짓고 있었다. 그들을 향해 로지안은 주저 없이 말했다.

"이 마을에서 휴식을 취한 뒤 내일 아침에 다시 길을 떠날 것이다."

로지안의 말을 들은 기사들의 표정이 곧 눈에 띄게 밝아졌다.

아까 전까지만 해도 쉬지 않고 목적지까지 달리겠다고 하였던 로지안이 돌연 마음을 바꿨는데도 그것을 의아하게 여기는 사람은 아무도 없어 보였다.

기사들은 능숙하게 야영 준비를 시작했다. 그들을 잠시 지켜보던 로지안은 곧 근처에 있던 기사를 불러 세웠다. 그는 아까 전에 로지안에게 휴식을 취할 것을 권한 남자였으며 하일롭이 가장 신임하는 자였다.

만약에 로지안이 끼어들지 않았더라면 황실 기사들을 이곳까지 이끌고 오는 건 그였을 터였다. 그를 향해서 로지안이 나직한 목소리로 말했다.

"나는 잠시 주위를 둘러보고 오겠다."

"……예?"

그는 당황한 듯 눈을 크게 떴다.

"아니, 혼자서 말씀이십니까?"

"안 그래도 피곤한 기사들을 더욱 피곤하게 만들 생각은 없으니까."

로지안이 가볍게 고개를 끄덕이며 대꾸하자, 그는 로지안의 말에 납득하면서도 조심스럽게 우려를 표했다.

"아무리 그래도 이 낯선 곳을 홀로 돌아다니시는 건 조금……."

말끝을 흐린 그가 잠시 생각하는 듯하다가 이내 무언가를 결심하기라도 한 것처럼 굳은 표정으로 말했다.

"혹여나 무슨 일이 생길지 모르니 제가 따르겠습니다."

"아니, 그럴 필요 없다. 그대는 나를 대신해서 기사들의 야영 준비를 감독하도록 해."

"저하, 하지만……."

"쓸데없는 언쟁으로 시간을 낭비하고 싶지 않군."

로지안이 성가시다는 듯이 기사를 바라보면서 미간을 찌푸렸다.

"그대가 아니어도 나는 지금 충분히 피로해."

로지안의 단호한 목소리에 기사는 더 이상 로지안을 만류하지 못했다. 그는 영 내키지 않는 표정이었지만 곧 고개를 끄덕이며 말했다.

"……예, 저하. 그러면 저하께서 돌아오시기 전까지 모든 준비를 마쳐 놓겠습니다."

"그래, 부탁하지."

로지안은 지체 없이 몸을 돌려 기사단을 뒤로하고 발걸음을 옮겼다. 그리고 아까 페이렌의 모습을 발견했던 곳을 향해서 걸음을 서둘렀다.

그는 혹시라도 페이렌을 놓치기라도 할까 봐 초조했다. 그도 그럴 것이 페이렌이 이곳에 있다는 건 주변에 레오디안이 머무르고 있을 가능성이 있다는 뜻이기 때문이었다.

얼마쯤 다급하게 걸음을 옮겼을까. 정말이지 다행스럽게도 로지안은 다시금 페이렌을 찾아냈다.

"아……."

이번에는 페이렌도 로지안을 발견했다. 페이렌은 로지안을 보고 놀랐는지 자리에 우뚝 멈추어 섰다.

로지안은 그런 페이렌을 향해서 성큼성큼 가까이 다가갔다. 그렇게 지척에 다가온 로지안을 페이렌이 무척 당황한 표정으로 바라보았다.

"저하."

페이렌은 정신이 없는 와중에도 용케 예를 차려 로지안에게 인사를 했다.

"저하께서 이곳은 어떻게……."

"로켄페데스 대공도 이 마을에서 머무르고 있는 건가?"

로지안은 구태여 시간을 지체하지 않고 곧장 용건을 꺼냈다. 그러자 페이렌은 순간 말문이 막힌 듯 입을 다물었다가 곧 고개를 끄덕였다.

"예, 저쪽 거리에 위치한 숙소에서 휴식을 취하고 계십니다."

"당장 그곳으로 안내해라."

"······예?"

"길게 설명할 시간 없다. 상황이 시급하니 어서 나를 대공에게 안내하도록."

페이렌이 혼란스럽기 그지없다는 듯이 로지안을 바라보았다. 로지안은 답답한 마음에 표정을 와락 일그러뜨렸다.

"내 말을 듣지 못하였나?"

"아니, 아닙니다."

로지안의 형형한 기세에 페이렌이 가까스로 정신을 차리고 대꾸했다.

"대공님이 계신 곳으로 안내해 드리겠습니다."

페이렌은 여태 팔에 걸쳐 두고 있던 옷을 단단히 품에 끌어안고서 걸음을 내디뎠다.

"이쪽입니다."

* * *

그 시각, 엘시아는 여전히 레오디안과 단둘이 숙소 밖에서 시간을 보내고 있었다.

페이렌이 돌아올 때까지 레오디안은 신황이 타 있는 마차에 누군가 접근할 수 없도록 밖에서 지키고 있어야 했다. 엘시아야 방으로 돌아가도 상관없었지만, 엘시아는 그러지 않았다. 대신 레오디안의 옆에서 페이렌이 돌아오기를 기다렸다.

레오디안과 단둘이 시간을 보내는 건 어색하지 않았다. 레오디안이 이런저런 이야기를 꺼내 조금은 경직되어 있던 분위기를 부드럽게 풀어주었기 때문이었다.

레오디안은 본래 말이 많지 않은 남자였는데, 엘시아와 함께 있을 때는 달랐다. 엘시아에게 먼저 말을 건네서 대화의 물꼬를 텄고, 자연스럽게 대화의 흐름을 주도했다.

그건 엘시아가 워낙에 조용한 성격이기 때문일 수도 있지만 분명한 점은 그게 유일한 이유는 아니라는 것이었다.

엘시아를 처음 만난 순간부터 레오디안은 엘시아가 어떤 사람인지 궁금했다. 그녀는 리리엔의 은인이었으니 당연한 일이었다. 하지만 지금 레오디안은 처음보다도 훨씬 더 엘시아가 궁금했다. 엘시아가 가볍게 떠올린 생각 한 터럭조차 모조리 다 알고 싶을 정도로 그러했다.

그것은 현재 레오디안이 엘시아를 향해 가진 마음의 무게가 처음과 너무나도 달라졌기 때문이 틀림없었다.

그러므로, 옆에 있어 달라고 하지도 않았는데 엘시아가 당연하다는 듯이 제 곁에 있어 주는 지금 이 시간이 레오디안에게는 특별했다.

정면을 응시하는 엘시아의 새하얀 옆얼굴이나, 느릿하게 사라졌다 다시 드러나는 새빨간 눈동자나, 서늘한 바람에 나부끼는 가는 머리칼 같은 것들이 하나같이 전부 다 그랬다.

시간이 눈에 보이는 실선이라면 지금 이 순간을 더욱 길게 늘려 두고 싶다는 생각이 들 정도로.

레오디안은 엘시아와 함께하고 있는 지금 이 순간이 부디 조금이라도 더 오래 지속되기를 바랐다. 하지만 무릇 바람이라는 건 스쳐 지나갈 뿐 결코 한자리에 오래 머무르는 법이 없었다.

"어……."

엘시아가 놀란 표정으로 입을 벌렸고, 그런 엘시아의 시선을 따라 눈길을 돌린 레오디안은 곧 엘시아가 놀란 이유를 알았다. 하이드의 옷을 찾아오겠다던 페이렌이 무슨 이유에서인지 로지안과 함께 돌아온 것이다.

그에 엘시아는 무척이나 놀란 듯했지만 레오디안은 그 정도까지는 아니었다. 일순간 동요했을 뿐, 레오디안은 이내 평소와 같은 무표정한 얼굴로 가까이 다가온 페이렌을 마주했다.

"각하, 이곳으로 돌아오는 길에 우연히 2황자 저하를 뵈었습니다."

페이렌은 자신이 로지안과 동행하게 된 이유를 곧바로 설명했다.

"그런데 2황자 저하께서 각하가 계신 곳으로 안내해 달라고 하셔서 이렇게 저하를 모셔 오게 되었습니다."

레오디안은 고개를 한 번 끄덕인 것으로 대답을 대신했다. 그리고 페이렌의 앞에 선 로지안을 바라보며 예를 취했다.

"저하."

"대공, 지금이라도 그대를 만나서 정말 다행이야."

로지안은 레오디안의 인사를 받는 둥 마는 둥 하고는 말했다. 일견 다급해 보이는 기색이었다.

"내가 이곳에 온 것은 다름이 아니라 1황자가 신황이 어디에 있는지를 알아냈기 때문인데……."

거기까지 말한 로지안은 문득 그를 돌아본 페이렌의 표정이 무언가 미묘하다는 걸 알아차렸다. 그에 말을 잇다 말고 멈칫한 로지안은 재차 페이렌의 얼굴을 유심히 살펴보았다.

페이렌은 당황한 것 같기도, 한편으로는 놀란 것 같기도 한 표정을 짓고 있었다. 로지안은 설마 하는 마음에 천천히 레오디안에게 시선을 옮겼다. 그리고 머릿속에 떠오른 생각을 그대로 입 밖으로 내뱉었다.

"……혹시 신황을 만난 건가?"

레오디안은 대답하지 않았다. 그저 담담히 로지안과 눈을 맞추고 있을 뿐이었다. 그에 조급해진 로지안이 레오디안의 대답을 재촉하려고 했을 때였다. 레오디안의 입술이 느릿하게 벌어졌다.

"저하께 보여 드릴 것이 있습니다."

레오디안이 조금 떨어져 있는 곳에 세워져 있는 마차를 힐끗 돌아보면서 말했다. 레오디안은 의식을 잃고 쓰러진 이후, 줄곧 정신을 차리지 못하고 있는 신황을 로지안에게 보였다.

엘시아와 페이렌을 숙소 안으로 들여보낸 뒤의 일이었다.

로지안은 꿈에도 상상한 적 없는 상황을 맞닥뜨리곤 경악스러운 기색을 감추지 못했다.

하지만 그것은 아주 잠시간의 일이었다.

머지않아 로지안은 의아할 정도로 차분한 모습을 보였다. 너무나도 침착한 표정으로 그는 신황의 손등 위에 새겨져 있던 신의 문양이 사라진 것을 확인했다.

"……대공, 그대가 한 일인가?"

천천히 허리를 편 로지안이 레오디안을 향해서 곧은 시선을 보냈다. 레오디안은 로지안의 의문을 곧장 부정했다.

"아닙니다."

레오디안이 신황을 발견했을 때부터 신황이 지니고 있던 신의 문양은 흐릿해지고 있었다. 이 사실을 어디서부터 어떻게 설명을 해야 할까. 잠시 고민하던 레오디안이 이윽고 천천히 서두를 뗐다.

"제가 거두어 데리고 있었던 아이가 있습니다."

"……아이?"

뜻밖의 이야기에 로지안이 의아한 기색을 내비쳤다. 레오디안은 고개를 가볍게 끄덕인 후 말을 이었다.

"그런데 어느 날 갑자기 그 아이가 저택에서 사라졌는데, 다름 아닌 신황이 아이를 데리고 있었더군요."

레오디안의 말을 듣고 로지안의 얼굴 위로 한결 더 짙은 의아한 기색이 자리했다. 하지만 로지안은 레오디안의 말을 도중에 끊고 질문을 하는 대신, 잠자코 레오디안의 말에 귀를 기울였다.

"그 아이가 신황을 공격했다고 들었습니다. 그 이후 신황은 이렇듯 정신을 잃은 채로 깨어나지 못하고 있는 겁니다."

"……그렇군."

사실 모든 상황을 납득한 것은 아니었다. 그러나 로지안은 의문을 뒤로하고 고개를 끄덕였다. 의아한 점이 한두 가지가 아니었으나, 현재 이 상황이 로지안 그에게 유리한 상황임은 틀림없었다.

"너무나도 뜻밖의 일이지만……. 우리에게는 잘된 일이야."

로지안은 손을 뻗어 신황의 코 아래 손가락을 가져다 댔다. 그리고 시간이 흐를수록 눈에 띄게 미약해져만 가는 신황의 호흡을 느꼈다.

"신황을 제도로 데려가지."

한참 뒤, 로지안이 침묵을 깨고 꺼낸 말에 레오디안은 천천히 고개를 돌려 로지안을 바라보았다. 로지안은 마치 더러운 오물이라도 묻었다는 양 손가락을 손수건으로 닦아 내면서 입을 열었다.

"어차피 신의 문양을 지닌 자가 명을 달리하면 다른 이에게 신의 문양이 나타나는 법이지 않은가."

손수건을 마차 바닥에 아무렇게나 내던진 로지안이 마차에서 내려섰다.

그리고 미련 없이 신황을 등지고 몸을 돌리고서 말했다.

"이대로 신황을 축출하고 신전의 비리를 널리 알리자고."

* * *

"급하게 구한 옷인지라 영 볼품없지만, 그래도 괜찮으시다면 부디 받아 주십시오."

"아니에요. 감사해요."

엘시아는 부드러운 미소를 지으며 페이렌에게 받은 옷을 하이드에게 건네줬다.

"안에서 갈아입고 나올래?"

"응."

하이드는 순순히 옷을 받아 들고서 방 안으로 향했다.

엘시아는 저도 모르게 불안한 눈으로 창밖을 내다보고 있다가, 페이렌의 목소리를 듣고 고개를 돌렸다.

"엘시아 님도 이만 방으로 들어가서 쉬시는 편이 좋을 것 같습니다."

페이렌의 목소리에는 엘시아를 향한 걱정이 담뿍 묻어나 있었다.

"많이 피곤해 보이십니다."

"저는 괜찮아요."

엘시아는 애써 미소를 지으며 고개를 흔들었다.

"그나저나 2황자 저하를 이곳에서 만나게 될 줄은 몰랐어요. 혹시 신성지에 무슨 일이 생긴 건 아닐지……."

아까부터 엘시아는 리리엔이 걱정되어 도무지 평정심을 찾을 수가 없었다.

그도 그럴 것이 로지안이 신성지를 떠나 이곳을 찾아올 정도면 신성지에 무슨 일이 생겨도 아주 큰일이 생긴 것만 같다는 생각이 들었기 때문이었다.

"별일 아닐 겁니다, 엘시아 님."

페이렌이 다정한 목소리로 엘시아를 다독였다.

"만약 신성지에 무슨 일이 생긴 것이라면 애초에 2황자 저하께서 이곳까지 발걸음을 할 정신조차 없으셨을 테니까요."

듣고 보니 페이렌의 말도 일리가 있었다. 그에 엘시아는 자꾸만 머릿속에 떠오르는 불안한 가정들을 애써 모조리 밀어냈다.

"그러니 걱정하지 마시고 내일 길을 떠날 때까지 부디 마음 편히 쉬셨으면 좋겠습니다."

"걱정해 주셔서 감사해요."

엘시아는 자신이 자꾸만 걱정을 끼치는 것만 같아서 마음이 영 좋지 않았다. 하지만 애써 아무렇지 않은 척 의연하게 굴려고 노력했다. 그랬다가는 페이렌이 자신을 더욱 걱정할 것이 분명했으니까.

페이렌은 잠시 말없이 엘시아를 응시하다가, 곧 고개를 돌려 하이드가 들어간 방 쪽을 쳐다보았다.

"그래도 하이드가 무사하니 다행입니다."

"아……."

엘시아는 어색한 표정으로 고개를 끄덕였다.

"네, 정말 다행이에요."

하이드가 신황을 공격했고, 신황은 아무리 시간이 흘러도 좀처럼 깨어나지 못하고 있었다.

그런데 이 상황을 그저 다행이라고 말할 수 있을까.

자못 회의적이었지만 엘시아는 그냥 페이렌의 말에 동의했다. 하이드를 다시 만난 것만큼은 다행스러운 일이 틀림없었으니까.

머지않아 옷을 갈아입은 하이드가 문을 열고 방 밖으로 나왔다. 짙은 밤색을 띤 옷은 하이드에게 살짝 커 보였지만, 그래도 제법 잘 어울렸다. 엘시아가 하이드에게 옷이 잘 어울린다며 칭찬을 하려던 순간이었다. 복도에 묵직한 발걸음 소리가 울려 퍼졌다. 그것을 인지한 것과 동시에 엘시아는 익숙한 향을 맡았다.

너무나도 달콤한, 정신을 몽롱하게 휘젓는 향.

레오디안의 향기였다.

"잠시 시간을 내어 주실 수 있겠습니까?"

어느덧 가까이 다가온 레오디안이 엘시아를 향해 조심스럽게 말을 꺼냈다.

"긴히 상의하고 싶은 이야기가 있습니다."

엘시아는 잠시 당황한 눈으로 레오디안을 바라보고만 있다가, 곧 천천히 고개를 주억거렸다.

* * *

레오디안과 그의 무리는 애당초 신황을 데리고 신성지로 돌아가려던 계획을 바꾸어 곧장 제도로 향했다.

신성지를 상징하는 문양이 새겨진 거대한 마차가 제도에 입성한 순간, 신황의 숨이 완전히 멎었다. 하지만 마차는 멈추지 않았다. 마차를 뒤따르는 기사들의 행렬도 마찬가지였다.

그들이 멈춘 것은 위용이 넘치는 거대한 황궁 앞, 굳게 닫힌 성문 앞에서였다. 성문을 지키던 근위병들은 신성지 기사들을 끌고 온 로지안의 모습을 보고 당황을 금치 못했다.

로지안은 그런 근위병들을 무심히 바라보며 앞으로 나섰다.

"성문을 열어라."

"저하, 신성지 기사들을 성 안으로 들일 수는……."

"성문을 열라 하였다."

로지안의 단호한 태도에 근위병들이 서로 당황한 시선을 교환했다. 아무리 황자의 명령이라고 할지라도 따를 수 없었다. 신성지의 기사들을 성 안으로 들였다가 무슨 일이 일어날지 몰랐다. 근위병들과 로지안을 필두로 한 신성지 기사들 사이에 날이 선 긴장감이 흘렀다.

그렇게 얼마나 시간이 흘렀을까.

"성문을 열어라."

성 안쪽에서 달려 나온 황실 기사들 중 한 명이 근위병들을 향해서 명령했다.

그에 근위병들은 딱딱하게 굳은 표정으로 성문을 열었다.

로지안은 망설임 없이 활짝 열린 성문을 지나쳐 황궁으로 입성했다. 신전의 마차와 기사들이 그런 로지안을 뒤따랐다. 그러자 황실 기사들이 신전의 마차와 기사들의 주위를 포위하듯 둘러싸고 걸음을 함께했다.

"당장 시종장을 불러 내 손님들이 머물 침실을 준비하라 일러라."

"……이들이 성에 머물 예정입니까?"

"그러하다."

로지안의 말을 듣고 황실 기사는 눈에 띄게 긴장한 표정으로 말을 잇지 못했다.

그런 그를 향해서 로지안이 단호한 목소리로 일갈했다.

"내 손님들을 모시는 데 한 치의 부족함도 없어야 할 것이다."

"……예, 저하."

로지안은 정원을 막 지나쳤을 무렵, 말을 멈추고 말에서 내렸다.

그리 멀지 않은 곳에 거대한 성의 정문이 자리하고 있었다.

로지안은 그의 근처에 있던 황실 기사에게 말고삐를 넘긴 후, 흐트러진 옷 매무새를 단정히 정리했다. 그리고 주저 없이 성의 정문으로 다가가자, 그런 로지안을 본 근위병들이 황급히 고개를 숙이며 정문을 열었다.

로지안은 근위병들의 인사를 가볍게 흘려 넘기며 걸음을 재촉했다. 그 망설임 없는 걸음의 종착지는 바로 황제의 침실이었다.

* * *

황제의 침실에서는 죽음의 냄새가 났다.

그것은 비위에 거슬릴 정도로 퀴퀴한 냄새였다. 절로 인상을 찌푸리게 만드는, 아주 고약한 냄새.

하지만 로지안은 오히려 해사한 미소를 만면에 띤 채로 황제의 앞으로 나아 갔다. 소파 등받이에 상체를 기대어 앉아 있는 황제는 로지안이 기억하는 모습보다 훨씬 더 여위어 있었다.

"그래, 로지안. 네가 로켄페데스 대공과 신전의 기사들을 궁에 들였다는 이야기는 들었다."

"예, 폐하. 제가 그리하였습니다."

로지안이 거리낄 것 없다는 듯 망설임 없이 대꾸하자 황제의 미간이 와락 찌푸려졌다.

"네가 감히 내게 반기를 들 생각이냐?"

"폐하께서 무언가 오해를 하신 듯합니다."

"……오해?"

황제가 헛웃음을 내뱉고는 입매를 비뚜름하게 비틀었다.

"그렇다면 어디 그 오해를 한번 바로잡아 보거라."

로지안은 큼, 헛기침을 해 목을 골랐다.

그리고 황제의 굳은 얼굴을 여유로운 시선으로 훑어보다가 입을 열었다.

"폐하께서는 제가 오늘 이 황궁에 무엇을 가지고 왔는지 아십니까."

"나를 말로 희롱할 생각은 말고 어서 말하라."

황제가 불편한 심기를 표정으로 드러냈다. 로지안은 여유로운 미소를 지으며 황제에게 한 걸음 더 가까이 다가갔다.

"폐하께 반기를 든 것은 제가 아닙니다. 그것은 다름 아닌, 폐하께서 믿어 마지않던⋯⋯."

로지안이 황제를 똑똑히 직시하면서 말했다.

"하일롭 형님입니다."

* * *

시종장의 진두지휘 하에 시종들은 당황하지 않고, 갑작스럽게 황궁을 방문한 손님들의 시중을 들었다.

시종들은 레오디안과 그의 무리를 별궁으로 안내했다. 연회가 열릴 때 초대객을 모시는 별궁 중 한 곳이었다. 별궁은 서른 명 남짓한 인원을 수용하기에도 전혀 무리가 없을 만큼 충분히 커다랬다.

엘시아는 도무지 적응이 되지 않는 화려한 침실 안을 멍하니 둘러보고 있었다. 어디에 앉을 엄두도 내지 못한 채로 그렇게 얼마쯤 멍하니 서 있기만 했을까. 누군가 문을 두드리는 소리가 들렸다. 엘시아는 화들짝 놀라 고개를 돌렸다.

"들어오세요."

잠시 뒤, 천천히 문이 열렸다. 문이 열리고 모습을 드러낸 사람은, 아까 엘시아를 방으로 안내해 준 시종이었다.

"쉬시는 중 방해해 죄송합니다."

"아니에요. 그런데 무슨 일이세요?"

엘시아가 시종을 의아한 눈으로 바라보자, 시종이 정중한 목소리로 용건을 꺼냈다.

"이 아이가 귀빈을 찾아서 데리고 왔습니다."

시종이 그렇게 말한 순간, 때마침 시종의 뒤에 서 있던 하이드가 빼꼼 고개를 내밀었다. 엘시아가 반색하며 하이드를 바라보았다. 그러자 시종이 눈치껏

인사를 하고 방을 떠났다.

"엘시아하고 같이 있고 싶어. 같이 있어도 돼?"

"그럼."

엘시아는 가까이 다가온 하이드를 꼭 안아 주었다.

하이드는 한참 동안 엘시아의 품에 고개를 묻고 있다가, 잠시 뒤 천천히 고개를 들어 엘시아를 올려다보았다.

"신황이 죽었어."

그리고 감정 한 톨 묻어나지 않은 무미건조한 목소리로 말했다.

"그 남자가 여기 사람들 앞에서 신황이 죽었다고 말하는 걸 보고 왔어."

방금 자신이 무슨 이야기를 들은 건지 모르겠다. 엘시아는 멍한 표정으로 하이드를 바라보다가, 믿어지지 않는다는 듯 되물었다.

"신황이 죽었다고?"

"응."

곧장 고개를 끄덕인 하이드가 다시 엘시아의 품에 얼굴을 묻었다.

"그 남자가 신황이 죽은 걸 사람들한테 확인시켜 주는 모습을 내가 창문으로 봤어."

하이드의 뒷머리를 꽉 끌어안은 채로 엘시아는 혼란스러운 머릿속을 어떻게든 정리해 보려고 노력했다.

신황이 죽은 건 그다지 놀라운 일이 아니었다. 마지막으로 본 신황의 상태가 심상치 않았으므로. 그러나 막상 신황이 죽었다는 이야기를 들으니 놀라운 마음을 감출 수가 없었다.

그 인간 같지 않던, 이 세상의 존재가 아닌 것 같던 남자가 이렇게 쉽게 죽었다니.

게다가.

"……대공님이, 정말 다른 사람들에게 신황의 모습을 보여 줬어?"

"응. 사람들이 엄청 놀라던데."

엘시아는 자신도 모르게 헛숨을 크게 들이켰다.

레오디안이 신황을 데리고 제도로 갈 계획을 밝혔을 때부터 어느 정도 예상하기는 했다.

신황의 지위가 지위인 만큼 그의 죽음이 조용히 넘어갈 일이 아니라는 알고 있었다.

하지만 이렇듯 제도에 도착하자마자 곧바로 신황의 죽음을 알릴 줄이야.

제도와 신성지가 서로 꽤 멀리 떨어져 있기는 하지만 신성지에서 신황의 죽었다는 사실을 알게 되는 건 시간문제라는 생각이 들었다.

레오디안이 앞으로 무슨 일이 벌어질지 충분히 설명을 해 주었음에도. 엘시아는 앞으로 다가올 일들이 두려웠다.

그나마 다행스러운 건, 리리엔이 신성지를 떠났다는 점이었다.

신황의 죽음이 알려진다면 신성지는 혼란스러워질 것이 틀림없었다. 그 혼란의 한복판에 리리엔이 휘말리지 않아도 된다는 점이 정말 다행스러웠다.

게다가 로아나가 리리엔과 함께 있다고 했다. 엘시아가 당장이라도 리리엔이 있는 곳으로 달려가고 싶은 마음을 간신히 억누를 수 있는 이유였다.

지금껏 신황이 벌여 온 끔찍한 일들을 만천하에 낱낱이 알릴 때까지 엘시아는 참아야 했다.

리리엔의 평화로운 앞날을 위하여.

재판에서 증언을 하겠노라고 레오디안에게 약속을 했으니까. 엘시아는 더욱 단단히 마음을 먹고 기다려야 했다.

* * *

신황이 서거했다는 소식이 공표되었다.

제국 곳곳에 그 소식을 알리는 공문이 내렸다. 당연하게도 신성지에도 신황의 죽음이 알려졌다.

대신관들이 신황의 시신을 인도해 오기 위해 황급히 제도로 향할 준비를 하던 그 시각.

황궁에서는 대연회실에 모인 고위 관료들이 상석에 앉은 로지안을 황망히 바라보고 있었다. 저마다 당황을 금치 못하고 있는 관료들을 향해 로지안이 꽤 길었던 침묵을 깨고 말했다.

"모두 갑작스러운 비보를 듣고 경황이 없을 텐데도 이렇게 부름에 응해 주니 고마울 따름이오."

로지안이 먼저 말문을 열자 서로 눈치만 보고 있던 귀족들 중 누군가 조심스럽게 말을 꺼냈다.

"……저하, 헌데 황제 폐하께서는 어디에 계십니까?"

"황제 폐하께서는 큰 충격을 받아 자리보전하시는 중이네."

로지안이 오만하게 턱을 치켜들고 좌중을 돌아보며 선언하듯 말을 덧붙였다.

"그에 내가 황제 폐하의 대리로 오늘 이 회의를 주관하게 되었다."

그 말에 대연회실 안에 한 차례 소란이 일었다.

로지안은 웅성거리는 귀족들을 가만히 지켜보고 있다가 목소리를 높여 말했다.

"한시바삐 논의해야 할 중대한 사항이 있으니 괜한 서두는 각설하고 바로 본론을 이야기하도록 하지."

대연회실 안에 로지안의 목소리가 울려 퍼지자, 귀족들의 시선이 모두 로지안에게 집중되었다. 로지안은 자신을 향한 수많은 시선에도 전혀 위축되지 않았다. 오히려 더욱 단단한 표정을 짓고서 입을 열었다.

"머지않아서 재판이 열릴 것이다."

"재판이라 하심은……."

예상치 못한 로지안의 말에 귀족들의 표정 위로 하나같이 미처 감추지 못한 혼란스러움이 깃들었다.

황궁에서 온 전령으로부터 연락을 받고 황궁에 입궁하면서 그들은 오늘 회의가 신황의 장례식에 관해 논의하기 위한 것이리라 짐작했다.

신성지의 지도자인 신황이 서거하면 제국에는 장장 일주일간 대대적으로 신황을 기렸다. 황제나 그의 직계 자손이 죽었을 때와 같은 기간이었다.

하지만 로지안은 신황의 장례식에 관해서는 일언반구하지 않았다. 대신 예상치도 못한 이야기를 꺼냈다.

"우리 암브로시우스 제국인들을 오래도록 두려움에 떨도록 만든 괴물을 이용해 제국을 장악하려 한 무뢰배가 있다."

로지안의 말에 대연회실 안 곳곳에서 크게 숨을 들이켜는 소리가 연거푸 들려왔다. 그러자 로지안은 그러한 좌중의 반응을 다 예상하고 있었다는 듯 덤덤히 대연회실 안을 둘러보았다.

"나는 그 무뢰배를 적법하게 처벌하기 위하여 재판을 열 것을 이 회의의 주요 안건으로 부의하는 바이다."

로지안이 단호한 목소리로 선언하자, 대연회실에는 죽음과도 같은 침묵이 내려앉았다. 귀족들은 누구 하나 선뜻 입을 열지 못하고 그저 서로 경악에 찬 눈빛만을 교환했다.

괴물을 이용해 제국을 장악하려 한 사람이 있다는 로지안의 말도 놀랍지만, 더욱 놀라운 것은 따로 있었다.

그것은 바로, 로지안이 말한 무뢰배가 다름 아닌 귀족 명부에 이름을 올린 사람일 것이라는 점이다. 그게 아니라면 애초에 지금처럼 고위 관료들이 모여 재판을 여니 마니 논의하는 일도 없었을 것이다.

"저하, 그 무뢰배가 누구인지 지금 이 자리에서 밝혀 주실 수 있겠습니다."

누군가 지독하리만큼 무거운 정적을 깨고 물었다. 그 음성이 처참하게 떨리고 있었다.

로지안은 천천히 고개를 돌려 말을 꺼낸 누군가에게 시선을 던졌다.

시선 끝에 이베르크 후작이 걸렸다. 최근 괴물의 습격으로 고명딸을 잃은 사내였다. 그의 흔들리는 눈동자를 똑똑히 직시하면서 로지안이 서서히 입을 열었다.

"그는 다름 아닌 이 제국의 백작, 아이작 히치콕이다."

"……예?"

이베르크 후작이 순간 넋이 나간 듯한 표정으로 멍하니 입을 벌렸다.

그러자 영 정신을 차리지 못하는 그를 대신하여 그의 옆에 앉아 있던 패시오나 백작이 나섰다.

"저하, 말씀 중 외람되오나 그는 이미 명을 달리한 지 오래입니다."

"하지만 그의 공범자는 아직 멀쩡히 살아서 숨 쉬고 있지."

"공범이……."

"공범이 있습니까?"

뒤늦게 정신을 차린 이베르크 후작이 경악스러운 목소리로 되물었다. 그러자 패시오나 백작이 진정하라며 이베르크 후작의 어깨를 가볍게 그러쥐었다. 그 모습을 가만히 지켜보며 로지안은 의도적으로 대답을 미룬 채로 시간을 끌었다.

그렇게 시간이 흐르면 흐를수록 귀족들의 표정 위로 초조한 기색이 서렸다. 특히 이베르크 후작의 표정은 금방이라도 울음을 터뜨릴 것처럼 와락 일그러진 채였다. 로지안은 그런 그들의 모습을 마치 예술 작품을 감상하기라도 하듯 여유로운 시선으로 천천히 훑어보았다.

"저하, 공범이 대체 누구입니까?"

이윽고 이베르크 후작이 더는 참지 못하고 간절한 목소리로 물었을 때에야 로지안은 느릿하게 입을 열었다.

"그는 바로 전대 히치콕 백작의 오랜 친우이자……."

일부러 말끝을 길게 늘인 로지안은 다시금 좌중을 돌아보며 귀족들의 반응을 살폈다.

하지만 그 뒤에 이어질 말을 어렵지 않게 짐작한 귀족들은 도저히 믿을 수 없다는 듯 경악스러운 표정으로 웅성거리기 시작했다.

"이 제국의 1황자인 하일롭 에단 클로디우스이다."

로지안은 한참 만에 말을 덧붙였다.

그에 찰나 물을 끼얹기라도 한 듯 조용해졌던 대연회실에 곧 이전보다 더 큰 소란이 일었다.

귀족들이 웅성거리는 소리는 계속해서 커져만 갔고, 종내에는 너무나도 소란스러워져 누가 무슨 말을 하는지도 쉽게 알아들을 수가 없는 지경까지 이르렀다.

그 소란의 중심에서 로지안이 커다란 목소리로 선언했다.

"그럼, 이제 1황자 하일롭 에단 클로디우스를 재판에 세울지 여부를 거수하도록 하겠다."

* * *

리리엔과 함께 일레아 백작의 영지로 온 지 딱 일주일이 된 날이었다.

이른 아침, 로아나는 신성지에서 온 전령으로부터 신황이 서거했다는 믿을 수 없는 소식을 전해 들었다. 전령을 보낸 것은 욤펜이었다. 욤펜은 그를 비롯한 대신관들이 사절을 꾸려 제도로 향할 예정임을 알렸다. 신황의 시신을 신성지로 인도해 오기 위해서였다.

신황의 시신이 신성지로 인도되면 그 즉시 장례식이 거행될 터였다.

로아나는 대신관으로서 장례식에 반드시 참석해야만 했다.

하지만 로아나는 전령이 돌아간 이후로 줄곧 깊은 고민에 잠겼다.

일레아 백작령에 리리엔을 남겨 둔 채로 신성지로 향하자니 마음이 영 편치 않아 망설여졌기 때문이었다.

그렇게 얼마나 오래도록 생각에 잠겨 있었을까.

어느 순간, 문득 누군가 문을 두드리는 소리가 방 안에 울려 퍼졌다. 잠시 놀라 멈칫했던 로아나는 곧 자리에서 일어나 문가로 다가갔다. 그리고 문을 열자, 벨레로폰이 반색하며 고개를 들었다.

"로아나 대신관님, 잠시 시간 괜찮으십니까?"

"아, 그럼요. 물론이죠. 들어오세요."

로아나는 당황을 금치 못하면서도 일단 흔쾌히 벨레로폰을 방 안으로 들였다. 벨레로폰은 어딘지 초조한 기색으로 로아나가 권한 자리에 앉았다.

"그런데 무슨 일로……."

"다름이 아니라, 아까 아침에 신전에서 찾아온 전령이 무슨 이야기를 전했는지 궁금하여 이렇듯 실례를 무릅쓰고 시간을 청했습니다."

벨레로폰이 망설임 없이 곧장 용건을 꺼내놓았다. 그것이 꽤 뜻밖이었지만 로아나는 이내 차분하게 할 말을 정리한 뒤 입을 열었다.

"신황 성하께서 운명하셨다고 합니다."

"······예?"

벨레로폰이 경악한 표정으로 목소리를 높여 되물었다.

"아니, 이렇게 갑자기 말입니까?"

"저도 무척 놀랐답니다. 자세한 사정은 듣지 못한지라 어쩌다 일이 이렇게 되었는지는 모르겠으나······."

로아나는 짤막한 한숨과 함께 말을 덧붙였다.

"신황 성하께서 돌아가신 것은 틀림없어요. 신성지에서 신황 성하의 장례식을 치를 준비를 다 마쳤다고 하니까요."

벨레로폰이 앓는 듯한 침음을 입술 사이로 흘려보냈다.

그동안 레오디안의 명으로 리리엔의 곁을 지키느라 신전과 멀리 떨어져 있었던 벨레로폰이었다. 당연히 그는 신전의 소식에도 어두울 수밖에 없었다. 신황이 서거했다는 사실도 지금 로아나에게 처음 들은 것이었다.

로아나는 마냥 혼란스러워 보이는 벨레로폰을 잠시 지켜보다가, 곧 조용히 자리에서 일어나 그에게 물을 떠다 주었다.

"······감사합니다, 대신관님."

"별말씀을요."

벨레로폰은 차가운 물을 마신 뒤에도 꽤 한참 동안 침묵을 지킨 끝에 입을 열었다.

"그럼 이제 대신관님은 요헴으로 돌아가십니까?"

"네, 그래야 하는데······."

"리리엔 아가씨가 마음에 걸리시는 거로군요."

벨레로폰의 말에 로아나가 고개를 끄덕이며 순순히 시인했다.

"네, 리리엔 아가씨를 두고 요헴으로 가야 한다는 게 영 내키지가 않네요."

"이해합니다."

벨레로폰은 물컵에 맺힌 물방울을 멍하니 응시했다.

머릿속에 한차례 거센 폭풍이 불어닥친 듯한 느낌이었다. 폭풍이 지나간 자리는 엉망진창이 되었고 말이다.

"리리엔 아가씨는 제가 잘 모시겠습니다."

벨레로폰이 한참 만에 정적을 깨고 말했다.

"그러니 대신관님께서는 부디 아무런 걱정하지 마시고 요헴으로 떠나십시오."

"경께서 그렇게 말씀해 주시니 마음이 조금이나마 편해지기는 하네요."

로아나가 애써 웃음을 짓자 벨레로폰도 로아나를 향해 마주 미소를 지어 보였다. 하지만 그것도 아주 잠시였다. 각자 이런저런 생각이 많아 심란한 탓에 두 사람의 표정은 이내 어두워졌다.

그로부터 꽤 오랜 시간 동안 방 안에 흐르던 정적은 점심 식사 준비가 다 되었음을 알리러 온 하녀에 의해 깨졌다.

로아나는 여전히 어두운 표정으로 자리에서 일어나 벨레로폰과 함께 식당으로 향했다. 이제 로아나 그녀가 신황의 장례식에 참석하기 위해 신성지로 가야 한다는 사실을 리리엔에게도 이야기할 때였다.

* * *

"……그래서 제도로 가서 신황의 시신을 이곳으로 운구해 오겠다?"

"예."

욤펜이 긴장한 표정으로 힐끗 시선을 들었다. 하일롭의 낯 위로 선명한 노기가 떠올라 있었다.

"그래, 그래야겠지."

하일롭이 입매를 한껏 비튼 채로 혼잣말처럼 중얼거렸다.

욤펜은 마른침을 꿀꺽 삼키고는 계속해서 하일롭의 눈치를 살폈다. 신황이 서거했다는 소식이 신성지에 널리 알려진 지도 벌써 며칠째였다. 욤펜은 소식을 접한 즉시 신관들을 데리고 제도로 향하려고 했다.

그런데 난데없이 하일롭이 움직였다. 그는 신관들이 신성지를 떠나는 것을 막았다. 일단은 신성지에서 신황의 장례식을 준비하라면서 말이다. 그 때문에 욤펜을 비롯한 신관들은 신성지에 남아서 신황의 장례식을 준비했고, 오늘에야 비로소 모든 준비가 끝났다.

이제는 정말 신황의 시신을 신성지로 인도해 와야 할 때였다. 더 이상 시간을 지체할 수 없었다. 욤펜은 그와 함께 제도로 갈 신관들을 이미 다 추려 둔 상태였다. 하지만 어째선지 하일롭은 여전히 신관들을 순순히 신성지 밖으로 내보내 줄 기색이 아니었다.

"……저하, 신관들 여럿이 신성지를 떠나는 것이 정 꺼려지신다면 저 혼자서 제도를 다녀오도록 하겠습니다."

욤펜이 어떻게든 하일롭을 설득하고자 간절한 목소리로 말했다. 그러나 하일롭의 반응은 영 심드렁하기만 했다. 욤펜은 더더욱 초조해졌다.

"저하, 이러실 수는 없습니다. 신황 성하를 모시고자 하는 신관들의 발목을 이렇듯 붙잡아 두려 하시다니, 이런 법도가 어디에 있습니까."

욤펜은 험악하게 일그러진 하일롭의 낯을 마주하고도 전혀 떨지 않고 자신이 하고자 하는 말을 계속해서 이어 나갔다. 여기서 물러섰다가는 정말 신황의 시신을 영영 신성지로 운구해 올 수 없을지도 몰랐다.

"이미 잘 알고 계시겠지만 저를 비롯한 이곳의 신관들은 신께 신실한 만큼 신황 성하께도 믿음을 맹세한 자들입니다. 신황 성하께서 서거하셨으니 저희는 응당 그분의 장례를……."

"그만."

하일롭이 오른손을 들어 보이며 욤펜의 말을 가로막았다. 그리고 거칠게 의자를 박차고 자리에서 일어났다. 그러자 순간 멈칫한 욤펜이 곧 할 말이 많은 표정으로 입을 다물었다.

"나는 예전부터 신관이란 족속들이 참 마음에 안 들었어."

하일롭이 한 단어 한 단어를 힘주어 씹어뱉듯 뇌까렸다.

"하나같이 뒤로 음흉한 짓거리를 벌이는 주제에 청렴한 척들을 얼마나 잘하는지."

"……저하."

"입 다물라!"

분노에 찬 하일롭의 목소리가 방 안에 쩌렁쩌렁하게 울려 퍼졌다.

"내가 신성지에 처박혀 있으라고 하면 순순히 처박혀 있을 것이지."

하일롭이 이를 갈며 덧붙인 말에 놀란 욤펜이 경악스러운 표정을 지었다.

아주 어릴 적에 신전에 거두어져 줄곧 신관으로서 수련해 온 욤펜이었다. 그랬기에 방금 하일롭이 한 말과 같은 무례한 언사를 직접적으로 들어 본 적이 없었다. 욤펜은 믿지지 않는다는 듯한 눈으로 하일롭을 바라보았다.

하지만 그런 욤펜의 반응 따위야 어떻든 하등 신경 쓰이지 않는다는 듯 하일롭의 무례한 언행은 계속되었다.

"어디서 굴러먹다 온 종자인지도 알 수 없는 놈들이 마치 귀족이라도 되는 양……."

욤펜의 앞으로 다가가 멈추어 선 하일롭이 턱을 치켜들고 욤펜을 내려다보면서 말했다.

"나와 독대를 하고 있다고 해서 그대가 나와 같은 위치라고 여기는 건가?"

"저하, 저는 그저……."

욤펜이 하일롭을 진정시키고자 떨어지지 않는 입을 가까스로 열었을 때였다.

"저하!"

지독하리만큼 무거운 긴장감이 흐르던 공간에 낯선 목소리가 끼어들었다. 그리고 그와 동시에 다급하게 문을 두드리는 소리가 응접실 안에 울려 퍼졌다. 한껏 날이 선 눈빛으로 욤펜을 응시하던 하일롭이 홱 몸을 돌렸다.

"들어와라."

하일롭의 말이 끝나기가 무섭게 벌컥 문이 열렸다.

곧 황급히 응접실 안으로 들어선 남자는 황실 기사단복을 입고 있었다. 그는 욤펜을 보고 잠시 당황한 듯 멈칫했다가, 곧 하일롭을 향해 예를 취했다. 한겨울임에도 구슬땀에 흠뻑 젖은 기사의 얼굴을 하일롭이 한참 의아한 눈으로 바라보다가 물었다.

"무슨 일이지?"

순간 멈칫했던 기사가 이내 마른침을 꿀꺽 삼키고는 입을 열었다.

"저하, 한시 바삐 제도로 돌아오시라는 황제 폐하의 전언입니다!"

* * *

제도의 중심, 페렐테움 광장은 신황을 추모하기 위한 인파로 가득했다.

광장 한가운데 세워져 있는 신상 아래에는 사람들이 헌화한 새하얀 꽃들이 한가득 쌓여 있었다.

그 앞에 자발적으로 모인 사람들은 암묵적인 질서를 지키며 엄숙한 분위기 속에서 신황을 기렸다. 부모의 손에 이끌려 추모 행렬에 가담한 어린아이들의 수도 적지 않았지만 광장은 전혀 혼잡하지도 소란스럽지도 않았다.

"자, 저곳에 꽃을 내려놓고 오는 거야. 할 수 있지?"

"응."

차례가 된 아이가 신상으로 가까이 다가갔다.

아이의 부모는 먼발치에서 아이가 헌화를 하는 모습을 지켜보았다. 그런 그들의 모습을 본 사람들의 입가에 희미하게나마 미소가 걸렸다. 머지않아서 제법 의젓하게 헌화를 마친 아이가 몸을 돌린 순간이었다.

"-아악!"

귀를 찌르는 듯한 날카로운 비명 소리가 광장 안을 가로질렀다. 그 소리는 고즈넉한 오후의 평화로운 분위기를 찢어발길 핏빛 사건을 알리는 신호탄이었다.

"괴, 괴물……."

새하얀 신상 위에 거대한 짐승의 그림자가 드리워져 있었다. 그것을 처음으로 알아차린 사람은 신상과 가장 가까이에 서 있던 아이의 아버지였다. 기괴한 생김의 괴물이 당장이라도 아이를 집어삼킬 듯 아가리를 벌렸다.

"필립-!"

아이의 아버지는 물불 가리지 않고 아이를 향해 달려갔다.

그것이 시작이었다.

"괴물이야!"

"다들 도망쳐요!"

조용한 추모의 공간이었던 광장은 순식간에 아수라장이 되었다.

* * *

"리리엔은 언제 다시 만날 수 있는 거야?"

식사를 마치고 방으로 돌아와 시간을 보내던 중, 문득 하이드가 물었다. 엘시아는 뜻밖이라는 표정으로 하이드를 돌아보았다. 하이드와 재회한 이후 리리엔에 관해서 긴히 이야기를 나눈 적이 딱히 없었다.

"리리엔이 보고 싶어?"

"없으니까 허전해."

대꾸하는 목소리는 무미건조했지만 어째 귀엽게 느껴졌다. 엘시아는 저도 모르게 살며시 미소를 지었다.

"곧 만날 수 있을 거야."

"그게 언젠데?"

"음, 우리가 저택으로 돌아가면 리리엔도 저택으로 올 거야."

"……리리엔은 계속 저택에서 지내고 있는 거 아니었어?"

하이드가 의아한 표정으로 반문하자, 그제야 엘시아는 하이드가 현재 리리엔의 거취에 관해 전혀 아는 바가 없다는 사실을 떠올렸다.

"리리엔은 지금 다른 곳에서 지내고 있어. 안전한 곳이니까 걱정하지 않아도 돼."

사실 엘시아도 리리엔이 정말 안전한 곳에서 머무르고 있는 건지 확신이 없었다. 다만 레오디안이 그렇다고 말했으니 당연히 그렇겠거니 생각하고 있을 뿐이었다.

레오디안이 리리엔을 위험한 곳으로 보냈을 리 없으니까.

엘시아는 애써 불안한 마음을 삼키고 리리엔이 걱정되는 마음도 접어 두려고 노력하고 있는 중이었다.

"그래, 리리엔이 안전하면 됐어. 그걸 위해서 내가……."

어느새 창밖에 시선을 둔 채로 하이드가 중얼거렸다.

"저 밖에 누가 왔나 봐."

엘시아는 조용히 자리에서 일어나 하이드의 곁으로 다가갔다.

그리고 두 손으로 가볍게 하이드의 어깨를 감싸며 창밖으로 눈길을 주었다. 하이드의 말대로 누군가 황궁 안으로 들어오려는 건지 성문 쪽이 소란스러웠다. 머지않아서 성문이 열리자 황궁 안으로 들어오는 기사들의 행렬이 이어졌다.

그 긴 행렬을 이끌고 걷고 있는 남자를 엘시아는 멀리서도 한눈에 알아볼 수 있었다.

하일롭이었다.

그가 제도로 돌아왔다. 엘시아는 그 사실이 도무지 믿기지 않아서 얼떨떨한 표정을 지었다.

"1황자가 돌아왔나 봐."

그가 이렇듯 쉽게 신성지를 포기하고 돌아올 줄은 꿈에도 몰랐다.

"그런데 뭔가 이상한데."

"……응?"

하이드가 돌연 자리를 박차고 일어났다.

"엘시아는 지금 이 이상한 기운이 전혀 느껴지지 않는 거야?"

"이상한 기운이라니, 갑자기 그게 무슨……."

하이드가 창문을 활짝 열어젖히더니 창밖으로 상체를 쭉 내밀었다.

당장 창밖으로 떨어져도 이상하지 않은 위태로운 자세였다. 엘시아가 다급하게 하이드의 어깨를 끌어당겼다.

"하이드, 위험해!"

"위험한 건 내가 아니야."

하이드가 제법 단호한 목소리로 말했다. 그리고 바로 그 순간이었다.

"성문을 지켜라!"

저 멀리서 누군가 소리쳤다. 그에 놀란 엘시아가 다시금 창밖으로 눈길을 돌렸다. 날카로운 비명 소리에 뒤를 이어 다급한 고함 소리가 여기저기서 터져 나왔다. 그 소리들은 고요하던 황성 안을 순식간에 엉망으로 뒤흔들었다.

"엘시아, 저길 봐."

하이드가 검지로 창밖 어딘가를 가리켰다.

그곳을 향해 시선을 돌리자, 대열을 맞춰 황성 안으로 걸어 들어오던 기사들이 혼비백산해 이리저리 흩어지고 있는 모습이 보였다.

그들은 하나같이 자신들이 막 지나쳐 온 성문 쪽을 돌아보고 있었다. 그들 중에는 어느새 허리춤에서 빼든 검으로 그 방향을 겨누고 있는 자들도 있었다.

그 모습을 본 엘시아의 시선이 곧 자연스럽게 성문 쪽으로 흘러갔다.

"엄마가 그 백작하고 만들려고 했던 게 저런 거였을까?"

활짝 열린 성문 너머에 거대한 몸집의 짐승이 도사리고 있었다.

"저게, 저게 대체 뭐지……?"

하이드의 어깨를 잡은 엘시아의 손이 잘게 떨리기 시작했다. 그것을 느낀 하이드가 망설임 없이 창가에서 몸을 떼어 내고는 창문을 닫았다. 하지만 아까부터 성내에 울려 퍼지고 있는 비명 소리를 완전히 차단할 수는 없었다.

밖에서 사람들이 내지르는 고통스러운 비명 소리가 들려올 때마다 엘시아는 눈에 띄게 흠칫 놀랐다.

엘시아가 두려움에 떨고 있었다.

하이드는 엘시아를 겁에 질리도록 만든 이 상황이 도무지 마음에 들지 않았다. 한껏 찌푸린 눈으로 창밖의 짐승을 흘낏 쳐다보면서 하이드가 천천히 입을 열었다.

"저것한테서 우리하고 비슷한 기운이 느껴져. 이상하기는 하지만 그래도 분명 우리하고 비슷한 기운이야."

하이드의 말을 듣고 무언가를 직감한 엘시아의 낯빛이 백짓장처럼 새하얗게 질렸다.

지금 황성을 쳐들어온 거대한 짐승은, 한때는 엘시아 그녀와 같은 존재였지만…….

"엘시아는 동족을 먹어 본 적 있어?"

동족을 먹어 치우고 정말 '괴물'이 되어 버린 누군가였다.

25. 우연은 없기에

"피하십시오, 저하!"

"모두 저하를 지켜라!"

하일롭은 정신이 하나도 없었다. 이게 대체 무슨 마른하늘에 날벼락 같은 일인지.

기사들의 호위를 받으며 궁 안으로 들어서면서도 하일롭은 뒤에서 들려오는 비명 소리에 신경이 잔뜩 곤두섰다.

갑작스럽게 황제의 연락을 받고 제도로 오게 된 것만으로도 충분히 심기가 불편한데, 웬 괴물이 나타나 앞길을 가로막기까지 하니 짜증이 끝을 모르고 마구 치밀었다.

"대피하셔야 할 것 같습니다."

"어디로 대피를 한단 말이냐?"

"일단은 높은 곳으로……."

진퇴양난의 상황이었다. 괴물이 성문을 떡하니 가로막고 있으니 황궁 밖으로 나가는 것은 불가능했다.

"이래서야 완전히 독 안에 든 쥐 꼴이 아닌가."

퇴로가 없으니 괴물을 처치하는 것만이 유일한 방법이었다.

그게 아니라면 현재 황궁 안에 있는 사람들은 모조리 전멸하고 말 것이었다.

"지금 당장 운용할 수 있는 기사단의 수가 얼마나 되지?"

신경질적으로 머리칼을 쓸어 올린 하일롭이 기사들을 향해 명령을 내리려던 순간이었다.

"형님."

뒤에서 귀에 익은 목소리가 들려왔다.

하일롭이 반사적으로 뒤를 돌아보았다. 그러자 여유작작한 미소를 짓고 있는 로지안의 낯짝이 한눈에 들어왔다.

"이 난리가 났는데 네 녀석은 지금 이곳에서 무엇을 하고 있는 것이지?"

"보시다시피 형님을 마중하러 나왔습니다만."

로지안의 뒤로 낯선 기사들이 보였다. 하일롭은 그들이 입고 있는 정복 위에 새겨진 신성지의 문양을 보고, 그들이 신성지의 기사임을 알아보았다.

"못 본 사이에 질이 좋지 않은 친우와 어울리기 시작했나 보군."

"형님께서 말씀하신 이 난리를 해결할 수 있는 친우들이지요."

"네놈이 지금 세 치 혀로 말장난을 하는 것이냐."

"음, 의도한 것은 아니나 형님이 그렇게 느끼셨다니 일단 사과드리겠습니다."

로지안은 한 마디도 지지 않았다. 미간이 와락 일그러뜨린 하일롭이 로지안을 매섭게 쏘아보았다.

로지안의 자신만만한 태도가 어디에서 비롯된 것인지 어쩐지 짐작이 갔다.

"황제 폐하께서 어찌하여 갑자기 나를 황궁으로 불러들인 건지 의아했는데……."

하일롭이 뿌득 이를 갈며 로지안에게 바짝 다가가 섰다.

"네 녀석의 짓이었군."

로지안은 말없이 미소를 지었다.

"네 녀석이 농간을 부린 거야."

하일롭이 로지안의 가슴께를 검지로 꾹 밀어냈다.

로지안은 별 수 없다는 듯 두어 걸음쯤 뒷걸음질 치고는 어깨를 으쓱해 보였다.

"아무튼, 지금 이 난리는 제가 해결을 해 보려고 합니다."

하일롭의 살벌한 기세에도 로지안은 한결같이 여유로운 태도를 잃지 않았다.

"그러니 상황이 정리될 때까지 형님은 안전한 곳에 피해 계십시오."

"네 녀석이 감히……!"

"여봐라!"

로지안은 분노에 찬 하일롭을 대수롭지 않게 무시했다. 그리고 하일롭의 주위에 어정쩡하게 서 있던 기사들을 향해서 명령을 내렸다.

"어서 너희의 주인을 안전한 곳으로 모시고 가도록."

"……예, 예?"

로지안은 덜떨어진 목소리로 되묻는 기사들을 뒤로하고 몸을 돌렸다. 하일롭을 안전한 곳으로 데리고 가라는 명령을 내리기는 했지만, 사실 하일롭이 이 난리통에 휩쓸려 죽어 준다면 로지안에게 그것만큼 반가운 일이 또 없었다.

로지안은 빙긋 미소를 띤 채로 발걸음을 서둘렀다. 그러자 신전 기사들이 당연하다는 듯이 로지안을 뒤따랐다.

"로지안!"

뒤에서 하일롭의 노성이 들려왔지만 로지안은 뒤를 돌아보지 않았다.

* * *

"상황은 좀 어떻지?"

선혈이 난무하는 현장에 들어선 로지안이 곧장 레오디안에게 다가가 물었다. 그러자 여태 기사들을 진두지휘하고 있던 레오디안이 힐끔 로지안을 돌아보며 대답했다.

"부상자가 많습니다. 그리고 사상자도……."

레오디안이 말끝을 흐리며 정면으로 시선을 던졌다.

아름다웠던 미로 정원이 그 본연의 모습이 생각나지 않을 정도로 엉망으로 망가져 있었다.

파괴된 미로 정원의 한가운데에는 여전히 거칠게 몸부림을 치고 있는 괴물이 있었다.

황실 기사들과 근위병들은 괴물을 어떻게 상대해야 하는지 제대로 알지 못했다. 그 무지의 대가로 그들은 자신들의 목숨을 내놓아야만 했다. 참으로 값비싼 대가였다.

레오디안이 신전 기사들을 이끌고 정원으로 나왔을 때는 이미 수많은 장정들이 목숨을 잃은 뒤였다.

"끔찍한 광경이군."

레오디안과 같은 곳을 응시하고 있던 로지안이 가볍게 혀를 차며 말했다.

"하지만 이것으로 황제 폐하께서도 사태의 심각성을 제대로 인지하시게 되겠지."

레오디안은 로지안의 중얼거림에 별다른 대꾸를 하지 않고 조용히 고개를 돌렸다.

저 멀리에 하늘 높은 줄 모르고 우뚝 솟아 있는 거대한 궁전이 보였다.

이미 손쓸 수 없이 망가져 버린, 레오디안 그가 서 있는 이곳 정원과 달리 궁전은 건재했다.

"슬슬 저 괴물의 숨을 완전히 끊어 버려야 하지 않겠나, 대공."

로지안은 레오디안이 어디를 바라보고 있는지 알았다.

더 정확하게 말하자면, 어딘가에 시선을 고정한 채로 레오디안이 누구를 생각하고 있는지를 알고 있는 것이었다.

"저것이 황궁 안까지 들어가서는 안 되니까. 이곳에서 죽여야 한다."

원래라면 궁전이 파괴되든 말든 그건 레오디안과 아무런 상관없는 일이었다.

하지만 지금은 달랐다. 레오디안에게는 반드시 궁전을 수호해야 하는 이유가 있었다.

현재 궁전에는 엘시아가 머무르고 있다.

그리고 바로 그것이 지금 레오디안이 무슨 수를 써서라도 괴물을 막으려고 하는 유일한 이유였다.

레오디안은 괴물과 사투를 벌이고 있는 신전 기사들에게 시선을 던졌다.

"보시다시피 신성력으로는 저것을 죽일 수 없습니다."

신전 기사들은 그간 괴물 토벌을 하면서 수많은 괴물을 상대했다.

그 경험으로 거대한 괴물의 발을 묶어 두는 데는 성공하였지만, 괴물을 완전히 죽이지는 못했다.

괴물에게 신성력이 전혀 통하지 않는 것은 아니었다. 분명 신성력으로 상처를 입었다. 다만 상처를 낸다 한들 순식간에 사라질 뿐이었다. 다른 괴물과 다르게 현재 황궁에 침입한 괴물은 치유력이 남달랐던 것이다.

"그러니 제 힘을 쓰겠습니다."

"그대의 힘이라 함은……."

로지안이 놀라 휘둥그레진 눈으로 레오디안을 돌아본 순간이었다.

레오디안의 손에서 푸른 연기가 뿜어져 나왔다. 그 연기는 곧 비수와 같은 형태로 변하여 괴물을 향해서 빠른 속도로 날아갔다.

"크오오-!"

거대한 괴물이 긴 울음을 토해 내며 쓰러졌다.

비명이 난무하던 정원에 쿵, 하는 커다란 굉음이 울려 퍼졌다.

그 뒤로 찰나 정적이 흘렀다.

지금껏 괴물과 대치하고 있던 기사들이 멈칫 움직임을 멈추었다. 집채만 한 괴물의 온몸에 푸른 비수 수천 개가 꽂혀 있었다. 방금 무슨 일이 일어난 건지 모르겠다는 듯 놀란 눈으로 괴물을 응시하던 기사들이 하나둘씩 뒤를 돌아보았다.

그렇게 그들의 시선이 모두 레오디안을 향했다.

레오디안은 다시 한 번 괴물에게 날카로운 비수를 쏟아부었다. 그러자 피 흘리며 바닥에 쓰러진 채로 신음하던 괴물의 숨이 마침내 완전히 끊어졌다.

"대, 대공 각하께서……."

"대공 각하께서 괴물을 쓰러트리셨다!"

기사들의 낯 위에 떠올랐던 혼란스러움이 걷히고, 레오디안을 향한 경애심이 그 자리를 대신했다.

"와아아!"

곧 피 묻은 검을 치켜든 기사들의 함성이 정원을 가득 메웠다. 그 환희에 찬 분위기 속에서 레오디안은 조용히 힘을 거두어들였다. 괴물의 몸에 꽂혀 있던 푸른 비수가 다시 연기가 되어 뭉게뭉게 사라졌다.

* * *

신전 기사들이 괴물의 시체를 수거하고, 황실 기사들은 사상자의 시신을 수습했다. 그리고 황궁 사용인들이 폐허가 된 정원과 성문의 보수에 힘쓰고 있을 무렵이었다.

욤펜을 필두로 한 신관들이 황궁에 입궁했다.

"이곳에 무슨 일이 있었던 걸까요?"

"황궁 곳곳에서 불순한 기운이 느껴지는군요."

욤펜은 신관들이 작게 수군대는 소리를 똑똑히 들었지만, 애써 못 들은 척하며 차분한 표정으로 걸음을 옮겼다. 머지않아 신관들의 입궁 소식을 전해 들은 로지안이 직접 나와 욤펜과 신관들을 맞이했다.

"먼 길 오느라 수고가 많았소."

"2황자 저하, 그간 안녕하셨습니까."

"뭐 그럭저럭 안녕하였지."

로지안은 부드러운 미소를 지으며 욤펜의 인사를 받았다.

욤펜은 괜히 주위를 한번 둘러보고서 조심스러운 목소리로 말을 꺼냈다.

"헌데 황궁이 무척 소란스럽습니다."

"아아……."

애매하게 욤펜의 말을 받은 로지안은 곧 시종을 불러들였다. 그리고 시종에게 욤펜을 제외한 신관들을 다른 방으로 안내할 것을 명했다.

시종과 신관들이 떠난 뒤, 로지안은 욤펜을 데리고 알현실로 향했다. 널찍한 알현실은 텅 비어 있어 더욱 넓어 보였다.

"일단 앉게."

로지안은 알현실을 둘러보는 욤펜을 향해 자리를 권하며 상석에 앉았다.

"그대도 입궁하면서 보았겠지만, 오늘 황궁에 아주 큰 사건이 벌어졌었어."

"큰 사건이라면……."

"괴물이 나타났지."

욤펜이 경악한 표정으로 되물었다.

"괴물이 황궁에 나타났다는 말씀이십니까?"

"그래."

로지안의 대답을 듣고 욤펜은 말문이 턱 막힌 듯 한동안 말을 잇지 못했다.

자연스럽게 주위에 내려앉은 정적 속에서, 로지안은 낮에 보았던 괴물의 생김새를 떠올려 보았다.

그는 괴물을 직접 본 적은 없지만, 괴물이 어떻게 생겼는지 보고를 받은 적은 많았다.

그 수많은 보고를 들어 알게 된 바에 따르면, 괴물은 겉모습만으로는 평범한 인간과 구분하기가 어려울 정도로 인간처럼 생겼다고 했다. 하지만 오늘 그가 본 괴물은 인간을 닮기는커녕 그 무엇도 닮지 않은 끔찍한 생김새를 하고 있었다.

"대신관 그대는 괴물을 본 적이 있나?"

"물론입니다, 저하."

로지안은 입을 다문 채로 가만가만 입가를 쓸어내리다가, 잠시 뒤 침묵을 깨고 말을 꺼냈다.

"오늘 황궁에 쳐들어온 괴물은 인간을 전혀 닮지 않았더군."

"……예?"

"마치 옛이야기 속에서나 나올 법한 괴수를 닮은 모습을 하고 있었어."

"……."

로지안의 말을 듣고 무언가를 직감한 욤펜이 거듭 경악스러운 표정을 지었다.

"그대는 신황이 신전에서 벌인 실험에 관해서 알고 있나?"

"……예, 저하."

욤펜이 가까스로 대답했다. 로지안은 하얗게 질린 욤펜을 직시하면서 낮은 목소리로 읊조렸다.

"오늘 내가 본 괴물이 그 실험의 결과가 아닐까 하는 생각이 자꾸 드는데 말이야……."

로지안의 읊조림을 들은 욤펜의 낯이 더욱 새하얗게 질렸다. 로지안은 잠시 그런 욤펜의 반응을 관찰하다가, 이윽고 날카로운 눈빛으로 물었다.

"대신관 그대는 어떻게 생각하지?"

"저는……."

욤펜은 마구 떨리기 시작한 손을 꽉 마주잡았다.

"……저는 저하께서 합리적인 의심을 하고 계신다고 생각합니다."

욤펜이 가까스로 침착하게 대답하자 로지안은 그 대답을 예상하고 있었다는 듯이 고개를 끄덕였다.

"그래. 그 실험에 관해 알고 있다면 내 생각이 영 허무맹랑한 생각이 아니라는 것도 알겠지."

"예, 저하."

욤펜이 이번에도 순순히 동의했고, 로지안은 그런 욤펜의 태도가 퍽 마음에 들었다.

처음 봤을 때는 마냥 심약한 남자라고만 생각했는데, 지금 다시 보니 제법 눈치는 있는 것 같았다.

"임모투스 신전의 포탈은 계속해서 구동되고 있는 거겠지?"

"예, 저하. 현재 신전에 남아 있는 대신관들이 모든 포탈을 지키고 있습니다."

욤펜이 제법 믿음직스러운 목소리로 대답했다. 로지안은 만족스러운 미소를 지었다.

"그렇다니 안심이 되는군. 앞으로도 신경을 쓰도록. 임모투스 신전의 포탈은 계속 구동되어 있어야 하네."

"……신황 성하께서 서거하셨는데 포탈이 쓰일 일이 있을까요?"

"물론."

로지안은 혹시 모를 사태를 대비해 모든 경우의 수를 염두에 두고 있었다.

신황이 죽었지만 신전 세력은 여전히 건재했다. 또한 하일롭도 아직 재판에 세우지 못한 상황이었다.

"아직 끝난 게 아니야."

앞으로 승기를 잡기 위해서는 원하는 곳으로 언제든 이동할 수 있는 포탈이 반드시 필요했다.

임모투스 신전에 있는 포탈은 제국 곳곳에 위치한 신전과 전부 연결되어 있었다. 오늘 황궁에 나타난 괴물과 같은 존재가 단 하나뿐일 것이라고는 생각하지 않는다.

곧 제국 전역이 괴물에 대한 공포심으로 짙게 물들 터였다.

로지안은 바로 그 점을 이용해 황위를 손에 넣을 생각이었다.

괴물을 토벌하고 민심을 얻어 황제와 고위 귀족들을 압박해 권력을 차지할 것이다. 로지안 그 혼자였다면 불가능했을지 모르나, 레오디안이 있으니 충분히 가능한 일이었다.

레오디안이 가진 힘은 무엇과도 대체할 수 없는 유일무이한 것이므로.

"게다가 그대는 재판장에서의 증언을 약속하지 않았나."

"신황 성하의 재판이 열립니까?"

"아니. 신황은 명예로운 장례를 치르게 될 거야."

"허면, 재판장에서의 증언은……."

욤펜이 혼란스러운 표정으로 말끝을 흐렸다.

지금 로지안이 무슨 이야기를 하고 있는 건지 전혀 가늠이 되지 않는다는 기색이었다. 로지안은 그런 욤펜을 잠시 말없이 바라보고 있다가, 비릿한 미소와 함께 입을 열었다.

"1황자의 재판이 열릴 것이다. 그대는 그 재판에서 증언을 하게 될 거야."

"예? 제가 어찌……."

욤펜이 알고 있는 것은 신황의 부정한 행위였다. 자그마치 황자씩이나 되는 하일롭이 어쩌다가 재판에까지 서게 된 것인지는 전혀 몰랐다.

"1황자는 신황이 벌인 실험과 똑같은 실험을 했어."

정확하게는 그 실험의 자금을 지원한 것이지만.

심드렁한 어조로 덧붙인 로지안이 마냥 혼란스러운 표정을 짓고 있는 욤펜을 지그시 주시했다.

욤펜이 도저히 믿을 수가 없다는 듯이 되물었다.

"1황자 저하께서 정말 그런 짓을 하셨단 말입니까?"

"그래. 그 증거를 내가 가지고 있다."

"아아……."

욤펜은 낮게 탄식했다. 신황 말고도 그런 끔찍한 실험을 한 사람이 또 있었을 줄은 꿈에도 상상하지 못했다.

자신이 알고 있던 세상이 무너지는 듯한 느낌이었다. 욤펜이 아연실색한 표정으로 입을 열었다.

"그렇지만 제가 어떻게 그 재판에서 증언을 할 수가 있습니까, 저하."

물론 하일롭이 마땅히 죗값을 받게 된다면야 더할 나위 없이 좋겠지만, 그런 마음과 별개로 욤펜은 하일롭의 죄에 대해 증언할 만한 것이 아무것도 없었다.

그런데 로지안은 욤펜에게 증언을 바라고 있었다. 욤펜은 그런 로지안을 도무지 쉽사리 이해할 수가 없었다.

"그대가 해 줄 것은 위증이다."

이어진 로지안의 말은 더더욱 그러했다.

"1황자가 벌인 실험의 결과로 괴물보다 더 괴물 같은 존재가 탄생했노라고 위증해."

로지안이 경악한 욤펜을 향해 선언하듯 말했다.

"그것이 머지않아 열릴 재판에서 그대가 할 일이다."

* * *

늦은 밤, 엘시아는 문득 누군가 문을 두드리는 소리를 들었다.

도통 잠이 오지 않았지만 그래도 어떻게든 잠을 청해 보려고 눈을 감고 침대에 누워 있던 중이었다.

주저 없이 눈꺼풀을 들어 올린 엘시아는 고개를 돌려 옆자리에 누워 있는 하이드를 살폈다. 하이드는 노크 소리를 듣지 못했는지 여전히 깊은 잠에 빠져 있었다.

엘시아는 조용히 몸을 일으켜 문가로 다가갔다.

"누구세요?"

"접니다."

깊은 울림을 가진 낮은 목소리가 문틈 사이로 흘러들어왔다.

엘시아는 저도 모르게 긴장이 되어 마른침을 꿀꺽 삼키고는 문을 열고 밖으로 나갔다. 그런 엘시아를 본 레오디안의 낯 위로 반가운 기색이 떠올랐다.

서로 반나절 동안 못 보았을 뿐인데 꼭 아주 오랜 시간을 떨어져 있다가 재회한 것만 같은 기분이었다.

"당신이 괜찮은지 당장 확인해 보고 싶은 마음이 굴뚝같았는데……."

레오디안이 얼핏 초조한 빛이 서린 눈동자로 엘시아의 모습을 빠르게 살펴보았다.

"상황을 수습하느라 이제야 시간이 났습니다. 죄송합니다."

"대공님이 저한테 사과하실 일은 아니잖아요."

"그래도."

엘시아는 어색하게 레오디안과 시선을 맞추고 있다가, 이내 희미하게 미소를 짓고는 눈길을 아래로 내려뜨렸다.

"당신이 무사한 것을 두 눈으로 확인하고 나니 이제 좀 마음이 놓이는군요."

레오디안의 나직한 음성이 머리 위로 떨어져 내렸다.

순간 멈칫했던 엘시아가 슬쩍 고개를 들었다. 그리고 조심스럽게 레오디안의 소매를 붙잡았다. 그 갑작스러운 행동에 레오디안이 놀란 기색을 내비친 것은 아주 잠시였다.

엘시아가 소매를 붙잡은 손에 조금 힘을 주어 레오디안을 끌어당겼다. 레오디안은 곧 아무런 말없이 엘시아가 이끄는 대로 순순히 이끌려 발걸음을 옮겼다.

머지않아 환하게 불이 밝혀진 복도 끝에 도착해 걸음을 멈춘 엘시아가 뒤를 돌아보았다.

"방 안에서 하이드가 자고 있어서요."

엘시아는 잠시 동안 붙잡고 있었던 레오디안의 소매를 놓아주었다. 그에 레오디안은 조금 아쉬운 마음이 들었지만 그것을 내색하지는 않았다.

엘시아는 무언가 할 말이 있는 듯한 기색이었다. 그러나 선뜻 말문을 열지 못하겠는지 계속 주저하는 눈치였다. 레오디안은 지금 엘시아가 무슨 말을 꺼내기를 망설이고 있는 건지 어렴풋이 알 것만 같았다.

"오늘 황궁에 나타났던 괴물이 신경 쓰여서 그러십니까?"

레오디안의 물음에 엘시아가 놀란 얼굴을 했다.

자신의 예상과 다르지 않은 그 반응에 레오디안은 저도 모르게 작게 웃음을 터뜨리고 말았다.

"이미 다 끝난 일이니 당신이 마음을 놓으면 좋겠는데."

"하지만……."

엘시아가 망설이다가 말을 꺼냈다.

"그 괴물은 전에 신성지의 신전에서 본 것하고 비슷하게 생겼잖아요."

레오디안은 엘시아가 무슨 말을 하는 건지 단번에 이해했다.

지금 엘시아는 일전에 레오디안과 엘시아, 그리고 리리엔이 처음 신성지를 방문했을 때를 말하는 것이었다.

그때 그들은 예상치 못하게 괴물을 마주했다. 그리고 그 괴물을 본 리리엔이 비오렌치아를 사용해서 괴물을 공격하려고 했다. 결과적으로 그때 괴물을 처치한 것은 레오디안이었지만 말이다.

"그러고 보니 정말 그렇군요."

가만 돌이켜 보니 그 괴물은 오늘 황궁을 습격했던 괴물처럼, 인간과 전혀 닮지 않은 생김새를 하고 있었다.

레오디안은 신전에서 벌인 실험이 또 다른 괴물을 만들어 냈음을 비로소 깨달았다.

"……저는 그런 존재가 오직 단 하나뿐이리라고는 생각하지 않아요."

엘시아가 두려운 목소리로 말했다.

"리리엔이 있는 곳에 그런 괴물이 나타날지도 모른다는 생각이 자꾸만 들어서 걱정이 돼요."

"제가 생각이 짧았습니다."

레오디안이 몰라보게 어두워진 표정으로 한숨을 삼켰다.

"리리엔을 미처 생각하지 못하고 있었습니다."

레오디안은 당장 기사들을 추려서 리리엔이 있는 곳으로 보내야겠다고 결심했다. 현재 리리엔의 곁을 벨레로폰이 지키고 있었지만, 그것만으로는 안심할 수 없었다.

오늘 황궁에 나타난 괴물은 신성력으로는 죽일 수 없었다.

벨레로폰이 신성력을 다루는 데 빼어난 기사라고는 하지만, 그 혼자서 이 변종 괴물을 상대하는 것은 무리였다.

"내일 아침이 밝는 대로 일레아 백작령으로 기사들을 보내겠습니다."

엘시아는 할 수만 있다면 당장 리리엔의 곁으로 가고 싶었다. 하지만 당장 그럴 수가 없다는 것이 그저 원망스러울 따름이었다.

하일롭의 재판에서 증언을 해야 하는 엘시아는 그 재판이 끝나야만 리리엔에게 갈 수 있었다.

"대공님, 재판은 언제 열리나요?"

"원래라면 나흘 뒤에 열릴 예정이었습니다만……."

오늘 황궁에 괴물이 나타난 것이 지대한 변수가 되었다.

재판이 앞당겨질지, 아니면 이 사태를 완전히 수습한 이후로 재판이 미루어질지 알 수 없었다.

"내일 2황자 저하와 다시 이야기를 나누어 보기로 하였습니다. 그 이후 확실하게 정해지는 바가 생기면 말씀드리겠습니다."

하루 빨리 재판이 열렸으면 하는 마음에 조급했지만, 엘시아는 애써 담담하게 고개를 끄덕였다.

"그나저나 아까 대공님이 괴물을 상대할 때 가문의 힘을 쓰시는 걸 봤어요."

엘시아가 화제를 돌리자 순간 멈칫했던 레오디안이 마른 입술을 축였다.

"……뜻밖의 상황이었던지라 그렇게밖에 대처를 하지 못했습니다."

엘시아가 머무르는 황궁 안으로 그 괴물을 들일 수는 없었다.

수많은 사람들 앞에서 힘을 드러내고 싶지 않았지만 다른 방법이 없었다. 만약 시간이 되돌아간다 하더라도 똑같은 선택을 했을 것이다.

"아뇨, 대공님에게 그런 말을 들으려고 한 소리가 아니라……."

엘시아가 어떻게 말을 해야 할지 모르겠다는 듯 주저하다가 작은 목소리로 덧붙였다.

"……그냥, 대공님이 걱정돼서."

예상치 못한 말이었다. 레오디안이 짐짓 놀란 눈으로 엘시아를 바라보았다.

"그렇게 커다란 괴물을 상대하느라 힘을 무리하게 쓰신 건 아닐까 걱정이 됐어요."

그렇게 말하고 조금쯤 고개를 숙이고 있던 엘시아는, 한참 동안 레오디안에게서 아무런 대꾸도 없자 힐끔 시선을 들어 올렸다. 레오디안은 엘시아가 처음 보는 표정을 짓고 있었다. 말로 설명하기 어려운, 뭐라고 이름을 붙여야 할지 알 수 없는 그런 표정이었다.

한편, 레오디안은 홀린 듯이 엘시아를 바라보면서 엘시아가 얼마나 다정한 마음씨를 지닌 사람인지를 생각하고 있었다.

오늘 레오디안이 괴물을 처치하자, 그 자리에 있던 모두가 레오디안을 대단하다고 칭송했다.

하지만 지금 엘시아처럼 레오디안을 걱정해 준 사람은 아무도 없었다.

모두가 레오디안 그를 결코 부서지지 않는 무쇠와 같이 여겼다. 모두의 경외심 속에서 그 어떤 무리한 것도 견디는 데 익숙했던 레오디안이었다.

그런 레오디안에게 괜찮으냐고 묻는 사람은 엘시아뿐이었다.

오직 엘시아만이 유일했다.

"다소 피곤했으나……."

한참 만에 레오디안이 그답지 않게 떨리는 목소리로 대답했다.

"당신 덕분에 이제 괜찮습니다."

그동안 나름 필사적으로 숨겨 왔던 힘을 수많은 시선 앞에서 드러낼 수 있었던 것도 엘시아가 있었던 덕분이었다.

소중한 것을 지키기 위해서는 숨거나 피하는 게 아니라 맞서 싸워야 한다고 알려 준 사람은 바로 엘시아였다.

레오디안은 더 이상 맞서 싸우는 게 두렵지 않았다. 엘시아가 곁에 있으니까.

"그리고 앞으로도 계속 괜찮을 것 같군요."

* * *

제도에 나타난 괴물에 대한 소문은 제국 전역에 빠른 속도로 퍼져 나갔다.

집집마다 문을 단단히 걸어 잠그고 사람들은 외출을 삼갔다. 상점마저 문을 닫은 거리에는 지나다니는 사람을 찾아보기가 힘들었다.

그리고 그것은 일레아 백작령도 예외가 아니었다. 마치 유령이 사는 곳처럼 변해 버린 백작령이 리리엔이 머무는 방에서 한눈에 다 들어왔다. 일레아 백작의 성은 고지대에 위치해 있기 때문이었다.

리리엔은 아침을 먹고 방으로 온 이후로 줄곧 창밖을 내다보고 있는 중이었다. 이곳에서 리리엔이 할 만한 일은 이런 것들뿐이었다. 창밖의 풍경을 바라본다거나, 조용히 상념에 잠긴다거나, 잠을 잔다거나 하는, 의미 없이 시간을 흘려보내는 일들.

로아나가 함께 있었을 때는 그녀와 이야기를 나누면서 시간을 보내기도 했는데, 그녀는 이틀 전에 신성지로 돌아갔다. 그 이후 리리엔은 모든 의욕을 상실한 채로 매시간을 그저 멍하니 흘려보낼 뿐이었다.

언제쯤 엘시아를 다시 만날 수 있을까 생각하면서.

하염없이 창밖만 내다보는 리리엔을 벨레로폰이 걱정스러운 눈으로 지켜보았다. 로아나가 그러하였듯 리리엔에게 재미있는 이야기를 해 주고 싶은데, 안타깝게도 벨레로폰은 로아나와 다르게 어린아이를 대하는 데 썩 익숙하지 않았다.

일레아 백작 부부도 벨레로폰과 마찬가지였다.

그들은 리리엔을 퍽 귀여워하는 눈치였는데, 그러면서도 어째 리리엔을 어려워했다. 리리엔도 그런 그들과 어울려 시간을 보내고 싶어 하지 않았고 말이다.

"……저, 아가씨."

한참 만에 벨레로폰이 용기를 내어 말을 꺼낸 순간이었다.

쥐 죽은 듯이 고요하던 백작성에 돌연 커다란 소음이 들이닥쳤다.

소음의 출처는 성문 앞이었다. 성의 기사들이 황급히 문을 열어 갑작스러운 방문객을 맞이하고 있었다.

그 모습을 본 리리엔이 미묘하게 입매를 비틀며 중얼거렸다.

"그다지 반갑지 않은 손님이 찾아왔네."

벨레로폰이 의아해하며 창가로 다가갔다. 리리엔은 벨레로폰이 편히 창밖을 볼 수 있도록 옆으로 비켜 주었다.

"마차에 황실의 문장이 찍혀 있군요. 2황자 저하께서 아가씨를 찾아오신 걸까요?"

벨레로폰이 멀리 보이는 마차를 유심히 바라보았다.

곧 마차에서 사람이 내렸다. 그러나 그 사람은 벨레로폰이 예상한 사람이 아니었다.

"어, 저분은……."

마차에서 내린 여인은 조금 낯설기는 하만 분명 벨레로폰의 기억 속에 있는 사람이었다. 벨레로폰이 미간을 좁히며 기억을 더듬어 보는데, 리리엔이 심드렁한 어조로 말했다.

"전에 내 가정 교사로 있었던 백작 부인이야."

　　　　　　　　　＊ ＊ ＊

"오랜만에 뵈어요, 레이디 리리엔."

에밀리아가 담담한 목소리로 인사를 건넸다.

하지만 목소리와 달리 에밀리아의 창백한 손은 아까부터 계속해서 잘게 떨리고 있었다. 리리엔은 그것을 가만히 내려다보고 있다가, 고개를 들어 에밀리아와 시선을 맞추었다.

"무슨 일이라도 있었나요?"

리리엔의 물음에 에밀리아의 얇은 입술이 굳게 다물렸다.

그런 에밀리아의 반응을 보고 리리엔은 에밀리아에게 무슨 일이 있었던 것이 틀림없다고 짐작했다.

"무슨 일이 있었는지는 모르겠지만 많이 놀란 것 같은데, 방으로 가서 쉬는 게 어때요?"

애초에 그간의 회포를 풀기 위해 대화를 나눌 만한 사이가 아니었다.

리리엔의 제안에 순간 놀란 듯 눈을 커다랗게 떴던 에밀리아가 곧 부드럽게 눈매를 휘며 미소를 지었다.

"몰라보게 어른스러워졌군요."

에밀리아 그녀가 가정 교사로 있을 때에만 해도 마냥 철부지 어린아이 같았던 리리엔이었다. 그런데 그게 무색할 정도로 지금 눈앞의 리리엔은 제법 품위가 있는 귀족 영양의 태가 났다.

리리엔에게서는 장난꾸러기 같은 미소를 더 이상 찾아볼 수 없었고, 대신 놀랍도록 차분한 분위기가 느껴졌다. 비록 말투가 차갑기는 하지만 에밀리아 그녀를 배려해서 쉬라고 말한 것만 보아도 그러했다.

이제 리리엔은 레이디라고 불리어도 전혀 손색이 없어 보였다.

"레이디 리리엔, 걱정해 줘서 고마워요."

에밀리아가 여전히 입매에 미소를 머금은 채로 말했다. 하지만 리리엔에게서는 아무런 대답도 들을 수 없었다. 아무래도 자신은 리리엔에게 단단히 미운털이 박힌 모양이라고, 에밀리아는 생각했다.

"무슨 일이 있었느냐고 물었죠."

에밀리아는 아무렇지 않게 말꼬리를 돌렸다.

"아가씨는 지금 제국 곳곳에서 나타나는 키메라라는 존재에 대해서 혹시 알고 계시나요?"

에밀리아의 물음에 영영 열리지 않을 것만 같던 리리엔의 말문이 열렸다.

"……키메라요?"

"네, 키메라. 진화한 괴물을 키메라라고 부르더라고요."

에밀리아가 예전에 리리엔을 가르쳤을 때처럼 부드러운 목소리로 말했다.

"저는 여태 제도에서 지내고 있었는데, 키메라의 습격을 받고 이곳으로 피신해 온 거고요."

리리엔은 놀란 눈을 커다랗게 떴다.

"……습격을 받았다고요?"

"네."

에밀리아가 차분한 목소리로 대답했고, 리리엔은 나직이 한숨을 삼켰다.

제국에 괴물이 나타났다는 소식은 이미 들어 알고 있었다. 그런데 로지안의 보호를 받고 있는 에밀리아까지 괴물의 습격을 받았다는 이야기를 들으니 놀란 마음을 감출 수 없었다.

그 어느 곳보다도 치안 유지가 잘 되고 있는 제도조차도 괴물의 습격으로부터 안전하지 못한 상황이라니.

리리엔은 떨리는 눈으로 뒤를 돌아보았다.

그러자 여태 리리엔과 에밀리아가 대화를 나누는 모습을 뒤에서 지켜보고 있던 벨레로폰이 고개를 갸웃했다.

"신성지의 소식은 들은 거 없어?"

"……아, 예. 아가씨."

벨레로폰이 리리엔의 시선을 피하며 대답했다.

사실 벨레로폰은 레오디안과 엘시아가 신성지를 떠나서 제도로 향했다는 소식을 전해 들었다. 그게 이틀 전의 일이었으니, 아마 지금쯤이면 두 사람은 제도에 도착하고도 남았을 터였다.

하지만 지금은 그 사실을 리리엔에게 차마 솔직하게 이야기할 수가 없었다.

제도에서 지냈던 에밀리아가 습격을 받고서 일레아 백작령으로 피난해 온 상황이었으니까. 엘시아가 제도에서 머무르고 있다는 사실을 리리엔이 알게 된다면, 리리엔은 엘시아를 걱정할 것이 분명했다.

어쩌면 당장 엘시아가 있는 곳으로 가겠다고 할지도 몰랐다.

벨레로폰은 레오디안에게 일레아 백작령에서 리리엔을 안전하게 보호하라는 전언을 받았다. 그러니만큼 리리엔이 제도로 가는 것은 어떻게든 막아야 했다.

"그리고 보니, 대공님이 신성지에서 지내고 계신다는 이야기는 들었어요."

에밀리아의 목소리를 듣고 리리엔이 다시 에밀리아를 바라보았다. 그렇게 리리엔의 시선이 떨어져나가자 벨레로폰이 안심하며 한숨을 내쉬었다.

"그분은……."

에밀리아는 선뜻 말을 잇지 못하고, 리리엔의 푸른 눈동자를 바라보며 망설였다. 리리엔은 잠자코 그런 에밀리아를 기다려 주었다. 에밀리아가 말한 '그분'이 누구인지 단번에 눈치를 챘기 때문이었다.

"……그분은 잘 지내시죠?"

한참을 망설인 끝에, 에밀리아가 엘시아의 안부를 물었다.

리리엔은 조금 새삼스러운 눈으로 에밀리아를 바라보았다.

먼저 엘시아의 이야기를 꺼낸 에밀리아의 표정에서 예전과 같은 독기는 조금도 찾아볼 수 없었다. 뜻밖이었다. 가정 교사 자리에서 물러나게 되었을 뿐만 아니라, 대공저 출입조차 할 수 없게 된 에밀리아였다.

그렇게 된 데에는 엘시아가 직접적인 원인은 아니었지만, 어느 정도 관련이 있었다.

그 사실을 에밀리아가 모르고 있을 리 없었다. 그리고 그게 아니더라도 리리엔은 에밀리아가 엘시아에게 악감정을 품고 있는 듯하다고 느낀 적이 한두 번이 아니었다.

"당신은 엘시아를 미워하는 줄 알았는데요."

"그렇게 느끼셨나요."

에밀리아가 씁쓸한 미소를 지었다.

"미워한다……. 그보다는 조금 더 복합적인 감정을 그녀에게 가지고 있었죠."

혼잣말을 중얼거리듯 말한 에밀리아는 오래 전에 사라졌던 리리엔이 로켄페데스 가문으로 돌아왔다는 소식을 들었을 때를 떠올렸다.

그 소식을 듣고 얼마 지나지 않아서 에밀리아는 리리엔의 가정 교사로서 대공저에 드나들게 되었다. 그렇게 리리엔과 만났다. 리리엔을 처음 마주했을 때, 에밀리아는 놀라운 마음을 감추지 못했다.

그도 그럴 것이 리리엔은 평생 부모의 손을 타지 못하고 자랐는데도 화목한 가정의 품에서 자란 그 나이 대의 평범한 아이들과 별반 다를 게 없어 보였다. 그리고 리리엔이 그토록 천진난만한 어린애로 자랄 수 있었던 것이 누구 덕분이었는지 에밀리아는 곧 알게 됐다.

엘시아였다. 엘시아는 비록 리리엔에게 제대로 된 교육의 기회는 주지 못했지만, 그 외의 것은 힘이 닿는 한 모두 주었다. 그것을 에밀리아는 한눈에 알아볼 수 있었다. 엘시아와 리리엔 두 사람 사이에 존재하는 끈끈한 애정과 깊은 유대를.

그런 두 사람의 모습을 볼 때면, 에밀리아는 언젠가 그녀가 손에서 놓쳐 버리고 말았던 것이 자꾸만 머릿속에 떠올라서 괴로웠다.

엘시아가 할 수 있었던 것을 어째서 자신은 해내지 못했던 걸까. 그러한 생각에 에밀리아는 너무나도 고통스러웠다.

그러한 고통이 엘시아를 향한 적개심으로 변모하는 데는 그리 오랜 시간이 걸리지 않았다.

그게 잘못된 것이라는 사실을 알고 있는데도 그러했다.

엘시아를 마주하고 대화를 나눌 일이 생기면, 딱딱하게 굳은 표정과 날이 선 목소리로 일관했다. 그것으로도 모자라, 분명 엘시아에게 피해가 갈 것임을 인지하고 있었으면서 하일롭을 도왔다.

"제가 대공저를 드나들면서 그분께는 정말 못되게 굴었죠. 대체 왜 그랬을까 싶어요."

이제와 돌이켜 보면 참 부질없는 일에 열심이었다는 생각이 든다. 리리엔을 훌륭하게 키운 엘시아를 질투한다고 해서, 오래전에 명을 달리한 아이가 돌아오는 것도 아닌데…….

그때는 그게 잘못된 일인 줄도 몰랐다. 질투심인 줄도 몰랐다.

당시에는 그저, 어디서 굴러들어 온 것인지도 모를 천한 여자가 리리엔을 빌미로 대공의 눈에 들려고 애쓰는 모양이라고, 그게 참 우습고 꼴불견이라고 생각하면서 엘시아를 모난 눈으로 바라보았다.

엘시아가 리리엔을 진심으로 사랑하고 있다는 것을, 사실은 너무나도 잘 알고 있었으면서.

그것을 애써 부정하고, 부끄러운 줄도 모르고 그렇게 시기심을 표출했다.

"그런 주제에 누구를 가르친다고 나섰던 건지, 참…….."

에밀리아가 자조적인 목소리로 중얼거렸다. 여전히 마냥 씁쓸해 보이는 얼굴이었다. 여태 조용히 에밀리아를 바라보고 있던 리리엔이 조심스럽게 입을 열었다.

"테르만 백작 부인도 못 본 사이에 많이 변했네요."

"……그런가요?"

에밀리아가 살포시 미소를 지었다.

"변한 모습은…… 싫지 않아."

"……."

리리엔의 말에 에밀리아는 놀라움을 감추지 못하고 눈을 커다랗게 떴다. 리리엔은 그런 에밀리아를 응시하다가 말없이 자리에서 일어났다. 그리고 벨레로폰에게 이제 침실로 돌아가자며 눈길을 주었다. 벨레로폰이 곧장 리리엔의 뒤를 따랐다.

그렇게 벨레로폰과 함께 응접실을 떠나기 전, 리리엔은 슬쩍 고개를 돌려 뒤를 돌아보았다.

에밀리아는 여전히 그 자리에 앉아 있었다.

"많이 놀랐을 텐데 이만 올라가서 쉬세요."

에밀리아의 창백한 얼굴을 보고 리리엔이 충동적으로 말을 꺼냈다.

"……선생님."

에밀리아가 더욱 커다래진 눈으로 리리엔을 바라보았다.

그 모습에 작게 미소를 지은 리리엔이 주저 없이 응접실을 나섰다.

* * *

신황의 시신을 운구해오기 위하여 제도로 향했던 신관들이 신성지로 돌아왔다. 신황의 시신이 무사히 장례식장에 안치되자, 그제야 신관들은 비로소 한숨을 돌릴 수 있었다.

"이제 무사히 장례식을 마치기만 하면 되겠군요."

"네. 부디 별 탈 없이 마무리할 수 있다면 좋을 텐데요."

신관들의 우려 섞인 목소리를 들으며 로아나는 조용히 발걸음을 재촉했다. 욤펜이 장례식 준비를 모두 마쳐 두었지만, 그것 말고도 할 일이 산더미였다.

관례대로라면 제국 전역에 퍼져 있는 신전의 신관들은 모두 신성지로 와서 신황의 장례식에 참석해야 했다. 하지만 상황이 여의치 않았다. 현재 제국 곳곳에서 '키메라'라 일컬어지는 진화한 괴물들이 나타나고 있었다. 그 때문에 모든 신관들이 신황의 장례식에 참석할 수 없는 상황이었다.

괴물을 토벌하고, 또 괴물로 인한 피해를 수습하는 것은 신전의 일이다.

현재 괴물에게 습격을 받은 사람들을 치유하는 것만으로도 신관들은 눈코 뜰 새 없이 벅찬 하루하루를 보내고 있었다. 이러한 사정을 고려해 로아나는 오늘 아침에 제국의 모든 신전에 편지를 보냈다.

신관 한 명만을 대표로 파견해 신성지로 보내라는 내용의 편지였다.

"제도를 방문하고 돌아온 신관들은 모두 이 기도실에 모여 계십니다."

로아나는 기도실까지 그녀를 안내해 준 시종에게 짧게 감사 인사를 한 뒤,

기도실 안으로 들어갔다.

시종이 말한 대로 기도실 안에 신관들이 모여 있었다. 그들이 로아나를 향해 저마다 인사를 건넸다.

로아나는 일일이 그들의 인사에 답하면서 눈으로는 욤펜을 찾았다. 그런데 아무리 찾아도 욤펜의 모습이 보이지 않았다.

"욤펜 대신관은 어디에 계십니까?"

로아나가 의아한 목소리로 묻자, 한 신관이 앞으로 나서면서 대답했다.

"사실 욤펜 대신관께서는 저희와 함께 돌아오지 않으셨습니다."

"예? 그게 무슨 말씀이십니까?"

욤펜이 신성지로 돌아온 줄로만 알고 있었던 로아나는 당황을 금치 못했다.

"욤펜 대신관께서는 황궁에 남으셨습니다. 저희에게 임모투스 신전의 모든 포탈을 언제든 사용할 수 있도록 계속 구동시켜 두라는 말씀을 남기시고 말입니다."

"……."

신관의 설명을 들었지만 쉽사리 납득이 되지 않았다. 욤펜이 어째서 홀로 황궁에 남은 건지 로아나는 전혀 이해할 수가 없었다.

로아나가 도무지 이해가 되지 않는다는 표정으로 침묵을 지키자, 한편에서 상황을 지켜보고 있던 신관이 말을 꺼냈다.

"욤펜 대신관께서 황궁에 남으신 이유를 확실하게는 모르겠지만……. 어느 정도 짐작이 가는 구석은 있습니다."

"그게 무엇입니까?"

로아나가 기다렸다는 듯이 되묻자 신관이 마른 입술을 축이고 입을 열었다.

"황궁에 도착하자마자 욤펜 대신관께서는 2황자 저하를 독대하셨습니다."

"그렇다는 건……."

"예, 대신관님. 욤펜 대신관께서는 아마 2황자 저하에게 무슨 말을 듣고 황궁에 남으신 게 아닐까 합니다."

말을 마친 신관이 다시 자리로 돌아갔다. 로아나는 심각한 표정으로 생각에 잠겼다. 로지안과 레오디안이 뜻을 함께하고 있으니, 로지안의 말을 듣고 황궁에 남은 욤펜의 일신에 큰 위험은 없을 터였다.

아니, 없어야 했다. 로아나는 굳은 표정으로 입을 열었다.

"그렇다면 일단 욤펜 대신관이 돌아오기 전까지, 그분이 맡고 계셨던 일은 제가 대신해야겠군요."

욤펜은 신황의 관을 묘지에 묻을 때까지 모든 장례 절차를 지휘하기로 한 대신관이었다. 하지만 욤펜이 언제 다시 신성지로 돌아올지 모르니 누군가 욤펜의 일을 대신해야 했다.

"상황이 이렇게 되었으니, 저는 새롭게 나타난 신의 문양을 지닌 자를 찾는 일에서 빠져야겠습니다."

"예, 대신관님. 안 그래도 대신관님에게 일임된 업무가 너무 과중하다는 이야기를 나누고 있던 차였습니다."

"그럼, 다들 납득하신 것으로 알겠습니다."

로아나가 좌중을 돌아보며 말했다. 신관들은 그런 로아나를 향해서 고개를 끄덕여 보였다.

"말이 나와서 말인데, 이제 슬슬 신의 문양을 지닌 자를 찾기 위해 인원을 더 차출하는 것이 어떨까요?"

짧은 정적을 깨고 한 신관이 말을 꺼내자, 모두가 그의 말에 동의를 표했다.

신황이 서거하였다는 소식이 널리 알려진 날로부터 꽤 오랜 시간이 흘렀다. 신의 문양을 지닌 자를 찾아내 그를 교육한 뒤에 새로운 신황으로 추대해야 했다.

신의 문양을 지닌 자를 찾아내는 것도 일이지만, 그를 교육하는 데도 꽤 많은 시간이 걸렸다. 그러니만큼 한시라도 빨리 인원을 확정한 뒤에 신관들을 제국 전역에 파견해야 했다.

* * *

황궁이 괴물의 습격을 받은 날로부터 딱 일주일이 지난 오늘, 하일롭의 재판일이 정해졌다.

그러자 황제는 큰 충격을 받고 의식을 잃었다.

애초에 병석에서 일어나지 못하고 시름시름 앓던 황제였다. 귀족들은 이번에는 황제가 기적적으로 정신을 차리는 일은 없을 거라 조심스럽게 입을 모았다. 그들은 황제가 쓰러진 것이 로지안을 황태자로 책봉한 이후라는 점을 다행스럽게 여겼다.

황제는 하일롭의 만행이 알려지고 난 뒤, 귀족 사회의 눈치를 보고 로지안을 황태자로 책봉했다.

상황이 상황인 만큼 황태자 책봉식은 약식으로 치러졌다. 중앙 귀족들만 참석한 자리에서 로지안은 정식으로 황태자가 되었다. 로지안은 하일롭이 벌인 일에 자신 또한 막중한 책임을 통감하며, 앞으로 괴물과 키메라를 토벌하는 데 앞장서겠노라 맹세했다.

귀족들은 머지않아 황제가 서거하면 제위에 올라야 할 로지안이 토벌에 나서려고 하는 것에 우려를 표했지만, 로지안을 적극적으로 만류하지는 않았다.

누군가는 그 끔찍한 괴물을 토벌해야 했다. 하지만 그 누군가가 자신은 아니기를 모두가 바랐다.

그러한 상황에서 로지안이 괴물을 토벌하겠노라 강한 의지를 보이자, 로지안을 말리려고 나서려는 사람은 아무도 없었던 것이다.

토벌은 제도를 기점으로 시작되었다.

제도에 도사리고 있는 괴물들부터 먼저 처리하고 난 뒤에 반경을 넓혀 갈 계획이었다.

토벌단의 선두에 선 것은 레오디안이었다.

토벌단이 꾸려진 이후 레오디안은 줄곧 황궁 안에 급히 마련된 임시 막사에 머무르면서, 이른 새벽부터 토벌을 나섰다가 늦은 밤에 황궁으로 귀환했다.

엘시아는 예전처럼 창밖을 내다보며 하염없이 레오디안을 기다리지 않고, 대신 막사에서 부상 입은 기사들을 돌보면서 시간을 보냈다.

그러다 보면 하루가 훌쩍 흘러 금세 깜깜한 밤이 찾아오고는 했다.

"엘시아, 대공님이 돌아왔어."

막 천막 안으로 들어온 하이드에게서 싸늘한 겨울바람의 냄새가 났다. 엘시아는 피 묻은 붕대를 정리해 한편에 잘 모아 놓고서 자리에서 일어났다.

하이드는 제도로 온 이후부터 레오디안을 더 이상 '그 남자'라고 지칭하지 않고, 대공님이라고 부르기 시작했다. 아마 주변에서 레오디안을 전부 그렇게 부르기 때문에 그 영향을 받은 것 같았다.

"그런데 어딜 좀 다친 것처럼 보였는데……."

"대공님이?"

"응."

가볍게 고개를 끄덕인 하이드가 조금 전에 마주친 레오디안의 모습을 엘시아에게 설명했다.

레오디안은 평소보다 더 피곤해 보이는 안색이었으며, 묘하게 인상을 찡그린 채로 한 손으로는 옆구리를 붙잡고 있었다. 그리고 그런 레오디안과 함께 돌아온 기사들은 하나같이 불안한 표정으로 레오디안의 뒤를 따라서 걸었고 말이다.

"그래서 바로 엘시아가 있는 여기로 오지 않고, 다른 천막으로 간 것 같아."

하이드의 이야기를 들은 엘시아는 순식간에 불안해졌다. 그것이 표정에서 다 드러났다.

"크게 다친 건 아닐 거야. 나는 여기에 있을 테니까 엘시아는 대공님한테 가 봐."

하이드가 엘시아를 다독이듯 부드러운 목소리로 말했다. 그러자 엘시아가 입술을 잘근잘근 깨물며 고민하다가 입을 열었다.

"그럼 금방 다녀올게. 미안해, 하이드."

"아냐."

하이드는 대수롭지 않다는 듯이 고개를 흔들었다.

"정말 금방 다녀올 테니까 어디 가지 말고 꼭 여기서 기다려야 해, 알았지?"

"응. 여기서 기다리고 있을게."

엘시아는 하이드에게 거듭 당부한 다음에 천막을 나섰다.

평소 이 시간이면 쥐 죽은 듯이 조용하던 막사가 오늘은 유난히 소란스러웠다. 평소와 다른 분위기가 엘시아에게 더욱 큰 불안감을 심어 주었다.

엘시아는 초조한 걸음을 재촉했다. 그러다가 마침 근처를 지나가던 기사 한 무리를 발견하고 그들에게 다가갔다.

"실례지만 혹시 대공님이 어느 천막에 계신지 알고 계시나요?"

갑작스럽게 마주친 엘시아를 보고 당황한 것도 잠시, 기사 한 명이 앞으로 나서며 친절하게 대답을 해주었다.

"저기 저쪽에 외따로 떨어져 있는 천막이 보이십니까? 대공님은 저곳에서 잠시 쉬고 계십니다."

"아, 그렇구나. 저기에서······."

엘시아는 기사가 손가락으로 가리킨 천막을 바라보았다.

"알려 주셔서 감사해요."

"아, 그런데······."

미소를 지은 엘시아가 기사를 뒤로하고 걸음을 옮기려던 순간이었다. 방금 엘시아에게 레오디안이 있는 곳을 알려 준 기사가 조심스러운 목소리로 말했다.

"대공 각하께서 아무도 안으로 들이지 말라는 명령을······."

"이봐."

그때, 상황을 지켜보고 있던 다른 기사가 나섰다.

"이분은 괜찮잖아."

"어? 하지만, 아무리 그래도······."

"아, 글쎄. 괜찮을 거라니까. 우린 갈 길이나 가자고."

한사코 우려스럽다는 듯이 말하는 기사를 만류한 다른 기사가 엘시아를 향해 꾸벅 인사를 해 보였다.

"그럼, 저희는 이만 가 보겠습니다."

"아, 네."

엘시아가 얼떨떨한 표정으로 고개를 끄덕였다.

그러자 다른 기사들도 저마다 엘시아에게 눈인사를 건넨 뒤 몸을 돌렸다. 엘시아는 멀어지는 기사들의 뒷모습을 조금 멍하니 바라보고 있다가, 곧 정신을 차리고 발걸음을 뗐다.

다른 천막들과 떨어져 있어서 그런지, 레오디안이 쉬고 있다는 천막 주위는 조용했다. 천막 앞에 선 엘시아가 긴장감에 마른침을 꿀꺽 삼켰다. 그리고 용기를 내 입을 연 순간이었다.

"거기 누구지?"

엘시아가 레오디안을 부르기도 전에 천막 안에서 레오디안의 목소리가 들려왔다.

"분명 아무도 들이지 말라고 했을 텐데."

굉장히 오랜 만에 듣는, 싸늘한 날이 선 목소리였다.

"……아, 죄송해요."

엘시아는 저도 모르게 주춤 뒷걸음질 쳤다. 반사적인 행동이었다. 그러자 천막 안에서 찰나 부산스럽게 움직이는 소리가 들린다 싶더니, 곧 천막의 입구를 가리고 있던 긴 천이 휙 걷혔다.

"어……."

천을 걷고 나온 건 다름 아닌 레오디안이었다. 엘시아는 갑작스럽게 나타난 레오디안을 보고 놀란 표정을 지었다.

"들어오십시오."

레오디안이 혀를 내밀어 입술을 축였다. 어딘지 초조한 듯해 보이는 모습이었다.

"네? 하지만, 방금……. 아무도 들이지 말라고……."

"엘시아 당신인 줄 몰랐습니다."

엘시아가 당황한 기색을 감추지 못한 채로 되묻자, 레오디안이 한순간도 망설이지 않고 곧바로 대답했다.

"들어오셔도 됩니다."

* * *

그동안 레오디안은 토벌을 나갔다가 돌아오면 늘 엘시아가 있는 천막으로 왔다. 그런 다음 엘시아와 하이드와 함께 황궁 안의 침실로 향하고는 했다. 그랬기에 엘시아는 레오디안이 지휘실을 겸해 쓰는 이 천막을 구경해 볼 기회가 없었다.

천막 안은 깔끔했다. 황궁의 침실만큼 넓고 화려하지는 않지만 다른 천막들과 비교해 쾌적했다. 새삼스러운 눈으로 천막 안을 둘러보던 엘시아는, 곧 협탁에 놓여 있는 피 묻은 붕대 뭉치를 발견했다.

레오디안이 부상을 입고 돌아온 것 같다던 하이드의 말이 떠올랐다. 엘시아는 어느덧 의자에 앉아서 서류를 살펴보고 있는 레오디안을 향해서 다가갔다.

"대공님, 다치신 곳은 괜찮으세요?"

"아, 이런."

레오디안이 난감하다는 듯이 한쪽 눈매를 찌푸렸다.

"당신은 몰랐으면 했는데."

서류를 내려놓은 레오디안이 의자에 기대고 있던 상체를 곧게 폈다.

"그래서 오늘 함께 토벌에 나섰던 기사들의 입단속을 단단히 시켰는데 말입니다."

"하이드가 말해 줘서 알았어요."

엘시아는 레오디안의 맞은편에 앉아서 레오디안의 안색을 살폈다.

"괜찮으세요?"

레오디안이 어쩔 수 없다는 듯 작게 웃으며 고개를 끄덕였다.

"애초에 그다지 깊지 않은 상처였습니다. 거의 다 나았고."

"어디를 다치셨는데요?"

"음."

레오디안이 잠시 망설이다가 상의를 걷어 올렸다.

그에 순간 놀라 흠칫했던 엘시아는 곧 레오디안의 드러난 상체에 시선을 주었다. 오른쪽 옆구리 쪽에 날카로운 것에 찔린 듯한 상처가 있었다. 레오디안이 말한 대로 거의 다 아문 채였다.

하지만 레오디안이 다치고 돌아온 건 이번이 처음이었기에, 엘시아는 걱정스러운 마음에 자연스레 굳어지는 표정을 감추지 못했다.

"당신이 이럴까 봐 숨기려고 한 건데."

레오디안이 작게 한숨을 삼키며 상의를 끌어 내렸다.

"정말 괜찮으니 마음 쓰지 않아도 됩니다."

레오디안의 부드러운 음성이 엘시아의 마음을 다독였다. 하지만 엘시아는 도무지 안심이 되지 않았다.

레오디안은 앞으로도 계속해서 토벌을 나가야 했다. 그가 오늘처럼 상처를 입고 돌아오는 일이 몇 번이고 반복될지도 몰랐다. 황궁 기사들과 신전 기사들이 안전하게 지키고 있는 황궁에서 하루를 보내는 엘시아와 달랐다.

레오디안은 그 누구보다도 위험한 상황에 노출되어 있었다. 토벌대를 선두에서 이끄는 토벌대장이었으니까.

엘시아는 레오디안이 걱정되어 견딜 수가 없었다.

"……부디 조심하세요."

엘시아가 할 수 있는 건 고작 이런 말뿐이었다.

레오디안은 말없이 미소를 지었다. 그리고 다시 등받이에 상체를 기대고 서류를 살피기 시작했다.

조용해진 천막 안에 사락사락, 종이가 넘어가는 소리가 울려 퍼졌다. 엘시아는 가만히 앉아서 레오디안이 서류를 검토하는 모습을 지켜보았다. 부상을 입고 돌아왔는데도 과중한 업무에서 자유로워질 수 없는 레오디안이 안쓰러웠다.

'이 사태가 하루 빨리 해결되어야 할 텐데…….'

부디 레오디안이 크게 다치는 일 없이 괴물 토벌이 끝나기를 온 마음 다해 바라는 엘시아였다.

* * *

시간은 빠르게 흘러, 비로소 하일롭의 재판일이 밝았다.

원래라면 재판을 받기 전에 심문소에서 신황과 신황이 임명한 심문관들의 심문을 받아야 했지만, 현재 신황의 자리가 비어 있는 상황인지라 심문은 생략됐다.

이른 아침부터 엘시아는 황궁 시녀의 도움을 받아 재판장으로 향할 준비를 마쳤다. 그리고 재판장으로 안내해 줄 사람을 기다리고 있는데, 로지안이 직접 찾아왔다.

"준비는 다 마쳤나?"

"네."

엘시아는 얼떨떨한 표정으로 고개를 끄덕였다. 로지안이 부드럽게 미소를 지으며 엘시아를 향해 손을 내밀었다.

"그럼, 이만 출발하지. 내가 그대와 함께 재판장으로 향할 것이다."

엘시아는 로지안의 에스코트를 받을 줄은 꿈에도 몰랐기에 당황한 기색을 감추지 못했다. 그러자 로지안은 그런 엘시아의 반응을 어떻게 받아들였는지, 가볍게 웃음을 터뜨리고서 물었다.

"혹시 마음의 준비를 할 시간이 필요한 건가?"

"아……. 아니에요."

엘시아가 더 이상 주저하지 않고 로지안의 손을 잡았다. 로지안이 자연스럽게 엘시아를 이끌고 복도를 걸었다. 기사들과 시종들이 그런 두 사람의 뒤를 따랐다.

"새벽에 토벌을 나서기 전에 대공이 내게 얼마나 신신당부를 했는지 몰라."

로지안이 힐끗 엘시아의 옆얼굴을 바라보고서 말을 꺼냈다.

"그대가 불안해하는 일이 없도록 그대를 잘 살피라면서 말이야."

엘시아는 로지안의 말에 어떻게 반응을 해야 할지 알 수 없어서 말없이 어색한 미소를 지었다. 그러자 로지안이 알 만하다는 듯 웃으며 말을 덧붙였다.

"오늘 재판이 끝날 때까지 내가 재판장을 지킬 것이니 모쪼록 안심하도록 해."

재판장은 마차를 타고 온 것이 민망할 정도로 황궁과 가까웠다.

로지안은 엘시아가 마차에서 편히 내리도록 도운 뒤, 감회에 젖은 눈으로 주위를 둘러보았다.

"이런 날이 다 오는군."

혼잣말처럼 중얼거린 로지안이 곧 엘시아를 향해 개운하다는 듯한 미소를 지어 보였다.

"그럼, 들어가 볼까."

"네."

엘시아는 다시금 마음을 단단히 먹고, 로지안의 손을 잡았다. 로지안은 능숙하게 엘시아를 에스코트해 재판장 안으로 들어섰다.

재판장의 상석에는 페드로 재판관이 자리해 있었고, 그 오른쪽으로는 신학자와 철학자, 그리고 신관들이 앉아 있었다. 재판에 참석한 신관들은 제도의 이롯타 신전의 대신관과 수석 신관들이었다.

법대로라면 재판장에는 제국 각지의 대신관들이 대표로 참석해야 했다. 그러나 현재 모든 신전들이 괴물의 습격으로 인한 피해를 수습하느라 여유가 없었다. 신관들이 턱없이 부족한 실정이었다. 그들이 시간을 내서 먼 길을 오고 갈 수 있는 상황이 아니었다. 하여 오늘 재판에는 재판장과 가까운 이롯타 신전의 신관들만이 참석한 것이다.

"그대는 증언이 시작되기 전까지 이곳에서 기다리고 있으면 돼."

로지안이 엘시아를 재판장 한편에 마련된 증인석으로 안내했다.

"내가 계속 그대를 지켜볼 테니까 아무런 걱정하지 말고, 그대는 그저 마음 편하게 증언을 하면 돼."

"네, 감사해요."

엘시아는 긴장한 표정으로 증인석에 앉았다. 로지안은 그런 엘시아를 잠시 지켜보고 있다가, 곧 몸을 돌려 자리를 떠났다.

엘시아는 로지안이 페드로 재판관의 왼쪽에 앉는 모습을 바라보았다. 로지안의 옆으로 귀족으로 보이는 남자들이 굳은 표정으로 앉아 있는 게 보였다.

"황태자 전하께서 자리하셨으니, 이제 재판을 시작하겠소."

페드로 재판관이 커다란 목소리로 선언했다.

"페르난도 공작을 재판장으로 들이시오."

마침내 2황자이자 페르난도의 공작인 하일롭이 거론되자, 조금 소란스러웠던 재판장이 물을 끼얹은 듯 순식간에 조용해졌다.

하지만 그 정적은 그리 오래도록 머무르지 못했다. 하일롭이 재판장 안으로 들어선 순간, 여기저기서 웅성거리는 소리가 재판장을 가득 채웠다.

"정숙하시오!"

페드로 재판관이 목소리를 높였다. 그제야 잠시 과열되었던 재판장의 분위기가 다시 가라앉았다. 조용히 좌중을 돌아본 페드로 재판관이 재판대에 선 하일롭에게 시선을 고정했다.

그 순간, 하일롭이 비릿한 미소를 지었다.

"이 정결한 재판장에 참으로 끔찍한 존재가 더러운 발자국을 찍었군."

적막이 흐르던 재판장 안에 하일롭의 목소리가 커다랗게 울려 퍼졌다. 그 의미를 알 수 없는 말에 재판장 내 사람들의 표정에 의아한 기색이 스치고 지나갔다.

"그것도 눈치채지 못한 우매한 종자들이 감히 내 죄를 묻겠다고 모여 있는 꼴이 정말 우습기 그지없어."

그렇게 말하며 재판장 안을 천천히 둘러본 하일롭의 시선이 엘시아에게 가닿았다. 엘시아는 두려운 눈으로 하일롭을 바라보았다. 하일롭이 무슨 말을 하려는지 알 것 같았다.

순간 입매를 비튼 하일롭이 엘시아를 똑똑히 직시하며 소리쳤다.

"저 괴물이 이 재판장을 떠나기 전까지 나는 그 어떤 말에도 순순히 대답하지 않을 것이다!"

하일롭의 우렁찬 목소리가 재판장을 뒤흔들었다. 그리고 그 목소리를 마지막으로 장내에는 싸한 침묵만이 감돌았다. 하일롭은 사람들의 반응이 만족스럽다는 듯이 비웃음을 흘렸다. 시선은 여전히 엘시아에게 고정한 채였다.

"……괴물?"

"괴물이라니?"

어느 순간, 누군가의 의문 어린 목소리를 시작으로 장내에 소란이 일었다.

"지금 이곳에 괴물이 있다는 소리 아닙니까?"

"아니, 그건 말이 되지 않습니다. 현재 이곳에는 신분이 분명한 귀족들만이 자리해 있는데, 어찌 이곳에 괴물이 있을 수 있단 말입니까?"

"베론 백작의 말이 옳습니다. 1황자가 우리를 동요시키려고 꺼낸 헛소리임이 틀림없습니다."

그 소란의 한복판에서 엘시아는 창백하게 질린 얼굴로 떨리는 손을 꽉 움켜쥐었다. 그리고 그런 엘시아를 로지안이 불안한 눈으로 내려다보았다.

설마하니 하일롭이 엘시아를 걸고넘어질 줄은 전혀 짐작조차 하지 못했다.

애초에 하일롭은 엘시아가 재판에서 증언을 할 것이라는 사실을 모르고 있었다. 엘시아를 보고 당황할 줄 알았던 하일롭이 도리어 엘시아를 이용해서 자신에게 유리한 상황을 만들려고 하다니.

이 사태를 어떻게 수습해야 할까. 로지안은 끙, 앓는 소리를 내며 이마를 짚었다.

"정숙하시오!"

페드로 재판관이 고개를 작게 내저었다. 그리고 하일롭의 시선이 향해 있는 곳으로 눈길을 던졌다. 엘시아는 애써 차분하게 마음을 가라앉히고 페드로 재판관과 시선을 마주했다.

페드로 재판관뿐만 아니라 모든 사람들의 숨죽인 시선이 느껴졌지만 신경 쓰지 않으려고 노력했다.

잠시 뒤, 페드로 재판관이 엘시아에게서 시선을 떼어 내고 다시 하일롭을 바라보았다.

"페르난도 공작은 지금 그대의 말을 증명할 수 있는가?"

"물론이오, 재판관."

하일롭이 당당하게 대답했다.

"인간과 달리 괴물은 푸른 피를 지니고 있지. 그쯤은 이 자리의 모두가 알고 있을 것 아니오."

하일롭의 묵직한 음성이 장내에 선명하게 울려 퍼졌다.

"당장 이룻타 신전에서 릴루미노의 검을 가지고 오시오."

릴루미노의 검은 최초로 신의 문양을 발현했다 알려진 초대 선황의 이름을 딴 보검이었다.

"그 검으로 저 괴물의 피를 내어 보면 내 말이 헛소리가 아니었다는 사실이 증명될 것이오."

하일롭이 소리 높여 말하자, 주위가 쥐 죽은 듯이 조용해졌다.

그도 그럴 것이 이 자리에 있는 귀족들은 다 알고 있었다. 하일롭이 괴물이라 칭한 여인이 로켄페데스 대공의 보호를 받는 여인이라는 사실을 말이다. 그리고 로켄페데스 대공은 현재 괴물 토벌에 앞장서고 있는 제국의 희망이었다.

로켄페데스 대공, 레오디안 로켄페데스가 신묘한 힘으로 괴물의 습격을 진압하고 있다는 사실은, 귀족 사회는 물론이고 제국 전역에 널리 알려져 있었다. 그런 상황에 레오디안 로켄페데스와 척을 지고 싶은 사람은 이 제국에 존재하지 않았다.

"……재판관, 페르난도 공작은 지금 무고한 여인을 모함하고 있소."

정적만이 흐르던 재판장 내에 한참 만에 엘시아를 옹호하는 목소리가 나타났다.

"저 여인은 페르난도 공작의 만행을 증언하기 위해 이 자리에 어려운 발걸음을 했을 뿐입니다."

"베이먼 후작의 말이 옳습니다. 제 눈에는 저 여인이 괴물로 보이지 않는데, 혹시 저 여인이 괴물로 보이는 사람이 있습니까?"

여기저기서 기다렸다는 듯이 엘시아를 무고하다 옹호하기 시작했다.

엘시아를 보호하기 위해서 자리에서 반쯤 일어섰던 로지안이 얼떨떨한 표정으로 다시 자리에 앉았다. 엘시아를 옹호하는 목소리와 하일롭을 비난하는 목소리가 뒤엉킨 장내가 어느 때보다도 소란스러웠다.

지그시 눈을 감은 채로 소란스러운 목소리들을 잠자코 귀에 담고 있던 페드로 재판관이 천천히 눈꺼풀을 들어 올렸다.

"페르난도 공작은 그대의 말을 책임질 수 있는가?"

"여부가 있겠소."

하일롭이 비릿한 미소를 지었다.

"나는 무고한 여인을 모함하는 것이 아니오."

여전히 술렁이는 귀족들을 향해서 하일롭이 단단히 못 박아 말했다.

"다만 이 신성한 재판장에 불순한 존재가 자리해 있는 것을 참을 수 없을 뿐이오."

"그렇다면 만약 저 여인이 무고하다고 판명될 경우에도 모든 책임을 지겠소?"

페드로 재판관의 물음에 하일롭이 찰나 망설임조차 없이 고개를 끄덕였다.

"모든 책임을 지겠소."

하일롭의 대답을 끝으로 장내에 다시금 정적이 찾아들었다. 페드로 재판관은 잠시 고민한 끝에, 긴 한숨을 내쉬며 재판봉을 들었다.

"잠시 휴정하겠소."

재판봉을 내리친 그가 오른편에 앉아 있는 신관들을 바라보고 말했다.

"신관들은 이룻타 신전에서 릴루미노의 검을 가져오시오."

엘시아의 피를 보겠다는 말이었다.

재판관이 휴정을 선언하자, 귀족들은 재판장 내 곁방으로 자리를 옮겼다.

아까부터 방 안에는 무거운 분위기가 감돌고 있었다.

귀족들은 로지안의 눈치를 보면서 소곤소곤 귓속말을 나누었다. 그들 모두가 로지안과 레오디안 사이에 존재하는 결속을 인지하고 있었다. 확실한 계기나 이유는 알 수 없지만, 근래 로지안과 레오디안은 뜻을 함께했다.

그런데 하일롭이 레오디안의 보호 하에 있는 여인을 걸고 넘어졌다. 귀족들은 심기가 영 불편해 보이는 로지안의 눈치를 살필 수밖에 없었다.

숨이 막힐 듯한 긴장감이 맴도는 분위기 속, 문득 문이 열리는 소리가 들렸다.

곧이어 방 안으로 들어온 것은 베이먼 후작이었다. 그가 상석에 앉은 로지안에게 힐끔 시선을 준 뒤에 말했다.

"신관들이 정말로 이롯타 신전으로 향했습니다."

"재판관의 요구이니 그들로서는 별수 없이 따를 수밖에 없겠지요."

베론 백작이 침통한 표정으로 대구했다. 그리고 조금 전에 베이먼 후작이 그러했던 것처럼, 로지안을 향해서 슬그머니 눈길을 흘렸다.

로지안은 이상할 정도로 아무런 말이 없었다. 로지안의 심상치 않은 표정으로 미루어 보아, 그가 지금 이 상황을 무척 못마땅하게 여기고 있다는 것은 분명했다. 그런데도 아까부터 꿋꿋이 침묵만을 지키고 있는 것이 너무나도 의아했다.

베론 백작은 조심스럽게 말문을 열었다.

"……저하, 제가 감히 한 말씀 올려도 되겠습니까."

그제야 로지안이 비로소 반응을 보였다.

"말해 보게."

"지금이라도 재판관에게 이의를 제기하는 것이 어떨까 합니다."

릴루미노의 검이 제아무리 신성한 검이라고는 하나, 그것으로 무고한 여인에게 상처를 입히다니 영 꺼림칙했다. 게다가 그 여인이 레오디안과 밀접한 관계에 있는 여인이니 더욱더 그러했다.

"저도 베론 백작의 생각과 같습니다, 저하."

베이먼 후작이 말을 보탰다.

"죄인의 헛소리에 놀아날 필요는 없지 않습니까."

"지당한 말씀입니다, 후작."

여태 조용히 상황을 관망하고 있던 귀족들도 베론 백작과 베이먼 후작의 말에 동의를 표했다.

"게다가 어찌 여인에게 검을 들이댈 수가 있단 말입니까. 당치도 않습니다."

베이먼 후작이 말을 맺자, 로지안은 조용히 좌중을 돌아보았다.

이곳의 귀족들은 정말 엘시아를 단 한 터럭도 의심하지 않고 있는 듯한 눈치였다. 이걸 다행이라 해야 할지, 아니면 불행이라 여겨야 할지. 로지안은 굳은 표정으로 침음했다.

엘시아는 평범한 인간이 아니었다.

그 사실을 하일롭이 대체 어떻게 알고 있는 것인지 알 수 없었다.

확실한 것은, 엘시아의 몸속에는 푸른 피가 흐르고 있다는 점이다. 엘시아의 몸에 상처를 낼 수는 없었다. 그랬다가는 엘시아를 증인으로 내세운 로지안 그의 입장이 난감해졌다.

그리고 무엇보다도, 엘시아가 위험해질 것이다.

현재 제국을 위협하고 있는 괴물의 존재는 제국인에게 있어서 마땅히 처단해야 할 대상이었다. 만약 엘시아가 인간이 아니라는 사실이 재판장에서 증명된다면, 그 즉시 모두가 엘시아를 죽이려고 들 것이다.

엘시아가 로켄페데스 가문의 비호를 받고 있으니만큼, 어쩌면 목숨쯤은 부지할 수 있을지도 모른다. 하지만 더 이상 지금처럼 살지는 못할 것이었다. 제도에서 추방당하고, 더는 로켄페데스 가문에 머무르지 못하게 될 터였다.

그러니까, 자신이 일평생 돌봐 온 리리엔의 곁에 머물 수 없게 된다는 것이다.

그것은 엘시아에게 죽음과도 같았다.

"……하지만 재판관이 신관들에게 릴루미노의 검을 가져오라고 요청한 상황이오."

한참 만에 로지안이 침묵을 깨고 말을 꺼냈다.

"이의를 제기하기에는 이미 늦었어."

덧붙이는 로지안의 목소리는 무미건조하기 그지없었다.

곳곳에서 작게 숨을 들이켜는 소리가 들렸다. 그리고 그 이후 방 안에는 무거운 적막이 내려앉았다. 로지안의 말대로였다. 이의를 제기하려면 진작 했어야 했다. 화살은 시위를 떠난 지 오래였다. 이제 와서 되돌릴 수 있는 것은 없었다.

"……그렇다면 저하, 그 여인을 이대로 돌려보내는 것은 어떨까요."

쥐 죽은 듯이 조용한 정적을 깨고 데시안 백작이 의견을 냈다. 그에 로지안을 포함한 모두가 의아한 눈으로 데시안 백작을 돌아보았다. 로지안은 잠시 말없이 데시안 백작을 주시하다가 입을 열었다.

"이대로 돌려보내라?"

"예, 저하."

데시안 백작이 한 치의 망설임 없이 대답했다.

"그 여인의 증언을 포기하고 돌려보내는 겁니다. 그러면 릴루미노의 검으로 그 여인의 무고함을 증명할 필요도 없으니까요."

애초에 하일롭은 그가 괴물이라 주장하는 엘시아가 재판장에 자리해 있는 것을 탐탁지 않게 여긴 것이었다. 그러니 만일 엘시아가 재판장에 들어가지 않는다면, 하일롭이 재판을 거부할 일도 없으리라는 것이 데시안 백작의 판단이었다.

"그럴듯한 생각이로군."

로지안이 고개를 주억거리며 혼잣말을 읊조렸다.

사실 엘시아의 증언은 꼭 필요했다.

엘시아는 귀족들이 괴물에게 살해당한 사건이 일어난 아이작 히치콕 백작의 저택에서 살아남은 생존자였으므로. 오늘 엘시아는 그날 그 저택에서 무슨 일이 일어났던 건지, 아이작 히치콕이 생전에 무슨 짓을 했었는지 증언할 예정이었다.

하지만 증언을 얻기 위해서 엘시아를 위험에 빠뜨릴 수는 없었다.

레오디안과의 협력 관계를 차치하더라도, 로지안은 엘시아에게 그 어떤 희생도 강요하고 싶지 않았다. 아이작 히치콕과 하일롭이 괴물을 상대로 벌인 실험의 결과로 키메라가 만들어진 것이라고 증언하기로 한 욤펜이 있으니까.

로지안이 천천히 자리에서 몸을 일으켰다.

"그럼, 이만 가서 증인을 만나고 오도록 하지."

* * *

혼자 방에서 초조하게 앉아 있던 중, 갑자기 누군가 문을 두드리는 소리가 들렸다. 엘시아는 소스라치게 놀라 자리에서 일어났다. 머지않아 문이 열리고 로지안이 모습을 드러냈다. 그에 엘시아는 안심하며 다시 의자에 앉았다.

"그대를 홀로 두어 미안하군."

"아니에요."

로지안이 엘시아의 맞은편에 앉아서 조심스럽게 엘시아의 낯빛을 살폈다.

"많이 놀랐는가?"

"……그것도, 아니에요."

엘시아가 가볍게 고개를 흔들었다.

"어쩌면 이런 일이 있을지도 모른다고 짐작하고 있었거든요."

생각보다 담담한 엘시아의 반응을 접한 로지안은 놀라운 마음을 감추지 못했다.

"이 상황을 예상했다고?"

"네."

엘시아는 쓸쓸하게 미소를 지었다.

리리엔을 데리고 제도로 와서 인간과 함께 살게 된 이후, 엘시아의 하루하루는 불안함의 연속이었다.

언제 누군가에게 정체를 들킬지도 모른다는 생각에 무서워서, 매일 밤 편하게 잠들지 못해 뜬눈으로 밤을 새운 날이 셀 수도 없이 많았다.

하지만 리리엔을 떠나지 못했다. 두려운 마음을 감수하고 리리엔의 곁에 남아 있었다.

지금도 마찬가지였다.

리리엔의 곁에 있기 위해서, 엘시아는 어떤 일이라도 기꺼이 할 각오가 되어 있었다.

"그러니까, 저는 괜찮아요."

엘시아의 단호한 목소리에 로지안은 순간 멈칫했다. 그는 엘시아에게 증언을 포기하고 황궁으로 돌아가 있으라고 말할 생각이었다. 하지만 어째 엘시아의 반응이 그의 예상과 전혀 달랐다.

"잠시 후에 신관들이 돌아오고 재판이 다시 시작되면, 저는 준비해 온 대로 증언할 거예요."

로지안은 말문이 턱 막혀서 입을 다문 채로 엘시아를 물끄러미 응시했다. 엘시아가 얼마나 단단히 각오를 하고 있는지를 모르려야 모를 수가 없었다. 하지만 엘시아가 다시 재판장으로 향하는 것은 위험했다.

로지안은 꽤 한참 동안 머릿속으로 말을 고른 끝에 침묵을 깼다.

"아니, 그것은 내가 허락할 수 없어."

로지안이 진지한 표정을 지은 채로 엘시아의 붉은 눈동자를 직시했다. 엘시아는 갑작스러운 로지안의 말을 듣고 무척 당황스럽다는 듯한 기색을 보이고 있었다.

"허락할 수 없다니……."

"그대는 지금 당장 황궁으로 돌아가도록 해."

"네?"

"그대가 다시 재판장으로 가는 것은 너무 위험하니까."

로지안은 단호했다. 그의 굳은 얼굴을 마주한 엘시아는 당황을 거듭했다.

"갑자기 무슨 소리를 하시는지……."

"릴루미노의 검으로 그대의 몸에 상처를 낼 경우, 그대에게서는 푸른 피가 흘러나오겠지."

그런 모습은 절대 다른 사람에게 보여서는 안 된다며 로지안이 고개를 흔들었다.

"그랬다가는 그대는 물론이고, 대공의 입장 역시도 곤란해질 거야."

그동안 엘시아를 공공연히 제 사람으로 보호해 온 레오디안이었다.

만약 레오디안이 괴물을 숨겨 주고 있었다는 걸 모두가 알게 된다면, 아무리 레오디안이라고 할지라도 불명예의 멍에를 완전히 피하지는 못할 터였다.

"그대도 그런 것은 바라지 않으리라고 생각해."

"……."

로지안이 레오디안을 언급하자, 엘시아는 말문이 막힌 듯 침묵했다. 로지안은 그런 엘시아를 안쓰러운 눈빛으로 바라보다가, 애써 단호한 목소리를 냈다.

"이후 재판은 내가 알아서 할 테니, 그대는 당장 황궁으로 돌아가."

"……아니요."

엘시아의 작은 목소리가 울려 퍼졌다.

그에 로지안은 순간 제가 잘못 들었나 싶어 고개를 갸웃하고 되물었다.

"뭐라고?"

"아뇨, 싫어요."

엘시아가 이전과 다른 단단한 눈빛으로 로지안을 바라보았다.

"저하가 걱정하시는 것이 무엇인지 잘 알지만……."

엘시아는 조용히 자리에서 일어나더니 대뜸 한쪽 팔의 소매를 걷었다. 그리고 그 팔을 그대로 로지안의 눈앞에 내밀어 보였다.

"걱정하시는 일은 일어나지 않을 거예요."

로지안이 갑작스럽게 들이밀어진 엘시아의 새하얀 팔목을 보고 당황할 새도 없었다.

"……무, 무슨 짓을!"

엘시아가 어디에 숨겨온 것인지 모를 단도로 팔목을 그어 내렸다. 붉은 피가 고운 살결을 타고 주르륵 흘러나왔다.

그것을 본 로지안이 기함해 자리를 박차고 일어났다. 그리고 재빨리 품에서 손수건을 꺼내 엘시아의 팔목을 지혈했다. 그러다가 어느 순간, 문득 머릿속에 한 가지 생각이 빠르게 스치고 지나갔다.

"……붉은 피?"

로지안이 믿기지 않는다는 듯 손수건을 내려다보았다.

손수건이 새빨간 피로 물들어 있었다.

"이게 어떻게……."

로지안은 멍하니 입을 벌린 채로 말을 잃었다.

그동안 엘시아가 평범한 인간이 아니라고 믿어 의심치 않았다. 그런데 대체 어떻게 된 일인지, 엘시아가 흘린 피는 너무나도 선명한 붉은빛을 띠고 있었다.

"보시다시피 제 피는 붉은색이에요. 1황자 저하가 원하는 대로 상황이 흘러가는 일은 없을 거예요."

엘시아가 조심스럽게 로지안의 손을 떼어 냈다. 그리고 피가 묻은 손수건을 테이블 위에 올려놓은 뒤, 소매를 내려 상처가 난 팔을 가렸다. 로지안은 여전히 마냥 얼떨떨한 표정으로 엘시아를 멍하니 바라보고 있었다.

엘시아는 그런 로지안을 가만히 바라보다가 입을 열었다.

"증언하게 해 주세요."

단호한 목소리였다. 로지안은 당황한 표정으로 시선을 내려, 엘시아의 팔에 눈길을 주었다.

"나는, 그대가 인간이 아니라고 생각했는데……."

엘시아는 말없이 희미한 미소를 지을 뿐이었다.

대체 자신은 지금껏 무슨 착각을 하고 있었던 것인가. 로지안은 너무나도 당황스럽고 부끄러운 나머지 얼굴이 다 홧홧하게 달아오르는 듯했다.

"그런데 그게 단순히 내 착각이었다니."

"착각은 아니에요."

엘시아가 가볍게 고개를 흔들었다.

"저는 평범한 인간이 아니에요. 하지만 평범한 괴물도 아니죠."

그렇게 말한 엘시아가 조금 전에 스스로 상처를 냈던 팔을 내보였다.

로지안은 곧 소매를 다시 걷어 올린 엘시아의 팔목에 상처가 씻은 듯이 나은 것을 발견했다.

"……상처가 사라졌군."

"네."

엘시아가 조금 쓸쓸해 보이는 미소를 지으며 대답했다.

"가벼운 상처는 이렇게 금방 나아요."

로지안은 잠시 멍한 눈으로 엘시아를 물끄러미 바라보다가, 곧 감탄 어린 어조로 중얼거렸다.

"그대는 참……. 보면 볼수록 놀라운 여인이군."

로지안이 고개를 돌려 창밖으로 시선을 던졌다. 그리고 싸늘한 겨울바람에 흔들리는 풍경을 바라보며 빠르게 머리를 굴렸다.

그가 이런 상황을 전혀 예상하지 못하였듯이, 하일롭 역시도 엘시아의 피가 붉다는 사실을 꿈에도 모르고 있을 것이다. 그러니 재판장에서 엘시아가 인간인지 아닌지 판가름해 보자고 당당히 제안한 것일 터였다.

어쩌면 이것은 생각지 못한 기회인지도 모른다는 생각이 들었다.

하일롭의 허를 찌르고, 앞으로 벌어질 상황의 판도를 하일롭에게 불리하게 돌아가게끔 만들 수 있는 기회.

로지안은 한동안 깊이 고민한 끝에 엘시아를 돌아보고서 침묵을 깨고 물었다.

"그럼, 깊은 상처는 지금처럼 빠르게 치유되지 않는 건가?"

"네. 시간이 조금 걸려요."

엘시아의 대답을 듣고 잠시 망설이던 로지안이 눈을 지그시 감은 채로 입을 열었다.

"……그렇다면 내가 지금 이 상황을 이용해도 그대는 괜찮은가?"

"네."

로지안은 차마 엘시아를 이용해도 되냐고 물을 수가 없어서 말을 조금 돌려서 물었다. 엘시아는 로지안의 말뜻을 단번에 이해했고, 단 한순간도 망설이지 않고 흔쾌히 대답했다.

"얼마든지 이용하셔도 괜찮아요."

로지안은 그제야 천천히 눈꺼풀을 들어 올렸다.

그러자마자 시아에 들어온 엘시아의 창백한 얼굴에서 그녀의 단호한 의지를 엿볼 수 있었다. 그에 로지안은 곧 어렵지 않게 마음의 결정을 내리기에 이르렀다.

"그대가 무리해서 증언을 할 필요는 없어. 욤펜 대신관이 증언하기로 했으니까. 그대의 증언이 없더라도 1황자는 죗값을 치르게 될 거야."

"무리하는 거 아니에요."

로지안이 마지막으로 엘시아를 설득하기 위해 꺼낸 말에 엘시아는 한사코 고개를 흔들어 보였다.

"증언하고 싶어요. 앞으로 리리엔이 살아가게 될 이 나라가 안전한 곳이기를 바라니까……."

엘시아가 굳건한 의지가 어린 목소리로 덧붙였다.

"리리엔을 위해서 증언을 하고 싶어요."

로지안은 한동안 말없이 엘시아를 바라보다가 이내 천천히 고개를 끄덕였다.

* * *

"잠시 기다리게."

"예."

벨레로폰은 로아나가 급히 보낸 전령으로부터 받은 편지를 확인했다.

편지에는 신황의 장례식이 순조롭게 거행되고 있다는 소식과, 1황자 하일롭이 재판을 받게 되었다는 놀라운 소식이 적혀 있었다.

벨레로폰은 저도 모르게 낮은 탄식을 입술 사이로 흘려보낸 뒤, 곧 정신을 차리고 펜을 들었다. 그리고 로아나에게 보낼 답장을 빠른 속도로 써 내린 다음에 그것을 잘 봉해 전령에게 건넸다.

"최대한 빠른 시일 안으로 다시 답장을 받아 보고 싶다는 말을 함께 전하도록."

"예, 그리하겠습니다."

벨레로폰은 전령을 배웅한 뒤, 곧장 리리엔이 있는 티 룸으로 향했다.

최근 리리엔은 에밀리아와 자주 시간을 보냈다. 에밀리아가 일레아 백작의 성으로 왔을 때, 리리엔이 에밀리아에게 보인 적개심을 생각해 본다면 너무나도 놀라운 일이었다.

리리엔은 더 이상 하루 종일 멍하니 창밖을 쳐다보며 시간을 보내지 않고, 그 대신 에밀리아와 담소를 나누는 데 시간을 썼다. 에밀리아를 향한 리리엔의 태도 변화는 놀랍기는 해도 분명 좋은 변화였다.

벨레로폰은 문 앞에서 멈추어 서서 옷매무새를 단정히 정리한 뒤, 티 룸의 문을 두드렸다. 곧 안으로 들어오라는 리리엔의 목소리가 들렸다. 벨레로폰이 망설임 없이 문을 열고 티 룸 안으로 들어섰다.

"누가 찾아온 거였어?"

벨레로폰이 리리엔에게 가까이 다가가기가 무섭게 리리엔이 물었다. 순간 멈칫했던 벨레로폰은 곧 자연스러운 미소를 입매에 내걸고서 대꾸했다.

"신성지에서 온 전령이었습니다. 로아나 대신관님이 제게 편지를 보내셨더군요."

"로아나가 뭐래?"

리리엔이 묻자 에밀리아도 벨레로폰의 대답이 궁금하다는 듯 벨레로폰에게 시선을 주었다. 하일롭이 재판을 받는다는 사실은 리리엔에게 알리지 않는 편이 좋을 듯싶었다. 그렇게 판단한 벨레로폰이 찰나 마른침을 꿀꺽 삼키고서 말했다.

"다름이 아니라, 신황의 장례식이 순조롭게 치러지고 있다고 합니다."

"그렇구나."

리리엔이 자못 어두운 표정을 지은 채로 고개를 끄덕였다.

신황이 죽었으니 신성지는 많이 혼란스러울 것이다. 게다가 이곳저곳에서 괴물이 나타나고 있기까지 한 상황이었다. 마치 천국처럼 새하얗고 예뻤던 신성지도 이곳 일레아 백작령처럼 유령의 도시같이 변했을지도 몰랐다.

리리엔은 안타까운 마음에 조그맣게 한숨을 내쉬었다.

"아, 찻주전자가 비었군요. 제가 가서 새로 차를 준비해 올까요?"

리리엔의 시무룩한 모습을 본 벨레로폰이 애써 밝은 어조로 화제를 돌렸다. 그러자 에밀리아 역시도 리리엔을 의식한 건지 평소보다 조금 높은 목소리를 냈다.

"그럼 부탁 좀 드릴게요, 로렐라인 경. 홍차가 오늘따라 유난히 맛이 좋아서 조금 더 즐기고 싶거든요."

"얼른 다녀오겠습니다."

미소를 지으며 대답한 벨레로폰이 냉큼 찻주전자를 챙겨 티 룸을 나섰다.

달칵, 문이 닫히는 소리와 동시에 리리엔이 다시금 한숨을 내쉬는 소리가 방 안에 울려 퍼졌다.

"……아가씨, 무엇이 걱정되어 그러세요?"

에밀리아가 조심스럽게 물었다. 아무래도 리리엔의 기색이 심상치 않았다.

리리엔은 한동안 아무런 대답 없이 고개를 숙이고 있다가, 에밀리아가 재차 같은 질문을 하려고 입을 열었을 때에야 비로소 침묵을 깼다.

"우리는 언제까지 이렇게 지내야 할까요."

언제 나타날지 모르는 괴물이 두려워서 외출을 삼간 채로 저택 안에만 틀어박혀서 지내는 것이 너무나도 싫었다. 꼭 감옥에 갇힌 것처럼 답답했다.

리리엔은 자신이 자유롭게 가고 싶은 곳을 가고, 하고 싶은 것을 했던 때가 대체 언제였는지 기억조차 잘 나지 않았다. 무엇보다도 엘시아와 떨어져서 지내는 시간이 마냥 길어지고 있어서 괴로웠다.

엘시아가 보고 싶었다.

그리 생각하니 당장에라도 눈물이 나올 것만 같아서 리리엔은 아랫입술을 힘껏 깨물었다.

하지만 울음을 참으려는 그 노력이 무색하게도 기어코 눈에 눈물이 차올라 가득 맺혔다. 그 모습을 본 에밀리아는 무슨 말로 리리엔을 위로해야 할지 알 수 없어서 애꿎은 입술만 달싹거렸다.

다 큰 어른인 자신도 이렇게 지내는 것이 답답한데, 어린아이인 리리엔은 오죽할까 싶었다. 에밀리아는 그저 안쓰러운 눈빛으로 리리엔을 바라보고만 있다가, 한참 만에야 가까스로 입을 열었다.

"리리엔 아가씨……."

그런데 바로 그 순간이었다.

쾅, 하는 커다란 굉음과 함께 티룸 안으로 들이닥친 벨레로폰이 다급하게 소리쳤다.

"아가씨, 지금 당장 피하셔야 합니다!"

"……무슨 일이야?"

눈가에 맺힌 눈물을 빠르게 소매로 훔쳐 낸 리리엔이 벨레로폰을 돌아보았다. 벨레로폰은 꼭 백짓장처럼 새하얗게 질린 얼굴을 하고 있었다.

"밖에, 지금 성 밖에 키메라가 나타났습니다."

"……뭐라고요?"

벨레로폰의 경황없는 대답에 반응을 보인 것은 에밀리아였다. 벼락처럼 퍼뜩 자리에서 일어난 에밀리아가 벨레로폰을 향해 다시금 되물었다.

"로렐라인 경, 방금 뭐라고 하셨어요?"

"이미 백작성 아래의 마을은 키메라의 습격을 받아 엉망이 되었다고 합니다. 그리고 마을 사람들도……."

"우리가 피신할 곳은 있나요?"

떨리는 목소리로 더듬더듬 말을 늘어놓는 벨레로폰을 향해서 에밀리아가 단호한 목소리로 물었다. 그에 일순간 멈칫했던 벨레로폰이 이내 빠르게 고개를 끄덕거렸다.

"물론입니다. 신전 기사들이 성문을 지키는 동안, 저희는 일단 영지 밖으로 빠져나가면 됩니다."

벨레로폰이 애써 침착하게 설명을 마쳤다.

이미 신전 기사들이 성문 밖에서 괴물과 대치하고 있었다. 그들은 며칠 전에 레오디안으로부터 리리엔을 지키라는 명을 받고 온 기사들이었다.

"지금 바로 성을 나가야 합니다. 짐을 꾸릴 만한 여유는 없으니 간단히 외투만 챙겨서 오십시오."

벨레로폰이 초조한 눈으로 창밖을 힐끔거리며 말했다. 그때, 지금껏 조용히 벨레로폰과 에밀리아의 대화를 듣고 있던 리리엔이 돌연 자리에서 일어났다.

"신전 기사들이 키메라를 죽일 수 있어?"

"……예?"

리리엔이 벨레로폰을 향해 한 걸음 한 걸음 천천히 다가가면서 다시금 물었다.

"신전 기사들의 신성력으로 키메라를 죽일 수 있어?"

"……."

벨레로폰은 가까이 다가온 리리엔을 그저 멍하니 내려다보기만 했다.

차마 입이 떨어지지 않았다. 리리엔이 이미 답을 알고 있는 것 같았기 때문이었다.

허기져 광폭한 괴물 앞에서 기사들은 무력했다. 이미 숨이 끊어진 지 오래인 기사들의 시체가 곳곳에 널브러져 있었다. 오랜 시간 동안 동고동락해 온 동료의 죽음을 슬퍼할 시간조차 없었다.

기사들은 그들을 향해 아가리를 벌리고 눈을 번뜩이는 괴물을 어떻게든 막아 내기 위하여 고군분투하고 있었다. 유혈이 사방에 낭자하는 그 참혹한 광경이 먼 곳에서도 너무나도 선명하게 보였다.

"……리리엔 아가씨, 이만 가셔야 합니다."

말을 잃은 채로 성문 밖을 내려다보고 있는 리리엔을 벨레로폰이 재차 재촉했다. 그제야 리리엔이 천천히 고개를 돌려 벨레로폰에게 시선을 주었다. 벨레로폰은 물론이고 에밀리아까지 흔들리는 눈빛으로 리리엔의 안색을 살피고 있었다.

"저들을 저리 두고 우리끼리만 도망을 치자고?"

리리엔이 말도 안 된다는 듯이 벨레로폰을 향해서 물었다. 그에 벨레로폰은 시선을 회피했다. 차마 리리엔의 눈동자를 똑바로 마주할 엄두가 나지 않는다는 듯이.

"저들은 이곳 백작성을 수호하고 아가씨를 지키라는 명을 받은 자들입니다."

벨레로폰이 눈길을 바닥에 고정한 채로 말했다.

"또한 저들은 적을 뒤로하고 도망칠 바에는 차라리 명예로운 죽음을 택할 자들입니다. 그러니 저들이 자신들의 명예를 지킬 수 있도록……."

"명예?"

리리엔이 별 해괴한 소리를 다 듣겠다는 듯 얼굴을 찌푸렸다.

"죽고 나면 그런 게 다 무슨 소용이 있는데?"

"……아가씨."

"세상에 명예로운 죽음 같은 게 어디 있어."

"…….."

리리엔의 단단한 목소리에 벨레로폰이 떨리는 시선을 들어 리리엔을 바라보았다.

"저들이 죽을 것을 뻔히 아는데 이렇게 도망칠 수는 없어. 그럴 바엔 차라리 나도 여기서 죽겠어."

타인을 희생시키면서까지 목숨을 부지하고 싶지 않았다.

리리엔의 단호한 표정을 본 벨레로폰은 말문이 막힌 듯 아무런 말도 하지 못했다. 그러자 여태 그런 벨레로폰과 리리엔의 대화를 가만히 듣고 있던 에밀리아가 침묵을 깨고 나섰다.

"리리엔 아가씨. 아가씨의 마음은 잘 알아요. 저도 저들을 두고 떠나려니 쉽사리 발이 떨어지지 않는걸요. 하지만……."

숫제 어린아이에게 사탕을 쥐어 주며 달래는 듯한 목소리였다. 그래서일까. 리리엔이 퍽 불만 어린 눈빛으로 에밀리아를 바라보았다. 어디 한번 계속 말해 보라는 듯이.

그 시선에 일순간 당황해 멈칫했던 에밀리아가 애써 입꼬리를 끌어 올려 미소를 짓고서 말을 이었다.

"하지만, 지금 우리가 할 수 있는 일이 무엇이 있나요? 보셨다시피 오랜 시간 동안 훈련을 받은 기사들인 저들조차 저 괴물을 상대하기 버거워하고 있잖아요."

에밀리아가 조심스럽게 두 손을 뻗어 리리엔의 조그만 손을 감싸 쥐었다. 리리엔은 찰나 몸을 움찔하기는 했으나 에밀리아의 손을 매정하게 뿌리치지는 않았다.

"그러니 리리엔 아가씨, 우리 이만 몸을 피해요."

에밀리아가 애원하듯 말했다. 리리엔은 에밀리아가 이렇게까지 나오자 짐짓 당황한 눈치였다.

에밀리아는 그런 리리엔을 살며시 끌어당겼다. 하지만 리리엔은 멈춰선 자리에서 한 발자국도 움직이지 않았다.

"리리엔 아가씨……."

"내 힘이라면 저 괴물을 죽일 수 있어."

한참 만에 비로소 입을 연 리리엔이 에밀리아와 벨레로폰에게 차례로 시선을 던졌다.

"내가 나선다면 저들이 죽지 않아도 된다고."

"아가씨!"

벨레로폰이 경악 어린 표정을 지었다.

"저들 중 그 누가 아가씨께서 나서기를 원할 것 같습니까?"

조금 전까지만 해도 리리엔에게 재대로 대꾸하지 못하던 모습이 무색할 정도로 벨레로폰의 태도는 단호했다.

"아니, 설령 그것을 원하는 자가 있다고 할지라도 저는 용납할 수 없습니다."

벨레로폰이 성큼성큼 리리엔에게 가까이 다가섰다. 그리고 리리엔의 외투를 잘 여며 준 다음 선언하듯 말했다.

"저는 아가씨를 모시고 이곳을 안전하게 빠져나갈 겁니다."

"내가 싫다면?"

"아가씨."

"이렇게 도망칠 바에는 차라리 여기서 죽겠다고 분명히 말했어."

리리엔은 한 치도 물러서지 않았다.

"벨레로폰은 나를 막지 못할 거야."

리리엔이 벨레로폰을 흔들림 없는 눈빛으로 올려다보며 못 박아 말했다.

마주한 리리엔의 눈동자 속에 꼭 푸른 불길이 일렁이고 있는 듯했다. 벨레로폰은 그가 늘 그러하였듯 이번에도 결코 리리엔의 고집을 꺾을 수 없을 것이라고 직감했다.

"그리고 테르만 백작 부인도 마찬가지일 거고요."

리리엔이 자신을 붙잡고 있는 에밀리아의 손을 떼어 냈다. 그러고는 마냥 흔들리는 시선을 보내오는 에밀리아와 벨레로폰 두 사람에게 번갈아 시선을 주면서 단호하게 말했다.

"나는 도망치지 않고 싸울 거예요. 두 사람은 도망치고 싶으면 도망쳐요."

* * *

릴루미노의 검을 가지고 오기 위해서 이롯타 신전으로 향했던 신관들이 머지않아 재판장으로 돌아왔다.

잠시 휴정되었던 재판은 페드로 재판관이 자리에 착석함과 동시에 다시금 재판이 재개되었다.

"그럼, 릴루미노의 검을 안으로 들이도록 하시오."

페드로 재판관의 말에 신관 하나가 릴루미노의 검을 가지고 재판장 안으로 들어섰다. 그 신관을 바라보는 하일롭의 눈매가 만족스럽다는 듯이 한껏 호선을 그리고 있었다.

로지안은 그런 하일롭의 얼굴에서 단 한순간도 시선을 떼지 않았다. 혹시라도 하일롭이 또다시 허튼 수작을 벌이려 들지 몰랐다.

페드로 재판관의 지시를 받은 신관이 릴루미노의 검을 들고서 엘시아에게 가까이 다가가는 동안, 로지안은 하일롭을 향한 경계를 결코 늦추지 않았다.

"……저어, 잠시 자리에서 일어나 주실 수 있겠습니까."

한편, 엘시아는 자신에게 다가온 신관이 조심스럽게 꺼낸 말을 듣고 순순히 몸을 일으켰다.

신관은 이런 상황이 영 내키지 않는다는 듯 심란한 표정을 지은 채로 엘시아를 응시하다가, 잠시 뒤 고개를 돌려 페드로 재판관이 앉은 상석을 올려다보았다.

이제 어찌하여야 하냐는 듯, 자신을 바라보는 신관을 본 페드로 재판관이 명료하게 말했다.

"증인은 오른쪽 손등을 내밀어 보이시오."

오른쪽 손등은 서거한 신황이 신의 문양을 지니고 있던 자리였다. 최소한 엘시아의 명예를 지켜 주려는 페드로 재판관의 뜻이었다. 그것을 꿈에도 몰랐지만 엘시아는 이번에도 순순히 페드로 재판관의 말을 따랐다.

엘시아가 조심스럽게 오른손을 내밀자 신관이 난감한 표정을 지었다. 그리고 곧 이어질 페드로 재판관의 지시를 기다렸다. 신관뿐만이 아니라 장내의 모든 이가 안타깝다는 듯이 엘시아를 바라보고 있었다.

페드로 재판관도 마찬가지였다. 그는 도무지 내키지 않는다는 듯 미간을 미묘하게 찌푸린 채였다. 하지만 이미 하일롭의 요청을 받아들여 릴루미노의 검까지 재판장 안으로 들인 상황이었다. 그리고 엘시아 또한 자신의 무고함을 입증하기 위한 이 일련의 과정에 동의했다.

잠시 지그시 눈을 감았던 페드로 재판관이 곧 결단을 내리고서 서서히 눈꺼풀을 들어 올렸다.

"이롯타 신전의 신관은 릴루미노의 검에 신성력을 흘려 넣은 뒤, 그것으로 증인의 손등을 그어 1인치 정도의 상처를 내시오."

페드로 재판관의 지시가 떨어지자, 장내에 죽음과도 같은 고요가 찾아들었다.

모두가 숨을 죽인 채로 엘시아와 신관을 바라보았다. 칼날처럼 쏟아지는 시선 속에서, 신관은 저도 모르게 마른침을 꿀꺽 삼켰다. 그리고 곧 조심스럽게 한 손으로 엘시아의 검지 끝을 붙잡고, 다른 손에 든 검에 신성력을 흘려 넣었다.

"……잠시 실례하겠습니다."

신관이 긴장한 눈으로 엘시아의 손등을 내려다보았다.

정확히 1인치의 상처만을 내기 위해서 얼마만큼의 힘을 줘야 할지 가늠해 보는 것이었다. 그리고 머지않아서 가늠을 마친 신관이 손등 위에 검을 가져다 댈 때까지, 엘시아는 잠자코 눈을 꼭 감고 있었다.

"이롯타 신전의 신관은 더 이상 시간을 끌지 말고 어서 상처를 내시오."

신관이 주저하는 시간이 길어지자, 페드로 재판관이 엄중한 목소리로 신관을 재촉했다. 그에 하는 수 없다는 듯 입술을 질끈 깨문 신관이 엘시아의 손등을 확 그어 내렸다.

"아……."

순간 홧홧한 통증과 함께 비릿한 피 냄새가 훅 끼쳐 왔다. 엘시아가 미간을 찌푸린 채로 눈을 떴다. 신관이 면목 없다는 듯이 고개를 숙인 채로 검에 묻은 피를 손수건으로 닦아 내고 있었다.

"증인은 본인이 흘린 피의 빛깔을 장내의 모두가 두 눈으로 확인할 수 있도록 손등을 들어 보이시오."

페드로 재판관이 커다란 목소리로 말했다. 엘시아가 그 말을 따라 오른손을 들어 올리자, 사람들의 입에서 웅성거리는 소리가 쏟아져 나오기 시작했다.

엘시아의 손등에 난 상처에서 붉은 피가 흐르는 모습을 모두가 똑똑히 본 것이다.

"무고한 여인을 모함한 페르난도 공작의 죄를 물어 주시오, 재판관!"

로지안이 벌떡 자리를 박차고 일어나며 소리쳤다. 그러자 주위 귀족들이 기다렸다는 듯이 말을 보태 로지안을 두둔하고 나섰다.

"신성한 재판장에서 감히 거짓으로 증인을 모함한 죄를 엄벌하여야 합니다."

"맞습니다, 재판관님. 부끄러운 줄도 모르고 레이디에게 해를 입힌 페르난도 공작은 본인이 한 말에 책임을 져야 할 것입니다!"

여기저기서 하일롭을 비난하는 목소리가 거셌다.

페드로 재판관은 소란스러운 좌중을 천천히 돌아보다가 재판봉을 힘껏 두드렸다.

장내에 잠시 소란이 잦아들고 정적이 찾아오자, 그제야 페드로 재판관이 침묵을 깨고 말했다.

"이롯타 신전의 신관은 어서 증인의 상처를 치료하시오."

"치료라니? 신성한 힘을 어찌 괴물 따위에게 사용할 수 있단 말이오?"

날카로운 목소리로 소리친 하일롭이 별 우스운 꼴을 다 보겠다는 듯이 파안대소했다.

그러자 페드로 재판관의 지시를 따라 엘시아의 상처를 치료하려던 신관이 멈칫해 하일롭을 돌아보았다. 신관뿐만이 아니라 모든 사람들의 시선이 하일롭을 향해 있었다. 하일롭은 엘시아를 죽일 듯이 형형한 시선으로 노려보면서 이를 갈았다.

"저 사악한 계집이 무슨 술수를 쓴 것인지는 모르나, 우리는 휘둘리지 말아야 할 것이오."

"페르난도 공작!"

로지안이 더 이상 참을 수 없다는 듯이 목소리를 높였다.

"그대는 수치를 모르는가? 더 이상 무고한 여인을 모욕하지 말라!"

"하, 하하, 아하하하……."

하일롭이 실성한 듯 웃음을 터뜨렸다. 허리까지 숙인 채로 몸을 들썩였다. 쥐 죽은 듯이 고요한 재판장에 하일롭의 웃음소리만이 메아리처럼 울려 퍼졌다.

"……수치?"

한참 만에 겨우 웃음을 멈춘 하일롭이 서늘한 무표정으로 고개를 들었다.

"추한 계집을 두둔하는 네놈이야말로 수치를 알아야지."

"그대는 끝까지 책임을 회피하고 무고한 여인을 모함하려 드는군."

로지안이 보란 듯이 하일롭을 향해 비웃음을 흘리곤 페드로 재판관을 바라보았다.

페드로 재판관의 표정은 그 어느 때보다도 딱딱하게 굳어 있었다.

그는 최대한 사견을 배제하고 객관적으로 하일롭의 죄를 물으려고 했다. 하지만 이제껏 지켜본바, 아무래도 하일롭은 제정신이 아닌 듯 보였다. 반면 엘시아는 하일롭의 무리한 요구까지 받아들여 자신의 무고함을 증명하였고 말이다.

페드로 재판관은 어느새 신관에게 치료를 다 받고 난 다음, 다시 조용히 자리에 앉은 엘시아를 내려다보았다.

그러다가 이내 엘시아의 무고함을 선언하고자 입을 연 순간이었다.

"……제가 이 자리에서 죽어야 인정을 하실 건가요?"

지금껏 말없이 선선히 협조하던 엘시아가 선수를 쳤다. 놀라울 정도로 서늘한 눈빛으로 하일롭을 바라보면서.

"제가 어떻게 하면 당신이 틀렸다는 사실을 받아들이고 인정하실 건가요."

엘시아의 단호한 목소리가 장내에 묵직하게 울려 퍼졌다.

그에 너무나도 놀란 나머지 순간 하일롭은 딱딱하게 얼어붙었다. 재판장에 들어선 순간부터 지금까지 줄곧 유지해 온 여유로운 태도가 무색할 정도였다.

하일롭은 커다랗게 뜬 눈으로 엘시아를 새삼스레 쳐다보았다. 엘시아가 이렇듯 강경한 모습을 보이리라고는 꿈에도 예상하지 못했다. 그리고 짐작을 벗어난 엘시아의 반응은 하일롭에게 커다란 파동을 일으켰다.

그 때문에 멍하니 굳어 있던 하일롭은 잠시 후에야 가까스로 정신을 차렸다.

"……내가 죽으라고 하면 죽을 수도 있다는 것처럼 말하는군."

"그래야만 인정하시겠다면."

하일롭이 가소롭다는 듯 실소하며 내뱉은 말에 엘시아는 지지 않았다. 엘시아가 핏빛 눈동자로 하일롭을 똑똑히 직시하면서 말했다.

"이 자리에 계신 모든 분들이 원하신다면 기꺼이 그러겠어요."

"······."

이쯤 되니 하일롭도 엘시아가 수를 쓰고 있다는 걸 모르려야 모를 수가 없었다. 그리고 엘시아가 죽기를 원하는 사람은, 하일롭 그를 제외하면, 이 자리에 단 한 명도 없다는 사실 또한.

"증인의 무고함은 충분히 증명되었소. 하여 더 이상의 요구는 받아들이지 않을 것이오."

페드로 재판관이 엄숙한 목소리로 선언했다.

로지안이 보란 듯이 비웃음을 머금은 채로 하일롭을 내려다보았다. 머지않아서 하일롭은 스스로 깊은 늪에 발을 들였다는 것을 깨달았다.

"하하, 하······."

하일롭은 자신도 모르게 허탈한 실소를 흘리면서 몸을 축 늘어뜨렸다.

* * *

이후 재판은 순조롭게 진행되었다.

로지안이 이미 페드로 재판관 측에 제출해 둔 증거물 앞에서 하일롭은 쉽사리 혐의를 부인하지 못했다.

그동안 하일롭이 히치콕 백작가에 후원금 명목으로 지원한 돈은 천문학적인 액수였다. 그런데 그것이 모두 황실 금고에서 빠져나간 것임을 증명하는 기록이 있었다. 하물며 그 어마어마한 돈이 전부 괴물을 상대로 한 실험에 쓰였다는 사실만으로도 하일롭은 참수형을 면하기 어려웠다.

어느 순간부터 하일롭은 페드로 재판관의 심문에 힘없이 고개를 끄덕이거나 고개를 젓거나 했다. 그런 하일롭의 모습은 꼭 모든 것을 포기한 사람처럼 보였다.

"······그럼, 증인은 증언대로 나와 증언을 시작하시오."

페드로 재판관이 증인석을 향해서 말했다.

먼저 증언에 나선 것은 조금 뒤늦게 재판장에 도착한 욤펜이었다.

비록 욤펜은 그가 없는 사이에 엘시아에게 무슨 일이 있었는지 직접 보지는 못했지만, 시종에게 간략하게 사정을 전해 들었다.

재판장 안으로 들어서기 전까지만 해도 위증하는 것을 망설였던 욤펜이었다. 하지만 이제는 더 이상 망설이지 않았다. 하일롭이 엘시아를 압박한 사건을 듣고 나서 결단을 내렸기 때문이었다.

욤펜은 굳은 결심이 서린 단단한 표정으로 증언대에 올라섰다.

"신실한 신의 종으로서 오로지 사실만을 이야기하겠습니다."

"시작하시오."

페드로 재판관의 말을 끝으로 장내에 고요가 찾아들었고, 모든 이목이 욤펜에게 집중되었다. 적당한 긴장감이 감도는 분위기 속에서, 욤펜은 한번 마른침을 삼켜 목을 골랐다.

"토벌에 나섰던 신전 기사들로부터 진화한 괴물에 관해서 처음 보고를 받은 것은 작년 이맘때였습니다."

요즈음처럼 시리도록 추웠던 겨울이었다. 신전 기사들이 참으로 기괴한 생명체를 포박해 왔다.

신황은 그 생명체를 임모투스 신전의 지하 공간에 가두었다. 그리고 대신관들로 하여금 교대로 지하 공간을 감시하도록 하였다. 그 생명체는 현재 제국 곳곳에서 출몰하고 있는 키메라와는 조금 생김새가 달랐다.

하지만 그때까지 익히 봐 왔던 괴물과도 다르게 생긴 생명체였다.

이제 와서 돌이켜 보건대, 그때 당시의 그 생명체는 아마도 진화를 거치는 도중이었던 것 같다.

"괴물들은 우리 인류가 그러하였듯 주변 환경에 적응해 자연스럽게 진화한 것이 아닙니다."

욤펜은 좌중을 천천히 돌아보면서 흔들림 없는 단단한 목소리로 말했다.

"한 인간의 탐욕으로 빚어진 인위적인 산물입니다."

거기까지 말한 욤펜은 잠시 입을 닫고 재판장 안의 분위기를 살폈다. 누군가 물을 끼얹기라도 한 듯이 조용해진 장내 분위기가 무거웠다.

그 한가운데 재판대에서 하일롭은 고개를 조금쯤 아래로 떨군 채로 침묵을 지키고 있었다. 하일롭이 무슨 표정을 짓고 있는지는 알 수 없었다. 하지만 아마도 절망에 가까운 감정이 서린 얼굴을 하고 있지 않을까, 하는 짐작이 들었다.

하일롭은 죗값을 치러야 했다.

비록 신황 지그문트는 미처 죄를 뉘우칠 기회조차 얻지 못한 채, 이 세상을 영영 떠나 버리고 말았지만.

하일롭만큼은 그가 지은 죄에 걸맞은 처벌을 받아야 했다.

"저는 지금껏 모든 것을 알면서도 침묵해 왔습니다. 제 침묵이 죄가 됨을 잘 알고 있습니다."

욤펜은 간절히 기도하는 심정으로 말을 이었다.

"그러니 부디 제 죄를 벌하시고, 또한 저 죄인에게도 합당한 처벌을 내려 주시기를 진심으로 간청합니다."

페드로 재판관을 호소하는 듯한 눈빛으로 바라보던 욤펜이 기나긴 증언을 마치고 증언대에서 내려왔다.

고요한 공간에 욤펜의 발걸음 소리만이 울려 퍼졌다.

묵직하게 가라앉은 분위기 속에서 다시 증인석에 자리한 욤펜이 옆에 앉은 엘시아를 향해 부드럽게 미소를 지어 보였다.

하지만 엘시아는 욤펜의 미소 띤 얼굴이 아닌, 그의 떨리는 두 손을 보았다.

그가 긴 시간 동안 모두의 앞에서 증언을 하기 위해 얼마나 큰 용기를 냈을지 짐작할 수 있었다.

"……그럼, 이제 다음 증언을 들어 보도록 하겠소."

장내에 울려 퍼진 페드로 재판관의 목소리를 듣고 엘시아는 천천히 자리에서 일어났다. 주저하는 듯하거나 두려워하는 듯한 모습을 보이고 싶지 않았다. 엘시아는 조금 전에 욤펜이 그러하였듯 당당하게 증언대에 올라가 섰다. 그리고 거리낌 없이 곧은 시선으로 페드로 재판관을 올려다보았다.

"증인은 히치콕 백작저에서 일어난 귀족 몰살 사건에 대해 증언하겠다고 하였는데, 혹시 지금 본 재판관의 말에 틀림이 있소?"

"없습니다, 재판관님."

엘시아는 애써 덤덤하게 대답했다.

긴장한 탓에 손끝과 발끝이 다 저린 느낌이었지만 내색하지 않으려고 노력하며 마른침을 삼켰다.

"그렇다면 준비해 온 증언을 시작하도록 하시오."

"네."

엘시아는 크게 심호흡을 했다. 수많은 사람들의 시선 속에서 말을 하려고 하니까 입이 잘 떨어지지 않았다.

하지만 해야만 했다. 할 수 있었다. 이날 이때만을 기다리며 수십 번이고 수백 번이고 되뇌며 연습했으니까.

엘시아는 지그시 눈을 감았다. 그리고 혼자서 몇 번이나 반복해서 더듬어 보았던 광경을 다시금 떠올려 보기 시작했다.

이제는 고인이 된 아이작 히치콕 백작의 영지, 렝리탄에 방문했을 때.

그때가 마치 어제 본 광경처럼 완벽히 선명한 모습으로 머릿속에 그려졌다.

그제야 비로소 눈을 뜬 엘시아가 페드로 재판관과 시선을 똑바로 마주했다. 그리고 증언을 시작했다.

"히치콕 백작님은 저택 지하에 감옥을 만들어 두고, 그곳에다 괴물들을 가둬 놓고 있었어요."

나긋하지만 분명 힘이 실려 있는 목소리였다.

"백작님은 저에게 그곳을 보여 주셨어요. 애초에 그러려고 저를 저택에 초대하신 듯했어요."

빛 한 줄기 새어 들어오지 않는 어두운 방이었다. 아이작이 하이드를 가둬 둔 곳은 그런 감옥이었다.

"대공님은 무언가 이상하단 낌새를 느끼신 것 같았어요. 한밤중에 백작저를 떠나자고 하셨거든요."

그날 밤, 엘시아와 레오디안은 급히 대공저로 돌아갔다. 아이작을 비롯한 귀족들이 살해된 것은 그 이후의 일이었다.

"저희가 떠난 다음에 백작저에 머물던 귀족들이 모두 괴물에게 살해당했다는 소식을 듣고, 저는 그 괴물이 외부에서 침입한 것이 아니라고 짐작했어요. 그곳의 지하 감옥에 수많은 괴물들이 사로잡혀 있었으니까요."

엘시아의 말에 신관들이 서로 당혹스럽다는 듯한 눈빛을 교환했다.

지금까지 조용히 엘시아의 목소리에 귀를 기울이고 있던 귀족들도 술렁이기 시작했다.

귀족 몰살 사건이 일어난 직후, 황실에서 파견한 조사대와 치안대가 히치콕 백작저를 조사했다.

백작저 지하에 범상치 않은 규모의 감옥이 있다는 사실은 당시에 밝혀졌다. 다만 그 감옥에 무엇이 갇혀 있었는지 알 수 없었을 뿐이다. 하지만 지금 엘시아의 증언으로 감옥에 갇혀 있었던 것이 다름 아닌 괴물이었다는 사실이 새롭게 밝혀진 것이다.

그러자 페드로 재판관이 좌중을 향해 정숙하라며 주의를 준 뒤, 다시 엘시아에게 시선을 두고서 물었다.

"그렇다면 증인은 어찌하여 당시 증인이 짐작한 바를 황실이나 신전에 알리지 아니하였습니까?"

"그때는……."

갑작스러운 페드로 재판관의 반문에 당황한 엘시아가 잠시 말을 골랐다. 페드로 재판관은 그런 엘시아를 의심스럽게 여기지 않고 잠자코 기다려 주었다.

"그때는 제가 본 것을 황실이나 신전에 알린다고 할지라도, 아무도 제 말을 믿어 주지 않을 거라고 생각했어요."

엘시아는 차분한 목소리로 침착하게 대답했다.

그러자 페드로 재판관은 잠시 무언가를 가늠해 보는 듯한 눈빛으로 엘시아를 물끄러미 바라보았다. 엘시아는 당황하지 않고 페드로 재판관의 시선을 담담하게 마주하였다. 잠시 뒤, 페드로 재판관이 물었다.

"그럼 이제는 사람들이 증인의 말을 믿어 줄 거라고 생각하는 거요?"

"상황이 많이 바뀌었잖아요. 그래서……."

"……."

"이제는 제 말을 믿어 주는 사람이 있지 않을까 기대하고 있어요."

엘시아는 페드로 재판관의 옆에 앉은 로지안에게 시선을 주었다. 로지안은 엘시아를 향해서 봄볕처럼 따듯한 눈빛을 보내고 있었다. 저 남자를 믿고 의지하는 날이 올 줄은 꿈에도 몰랐는데. 엘시아는 사람 일은 참 모르는 것이라는 생각이 들었다.

"증인이 그 자리에서 진실된 사실만을 이야기한다면 응당 모두가 증인의 증언을 신뢰할 것이오."

페드로 재판관이 엘시아를 향해서 희미하게나마 부드러운 미소를 지어 보였다.

"그럼, 증인은 이어서 증언을 하시오."

"네."

쏟아지는 시선 속에서, 긴장감에 마른 입술을 축인 엘시아가 다시 입을 열었다.

"저는 2황자……. 아니, 페르난도 공작님과 아이작 히치콕 백작님이 서로 굉장히 친밀한 관계라는 것을 알고 있어요."

엘시아는 아이작이 하일롭을 통해서 자신에게 접근했다는 사실을 이야기했다.

하일롭은 엘시아를 이롯타 신전으로 향하게 했고, 엘시아는 그곳에서 아이작을 만났다. 한편, 엘시아의 말을 듣고 몇몇 귀족들이 조심스럽게 고개를 끄덕거리며 동조했다.

생전에 아이작은 작위를 물려받아 백작이 된 이후에도 자주 황궁에 입궁해 하일롭과 시간을 보내고는 했다. 하일롭과 아이작이 아주 어린 시절부터 친하게 지낸 사이라는 것은, 황궁에 자주 드나드는 귀족이라면 대부분 잘 알고 있는 사실이었다.

"그래서 페르난도 공작님이 히치콕 백작저의 지하 감옥의 존재를 모르고 있었을 리 없다고 생각하고요."

아이작은 자신의 저택에 다른 귀족들을 초대해 저택이 얼마나 아름다운지를 과시하길 즐겼다. 그뿐만 아니라, 그는 자신이 소유한 예술품을 놓고 사람들과 이런저런 이야기를 나누기도 했다.

엘시아는 그가 어떤 그림에 대해서 장황하게 설명을 늘어놓던 것을 똑똑히 기억하고 있었다. 그런 과시욕을 가진 사람이 자신의 비밀을 철저히 감출 수 있었을 리 없다.

분명 그는 하일롭을 저택에 초대해서 지하 감옥을 구경시켜 주었을 것이다. 엘시아 그녀에게 그러하였듯이.

엘시아는 담담한 목소리로 자신이 생각하는 바를 이야기한 뒤, 조용한 장내를 천천히 둘러보았다. 모두가 하나같이 깊은 생각에 빠진 듯한 표정을 지은 채로 엘시아를 주시하고 있었다.

엘시아는 마지막으로 로지안에게 시선을 돌렸다. 로지안은 잘했다는 듯이 엘시아를 바라보며 미소를 지어 보였다. 그제야 엘시아는 긴장으로 굳어져 있던 몸에 힘이 빠져나가는 걸 느꼈다.

이제 정말 다 끝났다, 하는 생각이 머릿속을 차지했다.

"증인의 증언은 모두 잘 들었소. 이만 증언대에서 내려가도 좋소."

페드로 재판관의 목소리가 고요한 재판장에 울려 퍼졌다.

엘시아는 힐끔 시선을 돌려 하일롭을 바라보았다. 하일롭은 여전히 고개를 푹 숙이고 있었다. 엘시아는 그가 자신의 이야기를 제대로 듣기나 했는지 의문이었다.

하지만 중요한 건 아니었다. 어차피 증언을 듣고 판단을 내리는 것은 재판관과 신관들, 그리고 귀족들이었으니까.

"마지막으로 하나만 더 이야기해도 될까요?"

"그래, 좋소. 편히 말해 보시오."

엘시아가 꽤 오랫동안 망설이다가 꺼내 놓은 요청에 페드로 재판관이 흔쾌히 고개를 끄덕였다.

그 모습을 보고 엘시아는 더 이상 주저하지 않고 입을 열었다.

"아이작 히치콕 백작님에게는 어린 동생이 있어요. 에이사라는 이름을 가진 아이인데……."

엘시아의 말에 재판장에 한차례 소란이 일었다.

그에 말끝을 흐린 엘시아가 잠시 말을 멈추고 웅성거리는 사람들을 바라보았다. 증인이 증언대에서 이런 이야기를 꺼낼 줄은 전혀 예상하지 못한 걸까. 모두가 무척 당혹스러운 듯한 기색을 보이고 있었다.

어쩌면 그들은 에이사가 이 재판과 전혀 관련이 없는 인물이라고 생각하고 있을지도 몰랐다. 하지만 엘시아의 생각은 달랐다. 만약 하일롭이 죗값을 받게 되면 죽은 아이작에게도 어떠한 처벌이 내려질 것이다. 그렇게 되면 아이작의 혈육인 에이사에게도 분명 그 영향이 미칠 터였다.

엘시아는 그것만은 어떻게든 막고 싶었다.

그게 굳이 지금 이 자리에서 에이사의 이야기를 꺼낸 이유였다.

무고한 어린아이가 자신이 저지르지도 않은 일로 피해를 입는 모습은 보고 싶지 않았다. 그 어린아이가 딱 리리엔 또래의, 어쩌면 리리엔의 친구가 되었을 수도 있었던 에이사이기에 더더욱.

엘시아는 에이사가 앞으로 그저 행복하게 지내기를 진심으로 바라고 있었다.

"재판관님. 현재 그 아이는 가족의 보호를 받지 못해, 홀로 신성지의 신전에서 지내고 있어요."

엘시아의 말에 페드로 재판관이 영문을 모르겠다는 듯한 표정을 지었다.

"그래서 지금 증인이 정확히 하고 싶은 말이 무엇이오?"

"제가 하고 싶은 말은, 그 아이가 아무것도 모르고 있었다는 거예요."

엘시아가 페드로 재판관에게 주저 없이 대꾸했다.

"자신의 오라비가 무슨 짓을 꾸몄고, 또 행했는지……. 그 아이는 정말 아무것도 몰랐어요."

"……."

한차례 소란이 일었던 재판장에 순식간에 정적이 찾아들었다.

천천히 장내의 사람들을 돌아본 엘시아는, 사람들의 낯 위에 스며든 동정의 기색을 읽어 냈다. 엘시아는 두 손을 가슴 앞으로 모아 꽉 마주 잡고, 페드로 재판관에게 호소하듯 말했다.

"혹시라도 그 아이에게 무슨 피해가 가는 일은 없도록 부디 선처해 주셨으면 좋겠어요."

엘시아는 레오디안이 신전 지하 가옥에 갇혔을 때, 그를 만나려고 한밤중에 몰래 신전에 숨어든 적이 있었다. 그때 엘시아에게 다른 누구에게도 들키지 않고 신전 밖으로 나갈 수 있는 길을 알려 준 게 바로 에이사였다.

에이사는 착한 아이였다. 아이작처럼 악행을 저지르지도 않았다.

어떤 색으로도 물들 수 있는 가능성이 있는 그 어린아이를, 어른들이 자비롭게 포용해 주어야 했다.

"가족을 잃고 세상에 홀로 남겨진 그 가엾은 아이가 더 이상 아파하는 일이 없게……."

그 어린아이가 더는 세상을 원망하지 않을 수 있도록.

엘시아는 부디 에이사에게 아무런 피해가 가지 않도록 선처해 달라며 거듭 호소했다.

* * *

리리엔은 한사코 만류하는 벨레로폰을 지나쳐 성큼성큼 걸음을 옮겼다.

벨레로폰은 당황해 딱딱하게 굳은 채로, 점점 멀어지는 리리엔의 뒷모습을 그저 멍하니 바라보고만 있을 뿐이었다. 에밀리아의 사정 또한 벨레로폰과 크게 다르지 않았다.

하지만 에밀리아는 곧 정신을 차리고, 다급하게 리리엔의 뒤를 쫓아갔다.

"리리엔 아가씨-!"

에밀리아가 리리엔의 어깨를 붙잡아 돌려세웠다.

꽤 거친 손길이었던지라 리리엔은 미간을 와락 찌푸린 채로 에밀리아를 올려다보았다.

"이게 무슨 짓이에요."

"제발, 가지 마세요. 가시면 안 돼요. 제발……."

에밀리아는 공황에 빠지기라도 한 것처럼 같은 말을 반복하며 매달렸다.

그런 에밀리아를 본 리리엔은 당황해 멍하니 입을 벌렸다. 한시라도 빨리 밖으로 나가서 키메라를 처치하려던 것도 잠시 잊은 채였다.

"갑자기 왜 이러는……."

"아가씨, 리리엔 아가씨. 제발, 제발……."

리리엔은 애걸복걸하는 에밀리아를 차마 매정하게 뿌리칠 수 없었다.

"테르만 백작 부인, 진정하세요."

"아가씨가 가지 않으신다고 하면 그럴게요."

"……."

"나가지 마세요, 네? 아가씨, 이렇게 부탁드릴게요. 가지 마세요, 제발
……."

에밀리아는 이성을 잃은 것처럼 보였다.

그녀는 자신이 엄청난 힘으로 리리엔의 어깨를 움켜쥐고 있다는 사실조차 모르고 있는 듯했다.

리리엔은 그녀에게 붙잡힌 어깨가 아파서 자그맣게 신음했다.

"아파요. 일단 이건 좀 놓고 이야기해요, 우리."

"아가씨……."

곧 에밀리아의 손에서 힘이 빠져나갔다. 리리엔의 어깨를 놓아준 에밀리아가 힘없이 손을 아래로 툭 내려뜨렸다. 리리엔은 얼굴을 찌푸린 채로 뻐근한 어깨를 주무르다가 멈칫했다.

"테르만 백작 부인, 대체 왜 이러시는 거예요!"

다름이 아니라, 에밀리아가 돌연 무릎을 꿇고 앉았기 때문이었다. 순간 멈칫했던 리리엔은 이내 에밀리아의 팔을 붙잡았다. 그리고 에밀리아를 일으켜 세우려고 했다. 하지만 에밀리아는 꿈쩍도 하지 않았다. 아무리 끌어당겨도 일어나지 않았다.

결국 먼저 포기한 것은 리리엔이었다.

리리엔은 답답한 마음에 길게 한숨을 내쉬고, 한차례 힘겨루기를 한 탓에 흐트러진 머리칼을 쓸어 넘겼다.

"그냥 저와 함께 피신하겠다고 약속해 주세요."

"일어나세요, 부인."

"먼저 약속부터 해 주세요."

"부인!"

리리엔이 버럭 소리쳐 에밀리아를 불렀다. 하지만 에밀리아는 결코 물러설 기미를 보이지 않았다.

"……아가씨, 진정하십시오."

뒤늦게 두 사람에게 다가온 벨레로폰이 한숨을 푹 내쉬었다.

정말이지 난감한 상황이 벌어졌다. 벨레로폰은 두 손으로 마른세수를 하고서 에밀리아를 돌아보았다.

"테르만 백작 부인도 진정하시고 그만 일어나십시오."

에밀리아는 입술을 꾹 다물고서 단호한 눈빛으로 리리엔을 올려다보고 있었다. 그 모습에서 그녀가 결단코 자신의 고집을 꺾을 생각이 없다는 것을 알 수 있었다.

다시금 한숨을 내쉰 벨레로폰은 자신이 직접 그녀를 일으키고자 그녀에게 다가갔다.

그런데 바로 그때였다.

"아가씨가 기어코 키메라를 상대하러 나가신다면, 저는 지금 이 자리에서 죽어 버리겠어요."

에밀리아가 언제 챙긴 것인지 모를 단도를 꺼내 들었다. 멈칫했던 벨레로폰은 이내 경악한 표정으로 에밀리아에게 성큼성큼 다가갔다.

"테르만 백작 부인!"

"다가오지 마세요. 저를 말릴 생각도 마시고요."

에밀리아가 단호한 목소리로 경고했다. 날카로운 칼날을 제 목에 들이민 채였다. 벨레로폰은 에밀리아의 말을 따를 수밖에 없었다. 걸음을 멈춘 벨레로폰은 불안한 눈으로 에밀리아와 리리엔을 번갈아 바라보았다.

잠시간 무언가를 깊이 생각하는 듯 말이 없던 리리엔의 입술이 곧 천천히 벌어졌다.

"도대체 왜 이렇게 하면서까지 저를 말리려고 하시는 거죠?"

리리엔이 도무지 이해할 수 없다는 듯 에밀리아를 내려다보면서 물었다.

그러자 에밀리아가 순간 망설이는 기색을 보이더니, 곧 떨리는 목소리로 대꾸했다.

"……저는 오래전에 아이를 잃었어요."

그래서예요, 하고 덧붙인 에밀리아가 흔들리는 눈으로 리리엔을 바라보며 말을 이었다.

"누군가 제 눈앞에서 죽는 모습은 두 번 다시 보고 싶지 않으니까."

리리엔은 크게 숨을 들이켰다. 아이를 잃었다는 에밀리아에게 뭐라고 대꾸해야 할지 알 수 없었다.

에밀리아는 무릎걸음으로 리리엔에게 다가가 리리엔의 치맛자락을 붙잡고 매달렸다. 그 간절한 손길을 느끼고 정신을 차린 리리엔이 재빨리 손을 뻗어 에밀리아에게서 단도를 빼앗았다.

"……아가씨!"

"이런다고 나를 막을 수는 없어요, 부인."

리리엔은 벨레로폰에게 단도를 건네주었다. 벨레로폰이 냉큼 단도를 받아 들고는 불안한 표정으로 리리엔과 에밀리아를 살폈다.

"두 분 다 어디 다치신 곳은 없으십니까?"

"괜찮아."

벨레로폰에게 간결하게 대답한 리리엔은 한숨을 내쉬면서 에밀리아를 돌아보았다. 이제 에밀리아는 두 손으로 리리엔의 치맛자락을 움켜쥐고 있었다. 단도를 빼앗겼으니, 이제 리리엔을 단단히 붙잡고 있는 것밖에는 도리가 없다고 판단한 듯했다.

"테르만 백작 부인."

리리엔이 딱딱하게 굳은 표정으로 에밀리아의 손을 뿌리치려고 했다.

하지만 에밀리아는 쉽게 물러서지 않았다. 리리엔을 붙든 손에 더욱 힘을 줄 뿐이었다.

"이 시간에도 저 밖에서는 기사들이 죽어 가고 있어요."

"그게, 그게 그들의 일이에요!"

에밀리아가 울분에 찬 목소리로 소리쳤다.

리리엔은 방금 자신이 무슨 소리를 들은 건지 믿을 수가 없다는 듯한 표정을 지었다.

"……뭐라고요?"

"우리를 지키는 게 그들의 일이잖아요, 아가씨."

에밀리아가 눈물이 그득 맺힌 눈을 들어 리리엔을 올려다보았다.

"하……."

리리엔은 말문이 막혔다. 한동안 연신 헛웃음만 내뱉다가 물었다.

"저는 안 되지만, 저 수많은 기사들은 전부 죽어도 상관없다는 건가요?"

"……."

그러자 이번에는 에밀리아가 말문이 턱 막힌 채로 아무런 대답도 하지 못했다. 리리엔은 어이가 없다는 듯한 표정으로 혼잣말처럼 중얼거렸다.

"두 번 다시 눈앞에서 누군가 죽는 모습을 보고 싶지 않다면서."

에밀리아는 말없이 리리엔을 붙든 손에 힘을 꾹 주었다.

리리엔이 뭐라고 비난을 한다고 해도 상관없었다. 리리엔을 막을 수만 있다면, 자신은 어떤 말이라도 기꺼이 주워섬길 수 있었다.

"……저는 그들을 몰라요. 반면에 아가씨는, 한때나마 제가 가르쳤던 분이시고요."

모르는 사람이 죽든지 말든지, 그것은 아무래도 자신과 상관없다는 말처럼 들렸다.

"어떻게 그런 식으로 말할 수가 있죠? 모두 다 똑같은 인간인데."

"같지 않아요."

에밀리아가 거칠게 고개를 흔들었다.

"적어도 저에게는 같지 않아요, 아가씨."

"……."

리리엔은 마치 벽을 보고 대화하고 있는 것만 같은 느낌이 들었다. 이런 식이라면 언제까지고 의미 없이 시간만 낭비하게 될 터였다. 리리엔은 굳은 표정으로 벨레로폰을 돌아보았다.

"벨레로폰, 테르만 백작 부인을 모시고 가."

리리엔의 명령에 벨레로폰의 낯빛이 새하얗게 질렸다.

"허면 아가씨께서는……."

"나는 저들을 두고 가지 않을 거라고 분명히 말했잖아."

"……."

벨레로폰이 난감한 표정으로 리리엔을 바라보았다.

리리엔은 결코 뜻을 굽히지 않았다. 하지만 그렇다고 해서 리리엔의 명령을 선뜻 따를 수는 없는 노릇이었다.

"아가씨를 이곳에 홀로 두고 갈 수는 없습니다."

벨레로폰은 레오디안으로부터 무슨 일이 있을지라도 리리엔을 지키라는 명령을 받았다. 그리고 그 명령을 어길 생각은 추호도 없었다.

"저도 남겠습니다."

벨레로폰이 단호한 목소리로 말했다.

그에 리리엔이 답답하다는 듯이 묵직한 한숨을 길게 내쉬었다. 정말이지, 뜻대로 되는 일이 하나도 없었다.

리리엔은 허탈한 심정으로 자조하면서 창밖을 향해서 고개를 돌렸다. 그러자 기다렸다는 듯이 참혹한 광경이 시아에 들어왔다. 거대한 키메라의 날카로운 손톱에 희생된 기사들의 시체가 여기저기 널브러져 있었다.

큰 부상을 입은 채로 겨우 숨만 붙어 있는 기사들도 가히 셀 수 없이 많았다. 그나마 운신 가능한 기사들은 난폭하게 날뛰는 키메라의 발길을 간신히 묶어 두고 있을 뿐이었다. 그런 기사들과 다르게, 키메라는 지치지 않았다. 죽은 기사들의 시체를 뜯어먹고, 계속해서 거대하게 몸집을 불렸다.

저 밖의 기사들이 몰살당하는 것은 단순히 시간문제에 불과해 보였다.

리리엔은 초조한 마음에 아랫입술을 잘근잘근 깨물었다.

작고 여려 힘이 약한 몸뚱이가 너무나도 원망스러웠다.

에밀리아를, 그리고 벨레로폰을 뿌리치고 밖으로 나갈 수가 없었으니까. 지금도 치맛자락을 붙든 에밀리아의 손을 떼어 내지 못하고 붙잡혀 있었다.

'내가 조금만 더 힘이 셌더라면…….'

그랬더라면 에밀리아를 손쉽게 제압할 수 있었을 텐데.

초조하게 입술을 짓씹으면서 그런 생각을 했을 때였다. 순간 머릿속에 한 가지 생각이 스치고 지나갔다.

'나한테는 다른 힘이 있잖아.'

어째서 진작 이 생각을 못했을까.

자신에게는 에밀리아와 벨레로폰이 결코 대적할 수가 없는 힘이 있었다. 뒤늦게야 벼락같이 깨달음을 얻은 리리엔이 홱 고개를 돌렸다. 여전히 마냥 불안한 눈빛으로 자신을 바라보고 있던 벨레로폰과 시선이 딱 마주쳤다.

리리엔은 잠시 벨레로폰과 시선을 마주하고 있다가 지그시 눈을 감았다.

"……리리엔 아가씨?"

벨레로폰의 의아한 목소리가 들렸다.

하지만 리리엔은 그에 반응하지 않았다. 오로지 힘을 끌어모으는 데에만 집중했다.

시간을 되돌리는 건 쉽지 않은 일이라는 사실을 잘 알고 있었다. 과거에 딱 한 번, 가문의 힘을 사용해서 시간을 거슬렀을 때, 리리엔은 의식을 잃고 쓰러져서 오래도록 깨어나지 못했다.

하지만 긴 시간을 되돌렸던 그때와 다르게, 짧은 시간을 되돌린다면…….

'그 정도는 할 수 있을 것 같아. 괜찮을 것 같아.'

키메라가 이곳 일레아 백작령에 나타나기 전, 평화로웠던 어제로 돌아가면 된다. 그리고 백작령의 사람들을 영지 밖으로 피신시키고, 자신도 벨레로폰과 에밀리아, 신전 기사들과 함께 영지를 떠나는 것이다.

'그러면 아무도 다치지 않을 수 있어.'

굳게 결심을 다지며 힘을 끌어모은 리리엔의 몸에서 붉은 연기가 뭉게뭉게 흘러나오기 시작했다.

"리리엔 아가씨……!"

벨레로폰이 경악 어린 표정으로 리리엔을 향해서 손을 뻗었다.

그는 지금 리리엔이 무엇을 하려는 건지 정확하게는 몰랐지만, 본능적으로 리리엔을 말려야 된다고 직감했기 때문이었다.

하지만 그때는 이미 늦은 뒤였다.

"……미안해, 다들."

찰나 멈칫 얼어붙었던 시간이 다시 거꾸로 흐르기 시작했다.

리리엔이 천천히 눈꺼풀을 들어 올렸다.

'시간이 되돌아가고 있어.'

자신을 향해 손을 뻗었던 벨레로폰의 손이 멀어지는 광경을 보다가 리리엔은 다시금 눈을 감았다.

* * *

"수고가 많았어."

증언을 무사히 끝마치고, 황궁으로 돌아가는 마차 안이었다.

긴 여운에 잠겨서 침묵을 지키고 있던 엘시아를 향해서 로지안이 조심스레 말을 걸었다.

"내 생각보다 그대는 훨씬 더 잘해 주었다. 정말 수고했어."

엘시아는 로지안을 돌아보며 어색한 미소를 짓는 것으로 대답을 대신했다.

로지안은 딱히 그런 엘시아의 태도를 지적하지 않았다. 오히려 아무래도 상관없다는 듯이 마주 미소를 지어 보였다.

아직 재판은 끝나지 않았다.

로지안은 엘시아를 황궁까지 데려다준 뒤에 다시 재판장으로 돌아가야 했다.

원래라면 증인인 엘시아도 모든 재판 과정이 끝날 때까지 자리를 지켜야 했다. 하지만 로지안은 이래저래 고생한 엘시아를 쉬게 하고 싶었다. 그래서 재판관에게 양해를 구했다. 엘시아가 무고함을 증명하느라 손을 베였으니, 아닌 척하지만 분명 무척이나 놀랐을 것이라고.

재판관은 잠시 고민하는 듯하다가, 곧 엘시아더러 돌아가도 좋다면서 고개를 끄덕였다.

엘시아는 재판을 끝까지 지켜보고 싶은 듯한 눈치였지만, 로지안은 핑계를 대면서 엘시아를 재판장 밖으로 데리고 나왔다.

그 핑계란, 다름 아닌 레오디안이었다.

레오디안이 분명 당신을 기다리고 있을 것이라고 말하자, 엘시아는 순순히 황궁으로 향하는 마차에 올랐다.

사실 로지안은 레오디안이 토벌을 마치고 황궁으로 귀환했는지 아닌지를 확실히 알지 못했다. 그저 엘시아가 황궁에 도착하기 전에 레오디안이 돌아왔으면 하고 바랄 뿐이었다.

마차가 막 황궁에 도착하였을 때, 마차가 천천히 속도를 줄여 가는 것을 느낀 로지안이 말문을 열었다.

"그대가 재판장에서 한 이야기를 듣고 나서 한 가지 결심한 것이 있어."

엘시아가 의아한 눈으로 로지안을 돌아보았다.

그리고 그때, 마차가 완전히 멈추어 섰다.

"내가 그 아이를 후원해 볼까 해."

조금 시간을 끌어볼까 하는 마음에서 꺼낸 말이었다.

엘시아를 잠시 마차 안에 붙잡아 두고, 마부에게 막사 쪽으로 가서 로켄페데스 대공이 귀환했는지 확인해 보라고 할 생각이었다.

그런데 막상 입 밖으로 내뱉고 나니, 꽤 괜찮은 생각인 것 같았다.

"……그 아이라면, 에이사를 말씀하시는 건가요?"

내심 반색하는 엘시아의 밝아진 표정을 보니 더욱 그리 느껴졌다.

"그래. 이번 토벌이 끝나면 포상금이 두둑하게 나올 예정이기도 하고."

로지안은 일부러 대수로울 것 없다는 듯이 대꾸했다. 얼핏 심드렁하게 느껴지는 그 말투에도 엘시아는 기쁜 내색을 감추지 못했다.

"저하께서 그런 생각을 하셨을 줄은 몰랐어요. 에이사를 후원해 주시겠다니……."

다른 사람도 아니고 황태자의 후원을 받게 된다면 앞으로 에이사의 삶은 더욱 윤택하고 편안해질 터였다.

"뭐, 나는 어렸을 때부터 줄곧 보육원을 후원해 왔으니까. 후원하는 아이가 하나 더 늘어난다고 해도 크게 달라질 것도 없어."

로지안이 제도에 있는 보육원 몇 곳을 후원한 지는 꽤 오래되었다.

귀족 사회와 제국인들의 환심을 얻기 위하여 공식적으로 꾸준하게 후원을 해 온 것이다. 그동안 막대한 양의 돈을 후원해 왔지만, 이제 와서 후원을 멈출 생각은 없었다.

황실에서 매달 지급받는 돈의 액수도 무척 컸고, 자신의 영지인 페실리안 후작령에서 거둬들이는 수익도 있었다. 또한 외가 쪽에서 물려받은 재산과 신탁도 어마어마했다. 불우한 아이들에게 자비를 조금 베푸는 정도는 그가 소유한 재산에 비하면 아무것도 아니었다.

머지않아 황제의 자리에 오른 이후에도 로지안은 계속해서 후원을 이어 갈 생각이었다. 과시용이라고는 해도 그간 꾸준하게 선행을 해 온 덕분에, 현재 제국인들은 로지안을 자비로운 황태자라 칭송하고 있었다.

물론, 거기에는 로지안이 레오디안과 함께 앞장서서 괴물을 토벌하고 있다는 것도 한몫했다. 이대로 별다른 변수만 생기지 않는다면 로지안은 모두의 축복 속에서 순조로이 황제의 관을 차지하게 될 것이었다.

"에이사에게 정말 잘된 일이네요."

마음 한편으로 에이사를 걱정해 온 엘시아에게는 방금 로지안의 말이 반갑기 그지없었다.

엘시아가 새삼스러운 눈빛으로 로지안을 바라보았다.

로지안이 오랜 시간 동안 아이들을 후원하는 좋은 일을 해 왔을 줄은 꿈에도 몰랐다. 엘시아는 자신이 어림짐작했던 것보다 로지안이 훨씬 더 좋은 사람일지도 모른다고 생각했다.

로지안은 언뜻 경외심이 서려 있는 엘시아의 눈동자를 마주하고 조금 곤란한 기색으로 웃었다.

그때, 마차 밖에서 인기척이 느껴졌다.

레오디안이 귀환했는지 확인해 보라며 막사로 보냈던 마부가 돌아온 모양이었다. 로지안은 얼른 마차 문을 열고 마차에서 내렸다.

"알아보고 오라고 했던 것은 확인하고 왔는가?"

"예, 저하."

마부가 공손하게 고개를 숙이고 대답했다.

"조금 전에 로켄페데스 대공 각하와 기사분들이 막 막사로 돌아왔다고 합니다."

"그래, 그거 잘됐군."

로지안은 수고했다며 마부에게 그만 일을 보라고 말한 뒤, 엘시아가 마차에서 편히 내리도록 도왔다.

"그대는 별관으로 가지 않고 막사로 향할 테지?"

"네, 대공님이 그곳에 계실 테니까요."

"그럼 내가 막사까지 그대를 데려다주도록 하지."

"그러실 필요 없는데……."

엘시아가 당황한 표정으로 말끝을 흐렸다. 로지안이 가볍게 웃으며 말했다.

"그대가 막사에 무사히 도착하는 것을 직접 확인해야 마음이 놓일 것 같아서 그런다. 부디 호의를 거절하지 말아 줘."

로지안이 이렇게까지 말하니, 엘시아는 더 이상 로지안을 만류할 수 없었다.

"음……. 그럼 부탁드릴게요."

"얼마든지."

로지안이 만족스럽다는 듯이 웃으며 엘시아를 이끌고 걷기 시작했다.

그렇게 막사로 향하는 동안, 로지안은 틈틈이 사사로운 잡담을 늘어놓았다. 날씨나 음식 이야기 같은, 하나같이 가벼운 주제였다. 특별히 깊이 생각하지 않고 대답을 할 수 있는 그런.

덕분에 엘시아는 한결 가벼워진 마음으로 막사에 도착했다.

"감사해요, 저하."

"별말씀을."

로지안이 능청스럽게 엘시아의 인사를 받으며 한 걸음 물러났다.

"이제 그만 들어가 봐. 대공이 목이 빠져라 그대를 기다리고 있을 텐데. 얼른 들어가야지."

"……."

뭐라고 대꾸하기가 난감한 짓궂은 말이었다. 엘시아는 조금 붉어진 얼굴로 안절부절못했다.

그 모습을 가만히 바라보던 로지안이 결국 커다랗게 웃음을 터뜨렸다.

"이래서야 농담도 못 하겠군."

엘시아가 달아오른 뺨을 숨기려는 건지 고개를 푹 숙였다.

로지안은 정말 어쩔 수 없다는 듯이 고개를 절레절레 흔들었다.

"그대나 대공이나 참……. 어쩜 이리들 숙맥처럼 굴 수가 있는지 정말 신기한 노릇이야."

화려한 사교계에서 욕망에 충실한 사람들만을 익히 보아 온 로지안에게는 엘시아의 반응이 퍽 신선하고 재미있었다. 그래서인지 조금 더 장난을 걸어 볼까 하는 짓궂은 마음이 들었다.

하지만 이제 슬슬 재판장으로 돌아가 봐야 했다. 로지안은 아쉬운 마음에 입맛을 다셨다.

그래도 뭐, 앞으로 시간은 많으니까.

"이젠 정말로 재판장으로 돌아가 봐야겠군. 나는 이만 가 볼 테니, 그대도 들어가 봐."

"조심히 다녀오세요."

로지안이 마지막으로 인사를 건네자, 엘시아는 그제야 슬그머니 고개를 들었다. 그 모습이 꼭 포식자를 경계하는 초식 동물 같아 보였다. 로지안은 가볍게 웃음을 흘리면서 몸을 돌렸다.

그리고 그 길로 곧장 막사를 떠나는 로지안의 뒷모습을 바라보던 엘시아는 곧 최근에 자신이 사용하고 있는 천막으로 향했다. 그때 마침 하이드가 천막 밖으로 나와 엘시아를 맞이했다.

"엘시아가 가까이 오는 걸 느꼈어."

"그랬구나."

엘시아는 하이드와 함께 천막 안으로 들어섰다. 천막 안은 엘시아가 기억하는 모습과 조금 달라져 있었다.

"하이드, 네가 여길 정리한 거야?"

"응."

하이드가 멍한 얼굴로 고개를 끄덕였다.

"피 냄새가 자꾸 나서."

그러고 보니 테이블 위에 피 묻은 붕대를 모아 놨는데, 그게 사라지고 없었다.

"훨씬 깨끗해졌네. 고마워, 하이드."

"응."

엘시아는 여태 입고 있던 외투를 벗어 한쪽에 걸어 놓았다.

재판장에는 격식이 있는 옷을 입고 가야 한다며 로지안이 준비해 준 것이었다. 화려한 금실로 수가 놓아진 외투는 예뻤지만 조금 불편했다. 그래서 대신에 품이 넓고 편한 겉옷을 걸쳤다.

엘시아가 옷을 갈아입는 모습을 조용히 지켜보던 하이드가 물었다.

"재판은 다 끝난 거야?"

"음……."

엘시아는 조금 난감한 미소를 지으며 하이드를 돌아보았다.

"아직 완전히 끝난 건 아니야. 내가 할 일은 끝났지만."

"잘 하고 왔어?"

"그런 것 같아."

엘시아가 얼핏 자신 없는 어조로 대답하자, 엘시아에게 가까이 다가간 하이드가 엘시아의 손을 꼭 움켜쥐었다.

"응, 엘시아는 분명 잘했을 거야."

엘시아는 하이드가 자신을 위로하려는 것임을 알았다. 마음이 따뜻한 색채로 물드는 느낌이었다.

"고마워, 하이드."

"응."

엘시아는 하이드를 향해 활짝 웃어 보였다. 그제야 하이드가 천천히 엘시아의 손을 놓아주었다.

"대공님한테 갈 거지?"

어떻게 알았냐는 질문을 하는 건 의미 없었다. 하이드는 엘시아의 기척을 읽는 데 능숙했고, 마찬가지로 레오디안의 기척도 쉽게 알아차리고는 했다. 엘시아가 말없이 고개를 끄덕여 보이자, 하이드가 그럴 줄 알았다는 듯 말했다.

"다녀와, 엘시아. 나는 여기서 기다리고 있을게."

"응. 금방 올게."

엘시아는 오늘 하루 종일 하이드를 홀로 두어 미안한 마음이 가득했다. 그래서 어색하게 미소를 짓고는 하이드의 어깨를 몇 번 도닥여 주었다. 정작 하이드는 대수롭지 않다는 듯한 태도였으나, 엘시아는 자꾸 마음이 쓰였다.

얼른 돌아와서 하이드와도 시간을 보내야겠다고 생각하며 엘시아가 천막을 나섰다. 지나가던 기사가 현재 레오디안이 그의 막사에서 쉬고 있다는 사실을 전해 주었다.

엘시아는 망설임 없이 레오디안이 있는 곳을 향하여 걸음을 재촉했다. 하지만 기사의 말과 다르게, 레오디안은 천막 밖에서 페이렌과 심각한 표정으로 대화를 나누고 있었다.

"허면 지금 바로 일레아 백작령으로 가실 겁니까?"

"그래야지. 당장 말을 준비하도록."

아무래도 심상치 않아 보이는 두 사람의 분위기에 엘시아는 그들에게 다가가다 말고 우뚝 멈추어 섰다.

"저도 따르겠습니다."

"아니, 그대는 내가 자리를 비운 동안 나를 대신해서 이곳을 지휘해."

"……각하, 홀로 가시는 것은 너무 위험합니다."

"괜찮으니 내 말대로 해."

두 사람은 근처에 엘시아가 있다는 사실을 알아차리지 못한 채로 대화를 이어가고 있었다. 엘시아는 더 이상 엿들어서는 안 된다는 생각에 몸을 돌리려고 했다.

"……그러면 엘시아 님께는 뭐라고 얘기를 할까요?"

하지만 곧 이어진 페이렌의 조심스러운 목소리가 엘시아의 발길을 붙들었다. 몸을 돌리려다 멈칫한 엘시아가 이내 페이렌에게 시선을 주었다. 페이렌은 곧 혹스럽다는 듯한 표정으로 레오디안의 대답을 기다리고 있었다.

"……그녀에게는 아무 말도 하지 마. 내가 돌아와서 이야기할 테니."

머지않아 레오디안이 나지막이 대꾸했다.

"지금 리리엔의 소식을 들으면 그녀는 틀림없이 흔들릴 거야."

그 말을 똑똑히 들은 엘시아의 입이 멍하니 벌어졌다.

"그게……. 그게 대체 무슨 소리예요?"

엘시아가 두려운 목소리로 물었다. 레오디안과 페이렌 두 사람이 동시에 놀란 눈으로 엘시아를 돌아보았다.

"설마 리리엔에게 무슨 일이 생긴 건가요?"

엘시아가 부디 자신의 짐작이 틀렸기를 간절히 바라며 레오디안을 흔들리는 눈빛으로 바라보았다. 그러자 순간 당황한 듯한 표정을 지었던 레오디안이 곧 한숨을 삼키고는 엘시아에게 다가갔다.

레오디안은 기사들과 함께 막사로 돌아온 직후, 그를 기다리고 있던 전령으로부터 리리엔의 소식을 전해 들었다. 벨레로폰이 보낸 전령이었다. 그는 리리엔이 갑작스럽게 의식을 잃고 쓰러져 깨어나지 못하고 있다는 소식을 알렸다.

그래서 레오디안은 황궁으로 귀환하자마자 숨을 돌릴 틈도 없이 곧바로 일레아 백작령으로 향하려던 참이었다. 되도록 엘시아에게는 알리지 않고 리리엔의 상태를 살펴보고 올 생각이었는데.

레오디안은 착잡한 심정을 이루 다 감출 길이 없었다.

사실 그 누구보다도 리리엔의 안위를 신경 쓰는 엘시아에게 리리엔이 쓰러졌다는 소식을 알리지 않으려고 했던 것부터가 잘못된 일이었는지도 모른다.

"로렐라인 경. 경은 일단 가서 떠날 채비를 하도록."

"……예, 그리하겠습니다."

페이렌은 레오디안이 그 혼자서 백작령으로 향하려던 마음을 접었다는 사실을 바로 알아차렸다. 잠시 염려스러운 눈빛으로 엘시아의 안색을 살피다가 이내 주저 없이 몸을 돌렸다. 레오디안이 엘시아를 데려갈 결심을 한 듯하니 얼른 마차를 준비시켜 두어야 했다.

빠르게 멀어지는 페이렌의 뒷모습을 지켜보던 엘시아가 고개를 돌려 레오디안을 바라보았다.

레오디안의 푸른 눈동자가 짙게 가라앉아 있었다. 여러 감정이 한데 뒤섞인 듯한 복잡한 눈빛이었다.

"……대공님."

엘시아는 더 이상 기다리지 않고 레오디안을 재촉했다. 그제야 낮게 한숨을 삼킨 레오디안이 비로소 입을 열었다.

"리리엔이 현재 의식 불명 상태라고 합니다."

레오디안의 말에 엘시아의 입술 사이로 경악 어린 탄성이 터져 나왔다.

"……그게, 그게 갑자기 무슨."

"갑자기 의식을 잃었다고 합니다."

엘시아는 딱딱하게 굳은 채로 아무런 대꾸도 하지 못했다.

"급히 신관을 불러들여 리리엔의 상태를 보였지만, 신관도 리리엔이 쓰러진 이유를 알아내지 못했다는군요."

레오디안은 연신 엘시아의 낯빛을 살피면서, 아까 전령으로부터 전해 들은 이야기를 그대로 엘시아에게 말해 주었다. 그러자 엘시아는 마치 공포에 질린 사람처럼 새하얘진 얼굴로 몸을 덜덜 떨기 시작했다.

"부디 진정하십시오."

레오디안이 엘시아의 어깨를 가볍게 그러쥐고 엘시아를 다독였다. 하지만 아무런 소용이 없었다. 엘시아의 떨림은 더욱 거세져만 갔다. 그것은 엘시아를 붙들고 있는 레오디안에게도 오롯이 전해졌다.

"엘시아……."

레오디안이 저도 모르게 떨리는 목소리로 엘시아를 불렀다. 그러나 공황 상태에 빠진 엘시아는 레오디안의 목소리가 전혀 들리지 않는 듯했다.

"엘시아!"

"아읏……."

결국 레오디안이 드물게 목소리를 높여 소리친 순간이었다. 엘시아가 작게 신음을 흘리며 몸을 움츠렸다. 마치 마법에 걸려 있다가 풀려난 것처럼. 엘시아가 살짝 미간을 찌푸리고 레오디안을 올려다보았다.

"아…… 저도 모르게 그만……. 미안합니다."

그제야 레오디안은 자신이 한껏 힘을 실어 엘시아의 어깨를 움켜쥐고 있다는 사실을 인지했다. 뒤늦게 손에 힘을 뺀 레오디안이 엘시아를 유심히 살펴보았다. 정말이지 다행스럽게도 엘시아는 어느 정도 제정신을 차린 듯했다.

"……지금 당장 출발하면 늦지 않을 겁니다."

둘이서 함께 리리엔에게 가자고, 덧붙이는 목소리가 나직했다. 엘시아가 금방이라도 눈물을 터뜨릴 것만 같이 일그러진 표정으로 고개를 끄덕였다.

리리엔은 저녁 식사를 마치고 침실로 돌아와서 시간을 보내던 중에 돌연 의식을 잃었다.

그 자리에 함께 있었던 벨레로폰은 너무나도 갑작스러운 상황에 당황을 금치 못했다. 혹시 잠깐 기절한 건가 싶었으나 리리엔의 상태는 영 심상치 않았다.

벨레로폰은 일레아 백작의 도움을 받아 신관을 수소문했다.

마침 백작령과 가까운 마을에 조그만 신전이 있었기에 망정이지, 그게 아니었더라면 신관이 백작저에 도착하기까지 며칠이 소요되었을 터였다.

신관은 리리엔의 상태를 살펴보더니 자신도 원인을 알 수가 없다며 고개를 내저었다. 되는대로 신성력을 퍼부어 보았지만 리리엔은 깨어날 기미조차 보이지 않았다.

벨레로폰은 결국 이 소식을 레오디안에게 전하기 위하여 황궁에 전령을 보냈다. 그로부터 반나절이 지났다. 리리엔은 여전히 정신을 차리지 못하고 있었다.

벨레로폰은 그가 지닌 신성력을 리리엔에게 계속해서 흘려보내는 것 외에는 할 수 있는 일이 없었다.

"로렐라인 경."

문득 뒤에서 고운 미성이 들려왔다.

그에 벨레로폰은 여태 간절히 붙잡고 있던 리리엔의 손을 놓고 뒤를 돌아보았다.

"……아가씨는 아직도 깨어나지 않으셨군요."

에밀리아가 어두운 표정으로 침실 안으로 들어왔다.

"경은 괜찮으세요? 계속 신성력을 쓰셨잖아요."

"저는 괜찮습니다."

벨레로폰이 걱정해 주셔서 감사하다며 애써 미소를 지었다.

"이렇게 해서 아가씨만 정신을 차리실 수 있다면……."

에밀리아는 작게 한숨을 내쉬고는 벨레로폰의 옆자리에 의자를 끌어다 앉았다.

"저도 경과 함께 아가씨를 지켜봐도 될까요?"

"물론입니다."

가볍게 고개를 끄덕인 벨레로폰이 다시 두 손으로 리리엔의 손을 잡았다.

작은 손이었다. 조금만 힘을 주어도 부러질 것만 같은 여린 손.

벨레로폰은 참담한 심정으로 그 손을 내려다보며 재차 신성력을 흘려 넣었다. 에밀리아는 조용히 그런 벨레로폰의 옆얼굴을 바라보았다.

그 이후, 침실 안에 찾아든 죽음과도 같은 적막은 계속해서 이어졌다.

마치 언제까지나 영원할 것처럼.

* * *

"……그렇습니까."

깜빡 앉은 채로 잠이 들었던 것 같다. 에밀리아는 문득 뒤에서 들려온 낮은 목소리를 듣고 부스스 눈꺼풀을 들어 올렸다.

"리타 자작령이 습격을 받았다니 정말 안됐지만……. 우리에게는 참으로 다행인 일로군요."

벨레로폰이 씁쓸한 표정으로 말했다. 그는 조용한 침실 안을 의식한 건지 한껏 목소리를 낮춘 채였다. 그러자 그와 마주 보고 있던 일레아 백작도 씁쓸한 미소를 지으며 고개를 끄덕였다.

에밀리아는 자리에서 일어나 그런 두 사람에게 다가갔다.

그제야 에밀리아의 기척을 알아차린 두 사람이 당황한 표정으로 에밀리아를 쳐다보았다.

"아, 일어나셨습니까. 저희가 부인의 잠을 깨운 모양입니다."

"아뇨, 별말씀을요. 그런데 두 분이서 무슨 이야기를 나누고 계셨나요?"

에밀리아의 물음에 순간 두 사람이 난감하다는 듯이 시선을 교환했다.

"그, 다름이 아니라…… 리타 자작령이 키메라의 습격을 받았다고 합니다."

잠시 뒤, 벨레로폰이 에밀리아에게 대답해 주었다. 무척 조심스러운 목소리였다.

제도에서 지내다가 키메라의 습격을 받고 이곳으로 피신해 온 에밀리아를 염려한 탓이었다.

"리타 자작령이라면 여기서 무척 가까운 영지잖아요."

"예, 맞습니다."

가볍게 고개를 끄덕인 벨레로폰이 에밀리아를 안심시키기 위해서 빠르게 말을 덧붙였다.

"하지만 걱정하지 않으셔도 됩니다. 자작령을 습격한 키메라는 이곳 백작령 쪽이 아니라, 정반대 방향으로 사라졌다고 합니다."

"……그렇군요."

과연, 벨레로폰이 우리에게는 다행인 일이라고 했던 말이 무슨 뜻이었는지 알겠다. 에밀리아는 조금 씁쓰름한 표정으로 고개를 끄덕였다.

그 순간이었다.

"주인님!"

열린 문 너머에서 다급한 집사의 목소리가 흘러 들어왔다.

"무슨 일인가?"

"지금 밖에 로켄페데스 대공 각하가 찾아오셨습니다."

집사가 기다렸다는 듯이 대답했다. 그러자 일레아 백작은 물론이고 벨레로폰과 에밀리아 또한 놀라 멈칫했다.

"……예상했던 것보다 훨씬 빨리 도착하셨군."

곧 정신을 차린 일레아 백작이 집사를 따라 침실을 나섰다.

"집사, 안내하게."

"예, 주인님."

일레아 백작이 떠나면서 침실 문이 닫히는 소리를 듣고 에밀리아가 정신을 차렸다.

"대공님께 연락을 하셨었어요?"

"예. 신관이 돌아간 직후 전령을 보냈습니다."

에밀리아는 자리를 보전한 리리엔의 모습을 보고 레오디안이 어떤 반응을 보일지 두려웠다. 그녀는 레오디안이 그녀에게 출입 금지령을 내렸을 적에 보였던 무섭도록 단호한 태도가 아직도 생생했다.

"일단 부인께서는 부인의 침실로 돌아가 계십시오."

에밀리아의 하얗게 질린 얼굴을 본 벨레로폰이 먼저 말을 꺼냈다. 그에 에밀리아가 조금 망설이다가 힘없이 고개를 끄덕였다.

"네, 아무래도 그러는 편이 좋을 것 같네요."

에밀리아는 더 이상 시간을 지체하지 않고 침실을 나갔다. 그런데 복도로 나선 순간, 되도록 피하고 싶었던 인물을 딱 맞닥뜨리고 말았다.

"……테르만 백작 부인?"

"……."

엘시아였다. 못 본 사이 엘시아는 조금 더 야윈 듯해 보였다. 순간 멈칫했던 에밀리아가 작게 숨을 들이켰다.

"당신이……. 당신까지 이곳에 왔을 줄은 몰랐어요."

에밀리아가 애써 침착하게 말을 건네자 엘시아는 어색한 미소를 지었다.

"저도 부인이 여기 머무르고 계셨을 줄 몰랐어요."

예전에도 지금과 무척 비슷한 상황이 있었다. 리리엔이 의식을 잃고 쓰러진 채로 거의 한 달여를 앓았을 때였다. 당시 리리엔의 가정 교사로 있었던 에밀리아는 리리엔을 조금도 걱정하지 않았다.

그때를 떠올린 엘시아가 저도 모르게 표정을 딱딱하게 굳혔을 때였다.

"리리엔 아가씨는 안에 계세요."

에밀리아가 그녀의 뒤편에 난 문을 힐끔 돌아보면서 말했다. 그제야 엘시아는 정신을 차렸다. 지금은 에밀리아와 사사롭게 대화나 나누고 있을 때가 아니었다.

"실례지만 저는 이만 리리엔을 보러 가 봐야겠어요."

"그래요."

에밀리아가 흔쾌히 길을 터 주자, 엘시아가 망설임 없이 문을 열고 침실 안으로 들어갔다. 그 모습을 지켜보던 에밀리아는 곧 긴 한숨을 내쉬고서 발걸음을 옮겼다.

괜히 미적대다가는 레오디안까지 마주칠지 몰랐다. 그녀는 곧장 자신이 머무는 침실을 향해 걸음을 서둘렀다. 그러다가 문득, 조금 전에 본 엘시아의 다급한 표정이 머릿속에 떠올랐다.

리리엔이 걱정되어 몸 둘 바를 모르겠다는 듯했던 그 얼굴을 보고 났더니 모르려야 모를 수가 없었다.

엘시아는 여전했다. 여전히 리리엔을 마음 깊이 사랑하고 있었다.

그 한결같은 지고지순한 감정이 여전히 에밀리아의 두 눈에 마냥 선명하게 보였다.

* * *

쥐 죽은 듯이 고요한 방 안에 들어선 엘시아는 저도 모르게 멈칫 걸음을 멈추었다. 저 멀리 침대 위에 누워 있는 리리엔의 모습이 보였다.

하지만 차마 리리엔에게 가까이 다가갈 엄두가 나지 않았다. 더 정확하게는,

리리엔의 상태를 살펴볼 용기가 나지 않는 것이었다.

"엘시아 님."

그때, 엘시아를 발견하고 벨레로폰이 조용히 엘시아에게 가까이 다가섰다.

"엘시아 님이 먼저 오셨군요."

"네, 대공님은 일레아 백작님과 이야기를 나누고 계세요."

레오디안은 일레아 백작과 잠시 대화를 나눈 뒤에 이곳으로 오기로 했다.

"그렇군요."

벨레로폰이 어두운 표정으로 고개를 끄덕였다.

그리고 잠시간 엘시아의 안색을 유심히 살피다 말을 꺼냈다.

"잠시 자리를 비켜 드릴까요?"

"……네, 부탁드려요."

벨레로폰의 제안에 엘시아가 잠시 망설이다가 고개를 끄덕였다.

"그럼 저는 대공 각하께 가 보겠습니다."

벨레로폰이 엘시아를 안타깝다는 듯이 바라보다가 곧 침실을 나갔다. 곧이어 달칵, 하고 문이 닫히는 소리가 들렸다.

엘시아는 순간 반사적으로 문쪽을 바라보았다가, 이내 다시 리리엔에게 시선을 흘려보냈다.

리리엔과 떨어져 지낸 시간은 못해도 두 달은 훌쩍 넘었다.

엘시아는 자신이 기억하고 있는 것보다 리리엔이 조금 더 자란 것 같다는 느낌을 받았다. 그리움과 더불어 서글픈 감정이 물밀듯 몰려들었다.

리리엔이 그 나이대의 다른 평범한 어린아이들처럼 아무런 걱정 없이 그저 행복하게 살기를 바랐는데. 리리엔은 겪어도 되지 않을 일들을 너무나도 많이 겪었다. 애초에 이제 와서 리리엔에게 평범함을 바라는 것부터가 너무 큰 욕심이었는지도 모른다.

"리리엔……."

엘시아는 도무지 쉽사리 떨어지지 않는 발을 떼어 내 걸음을 옮겼다. 가까이에서 눈에 담은 리리엔의 얼굴이 수척해 보였다.

어디가 아픈 걸까. 대체 어디가 아프기에 제대로 의식조차 차리지를 못하는 걸까.

엘시아는 당장에라도 터져 나올 것만 같은 눈물을 꾹 참으면서 조심스럽게 리리엔의 손을 감싸 쥐었다. 미약한 박동이 느껴졌다. 생명의 소리. 그에 가만히 귀를 기울이고 있자니 엘시아는 그나마 마음을 차분하게 가라앉힐 수 있었다.

이렇게 슬퍼만 하고 있을 때가 아니었다. 리리엔을 위해서 자신이 할 수 있는 일을 생각해 봐야 했다. 엘시아는 리리엔의 조그만 손에서 전해지는 온기를 꽉 움켜쥔 채로 고민하기 시작했다.

그렇게 얼마쯤 지났을까.

문득 조심스럽게 문이 열리는 소리가 들렸다. 엘시아가 리리엔의 손을 놓고서 천천히 뒤를 돌아보았다.

"리리엔은……."

레오디안이었다.

"깨어날 기미를 보이지 않습니까?"

레오디안이 조용히 엘시아의 곁에 다가와 앉았다. 그의 수려한 얼굴이 짙은 수심으로 물들어 있었다.

엘시아는 잠시 말없이 그 얼굴을 바라보다가 고개를 끄덕였다.

"리리엔은 꼭 깊은 잠에 빠진 것처럼 보여요."

"제가 한번 상태를 살펴보겠습니다."

이미 벨레로폰과 일레아 백작에게서 리리엔이 쓰러진 이유를 신관조차 찾아내지 못했다는 이야기를 들었다. 하지만 레오디안은 직접 리리엔의 상태를 살펴보고자 리리엔의 손을 그러쥐었다.

"……대공님은 리리엔이 왜 이렇게 되었는지 아시겠어요?"

잠시 뒤, 엘시아가 조심스럽게 물었다. 레오디안은 천천히 리리엔의 손을 놓았다. 리리엔에게서 익숙한 힘의 흔적이 느껴졌다. 레오디안은 참담한 심정으로 눈을 감았다.

"대공님, 왜 그러세요?"

엘시아가 불안한 목소리로 레오디안을 불렀다. 레오디안의 기색이 심상치 않았다.

레오디안은 느릿하게 눈꺼풀을 들어 올렸다. 그리고 자신의 손을 리리엔의 손등 위에 겹쳤다.

"리리엔이 시간에 손을 댄 것 같습니다."

"……네?"

엘시아가 놀란 듯 눈을 휘둥그레 떴다.

"시간에 손을 댔다니……. 리리엔이 왜 그런 짓을……."

"우리로서는 알 수 없는 큰일이 일어났던 것이겠지요."

레오디안은 혹시나 하는 마음에서 리리엔에게 치유술 루스를 사용해 보았다.

하지만 잠시 뒤, 역시나 아무런 소용이 없다는 사실을 깨달은 레오디안이 묵직한 한숨을 내쉬었다.

"지금 리리엔은 시간에 손을 댄 대가를 치르고 있는 겁니다."

"……."

순간 말문이 막혀서 멍하니 입을 벌린 채로 레오디안을 응시하던 엘시아는, 문득 과거의 기억 한 조각을 머릿속에 떠올렸다.

과거에 레오디안과 함께 마차를 타고 저택으로 돌아가던 중에 습격을 받았던 적이 있었다. 그리고 그때, 엘시아는 자신도 모르게 시간을 되돌렸다.

그 일로 엘시아도 지금 리리엔처럼 의식을 잃고 오래도록 깨어나지 못했다. 그뿐만 아니라, 칠흑같이 새까맸던 머리칼이 모조리 하얗게 탈색되기까지 했다.

엘시아는 로켄페데스 가문의 사람이 아니었지만, 로켄페데스 가문에만 대대로 내려온 힘을 지니게 되었다.

그럴 수 있었던 이유는 엘시아도, 심지어는 레오디안조차도 몰랐다.

레오디안은 엘시아가 마차가 습격받았을 때 시간을 되돌렸다는 사실조차 모르고 있었다.

그것은 오로지 엘시아만이 알고 있는 일이었다.

"……대공님은 날이 밝기 전에 다시 황궁으로 돌아가 보셔야 하죠?"

엘시아가 긴 침묵을 거두고 레오디안에게 물었다. 그러자 순간 움찔했던 레오디안이 영 내키지 않는다는 듯한 기색으로 고개를 끄덕였다. 마음 같아서는 이곳에 남아서 계속 리리엔의 곁을 지키고 싶었지만, 레오디안에게는 잠시라도 뒤로 제쳐 둘 수가 없는 일이 있었다.

"예. 아직 토벌이 끝나지 않은지라 막사를 비워 둘 수가 없습니다."

엘시아가 이해한다는 듯 레오디안을 바라보았다.

"그럼 제가 여기 남아서 리리엔을 돌볼게요."

"……."

레오디안은 엘시아를 이곳에 남겨둔 채 떠나고 싶지 않았지만, 그렇다고 해서 자신이 엘시아를 설득할 수 없다는 사실을 잘 알았다. 리리엔이 병석에 누워 있는데 엘시아가 그런 리리엔을 두고 레오디안 그와 함께 다시 황궁으로 돌아갈 리가 없었다.

게다가 엘시아가 리리엔의 곁에 남는다면 레오디안도 조금이나마 걱정을 덜 수 있었다. 리리엔을 걱정하지 않고 괴물 토벌에 전념할 수 있을 터였다.

그렇게 좋은 게 좋은 거라고 생각하기로 한 레오디안이 애써 한숨을 삼키고 자리에서 일어났다.

"저녁 식사를 이 방으로 준비해 달라고 일러두고 오겠습니다."

* * *

레오디안은 엘시아와 함께 저녁 식사를 한 뒤, 줄곧 리리엔을 지켜보았다. 그러다가 더 이상 시간을 지체할 수 없어진 새벽녘에야 황궁으로 향할 채비를 했다.

"당신이 리리엔을 걱정하는 마음은 잘 알지만, 그래도 밤에는 잠을 자고 때가 되면 끼니를 챙기겠다고 약속해 주십시오."

레오디안은 엘시아가 리리엔을 돌보느라 그녀 스스로는 뒷전으로 여길지도 모른다고 걱정했는지 단단히 당부를 거듭했다. 적어도 이틀에 한 번은 반드시 시간을 내서 백작령을 찾아오겠다는 말도 함께였다.

엘시아는 레오디안이 어떤 마음으로 이러한 이야기를 하는 건지 너무나도 잘 알고 있었다. 그랬기에 레오디안에게 순순히 고개를 끄덕여 보였다.

"약속할게요."

"……."

레오디안은 엘시아의 대답을 듣고도 전혀 안심한 기색이 아니었다. 잠시 눈매를 좁힌 채로 엘시아를 묵묵히 바라보던 레오디안이 말했다.

"지금 약속한 바를 꼭 지키겠다고도 약속해 주십시오."

"그것도 약속할게요."

엘시아는 작게 웃음을 터뜨리고 말았다.

봄꽃이 만개하듯 피어난 그 환한 얼굴에 찰나 시선을 빼앗겼던 레오디안이 곧 정신을 차렸다. 레오디안은 꼭 무언가에 쫓기기라도 하듯 말에 올랐다.

"그럼, 최대한 빨리 돌아오도록 하겠습니다."

엘시아는 조금 아쉬운 마음으로 멀어지는 레오디안의 뒷모습을 응시했다.

"이만 들어가시는 편이 좋겠습니다. 날이 많이 찹니다."

그때, 두어 걸음쯤 떨어진 곳에서 조용히 엘시아를 지켜보고 서 있던 벨레로폰이 침묵을 깨고 말했다. 초봄에 가까운 겨울날이었지만 밖에서 오랜 시간을 보내기에는 무리가 있는 쌀쌀한 날씨였다.

엘시아는 그다지 추위를 느끼지 않았으나, 흔쾌히 벨레로폰의 말을 따라서 저택 안으로 향했다. 벨레로폰은 엘시아를 리리엔의 침실까지 데려다준 뒤에 따뜻한 차를 준비해 오겠다며 나갔다.

엘시아는 리리엔이 누운 침대 맡에 놓인 의자에 앉았다. 그리고 두 손을 뻗어 리리엔의 조그만 손을 움켜쥔 순간이었다.

"……엘시아."

금방이라도 사그라질 듯한 가녀린 목소리가 귓전을 파고들었다.

"언니……."

"······리리엔?"

엘시아가 믿을 수 없다는 듯 커다랗게 뜬 눈으로 리리엔을 내려다보았다. 리리엔이 힘겹게나마 눈꺼풀을 들어 올리고 있었다.

"리리엔, 리리엔! 정신이 좀 들어?"

"응, 언니······. 언제 왔어?"

"아까, 아까 저녁에······."

리리엔이 몸을 일으키려고 했다. 엘시아는 얼른 리리엔을 부축했다.

"또 왜 울려고 그래······."

곧 상체를 일으켜 앉은 리리엔이 엘시아의 눈가에 차오른 눈물을 닦아 주었다.

"울지 마."

"리리엔······."

엘시아는 아랫입술을 질끈 깨물었다. 리리엔의 말대로, 울고 싶지 않았다. 방금 막 정신을 차린 리리엔의 앞에서 울 수는 없었다. 울어서는 안 됐다. 그렇게 머릿속으로 수없이 되뇌며 엘시아는 어떻게든 눈물을 참으려고 노력했다.

"······언니."

하지만 볼품없이 갈라진 리리엔의 목소리를 들으니 자꾸만 눈물이 차올랐다.

"나, 할 말이 있어."

"일단 물부터 좀 마시고······."

"아니, 지금 해야 해. 지금이 아니면······ 안 될 것 같아."

리리엔이 단호하게 고개를 흔들었다.

"지금 할래."

엘시아는 결국 리리엔의 고집을 꺾지 못했다. 엘시아가 입을 꾹 닫은 채로 리리엔을 바라보자, 이윽고 리리엔이 크게 숨을 들이마시더니 떨리는 목소리로 말했다.

"언니. 있잖아, 나 사실······. 전부 기억해."

"……전부 기억한다니. 갑자기 그게 무슨 소리야, 리리엔?"

엘시아가 영문을 모르겠다는 듯이 되물었다. 가까스로 미소 지은 입꼬리가 파들파들 경련하듯 떨리고 있었다.

"말 그대로야, 언니. 나 사실은 전부 다 기억하고 있었어."

순간 가슴속 깊은 곳에서부터 쿵, 하고 무언가 떨어지는 소리가 들린 듯했다.

엘시아는 불안이 짙게 서린 눈동자로 리리엔의 입술을 멍하니 바라보았다.

한차례 앓고 깨어난 탓인지 버석하게 마르고 갈라졌지만 여전히 작고 예쁜 입술이었다.

"우리가 처음 만났을 때, 언니가 나를 보고 어떤 얼굴을 했었는지……."

그 입술이 쉴 새 없이 움직여 너무나도 두려운 이야기들을 계속해서 밖으로 내보냈다.

"하루하루 무럭무럭 자라나는 나를 보면서 언니가 종종 짓고는 했던 슬픈 표정도."

원망스럽게까지 느껴질 정도로 그 움직임에는 한순간의 망설임조차 없었다.

"그리고 나를 찾아낸 레오디안의 손에 죽은 언니가 어떤 모습이었는지……."

"……."

"전부 다 생생하게 기억 나."

엘시아는 이제 숨조차 제대로 쉬지 못했다. 너무나도 큰 충격을 받은 나머지 딱딱하게 굳어 버렸다.

그런 엘시아를 바라보던 리리엔이 천천히 손을 뻗어 엘시아의 손을 꼭 움켜쥐었다.

"언니……."

리리엔이 힘에 겨운지 가까스로 입매를 끌어 올려 미소를 지었다.

"내가 언니를 얼마나 많이 사랑하는지 알지?"

어느덧 리리엔의 목소리에는 울음기가 서려 있었다.

"나는 언니가 더 이상 아프지 않았으면 좋겠어."

리리엔이 엘시아의 왼쪽 가슴께에 자신의 검지를 툭, 하고 가볍게 가져다 댔다.

"언니는 늘 아팠잖아."

여기가 많이 아팠잖아, 하고 덧붙인 리리엔이 울먹이며 말을 이었다.

"언니가 아픈 게 전부 나 때문인 것 같아서 언니한테 항상 미안했어."

"……."

"언니 몸에 있는 흉터를 볼 때마다 가슴이 찢어지는 것처럼 아팠고……."

"아니, 아니야. 리리엔, 아니야. 너 때문이라니……."

그제야 뒤늦게 정신을 번쩍 차린 엘시아가 세차게 고개를 흔들었다.

"나는 그런 생각은 꿈에도 해 본 적 없어."

"응, 알아."

"……."

"이 세상에서 제일 착한 우리 언니가 내 탓을 할 리가 없다는 건 내가 누구 보다 잘 알지."

눈매를 휘어 웃은 리리엔이 받은기침을 토해 냈다. 엘시아는 안절부절못하다가 품에서 손수건을 꺼내 리리엔의 입가에 가져다 대 주었다. 리리엔은 꽤 한참 기침을 하다가 기침이 멎자 그제야 힘겹게 고개를 들어 올렸다.

"……그래도 내가 아니었더라면 언니가 이렇게 아플 일도 없었을 것 같다는 생각이 계속 들었어."

"왜 자꾸 그런 소리를 하는 거야, 응? 그런 말 하지 마, 리리엔……."

엘시아가 속상한 마음에 와락 표정을 일그러뜨렸다.

"정말 아니야. 나는, 나는 네가 있어서……."

네가 있어서 살 수 있었다고. 이 지난하고 고단한 삶을 버틸 수가 있었다고. 엘시아는 끝내 눈물을 흘리며 마구 떨리는 목소리로 말했다.

"너는 내 전부인데……. 네가 없었다면 나도 없는 건데……."

"……나도 그랬어, 언니."

결국 리리엔도 엘시아를 따라서 울음을 터뜨리고 말았다.

"나도 언니가 있어서 엄청 행복했어. 나는 언니를 너무너무 사랑하니까."

벅찬 숨을 헐떡이며 가까스로 말을 끝맺은 리리엔이 엘시아의 품을 파고들었다. 엘시아는 기다렸다는 듯이 두 팔을 벌려 리리엔을 꽉 안아 주었다.

"……리리엔, 네가 그 모든 일을 어떻게 기억하고 있는 건지는 묻지 않을게."

굳이 리리엔에게서 대답을 듣지 않아도 알 것 같았다.

리리엔이 지닌 힘은 평범한 사람의 상식으로는 이해할 수 없는 신비로운 것이었다. 어쩌면 엘시아가 시간을 회귀해 다시 한번 살아갈 기회를 얻을 수 있었던 건, 리리엔이 가진 신비로운 힘 덕분이었던 것인지도 몰랐다.

만약 이러한 자신의 추측이 맞다면, 리리엔이 과거의 모든 일을 기억하고 있는 것은 전혀 이상하지 않았다.

"그 모든 일을 다 기억하고 있으면서도 나를 사랑한다고 말해 줘서……."

엘시아는 리리엔의 머리칼에 코를 묻은 채로 리리엔의 체취를 흠뻑 들이마셨다.

"……나를 사랑해 줘서, 정말, 정말로 고마워, 리리엔."

언젠가는 리리엔에게 마음을 주지 않으려고 무던히 노력했던 때도 있었다. 하지만 어느 순간, 정신을 차리고 보니 자연스럽게 그렇게 되어 있었다. 이 애처로울 정도로 사랑스러운 어린아이를 온 마음 다해 사랑하고 있었다.

자신 하나만을 믿고 의지하며 한결같이 진실한 애정을 표현하던 이 아이를 어찌 사랑하지 않을 수 있을까.

리리엔은 엘시아의 세상의 전부이자 그 자체가 된 지 오래였다.

"언니도, 너를 너무 많이 사랑해."

엘시아가 처음으로 자신을 '언니'라고 지칭한 순간이었다.

"……콜록!"

리리엔이 커다랗게 기침을 터뜨렸다.

이윽고 가슴팍 언저리가 무언가 뜨거운 것으로 젖어드는 것이 느껴졌다.

엘시아는 무슨 일이 일어난 건지 이해가 안 된다는 듯 멍한 얼굴로 리리엔을 내려다보았다.

"……리리엔?"

품 안에 힘껏 끌어안고 있던 리리엔의 몸에서 힘이 쭉 빠져나가는 것이 섬뜩하리만큼 선명하게 느껴졌다. 리리엔의 숨이 잦아들고 있었다. 작은 심장이 박동하는 속도가 점차 더뎌지고 있었다.

엘시아는 너무나도 소중한 자신의 세상이 점차 찬란한 빛을 잃어가고 있다는 사실을 벼락같이 깨달았다.

"리리엔!"

품 안의 생명이 사그라지는 소리가 귓가를 울리는 듯했다.

엘시아는 지금 리리엔이 단순히 의식을 잃은 것이 아니라는 사실을 본능적으로 직감했다.

"리리엔, 리리엔!"

엘시아가 처절하게 울부짖으며 리리엔의 뺨에 자신의 입술을 맞댔다.

그 거친 몸짓에 엘시아가 여태 깊게 눌러 쓰고 있던 새까만 리베라가 흘러내려 툭, 하고 바닥에 떨어졌다.

엘시아의 새하얀 머리칼이 리리엔의 얼굴 위로 폭포수처럼 쏟아져 내렸다.

"제발, 제발 일어나 줘. 리리엔, 내 목소리 안 들려? 제발, 리리엔……."

엘시아는 쉴 새 없이 리리엔의 이름을 불렀다. 그러면 거짓말처럼 리리엔이 눈을 뜰 것만 같아서.

"리리엔, 내가 잘못했어. 내가 욕심을 부려서……. 너를 너무 사랑해서, 그래서 미련을 못 버리고 네 곁을 떠나지 못해서 이렇게……."

눈물로 흠뻑 젖은 얼굴을 리리엔의 귓가에 비비며 엘시아는 계속해서 처절한 속삭임을 흘려 넣었다.

"이렇게 너를 아프게 해서……."

엘시아가 내뱉는 뜨거운 숨이 리리엔의 은빛 머리칼을 흩뜨려놓았다. 그뿐만 아니라, 엘시아가 하염없이 흘린 눈물이 리리엔의 얼굴까지 흠뻑 적시고 있었다. 그래서인지 마치 리리엔도 울고 있는 것처럼 보였다.

"이제 안 그럴게. 이제 더 이상 헛된 욕심 안 부리고 네 곁에서 떠날게. 그러니까, 그러니까……."

엘시아는 정신이 하나도 없었다. 자신이 아까부터 무슨 소리를 하고 있는 건지 자각조차 없이 되는대로 말을 잇고 있었다.

"그러니까 제발……. 다시 일어나 주기만 하면 안 될까?"

리리엔은 아무런 반응을 보이지 않았다. 미동조차 없었다.

엘시아의 품 안의 여리고 작은 몸은 인형처럼 힘을 잃어버린 지 오래였다. 누군가 자신의 심장을 뜯어가 버린 것만 같은 느낌이었다. 가슴이 너무 아파서 죽을 것만 같았다.

엘시아는 이렇게 아파야 한다면, 상실의 고통이 이다지도 아픈 것이라면, 차라리 리리엔을 대신해서 죽고 싶었다. 이런 아픔을 견디면서 살아갈 자신이 없었다. 그럴 수 있을 것 같지가 않았다.

"리리엔, 네가 왜……."

왜 이렇게 허망하게 세상을 등지고 떠나야 해.

진짜 가족의 품에 안긴 지 얼마나 되었다고. 제대로 행복한 삶을 누릴 새도 없었는데.

이렇게나 작은 어린아이일 뿐인 네가, 아무런 죄 없는 네가 어째서 이런 일을 겪어야 해.

스스로 몸을 주체하지 못하고 오열하는 엘시아의 머릿속에 문득 리리엔이 했던 말들이 떠올랐다.

'언니, 우리 아침 먹고 나서 차 마시자. 차 마시면서 책 읽어 줘.'

'너무 좋아.'

'빨리 밥 먹고 나가서 언니랑 여기저기 구경하고 싶어.'

'언니, 그거 알아? 언니한테서 늘 좋은 냄새가 나.'

'엘시아는 악마가 아니야.'

'언니는 나와 같은 사람이야.'

감히 자신이 이런 말을 들을 자격이 있나 싶을 정도로, 하나같이 가슴 벅찬 말들이었다.

'처음 이곳을 찾아오셨을 때, 제가 무례를 범했던 것을 사과드리겠습니다.'

'아가씨를 찾아 주신 엘시아 님께 마음 깊이 감사드립니다.'

'전혀 안 바빠요. 저도 엘시아 님과 함께 아침을 먹고 싶어요.'

'제 힘이 엘시아 님에게 도움이 될 수 있어 다행이에요.'

'엘시아 님, 안색이 굉장히 안 좋아 보입니다. 어디 아프신 건 아닌지 걱정이 됩니다.'

'몸에 좋은 찻잎을 조금 챙겨 왔습니다.'

집사 로이셀과 대신관 로아나, 그리고 호위 기사 페이렌과 벨레로폰이 했던 말도.

'엄마는 나를 아프게 했어. 나는 엄마가 싫어. 엄마랑 살고 싶지 않아."

'엘시아가 좋아.'

'엘시아를 만나기 전까지 나는 아무것도 모르고 갇혀 살았어.'

'엘시아, 나는……. 나는 엘시아가 그 남자한테 이용당하는 걸 막고 싶었을 뿐이야.'

그리고 애정에 굶주린 안쓰러운 하이드가 했던 말도.

'당신이 이곳을 떠날 날만을 기다리고 있다는 건 진작 눈치채고 있었습니다.'

'당신은 내가 싫은 겁니까. 아니면 내가 무서운 겁니까.'

'당신이 나를 믿고 의지하기를 바랍니다.'

'당신이 리리엔의 곁에 있어 다행입니다.'

'나는, 당신이 궁금합니다.'

'내가 전에 말하지 않았습니까. 나는 그리 좋은 사람이 아니라고. 그러나 다만 당신에게만은 좋은 사람이고 싶다고.'

'나는 당신에게 더 잘하고 싶습니다.'

'좋아합니다.'

'제가 그런 마음으로 당신을 봅니다.'

단지 미숙할 뿐 사실은 누구보다도 따뜻한 마음을 지니고 있었던 레오디안의 다정한 말들도.

이 모든 것들은 전부 리리엔이 엘시아에게 준 것이었다.

엘시아는 천천히 고개를 들었다. 눈물로 엉망이 된 얼굴을 소매로 닦아냈다.

자신이 무엇을 해야 할지, 무엇을 위해 이곳에 왔는지 지금에서야 조금 알 것 같았다.

엘시아는 리리엔을 침대에 똑바로 눕혔다. 방금 전, 제 얼굴을 닦았던 손길과는 다르게 무척이나 조심스러운 손길이었다. 손수건으로 리리엔의 입가에 묻은 피를 닦아 주면서 엘시아는 굳게 결심을 다졌다.

일이 생각한대로 잘 풀릴지는 모른다. 하지만 어쩐지 잘 풀릴 것 같다는 근거 없는 확신이 들었다.

떨리는 손으로 리리엔의 뺨을 살며시 어루만져 보았다.

이미 숨이 끊어진 지 오래였지만 리리엔에게서는 따스한 온기가 전해져 왔다. 아직 늦지 않았다. 아직은, 되돌릴 수 있었다. 엘시아는 리리엔의 뺨에 가볍게 입을 맞추었다.

"나도 리리엔 너를 너무너무 사랑해."

리리엔의 보드라운 뺨에 입술을 댄 채로 엘시아가 지그시 눈을 감았다.

그때, 순간 머릿속에 커다란 아름드리나무 밑에서 자신의 마음을 고백하던 레오디안의 환하게 웃는 얼굴이 떠올랐다. 지금 자신의 행동을 뒤늦게 알게 될 레오디안의 반응이 문득 궁금해졌다.

그는 화를 낼까? 아니면 슬퍼할까.

부질없는 의문이다. 엘시아는 자못 씁쓸하게 자조했다.

그가 마음에 걸리기는 했지만, 그렇다고 해서 지금 이 행동을 멈출 생각은 없었다.

이것은 그를 위한 일이기도 했다.

리리엔을 잃고도 당신과 내가 행복할 수 있을까?

우리가, 과연 그럴 수 있을까?

답은 이미 너무나도 분명하게 나와 있었다. 엘시아는 천천히 눈을 감았다.

그러자 고단하지만 한편으로는 행복하기도 했던 긴 여정의 끝이 이제야 비로소 보이는 듯했다.

엘시아는 인간을 먹고 사는 괴물과 인간 사이에서 태어났다.

하지만 언젠가 먼 훗날 자신을 여전히 기억해 주는 사람이 단 한 명이라도 있다면, 자신의 마지막만큼은 제법 인간다웠다고, 부디 그렇게 기억해 주기를.

기도하는 심정으로 엘시아는 살아생전에는 누리지 못했던 긴 잠을 청했다.

머지않아 엘시아에게서 새파란 연기가 새어 나오기 시작했다.

* * *

2년 뒤.

그동안 암브로시우스 제국에는 수많은 변화의 바람이 불어닥쳤다.

가장 큰 변화를 꼽아 보자면, 그것은 단연 황제가 서거하고 그의 뒤를 이어서 황태자 로지안 페실리안이 즉위한 일이었다.

본디 로지안은 황위 계승 서열 2위의 2황자로 태어난 사내였다.

하지만 1황자 하일롭은 그간 저질러 온 악행이 밝혀져 재판을 받고 참수형에 처해졌고, 로지안은 만인의 축복 속에서 순조롭게 황위에 오를 수 있었다. 그리하여 카이사르 3세가 된 로지안은 제국을 좀먹어 가던 괴물과 키메라를 전부 뿌리 뽑는 데 성공했다.

거기에는 로켄페데스 대공, 레오디안의 혁혁한 공이 있었다는 사실을 그 누구도 부인하지 않았다.

"그대의 정복에는 더 이상 무공 훈장을 달 만한 곳도 없어 보이는군."

로지안이 레오디안의 가슴팍을 흘끔 바라보며 말했다.

레오디안은 대수롭지 않게 그 말을 흘려 넘기며 가지고 온 서류를 내밀었다.

"하여간, 여전히 목석같아서는……."

레오디안은 황제 직속 기사단인 라크레시아 기사단의 단장으로 부임한 이후에도 참 한결같았다.

로지안이 가볍게 툴툴거리며 레오디안에게서 서류를 건네받았다. 곧이어 서류를 살펴보는 눈길이나 손길이 하나같이 건성이었지만, 그런 로지안의 태도를 지적하는 사람은 아무도 없었다.

잠시 뒤, 로지안이 대강 훑어본 서류에 서명을 대충 휘갈겼다. 그리고 그것을 레오디안에게 건네며 지나가는 듯한 어투로 물었다.

"그나저나, 그 왕자의 이름이 클로안이라고 했던가?"

"예."

클로안은 페레이스 왕국의 왕자였다.

로지안은 황위에 오른 뒤, 페레이스 왕국과의 교류를 활발히 해 나가기 시작했다. 신을 맹신하는 암브로시우스 제국에 변화가 필요하다고 판단했기 때문이었다.

페레이스 왕국은 암브로시우스 제국과 다르게 신을 믿지 않는 나라였다. 로지안은 페레이스 왕국과 국교를 맺고, 페레이스 왕국의 인간 중심의 문화를 적극적으로 받아들였다.

현재 신전의 힘은 나날이 약해지고 있었다. 거의 와해될 지경에까지 이른 상태였다.

지금껏 신전은 황실과의 알력 싸움에 몰두한 나머지 신을 모시는 것보다 자신들의 세력을 공고히 다지기 위해서 수단과 방법을 가리지 않았다. 그 결과로 제국 곳곳에 키메라가 나타났다.

레오디안은 신전이 괴물을 상대로 실험을 했다는 증거를 온 제국에 널리 알렸다. 신전은 수많은 신자를 잃었다. 하지만 정말 신실하게 신을 믿는 신관들은 여전히 신전에 남아서 신을 모시고 있었다.

그 주축에는 다름 아닌 로아나 대신관과 욤펜 대신관이 있었다.

"정말로 그 왕자와 손을 잡을 생각인가?"

레오디안이 뜬금없이 무슨 소리를 하냐는 듯 미간을 좁힌 채로 로지안을 바라보았다. 로지안은 속으로 음흉한 미소를 지었다.

"그것보다는 차라리 일리아나 공주와 결혼을 하는 편이 낫지 않나? 그러는 편이 그대의 목적을 달성하기에 훨씬 수월할 텐데."

"지금 그걸 말이라고 하시는지."

"그럼 말이 아니면, 뭐, 개나 고양이인가?"

"……"

로지안이 나름대로 회심의 농담을 던졌으나 레오디안의 반응은 싸늘했다. 순간 발가벗은 몸으로 북풍한설을 맞은 듯한 느낌이었다. 실제로는 완연한 봄의 따스한 바람이 솔솔 불어오고 있었는데 말이다.

"농담이었네."

로지안이 큼, 헛기침을 하며 말꼬리를 돌렸다.

"그대가 오직 한 여인만을 오매불망 기다리고 있다는 사실쯤은 제국인이라면 모두가 다 알고 있는 사실이 아닌가."

원체 명망 높은 가문의 가주인 데다가 본인의 능력까지 출중한 레오디안이었다. 거기에 외모 또한 흠잡을 데가 없이 훌륭하고, 젊으며, 미혼이었다. 그런 그를 노리는 여인들이 수도 없이 많다는 건 말해 봐야 입만 아픈 사실이었다.

하지만 그가 오래전부터 마음에 둔 여인이 있고, 또 그 여인만을 하염없이 기다리고 있다는 사실을 모르는 사람은 적어도 이 제국에는 존재하지 않았다. 의외로 그런 점이 여인들에게 어필이 되는 모양이라, 사교계에서 레오디안의 인기는 그 끝을 모르고 나날이 치솟기만 했다.

그러나 레오디안은 눈 하나 꿈쩍하지 않았다. 자신에게 접근하는 사람들을 가끔은 좀 너무하다 싶을 정도로 매정하게 내쳤다.

그렇게 벌써 2년이었다.

창백하리만큼 새하얬던 여인의 얼굴이 잘 기억나지 않을 만큼의 긴 시간이 흘렀다.

"……그녀는 좀 어떠한가. 아직도 차도를 보이지 않는가?"

"예, 여전합니다."

레오디안이 한숨처럼 대답했다. 로지안은 착잡한 표정으로 고개를 내저었다. 자신을 기다리는 사람들이 이리도 많다는 것을 아는지 모르는지.

그녀는 참으로 야박하게도 깊은 잠에 빠져서는 도무지 깨어날 기미조차 보이지를 않고 있었다.

"그럼 저는 이만 나가 보겠습니다, 폐하."

"그래, 내일 또 보자고."

곧 애써 아무렇지 않은 척 능청스럽게 미소를 지은 로지안이 레오디안을 향해서 손을 휘휘 흔들어 보였다.

* * *

"도대체 뭐 하다가 이제 오는 거야? 한 시간도 넘게 기다렸잖아!"

"미안해."

하이드가 뛰어오느라 한껏 거칠어진 숨을 고르는 것만으로 벅찬 와중에도 얼른 사과를 했다. 리리엔은 단단히 화가 났는지 흥, 하며 콧방귀를 꼈다. 새하얀 강아지를 품에 안은 채였다.

최근 하이드는 신전에서 교육을 받느라 정신이 없었다. 하이드의 교육을 담당하는 신관은 아직 제대로 글조차 떼지 못한 하이드에게 매번 과한 양의 책을 읽으라며 떠넘겼다.

하이드는 오늘도 자그마치 다섯 권의 책을 읽었다. 사실 오늘 읽었어야 하는 책은 일곱 권이었는데, 다섯 권까지만 읽고 몰래 도망쳐 나온 것이었다. 만약 그 책을 전부 다 읽었더라면 리리엔과의 약속을 지키지 못했을 터였다. 리리엔과 약속한 것을 지키지 못할 바에야, 차라리 신관에게 야단을 맞는 편이 훨씬 나았다.

그런 하이드의 마음을 아는지 모르는지. 리리엔은 어떻게 숙녀를 이렇듯 오래 기다리게 할 수가 있는 거냐며 계속해서 하이드를 타박했다.

하이드는 리리엔에게 자신의 사정을 구구절절 알리고 양해를 구하는 대신, 연신 미안하다고 사과를 했다. 그 때문에 리리엔은 하이드가 매일 잠도 제대로 자지 못하고 과중한 일과에 시달리고 있다는 사실을 꿈에도 몰랐다.

"······그래서, 꽃은 사 왔어?"

"응."

머지않아서 어느 정도 화가 풀렸는지 리리엔이 한결 누그러진 목소리로 물었다. 하이드는 기다렸다는 듯이 냉큼 고개를 끄덕였다. 그리고 오는 길에 꽃가게에 들러서 사 온 푸른 장미를 내밀어 보였다.

"가자."

리리엔이 만족한 듯 몸을 돌려 앞서 걷기 시작했다.

올해로 열일곱 살이 된 리리엔은 어린 태를 벗은 지 오래였다. 제법 어엿한 숙녀처럼 행세할 때도 있었다.

하이드는 리리엔이 새하얀 드레스를 입을 때면, 리리엔이 꼭 반짝반짝 빛이 나는 것처럼 보여서 눈이 부신 적도 있었다.

너무 눈이 부신 나머지 슬퍼지기도 했다. 이런 리리엔의 모습을 엘시아가 보았더라면 얼마나 기뻐했을까 하는 생각이 들었으니까.

지금도 하늘하늘한 푸른 드레스를 입고 저 멀리 앞서 걷는 리리엔의 뒷모습은, 눈에 넣어도 안 아프겠다 싶을 정도로 예뻐 보였다.

'그래도 리리엔을 내 눈에 넣는 건 안 돼. 그럼 리리엔이 사라지잖아. 리리엔이 사라지면 엘시아가 슬퍼할 테니까 안 돼. 엘시아를 슬프게 만들기는 싫어.'

거기까지 생각한 하이드가 혼자서 멍하니 고개를 주억거렸을 때였다.

"야! 너 빨리 안 따라오고 거기서 뭐해?"

뒤를 돌아본 리리엔이 자리에 멀뚱히 서 있는 하이드를 보고 기가 차다는 듯 소리쳤다. 하이드는 그제야 정신을 차리고 얼른 리리엔의 뒤를 졸졸 쫓아갔다.

＊ ＊ ＊

"제스아의 드뷔에르 신전에서 방금 연락이 왔습니다. 그 아이가 오늘도 어김없이 몰래 신전을 빠져나갔다고······."

욤펜이 난감한 표정으로 전한 소식에 로아나는 작게 웃음을 터뜨렸다.

"그 아이가 원체 엘시아 님을 좋아하지 않았습니까."

"하지만, 아무리 그렇다고는 해도······."

"늘 저녁 식사 시간 전에는 다시 신전으로 돌아가는 아이입니다. 너무 걱정하지 마세요."

"······."

욤펜은 할 말이 많은 듯한 표정이었지만, 곧 아무런 말없이 입을 닫았다.

사실 욤펜도 하이드가 엘시아의 상태를 돌보기 위해 매일같이 신전을 빠져나가는 것이라는 사실을 잘 알고 있었다. 엘시아는 히치콕 백작저에 갇혀 있던 하이드를 구해 준 사람이었다. 하이드가 엘시아를 은인으로 여기고 따르는 것도 당연했다.

2년 전, 엘시아는 일레아 백작저에서 의식을 잃은 채로 발견된 이후, 아직까지도 깨어나지 않고 있었다. 그리고 하이드는 하루도 빠짐없이 엘시아를 찾아갔다. 어찌 그리도 몰래 잘 빠져나가는지 용할 지경이었다.

애초에 하이드는 이곳 신성지의 임모투스 신전에서 신황이 되기 위한 교육을 받아야 했다. 하지만 하이드가 제스아에 있는 신전에서 지내겠다고 고집을 부렸다.

제스아는 다름 아닌 엘시아가 태어나서 자란 마을이었다. 그리고 리리엔이 어린 시절을 보낸 곳이기도 했다.

"정 걱정이 되시면 제가 조만간 제스아로 가서 그 아이를 만나 보겠습니다."

로아나가 문득 침묵을 깨고 말했다. 욤펜은 기다렸다는 듯이 반색을 했다.

"로아나 대신관이 그 아이를 잘 좀 타일러 주십시오."

"네, 그러도록 할게요."

사실 로아나는 하이드를 타이를 생각이 전혀 없었지만, 일단은 욤펜을 안심시키고자 순순히 알았다며 고개를 끄덕여 보였다. 그제야 욤펜은 마음이 좀 놓이는지 한결 편안해진 표정을 지었다.

"……그 아이에게서 신의 문양이 발견되다니 아직도 가끔 좀 믿기지가 않을 때가 있습니다."

욤펜의 말에 로아나는 그저 미소를 지었다.

로아나도 하이드에게 신의 문양이 나타날 줄은 예상치 못했다.

신황이 서거하고 딱 1년이 지났을 무렵이었다. 로아나는 엘시아의 상태를 살펴보기 위해 제스아를 방문했다가, 하이드의 목에 새겨진 선명한 신의 문양을 발견했다.

그토록 찾아 헤맸던 신의 문양을 지닌 자가 이렇게도 가까운 곳에 있었다니. 그리고 그것이 또 하필이면 엘시아가 거둔 아이인 하이드라는 점에서 로아나는 당황을 금치 못하였다.

하이드는 그런 로아나에게 한 가지 조건을 내걸었다.

엘시아가 깨어날 때까지 신전에서 할 수 있는 모든 일을 엘시아에게 해 줄 것.

그 조건만 지켜 준다면 하이드는 당장 오늘부터 신전으로 가서 지낼 수도 있다고 말했다. 애초에 신전에서 파견한 신관들이 매일같이 엘시아를 찾아가 그녀의 상태를 살피던 상황이었다.

굳이 하이드가 나서지 않았더라도, 레오디안의 보호하에 있는 엘시아는 평생토록 신관의 치유를 받을 수 있었다. 하지만 하이드는 그런 조건을 걸었다. 그때 그 순간, 로아나는 하이드가 엘시아를 정말로 사랑하고 있다는 것을 깨달았다.

로아나는 기쁜 마음으로 하이드가 내건 조건을 받아들였고, 그날부터 하이드는 신전에 귀속되었다. 그리고 현재 시점에서는 평신관의 신분으로, 훗날 신황이 되기 위한 교육을 받고 있는 중이었다.

매일 엘시아를 보러 가기 위해서 신전을 몰래 빠져나가는 것이 문제이기는 하지만……. 적어도 로아나만큼은 그런 하이드의 행동을 탓하고 싶은 생각이 추호도 없었다.

엘시아를 걱정하는 하이드의 마음을 잘 알고 있기 때문이었다.

어찌 됐든, 하이드는 제법 잘해내고 있었다.

로아나는 미래의 신황이 될 하이드의 얼굴을 머릿속에 떠올리고는 빙긋 미소를 지었다.

* * *

"조금 늦으셨네요, 리리엔 아가씨."

"누구누구가 약속 시간을 또 안 지키는 바람에."

리리엔이 하이드에게 눈을 흘기며 대답했다. 그 모습이 너무 귀여웠던 나머지 헤르테인은 작게 웃음을 터뜨리고 말았다.

"산책은 즐거우셨나요?"

"응, 똥똥이 덕분에."

리리엔이 품에 안고 있던 강아지를 바닥에 내려 주었다. 그러기가 무섭게 강아지가 꼬리를 마구 흔들면서 이곳저곳을 뛰어다니기 시작했다.

"언제 봐도 참 활기찬 아이에요."

"맞아, 씩씩해서 너무 예뻐."

리리엔이 활짝 웃으며 헤르테인의 말에 맞장구를 쳤다.

괴물이 곳곳에서 출몰하던 2년 전, 리리엔은 똥똥이를 제도의 저택에 홀로 두었다. 워낙 이런저런 사건에 휘말리는 바람에 정신이 없던 나머지 그런 것이었다.

다행히도 유모 헤르테인이 똥똥이를 잘 돌봐 주었다. 건강한 것은 물론이고 몰라보게 훌쩍 자라기까지 한 똥똥이를 보고 얼마나 대견했는지 모른다.

"내가 없는 동안 별 일은 없었지?"

"물론이에요."

헤르테인이 안심하라는 듯 미소를 지으며 대답했다.

"그럼 나는 언니한테 가 볼게. 똥똥이 좀 부탁해."

"네, 아가씨."

리리엔은 헤르테인이 똥똥이를 안아드는 모습을 보고 몸을 돌렸다. 그리고 곧장 엘시아의 방을 향해 걸음을 옮기자, 하이드가 냉큼 리리엔의 뒤를 따라붙었다. 그러자 갑작스럽게 옆에서 훅 끼쳐온 서늘한 기운에 리리엔은 멈칫 발걸음을 멈추었다.

"좀 떨어져서 걷지?"

"응."

요새 들어 묘하게 가까이 붙어 있으려고 하는 하이드가 영 미심쩍었다.

리리엔은 눈매를 가느다랗게 좁히고 하이드를 쳐다보다가, 곧 대수롭지 않게 다시 걸음을 옮겼다. 어릴 때부터 줄곧 붙어 지낸 사이였다. 이제 와서 하이드와 내외를 하려는 건 아니었다.

다만 조금 전처럼 갑자기 하이드가 가까이 다가오면, 하이드의 낮은 체온에 화들짝 놀라게 되는 것이 싫었을 뿐이었다.

엘시아의 침실 앞에서 멈춰 선 리리엔이 가볍게 문을 두드렸다. 그러자 곧 안에서 익숙한 미성이 들려왔다. 리리엔은 방 안으로 들어가기 전, 하이드를 돌아보고서 물었다.

"꽃은 잘 챙겨 왔지?"

"응, 여기."

하이드가 냉큼 품에서 꽃을 꺼내어 보였다.

전에 한번은 꽃을 아무렇게나 들고 왔다가 리리엔에게 크게 혼이 난 적이 있었다. 저택에 도착해서 보니 꽃이 다 망가져 있었던 탓이었다. 그때 이후로 하이드는 늘 꽃을 금은보화라도 되는 양 소중히 간수했다. 혹시라도 꽃잎이 떨어지거나 줄기가 망가지거나 하면 안 되니까.

오늘도 꽃가게에서부터 꽃을 잘 운반해 온 하이드가 새빨간 눈동자를 반짝반짝 빛냈다. 꼭 칭찬해 달라는 듯이. 그에 리리엔은 별수 없다는 듯 웃으며 하이드의 머리를 슥슥 쓰다듬어 주었다.

"잘했어."

리리엔은 조심스럽게 문을 열고 방 안으로 들어갔다.

그러자 여태 침대 맡에 앉아서 엘시아를 돌보고 있던 에밀리아가 반색하며 리리엔을 맞이했다.

"오셨어요, 아가씨."

"엘시아는 좀 어때?"

리리엔이 에밀리아에게 가까이 다가가면서 지난 2년 동안 매일같이 반복해 온 물음을 꺼냈다. 그러자 에밀리아의 표정이 한층 더 밝아졌다. 평소와는 조금 다른 반응이었다.

"제 착각인지는 모르겠지만, 엘시아 님의 얼굴에 혈색이 좀 도는 것 같아 보여서 아가씨께 말씀드리려던 참이었어요."

"정말?"

과연, 이어진 에밀리아의 말은 듣던 중 반가운 말이었다.

리리엔이 얼른 엘시아의 얼굴을 살펴보았다. 에밀리아의 말을 듣고 보아서 그런가, 정말 엘시아의 얼굴에 혈색이 도는 것도 같아 보였다.

"하이드, 너도 와서 좀 봐."

리리엔이 다급하게 하이드를 향해서 손짓을 했다. 하이드는 화병의 물을 갈려고 하던 것을 멈추고 리리엔의 말대로 엘시아에게 다가가 얼굴을 살펴봤다.

"네 눈에는 어때 보여? 언니 얼굴이 좀 좋아진 것 같아?"

"엘시아는 늘 좋은데."

"……."

순간 어이가 없어서 말문이 막힌 리리엔이 곧 기가 차다는 듯한 표정을 지었다.

"네가 우리 언니를 좋아하는지 아닌지를 물어본 게 아니거든?"

"아, 그러면……."

"됐다, 됐어. 가서 너 하던 일이나 마저 해."

리리엔이 질린다는 듯 고개를 절레절레 내저었다.

하이드는 조금 속이 상했지만 내색하지 않고 화병의 물을 갈았다. 그리고 어제 꽂아두었던 꽃은 버리고, 오늘 새로 사온 꽃을 화병에 꽂았다. 그러는 하이드의 손길은 무척이나 능숙했다. 2년 동안 수도 없이 반복해 온 일이었기 때문이었다.

"어쩌면 엘시아 님이 곧 일어나실지도 모르겠어요."

"그랬으면 좋겠는데……."

"반드시 일어나실 거예요."

리리엔과 에밀리아가 대화를 나누는 소리가 방 안에 울려 퍼졌다.

하이드는 두 사람을 방해하지 않기 위해 조용히 의자에 앉았다. 그리고 여전히 깊이 잠들어 있는 엘시아의 얼굴을 물끄러미 내려다보았다.

2년 전에 엘시아는 불면증을 앓고 있었다. 낮에도 밤에도 쉽사리 잠을 이루지 못했다. 어쩌면 엘시아는 그때 못 잔 잠을 뒤늦게 몰아서 자고 있는 것인지도 몰랐다.

그래도 이제는 그만 자고 일어났으면 좋겠어.

하이드가 그런 생각을 하는 동안에도 리리엔과 에밀리아의 대화는 계속해서 이어졌다.

"늘 고마워. 엘시아도 분명 고맙게 생각하고 있을 거야."

"아가씨도 참……. 자꾸 그런 말씀 마세요. 다 제가 원해서 하는 일인걸요."

"그래도 고마운 건 고마운 거야."

리리엔이 활짝 미소를 지으며 말하자, 에밀리아도 더는 리리엔의 말에 대꾸하지 않고 웃으며 고개를 끄덕였다.

에밀리아는 알렌드로와 이혼했다. 그녀는 더 이상 백작 부인이 아니었다. 대신, 다시 리리엔의 가정 교사가 되어 대공가에 들어왔다. 벌써 1년 전의 일이었다.

그때부터 에밀리아는 리리엔과 함께 제스아에서 지내면서, 리리엔에게 공부를 가르치고 엘시아를 간호했다. 리리엔은 에밀리아가 진심으로 자신과 엘시아를 걱정하고 있다는 걸 금세 알아차렸다. 그리고 두 사람이 지금처럼 친밀해지기까지는 그리 오랜 시간이 걸리지 않았다.

"이제 내가 여기 있을 테니까, 에밀리아는 방에 가서 눈 좀 붙여."

"네, 아가씨."

에밀리아가 조용히 자리에서 일어나 침실을 나갔다.

달칵, 문이 닫히고 침실 안에는 익숙한 고요가 찾아들었다.

리리엔은 조심스럽게 엘시아의 손을 잡았다. 그리고 자신의 힘을 양껏 흘려보냈다.

다 의미 없는 짓이라는 것을 알지만 이렇게라도 해야 안심이 됐다.

엘시아가 이렇게 될 것을 알았더라면, 그때 그런 말들을 하지는 않았을 텐데.

리리엔은 엘시아가 쓰러진 이후 줄곧 반복해온 후회를 또 되새김질했다.

애당초 리리엔은 자신이 죽을 것을 예감하고 엘시아에게 숨겨 온 비밀을 고백한 것이었다. 그런데 그 결과가 이것이었다. 엘시아는 자신이 지니고 있던 로켄페데스 가문의 힘을 전부 리리엔에게 쏟아붓고 쓰러졌다.

그게 어떻게 가능했는지는 아무도 몰랐다. 오직 엘시아만이 알고 있을 것이다.

로켄페데스 가문의 힘을 얻었을 적에 새하얗게 탈색되었던 엘시아의 머리칼은 다시 칠흑같이 새까만 색으로 돌아와 있었다. 엘시아가 로켄페데스 가문의 힘을 모두 잃어버렸다는 증거였다.

"엘시아는 일어날 거야. 나는 알아."

문득 옆에서 들려온 하이드의 목소리에 리리엔이 상념에서 벗어나 고개를 들었다.

"네가 무슨 신이라도 돼?"

"신은 아니어도 그거 비슷한 게 될 거기는 하잖아."

"참나……."

리리엔이 어처구니없는 표정으로 하이드를 바라보다가 고개를 절레절레 흔들었다.

"네가 신황이 될 거라니, 앞으로 신전의 앞날이 정말 막막해 보인다."

"맞아."

하이드를 놀리려고 한 말이었는데, 막상 하이드가 순순히 인정하자 리리엔은 당황했다.

"아니, 농담 좀 한 걸 가지고⋯⋯."

"나는 신황이 되면 너랑 엘시아를 위해서 권력을 막 휘두를 거거든."

하이드의 표정이 너무도 진지해서 리리엔은 말문이 턱 막혔다.

"다른 인간들이 어떻게 되든 상관 안 하고."

하이드가 진심으로 하는 말이라는 것을 모르려야 모를 수가 없었다.

그도 그럴 것이 지금껏 한결같이 리리엔의 곁을 지켜온 하이드였다. 그동안 말은 안 했지만, 리리엔은 그런 하이드에게 정말 고마워하고 있었다. 하이드가 곁에 있었기에 지금까지 무너지지 않고 버틸 수 있었으니까.

하지만 그것과 별개로, 리리엔은 자신이 하이드 따위의 말을 듣고 감동을 받았다는 사실을 내색하고 싶지 않았다.

자존심이 걸린 문제였다.

"⋯⋯야, 신황이 그러면 어떡해?"

리리엔이 일부러 한심하다는 듯이 하이드를 흘겨보며 말했다.

"넌 멀었어. 엘시아가 들으면 엄청 실망할 소릴 그렇게 태연하게 말하는 걸 보니까, 아주 한참 멀었어."

리리엔의 말이 제법 일리 있다고 생각했는지 하이드가 당황해서는 크게 숨을 들이켰다.

"아, 아니야. 나는 그냥⋯⋯."

"아니긴 뭐가 아니야? 방금 네가 한 소릴 내가 똑똑히 들었는데."

"그럼, 그럼 취소할래."

"취소 같은 거 없어, 못해."

리리엔이 단호하게 딱 잘라 말하자 하이드가 울상을 지었다.

"제발……."

리리엔은 그런 하이드를 보고 잠시나마 울적했던 기분을 훌훌 털어 버리고서 커다랗게 웃음을 터뜨렸다.

* * *

"으흠, 흠……."

이른 아침, 엘시아가 잠든 침실을 청소하는 에밀리아의 콧노래 소리가 제법 경쾌했다.

에밀리아는 하녀들이나 할 법한 일을 자처해서 하고 있으면서도 무척 즐거운 기색이었다. 이미 몸에 익어 버린 일과 중 하나였다.

에밀리아는 침대 옆 협탁을 청소하다가, 협탁 위에 놓인 화병과 화분을 바라보며 작게 미소를 지었다. 화병에는 하이드가 매일같이 사오는 푸른 장미가 꽂혀 있었고, 그리고 그 옆에 작은 화분에도 역시 푸른 꽃이 활짝 피어 있었다.

화분은 엘시아가 제도에서 지냈을 적에 레오디안에게서 선물 받은 것이라고 들었다. 그에 얽힌 자세한 사연까지는 듣지 못한 에밀리아였기에, 그녀는 단순히 엘시아가 푸른색 꽃을 좋아하나 보다 짐작하고 있었다.

하이드가 가져다 둔 꽃송이와 다르게, 화분의 꽃에는 하루에 세 번 물을 주어야 했다.

"흠, 흠흠……."

에밀리아는 미리 물을 따라 둔 물컵으로 화분에 물을 주고는 몸을 돌렸다. 그런데 바로 그 순간이었다.

"……엘시아 님?"

어디선가 미약한 신음성이 들려왔다. 에밀리아가 황급히 엘시아에게 다가갔다. 순간 잘못 들었나 싶어서 조용히 숨을 죽인 채로 엘시아에게 귀를 기울였다.

그러자 마치 거짓말처럼 엘시아의 미간이 움찔하며 찌푸려졌다.

"아으……."

잘못 들은 것이 아니었다. 엘시아가 깨어났다.

"리, 리리엔 아가씨!"

에밀리아는 굳게 닫혀 있는 침실 문을 향해서 목이 찢어져라 소리쳐 리리엔을 불렀다. 쾅, 하는 커다란 소리와 함께 문이 열렸다. 그리고 모습을 드러낸 리리엔이 곧장 방 안으로 뛰어 들어왔다.

"에밀리아? 무슨 일……."

리리엔이 우뚝 걸음을 멈추었다. 그리고 눈앞에 펼쳐진 믿을 수 없는 광경에 눈을 휘둥그레 크게 떴다.

"아가씨, 엘시아 님이……."

에밀리아가 한껏 북받친 목소리로 가까스로 말을 이었다.

"……깨어나셨어요."

그 순간, 리리엔의 커다란 눈에 눈물이 차오르기 시작했다.

엘시아가 에밀리아의 부축을 받아 간신히 침대 헤드에 상체를 기대어 앉고 있었다.

"언니……."

리리엔이 한 걸음 한 걸음 내디뎌 엘시아에게 다가갔다. 자꾸만 시야를 방해하는 눈물이 짜증스러워 눈가를 소매로 거칠게 훔쳐 내면서.

"리리, 웃……."

바짝 말라붙은 입술로 리리엔을 부르려던 엘시아가 기침을 토해 냈다.

"언니!"

에밀리아가 재빨리 물을 떠 왔다. 그녀는 엘시아의 입가에 손수건을 대주고, 손수 물컵을 기울여 엘시아가 물을 마시도록 도왔다. 엘시아는 물 한 모금 마시는 것조차 무척 버거워했다.

그 모습을 애처롭게 바라보던 리리엔이 침대 맡에 놓인 의자에 주저앉듯 털썩 앉았다.

마음 같아서는 당장 엘시아를 꽉 끌어안고 싶었다. 엘시아의 서늘한 품에 안겨서 엘시아가 정말 살아 있다는 걸 몸소 느끼고 싶었다. 그러나 눈앞의 엘시아는 다시 쓰러지더라도 전혀 이상하지 않을 만큼 야위어 있었다.

리리엔은 두 손을 꼭 주먹 쥐고서 충동을 참았다. 그리고 엘시아가 물을 다 마실 때까지 얌전히 기다렸다.

"……언니, 괜찮아?"

"응. 괜찮아."

대답하는 엘시아의 목소리가 엉망으로 갈라져 있었다.

"정말, 괜찮아?"

"정말 괜찮아."

엘시아는 리리엔에게 대답을 하면서도 아직도 마냥 얼떨떨했다. 자신이 어떻게 살아서 눈을 뜬 건지 영문을 알 수 없었다.

그게 마지막인 줄 알았는데…….

어떻게 이렇듯 생기 넘치는 리리엔의 모습을 다시 볼 수가 있는 건지.

"진짜, 미워……."

곧 울음을 터트리는 리리엔의 얼굴은 엘시아가 기억하고 있는 것보다 훨씬 더 성숙했다. 리리엔은 아무리 보아도 어린아이라고는 할 수 없는, 어엿한 숙녀가 되어 있었다.

엘시아는 자신이 리리엔을 구하기 위해 몸을 내던졌던 그때로부터 시간이 많이 흘렀다는 사실을 자연스럽게 깨달았다.

"언니가 어떻게, 끕, 나한테 이럴 수가 있어? 끄흡, 진짜로 너무너무 미워."

"미안해."

세상이 떠나가라 우는 리리엔에게 이 말밖에는 해 줄 말이 없었다.

"미안해, 리리엔."

"미안하면!"

"……."

"지금 당장 나 안아 줘."

리리엔이 헐떡거리면서도 제법 당당하게 요구했다. 엘시아는 기꺼이 리리엔의 말대로 했다. 우는 리리엔을 힘껏 끌어안아 주었다.

"이게 뭐야……."

리리엔이 엘시아의 품에 얼굴을 묻은 채로 속상하다는 듯 중얼거렸다.

"언니 팔에 힘이 하나도 없잖아."

"미안해."

제 나름대로는 힘껏 안았다고 생각했는데, 리리엔에게는 전혀 그렇게 느껴지지 않았나 보다.

"언니는 왜 이렇게, 킁, 사과가 쉬워?"

리리엔이 코를 훌쩍이며 투덜거렸다. 엘시아는 말없이 리리엔의 등을 토닥여 주었다. 그런 두 사람의 모습을 조용히 바라보던 에밀리아는 남몰래 눈물을 훔쳤다.

그리고 두 사람을 방해하지 않기 위해 한껏 발소리를 죽인 채로 침실을 나갔다.

* * *

"……뭐?"

레오디안이 방금까지 검토하고 있던 서류가 툭, 하고 바닥으로 추락했다.

그는 믿어지지 않는다는 표정으로 고개를 들어 올렸다. 페이렌은 감격에 찬 얼굴로 함박 미소를 짓고 있었다.

"방금, 뭐라고……."

레오디안이 떨리는 목소리로 간신히 그 한마디를 내뱉었다. 순간 페이렌은 그런 레오디안을 애처로운 눈빛으로 바라보았다가, 이내 황급히 눈길을 아래로 내려뜨렸다.

저런 벅찬 표정의 레오디안을 보아야 할 사람은 자신이 아니었다. 그렇게 생각한 페이렌은 계속해서 바닥에 시선을 고정한 채로 입을 열었다.

"엘시아 님이……."

페이렌은 자꾸만 북받치려는 감정을 차분하게 가라앉히려고 노력하며 대답했다.

"엘시아 님이 드디어 깨어나셨다고 합니다."

그 순간, 레오디안의 근사한 얼굴에 쩌저적, 하고 금이 가는 소리가 들린 듯했다. 그동안 지독하리만큼 무심한 표정으로 위장해 온 남자의 가면이 부서져 산산조각이 난 것이었다.

"지금 당장……."

레오디안의 목소리가 머리 위로 떨어져 내렸다.

그에 무심코 시선을 들어 올렸던 페이렌은 레오디안의 오른쪽 뺨 위로 흘러내린 눈물 한 줄기를 보았다.

"아니, 알겠다. 경은 이만 나가 보도록."

레오디안이 휙 몸을 돌렸다. 그렇게 페이렌을 등진 채로 창가를 내려다보았다. 페이렌은 그런 레오디안의 주변에 떨어진 어떤 조각들을 보았다.

그 조각들은 하나같이 아주 얇디얇았다.

한낮의 뜨거운 빛을 산란하게 반사하고 있는 그 조각들을 보고 나서야 페이렌은 벼락같이 깨달았다.

진작 부서지지 않은 것이 용할 정도로 내구성이 형편없는 가면을, 부질없을 만큼 초라한 그것을 뒤집어쓴 채로 그는 살고 있었나.

* * *

레오디안은 한동안 감정을 추스르지 못했다.

페이렌은 엘시아가 깨어났다는 소식을 들은 그가 바로 제스아로 향할 것이라고 짐작했다. 하지만 예상과 다르게, 레오디안은 그러지 않았다. 대신에 평소처럼 모든 집무를 끝내고, 황제 로지안을 알현하러 황제의 집무실로 향했다.

"안으로 드시랍니다, 각하."

시종장이 문을 열어 주기가 무섭게 레오디안이 걸음을 서둘러 집무실 안으로 들어갔다. 로지안은 조용하던 공간 안을 묵직하게 울린 발걸음 소리를 듣고 의아한 표정으로 고개를 들었다.

한결같이 목석같은 남자가 눈앞에 있었다.

하지만 어째 그 목석이 오늘따라 조금 달라 보이는 듯했다. 로지안이 고개를 갸웃했다.

"……혹시 무슨 큰일이라도 생겼나?"

괴물을 완전히 진압하는 데 성공한 지도 벌써 1년이 지났다.

그러나 로지안은 덜컥 불안한 마음이 들었다. 거기에는 레오디안의 기세가 심상치 않다는 점이 무엇보다도 크게 영향을 끼쳤다. 하나 그러한 로지안의 심정을 아는지 모르는지. 이어진 레오디안의 말은 평소와 똑같았다.

"검토해 주셔야 할 서류를 가져왔습니다."

"……서류?"

서류를 가져왔다는 이야기를 이토록 심각하게 할 일인가?

로지안은 이내 김이 팍 샜다는 듯한 표정을 지었다. 잠시나마 긴장을 했던 자신이 바보처럼 느껴질 지경이었다.

"그래, 이리 가져와 보게."

레오디안은 대수롭지 않게 로지안에게 서류를 건넸다.

로지안은 늘 그러하는 것처럼 대충 서류를 훑어보고 서명이 필요한 곳에 대충대충 서명을 휘갈겼다.

"자, 다 되었으니 가져가."

"그리고."

……그리고?

로지안은 멈칫해 레오디안을 바라보았다.

평소대로였다면 레오디안은 로지안이 검토를 마치자마자 서류를 받아 가지고 휙 나가 버렸어야 했다. 레오디안이 정말 하고 싶은 이야기는 이제부터 나올 것이라는 직감이 들었다.

로지안은 다시금 차오르는 긴장감에 마른침을 꿀꺽, 삼키고선 물었다.

"······뭐가 더 있나?"

"이 서류도 검토를 부탁드립니다, 폐하."

레오디안이 종이 한 장을 내밀었다. 로지안은 저도 모르게 그것을 떨리는 손으로 받아 들었다. 재차 마른침을 삼킨 로지안이 받아든 종이를 살펴보기도 전, 레오디안이 말했다.

"휴가를 좀 받아야겠습니다."

"······맡겨 놨나?"

또다시 김이 팍 샌 표정으로 로지안이 고개를 들었다. 레오디안은 하등 거리낌 없는 당당한 태도로 로지안과 시선을 마주했다.

"저의 정당한 권리를 요구하는 것이 뭐가 문제인지 모르겠군요."

"허······."

지금껏 휴가란 휴가는 모두 반납하고 일에 미친 사람처럼 일만 하던 사내가 갑자기 뜬금없이 휴가를 신청하다니. 로지안은 손에 든 종이에 뭐가 적혀 있을지 이미 충분히 짐작이 갔지만, 일단은 예의상 흘낏 눈을 내려 종이를 살펴보았다.

그리고 경악했다.

"당장 오늘부터 쉬겠다는 게 말이 되나?"

게다가 아무리 그래도 황제한테 이런 식으로 일방적인 통보를 하는 놈이 어디 있어!

로지안이 분에 찬 목소리로 소리치고는 거칠어진 숨을 씩씩 내뱉었다.

"아니, 이유나 들어 보자."

한참 씨근덕대던 로지안이 겨우 진정하고 레오디안을 바라보았다.

"어디 한번 말해 보게, 대공. 그대는 왜 이리도 갑작스럽게 휴가를 청하는 건가?"

레오디안은 그답지 않게 꽤 긴 시간 동안 망설이다가 대답했다.

"그녀가, 깨어났습니다."

"……."

로지안은 목석같은 기사단장이 내민 휴가 신청서에 조용히 서명했다.

* * *

커다란 창으로 새어 들어온 봄바람에 짙푸른 커튼이 팔랑팔랑 나부꼈다.

엘시아는 그 아래 자리한 협탁에 놓인 익숙한 화분과, 낯선 화병을 바라보고 있는 중이었다.

낯선 화병에 꽂힌 푸른 꽃은 다름 아닌 하이드가 사다 놓은 것이라고 했다. 그 사실을 말해 준 건 리리엔이었다. 한참 울다가 겨우 눈물을 그친 리리엔은 엘시아가 잠들어 있던 2년간 무슨 일이 있었는지 이야기해 주었다.

엘시아에게 두 번 다시 스스로를 희생하지 말라는 약속을 기어코 받아 내고 난 다음의 일이었다.

그때 리리엔이 어찌나 강압적으로 약속하라며 채근했는지 모른다. 엘시아는 가볍게 웃으며 옆에 누운 리리엔의 잠든 얼굴을 내려다보았다.

굳게 닫혀 있던 문이 불현듯 벌컥 열어젖혀진 것은 그즈음이었다.

엘시아는 깜짝 놀라서 뒤를 돌아보았다. 그러자 따스한 봄바람을 몰고 온 레오디안이 거기에 있었다. 엘시아는 순간 놀란 눈을 더욱 커다랗게 떴다가, 곧 침착하게 침대에서 내려왔다.

평범한 인간이라면 2년간 병석에 누워 있다가 바로 일어나 걷는 것은 불가능했을 터였다. 하지만 다행인지 불행인지, 엘시아는 평범한 인간이 아니었다. 그녀는 비정상적으로 빠른 자가 치유 능력을 가지고 있었다.

엘시아는 조용히 레오디안에게 가까이 다가갔다. 레오디안은 마치 얼어붙기라도 한 것처럼 멍하니 서 있었다.

그 멍한 얼굴은 엘시아에게 꼭 어제 본 것처럼 익숙했다.

하지만 레오디안은 아닐 터였다. 그는 그녀가 모르는 2년의 시간을 가지고 있었으니까.

그 2년의 시간을 지나 지금에 와서야 비로소 그녀와 재회한 것이니까.

오랜만이에요, 하고 인사를 건네야 하는 걸까. 그런 고민을 하며 엘시아는 레오디안을 바라보았다.

레오디안은 한참 아무런 말도 하지 않았다. 마치 멈춘 시간 속에 갇힌 사람처럼. 그저 엘시아를 믿어지지 않는다는 듯 눈에 담고 있을 뿐이었다. 그런 레오디안은 언뜻 무언가를 두려워하는 사람 같아 보이기도 했다.

엘시아는 쉽사리 먼저 말을 꺼내지 못했다. 차라리 레오디안이 무슨 말이라도 해 주었으면 좋겠는데.

이 무겁도록 고요한 분위기에서 벗어날 길이 없어 보였다.

"……으응, 뭐야?"

그때, 불현듯 리리엔이 잠에서 깨어났다.

엘시아는 황급히 고개를 돌려 뒤를 돌아보았다. 어느덧 침대에 앉은 리리엔이 부스스 눈을 비비고 있었다.

"언니?"

잠들기 전까지 함께 누워 있던 엘시아를 찾아 리리엔이 이리저리 고개를 돌렸다. 그러다 머지않아 문가에 선 엘시아와 레오디안을 발견하고 눈을 크게 떴다.

"……두 사람 거기 서서 뭐 해?"

리리엔이 의아한 듯 고개를 비스듬히 기울이며 물었다. 그에 대답한 사람은 아무도 없었다.

"레오디안, 언제 왔어? 밤이 늦도록 안 오기에 영영 안 올 줄 알았더니만……."

쳇, 하고 혀를 찬 리리엔이 침대에서 내려왔다.

그리고 그 길로 곧장 엘시아와 레오디안이 선 문가로 성큼성큼 걸어갔다. 리리엔은 엘시아와 레오디안을 가만히 쳐다보다가 이내 고개를 절레절레 내저었다.

"내가 다 어색해서 죽을 것 같아. 나는 옆방에 가 있을 테니까 두 사람

얘기 끝나면 말해 줘."

"……."

리리엔이 조금도 망설이지 않고 침실을 나갔다.

그렇게 리리엔이 떠난 침실에서, 엘시아와 레오디안이 순간 어색한 시선을 마주쳤다. 엘시아는 이러다가는 정말 밤새도록 이렇게 서 있을 수도 있을 것 같다는 생각이 들었다.

"……저, 일단 안으로 들어오실래요?"

엘시아가 망설이다가 조심스럽게 꺼낸 제안에 그제야 레오디안이 문을 닫고 침실 안으로 들어왔다.

엘시아는 레오디안과 함께 침실 한편에 앉았다. 창가로 새어 들어오는 새벽 빛이 레오디안의 파리한 낯을 밝혔다. 그동안 어떻게 지냈기에 이리도 피로해 보이는지. 엘시아는 저도 모르게 힐끔힐끔 레오디안의 얼굴을 살폈다.

레오디안이 불쑥 침묵을 깨고 말을 꺼낸 것은 바로 그 순간이었다.

"무서웠습니다."

"……네?"

"무서워서."

레오디안의 목울대가 크게 한 번 위아래로 상하운동을 했다.

"일에만 매달렸습니다."

엘시아는 그제야 레오디안이 무슨 소리를 하는지 깨달았다.

지금 레오디안은 지난 2년의 시간을 이야기하는 것이었다. 엘시아는 모르는, 오직 레오디안만이 알고 있는 그 시간을.

"당신이 그렇게 고요히 누워 있는 모습을 마주하게 되니, 당신이 깨어나지 않을까 봐 너무 무서워서."

여태 시선을 아래로 향하고 있던 레오디안이 눈길을 들어 올려 엘시아를 눈에 담았다. 새벽의 어스름한 푸른빛을 받은 눈동자가 평소보다 유난히 더 푸르러 보였다.

엘시아를 바라보는 레오디안의 눈빛은 시리도록 다정했다.

"……그래서 이제 와서야 당신을 제대로 마주 볼 용기를 낼 수가 있었습니다."

그 다정한 빛을 품은 푸른 눈동자에 차츰 눈물이 차오르기 시작했다.

레오디안이 황급히 고개를 틀었으나, 이미 엘시아는 그것을 똑똑히 목격한 뒤였다. 마치 파도치는 바다 같은 그 물기 어린 눈동자를.

엘시아는 작게 숨을 들이켰다. 무슨 말을 해야 할지 알 수 없었다.

리리엔을 위해서, 레오디안을 위해서, 그리고 엘시아 그녀 자신을 위해서 한 일이었다.

하지만 차마 그 말을 입 밖으로 낼 수가 없었다.

당신을 위해서였다는 말이 당신 때문이었다는 말로 들릴까 봐. 그래서 레오디안이 스스로를 더 탓하게 되기라도 할까 봐. 엘시아는 차라리 침묵을 선택했다.

레오디안은 꽤 오래도록 고개를 돌린 채로 감정을 삭혔다. 얼마나 힘주어 이를 악물었는지 그의 턱 근육이 바짝 올라붙어 있었다.

"내가 당신에게 품은 마음이 당신에게는 부담스럽고……. 또 끔찍하게 느껴질 수도 있는 건데."

한참 만에 힘겹게 침묵을 깬 레오디안이 떨리는 목소리로 말했다.

"내가 너무 이기적이었습니다. 당신에게 부담을 준 것 같다는 후회가 계속 들어서……."

"아니에요."

엘시아의 목소리 또한 정처없이 흔들리고 있었다.

"끔찍하다니, 그런 생각한 적 없어요. 오히려 저는……."

레오디안에게 고마웠다. 이런 자신에게도 늘 다정했던 그의 솔직한 고백이 기뻤다. 조금 당황스럽기는 했을지언정, 싫었던 적은 없었다. 단 한 번도 싫지 않았다.

리리엔을 위해서 힘을 쏟아붓기로 마음먹은 순간, 마지막으로 떠오른 것이 바로 레오디안이었다.

자신의 마음을 고백하며 아름답게 웃던 레오디안의 얼굴이었다.

그때 깨달았다. 어쩌면 자신도 레오디안과 같은 마음인지도 모르겠다고.

마음을 주지 않으려고 했지만 끝내는 온 마음을 다해서 리리엔을 사랑하게 되었듯이.

자신을 있는 그대로 받아들여 준 리리엔을 사랑할 수밖에 없었던 것처럼.

"……대공님을 부담스럽고 끔찍하게 느꼈던 적 없어요."

아무것도 아닌 자신을 특별한 무언가라도 되는 양 소중히 대해 주는 남자를 어떻게 싫어할 수가 있을까.

엘시아는 떨리는 손을 뻗어 레오디안의 소매 끝을 잡았다. 엘시아가 낼 수 있는 최대한의 용기였다. 그러자 그것만으로도 충분하다는 듯, 아니, 차고 넘친다는 듯 레오디안이 엘시아의 손을 감싸 쥐었다.

마주 잡은 손에서 떨림이 느껴졌다. 누구의 손에서 비롯된 것인지는 알 수 없었다.

* * *

이튿날, 하이드가 엘시아를 찾아왔다.

그동안 엘시아가 깨어나기만을 오매불망 기다렸던 하이드였다.

그런데 어제, 엘시아가 의식을 차렸다는 소식을 듣고 황급히 신전을 몰래 빠져나오다가 신관에게 들켰다. 그 바람에 오늘에서야 엘시아를 찾아올 수 있었다.

하이드는 어젯밤 한숨도 자지 못했다. 뜬눈으로 날을 새우고 아침 기도를 올리자마자 신전에서 몰래 도망 나온 것이었다. 정신없이 달려오느라 미처 꽃집에 들를 생각조차 하지 못했다.

그리하여 빈손으로 저택에 도착했을 때, 엘시아는 리리엔과 함께 정원을 산책하고 있었다. 하이드는 저도 모르게 엘시아에게 달려가려던 걸음을 멈추고, 그 자리에 멍하니 선 채로 눈을 깜빡거렸다.

밝은 햇살 아래에서 리리엔과 손을 잡고 걷고 있는 엘시아의 모습이 너무 눈부셨다. 그래서 그런지 가슴속에서 뜨거운 무언가가 울컥 치밀어 오르는 듯한 느낌이 들었다.

"……하이드?"

그때, 하이드를 발견한 엘시아가 놀란 듯 눈을 커다랗게 떴다.

리리엔도 멀찍이 떨어진 곳에 우뚝 서 있는 하이드를 보고 의아한 표정을 지었다.

"왔으면 와서 인사라도 하지, 저기서 뭐 하는 거람."

하이드는 리리엔이 가볍게 타박하는 소리를 들었지만, 여전히 옴짝달싹할 수가 없었다. 어째서인지 도저히 엘시아에게 가까이 다가갈 엄두가 나지 않기 때문이었다.

그런 하이드를 알아차리기라도 한 것처럼, 엘시아가 하이드에게 가까이 다가왔다. 부드러운 미소를 지은 채였다.

"하이드, 아침은 먹었어?"

"……응."

하이드는 자꾸만 속에서 치밀어 오르려고 하는 뜨거운 것을 간신히 꾹 내리누르며 대답했다. 햇볕이 내리쬐는 푸른 정원에서 엘시아와 서로 마주 보고 있다는 것이 믿기지 않았다.

하이드는 여러 번 눈을 깜빡거렸다. 그럼에도 여전히 엘시아는 자신의 눈앞에 있었다.

"……잘 잤어?"

하이드가 잔뜩 갈라진 목소리로 물었다.

"응, 잘 잤어."

엘시아는 더욱 환하게 미소를 지었다.

"내가 자는 동안 매일 꽃을 사다 줬다며?"

"……."

"고마워, 하이드."

하이드는 말없이 고개를 끄덕였다. 몇 번이나 끄덕거렸다.

사실은 엘시아에게 하고 싶은 말이 무척이나 많은데, 그중 어느 것도 말할 수가 없었다. 입을 여는 순간, 더 이상 참을 수 없을 것 같았기 때문이었다. 아까부터 계속해서 속에서 끓어오르던 뜨거운 무언가가 이제는 당장에라도 터져 나올 듯했다.

하이드는 아랫입술을 꾹 깨물었다. 그리고 조심스럽게 손을 뻗어 엘시아의 손을 잡았다. 순간 놀란 듯 멈칫했던 엘시아는 이내 웃으며 하이드의 손을 꼭 마주 잡아 주었다.

그런 두 사람의 모습을 리리엔이 영 탐탁지 않다는 듯이 바라보았지만, 별다른 말은 하지 않았다. 어찌 됐든 그동안 하이드가 얼마나 엘시아를 걱정하며 속을 태웠는지 잘 알고 있었으므로.

그러니 평소답지 않게 엘시아에게 어리광을 피우는 하이드를 이번 한 번만 너그럽게 봐줄 생각이었다.

* * *

하이드를 시작으로 저택에 손님이 끊임없이 밀려들었다. 모두 엘시아를 찾아온 손님이었다. 그 때문에 엘시아와 단둘이 있을 시간이 줄어든 리리엔은 마냥 불만이었지만, 그것을 엘시아의 앞에서는 최대한 내색하지 않으려고 노력했다.

엘시아는 자신을 만나기 위해서 먼 길을 와 준 사람들에게 고맙고 미안한 눈치였다. 또 한편으로는 기쁜 듯해 보였다.

그것이 눈에 훤히 다 보이는데, 모르는 척 철없게 투정을 부릴 수는 없는 노릇이었다. 지금도 엘시아는 막 신전에서 찾아온 로아나와 이야기꽃을 피우고 있었다.

그 모습을 창밖으로 내려다보고 있던 리리엔이 벌써 몇 번째일지 모를 한숨을 푹 내쉬었다.

엘시아가 저렇게 좋아하니 흐뭇하기는 한데, 어쩐지 좀 서운한 마음도 들었다.

엘시아가 자신을 까맣게 잊고 있는 것 같았기 때문이었다.

리리엔은 '나 여기 있는 거 잊어버린 거 아니지?' 하고 소리치고 싶은 충동을 가까스로 내리눌렀다.

"리리엔, 그렇게 창밖으로 몸을 내밀고 있는 것은 위험한 행동이다."

그때, 뒤에서 불쑥 레오디안의 목소리가 들려왔다. 리리엔은 홱 고개를 돌렸다. 여태 조용히 앉아서 책을 읽고 있던 레오디안이 어느덧 리리엔을 염려스럽게 바라보고 있었다.

리리엔은 순순히 창턱에서 내려왔다. 그리고 레오디안이 앉은 맞은편 소파에 털썩 주저앉듯 앉았다. 그에 레오디안이 읽고 있던 책으로 다시 시선을 돌렸다.

팔락, 하고 책장이 넘어가는 소리가 조용한 방 안에 울려 퍼졌다.

리리엔은 이 상황에서 태평하게 책이나 읽고 있는 레오디안이 그저 마냥 신기할 따름이었다.

"……질투도 안 나나?"

리리엔이 무심코 중얼거린 혼잣말에 막 책장을 넘기려던 레오디안의 손이 멈칫했다.

"……뭐?"

레오디안은 자신이 방금 무슨 소리를 들은 건지 영문을 모르겠다는 표정으로 고개를 들었다.리리엔은 순간 아차 싶었지만, 이내 될 대로 되라는 심정으로 입을 열었다.

"아니, 그렇잖아. 엘시아가 하루 종일 다른 사람들하고 시간을 보내는데 질투 안 나?"

"……."

레오디안은 말문이 막힌 듯 입매를 굳혔다. 그러다가 머지않아서 책을 읽을 마음이 싹 사라졌는지 책장을 덮었다.

"나는 질투가 나서 당장에라도 나가서 막 훼방을 놓고 싶은데."

"그랬다가는 엘시아 님의 입장만 곤란해질 뿐이다."

"알아, 아니까 이렇게 참고 있는 거잖아……."

리리엔이 힘없이 한숨을 내쉬며 어깨를 축 내려뜨렸다.

"그냥 말이 그렇다는 거야."

레오디안은 아무런 말없이 리리엔을 바라보다가 느릿하게 고개를 내저었다.

열린 창문으로 정원에서 로아나와 엘시아가 대화를 나누는 소리가 흘러들어왔다. 간간이 웃음소리도 들리는 것을 보니, 두 사람 다 꽤나 즐거운 시간을 보내고 있는 모양이었다.

레오디안은 저도 모르게 가만히 귀를 기울여 보았다. 하지만 두 사람이 무슨 이야기를 나누고 있는지는 알 수 없었다.

두 사람의 목소리가 웅성거리는 소리처럼 반쯤 뭉개져 불분명하게 들렸기 때문이었다.

"그나저나, 레오디안은 다시 제도로 돌아가 봐야 되는 거 아니야?"

그때, 문득 리리엔이 묻는 소리를 듣고 레오디안은 번쩍 정신을 차렸다.

자신이 방금까지 남의 말을 엿들으려는 시도를 했다는 사실에 부끄러움이 밀려들었다.

그것도 심지어 제 어린 동생이 똑똑히 지켜보고 있는 앞에서.

설마하니 리리엔이 그 사실을 알아차렸을 리는 없지만, 레오디안은 어쩐지 리리엔의 시선을 똑바로 마주할 수가 없었다.

레오디안은 조금 전까지 자신이 읽던 책 표지에 시선을 고정한 채로 헛기침을 했다.

"제도로 돌아가야 하는 거 아니냐니까?"

"아니, 당분간 이곳에서 지낼 것이다."

"……엥? 그래도 돼?"

리리엔이 뜻밖의 소식에 놀란 기색을 감추지 못하며 되물었다.

레오디안은 여전히 책 제목에 시선을 둔 채로 고개를 가볍게 끄덕했다.

"긴 휴가를 냈으니."

"세상에……."

그동안 그렇게 일밖에 모르는 것처럼 굴었던 레오디안이 휴가를 냈다니.

리리엔은 어쩌면 내일 당장 세상이 무너질지도 모르겠다는 생각을 하면서 멍하니 입을 벌렸다.

"사랑은 사람을 변하게 한다더니."

레오디안은 순간 놀라서 번쩍 고개를 들어 올렸다.

"아까부터 자꾸 왜 그런 소리를……."

"틀린 말을 한 건 아니잖아."

"……."

리리엔은 뭐가 문제냐는 듯 천진한 얼굴을 하고서 어깨를 으쓱했다.

레오디안은 말문이 턱 막혔다. 어째 리리엔이 계속해서 자신을 놀리고 있는 것 같은 느낌이었다.

그리고 그건 단순히 레오디안의 착각이 아니었다.

머지않아 리리엔이 씨익 입꼬리를 끌어 올려 웃었다. 장난기가 느껴지는 개구진 미소였다.

"당분간 심심하지는 않겠네."

당황한 레오디안을 빤히 바라보며 리리엔이 만족스럽다는 듯이 중얼거렸다.

* * *

아주 오래전부터 계획되어 있던 리리엔의 유학 준비가 본격적으로 진행되었다. 마침 레오디안이 제스아로 내려온 참이라, 리리엔의 유학 준비는 더더욱 순조롭게 이루어졌다.

사실 리리엔은 1년도 전에 이미 페레이스 왕국의 국립 아카데미의 입학 허가를 받았다. 리리엔만 준비가 된다면 언제든지 절차를 밟아 입학을 할 수 있는 상황이었다. 그러나 아픈 엘시아를 두고 아카데미에 갈 수는 없으니 줄

곧 입학 절차를 미뤄 왔던 것이었다.

"……내년에 가면 안 돼?"

"안 된다."

레오디안이 단칼에 못 박아 말했다.

"지금도 너무 늦었다. 너는 내후년이면 성인이 되는 나이가 아닌가."

"하지만……."

"네 마음은 잘 알지만, 안 돼."

엘시아가 의식을 차린 지 고작 일주일이 채 지난 시점이었다.

엘시아와 시간을 보내고 싶은 리리엔의 마음은 너무나도 잘 알았다. 하지만 이것은 리리엔의 미래를 위한 일이었다. 리리엔도 페레이스의 아카데미에서 수학하고 싶은 욕심이 있었다.

그런데 여기서 더 늦어진다면 리리엔은 아카데미에 입학할 수 없는 성년의 나이가 된다.

"무엇이 너를 위한 일인지 너도 잘 알고 있으리라 생각한다, 리리엔."

"……."

리리엔은 레오디안의 말이 다 옳다고 생각하면서도, 자꾸만 억울한 마음이 들었다.

"그래, 리리엔. 대공님 말씀이 맞아. 너도 늘 아카데미에 가고 싶어 했잖아."

무엇보다도 엘시아가 레오디안의 편을 든다는 게 마음에 들지 않았다.

아주 벌써부터 한 편이지. 리리엔은 뾰로통한 표정으로 입술을 쭉 내밀었다. 지금도 이런데 나중에 제대로 연애를 시작했을 때는 얼마나 더 심할지 눈앞이 캄캄했다.

"……분명 둘이서 편을 먹고 나를 따돌릴 게 뻔해."

"응?"

엘시아가 영문을 모르겠다는 듯 고개를 갸웃했다.

반면에 그동안 리리엔에게 매일같이 시달려온 레오디안은 방금 리리엔의 말이 무슨 뜻으로 한 말인지를 단번에 알아들었다. 레오디안이 어색하게 리리엔의 시선을 피했다. 그것을 본 리리엔이 속으로 비열한 미소를 지으며 입을 열었다.

"언니, 내가 없는 동안 혹시라도 레오디안하고 결혼하면 안 돼. 알았지?"

"……뭐?"

엘시아가 당황해 크게 숨을 들이켰다.

"리, 리리엔. 갑자기 그게 무슨 소리야……."

"무슨 소리기는? 말 그대로, 나 몰래 결혼하지 말라는 소리야."

"……."

"알았지?"

리리엔이 천진난만한 척 눈을 동그랗게 뜬 채로 엘시아를 물끄러미 바라보았다.

"언니, 왜 대답을 안 해?"

"어? 어, 응. 당연하지."

엘시아가 얼떨결에 고개를 끄덕였다. 그에 레오디안의 근사한 콧대에 미세한 주름이 생겼다.

리리엔은 당장에라도 웃음이 터질 것 같았지만 가까스로 꾹 참았다.

분명 기분이 상했으면서, 엘시아앞에서는 조금도 내색을 하지 못하는 레오디안을 보니 속이 다 풀리는 느낌이었다.

이제 그나마 한결 가벼운 마음으로 페레이스로 떠날 수 있을 것 같았다.

* * *

그날 밤, 소소하게 리리엔의 송별 기념 저녁 만찬을 가졌다.

엘시아와 레오디안, 에밀리아, 그리고 유모 헤르테인이 함께한 자리였다. 리리엔은 식사를 하는 동안 우울한 기색이라곤 전혀 내보이지 않았다. 오히려 너무나도 행복하다는 듯 미소를 내건 채였다.

"리리엔, 오늘도 나랑 같이 잘 거지?"

"음……."

식사를 마치고 식당에서 나왔을 때, 엘시아가 꺼낸 말에 리리엔은 조금 난감한 기색을 표했다.

"왜? 혹시……. 나랑 자기 싫어?"

엘시아는 의아한 마음이 들었다. 그도 그럴 것이 그동안 엘시아와 리리엔은 매일같이 같은 침대에서 잠들었다.

오늘은 리리엔이 페레이스로 떠나기 전, 함께 보낼 수 있는 마지막 밤이었다. 그런데 뜻밖에도 리리엔이 내키지 않는 기색을 내보이자, 엘시아는 영문을 알 수가 없었다.

"그게, 사실은……. 이따가 잠깐 하이드를 만나기로 했거든……."

"아……."

엘시아는 최근 리리엔과 하이드가 부쩍 친밀해졌다는 걸 눈치채고 있었다.

"그럼 침실에서 기다릴게. 그건 괜찮지?"

"응, 당연하지!"

리리엔이 활짝 미소를 지으며 고개를 끄덕였다.

"나는 신경 쓰지 말고 하이드하고 재밌게 놀다 와."

엘시아는 리리엔을 한번 꼭 안아 준 뒤, 먼저 침실로 향했다.

그때, 마침 에밀리아와 짧게 대화를 마치고 식당을 나서던 레오디안이 리리엔을 발견하고선 다가왔다.

"이 늦은 시간에 어디를 나가겠다는 거지?"

엘시아와 한 이야기를 용케 들은 모양이었다. 리리엔은 입술을 삐죽이다가 대꾸했다.

"그냥 앞에서 잠깐 만나기로 했어. 금방 들어올 거야."

"위험하니 하이드는 저택 안에서 만나도록 해."

"……."

"시간이 늦었지 않나."

레오디안은 뜻을 굽힐 기색이 아니었다. 결국 리리엔이 쳇, 하고 혀를 차곤 고개를 끄덕였다.

"알았어."

"그럼, 나도 이만 침실로 올라가 보겠다."

"그러시던가."

퍽 불량한 태도였지만 레오디안은 굳이 그런 리리엔의 태도를 지적하지 않았다. 대신에 짧게 한숨을 내쉬고는 몸을 돌려 침실을 향해 걸음을 옮겼다.

리리엔은 벽에 걸린 시계를 확인했다. 자정에 가까운 시간이었다. 하이드를 만나기로 한 시간이 딱 자정이었다. 리리엔은 얼른 걸음을 재촉해 저택 밖으로 나갔다.

"리리엔."

저택 밖 담벼락에 기대어 서 있던 하이드가 리리엔을 발견하곤 희미하게나마 미소를 지었다.

리리엔은 어쩐지 조금 부끄러운 기분이 들어서 괜히 툴툴거렸다.

"웬일로 약속 시간 전에 나왔대."

"신관들이 다 일찍 자거든."

감시하는 눈이 없어서 몰래 빠져나오기도 훨씬 수월했다.

하이드는 내심 리리엔의 칭찬을 바라면서 리리엔에게 가까이 다가갔다. 그러기가 무섭게 리리엔이 성큼 한 걸음 뒤로 물러났다.

"……왜 그래?"

"레, 레오디안이 위험하니까 너랑 안에서 얘기하랬어. 들어가자."

리리엔은 하이드의 대답도 듣지 않고 홱 몸을 돌려 저택 안으로 들어갔다. 하이드는 순간 어리둥절한 표정으로 리리엔의 뒷모습을 바라보고 서 있다가, 곧 정신을 차리고 얼른 리리엔의 뒤를 따라서 저택 안으로 향했다.

리리엔은 응접실에 도착할 때까지 뒤도 돌아보지 않았다. 그것이 어째 좀 섭섭했지만 하이드는 굳이 내색하지 않고 리리엔의 맞은편에 앉았다.

내일이 되면 리리엔은 페레이스로 가야 한다.

그러면 아마 아주 오랫동안 만나지 못할 것이다. 하이드는 지금 이 순간 리리엔의 얼굴을 최대한 많이 봐 둬야 했다. 그 외에 다른 것을 신경 쓰느라 낭비할 시간이나 여유는 없었다.

"……부담스럽게 왜 그렇게 빤히 쳐다봐?"

리리엔이 뺨을 매만지며 하이드의 시선을 피했다.

"혹시 내 얼굴에 뭐 묻었어?"

"아니."

하이드는 얼른 고개를 흔들었다.

"맨날 예뻐."

"……."

리리엔은 순간 귀를 의심했다. 애써 잘못 들었겠지 생각하고 넘기려는데 하이드가 선수를 쳤다.

"뭐 묻어도 예쁠 것 같은데."

"얘가 미쳤나 봐."

리리엔이 휘둥그레진 눈으로 하이드를 돌아보았다. 리리엔은 어색한 표정으로 시선을 이리저리 돌리다가, 문득 하이드의 하얗고 곧은 목에 눈길을 고정했다.

그곳에는 새까만 문양이 선명하게 자리해 있었다. 세간에서 신의 문양이라 부르는 것이었다.

얇은 선 수십 개가 서로 한데 얽혀 있는, 그 기묘한 문양을 바라보던 리리엔이 지나가는 어투로 가볍게 물었다.

"신전은 지낼 만해?"

"응."

하이드는 리리엔이 무언가를 물어봐 주기만을 기다렸다는 듯이 대답했다.

"짜증 나는 인간들이 몇 명 있기는 한데 참을 만해."

"……짜증 나는 인간들?"

"내 행동을 사사건건 제약하려는 인간들이 있어."

신전의 신관들은 하이드의 일거수일투족에 온 신경을 기울였다. 하이드는 신전 밖은커녕, 신전 안에서도 자유롭게 돌아다닐 수 없었다.

"나는 엘시아랑 너하고 다시 함께 살고 싶은데……."

"네가 신전에서 사는 걸 선택한 거잖아."

"그건 맞지만."

"엘시아가 깨어나니까 마음이 변했나 보네."

리리엔의 말에 하이드는 아무런 반박도 하지 않았다. 리리엔은 자신이 정곡을 제대로 찌른 모양이라고 생각했다.

"아무튼, 내가 없는 동안 신전 인간들을 잘 감시해야 돼. 알았지?"

"응."

하이드가 신전에 귀속된 이후, 리리엔은 하이드를 통해서 신전과 신관들을 감시하고 있었다. 예전에 비해서 현재 신전의 힘이 많이 쇠약해졌다고는 하지만, 그래도 마냥 안심할 수는 없었다.

제국에는 아직도 신과 신전을 맹신하는 사람들이 꽤 많았다.

혹시라도 신전이 과거의 영광을 되찾기 위해, 또다시 허튼짓을 꾸밀지도 모르는 일이었다. 어느 날 갑자기 괴물이나 키메라 같은 존재가 또 나타날지도 몰랐다.

그런 일은 두 번 다시 일어나서는 안 됐다. 앞으로 엘시아는 아무런 걱정 없이 그저 행복하게만 살아야 하니까.

"걱정하지 마, 리리엔. 네가 없는 동안 엘시아는 내가 잘 지킬게."

하이드는 리리엔이 무엇을 걱정하는지 잘 알고 있었다.

"다시는 엘시아가 슬퍼할 일이 없도록 내가 다 막을 거야."

"……."

리리엔은 아랫입술을 꾹 깨물었다. 하이드의 한결같은 마음이 너무나도 고마웠다. 마음 같아서는 리리엔도 하이드와 함께 엘시아의 곁을 지키고 싶었다. 단 한순간도 엘시아와 떨어져서 지내고 싶지 않았다.

하지만 엘시아는 리리엔이 그러기를 원치 않을 것이었다. 리리엔이 자신을 위해서 엘시아가 더 이상 그 무엇도 희생하기를 원하지 않듯이.

"……왜 그래, 리리엔? 내가 엘시아를 잘 지키지 못할 것 같아서 그래?"

머지않아 리리엔의 푸른 눈동자에 물기가 어린 것을 본 하이드가 당황해 자리에서 벌떡 일어났다. 그리고 자리에 앉은 리리엔의 앞으로 다가갔다. 리리엔을 달래 주어야 한다는 생각이 들었기 때문이었다.

"나 잘할 수 있어. 정말이야."

리리엔이 가까이 다가온 하이드를 올려다보다가 이내 고개를 푹 숙였다.

"진짠데. 진짜로 잘할 수 있는데……."

하이드는 안절부절못했다. 리리엔이 왜 이리 갑자기 울음을 터뜨린 것인지 영문을 알 수 없었다. 하지만 어떻게든 리리엔을 달래 주고 싶었다. 비록 그 방법을 몰라서 이러지도 저러지도 못하고 있었지만.

"정 불안하면 내가 맨날 편지 보낼게. 네가 답장을 해 주지 않아도 매일……."

"정말, 잘할 수 있어?"

하이드가 횡설수설 늘어놓는 말을 듣던 리리엔이 고개를 홱 들어 올렸다. 하이드는 어느덧 눈물로 흠뻑 젖은 리리엔의 얼굴을 보고 말문이 턱 막혀서 그저 고개만 열심히 끄덕거렸다.

리리엔은 계속해서 고개를 끄덕이는 하이드의 모습이 정말 바보 같아 보인다고 생각했다.

"내가 답장 안 해도 진짜 매일 편지 보낼 거야?"

"응, 응."

"약속 어기면 어떡할 건데? 너 매일 나랑 약속한 시간 어겼잖아."

"그건……."

하이드가 마땅히 대답할 말이 생각나지 않는지 당황어린 눈동자를 도르륵, 굴렸다.

"지금 나한테 지키지도 못할 약속을 하는 거야?"

"아니, 아니야. 지킬 건데……."

하이드는 입술만 벙긋거리다가 리리엔의 시선을 피해 눈을 돌렸다. 그러자 리리엔은 어쩐지 서러워졌다. 소파에서 벌떡 일어난 리리엔이 하이드의 가슴팍을 힘껏 밀쳤다.

"네가 이러는데 내가 어떻게 너를 믿고 가?"

정말 힘껏 밀쳤는데 하이드는 꿈쩍도 하지 않았다. 그것이 리리엔을 더욱 서럽게 만들었다.

이 바보 같은 게, 레오디안만큼이나 키가 커져서 자신을 내려다보고 있는 것도 마음에 들지 않았다.

어릴 적부터 하이드가 음식을 골고루 먹는 꼴을 본 적이 없는데, 언제 이렇게 커진 건지 그저 기가 막힐 따름이었다.

"리리엔, 아직도 내가 미워?"

"……뭐?"

예상치 못한 말에 리리엔이 당황해서 하이드를 올려다보았다. 믿을 수 없게도 하이드의 새빨간 눈동자에 눈물이 고여 있었다.

"아무리 그래도 그렇지 왜 때려……."

"야, 내가 어, 언제 때렸어. 그냥, 조금 민 거지."

"주먹으로 세게 밀었잖아."

"……."

"그게 때린 거지."

하이드가 눈을 깜빡이자 눈가에 고여 있던 눈물이 뺨을 타고 또르륵 흘러내렸다.

"아니, 내가 일부러 그런 것도 아니고……."

"일부러 그랬잖아."

조금 전까지만 해도 선뜻 대답을 못했던 것이 무색하게도 하이드는 한 마디도 지지 않고 대답했다. 반면에 리리엔은 말문이 턱 막혔다. 그저 멍하니 하이드가 우는 걸 바라볼 뿐이었다.

하이드의 눈물은 두 번째로 보는 것이었지만, 처음 봤을 때와 마찬가지로 너무나도 당황스러웠다. 얼마나 당황스러운지 눈물마저 쏙 들어갔을 정도였다.

"가슴이 아파."

하이드가 제 가슴께를 움켜쥐고서 리리엔을 바라보았다.

"네가 나를 미워하지 않았으면 좋겠어."

"나, 나 너 안 미워!"

리리엔이 손사래까지 치며 하이드의 말을 부정했다.

"물론 처음에는 좀 미워했지만……."

하이드의 존재 자체를 위험 요소로 생각했던 적이 있었다.

하이드가 엘시아의 곁에 있으면 엘시아가 위험해질 것 같다고 판단했기 때문이었다.

실제로 하이드는 인간 사회에 적응하지 못하고 엘시아에게 위협이 될 만한 행동을 한 적이 더러 있었다.

"이제는 안 그래. 안 미워해."

리리엔은 제 가슴팍을 세게 움켜쥐고 있는 하이드의 손등 위를 조심스럽게 덮어 쥐었다.

"내가 어떻게 너를 미워할 수가 있겠어."

"……정말이야?"

"정말이야."

하이드의 손이 떨리고 있는 것이 느껴졌다.

"너 안 미워."

리리엔에게 있어서 하이드는 엘시아를 믿고 맡길 수 있는 사람 중의 한 명이었다. 차마 부끄러워서 그 사실을 하이드에게 솔직하게 말할 수는 없지만, 리리엔은 진심으로 하이드를 믿었다.

"방금 밀친 건 내가 잘못했어. 미안해."

"……."

리리엔이 겸허히 잘못을 인정하고 사과하자, 하이드가 뜻밖이라는 표정을 지었다.

"그러니까 그만 울어."

리리엔이 소매로 하이드의 눈가를 슥슥 닦아 주었다. 하이드는 순순히 리리엔의 손길에 제 얼굴을 내맡겼다.

리리엔은 어느 정도 하이드가 진정이 된 듯하자, 하이드의 손을 놓아주고 다시 자리에 앉았다.

"뭐, 네가 약속을 제대로 안 지키면 너를 미워하게 될지도 모르지만."

"약속 지킬 거야."

하이드가 일순간도 망설이지 않고 대답했다.

"무슨 일이 있어도 꼭 지킬게."

"그래, 그러던가."

리리엔은 어색하게 웃으며 고개를 끄덕였다.

뒤늦게 정신이 좀 들고 나니, 이게 대체 뭐 하는 짓인가 싶은 생각이 들었던 것이다. 오늘은 그저 하이드에게 작별 인사를 하려던 것뿐이었는데. 리리엔 자신도 울고, 하이드까지 울려 버렸다.

하이드와 있으면 왜 이렇게 어린애처럼 굴게 되는 걸까? 리리엔은 정말 영문을 알 수 없는 일이라며 한숨을 푹 내쉬었다.

그때, 여전히 리리엔의 앞에서 우물주물 망설이던 하이드가 불쑥 물었다.

"……그러면 나 계속 안 미워하는 거지?"

리리엔은 순간 멍한 얼굴로 하이드를 올려다보았다. 덩치는 커다란 게 눈치를 보면서 안절부절못하는 모습이 꼭 주인에게 단단히 혼쭐이 난 대형견 같아 보였다.

"응. 약속 지키면, 안 미워해."

"……고마워."

뭐가 고맙다는 건지. 한결 밝아진 안색을 한 하이드가 대뜸 리리엔의 품에 파고들어 왔다. 순간 놀라 크게 숨을 들이켰던 리리엔은 곧 당황해 새빨개진 얼굴로 하이드의 등을 퍽퍽, 두드렸다. 방금 전까지 하이드가 왜 자신을 때렸냐며 서럽게 울었다는 사실을 새까맣게 잊어버린 채였다.

"야, 뭐 하는 거야!"

"나, 약속 꼭 지킬게."

"……."

"약속 지키면서 네가 돌아올 때까지 기다릴게."

리리엔은 하이드를 밀어내리던 마음을 고쳐먹고 하이드를 마주 안아 주었다.

이제 당분간 만나지 못할 테니까. 오늘만큼은 이렇게 안아 줘도 괜찮겠지, 하는 생각이 들었기 때문이었다.

"그래. 내가 돌아올 때까지 얌전히 기다리고 있어."

하이드는 아무런 대답도 하지 않았다. 그저 리리엔을 더욱 힘주어 껴안았을 뿐이었다.

리리엔은 하이드가 얼굴을 파묻고 있는 자신의 어깻죽지가 점차 눈물로 젖어 가고 있음을 느꼈지만, 별다른 말없이 조용히 하이드의 등을 토닥거려 주었다.

* * *

리리엔이 하이드를 달래 주고 있는 그 시각, 엘시아는 침실에서 에밀리아와 차를 마시고 있었다.

엘시아가 병석에서 일어난 이후, 에밀리아는 줄곧 좀처럼 잠을 잘 이루지 못하는 엘시아를 위해서 숙면에 도움이 되는 차를 준비해 주었다.

평소라면 리리엔도 함께했을 자리이지만, 오늘은 엘시아와 에밀리아 단둘뿐이었다.

"아가씨가 많이 늦으시네요."

"하이드와 얘기가 길어지나 봐요."

리리엔과 하이드는 한동안 서로 멀리 떨어져 지내야 한다는 데 무척 아쉬움을 느끼고 있을 터였다.

두 아이가 얼마나 서로를 좋아하는지 잘 알고 있는 엘시아는 그것을 어렵지 않게 짐작할 수 있었다.

아마도 리리엔은 아주 늦은 시간에야 하이드와 헤어지고 침실로 돌아올지도 몰랐다.

"아가씨의 소꿉친구인 그 아이가 곧 신황이 될 예정이라니……. 사람 일은 참 모르는 거라는 생각이 들어요."

오랜 시간 신황과 대립해온 로켄페데스 가문을 생각해 봤을 때, 리리엔이 하이드와 계속해서 친하게 지내는 것은 퍽 놀라운 일이었다.

사람 일은 참 모르는 거라는 에밀리아의 말에 엘시아는 아무런 말없이 미소를 지었다.

불과 며칠 전까지만 해도 엘시아 또한 에밀리아와 이렇게 가까운 사이가 되리라고는 꿈에도 상상하지 못했다. 하지만 뜻밖에도 에밀리아가 그동안 자신이 쓸데없는 질투를 했다며 엘시아에게 진심으로 먼저 사과해 왔고, 그 이후로 두 사람 사이는 부쩍 가까워졌다.

거기에는 지금껏 에밀리아가 리리엔을 살뜰히 보살펴 주었다는 점도 크게 작용했다.

"그나저나, 내일이면 아가씨께서 페레이스로 떠난다니 믿어지지 않아요."

"네. 시간이 정말 빨리 지나갔어요. 벌써 오늘이 마지막이라니……."

"아가씨는 분명 잘 지내실 거예요."

"저도 그렇게 생각해요. 그렇게 생각하는데……. 마음이 좀 싱숭생숭해요."

"엘시아 님이 무슨 마음이실지 충분히 이해가 가요."

에밀리아가 씁쓸한 미소를 지으며 고개를 주억거렸다.

"아이들은 너무 빨리 자라죠. 정신을 차리고 보면 어느새 훌쩍 다 커서는 부모의 품을 떠나 버려요. 그건 어느 부모도 피할 수 있는 일이 아니고요."

에밀리아가 엘시아를 위로하듯 말했다. 엘시아는 말없이 고개를 끄덕여 에밀리아의 말에 동조를 표했다.

엘시아는 지난 2년간 자신이 리리엔의 성장을 지켜보지 못했다는 것이 가슴에 사무치도록 통탄스러웠다.

그 눈부신 모습을 보지 못했고, 앞으로도 다시는 볼 수 없다는 사실을 생각할 때마다 너무나도 슬퍼지고는 했다.

"그러니까 너무 섭섭하게 생각하지 마세요. 아가씨가 이렇게 훌륭하게 자라신 건, 전부 엘시아 님 덕분인 걸요."

"아……"

엘시아는 에밀리아가 진심으로 하는 말이라는 걸 알았다. 너무 고마운 말이었다.

"……정말, 감사해요."

"별말씀을요. 저는 그저 사실을 말했을 뿐이에요."

에밀리아가 엘시아를 향해 부드럽게 미소를 짓고는 찻잔을 들어 차를 마셨다.

그 순간, 밖에서 누군가 문을 두드렸다.

그게 누구인지 엘시아는 바로 알아차렸다. 너무나도 익숙한 체취가 문틈으로 새어 들어오고 있었기 때문이었다.

"제국에 파다한 소문의 로맨티스트가 찾아오신 것 같네요."

에밀리아가 가볍게 웃으며 자리에서 일어났다. 그녀 역시도 현재 침실 문 너머에 누가 서 있는지를 알아차린 것이었다.

에밀리아가 편하게 이야기를 나누라며 자리를 비켜 준 뒤, 엘시아와 레오디안은 서로를 마주 보고 앉았다. 레오디안이 이렇듯 늦은 시간에 엘시아를 찾아온 것은 무척 오랜만이었다. 엘시아는 깨어난 이후 줄곧 리리엔과 한 침대에서 같이 잠을 청하였으므로.

생애 처음으로 긴 휴가까지 내고 이곳으로 온 것이 무색하게도, 지금껏 레오디안은 있는 듯 없는 듯 자리를 지켰다. 엘시아와 리리엔 두 사람이 함께하는 시간을 방해하고 싶지 않았으니까. 하지만 오늘밤은 이렇게 엘시아를 찾아왔다. 혹시라도 엘시아가 혼자서 슬퍼하고 있지는 않을까 염려스러웠기 때문이었다.

내일이면 리리엔은 페레이스로 떠날 것이었다. 그리고 큰 문제가 없는 한은 아카데미를 졸업하기 전까지 계속 그곳에서 머무를 터였다. 아마도 리리엔이 제국으로 돌아오는 것은 빠르면 1년 뒤, 길면 3년 뒤가 되리라.

그건 가볍게 여기기 어려운 꽤나 긴 시간이었다.

지금껏 엘시아와 리리엔 두 사람은 그토록 오랜 시간 동안 떨어져서 지내 본 적이 없었으니까.

레오디안은 리리엔도 리리엔이지만, 엘시아가 무척 걱정됐다.

혹시라도 엘시아가 자신이 리리엔에게 버려졌다는 생각을 하고 있을까 봐.

어쩌면 엘시아는 혼자서 어디론가 홀연히 사라질 계획을 하고 있을지도 몰랐다.

엘시아가 아주 오래전부터 떠날 생각만을 해 왔다는 사실을 레오디안은 그 누구보다도 가장 잘 알고 있었다.

"리리엔이 하이드를 만나서 작별 인사를 하는 것 같더군요."

"네, 그런 것 같았어요."

레오디안이 꽤 오래 이어진 침묵을 깨고 말을 꺼내자, 엘시아가 가볍게 고개를 끄덕이며 대답했다.

"그동안 서로 무척 친하게 지냈으니 헤어지기가 아쉬울 거예요."

"그래도 리리엔과 하이드는 각자의 자리에서 잘 지낼 겁니다."

레오디안의 말에 엘시아가 이번에도 가볍게 고개를 끄덕였다.

그리고 잠시 조용히 시선을 아래로 내려뜨리고 있다가, 곧 조심스럽게 눈길을 들어 올려 레오디안을 바라보았다.

"그 말씀을 하려고 오신 거예요?"

엘시아치고는 단도직입적인 질문이었다. 순간 멈칫했던 레오디안이 이내 천천히 입을 열었다.

"혹여나 당신이 혼자서 또 울고 있지는 않을까 걱정이 되었습니다."

엘시아는 너무나도 솔직한 레오디안의 대답을 듣고 놀라 눈을 크게 떴다.

"제가 전에 당신이 홀로 우는 모습은 더 이상 보고 싶지 않다고 말하지 않았습니까."

"……네, 기억나요."

레오디안은 어떻게 이렇듯 솔직할 수가 있는 걸까. 엘시아는 짐짓 어색한 미소를 지으며 눈길을 돌렸다. 올곧은 시선을 보내오는 레오디안에게 어떠한 반응을 보여야 할지 알 수 없었다. 어쩐지 그저 민망하고 부끄럽기만 했다.

레오디안은 처음 엘시아에게 자신의 마음을 고백한 이후, 두 번 다시 이야기를 꺼내지 않았다. 하지만 굳이 입 밖으로 말을 꺼내놓지 않더라도 어렵지 않게 알 수 있는 것들이 있었다.

이를테면, 레오디안의 마음이 변함없이 여전하다는 것.

엘시아는 레오디안의 다정한 시선 속에서 그의 한결같은 마음을 느낄 수 있었다.

"……당신에게 한 가지 꼭 물어보고 싶은 것이 있습니다."

문득, 레오디안이 침묵을 깨고 화제를 돌렸다. 엘시아는 조용히 시선을 옮겼다. 그러자 시야에 들어온 푸른 눈동자에 창백한 여자의 얼굴이 고스란히 비쳐 보였다.

"솔직하게 대답을 해 주었으면 좋겠습니다."

"네, 그럴게요."

레오디안의 표정이 사뭇 진지했다. 엘시아는 레오디안이 대체 무엇을 물어보려고 이렇게까지 조심하는 건지 어리둥절했다. 하지만 그것을 크게 내색하지 않고 잠자코 이어질 레오디안의 말을 기다렸다.

"내일 리리엔이 페레이스로 떠나고 나면, 당신은 어떻게 할 생각입니까."

"어떻게라니……."

엘시아는 짐짓 얼떨떨한 표정으로 레오디안을 바라보았다.

"계속 이곳에서 머무르며 리리엔이 돌아올 때까지 기다릴 겁니까?"

레오디안이 부연하자 그제야 엘시아는 레오디안이 무슨 이야기를 하는 것인지를 이해했다. 하지만 아무런 대답도 할 수가 없었다. 리리엔이 떠나고 난 이후에 자신의 거취에 관해서는 깊게 생각해 보지 않았기 때문이었다.

그저 막연히 떠나야겠지, 하는 마음을 가지고 있었다. 그러나 어째서인지 그 말이 쉽사리 입 밖으로 나오지 않았다.

"아니면, 여전히 어디론가 떠날 생각을 하고 있습니까?"

"……."

말문이 막힌 엘시아와 다르게 레오디안은 자신이 하고자 하는 말을 망설임 없이 내뱉었다.

"나는 리리엔이 떠나도 당신이 떠나지 않기를 바랍니다. 앞으로도 언제까지고 당신이 있었으면 합니다."

레오디안이 일말의 흔들림조차 없는 눈빛으로 엘시아를 직시하면서 말했다.

"감히 바라건대, 부디 내가 당신 곁에 있을 수 있도록 허락해 주면 안 됩니까."

"……."

엘시아는 마치 말을 하는 방법을 잊어버린 사람처럼 어떠한 대답도 할 수 없었다.

"나는 당신 곁을 간절히 바랍니다."

"저는……."

엘시아가 애꿎은 아랫입술을 잘근잘근 깨물다가 가까스로 대답했다.

"……모르겠어요. 제가 그래도 되는 걸까요?"

리리엔이 없는데 레오디안과 함께 지내다니. 꿈에도 상상조차 해 본 적 없는 일이었다.

"제 존재는 대공님에게 그저 무거운 짐일 뿐인데……."

"당신은 짐이 아닙니다."

레오디안이 단호하게 고개를 저어 엘시아의 말을 부정했다. 레오디안에게 있어서 엘시아는 너무나도 소중해서 가끔은 두려울 정도의 존재였다.

"그러나 당신이 스스로를 짐이라고 생각한다면, 그 짐을 나는 기꺼이 짊어지고 싶습니다."

레오디안이 한결같이 솔직하게 마음을 내보이자, 엘시아는 숨조차 편히 쉬지 못하고 하얗게 질린 낯을 했다. 그런 엘시아의 모습을 보고 레오디안은 입을 다물었다.

하고 싶은 말이 아직 많이 남아 있었지만, 그중 어떤 말도 꺼내지 않을 작정이었다. 엘시아에게 뜻을 강요하거나, 다그쳐서 대답을 듣고 싶은 생각은 추호도 없었으므로.

엘시아는 언제나 손대면 너무나도 손쉽게 부서질 것만 같았다. 그만큼 애처로울 정도로 가녀린 여인이었다. 실제로 레오디안에게는 먼 과거에 이미 한 번 그녀를 부서뜨린 전적도 있었다.

똑같은 실수를 반복하는 명청한 짓은 하지 않을 것이다. 또다시 그녀를 잃고 싶지 않았다.

"앞으로 당신이 살아갈 시간에 함께하고 싶습니다. 너무나도."

그러므로 레오디안이 할 수 있는 일이란 단 한 가지뿐이었다.

"하지만 이런 내 마음을 당신에게 강요하고 싶지는 않습니다."

오로지 엘시아가 스스로 마음에 결정을 내리기까지 그저 기다리는 것.

"당신이 어떤 결정을 내리든 그에 기꺼이 따를 겁니다."

* * *

리리엔은 새벽녘에야 하이드와 헤어지고 침실로 돌아왔다. 그리고 그때까지도 엘시아는 잠을 이루지 못하고 있었다. 침대에 앉아서 창가를 바라보고 있는 엘시아를 보고 리리엔이 놀란 표정을 지었다.

"……아직 안 잤어?"

"응. 잠이 안 와서."

리리엔이 엘시아가 앉은 침대로 다가갔다. 그리고 엘시아의 옆에 앉아서 걱정스러운 눈빛으로 엘시아의 안색을 살폈다.

"혹시 어디가 아픈 건 아니지?"

"아니야."

엘시아가 가볍게 미소를 지으며 고개를 저었다.

"그냥, 자꾸 이런저런 생각이 들어서 잠이 안 오는 것 같아."

"무슨 생각?"

되묻는 리리엔은 여전히 엘시아가 걱정스럽다는 듯한 기색이었다. 엘시아는 아무런 말없이 리리엔을 품에 끌어안았다. 그러자 순간 움찔했던 리리엔이 곧 몸에 힘을 풀고 엘시아에게 기댔다.

"내일이 안 왔으면 좋겠어."

"정말?"

엘시아가 작게 웃으며 대꾸했다.

"늘 아카데미에 가고 싶어 했잖아."

"하지만⋯⋯."

리리엔이 우물쭈물하다가 말을 덧붙였다.

"언니랑 떨어져서 지내야 된다고 생각하니까 기분이 이상해."

"나도 그래, 리리엔."

엘시아가 나긋나긋한 목소리로 대답하곤 리리엔의 머리칼을 부드러운 손길로 쓸어내렸다.

"그래도 네 미래를 위한 일이니까."

"맞아."

리리엔이 몇 번이고 고개를 끄덕거렸다.

"내가 얼른 아카데미 졸업하고 돈 많이 벌어서 우리 언니 호강시켜 줘야지."

"그래, 그래."

엘시아는 소리 없이 웃으며 계속해서 리리엔의 머리칼을 쓸어내려 주었다.

"하이드하고 이야기는 잘 끝냈어?"

"응. 내가 없는 동안 하이드가 언니랑 레오디안을 잘 감시해 주겠다고 약속했어."

"⋯⋯자꾸 왜 그런 소리를 하는 거야?"

엘시아는 리리엔이 이러한 이야기를 할 때마다 부끄러워서 얼굴이 다 화끈거릴 지경이었다. 하지만 그것을 아는지 모르는지, 리리엔은 태연하기 그지없는 목소리로 대수롭지 않다는 듯 말했다.

"그거야, 언니가 아까우니까 그렇지."

"……뭐?"

리리엔의 머리칼을 쓰다듬던 엘시아의 손이 멈칫했다. 그러자 리리엔이 고개를 들고 엘시아를 올려다보았다. 어느덧 몰라보게 진지해진 표정을 지은 채였다.

"물론 레오디안이 키 크고, 잘생겼고, 돈도 많고, 또 어리기도 하지만……. 언니가 훨씬 아까워."

리리엔이 반박의 여지는 주지 않겠다는 듯 단호한 목소리로 말했다.

"레오디안은 언니의 발끝에도 못 미쳐. 언니는 그걸 알고 있어야 돼."

"……."

엘시아는 말문이 턱 막혔다. 뭐라고 대답을 해야 할지 그저 난감하기만 할 따름이었다.

"게다가 언니는 아직 인생을 제대로 즐겨 보지도 못했는데, 레오디안 따위한테 앞길이 가로막혀서야 되겠어?"

"리, 리리엔……."

"언니, 나 정말 진심으로 하는 얘기야."

"……."

"결혼은 미친 짓이라는 말이 괜히 있겠어?"

엘시아는 순간 귀를 의심하며 멍한 얼굴로 리리엔을 내려다보았다. 리리엔은 엘시아에게 단단히 주의를 준 것이 만족스러운지 뿌듯한 표정이었다.

"언니는 인생을 즐겨야 해. 하고 싶은 것 다 하고, 가고 싶은 데도 다 가 보고, 그렇게. 응?"

"그래, 그렇게."

엘시아가 얼른 고개를 끄덕이며 대답했다. 그럴 리가 없다는 것을 잘 알면서도, 혹시라도 리리엔의 말을 누가 들을까 봐 무서웠다. 엘시아는 빠르게 화제를 돌렸다.

"그러고 보니까, 하이드한테 꽃을 선물해 줘서 고맙다는 얘기를 미처 못 했어."

리리엔이 말없이 엘시아를 물끄러미 올려다보았다. 엘시아의 속셈이 빤히 다 보인다는 표정을 지은 채였다. 그에 엘시아가 어색하게 웃으면서 슬쩍 리리엔의 시선을 피하자, 리리엔이 별 수 없다는 듯 고개를 절레절레 내저었다.

"걔가 좋아서 한 일인데, 뭐."

"그래도 고맙잖아."

엘시아는 어느덧 몰라보게 부쩍 커 버린 하이드의 모습을 머릿속에 떠올려보았다. 하이드가 누군가에게 무언가를 선물할 줄도 알게 되다니, 이제 정말 다 컸다 싶었다.

"너한테도 정말 고마워, 리리엔."

엘시아가 환하게 웃으며 말하자, 순간 움찔한 리리엔이 잠시 망설이다 입을 열었다.

"……언니, 우리가 처음 레오디안을 찾아갔던 날 기억나?"

"그럼, 당연히 기억나지."

엘시아는 리리엔이 왜 갑자기 그때 일을 화두에 올리는지 의아했지만, 아무런 내색하지 않고 순순히 대답했다. 그러자 또다시 잠시간 말을 망설이던 리리엔이 곧 천천히 말문을 열었다.

"그때 내가 언니한테 저택에 피어 있던 붉은색 꽃의 이름을 물어봤었던 것도 기억나?"

"응, 기억나."

웬 꽃의 이름을 묻는 리리엔에게 아무런 대답도 해 줄 수 없어서 얼마나 마음이 아팠던지. 엘시아는 무지한 스스로가 참 바보같이 느껴졌더랬다.

"……언니, 저 꽃의 이름이 뭔지 알아?"

리리엔이 하이드가 사다가 꽂아 둔 푸른 꽃을 손가락으로 가리키며 물었다. 그러자 리리엔이 가리킨 곳으로 시선을 둔 채로 엘시아가 고개를 저었다.

"미안해. 모르겠어."

"장미야."

"……장미?"

엘시아가 고개를 갸웃했다.

"장미는 붉은색 꽃인데……."

"맞아. 보통은 붉은색인데, 아주 최근에 푸른색 장미가 발견된 거야."

"그렇구나."

엘시아는 새삼스럽게 꽃을 바라보았다. 하이드가 선물해 준 꽃이 그토록 희귀한 것인 줄은 꿈에도 몰랐다.

"푸른 장미의 꽃말이 뭔지 알아?"

"뭔데?"

가볍게 웃은 리리엔이 엘시아의 귓가에 제 얼굴을 가까이 가져갔다. 그리고 아주 작은 목소리로 푸른 장미의 꽃말을 속삭이고는 뒤로 물러났다.

"언니를 꼭 닮은 꽃이야. 그치?"

"……응."

엘시아가 벅찬 마음을 애서 차분하게 가라앉히며 고개를 끄덕였다. 리리엔은 잠시 가만히 엘시아를 바라보고 있다가, 곧 환하게 미소를 지으며 엘시아를 와락 끌어안았다.

"내 세상에서 제일 예쁜 꽃."

너무너무 사랑해, 하고 덧붙인 리리엔이 엘시아의 품에 고개를 묻고는 체취를 흠뻑 들이마셨다.

27. 오래오래 행복하게

엘시아는 리리엔과 레오디안, 그리고 에밀리아와 함께 아침을 먹고 난 다음 저택을 나섰다. 리리엔을 항구까지 배웅하기 위해서였다. 저택 앞에는 이미 레오디안이 준비해 둔 마차가 기다리고 있었다. 로켄페데스 가문의 문장이 새겨진 거대한 마차였다.

오늘은 엘시아가 의식을 차린 이후 처음으로 하는 외출이었다.

엘시아는 조금 긴장한 표정으로 마차에 올랐다. 곧 리리엔도 엘시아를 뒤따라 마차 안으로 들어왔다. 리리엔은 당연하다는 듯이 엘시아의 옆에 앉았다. 그러자 마지막으로 마차에 오른 레오디안이 엘시아와 리리엔의 맞은편에 자리를 했다.

"항구가 그리 멀지 않으니, 금방 도착할 겁니다."

이윽고 마부가 마부석에 오르고 마차가 출발했다. 엘시아는 창밖으로 멀어지는 저택의 모습을 가만히 바라보다가, 곧 시야에 들어온 풍경에 놀라 눈을 크게 떴다.

사실 저택에서도 창밖으로 보이는 마을의 풍경이 많이 달라진 것을 알 수 있었다. 하지만 이렇게 밖으로 나와서 보니, 마을이 몰라보게 달라졌다는 사실이 더욱 실감이 되었다. 과거 괴물들만이 살았던 마을이라고는 믿을 수가 없을 정도였다. 엘시아는 자신이 태어나서 자란 이 마을이 이렇게 변했다는 사실이 마냥 얼떨떨했다.

"많이 변했지?"

"응, 정말 많이 변했네."

"레오디안이 힘을 좀 썼대."

"……."

엘시아는 얼떨떨한 표정으로 레오디안에게 시선을 돌렸다. 레오디안은 조용히 앉아서 창밖의 풍경에 눈길을 두고 있었는데, 머지않아 엘시아의 시선을 느끼고는 천천히 고개를 돌렸다.

레오디안과 눈이 마주친 순간, 엘시아는 어젯밤에 그와 나눈 이야기가 머릿속에 떠올랐다. 레오디안은 엘시아에게 곁을 허락해 달라고 말했고, 엘시아는 그 대답을 미뤄 둔 상태였다.

사실 엘시아는 어젯밤 밤을 새워 고민한 끝에 결정을 내렸다. 이제 결정한 바를 레오디안에게 이야기하는 일만 남았는데, 말을 꺼낼 적당한 때를 기다리는 중이었다.

"황제가 괴물 토벌 포상금으로 돈도 많이 주고, 여기 제스아도 레오디안한테 줬대."

리리엔의 말을 듣고 엘시아가 다시 리리엔 쪽으로 고개를 돌렸다. 엘시아와 시선을 맞춘 리리엔이 환한 미소를 입가에 머금은 채로 말했다.

"지금까지 우리가 지냈던 저택도 항구도 다 레오디안이 만든 거야."

"그렇구나……."

"마을에 항구가 있으니까, 마을이 앞으로도 계속해서 발전할 거래."

리리엔은 엘시아와 함께 살았던 마을이 이전과 비교할 수 없을 정도로 활기차게 변한 것이 너무나도 좋았다. 엘시아는 모르겠지만, 괴물 토벌이 끝난 뒤의 제스아는 폐허처럼 황폐하게 변해 있었다. 애초에 괴물들만이 모여 살던 마을이었으므로.

마치 유령의 마을처럼 변해 버린 제스아를 재건하고, 사람들을 이주시킨 것은 전부 다 레오디안이 한 일이었다. 오직 엘시아와 리리엔이 오랜 시간을 보낸 마을이라는 이유 하나만으로.

레오디안은 엘시아가 깨어나기만을 기다리며 제스아를 어느 마을보다도 살기 좋은 곳으로 가꾸어 놓았다. 그 결과, 하루에도 수많은 사람들이 오고 가는 활기찬 항구 마을이 되었다. 이제 제스아의 어느 곳에서도 괴물이 살았던 흔적은 조금도 찾아볼 수 없었다.

"벌써 항구에 도착했나 봐."

창밖을 내다보던 리리엔이 문득 나직이 혼잣말을 중얼거렸다. 그리고 머지 않아서 마차가 멈추어 섰다. 커다란 범선들이 정박해 있는 항구 앞에서였다.

레오디안이 먼저 마차에서 내렸다. 그리고 리리엔과 엘시아를 차례로 마차에서 내리도록 도왔다. 엘시아는 제법 드센 바람에 나부끼는 머리칼을 귀 뒤로 넘겨 정리하며 주위를 둘러보았다.

수도 없이 많은 사람들이 항구를 바삐 돌아다니며 왁자지껄한 소음을 자아내고 있었다. 그 활기찬 분위기 속에 서 있자니, 엘시아는 어쩐지 조금 벅찬 기분이 들었다.

"우와, 사람 되게 많다."

리리엔이 작게 탄성을 내뱉으며 엘시아의 옆으로 다가가 섰다. 그리고 엘시아의 손을 잡고서 엘시아처럼 주위를 둘러보았다.

"여기가 이렇게 변할지 누가 알았겠어, 그치?"

"응. 신기하다."

엘시아는 저도 모르게 감회에 젖어 계속해서 주변을 이리저리 둘러보게 되었다.

과거 이곳에서 살았을 때는 괴물들로부터 리리엔을 지키기 위해서 숨죽여 살아야 했다. 리리엔은 물론이고 엘시아조차도 밤낮을 막론하고 자유롭게 돌아다닐 수 없었던 곳이었다. 그리하여 마치 거대한 감옥 같았던 마을이 이토록 많은 사람들의 삶의 터전으로 바뀌었다니.

결코 변할 수 없으리라 믿었던 것이 변한 것을 보니, 이 세상에 영원히

변치 않는 것은 없다는 생각이 들었다.

그러니까, 자신도 변할 수 있지 않을까.

엘시아는 너무나도 벅찬 나머지 두근거리기 시작한 가슴께 위를 꾹 내리눌렀다. 그때, 어디선가 나타난 벨레로폰이 레오디안에게 함선을 출항할 준비를 다 마쳤다는 사실을 알렸다.

"수고했네, 로렐라인 경."

"별 말씀을요. 그럼 바로 함선으로 안내하겠습니다. 이쪽입니다, 각하."

벨레로폰의 말에 잠시 엘시아와 리리엔을 돌아본 레오디안이 곧 벨레로폰을 따라 걸음을 옮겼다. 그에 엘시아도 리리엔과 함께 함선을 향해서 발걸음을 재촉했다.

함선과 가까워지면 가까워질수록 리리엔이 떠난다는 사실이 더더욱 명확해졌다. 그래서인지 엘시아는 여러모로 복잡한 감정이 들어 울컥했지만, 마음을 차분하게 가라앉히려고 계속해서 노력했다. 엘시아는 리리엔의 앞에서 더 이상 울고 싶지 않았다. 웃는 얼굴로 리리엔을 배웅하고 싶었다.

이윽고 리리엔이 페레이스까지 타고 갈 함선 앞에 도착했을 때, 엘시아는 아무렇지 않은 척 미소를 지으며 리리엔의 손을 놓아주었다.

"리리엔, 아카데미에 가서도 공부 열심히 해야 돼."

"응, 나 정말로 열심히 할 거야."

엘시아는 말없이 웃으며 고개를 끄덕였다. 그리고 리리엔을 한번 꽉 안아주었다.

"……잘 지내야 해, 언니. 아프지 말고, 밥 잘 챙겨 먹고, 밤새지 말고 잘 자고, 또……."

"나는 잘 지낼 거야. 걱정하지 마, 리리엔."

리리엔이 울컥 치밀어 오르는 눈물을 꾹 참으며 잠긴 목으로 속삭였다.

"……매일매일 편지 쓸게. 답장 꼭 보내 줘야 돼, 알았지?"

"응, 당연하지."

엘시아는 리리엔의 체취를 한껏 들이마신 뒤에 리리엔을 품에서 놓아주었다.

그리고 울지 않기 위해서 부단히도 노력하면서 리리엔과 눈을 맞춘 채로 활짝 미소를 지었다.

"네가 페레이스에서 돌아오는 날까지 대공님하고 함께 기다리고 있을게."

"……."

리리엔은 저 멀리 벨레로폰과 이야기를 나누고 있는 레오디안을 바라보았다. 한때는 정말 미웠지만, 그렇게도 원망했지만, 이제는 엘시아와 엇비슷하게 사랑하는 자신의 오라비였다.

그러니 안심하고 떠날 수 있었다. 레오디안이 무슨 일이 있어도 엘시아를 지켜 줄 것이라는 사실을 이제는 잘 아니까. 자신이 없어도 레오디안이 있다면 엘시아가 혼자 어디론가 떠나 버리는 일은 없으리라는 걸 잘 알고 있으니까.

"응, 레오디안하고 같이 기다리고 있어. 나 금방 돌아올 테니까……."

리리엔은 자꾸만 잠기는 목을 고르고서 말을 이었다.

"내 걱정 하지 말고, 언니 하고 싶은 거 다 하면서 기다리고 있어."

"응, 그럴게."

엘시아가 리리엔을 안심시키고자 몇 번이고 고개를 끄덕였다. 그러자 리리엔이 울음기가 잔뜩 묻어난 목소리로 물었다.

"……내가 이 세상에서 언니를 제일 사랑하는 거 알지?"

"그럼, 당연하지."

환하게 미소 짓는 엘시아를 가만히 올려다보던 리리엔이 곧 소매로 눈가를 빠르게 닦아 내고서 한 마디를 덧붙였다.

"레오디안보다 내가 더 먼저였어."

"……."

"레오디안보다 내가 더 언니를 사랑한다고."

엘시아가 당황한 표정을 감추지 못하자, 리리엔이 애써 개구지게 웃으며 장난스럽게 말했다.

"그러니까 내가 허락하기 전에 결혼은 안 돼."

"리리엔……."

"그럼, 나 이제 갈게. 벨레로폰이 기다린다."

엘시아가 미처 붙잡을 새도 없이 리리엔이 벨레로폰이 서 있는 곳으로 뛰어갔다. 그러더니 레오디안과 대화를 나누고 있던 벨레로폰을 재촉해 함선에 올랐다.

리리엔은 뒤도 돌아보지 않았다. 말 그대로 순식간에 함선 안으로 들어가 버렸다. 엘시아는 리리엔을 어떻게 배웅해야 할지 수십 번도 넘게 고민했지만, 이런 상황은 꿈에도 상상하지 못했다.

이런 식으로 리리엔과 작별 인사를 하고 헤어지다니, 정말이지 믿을 수가 없었다.

엘시아가 마냥 얼떨떨한 표정으로 멍하니 입을 벌리고 있는데, 레오디안이 그런 엘시아에게 가까이 다가왔다.

"리리엔과 인사는 잘 했습니까?"

"어……."

엘시아는 여전히 얼떨떨하기만 했다. 레오디안에게 뭐라고 대답을 해야 하는 건지 알 수 없었다.

"10분 내로 함선이 출항한다고 합니다. 그때까지 기다릴까요?"

"……네, 그러고 싶어요."

레오디안의 물음에 엘시아는 가까스로 정신을 차리고 대꾸했다. 그러자 엘시아를 향해 가볍게 고개를 끄덕여 보인 레오디안이 나직이 말했다.

"그럼 기다리죠."

레오디안은 조용히 엘시아의 옆에 선 채로 리리엔이 탄 함선을 응시했다. 엘시아는 레오디안의 찬란한 은발이 바람에 흐트러지는 모습을 바라보았다. 그러고 있자니, 지금이 바로 말을 꺼낼 적당한 때라는 생각이 들었다.

"대공님."

엘시아는 아주 작은 목소리로 레오디안을 불렀다. 레오디안과 함께 리리엔을 기다릴 결심을 했다는 걸 말하기로 결심은 했지만, 어쩐지 자꾸만 망설여졌기 때문이었다. 그래서 만약에 레오디안이 자신이 부르는 소리를 듣지 못한다면 조금만 더 나중으로 미룰 생각이었다.

하지만 다행인지 불행인지, 레오디안은 엘시아의 목소리를 놓치지 않았다. 레오디안이 엘시아를 돌아보았다. 다정한 온도를 품은 푸른 눈동자가 엘시아의 모습을 담았다.

엘시아는 정처 없이 흔들리는 눈으로 레오디안을 마주 바라보며 떨리는 입술을 열었다.

"저……."

가까스로 입을 열었으나 여전히 선뜻 말이 입 밖으로 나오지 않았다.

"대공님, 저는……."

엎친 데 덮친 격으로 목까지 탔다. 엘시아는 마른침을 삼키고 재차 입을 열었다.

"……저는 대공님과 함께 리리엔을 기다리고 싶어요."

고작 그 한마디를 하는데 무척이나 큰 용기가 필요했다.

"저도 대공님을……."

레오디안은 잠자코 엘시아가 본인이 하고자 하는 말을 끝까지 매듭짓기를 기다려 주었다. 한결같이 그러했다. 레오디안은 늘 엘시아를 기다려 주었고, 또 매번 먼저 다가와 주었다.

엘시아는 이번만큼은 자신이 먼저 다가가고 싶었다. 한 번도 해 본 적이 없는 일이라 마냥 낯설고 부끄러웠지만, 레오디안에게 다가가 그의 손을 잡았다.

차갑게 얼어붙은 자신의 손을 언제나 다정하게 녹여 준 크고 따스한 손이었다.

"저도 대공님 곁에서 있고 싶어요. 왜냐하면 저도 대공님을……."

엘시아는 까치발을 들고 레오디안을 와락 끌어안았다. 리리엔을 안아 줄 때와 달랐다. 품에 가득 들어차는 단단한 레오디안의 몸은 엘시아의 두 팔로 다 끌어안기에는 무척 버거웠다.

하지만 엘시아는 더욱 힘을 주어 레오디안을 꽉 끌어안았다. 그리고 이전보다는 조금 더 큰 목소리로 고백했다.

"저도 대공님을 좋아해요."

그 순간, 품 안의 커다란 몸이 움찔하는 게 느껴졌다. 하지만 그것은 말 그대로 일순간의 일이었다. 곧 레오디안의 낮은 목소리가 엘시아의 귓가에 흘러들어왔다.

"잠시, 잠시만……."

레오디안이 엘시아를 품에서 떼어 놓으려고 했다. 그렇지만 엘시아는 레오디안을 껴안은 팔에 더욱 힘을 주고 버텼다. 차마 레오디안의 얼굴을 마주 보고 그의 반응을 확인하기가 부끄러웠다.

그런 엘시아의 마음을 레오디안은 알아주지 않았다. 아니면 알고 있는데도 모르는 척할 작정인지도 몰랐다.

"당신 얼굴을 보고 이야기하고 싶습니다."

레오디안이 당황한 와중에도 제법 단호하게 제 의사를 밝혔다. 엘시아는 레오디안의 가슴팍에 묻고 있던 고개를 마구 저었다. 얼굴이 새빨개져 있을 것이 분명한데, 그런 얼굴을 레오디안에게 보이고 싶지 않았다.

그러나 이번에도 레오디안은 엘시아의 마음을 아는지 모르는지 너무나도 근사한 목소리로 속삭였다.

"지금 당장 당신 얼굴이 보고 싶어."

"……."

결국 엘시아는 레오디안에게 이기지 못하고 그의 품에서 고개를 떼어 냈다. 그리고 올려다본 레오디안의 얼굴에는 그 어느 때보다도 선명한 미소가 걸려 있었다.

기쁨과 환희로 가득 찬, 사랑에 빠진 사내의 아름다운 미소였다.

"그럼, 당신의 곁을 내게 허락해 주겠다는 말입니까?"

엘시아가 천천히 고개를 끄덕인 그 순간, 레오디안의 미소가 더욱 짙어졌다. 그러자 엘시아는 더 이상 레오디안을 똑바로 바라볼 수가 없었다. 그러기에 그의 미소는 너무 심장에 해로웠다.

지금도 심장은 충분히 벅찬 속도로 뛰고 있었다. 여기서 더 빨라졌다가는 심장에 무슨 이상이 생길지도 몰랐다.

"불가능한 일이라는 건 알지만, 만약에 세상을 다 가진다면 이런 기분일까 싶습니다."

레오디안이 그답지 않게 떨리는 목소리로 말했다. 그 말을 들은 순간, 문득 엘시아의 머릿속에 리리엔이 말해 준 푸른 장미의 꽃말이 생각났다.

"불가능한 일은 없어요."

포기하지 않는 사랑.

불가능하다고 여겨졌지만 언젠가는 이뤄지는 사랑.

그 기적 같은 것을 엘시아는 벌써 몇 번씩이나 손에 넣었으니까.

"어쩌면 대공님은 세상을 가질 수도 있어요."

엘시아가 환한 미소를 지으며 레오디안을 바라보았다. 그러자 눈이 부시도록 다정한 사랑이 바로 눈앞에 있었다.

끝난 줄 알았던 긴 여정은 사실 아직 끝나지 않았지만, 이토록 다정한 사랑과 함께라면 괜찮을 것 같았다. 앞으로 걸어갈 길이 아무리 험하고 가파를지라도 결코 두렵지 않을 것 같았다.

괴물로 태어나 자란 자신을 인간답게 할 수 있도록 만들어 주는 사랑과 함께라면.

〈완〉

여주에게 버려진 악당을 구하는 방법

연비 지음

여주에게 독살당할 위기에 처한 서브 남주를 구해 주다가 사고로 어려졌다.
은혜를 갚겠다더니 뜬금없이 악명 높은 암살자 가문에 나를 입양시켰다?!

반란을 준비 중인 황실 기사 첫째 오빠.
높은 현상금이 목에 걸린 사제 둘째 오빠.
그리고 세기말 최고의 악당 새아빠.

계약 기간은 3년, 무사히 악당 가족과 지낼 수 있을까?

* * *

툭. 공포와 함께 눈동자에 그렁그렁 고인 눈물이 바닥으로 떨어지려는 찰나─
언제 왔는지 모를 두 남자가 내 앞을 가로막았다.
느긋하게 걸어온 새아빠가 나를 품에 안았다.

"이 악당! 우리 대공님 개롭히지 마요!"

나는 악당 새아빠의 머리채를 고사리 같은 손으로 움켜쥐었고,
주변은 순식간에 얼어붙었다.

남자 주인공이 없어도 괜찮아

롹끼 지음

세간에서 연애나 결혼, 뭐 그런 걸
당연하게 여긴다는 것은 알고 있다.
그러나 지금 내겐 더 중요한 일이 있다.

세계 평화.

마수를 무찌르고 생명을 구하여 우리의
아름다운 제국과 이 세계에 평온을 가져다주는 것.
대의를 위해 힘쓰느라 바쁜 내게
사랑 놀음에 낭비할 시간 따위는 없다.

"나랑 같이 돌아가자, 첼시."

그런데 왜, 전 약혼자이신 7황자께서는
이미 파혼한 내 근처를 자꾸만 알짱거리는가?

제로노블(Zero Novel)은 판타지를 사랑하는 여성들을 위한 신감각 로맨틱 판타지 시리즈입니다.

마음이 이끄는 대로

틸다킴 지음

왕과 국혼을 앞두고 물가에 몸을 던진 공작가 딸에 빙의했다.
그런데 왕의 등 뒤로 보여서는 안 될 것들이 보인다.

"그런데도 네가 꼭 죽어야만 하겠다면……."
그는 허리를 숙이며 그녀의 눈을 들여다보며 말했다.
"헤일리 던컨. 왕관을 쓰고 죽어라."

왕은 그녀를 이용하며, 그녀는 왕에게 몰려드는 원혼들을
물리치려 고군분투하는 나날을 보낸다
그러던 중 왕은 제 몸과 마음의 변화를 점점 깨닫게 되는데…….

"나는 너랑 있으면 정신이 맑아지고 마음이 편해진다. 왜 그렇다고 생각해?"
"제가 모자란 재주로 폐하에게서 삿된 것들을 몰아내고 있기 때문입니다."
"아니. 그런 게 아니야."
"……."
"이건 내가 너를 좋아하기 때문이다."

제로노블(Zero Novel)은 판타지를 사랑하는 여성들을 위한 신감각 로맨틱 판타지 시리즈입니다.

작가에게 반성을 촉구한다
유안나 지음

장르소설 작가인 '나'는 파멸적 해피엔딩의 추구자.
어느 날, 설정도 덜 짠 차기작
《세레나의 티타임》에 빙의해 버렸다.

설상가상으로 빙의한 몸의 주인은
조만간 죽을 캐릭터, 유리 옐레체니카.
심지어 바로 옆에 있었던 것은
훗날 최종 악당이 될 집사, 레일리 크라하였다!

첫 단추부터 잘못 꿴 책 속 빙의 생활.
유리의 죽음을 추론하는 것도 잠시, 상황이 심상치 않게 돌아간다.

"내가 보낸 연서는 받았을까, 그대."

이제 모든 것이 수상쩍다! 유리 옐레체니카는 어디로 사라졌을까?